Litt Leweir, Migräne. *Thriller*

»Migräne ist in ihrem Zentrum klar und eindeutig definiert und verwischt sich nach außen hin immer mehr, bis sie sich mit einem riesigen Umfeld verwandter Phänomene vermischt. Grenzen gibt es nur da, wo wir gezwungen werden, sie für nosologische Definitionen und für unsere klinische Tätigkeit zu ziehen. Wir sind es, die diese Grenzen und Begrenzungen aufbauen, im Individuum selbst gibt es sie nicht.«

Oliver Sacks, Migräne

Litt Leweir

Migräne

Thriller

konkursbuch
VERLAG CLAUDIA GEHRKE

Für Sabine und Manuela.
In Liebe.

»Sie waren alle Reisende. Reisende in einem Land, in dem keines Menschen Seele längere Zeit überleben konnte.«
Elisabeth McGregor, Das Eiskind

Prolog – Unterwegs

»I like travelling but I don't like being anywhere inbetween«, erinnert sich Antonia an einen Satz, den sie vor langer Zeit einmal gehört hat. Es war in einem Sprachlabor an der Universität. Antonia musste diesen Satz während ihres Studiums in Lautschrift übertragen. Einer von vielen Sätzen, den sie während ihres Aussprache-Kurses zu transkribieren hatten, aber der einzige, der bei ihr hängen geblieben ist. Jetzt erinnert sie sich daran.

Antonia ist früher nie gerne verreist. Sie hasste das Gefühl, dazwischen zu sein. Als Kind empfand sie immer ein Gefühl abgrundtiefer Verlassenheit, wenn sie verreiste. Sie nannte es Heimweh. Es dauerte die ganze Reise an, meist verflog es später nach der Ankunft. Jetzt hat sie es nur noch selten und wenn sie es spürt, dann hat es wenig mit dem Ort zu tun, an dem sie sich befindet. Es ist eine ganz andere Art von Dazwischensein, eine, die nicht mit dem Packen von Koffern beginnt. Und sie endet nicht, wenn der Zug in den Zielbahnhof rollt. Sie endet auch nicht, wenn sie Treppen hochsteigt, den Schlüssel ins Schloss steckt, die Koffer in den Flur stellt. Sie endet nie. Dafür ist sie längst nicht mehr so abgrundtief. Sie hat sich relativiert.

Antonia ist schließlich nicht die Einzige, die unterwegs ist. Sie sitzt in einem Zug, einem ICE, zusammen mit anderen Menschen. Wir sitzen in bequemen Sesseln und brausen durch die Nacht, denkt Antonia. Kein Fahrtwind bläst uns durchs Haar. Regen peitscht gegen die Scheiben, uns berührt es nicht. Wir lesen Zeitung. Wir klimpern auf Notebook-Tastaturen, wir essen Weintrauben und Vollkornstullen und Schokolade. Wir hören Musik. Hin und wieder kommt jemand vorbei und bietet uns Kaffee an. Es gibt Toiletten und ein Restaurant. So ist das Dazwischensein doch recht angenehm.

Auch für Antonia. Ihr Herz ist schwer, das schon. So ist das eben manchmal. Aber egal, Antonia ist der Umgang mit ihrem schweren Herzen vertraut. Sie dehnt und streckt sich, atmet tief durch und schon wird es ein bisschen leichter. Sie spürt wohlige Müdigkeit in ihren Gliedern, versucht, sich darin zu vertiefen. Sie lehnt den Kopf gegen die kühle Scheibe und verliert sich in der Betrachtung der wirbelnden Wassertropfen. Und in Erinnerungen.

Es gab eine Zeit, da hat sie davon geträumt, so durch die Welt zu brausen. In ihrer Vorstellung empfand sie ein Gefühl von Freiheit, das nie eintrat, wenn sie dann wirklich verreiste. Damals gab es noch Züge, deren Fenster sich öffnen ließen. Sie verreiste selten und wenn, dann stand sie meistens stundenlang am geöffneten Fenster im Gang und suchte dieses Gefühl von Freiheit und irgendwo im Fahrtwind fand sie manchmal ein Stück davon. Aber damals gab es auch schon die ersten Züge, deren Fenster sich nicht öffnen ließen. Züge mit Großraumwagen, in denen sie sich klaustrophobisch fühlte, in denen sie Atemnot bekam. Heute braucht sie den Fahrtwind nicht mehr. Heute fühlt sie sich wohl in bequemen Sitzen, mit einem Becher Kaffee und einer Glasscheibe zwischen sich und dem Regen. Lesen kann sie in Zügen nur sehr kurz, ihr wird schlecht davon, deshalb liest sie meistens nur Zeitung und selten in einem Buch, auch wenn sie immer eines mitnimmt. Aber zum Glück gibt es heutzutage kleine Geräte, um ein Vielfaches leichter als jedes Buch, mit denen sich ganze Hörbücher und Musiksammlungen herumtragen lassen. Nur wenn die Züge voll sind, wünscht sie sich manchmal noch den Fluchtweg in den Fahrtwind. Aber dieser Abendzug nach Hause ist moderat besetzt. Selten klingelt ein Handy, die

Kinder ein Stück weiter vorn sind leise, wahrscheinlich schon müde. Und wenn doch jemand Lärm veranstalten würde, bliebe ihr immer noch ein Fluchtweg, ihr MP3-Player oder das Radio- und Hörspielprogramm in der Armlehne.

Die Sitze neben und vor Antonia sind frei, der direkt neben ihr sowieso, dort liegt ihr Rucksack, darauf das obligatorische Buch. Andrea Barrett »The Voyage of the Narwhal – exploration, endeavor and evolution in the frozen north«. Sie versucht es schon lange zu lesen, aber sie steckt darin fest. Ab und zu nimmt sie es zur Hand, streicht über das eisblaue Cover. Zu kalt für November, denkt sie, vielleicht sollte sie es nächsten Sommer noch einmal versuchen.

Der Zug hält. Ein paar Reisende schieben ihre Koffer auf Rollen über den abendlichen Novemberbahnhof. Die Zugeingänge sind kaum verstopft, das Einsteigen geht schnell, Plätze sind bald gefunden. Vor Antonia hieven zwei Männer ihre Reisetaschen in die Gepäckablage, ein jüngerer mit einem schwarzen Lockenkopf, und ein etwas älterer mit fast stoppelkurzem dunklem Haar und Geheimratsecken. Sie schälen sich aus Mantel, Jacke und Schals und setzen sich in die beiden Sitze vor Antonia. Das würde Antonia eigentlich kaum stören. Aber fünf Minuten, nachdem der Zug wieder losgefahren ist, stellt einer der Männer, der jüngere, der im Fenstersitz direkt vor Antonia Platz genommen hat, seine Sitzlehne nach hinten. Antonia sieht sein Gesicht von der Seite, sie schätzt ihn auf Mitte, Ende dreißig. Er ist ein kräftiger, fast bulliger Typ mit einem breiten Gesicht. Der Ältere ist hochgewachsen und schlank und wahrscheinlich in Antonias Alter, Mitte fünfzig. Der jüngere Mann wirkt frisch und zufrieden, der Ältere müde und angespannt. Sie unterhalten sich und dadurch, dass der Jüngere seinen Sitz nach hinten verstellt hat, kann Antonia das Gespräch mithören. Aber das will sie nicht, die beiden Männer sind ihr zu nah. Sie ärgert sich und die Wärme verzieht sich aus ihren Gliedern. Sie wird unruhig, die Muskeln in ihren

Armen zucken. Sie spürt ein leichtes Stechen in der Stirn und ein Kribbeln im Hinterkopf. Sie sucht nach einem Fluchtweg, kramt nach ihrem MP3-Player und hängt ihn sich um den Hals. Etwas hält sie davon ab, die Kopfhörer in die Ohren zu stecken und das Gerät einzuschalten. Die ruhige Stimme des jüngeren Mannes klingt angenehm und sie beginnt zuzuhören. Das Stechen in ihrer Stirn lässt nach, sie wird ruhig. Die beiden Männer haben einander etwas zu erzählen und nach und nach zieht ihr Gespräch Antonia in ihren Bann.

Kurz bevor der Zug in den Hauptbahnhof einfährt, hört es auf zu regnen. Die beiden Männer haben den Zug eine Station vorher verlassen. In Gedanken ist Antonia noch bei ihnen. Sie packt ihr Buch ein, streift mit geübten Griffen ihre Jacke über, verstaut ihre linke Hand in der Jackentasche und betritt den Gang.

Teil 1

Aura

»In my work, I want to create doubt …
Because that's what we're sure of.«
Siri Hustvedt, What I loved

Toni

Die Sonne scheint. Ich will keine Sonne. Sie ist zu grell und aufdringlich noch dazu. Ich lasse überall die Jalousien der Dachfenster herunter, doch sie schleicht sich an den Seiten herein und sticht mir in die Augen. Ich werde wütend, sie soll das lassen, ich muss arbeiten, schreiben. Dabei kann ich im Moment nicht einmal lesen. Und ich kann unmöglich schreiben, wenn ich nicht lesen kann. Die Welt drängt sich mir auf. Eine Welt, die ich nicht will. Nicht nur die Sonne stört mich. Der Gestank von widerlich süßlichem Räucherwerk strömt aus irgendeinem Nachbarfenster in den Hinterhof und dann durch die Terrassentür in meine Nase. Mir wird schlecht. Ich schließe die Tür zum Wohnzimmer, auch wenn es dadurch noch stickiger wird. Die Tür zur Terrasse nach vorne kann ich nicht öffnen. Im Schulhof gegenüber übt mal wieder die Trommelgruppe. Nicht einmal geschlossene Türen und Stopfen in meinen Ohren kommen dagegen an. Es reicht zu wissen, dass sie trommeln.

Ich zwinge meine Gedanken auf einen Punkt, aber es hilft nichts, meine Gedanken hüpfen über die Dinge wie ein Stein übers Wasser und ich sehne mich danach, dass sie endlich im kühlen Nass versinken. Doch sie hüpfen ewig weiter und kommen zu nichts. Aufdringlich blinkt der Cursor auf dem leeren Blatt. Ich könnte ihn schlagen. Ich stelle mir vor, wie Dr. Blalock ihn fängt. Ich sehe Dr. Blalock genüsslich cursorkauend auf dem Schreibtisch sitzen. Die Vorstellung amüsiert mich. Ich stelle mir vor, wie ich Sol davon erzähle, wenn sie heute Abend nach Hause kommt. Wie wir den Gedanken weiterspinnen. Ein Dr. Blalock über einer zerfledderten Textverarbeitung, fenster-, symbol- und buchstabenschmausend.

Aber Dr. Blalock versucht immer nur den Mauszeiger zu fangen, nicht einmal das gelingt ihm. Und Sol kommt heute Abend nicht nach Hause. Sie wird auch morgen nicht nach Hause kommen. Ich schlucke den Kloß hinunter. Ich will jetzt nicht traurig sein. Ich will endlich Ruhe. Ich will eine leise, duftlose, dunkle Welt ohne Kloß. Solange ich die nicht habe, kann ich nicht arbeiten. Ich habe sie nicht, also kann ich genauso gut einkaufen.

Selbst das Schuhe-Anziehen geht heute schwer. Ich habe Bleigewichte an den Gliedern, Blei im Herzen, Blei im Kopf. Ich streife die Jacke über und stoße dabei den Eimer mit den Schirmen um.

»Scheiße!« Ich gebe dem Eimer einen Tritt und reiße die Wohnungstür auf. Die Tür fällt hinter mir ins Schloss, als ich merke, dass ich keinen Schlüssel habe.

Andreas, der Nachbar von gegenüber, hat einen. Ich klingle, keine Reaktion. Wahrscheinlich ist er arbeiten, er führt ein kleines Café, nur ein paar Häuser weiter. Kein Problem also. Ich steige die fünf Etagen hinunter.

Doch Andreas ist nicht im Café, hat heute frei, niemand weiß, wo er ist. Wahrscheinlich hockt er im Schatten an irgendeinem See und lässt es sich gut gehen. Für einen Moment beneide ich ihn. Aber das nützt auch nichts. Ich klettere die hundertzehn Stufen wieder hinauf.

Was nun? Kann immer noch nicht denken, in meinem Kopf summt ein Bienenschwarm.

»Pscht, ruhig, ruhig!«, murmle ich, setze mich auf die Treppe, reibe meine Augen, mein Gesicht, atme tief durch. Hinter der Tür höre ich die Stimme von Dr. Taussig. Es klingt wie: »Kommen Sie herein, kommen Sie herein.«

»Ich kann nicht, kein Schlüssel«, antworte ich. Doch das ist der alten Taussig egal, sie macht einfach weiter Rabatz. »Ach, halt doch die Klappe, Alte, so kann doch kein Mensch denken!«, zische ich. Ich versuche es trotzdem. Ich taste nach meinem Portemonnaie, wenigstens das habe ich eingesteckt. Mit Plastikkarten lassen sich Türen öffnen, das kenne ich aus dem Fernsehen. Ich bin gut ausgestattet. Bankkarte, Krankenkassenkarte, Kundenkarten vom Bioladen, vom Supermarkt, vom Kaufhaus. Ich wähle die vom Kaufhaus, weil ich sie selten benutze und weil es deshalb nicht so schlimm wäre, wenn sie bei der Aktion Schaden nähme. Ich versuche, die Karte in Höhe der Türklinke zwischen Tür und Türrahmen zu schieben, aber eine Leiste verdeckt die Ritze. Eigentlich gut, weil einbruchsicher, zumindest für Einbrecher, die diese Methode des Eindringens ins Wohnungen bevorzugen, nur für mich gerade schlecht. Die Tür zur Nachbarwohnung öffnet sich. Eine Frau kommt heraus, ich sehe sie zum ersten Mal. Bis vor Kurzem stand die Wohnung leer. Jetzt strömt daraus der Duft von frisch gebackenem Kuchen in den Hausflur.

»Ich habe mich ausgesperrt«, sage ich. Sie soll ja nicht denken, ich würde hier einbrechen.

Sie ignoriert mich einfach, zieht die Tür zu und geht die Treppe hinunter. Auch gut. Ich blicke ihr einen Moment nach, dann wende ich mich wieder meinem Problem zu.

Joshua

Joshua steht am geöffneten Fenster und blickt in den kargen Hinterhof. Er bewegt sich nicht und doch perlt der Schweiß auf seiner Stirn. Es ist Juli, die Schulferien haben vorletzte Woche begonnen, deshalb hat er die Praxis für sich. Ulrike ist mit ihrem Sohn in Urlaub gefahren, liegt an der Ostsee am Strand. Das ist wahrscheinlich der einzige Ort, an dem es sich im Moment aushalten lässt. Warum ist er nicht auch dort? Warum sagt er nicht einfach seinen Klienten ab, packt seine Koffer und folgt ihr? Weil Brigitte durchdrehen würde. Ulrike ist schließlich frisch geschieden und frei. Wäre sie noch verheiratet, würde Brigitte ihm unterstellen, dass er etwas mit beiden hat. Neulich hat sie ihn schon gefragt, ob er schwul ist, nur weil er sich mit Thomas treffen wollte. Er hat nichts dazu gesagt. Dafür hat er sie später ordentlich gevögelt. Vielleicht war das ja Antwort genug. Sie hat sich jedenfalls nicht beschwert. Sie hat auch nicht mehr gefragt. Er schlägt sich mit der flachen Hand auf die Stirn, lacht. O Gott, was denkt er da eigentlich! Manchmal kommt in ihm doch noch der Kerl durch, der er früher einmal war und den er eigentlich überwunden zu haben glaubt. Zum Glück kann ihn niemand denken hören.

Vielleicht sollte er endlich mit Brigitte reden, erklären, warum er so froh ist, endlich wieder einen Freund wie Thomas zu haben, dass er sich schon so lange einen Freund wie Thomas gewünscht hat und dass Thomas ihm sehr wichtig ist. Aber wahrscheinlich würde sie das erst recht beunruhigen. Sie wirft ihm vor, dass er sich nicht genug für seine Familie interessiert. Die Familie soll ihm am wichtigsten sein. Und das ist sie ja auch, es gibt nichts Wichtigeres für ihn auf der Welt als Jonas. Das müsste sie doch eigentlich wissen.

Er könnte Jonas mitnehmen, abgestillt ist er ja mittlerweile. Ulrike ist auf Usedom. Wenn er mit Jonas nach Rügen fährt, kann Brigitte doch nichts dagegen haben, oder? Und Brigitte hätte dann ein paar Tage für sich. Sie hat erst vor einem Monat wieder zu arbeiten begonnen und es strengt sie noch sehr an. Es würde ihr bestimmt gut tun, sich mal zu Hause um nichts kümmern zu müssen. Sie könnte mit ihren Freundinnen ins Kino gehen, in Ruhe lesen, tun, was sie schon immer mal tun wollte. Sie jammert doch die ganze Zeit, dass sie nie eine Sekunde für sich hat und dass Joshua sich zu wenig kümmert. Joshua hat nicht das Gefühl, dass er sich zu wenig kümmert. Aber egal, als Argument taugt es, er wird heute Abend mit ihr reden. Heute ist Mittwoch, morgen könnte er noch alle Termine für nächste Woche absagen. Er hat zurzeit keine Klienten, für die das ein Problem wäre. Er hat im Moment ohnehin nicht so viele Klienten, aber das erzählt er Brigitte besser nicht, sonst fängt sie an, sich unnötig Sorgen zu machen. Dass etwas mit ihm nicht stimmt. Dass er nicht genug Geld nach Hause bringt. Dass die Familie in Not gerät. Am liebsten würde er Brigitte gleich anrufen und alles klarmachen. Aber Brigitte mag es nicht, wenn er sie bei der Arbeit anruft. Das kann er verstehen. Er stellt auch das Telefon ab, wenn er Klienten hier hat, das geht gar nicht anders. Neuerdings stellt er es auch manchmal ab, wenn er keine Klienten hat. Aber nicht zu oft, Thomas könnte ja anrufen.

Er setzt sich an seinen Schreibtisch. Die letzte Klientin für heute hat vor einer halben Stunde die Praxis verlassen. Er hat sich ein paar Notizen gemacht, den morgigen Tag geplant. Eigentlich könnte er nach Hause gehen. Aber er hat keine Lust, nach Hause zu gehen. Am liebsten würde er eine Weile durch den Park schlendern, am See ein Eis essen. Danach könnte er sich einen Film ansehen, er war schon lange nicht mehr im Kino. Er könnte Thomas anrufen und ihn fragen, ob er ihn begleitet. Auch hinterher auf ein Bier. Es gibt eigentlich keinen Grund, das alles nicht zu tun. Brigitte wird Jonas nach der Arbeit von ihrer Mutter abholen. Brigitte könnte einen ruhigen Abend mit Jonas verbringen. Und wenn Brigitte sich dann morgen einen netten Abend mit einer Freundin machen will, kann er sich um Jonas kümmern. Machen das Paare nicht normalerweise so? Er würde Jonas seinen Brei geben, ihn wickeln, ihn ins Bett bringen, ihm eine Gute-Nacht-Geschichte vorlesen, auch wenn er sie noch nicht versteht, wie Brigitte ihm immer vorhält. Es ist die Stimme, auf die es ankommt, nicht so sehr die Geschichte, das hat er ihr schon oft erklärt. Nach dem Lesen würde er das Babyfon einschalten und sich vor den Fernseher setzen oder mal wieder ein Buch lesen. Ab und zu würde er in Jonas' Zimmer gehen, nachsehen, ob alles in Ordnung ist, Jonas beim Schlafen zusehen, still vor sich hinlächeln. Es könnte so schön sein.

Seit wann ist ihm die Lust vergangen, abends nach Hause zu gehen? Er weiß es nicht mehr. So richtig bewusst wurde es ihm erst vor ein paar Tagen. Eigentlich war es Thomas, der ihn darauf gebracht hat. Joshua hat sich mit ihm spontan zu einem Bier getroffen. Als es langsam Zeit wird zu gehen, fragt Thomas: »Du gehst nicht mehr gerne nach Hause?«

Und als Joshua nicht antwortet, fragt er: »Dir geht es nicht gut, was?« Joshua weiß nicht, was er antworten soll, und Thomas fragt nicht weiter. Vielleicht hat er bemerkt, dass es Joshua bisher selbst noch nicht klar war, dass er erst darüber nachdenken muss. Joshua hat darüber nachgedacht. Nein, es geht ihm wirklich nicht gut. Er möchte nicht über jeden seiner Schritte Rechenschaft abgeben müssen. Er braucht etwas Luft zum Atmen, er möchte manchmal einfach sein dürfen, wie er ist. Was soll er Brigitte sagen? Männer, die jammern, wie schwer sie es haben, gehen ihm auf die Nerven. Klar haben Männer sich an der Hausarbeit zu beteiligen, Väter an der Kindererziehung. Klar dürfen Frauen genauso Karriere machen wie Männer. Er hat das nie in Zweifel gezogen. Das ist nicht das Problem, auch wenn Brigitte es immer so darstellt. Was ist dann das Problem? Ist er wirklich dabei, sich in einen schweigsamen, mürrischen Macker zu verwandeln? Oder war er das vielleicht schon immer, ist es geblieben, auch als seine wilden Jahre vorbei waren? Er kann es nicht fassen, nicht greifen. Sein Kopf funktioniert heute nicht richtig. Eigentlich funktioniert er eine ganze Weile schon nicht mehr, aber heute ist es besonders schlimm. Er kann sich nicht konzentrieren. Er konnte sich schon bei der Sitzung vorhin nicht konzentrieren. Dauernd hat er den Faden verloren. Eigentlich sollte er die Sitzung überhaupt nicht berechnen, so wenig war er bei der Sache. Seine Klientin hat ihn genervt, immer dieselbe alte Leier jede Woche. Sie ist schon seit zwei Jahren bei ihm und hat sich keinen Deut weiterentwickelt. So kommt es ihm im Moment jedenfalls vor. Vielleicht sollte er es ihr endlich einmal sagen. Vielleicht sollte er die Therapie abbrechen. Es wäre das erste Mal, dass ein Therapieabbruch von ihm ausgeht.

Sonst waren es immer seine Klienten, die nicht mehr wollten. Oder die Krankenkasse, die nicht mehr zahlte. Meistens war es einfach irgendwann Zeit aufzuhören.

Joshua ist gerade dabei, seine Sachen zusammenzupacken, als es an der Tür klingelt. Thomas? »Ich dachte, du bist bestimmt bald fertig und wir können so deinen Feldwebel umgehen«, hört er ihn schon sagen. »Dein Feldwebel«, so nennt Thomas Brigitte gelegentlich. Eigentlich müsste Joshua Brigitte verteidigen, Thomas verbieten, so über sie zu sprechen, über die Frau, die Joshua heiraten wird, die Frau, mit der er ein Kind hat, die Frau, die er liebt, in die er doch eigentlich noch verliebt sein müsste. Natürlich ist es nicht Thomas, auch Thomas kann sich nicht dauernd mit ihm treffen, er hat ja schließlich auch Familie und einen Job. Manchmal hat Joshua Angst, ihn zu sehr zu belästigen.

Es ist eine Frau. Joshua kennt sie nicht. Eine neue Klientin? Er möchte keine neuen Klientinnen annehmen, nicht jetzt. Aber die Frau fragt nicht nach einem Termin. Sie erzählt eine wirre Geschichte, die Joshua nicht interessiert. Er versteht nur so viel, dass sie sich wohl ausgesperrt hat und telefonieren möchte. Joshua führt sie in sein kleines Büro, eine ehemalige Speise- und Abstellkammer. Joshua fiel es immer schwerer, seine Schreibarbeiten zu Hause zu erledigen. Es war Ulrikes Idee, die Kammer zu einem Büro für ihn umzufunktionieren. Sie selbst kann ganz gut zu Hause arbeiten. Jetzt steht hier ein kleiner Schreibtisch am Fenster mit einem Drehstuhl davor. Joshua bittet die Frau, auf dem Stuhl Platz zu nehmen, und reicht ihr das Telefon. Er bleibt an der Tür stehen, unschlüssig, ob er sie alleine lassen soll. Aber sie dreht sich zu ihm, während sie eine Nummer wählt, und lächelt ihn an. Ein Spaghettiträger ihres gelben Oberteils hängt herunter. Sie stellt die Füße auf den Drehstuhl, der grüne Rock gleitet langsam über ihre nackten Schenkel. Ein Rinnsal aus Schweiß fließt über ihren Hals in ihren Ausschnitt und verschwindet zwischen ihren Brüsten. Joshua sollte eigentlich nicht hinsehen, aber er kann es nicht lassen. Durch das Fenster weht der Gestank von Räucherwerk, so widerlich süß, dass es ihn würgt. Er spürt ein leichtes Pochen in der Stirn, ihm ist schlecht. Er fühlt den Drang, der Frau in den Ausschnitt zu fassen, er möchte ihr das Schweißrinnsal vom Hals lecken. Er sieht sich ihren Rock hochschieben. Seine Muskeln in den Armen zucken, er muss sich beherrschen. Zum Glück erreicht sie gleich jemanden. Sie bedankt sich bei ihm, reicht ihm die Hand zum Abschied, hält sie länger als notwendig, so kommt es ihm jedenfalls vor, lächelt ihn an. Für einen Moment ist er versucht zu fragen, ob sie noch einen Moment bleiben will. Doch die Gelegenheit verstreicht, er begleitet sie zum Ausgang, schließt die Tür, setzt sich an den Schreibtisch in seinem Kabuff, versucht, sich zu beruhigen. Einen Moment überlegt er, ob er sich selbst Erleichterung verschaffen soll. Doch dann klingelt das Telefon.

»Kannst du auf dem Nachhauseweg ein paar Tomaten mitbringen?«, hört er Brigittes genervte Stimme durch das Telefon. Und er fragt sich, was er wohl jetzt schon wieder angestellt hat.

Toni

Dr. Taussig hat Verstärkung bekommen, Dr. Blalock hat sich zur ihr gesellt und nun drängeln sie gemeinsam. »Wenn Sie hier rumschreien, geht's auch nicht schneller. Wie wär's, wenn Sie mir mal behilflich wären. Sie können doch Türen öffnen, Dr. Blalock, vor allem dann, wenn Sie es nicht sollen. Jetzt dürfen Sie, ich bitte Sie darum.«

Nichts, nur das Gejammere geht weiter: »Kommen Sie herein, geben Sie uns zu essen, schenken Sie uns Ihre Aufmerksamkeit!« So geht es in einem fort.

»Sie haben es doch nicht etwa verlernt, Dr. Blalock?«, versuche ich ihn bei der Ehre zu packen und als auch das nichts hilft, gehe ich zu Drohungen über: »Sie werden verhungern, wenn Sie mich nicht hereinlassen, Sie werden in Ihrem Dreck ersticken, niemand wird Ihnen jemals wieder den Bauch kraulen.«

Das scheint zu wirken, hinter der Tür ist es still geworden. Aber sonst tut sich nichts. Die werden doch nicht einfach abgehauen sein? Ich versuche es jetzt telepathisch, konzentriere mich auf das Bild der Türklinke, sehe Dr. Blalock springen, sehe mich von außen gegen die Tür drücken, sehe mich in den Flur fallen. Ich versuche, Dr. Blalock die Vorstellung zu schicken. Keine Reaktion. Vielleicht sollte ich Dr. Taussig als Medium verwenden. Sie ist doch die Tüftlerin, diejenige, die immer einen Weg findet. In Zimmer, die sie nicht betreten soll. In Einkaufstüten mit Wurst, die nicht für sie bestimmt ist. In Regenrinnen, die – wie der Name schon sagt – dafür da sind, dass in ihnen der Regen rinnt und nicht dafür, dass flauschige ältere Damen in Begleitung ihrer flauschigen Brüder darin spazieren gehen. Ich wette, das mit dem Klinkenspringen war auch Taussigs Idee und sie überlässt Blalock nur die Ausführung. Sie lässt Blalock gerne für sich arbeiten. Das soll sie jetzt auch tun. Ich versuche, mit ihr auf telepathischem Weg in Kontakt zu kommen. Nichts. Ich wünschte, ich hätte einen Kurs in Tierkommunikation besucht, wie ich es schon immer mal wollte.

Okay, ich gebe es auf, ich muss es wohl alleine hinkriegen. Schlüsseldienst kommt nicht in Frage, das würde mich ruinieren. Auf Andreas warten? Zur Not. Aber hatten nicht Elfi und Katharina schon immer Schlüssel zu unseren Wohnungen? Ja, ich bin mir ziemlich sicher, dass wir kurz nach unserem Einzug auch einen Schlüssel von dieser Wohnung bei ihnen deponiert haben. Nun muss ich hoffen, dass eine der beiden zu Hause ist. Mein Handy ist in der Wohnung. Mein Fahrradschlüssel auch, der hängt nämlich am Schlüsselbund. Vielleicht sollte ich beides am Körper befestigen, möglichst mit Stahlketten. Die Telefonzellen, die ich finde, nehmen nur Telefonkarten, aber das ist sowieso egal, weil ich mir Telefonnummern grundsätzlich nicht merken kann. Nicht einmal die von Elfi und Katharina, die wir schon lange kennen. Aber was soll's, ich bin gut zu Fuß, drei Kilometer sind fast nichts, mit den Öffentlichen dauert es länger, also mache ich mich auf gut Glück auf den Weg.

Und ich habe Glück, ich treffe Elfi vor ihrer Haustür, auf dem Weg zu einem Hausbesuch. Elfi ist Physiotherapeutin. Zwei Minuten später und sie wäre weg gewesen. Endlich beginnt meine Glückssträhne! Federnden Schrittes mache ich mich auf den Weg nach Hause. Doch ich werde aufgehalten. Vor dem Schaufenster eines Buchclubs spricht mich eine Frau an. Von Frauen auf der Straße angesprochen zu werden, hätte mir früher einmal gefallen, heute ist es mir eher lästig. Aber die plötzliche glückliche Wendung in meinem Leben stimmt mich milde. Also höre ich mir an, was die Frau zu sagen hat. Sie hält mir einen Stapel Karten hin, ich soll eine ziehen, ich könne was gewinnen, sagt sie. Ich ziehe eine Karte, die Frau nimmt sie mir aus der Hand und behauptet, ich habe ein Buch gewonnen. Dann verschwindet sie im Laden, um es zu holen. Noch bin ich misstrauisch, frage mich, wo der Haken ist. Sie kommt zurück, drückt mir eine Tüte in die Hand. Natürlich fragt sie mich auch noch, ob ich Interesse hätte, dem Buchclub beizutreten. Ich sage nein und darf die Tüte trotzdem behalten. Es ist tatsächlich ein Buch drin, ein gebundenes mit einem beruhigenden blauen Schutzumschlag. Es heißt »Das Eiskind«. Genau, was ich brauche, ein Buch, klar und kühl. Ich trage das kühlende Buch unter meinem Arm und fühle mich reich beschenkt. Ein Schlüssel in meiner Hosentasche und ein Buch unter dem Arm, was will ich mehr. Etwas zu essen natürlich, mein Kühlschrank ist leer. Der Duft, der einem Imbiss entströmt, macht mich nicht aggressiv, er lockt mich sogar. Wolken haben sich vor die Sonne geschoben, es bläst ein erfrischender Wind. Ich bin sicher, es wird gleich ein Gewitter geben.

Dr. Taussig und Dr. Blalock erwarten mich im Flur. Ich löffle Futter auf ihren Teller und sie fallen darüber her, als hätten sie zwei Wochen nichts mehr bekommen. Ich setze mich mit meinem fleisch- und salatgefüllten Fladenbrot auf das Sofa, klappe das Buch auf und versinke kauend in eine andere Welt.

Kurze Zeit später fängt es in meinem Kopf an zu summen. Diesmal kein Bienenschwarm. Es ist das Summen von Gedanken, wenn sie zueinander finden. Nein, eigentlich ist es kein Summen, es ist mehr ein Schnurren. Ein Schnurren, so laut wie das von Dr. Taussig und Dr. Blalock, wenn sie auf meinem Schoß liegen, wenn sie ihre Köpfe in meine Armbeuge drücken. Wenn ich ihnen so nah und vertraut bin, dass ich sie duze. So nah und vertraut werde ich auf einmal mit meinen Gedanken. Sie rollen sich zusammen in meinem Kopf, sie werfen sich auf den Rücken und schnurren. Und ich kraule ihnen den Bauch und lächle verzückt.

Joshua

»Mit Thomas?«, fragt Brigitte, als Joshua ihr von seinen Reiseplänen erzählt.

»Nein, nicht mit Thomas und auch nicht mit Ulrike«, antwortet er. Warum eigentlich nicht mit Thomas? Er könnte ihn fragen.

»Wie kommst du auf Ulrike?«, fragt Brigitte irritiert.

»Weil Ulrike im Moment auf Usedom ist. Habe ich das nicht erzählt?«

Brigitte antwortet nicht. »Was ist eigentlich in letzter Zeit mit dir los?«, fragt sie.

»Was soll mit mir los sein? Ich bin nur etwas müde, ich könnte ein paar Tage Urlaub gebrauchen.«

»Und ich soll hier alleine rumhocken.«

»Ich dachte, dir könnten ein paar Tage ohne uns auch gut tun. Und wir fahren ja im September noch einmal alle zusammen weg.«

»Hm.« Sie füllt Wasser in den großen Pastatopf und sagt nichts mehr.

Erst als sie gemeinsam am Tisch sitzen, beginnt sie wieder zu reden. Sie erzählt von der kleinen Sophie, die einen Schnupfen hat, und vom kleinen Johannes – »Stell dir vor, der kommt schon in die Schule.« Joshua ist versucht zu sagen, dass dies zu erwarten war, schließlich ist er vor zwei Monaten sechs geworden, Joshua erinnert sich noch genau an den langweiligen Kindergeburtstag –, aber er verkneift sich die Bemerkung. Während des Essens blubbert Brigitte weiter von Konstantin und Jessica, von der alleinerziehenden Monika und ihrem Balthasar. Er tut so, als würde er zuhören, wirft hin und wieder einen Satz ein, eine Frage, ein Hm, ein Ja, ein Na so was. Darin hat er ja Übung. Er wird schon nichts Wesentliches verpassen.

Joshua übernimmt das Aufräumen der Küche, während Brigitte Jonas ins Bett bringt. Er sprüht die Spüle mit Essigreiniger ein und lässt ihn eine Weile einwirken, dann reibt er mit einem Lappen darüber und zum Schluss die Spüle mit einem trockenen Tuch blank. Brigitte möchte es so. So muss es auch nach jedem Duschen und Baden mit der Badewanne gemacht werden. Damit sich kein Kalk ablagert, sagt Brigitte. Seinetwegen müsste das nicht sein. Ihm würde es reichen, Bad und Küche einmal in der Woche gründlich zu reinigen. Oder eine Putzfrau damit zu beauftragen. Ruth und er hatten eine. Für Brigitte ist es rausgeschmissenes Geld.

Als er fertig ist, setzt er sich noch einen Moment zu Jonas. Die Spieluhr über seiner Wiege ist noch nicht abgelaufen, aber er schläft schon. Joshua streicht ihm mit dem Finger über die Wange und macht sich auf den Weg ins Wohnzimmer. Brigitte hat sich in ein Buch vertieft.

Das mochte er früher mit Ruth, gemeinsam auf dem Sofa sitzen, lesen oder einen Film ansehen. Manchmal haben sie sich gegenseitig etwas vorgelesen oder sie haben sich hinterher über den Film unterhalten oder noch während er lief, ihre Kommentare abgegeben, zusammen gelacht. Ja, sie haben immer sehr viel zusammen gelacht. Joshua holt seinen Krimi aus dem Schlafzimmer und setzt sich ans andere Ende des Sofas.

Es dauert nicht lange und Brigitte klappt ihr Buch zu und gähnt. Sie rutscht auf dem Sofa zu Joshua herüber, legt ihren Kopf auf seinen Schoß. Er streicht ihr über das Haar und liest weiter. Sie knöpft sein Hemd auf und streichelt seine nackte Brust. Er klappt das Buch zu und legt es weg. Er schließt die Augen und denkt an Schweißrinnsale auf Dekolletés und grüne Röcke, die über Schenkel rutschen. Ihm ist heiß.

Nach dem Vögeln kuschelt Brigitte sich an ihn. »Wir könnten doch zusammen fahren«, sagt sie. Ihr Höschen hängt an ihrem Knöchel, sie zappelt mit dem Fuß, schüttelt es ab. Joshua sucht nach einer Antwort, die sie nicht verletzt, aber ihm fällt keine ein. Egal, sie ist ohnehin schon eingeschlafen.

Joshua liegt neben Brigitte im Bett. Er hört ihre regelmäßigen Atemzüge, betrachtet ihr langes blondes Haar, das im Licht der Straßenlaterne leuchtet. Eigentlich sollte er auch schlafen. Kein Wunder, dass er immer so müde ist, wenn er kaum schläft. Er wälzt sich aus dem Bett, geht ins Wohnzimmer, setzt sich auf das Sofa und betrachtet den Baum vor dem Fenster. Er sehnt sich nach wiegenden Ästen im Wind. Aber kein Lüftchen weht. Das Gewitter am Nachmittag war nur sehr kurz und hat kaum für Abkühlung gesorgt. Es ist schon seit Wochen heiß und stickig, auch nachts kühlt es kaum noch ab.

Er schaltet die Stehlampe neben dem Sofa ein und greift nach seinem Buch. Doch er kann sich nicht konzentrieren. Warum nicht morgen früh einfach die Sachen packen, Jonas schnappen und nichts wie weg? Er könnte sich ein Auto mieten. Einfach verschwinden auf Nimmerwiedersehen. Morgen arbeitet Brigitte nicht, er kann Jonas also nicht einfach bei ihrer Mutter abholen und sagen, dass Brigitte heute länger arbeiten muss und er deshalb Jonas abholen soll. Er müsste Brigitte irgendwie aus dem Haus locken, ihr anbieten, auf Jonas aufzupassen. Aber mit welcher Begründung? Nein, so etwas erfordert gute Planung. Er könnte ihr einen Wellnesstag schenken, ja, das wäre eine gute Idee. Er setzt sich an den Schreibtisch, schaltet sein Notebook ein und recherchiert. Aber nicht lange. Statt nach Wellnessangeboten sucht er Seiten über die kälteren Regionen dieser Welt. Island, Grönland, Alaska. Er sieht sich schon irgendwo in Island in einer Hütte. Und was ist mit Thomas, wird er Thomas nicht vermissen? Was wird Thomas davon halten? Was machst du dort, hört er Thomas fragen, wovon wirst du leben? Aber er hat ja genug Geld, er könnte so viel wie möglich flüssig machen und mitnehmen. Aber kannst du es aushalten, dich immer zu verstecken, denn das musst du, wenn du deinen eigenen Sohn entführst, der Mutter wegnimmst, das ist dir doch klar, oder? Und Brigitte? Ist es dir egal, wie es Brigitte geht? Du musst verrückt sein, so etwas der Frau anzutun, die du doch liebst. Aber liebt er sie überhaupt noch? Er sucht nach einem Gefühl für sie, doch er findet keins. Es ist irgendwo verschüttgegangen, in einem Alltag, den er so nie wollte. Er wollte ein Kind, ja, aber wollte er jemals so leben? Er hätte ein Kind mit Ruth haben sollen, damals, als es noch möglich war, rechtzeitig. Vielleicht hätte er sie dann gar nicht erst verlassen. Doch irgendwann war alles zu spät. Ruth ist krank geworden, konnte keine Kinder mehr bekommen. Dann kam Brigitte, dann Jonas. Hätte er Ruth jemals für Brigitte verlassen, wenn Jonas nicht gewesen wäre? Damals war er sich sicher. Damals? Jonas ist ein halbes Jahr alt, Brigitte war im dritten Monat schwanger, als er mit Ruth geredet hat. Doch kommt es ihm vor, als wäre das alles Jahrzehnte her. Damals wollte er nicht nur Jonas, er wollte weg, in ein anderes, ein neues Leben. Jetzt will er wieder weg, wieder in ein anderes Leben. In ein Leben mit Ruth und Jonas. Aber natürlich kann er Brigitte nicht verlassen und Jonas einfach mitnehmen.

Genauso wenig wie er sich einfach Jonas schnappen und nach Island auswandern kann. Und Jonas nur noch ab und zu sehen, das kann er sich nicht vorstellen. Aber vielleicht wäre es ja möglich, dass sie sich Jonas teilen, dass er zur Hälfte bei Brigitte und zur Hälfte bei ihm bleibt. Aber wäre ihm ein halber Jonas genug? Selbst wenn, so einfach ist das alles nicht. Und ob Ruth ihn überhaupt zurückhaben will, ist völlig unklar. Sie hat die Trennung erstaunlich gut verkraftet. Im Moment weiß er nicht einmal, wo sie ist. Sie haben das Haus verkauft, seither reist Ruth durch die Welt. Er hat sie schon seit Ewigkeiten nicht mehr gesehen. Der Scheidungstermin ist in gut drei Monaten, dann werden sie sich zwangsläufig wieder begegnen. Er freut sich darauf.

Das Gras ist immer grüner auf der anderen Seite des Zauns, kommt ihm eine Redewendung in den Sinn. Vielleicht ist das sein Problem. Er ist nie zufrieden mit dem, was er hat. Er schielt immer nach dem anderen. Es muss nicht einmal neu sein, es muss nur woanders sein als da, wo er gerade ist. Er kann nicht immer von einem Ort zum anderen hetzen. Aber das hat er doch nicht getan, er war immerhin fünfundzwanzig Jahre lang mit Ruth verheiratet. Aber auch Ruth hat ihm eigentlich nie gereicht.

Es zieht ihn in Jonas' Zimmer. Er schaltet seinen Computer aus, löscht das Licht im Wohnzimmer und setzt sich zu Jonas ans Bett. Jonas, mein Sohn, denkt er stolz. Er sieht ihn wachsen, wie er laufen lernt. Sein erster Schultag, seine erste Freundin, Abitur. Sie, zusammen am Lagerfeuer, ein alter grauhaariger Mann und ein junger Mann. Sie braten Würstchen an Holzspießen. Sie lachen. Sie sind Freunde. Sie sind glücklich. Eigentlich hat er alles, was er braucht. Eine junge attraktive Frau, einen prächtigen kleinen Sohn, eine Psychotherapiepraxis und seit Neustem sogar einen richtig guten Freund. Und ab und zu, trotz seines Alters, noch einen netten kleinen Fick nebenbei. Ja, er sollte wirklich zufrieden sein.

Toni

Stille, zumindest, solange ich das Wachs in meinen Ohren habe. Aber es nützt nichts. In dieser Jahreszeit kann ich erst schreiben, wenn die Sonne hinter dem Dach des Hauses gegenüber verschwunden ist. Manchmal versuche ich es trotzdem schon früher. Selten gelingt es mir. Meistens fühle ich mich schlecht, wenn ich versage. Mitte fünfzig und noch nichts in meinem Leben erreicht – so fühlt es sich dann an. Ein Gefühl, das ich vermeiden sollte, indem ich mich tagsüber um andere Dinge kümmere. Mein Geschirr, den Einkauf, mein Geschäft. Bücher sind mein Geschäft. Ich kaufe Kisten billiger Bücher für wenig Geld und verkaufe sie dann einzeln für etwas mehr Geld. Alles im Versand natürlich, so brauche ich keinen Laden. Reiseführer gehen am besten, habe ich festgestellt. Ich halte mich damit einigermaßen über Wasser, seit Sol nicht mehr da ist. Sol hat das Geld nach Hause gebracht, das es mir eine Zeit lang ermöglicht hat, in Ruhe zu schreiben. Es lag also nicht an finanziellen Schwierigkeiten, dass ich schon früher nur wenig geschrieben habe. Es gibt so viele Dinge, die stören können, das Licht, die Hitze, der Lärm, die Müdigkeit, die Angst, die vor allem. Jetzt, wo ich noch das Geschäft mit den Büchern habe, scheine ich fast mehr zu schreiben als früher. Vielleicht, weil ich schreiben muss. Aber schreibe ich, was ich schreiben will? Ich schreibe, wie es Menschen miteinander treiben. Frauen, Männer, zu zweit, in Gruppen, miteinander, mit sich selbst, mit Liebe, ohne Liebe, in der Fantasie. In meiner Vorstellung ist alles möglich. Deshalb kann ich auch über Sex schreiben, obwohl ich schon lange keinen mehr hatte, jedenfalls nicht in Gesellschaft. Warum schreibe ich über etwas, was mich offensichtlich nicht mehr wirklich interessiert? Weil ich schreiben möchte. Weil es sich verkauft, denn schließlich möchte ich, dass das, was ich schreibe, auch gelesen wird. Natürlich macht es mir auch Spaß. Es muss mir Spaß machen, sonst wäre es zu merken. Meine Geschichten würden keine

Lust machen, wenn es mir keinen Spaß machte, sie zu schreiben. Schreiben ist eine der unaufwendigsten Möglichkeiten, sich selbst zu malträtieren und dabei auch noch Lust zu empfinden. Das Schreiben von Pornografie treibt dies auf die Spitze. Und natürlich verrate ich damit auch, was mich selbst antörnt. Anfangs hat mich das gestört. Mittlerweile ist es mir egal. Ich habe mich daran gewöhnt. Vielleicht versuche ich auch einfach, nicht mehr daran zu denken. Ich sperre ihn einfach weg, den Gedanken. Vielleicht brauche ich deshalb so viele Räume. Einen zum Schlafen, einen zum Existieren, einen, den ich nie betrete, und den vierten für den ganzen Rest. Den schließe ich gelegentlich auf, hole mir heraus, was ich brauche. Ein paar Tropfen Blut, ein paar Rinnsale Schweiß, etwas nackte Haut. Muskeln und Knochen. Ein Stück klopfendes Herz. Atem. Dann verschließe ich ihn wieder. Oder ich bilde mir ein, dass ich ihn wieder verschließe.

Eigentlich ist es völlig egal, was ich schreibe. Ich könnte eine Fallot'sche Tetralogie beschreiben und würde mich verraten. Dass ich überhaupt über eine Fallot'sche Tetralogie schreibe, verrät ja schon einiges. Was das ist? Ein Herzfehler, eigentlich eine Kombination verschiedener Herzfehler. Vier, um genau zu sein, deshalb Tetralogie. Ich würde gerne einmal eine Geschichte über eine Frau mit einem Herzfehler schreiben. Ich würde gerne über irgendetwas anderes schreiben als übers Vögeln. Aber wenn mir überhaupt etwas einfällt, dann sind es diese merkwürdigen Geschichten. Mysteriöse Unbekannte, die an der Tür klingeln, weil sie sich ausgesperrt haben und vom Nachbarn auf dem Schreibtisch gevögelt werden. Oder sie wollen eigentlich nur eine Tasse Zucker und zwei Tage später masturbieren sie auf dem Sofa in der Nachbarwohnung zu einem Porno von Andrew Blake. Manchmal wird mir schlecht von diesen Geschichten, manchmal will ich diese Bilder nicht mehr sehen. Manchmal wünsche ich mir eine Fantasie, keusch wie eine Nonne.

Es klingelt. Ich bin in der Küche und gieße mir einen Tee auf, nur deshalb bekomme ich es überhaupt mit. Wenn ich am Schreibtisch sitze, mit meinen Wachsklumpen in den Ohren, höre ich manchmal nicht einmal das Telefon. Ich öffne. Es ist eine mysteriöse Unbekannte mit einer Tasse in der Hand. Auf den zweiten Blick kommt sie mir gar nicht mehr so unbekannt vor. Es ist die Frau, die ich aus der Tür nebenan habe kommen sehen. Meine neue Nachbarin, frisch eingezogen. Unsere Klingelschilder berühren sich fast. Sie braucht Zucker. Ich muss lachen. Sie blickt mich irritiert an. Ich bitte sie herein, durchsuche meine Küchenschränke nach Zucker. Aber ich habe nur ein paar Tütchen Vanillinzucker, zwei Zuckerwürfel – von »anno dunnemals«, wie Sol sagen würde – und ungefähr zehn Jahre alten Süßstoff. Das weiß ich deshalb so genau, weil ich damals eine Geliebte hatte, die Süßstoff in ihren Kaffee nahm. Ich selbst kann gesüßten Tee oder Kaffee nicht ausstehen, Sol trank alles ungesüßt und schwarz. Die mysteriöse Unbekannte möchte einen Kuchen backen, das geht nicht mit dieser Art Süßstoff, egal, wie alt er ist. Und meine zwei Zuckerwürfel und der Vanillinzucker sind nicht wirklich ihre Rettung. Also erkläre ich ihr den Weg zu dem kleinen Laden an der Ecke, der um diese Zeit noch geöffnet hat.

Ich bin froh, als sie wieder weg ist. Ich gieße mir Tee ein, gehe zurück in mein Arbeitszimmer, stopfe mir Wachs in die Ohren und fange endlich an.

Joshua

Er sitzt an seinem Schreibtisch, als es wieder losgeht. Es ist immer ungefähr dieselbe Zeit, sieben, Viertel nach sieben. Eigentlich müsste er darauf gefasst sein. Wahrscheinlich kommt der Typ um diese Zeit von der Arbeit nach Hause. Trotzdem zuckt Joshua jedes Mal wieder zusammen, wenn ihm von einem Moment auf den anderen durch das Hinterhoffenster

Heavy-Metal-Klänge entgegenschmettern. Er schließt das Fenster, doch es hilft nicht viel. Er nimmt sein Notizbuch und seinen Lieblingsstift vom Schreibtisch und geht in eines der vorderen Therapiezimmer. Natürlich schließt er beide Türen, die zu seiner Schreibkammer und die zum Therapiezimmer. Er hört die Musik trotzdem, spürt das Vibrieren der Bässe auf seiner Haut, in seinem Magen. Es hilft auch nicht zu wissen, dass das eigentlich nicht sein kann, weil der Typ im Hinterhaus wohnt und die Praxis im Vorderhaus liegt.

Joshua macht ein paar Notizen über die letzte Sitzung, nicht so gründlich, wie er eigentlich sollte und vorhatte, denn das leise Wummern – mag es nun eingebildet oder wirklich sein – macht ihn unruhig. Seine Hände kribbeln und er spürt einen Anflug von Übelkeit. Trotz der Hitze fröstelt es ihn unangenehm.

Vielleicht sollte er doch mal wieder seine Entspannungsübungen machen. Damit hat er seine Lärmempfindlichkeit früher ganz gut in den Griff bekommen. Und mit Sport. Sport ist fast noch wichtiger. Es gab Zeiten, da hatte er nur noch selten Anfälle und wenn, dann ganz leichte. In letzter Zeit werden sie wieder stärker und vor allem kommen sie häufiger. Meistens hat er nicht einmal Kopfschmerzen. Oft spürt er nur eine leichte unterschwellige Übelkeit und ein dumpfes Gefühl im Kopf. Manchmal nicht einmal das, dann kann er sich einfach nicht mehr konzentrieren und seinen Blick nicht mehr fokussieren. Er hat das Gefühl, als schwebe er einen Zentimeter über dem Boden, und er kann Abstände nicht mehr richtig einschätzen. Seine Bewegungen werden unkoordiniert. Er greift nach seiner Tasse und schubst sie zu Boden. Er verliert den Faden. Er beginnt etwas zu tun und hat schon im nächsten Moment vergessen, was er eigentlich wollte. Oder er weiß nicht mehr, wie es geht. Das Telefon in die Hand nehmen und dann? Es wieder weglegen und stattdessen den Stift nehmen. Oder die Hände schweben sekundenlang über der

Tastatur, ehe er es bemerkt. Manchmal muss er lange überlegen, bis es ihm wieder einfällt. Manchmal will es ihm partout nicht einfallen. Es ist wie in diesen Träumen, in denen die Zeit drängt, etwas unbedingt erledigt werden muss, aber es geht einfach nicht. Dauernd kommt etwas dazwischen, ein Gedanke, ein Geräusch, Menschen, die gar nicht hier sein sollten. Oder Leere im Kopf. Und die Aufgabe lässt sich einfach nicht lösen. Mittlerweile kennt Joshua diese Anfälle gut, er hatte sie schon immer. Wären sie neu, würde er sich vielleicht Sorgen machen, einen Neurologen konsultieren. Aber er weiß, es ist nur seine Migräne.

Joshua klappt sein Notizbuch zu und bringt es zurück in sein Kabuff. Sein Puls steigt, als er die Kammer betritt und der Hinterhofschall sein Ohr erreicht. Er beeilt sich, wegzukommen, auch wenn er nicht weiß, wohin eigentlich.

Er trifft sie im Treppenhaus. Gerade, als er abschließen will, geht sie an ihm vorbei die Treppe hinunter. Sie bleibt stehen, wartet einen Moment, dreht sich zu ihm um, schaut ihn lange an.

Sie treiben es in seiner kleinen Kammer auf dem Schreibtisch, das Fenster steht sperrangelweit offen. Doch diesmal stört ihn die Musik nicht, im Gegenteil, sie macht ihn erst richtig geil. Auch die Frau ist laut und auch das gefällt ihm. Es dauert nicht lange. Ein hübscher Fick, kurz und wild.

Die Musik hat aufgehört. Er hört nur die grelle Stimme der Hebamme von nebenan und ihren sich langsam beruhigenden Atem – seinen und den der Frau, die auf seinem Schreibtisch sitzt. Nass, klebrig. Auch an ihm scheint alles zu kleben. Schweiß rinnt ihm in die Augen, brennt. Er geht ins Bad, wäscht sich, kippt Wasser in sein Gesicht, trocknet sich mit einem Papiertaschentuch ab. Nicht einmal ein Kondom hat er benutzt, obwohl eine Packung in seiner Schreibtischschublade liegt. So etwas sollte ihm einfach nicht passieren, er ärgert sich über seine Verantwortungslosigkeit. Seine Aktentasche liegt im Flur, er nimmt sie, öffnet die Praxistür, tritt in den Hausflur, zieht die Tür zu, schließt ab und geht.

Toni

Die mysteriöse Unbekannte, die eigentlich meine Nachbarin ist, steht vor meiner Wohnungstür und drückt mir einen Teller in die Hand. Der Teller fühlt sich warm an. Karotten-Nusskuchen liegt darauf, frisch gebacken. Und das, wo ich noch nicht einmal Zucker für sie hatte. Ich nehme den Kuchen, bedanke mich höflich. Sonst noch was? Sie fragt nach Geschäften in der Gegend, sie kenne sich noch nicht so gut aus. Ich fühle mich genötigt, sie hereinzulassen, führe sie in die Küche, biete ihr Platz an, hole einen Zettel und einen Stift, zeichne ihr alles auf, finde sie nun nicht mehr mysteriös und unbekannt. Eine neue Nachbarin, weiter nichts. M. Fallot steht am Klingelschild. Monika, Mireille, Martina, Maike?

»Wie heißt du?«, fragt sie. Ihre Stimme klingt nach Alkohol und Zigaretten. Eine Verlassene, die sich zu Tode säuft und qualmt? Meinetwegen, solange sie sich dabei von mir fernhält. Aber ich werde ihr trotzdem antworten müssen. Da mein Nachname auf dem Klingelschild steht, nehme ich an, dass sie meinen Vornamen wissen will. Ich nenne ihn ihr.

»Aber die meisten nennen mich Toni«, füge ich unnötigerweise hinzu.

Nun will sie wissen, was ich mache. »Ich schreibe«, antworte ich, aber nur, weil der Satz »Ich verkaufe Bücher übers Internet« drei Wörter mehr hat.

»Und was?«

»Pornografie.«

Sie lächelt, glättet das Papier, auf dem ich Straßen und Geschäfte eingezeichnet habe, kritzelt darauf herum, ein Herz, ein Strichmännchen, eine Blume.

»Lebst du allein?«, fragt sie und legt den Stift auf den Tisch.

»Ja.«

»Das ist manchmal ganz schön einsam«, sagt sie.

»Finde ich nicht.«

»Vielleicht können wir ja mal ein Glas Rotwein zusammen trinken.«

»Ich trinke nicht.«

»Dann einen Tee. Klingel doch einfach bei mir, wenn du Lust hast.«

Ich antworte nicht. Wenn ich nicht klingle, wird sie es vielleicht vergessen. Sie kommt bestimmt aus einer anderen Stadt, ist einsam. Aber das wird sich bald ändern. Sie wird Menschen kennenlernen, Freundschaften schließen und nicht mehr einsam sein. Vielleicht verliebt sie sich auch bald. In eine Frau oder einen Mann, egal. Womöglich heiratet sie schon nächstes Jahr und dann bin ich sie endgültig los.

Sie geht.

Jetzt bin ich völlig aus dem Konzept. Ich schalte meinen Computer aus, schließe die Tür zu meinem Arbeitszimmer, schalte den Fernseher ein, setze mich auf das Sofa, will meine Ruhe haben. Weiter nichts als meine Ruhe. Doch die Belästigungen nehmen kein Ende. Diesmal ist es wieder dieser scheußliche Räucherwerkgestank, den irgendein Schwachkopf der Nachbarschaft aufnötigt. Dazu noch laute New-Age-Musik, sicher ganz angenehm zu hören, wenn man so etwas hören will. Aber es fragt mich niemand, ob ich es hören möchte. Und das macht mich wütend. »Ich möchte jetzt nicht mehr belästigt werden!«, sage ich laut. Weder mit Karotten-Nusskuchen und unerwünschten Rotweinteeeinladungen noch mit Lärm und Gestank. Doch kaum, dass es Sommer wird, öffnen alle ihre Fenster und werfen ihren Schallmüll in die Welt. Sie sind lästig wie Insekten, doch kein Fliegengitter hilft gegen sie und kein Zitronenöl. Nur Ohropax und manchmal nicht mal das. Ich hasse es!

Ich trete auf die Terrasse, schnuppere, lausche. Doch es

ist nicht auszumachen, welchem Hinterhoffenster, welcher Terrassentür Gestank und Lärm entweichen. Aber ich habe einen Verdacht. Ich ziehe meine Schuhe an, greife nach meinem Schlüssel und ziehe in die Schlacht.

Joshua

Frank, der Doorman des »Garten Eden«, winkt ihm freundlich zu, als er sein Fahrrad an der Loge vorbeischiebt. Es kommt ihm immer noch merkwürdig vor, hier zu wohnen, in dieser neuerbauten Enklave mitten in der Stadt mit ihren Reihenhäusern, Townhouses, wie sie genannt werden. Es war Brigittes Idee, hier ein Haus zu kaufen. Pech, dass es eins zu kaufen gab. Sie hatten sogar die Wahl zwischen drei verschiedenen, entschieden sich dann für dieses, ziemlich in der Mitte der Anlage an einem kleinen Platz mit einem Brunnen. Wirklich reizend! Ein schmales Reihenhaus wie die anderen auch, vier Stockwerke, eine Dachterrasse, ein schmaler Garten nach hinten und eine Veranda nach vorne. Eine Garage unter dem großen hellen Wohnzimmer, in die er sein Fahrrad jetzt schiebt. Das Auto steht schon da.

Ein guter Platz für Jonas, hat Brigitte gemeint. Mitten in der Stadt und doch geschützt, mit einem Wächter an der Tür, der unerwünschte Eindringlinge fernhält. Böse Menschen, die Jonas etwas tun könnten. Jonas wird sogar auf der Straße spielen können, so sicher ist es hier. Die Autos müssen Schritttempo fahren und sie halten sich daran. Wahrscheinlich hat Brigitte recht, zumindest, was den Garten und die ruhige Straße angeht. Aber manchmal kommt er sich hier vor wie in einem Gefängnis. Und diese angebliche Sicherheit, nichts als ein Trugschluss. Brigitte müsste doch wissen, dass das Böse meistens nicht von draußen kommt, es lebt in den Häusern, in den Familien, in den Kinderzimmern. Niemand weiß das besser als er. Da nützt auch ein Doorman nichts, im Gegenteil, so eingeschlossen zu sein, macht alles nur noch schlimmer. So brodelt doch alles im eigenen Saft. Aber darauf macht er sie besser nicht aufmerksam.

»Willst du damit sagen, du bist eine Gefahr für Jonas?«, würde sie ihm sicher an den Kopf werfen.

Eigentlich könnte sie zur Abwechslung mal zufrieden sein! Sie hat ihr Haus bekommen. Und sie bekommt ihre blank polierte Spüle. Geld ist auch genug da, sogar jetzt noch, nachdem sie das Haus gekauft haben. Natürlich musste er sich das Geld aus dem Verkauf des alten Hauses mit Ruth teilen, aber es reichte trotzdem. Geld war zum Glück für ihn nie ein Problem, jedenfalls nicht seit dem Tod seines Großvaters. Auch Ruths Eltern hatten genug. Hatten, weil sie tot sind. Auch das etwas, was er mit Ruth geteilt hat. Das Schicksal früh verstorbener Eltern. Gut betuchter früh verstorbener Eltern. Außerdem hat er immer gut verdient, nicht genug, um reich zu werden, das große Haus hätten Ruth und er sich ohne das Erbe nie leisten können. Aber ansonsten hätte es gereicht. Und eigentlich hätten sie das Haus auch nicht gebraucht, aber als sie es kauften, wollten sie noch Kinder. Nicht gleich, später – bald. Und dann hatten sie das Haus schon und sahen keinen Grund, es loszuwerden. Es war ein schönes Haus mit einem großen Garten. Joshua hat sogar überlegt, ob er es behalten und Ruth auszahlen soll. Aber es wäre ihm merkwürdig vorgekommen, mit Brigitte in dem Haus zu leben, das er so lange mit Ruth geteilt hat. Außerdem war es ihm auf einmal zu weit außerhalb. Er wollte in die Stadt. Wenn schon Veränderung, dann richtig.

Nein, Brigitte müsste sich wirklich keine Sorgen machen, selbst wenn er jetzt etwas zurücksteckt. Vielleicht ist jetzt die Zeit gekommen, dieses Buch zu schreiben, das er schon so lange im Kopf hat. Und sich Zeit zu nehmen für Jonas. Brigitte könnte wieder Vollzeit arbeiten, wenn er mehr zu Hause ist. Vielleicht kann er ja seine Therapien nach und nach auslaufen lassen und für eine Weile ganz zu Hause bleiben.

Ein Geräusch von der Straße reißt ihn aus seinen Gedanken. Er dreht das Fahrrad um und lehnt es neben Brigittes Wagen an die Wand. Die Garagentür steht noch offen. Oben auf der Straße sieht er eine Frau einen Kinderwagen vorbeischieben. Er sieht nur ihre Stöckelsandalen, ihre nackten Beine bis kurz über die Knie und einen schmalen Streifen hellgrünen Rock.

Toni

Ich knalle die Wohnungstür hinter mir zu. »Blöde Tussi!«, zische ich.

Dr. Blalock zuckt zusammen und verkriecht sich unter einem Stuhl. Von dort aus schaut er mich mit vor Entsetzen weit aufgerissenen Augen an. Ach, Gott, was ist passiert, was kann nur passiert sein, um Gottes willen, Ogottogott … ? So arbeitet es in einem fort in seinem flauschigen Kopf. Auch Taussig hält Abstand von mir. Auch sie schaut mich an. Mit großer Konzentration beobachtet sie jede meiner Bewegungen. Ich sag's ja immer wieder, denkt sie, Menschen sind komische Katzen. Sie knurren nicht, sie fauchen nicht, sie kratzen nicht, sie hauen einander auch nicht ihre Tatzen auf den Kopf. Sie knallen mit Türen, sie treten den Schirmeimer, sie hauen allenfalls ihre Kopfkissen oder die Faust gegen die Wand. Ich habe sogar schon beobachtet, wie sie Wänden Kopfstöße verpassen, was ich persönlich für äußerst unklug halte. Und dann machen sie auch noch so komische Geräusche und Wasser läuft ihnen aus den Augen.

Ich weine. Nein, ich trommle mit den Fäusten auf mein Kopfkissen und heule, was das Zeug hält. Nach fünf Minuten geht es mir etwas besser. Dr. Taussig sieht mich noch immer an, dabei hält sie den Kopf etwas schief, für einen Moment kommt es mir so vor, als schüttle sie ihn.

»Ja, Dr. Taussig, Sie haben recht, ich bin in der Tat eine komische Katze. Sonst würde ich mich von ein bisschen Räucherwerk und Musik nicht so aus der Fassung bringen lassen.«

Was soll unsereins dann erst sagen. Wir haben viel feinere Ohren und feinere Nasen, denkt Dr. Taussig.

»Sie sind es wenigstens gewöhnt.«

Sie sollten es so langsam auch gewöhnt sein, schließlich stinkt und klingt es bereits seit Wochen jeden Abend so.

Stimmt. Jetzt rieche ich es sogar manchmal im Supermarkt, neulich habe ich es im Kino gerochen. Wahrscheinlich sitzt der Geruch mittlerweile in meinen Kleidern. Es nützt nichts, alle Fenster und Türen zu schließen. Er ist in mir drin, er hat sich festgesetzt mitten in meinem Gehirn, mitten in meiner Seele. Und wie kann ich mich bei anderen über etwas beschweren, das mitten in meiner Seele sitzt? Das geht doch gar nicht, Dr. Taussig, das geht nicht. Dr. Taussig nickt.

So mit Taussig zu denken, tut mir gut. Ich reibe mir mit dem Zipfel der Bettdecke die Augen trocken. Ich angle nach einem Papiertaschentuch aus der Box neben meinem Bett und putze mir die Nase. Dann lege ich mich auf die Seite und seufze. Dr. Blalock schmiegt sich in meine Armbeuge und schnurrt. Dr. Taussig sitzt am Bettende und haut mir eine Kralle in den Fußrücken.

»Aua!«, brülle ich und trete nach ihr. Das tut weh, Dr. Taussig, das wissen Sie genau. Warum tun Sie es bloß immer wieder? Ich habe es nicht verdient, Taussig. Nicht jetzt, nachdem ich es versucht habe. Mich zu beschweren, meine ich. Ich habe eine Abfuhr bekommen von dieser schrecklichen Frau, von dieser Hebamme. Hebamme und Heilpraktikerin, um genau zu sein. Heil-Praktikerin, was für ein Hohn! Sie macht mich krank, diese Frau! Er kommt nämlich aus ihrer Praxis, dieser widerliche süßliche Geruch, der uns seit Wochen belästigt.

Ich entdecke es durch Zufall. Weil in dem Moment, in dem ich die Hinterhoftür öffne, ein bärtiger junger Mann aus der Praxis kommt. Er geht an mir vorbei, ohne mich anzusehen, ohne mich zu grüßen, durch die Tür, die ich ihm aufhalte. Vielleicht sieht er mich ja nicht. Er hat den Kopf gesenkt, die Schultern hochgezogen, die Fäuste geballt. Aber wütend wirkt er nicht, eher abwesend. Vielleicht hat er auch deswegen die Praxistür offen gelassen. Eigentlich nur einen Spalt, aber es ist anscheinend eine von den Türen, die entweder zu oder sperrangelweit aufstehen, für die es keinen Zwischenzustand gibt. Meine Wohnungstür gehört auch dazu. Will ich, dass sie offen bleibt, muss ich etwas davorstellen, was sie vom Zufallen abhält. Die Praxistür der Hebamme öffnet sich ganz langsam und gibt den Blick frei auf den Praxisflur. Der Praxis entströmt der Geruch, der mich seit Wochen nervt, und ich gehe mitten hinein. Die Musik hat aufgehört. Der Geruch kommt aus einem großen Raum. Ein schöner Raum, in warmen Farbtönen gehalten, mit einem Salzstein-Springbrunnen und einem Regal voller Gymnastikmatten. Auf einer Kommode finde ich den Übeltäter. In einem Räucherstäbchenständer qualmt er friedlich vor sich hin. Das Fenster zum Hinterhof steht weit offen. Ist es wirklich möglich, dass ich dieses kleine Räucherstäbchen oben in meiner Wohnung rieche?

Die Hebamme ist nicht in diesem Raum, auch sonst niemand. Ich finde sie in einem anderen Raum. Sie sitzt am Schreibtisch vor einem Notebook, blickt auf den Bildschirm, eine Hand ruht neben der Tastatur, die andere liegt in einer geöffneten Schreibtischschublade zu ihrer Rechten. Sie sieht nicht gut aus, ihre Augen sind rot und verquollen, auf dem Tisch liegt ein zerknülltes Papiertaschentuch. Außerdem hat sie einen kleinen Schnitt unterhalb des linken Auges und der Bereich darum herum hat begonnen, sich bunt zu verfärben. Es riecht ganz merkwürdig. Unangenehm süß, aber nicht nach den Räucherstäbchen, nach etwas anderem. Keine Ahnung, was es ist.

Ich räuspere mich.

»Ja?«

»Die Musik …«

»Welche Musik?«

»Jetzt ist sie aus, aber vorhin …«

»Ja?«

»Sie ist zu laut. Und die Räucherstäbchen – mir wird schlecht von dem Geruch.«

»Und was kann ich dagegen tun?«

»Sie könnten die Türen und Fenster schließen.«

»Soll ich ersticken?«

»Ich würde auch gerne die Fenster offen lassen.«

»Was hält Sie davon ab?«

»Die Emissionen aus Ihrer Praxis.«

»Sie sind vielleicht eine Mimose!« Sie lacht. »Kann ich Ihnen vielleicht einen meiner Kurse empfehlen, da …« Sie schiebt ein Faltblatt über den Tisch, ohne mich dabei anzusehen. »Das könnte helfen.«

Sie starrt auf ihren Bildschirm und schweigt. Ihre rechte Hand zuckt, erst jetzt sehe ich, dass sie einen silberfarbenen Gegenstand berührt. Ich kann nur eine Ecke davon erkennen. Es könnte ein Feuerzeug sein oder ein Zigarettenetui, vielleicht ist es auch ein Füller.

»Bitten entschuldigen Sie mich, aber ich habe gleich einen Kurs und muss das noch zu Ende bringen. Wir können ja ein andermal einen Termin vereinbaren.«

Im Augenwinkel sehe ich eine Bewegung. Mein Blick fällt auf einen Teller. Er steht auf einem Bücherregal an der Wand gegenüber. Fliegen haben sich auf etwas niedergelassen, was einmal ein Stück Kuchen gewesen sein könnte.

Irgendwas ist schräg hier, denke ich, irgendetwas stimmt nicht. Wahrscheinlich bin ich es. Meine bescheuerte Unfähigkeit, ihr klarzumachen, wie sie mich quält. Oder dass ich mich überhaupt so quälen lasse. Egal, ich habe sowieso keinen Mut mehr. Mich fröstelt vor Feigheit und ich weiche zurück, langsam, Schritt für Schritt, rückwärts, ohne sie aus den Augen zu lassen, bis ich ihre Bürotür erreicht habe. Dann mache ich mich schnell aus dem Staub.

Joshua

Er schließt sein Fahrrad nicht ab, schiebt es nur im Hinterhof in einen Ständer und rennt die Treppe hinauf. Seine Hände zittern, er trifft kaum das Schlüsselloch. Er erwartet, dass die Frau ihm entgegenstürmt, ihn anschreit, ihn ohrfeigt. Sicherheitshalber schließt er schnell die Tür hinter sich, damit die Nachbarn nichts mitbekommen.

Sie ist nicht da. Sein Schreibtisch ist ordentlich aufgeräumt wie immer. Nur das kleine Kammerfenster steht offen. Ist sie durch das Fenster gestiegen? Seine Praxis liegt im Hochparterre, es wäre möglich. Aber das Fenster ist sehr klein, eher eine Schießscharte. Gar nicht so einfach, da durchzusteigen und dann auf der anderen Seite heil aufzukommen. Zwei Meter sind es bestimmt bis zum Betonboden. Das war bestimmt ein harter Aufschlag. Womöglich hat sie sich verletzt. Ob einer der Nachbarn die Aktion mitbekommen hat? Die Hebamme vielleicht, sie treibt sich doch ständig im Hinterhof herum. Ihre Praxis beginnt im Vorderhaus und liegt der von Joshua und Ulrike gegenüber, allerdings eine halbe Treppe tiefer. Sie erstreckt sich in den Seitenflügel und grenzt vermutlich an die Kanzlei des Steuerberaters, der seinen Eingang im Seitenflügel hat. Sie hat eine Tür zum Foyer und eine zweite, die über eine kleine Treppe in den Hinterhof führt. Außerdem scheint die Hebamme noch eine Wohnung im Hinterhaus zu haben. Tagsüber pendelt sie mehrfach hin und her. Gelegentlich hört er sie oben auf ihrem Balkon telefonieren. Ihre Praxistür steht meistens sperrangelweit offen. Wann immer Joshua in seinem Kabuff am Schreibtisch sitzt, sieht er sie im Hinterhof. Manchmal kommt es ihm so vor, als wäre der Hinterhof zugleich eine Erweiterung ihrer Praxis und ein zweites Wohnzimmer. Meistens unterhält sie sich lautstark mit jemandem, Patienten, Nachbarn, Verwandte, sie hat anscheinend ihre ganze Sippe in diesem Haus einquartiert. Regelmäßig beschallt sie den Hausflur und den Hinterhof mit New-Age-Musik. Joshua vermutet, dass sie sie zur ihren Kursen aufdreht. Neben der Schwangerschaftsgymnastik gibt sie auch noch Kurse in Pilates und Qigong. Joshua kann sich gar nicht vorstellen, dass sich jemand in Anwesenheit dieser Frau entspannen kann. Sie hat eine besonders eindringliche helle Stimme, um es nett zu formulieren. Joshua hat sich schon mehrfach bei ihr beschwert, natürlich nicht wegen der Stimme, sondern weil die Musik durch Hausflur und Wand in sein Therapiezimmer dringt, hin und wieder auch mitten in Sitzungen.

Eigentlich ist sie nicht nur Hebamme, sondern auch noch Heilpraktikerin und praktische Ärztin. So steht es jedenfalls auf den vier Schildern vorne neben dem Hauseingang. Aber für Joshua ist sie einfach nur die Hebamme. Sie verhilft dem Lärm in die Welt, als gäbe es davon nicht schon genug. Wenn er sich beschwert, gibt sie sich einsichtig. Klar, wenn Joshua Klienten da hat, will sie natürlich Rücksicht nehmen. Er soll nur Bescheid sagen, wenn es ihm zu laut wird. Sie dreht die Musik auch tatsächlich leiser, manchmal sogar bis zum Ende der Sitzung. Eine nette Frau! Joshua spürt Wut in sich hochsteigen. Er wird ihr sagen müssen, dass er keine Lust hat, Bescheid zu sagen, dass sie verdammt noch mal die Musik leise stellen soll. Immer. Ohne dass er etwas sagen muss. Basta!

Er muss herausfinden, ob sie etwas gesehen hat, unter irgendeinem Vorwand ein Gespräch mit ihr beginnen. Er könnte sie fragen, ob sie ihm Bücher über Pilates empfehlen kann, für eine Klientin, er hat sogar eine im Kopf, die sich für so etwas interessiert. Oder er könnte versuchen, ihr im Hof »zufällig« über den Weg zu laufen, das dürfte nicht so schwer sein. Wenn sie etwas gesehen hat, wird sie ihn doch bestimmt ansprechen. »Herr Stein, ich habe heute Nachmittag eine Frau aus einem Ihrer Fenster klettern sehen. Ist bei Ihnen eingebrochen worden?« Vielleicht kann er verhindern, dass Ulrike etwas erfährt. Wenn Ulrike etwas mitbekommt, dann wird es nicht lange dauern und Brigitte weiß es auch. Ulrike ist zwar mit ihm befreundet, aber sie hat ihre Prinzipien. Seit den Ereignissen, die ihrer Scheidung vorausgingen, stehen Männer, die fremdgehen, für sie auf einer Ebene mit Serienmördern.

Wie soll er erklären, warum eine Frau aus seinem Bürofenster gestiegen ist? Er könnte sagen: »Ja, bei mir ist eingebrochen worden, zum Glück fehlt nichts.« Aber die Frau wohnt im Haus. Nicht, dass noch jemand die Polizei ruft, dann bleibt der Frau doch nichts anderes übrig, als die Wahrheit zu erzählen. Eine Klientin, die er versehentlich eingesperrt hat? Das macht bestimmt keinen guten Eindruck. Das wird die Hebamme Ulrike bestimmt weitererzählen. Ulrike wird besorgt sein, ihn fragen, was mit ihm los ist. Alzheimer, Altersdemenz, nicht mehr ganz dicht? Migräne – das ist die Lösung. Er könnte ihr sagen, dass er einen heftigen Migräneanfall hatte, den schlimmsten seines Lebens, so heftig, dass er nicht mehr bei Sinnen war.

Joshua sieht sich die Stelle vor seinem Bürofenster im Hinterhof an. Kein abgebrochener Absatz, keine grünen Rockfetzen im Gebüsch daneben. Es ist still. Die Hebamme scheint nicht da zu sein. Vielleicht hat sie den Ausstieg der Frau ja gar nicht mitbekommen. Vielleicht hat ihn niemand mitbekommen. Ob er mit der Frau noch einmal sprechen soll? Oder ist es besser, die Sache auf sich beruhen zu lassen? Sicher war es für die Frau auch nicht von Bedeutung, es war einfach nur Sex, mehr nicht. Vielleicht hat er ja Glück und er begegnet ihr im Treppenhaus. Dann wird er etwas sagen, sich dafür entschuldigen, dass er sie eingeschlossen hat. Oder soll er sie doch suchen? Eine dumme Geschichte und er kann so schlecht einschätzen, wie es der Frau damit geht.

Es kreist in seinem Kopf, lässt ihm einfach keine Ruhe. Er steigt die Vorderhaustreppe nach oben, begutachtet die

Klingelschilder, hofft auf irgendeinen Hinweis – aber was könnte das sein? Er steigt bis unters Dach, sicherheitshalber auch in den Seitenflügeln und im Hinterhaus. Natürlich bringt es nichts, er hat keine Ahnung, wie die Frau heißt. Hätte er bloß zugehört, als sie in seinem Büro telefoniert hat, statt ihr in den Ausschnitt zu starren!

Aus der Praxis der Hebamme kommt eine Frau. Es ist eine Nachbarin, der er gelegentlich im Hausflur begegnet. Sie wohnt wahrscheinlich in einer der Wohnungen über Joshuas Praxis, wie weit oben, weiß er nicht. Sie beachtet ihn nicht, grüßt ihn nicht einmal. Früher war sie nicht so unhöflich. Sie wirkt abwesend, in Gedanken, ihr Gesicht ist gerötet, das Haar zerzaust und auch sonst sieht sie ziemlich heruntergekommen aus, trägt ein Schlabber-T-Shirt und schmutzige Bermudas. Vielleicht hat sie eine schlechte Nachricht bekommen. Dass sie schwanger ist oder doch nicht schwanger ist. Anscheinend leidet er an einem Schwangerschaftstick. Seit Brigittes Schwangerschaft sieht er überall schwangere Frauen. Oder er schaut sich alle Frauen an nach irgendwelchen Hinweisen, ob sie vielleicht schwanger sein könnten. Vielleicht liegt es auch an der Gegend. Hier wimmelt es nur so von Schwangeren und Eltern mit kleinen Kindern. Manchmal verbringt er halbe Ewigkeiten im Bioladen, weil die Gänge zugeparkt sind mit Kinderwagen oder es ihm kaum gelingt, an den Bäuchen der Schwangeren vorbeizukommen. Dabei soll er meistens nur schnell noch Brot und Milch mitbringen oder Eier und Salat oder was auch immer gerade fehlt. Dann betritt er den Gehweg und muss Slalom gehen um all die kleinen Kinder und Kinderwagen und Kinderfahrräder und Schwangerenbäuche herum und höllisch aufpassen, dass ihm nicht eines der Kinder vor die Füße läuft oder in die Hacken fährt. Er liebt Kinder, doch das ist ihm manchmal zu viel.

Aber seine Nachbarin ist bestimmt nicht schwanger und hat auch keine kleinen Kinder mehr, dafür ist sie wahrscheinlich zu alt. Obwohl – heutzutage muss man mit allem rechnen. Ach, was interessiert Joshua diese Frau, er hat genug Probleme mit zwei anderen Frauen. Am liebsten würde er heute gar keine Frau mehr sehen, jedenfalls nicht aus der Nähe. Er muss heute unbedingt Thomas sehen. Er geht noch einmal in die Praxis und ruft ihn an.

Toni

»Mimose«, hat sie zu mir gesagt, »haben Sie das gehört, Dr. Taussig? Mimose. Das hat mein Vater früher immer zu mir gesagt. Ich sei eine Mimose. Wenn es mir nicht gut ging, wenn ich meine Ruhe haben wollte, einfach nur meine Ruhe. Mimose! Das geht mitten in mein Trauma, verstehen Sie, Taussig, mitten in mein Trauma. Mitten ins Herz!«

Dr. Taussig beißt mir in den Zeh. »Sie können es auch nicht lassen, olle Taussig!«, zische ich sie nun an. Und weil mir das Zischen gut tut, zische ich noch einmal und sie weicht zurück. Als ich sie anfauche, rennt sie weg. Ich bin alleine auf dem Bett, auch Dr. Blalock hat sich verzogen. Ich lasse mich in die Kissen fallen. In meinem Bauch brummt die Wut. Ein tiefes Brummen, das meinen Kopf in langsame Schwingung versetzt. Risse bilden sich in der Wand neben mir, immer mehr und mehr, immer längere, hier und da springt ein Brocken Putz heraus, die ganze Wand vibriert, ein Faustschlag und sie bricht zusammen. Okay, okay, sie will es ja nicht anders.

Meine weißen Turnschuhe leuchten im Dunkeln und ich frage mich, wieso ich zu meiner Mission weiße Turnschuhe angezogen habe. Doch nun ist es zu spät, ich kann nicht mehr zurück. Ich schleiche die Treppe hinunter. Ich halte eine Waffe in der Hand. Sie ist schwer, es ist nämlich ein Gewehr, ein richtig großes Gewehr. Ich presse es eng an meinen Körper und spüre sein kühles Metall. Licht fällt aus der Praxistür in das dunkle Treppenhaus. Sie hört nicht, wie ich ihren Flur betrete.

Wie leichtfüßig ich bin! Wie kräftig mein Herz schlägt, ich sehe es vor mir, ein großer roter Muskel, lebendig und stark. Und wie kräftig und geschmeidig meine Muskeln sind. Das Gewehr pulsiert in meinen Händen. Ich trete vor ihre Bürotür, nehme gleichzeitig die Waffe im Anschlag und drücke ab. Ich warte nicht einmal, bis sie aufblickt. Ihren überraschten Blick stelle ich mir nur vor. Ihr Entsetzen in dem Moment, in dem sie begreift, was passiert. Ich schieße einmal, zweimal, dreimal. Den Rückstoß der Waffe fange ich ohne Probleme ab, so stark bin ich. Ich schieße das ganze Magazin leer oder was auch immer in so einem Gewehr steckt. Jeder Schuss ist ein Treffer, jeder Treffer verheerend. Spritzendes Hirn, explodierendes Herz, zersplitternde Knochen. Fast schwebe ich aus der Praxis und in den Hinterhof. Ich werfe die Waffe in einen der Müllcontainer, ziehe meine Handschuhe aus und steige die Treppe hinauf. Ich mache Feuer im Kamin und verbrenne meine Handschuhe. Ich schäle mich aus Jeans, Hemd, Socken und Unterhose, stecke alles zusammen in die Waschmaschine und schalte sie an. Ich steige in die Dusche, heißes Wasser prasselt auf meinen starken muskulösen Körper.

Dr. Blalock hat sich wieder auf meinen Arm gelegt. Ich höre sein tiefes Schnurren. Etwas heller schnurrt es vor mir. Die weißen Stellen auf Dr. Taussigs Fell leuchten im Dunkeln wie meine Turnschuhe vorhin. Sie kommt nah an mich heran, ihre Zunge leckt über mein Kinn. Ich hebe den Kopf, damit sie meinen Hals erreichen kann. Hingebungsvoll schleckt sie mich ab. Dann hält sie inne, ihre Nase auf meiner Haut, so als atme sie meine Duft ein. Sie muss meinen Geruch lieben. Wenigstens eine. Dann kuschelt sie sich an mich und schnurrt. Das macht sie fast immer schon so. Nur die ersten zwei, drei Monate hält sie etwas Abstand, beobachtet mich genau, versucht sich ein Bild von dieser große haarlosen Katze zu machen, die ihr immer das Futter hinstellt. Irgendwann entschließt sie sich dann, mir zu vertrauen. Anders als Blalock, der sich mir gleich an den Hals wirft. Ich liebe beide auf Anhieb. Schon als wir sie abholen und sie im Auto im Katzenkorb um die Wette maunzen, liebe ich sie. Anfangs nennen wir sie nur Alfred und Helen. Es ist Sols Idee, sie so zu nennen. Als sie erwachsen werden, sprechen wir sie immer häufiger mit ihren Nachnamen an. Ich erinnere mich noch genau an den Tag, als Helen B. Taussig ihren Dr. macht. Blalock und Taussig sind zwei Jahre alt und noch immer sehr verspielt. Wir haben zu der Zeit eine kleine Diskokugel. Sie hängt über dem Esstisch. Eines klaren Januarmorgens sitzen wir am Esstisch beim Frühstück. Die Sonne scheint durch das Fenster und bricht sich in der Kugel. Die Kugel dreht sich langsam in einem leichten Luftzug und wirft flimmernde Lichttupfen auf Wand und Fußboden. Blalock und Taussig geraten in Aufregung. Sie jagen beide den Lichttupfen auf dem Fußboden hinterher, schlagen mit ihren Tatzen danach. Vergeblich. Sie sind noch weniger greifbarer als Seifenblasen und die sind schon unmöglich zu fangen. Die zerplatzen einfach, wenn eine Tatze sie trifft. Die riechen nach Seife und hinterlassen schmierige Feuchte auf Fell und Fußboden. Diese Lichtpunkte flitzen einfach über Wände und Boden, völlig unbeeindruckt von jedem Katzenhieb. Taussig begreift es. Sie setzt sich neben die Käseplatte auf den Tisch. Sol will sie schon vertreiben.

»Warte«, sage ich.

Taussig denkt nach, das spüre ich. Sie blickt kurz in die Sonne, dann zur Diskokugel, dann zu ihrem noch immer Lichtpunkte jagenden Bruder. Dann sieht sie uns an. »Ihr verarscht mich nicht mehr«, sagt ihr Blick. Dann springt sie vom Tisch, geht gemächlich zum Futternapf, ohne ihren Bruder eines weiteren Blickes zu würdigen, und nimmt die Reste ihres Frühstücks zu sich. Blalock versucht sich noch eine ganze Weile als Lichtpunktejäger, bevor ihn die Müdigkeit überkommt und er sich gähnend unter die Heizung legt. Damit

Alfred Blalock sich nicht benachteiligt fühlt, verleihen wir ihm nach kurzer Zeit die Ehrendoktorwürde.

»Ja, ich liebe dich auch, Helen. Ich liebe dich auch«, sage ich und kraule ihren Nacken. »Und dich natürlich, Alfred.« Ich streiche ihm über den Kopf, aber nur kurz. Seine Schmusezeit ist, wenn ich vor dem Fernseher sitze. Dann klettert er auf meine Brust und legt sich auf den Rücken in meine Armbeuge, schnurrt verzückt, schließt die Augen und wenn ich lange genug stillsitze, schläft er ein. Hin und wieder räkelt er sich und nimmt einen tiefen Atemzug.

»Autsch.«

Eine von Dr. Taussigs Krallen hat sich mit meinem Zeh verhakt.

»Wir haben Hunger.«

»Ich auch.« Ich steige aus dem Bett und gehe in die Küche. Nachdem ich Blalock und Taussig versorgt habe, suche ich nach dem frisch gebackenen Karotten-Nuss-Kuchen. Aber ich finde ihn nicht. Ich habe tatsächlich ein Stück Kuchen verlegt. Oder habe ich ihn gegessen und kann mich nicht mehr erinnern? Zuzutrauen wär's mir. Aber wo ist dann der Teller?

Joshua

»Was war denn los?«, fragt Brigitte. Sie hat durch das Küchenfenster gesehen, wie Joshua sein Fahrrad in die Garage geschoben hat und kurz darauf wieder davongefahren ist.

»Vergessen, die Kaffeemaschine auszuschalten«, murmelt er. Er hat sich diese Erklärung schon auf dem Weg zurechtgelegt.

»Und das hat so lange gedauert?« Sie zeigt auf ihre Armbanduhr. Auch auf diese Frage ist er vorbereitet.

»Als ich in der Praxis war, hat Thomas angerufen und gefragt, ob ich mich mit ihm treffe.«

»Und du hast es nicht für nötig befunden, mich anzurufen und mich darüber zu informieren?«

»Es tut mir leid, das hätte ich tun sollen, aber Thomas hatte ein Problem, das er mit mir besprechen wollte, und da habe ich es vergessen.«

Er küsst sie auf die Wange, doch sie bleibt kühl. Er nimmt es ihr nicht übel. Schließlich ist er ein Lügner. Ein Lügner und ein Feigling. Die Wahrheit ist, er wollte einfach nicht mit ihr sprechen. Er wollte ihr nicht erklären müssen, warum er Thomas unbedingt sehen musste. Er wollte überhaupt nichts erklären. Wahrscheinlich hätte er nicht einmal Thomas etwas erzählt, obwohl er es in Betracht gezogen hat. Doch Thomas würde ihm die Leviten lesen, ihm raten, alles zu beichten und Brigitte zu versprechen, so etwas nie wieder zu tun. Nie wieder seine Ehe so zu gefährden, da mag Brigitte noch so ein Feldwebel sein, Probleme muss man anders lösen. Thomas ist doch so ein Familienmensch, einer, dem Frau und Kinder über alles gehen. Nein, er darf es ihm nicht erzählen, dafür kennen sie sich noch nicht gut genug, es würde ihre Freundschaft in Gefahr bringen. Auch wenn es Joshua immer so vorkommt, als wäre Thomas sein alter Freund. Es ist nicht wahr, eigentlich kennt er Thomas erst seit einem halben Jahr. Und so oft haben sie sich auch noch nicht getroffen.

»Thomas, immer nur Thomas. Du bist doch nicht etwa schwul?« Brigittes Frage klingt ihm wieder in den Ohren. Sie hat es nicht ernst gemeint. Sie war wütend. Warum nur ist es so ein Problem für sie, dass er einen Freund haben will. Wenn sie keine Freundin hat, ist das doch nicht sein Problem. Soll sie sich doch eine Freundin zulegen. Sie hat Freundinnen, sagt sie, aber die seien ihr nicht wichtiger als die Familie, als Joshua. Wenn die Frau ständig nörgelt, ist es kein Wunder, wenn der Freund so wichtig ist. Thomas nörgelt nicht. Er hört zu und lässt Joshua ansonsten in Ruhe.

Verdammt noch mal! Wie ist er nur in diese Situation geraten? Früher hätte er nie für möglich gehalten, dass er jemals auf diese Art streiten würde. Andere ja, aber er doch nicht.

Mit Ruth hat er sich nie auf diese Weise gestritten. Auch wenn es Spannungen gab, haben sie sich nie gegenseitig solche Dinge an den Kopf geworfen. Sie haben miteinander geredet, manchmal geweint, vor allem Ruth, und die Sache geklärt.

Wahrscheinlich geht es gar nicht um Thomas, auch nicht für ihn. Er kennt ihn ja kaum. Womöglich benutzt Joshua ihn nur, projiziert alles Mögliche in ihn hinein. Er beneidet ihn um sein Familienleben. Thomas wirkt so glücklich. Statt ihm sein Glück zu missgönnen, schließt er sich ihm an. Alles so durchsichtig. Joshua müsste versuchen, sein eigenes Leben in Ordnung zu bringen. Aber was bedeutet das? Er kann doch Brigitte nicht verlassen. Wenn er Brigitte verlässt, verlässt er Jonas, und das geht nicht, das geht gar nicht. Aber so wie es jetzt ist, geht es doch auch nicht. Wenn er nur wüsste, wie es gehen könnte.

Ob er nicht doch mit Thomas sprechen soll? Er muss ja nicht die Geschichte mit der Frau in seiner Praxis erwähnen, jedenfalls nicht gleich. Er könnte ihm endlich erzählen, warum es ihm nicht so gut geht. Doch eigentlich weiß Thomas es schon. Eigentlich weiß er es seit dem Tag, an dem sie sich zum ersten Mal begegnet sind.

Er lernt ihn auf einer Zugfahrt kennen. Auf der Rückfahrt von einem Kongress. Joshua ist müde, abgekämpft, hat zwei Tage lang genug geredet, genug Leute um sich herum gehabt. Jetzt will er seine Ruhe haben. Einfach im Zug sitzen und vor sich hindösen, vielleicht etwas Musik hören. Doch der Zug ist voll, Feierabendverkehr. Zum Glück hat er reserviert, der Platz neben seinem war es eigentlich auch, aber wer auch immer ihn gebucht hat, ließ ihn verfallen. Zur Abschreckung stellt Joshua seine Aktentasche auf den Sitz, legt seine Stirn an die Scheibe und schließt die Augen. Vergeblich.

»Ist hier noch frei?«

Joshua rutscht vor Schreck die Brille auf den Boden, die er auf seinem Schoß abgelegt hat. Jemand hebt sie auf und reicht sie ihm. »Bitte.« Ein Mann, groß, nicht dick, aber kräftig, mit einem schwarzen Lockenkopf, einem breiten freundlichen Gesicht und einer Nickelbrille auf der Nase, bestimmt zwanzig Jahre jünger als er.

»Ist hier noch frei?«, fragt der Mann noch einmal.

Joshua nickt. Der Mann stellt seine Reisetasche auf den Sitz, holt ein Buch heraus und verstaut es im Netz am Vordersitz. Dann hievt er die Tasche auf die Gepäckablage, schält sich aus seinem schwarzen Mantel, knüllt ihn fast zusammen und quetscht ihn zwischen Joshuas Koffer und die Tasche. Mit einem Seufzer lässt er sich in den Sitz fallen.

»Noch mal Glück gehabt, ist ja ganz schön was los.«

Joshua nickt noch einmal. Der Mann nimmt das Buch aus dem Netz, schlägt es auf und liest. Gott sei Dank! Joshua legt seinen Kopf wieder an die Scheibe. Diesmal behält er die Brille in der Hand. Joshua muss wieder eingenickt sein, eine Berührung an seinem Arm weckt ihn und er schreckt hoch.

»Die Fahrkarten, bitte.« Joshua braucht einen Moment, um sich zu orientieren. Er sitzt in einem Zug, neben ihm sieht er den breiten Rücken eines Mannes und seinen schwarzen Wuselkopf. Der Mann kramt zwischen den Sitzen und scheint nach etwas zu suchen.

»Ihre Fahrkarte, bitte.« Im Gang steht ein Mann in einer blauen Uniform und sieht Joshua erwartungsvoll an. Joshua durchsucht seine Taschen, irgendetwas stimmt nicht, er kann nicht richtig sehen, alles ist verschwommen. Seine Brille muss auf seiner Nase sein, jedenfalls hat er sie nicht in der Hand, sie liegt auch nicht auf seinem Schoß. Neben ihm taucht der Wuselkopf wieder auf und reicht sie ihm.

»Danke.« Joshua setzt die Brille auf und wendet sich wieder seiner Jacke zu, die an einem Haken neben dem Fenster hängt. Der Schaffner bleibt freundlich und wartet geduldig, bis Joshua ihm seine Fahrkarte reicht. Vielleicht ist es das, was Joshua milde stimmt. All die geduldigen Männer, die Joshua nicht drängeln, die nicht nörgeln und die sich sogar bemühen, ihm behilflich zu sein.

»Sie sollten sich ein Brillenetui zulegen«, sagt der Wuselkopf und lächelt Joshua freundlich an. Er hat rote Pausbäckchen und tiefliegende dunkelbraune Knopfaugen. Der obere Knopf seines dunkelgrünen Polohemdes steht offen, Joshua sieht schwarzes krauses Haar hervorsprießen. Ein richtiger Bär, aber keiner, vor dem man sich fürchten muss. Ein Teddybär, denkt Joshua.

»Ich hab eines«, antwortet Joshua und lächelt zurück, bevor er sich wieder der Scheibe zuwendet. Diesmal lässt er seine Brille vorsichtshalber auf. Er schläft auch nicht ein, er döst vor sich hin. Flimmernde Lichtstreifen, die sich mit Dunkelheit abwechseln. Regen, den der Fahrtwind zu skurrilen Gebilden an die Scheibe presst. Er fühlt sich wohlig warm und geborgen. Der Duft von Kaffee verstärkt dieses Gefühl, bringt ihn dazu, sich wieder umzudrehen. Ein Kellner mit einem Tablett und drei Bechern Kaffee kommt ihnen entgegen. Einen davon ergattert eine Frau, drei Reihen vor ihnen. »Hier!«, ruft Joshua. Der Kellner hat ihn gehört.

»Kaffee, der Herr?«

»Ich nehme auch einen.« Der Bär kramt schon wieder, diesmal in seinen Hosentaschen, und berührt dabei Joshuas Arm. »Zu voll hier für den Wagen, was?«, fragt er den Kellner und reicht ihm das Geld noch vor Joshua.

»Ist jeden Tag so um diese Zeit«, antwortet der Kellner und bedankt sich.

»Darf ich Sie etwas sehr Intimes fragen?« Der Bär rührt in seinem dampfenden Kaffee und sieht Joshua grinsend an. Joshua, der gerade einen Schluck trinken wollte, hält inne.

»Was wollen Sie denn wissen?«, fragt er irritiert.

»Warum benutzen Sie es nicht?«

»Warum benutze ich was nicht?«

»Das Brillenetui.«

Joshua stellt den Becher auf den Tisch und fängt schallend an zu lachen.

»Joshua?« Brigitte steht neben ihm, rüttelt ihn am Arm. »Was ist los, Joshua?«

Er macht sich von ihr los.

»Nichts, ich bin müde, lass mich schlafen gehen.«

Am nächsten Morgen ist Brigitte immer noch sauer, spricht während des Frühstücks kaum ein Wort mit ihm, motzt ihn nur an, weil er angeblich die Badewanne nach dem Duschen nicht ordentlich gesäubert hat, reißt ihm Jonas aus dem Arm, knallt die Tür hinter sich.

»Ich kann Jonas doch bringen, ich muss erst um zehn in der Praxis sein.« Das würde er gerne sagen, aber er kommt nicht mehr dazu. Er ist bereits um neun in der Praxis und geht seinen Plan für heute durch. Zehn Uhr, Frau, Anfang vierzig mit Torschlusspanik, die einfach nicht verstehen will, dass Männer in Bars aufzureißen, sich von ihnen vögeln zu lassen, nicht der richtige Weg ist, zu Mann und Kind zu kommen. Elf Uhr. Mann Mitte fünfzig, steht kurz davor, in seiner Firma ausgemustert zu werden. Kann nicht mehr. Ausgebrannt.

Kann auch nicht mehr, denkt Joshua. Allein die Vorstellung, Stunde um Stunde hier zu sitzen und sich den ganzen Dreck anzuhören, widert ihn an. Ihm ist schlecht, in seinem linken Stirnlappen pocht es. Eine Migräne, Gott sei Dank! Er ruft seine Klienten an, die von zehn Uhr, den von elf und die beiden danach auch. Einige erreicht er nicht direkt, der Zehn-Uhr-Frau kann er nur auf die Mailbox sprechen, aber es wird schon reichen. »Etwas kurzfristig«, entschuldigt er sich, »aber es geht einfach nicht.«

Er legt sich einen Moment in seinem Therapiezimmer auf den Boden und schließt die Augen. »Ich bin ganz ruhig – Ruhe. Ich bin ganz ruhig – Ruhe.« Seine Übelkeit klingt ab, das Pochen im Kopf verschwindet. Nein, er hat kein schlechtes

Gewissen, dass es ihm jetzt plötzlich besser geht. Das genau ist doch der Grund, warum er nie etwas gegen seine Migräne unternommen hat. Er braucht sie, sie ist seine Notbremse, seine Entschuldigung.

Meistens ist Einsicht noch lange nicht der erste Schritt zur Besserung. »Ich brauche meine Migräne, ich nehme sie von ganzem Herzen an, seither ist sie auch nicht mehr so schlimm.« Das hat er immer gerne erzählt. Und er hat es geglaubt. Aber es hat ja auch wirklich gestimmt, er hat sich mit seiner Migräne angefreundet und im Gegenzug hat sie ihn weniger traktiert, wurde milder, hat sich manchmal nur kurz gemeldet und sich dann wieder verzogen, wenn er auf sie reagiert hat. So wie jetzt auch. Nur ist es jetzt nicht mehr genug. Etwas in ihm weiß, dass es so nicht mehr weitergehen kann. Etwas in ihm will es nicht wissen. Ist der Unterschied zwischen einem Laien und einem Psychologen, dass Letzterer sehenden Auges ins Messer läuft? Dann doch lieber nichts wissen? Ihm wird wieder schlecht. Er fixiert den schwarzen Fleck neben der Deckenlampe und wird für einen Moment ruhiger. Das kann er doch, Flecken fixieren, sich mit Formeln beschwören, seinen Geist hierhin lenken und dorthin. Er könnte auch seine Probleme aktiv angehen. Und wie könnte das aussehen? Brigitte verlassen. Aber das kann er eben nicht. Das wäre nicht die Lösung, es bedeutete wegzulaufen, verdammt noch mal! Was ist die Lösung, vor seinen Problemen zu verharren wie das Kaninchen vor der Schlange? Eigentlich hat er gar keine Probleme. Sein Problem ist, dass er alles zu negativ sieht. Ach, jetzt komm mir doch nicht damit! Gequirlte Scheiße. Nein, natürlich ist es wichtig, positiv zu denken. Nur hilft dir das jetzt nicht. Getretner Quark wird breit, nicht stark. Ihm fielen bestimmt noch tausend solcher Sprüche ein. Sinnlos mit Floskeln um sich zu schmeißen, hilft aber auch nicht.

Oh, Gott, er muss damit aufhören, etwas tun, sich mit irgendetwas beschäftigen. Vielleicht war es falsch, dass er seine

Therapien abgesagt hat. Er sehnt sich danach, ganz in etwas einzutauchen, in eine Sache jenseits von sich selbst. Er beneidet Thomas – wieder einmal. Thomas ist Tischler, hat sich seine eigene Werkstatt aufgebaut und fertigt Einzelstücke nach Auftrag. Hochbetten, Regale, Schränke für Dachschrägen. Es muss herrlich sein, sich in den Bau eines solchen Möbelstücks zu vertiefen. Der Kontakt mit den Kunden, um genau herauszufinden, was sie benötigen, das Ausmessen, das Planen, das Aussuchen von Holz, das Zurechtschneiden, der Geruch von frischem Holz, Sägemehlstaub. Wäre das nicht etwas für Joshua? Er könnte umsatteln, es ist nie zu spät – wieder so ein Spruch –, sich von Thomas alles beibringen lassen, Thomas' Partner werden. Das Haus verkaufen und einsteigen. Träumer!

Er steht zu schnell auf, für einen Moment wird ihm schwarz vor Augen. Scheißhitze, Scheißkreislauf! Er holt eine Flasche Wasser aus dem Kühlschrank, setzt sich damit an seinen Schreibtisch, öffnet den Schraubverschluss, trinkt sie in einem Zug halb aus. Es ist stickig in seiner Kammer. Er öffnet das Fenster, das im Therapiezimmer ist bereits offen, es gibt einen leichten Durchzug, der ihm gut tut. Vielleicht sollte er einen Ventilator kaufen. Er hat noch ein Gutachten für eine Therapieverlängerung zu schreiben und schaltet seinen Computer an. Er öffnet die Textverarbeitung, sucht sich ein altes Gutachten als Vorlage und speichert es unter einem neuen Namen. Er schreibt ein paar Sätze, dann fällt ihm ein, dass er seine Therapien ja auslaufen lassen wollte. Vielleicht wäre das die Lösung. Ganz egal, wie viele Szenen Brigitte ihm macht. Er muss es ihr einfach erklären, mit ihr darüber sprechen, wie er sich fühlt, dass es für ihn einfach nicht mehr so weitergehen kann.

»Du hast dein Leben doch erst umgekrempelt, du wolltest es doch so.« Das ist ihre Antwort auf seinen letzten Versuch, mit ihr zu sprechen. Ja, es stimmt, er hat sich wegen Brigitte und Jonas von Ruth getrennt. Damals fühlt es sich richtig an, es scheint keine Alternative zu geben. Brigitte ist schwanger und er ist genauso daran schuld wie sie. Aber für ihn ist es keine Schuld, er freut sich, er will doch Kinder, immer schon. Also ist es nur konsequent, sich von Ruth zu trennen. Ruth bricht zusammen, er sieht sie noch immer vor sich, ihre Tränen, ihr schmerzverzerrtes Gesicht. Sie versteht es nicht. Zwischen ihnen stimmte doch immer alles. Ja, es stimmt alles. Bis auf den Sex, den holt er sich woanders. Ruth stellt keine Fragen, wenn er abends später nach Hause kommt, so muss er ihr keine Lügen auftischen. Er stellt auch keine. Eine schweigende Übereinkunft. Ansonsten sprechen sie über alles. Und sie achten einander. Sie macht sich nicht über seine Migräne lustig und er sich nicht über ihre Wehwehchen. Wahrscheinlich wäre es heute noch so, wenn Brigitte nicht schwanger geworden wäre. Wäre alles anders gekommen, wenn Ruth und er sich hätten dazu durchringen können, Kinder zu adoptieren?

Ein Schrei reißt Joshua aus seinen Gedanken. Er blickt in den Hinterhof, doch da ist niemand, der Schrei scheint aus einem der Fenster gekommen zu sein. Eine Frauenstimme. Joshua versucht zu lauschen, wenn das Schreien weitergeht, muss er sich darum kümmern. Irgendwann im Frühjahr wurde im ersten Stock des Hinterhauses eine Frau verprügelt, Joshua hat die Polizei gerufen. Diesmal war es nur ein einzelner Schrei. Vielleicht hat jemand etwas fallen lassen, ist ausgerutscht. Er hört die Tür vom Vorderhausflur zum Hinterhof, dann Schritte. Ein grüner Rock, ein gelbes Top mit Spaghettiträgern, ein rotgefärbter Lockenkopf. Sie trägt ein Brett unter dem Arm und geht in Richtung Kellertreppe. Joshua stürmt aus der Praxis und folgt ihr. Modriger Kellergeruch strömt ihm entgegen, im letzten Herbst ist der Keller mehrmals vollgelaufen und noch immer feucht. Mit geneigtem Kopf geht er unter den schwarzgelb gestrichenen Metallstreben den langen Gang entlang. Von irgendwoher erklingt das Geräusch von Holz auf Holz. In einem Nebengang steht eine Tür offen. Dort findet er sie. Sie beugt sich über einen Stapel Holzdielen, als sie ihn kommen hört, blickt sie auf. Sie lächelt. Er öffnet seinen Mund, will sich dafür entschuldigen, dass er sie eingeschlossen hat, will sie fragen, wie es ihr geht. Doch statt die notwendigen Laute zu formen, landet seine Zunge in ihrem Mund. Er schiebt ihre Spaghettiträger über die Schultern, hebt ihre Brüste aus dem Kleid und knetet sie. Seine Zunge gleitet ihren Hals hinunter, leckt den Schweiß von ihrem Dekolleté. Sie stöhnt, als er in ihre Brustwarze beißt. Sein steifer Schwanz berührt ihre Hüfte. Sie schiebt ihn ein Stück weg, dreht sich um, zieht den Schlüpfer herunter, beugt sich über den Holzstapel, hebt den Rock und streckt ihm ihren nackten Hintern entgehen.

»Fick mich!«, stöhnt sie.

»Ich fick dich, du Dreckstück, du Miststück, du Nutte.«

Ein dumpfer Schrei entströmt seiner Kehle, als er in sie eindringt. »Ja, ja!«

»Ich fick dich, ich fick dich!«, mit jedem Stoß. »Du Miststück, du blöde Sau, du Hure. Ich fick dich.«

»Ja, ja, fick mich.«

Er steht neben sich und sieht zu, wie er sie fickt. Wie in einem schlechten Porno, denkt er, aber es ist ihm egal. Ein Glücksgefühl durchströmt ihn, als sein Sperma in ihren Körper schießt. Nicht nur vom Orgasmus, es ist die Vorstellung, wie seine Spermien ein Ei finden, wie eines, das schnellste, die Eihülle durchdringt. Wie neues Leben entsteht, in ihrem Bauch wächst, sichtbar für alle. Er will Katastrophen, soll sein Leben ihm um die Ohren fliegen, Hauptsache, etwas von ihm lebt weiter, Hauptsache, sein Leben war nicht umsonst. Noch einmal ein Kind zeugen und sterben. Mehr will er nicht.

Sie dreht sich zu ihm um, zieht ihr Höschen hoch und legt ihre Hand auf ihre Muschi. Sie strahlt, ihre Augen leuchten, ihre Wangen glänzen rot. Er will sie nicht ansehen. Er sieht auf den Bretterstapel. Das sind die Bretter, die du vor dem Kopf hast, denkt er. Ihm ist schon wieder schlecht. Wahrscheinlich kommt es von dem widerlichen Geruch, den er erst jetzt bemerkt. Ein Geruch wie aus einer Gruft. Wahrscheinlich ist er nicht einmal wirklich, kann nur er ihn riechen, kommt er aus den tiefsten Abgründen seiner Seele. Er kotzt neben der Kellertür. Dann schließt er den Reißverschluss seiner Hose und rennt davon.

Der Hinterhof ist voller Gespenster und er rennt mitten hinein. Jetzt bin ich wirklich reif für das Irrenhaus, denkt er. Aber nein, es sind keine Gespenster, es sind Männer und Frauen in weißen Plastik-Overalls. Zwei tragen eine Zinkwanne die Treppe hinauf in die Praxis der Hebamme. Einen Moment bleibt er stehen und betrachtet die Szene.

Dann reißt er sich zusammen und geht gemessenen Schrittes durch den Hinterhof in Richtung Vorderhaus. Dort stehen Nachbarn. Er geht an ihnen vorbei, steigt die Treppen hoch, schlüpft in seine Praxis, drückt die Tür zu, lehnt sich mit dem Rücken fest dagegen, lässt sich an der Tür zu Boden gleiten, schließt die Augen.

Nach ein paar Minuten rappelt er sich auf. Den Briefkastenschlüssel zwischen Zeige- und Mittelfinger der rechten Hand, geht er die halbe Treppe hinunter. Er schließt seinen Briefkasten auf. Nur Werbung, er wirft sie in den Mülleimer im Hausflur, die Post kommt erst so gegen zwölf, jetzt ist es – wie spät ist es überhaupt?

»Was ist passiert?«, fragt er eine der Nachbarinnen an der Tür zum Hinterhof.

»Die Schäfer – jemand hat sie umgebracht.«

»Und wer?«

Die Frau zuckt mit den Schultern.

Er geht wieder nach oben, setzt sich an den Schreibtisch. Der Anrufbeantworter blinkt, aber es ist nicht Thomas. Auch nicht Brigitte. Es ist niemand, keine Stimme, nur ein leises Rauschen. Er weint.

»Thomas«, schluchzt er, »Thomas, hilf mir!«

Er hat Brigitte angelogen, er war gestern gar nicht bei Thomas. Er wäre zu Thomas gegangen, aber Thomas hat etwas anderes vor.

»Ich bin mit meinem Freund verabredet«, sagt Thomas am Telefon. Nicht mit »meinem Freund Hans« oder »meinem Freund Peter« oder »meinem Freund Lukas«, nein, er sagt »mit meinem Freund«. Ob er das auch sagt, wenn er sich mit Joshua trifft? Oder ist Joshua nur ein Freund von vielen und nur dieser eine Freund, dieser ganz spezielle, braucht keinen Namen. Thomas' bester Freund. Sie sind so verblieben, dass sie heute noch einmal telefonieren.

»Vielleicht können wir ja am Freitag ins Kino, das heißt, wenn es deinem Feldwebel recht ist.«

Es fängt schon wieder an zu nagen, so wie es gestern genagt hat. Mein Freund, mein Freund, mein Freund, pulsiert es in seiner Stirn. Er kann nicht aufhören zu denken. Er sehnt sich nach Thomas und es schmerzt ihn, nicht Thomas' Freund zu sein. Aber vielleicht kann er es ja noch werden. Thomas' ganz spezieller Freund. So langsam wird es zur Qual. Er muss damit aufhören. Er kann sich doch nicht ernsthaft in einen Mann verliebt haben, noch dazu in einen, der zwanzig Jahre jünger ist.

Wie beschwingt er sich fühlt nach jener ersten Begegnung im Zug. Nach ihrem Gespräch, das damit endet, dass er Thomas' Dinge erzählt, denen er sich im selben Moment erst bewusst wird. Und wie gut er sich danach fühlt. Mit Thomas Visitenkarte in seiner Brusttasche. Immer wieder legt er seine Hand darauf, um zu sehen, ob sie noch da ist. Bevor er sein Hemd in die Wäsche gibt, verstaut er sie sorgfältig in seiner Brieftasche. Zweifel kommen ihm erst später, als er neben Brigitte liegt. Brigitte, die natürlich gleich wieder alles mitbekommt.

»Ich habe einen richtig netten Mann kennengelernt«, erzählt er ihr wahrheitsgemäß.

»Und deshalb grinst du die ganze Zeit vor dich hin?«, fragt sie.

Ihm ist gar nicht bewusst, dass er »vor sich hingrinst«. Er zeigt ihr Thomas' Visitenkarte.

»Aha«, sagt sie nur. »Ein Tischler.«

Ein fremder Tischler, dem er viel zu viel anvertraut hat. Was hat Thomas ihm denn von sich erzählt? Dass er auch eine Frau und sogar drei Kinder hat, das jüngste ein Jahr alt, das älteste acht. Ein zufriedener Mensch, zumindest einer, der sich nicht beklagt. Anders als Joshua, der sich auf einmal jämmerlich vorkommt. Vielleicht braucht er deshalb zwei Wochen, bevor er bei Thomas anruft. Immer wieder nimmt er die Visitenkarte aus der Brieftasche, legt sie auf seinen Schreibtisch, greift nach dem Telefon. Und schafft es dann doch nicht, Thomas' Nummer zu wählen. Sein Herz klopft zu sehr, es scheint alles zu übertönen, seine Hoffnung, seine Sehnsucht, seine Freude. Eines Tages gelingt es ihm dann doch. Das Freizeichen, viermal, dann springt der Anrufbeantworter an und Joshua legt auf. Eine Weile sitzt er vor dem Telefon, lauscht seinem Herzschlag, versucht sich zu beruhigen. Er wählt noch einmal, diesmal spricht er auf den Anrufbeantworter, hofft, dass Thomas sich überhaupt noch an ihn erinnert. Thomas ruft zurück. Nicht in der Praxis, auch nicht auf dem Handy, er ruft bei Thomas zu Hause an, hat zuerst Brigitte am Telefon, die ihn mit skeptischer Miene an Joshua weiterreicht. Thomas lädt ihn zum Essen ein. Mit Brigitte. Brigitte hat von Anfang an keine Lust.

»Muss ich wirklich mit zu diesem Tischler?«, fragt sie noch, kurz bevor sie losfahren. Brigitte zischt ihm das Wort Tischler förmlich entgegen. Und auf einmal widert Brigitte ihn an. Was für eine blöde arrogante Zicke sie doch ist. Wie konnte er jemals eine so dumme, eingebildete Kuh heiraten, eine, die sich zu schade ist, mit einem Tischler und seiner Frau zu Abend zu essen. Joshua hasst sie, ja, er hasst und verabscheut sie aus tiefstem Herzen. Sein Hass und seine Abscheu halten den ganzen Abend an. Brigitte tut nichts, um sie zum Verschwinden zu bringen. Sie ist einsilbig. Brigittes Verhalten macht auch Joshua befangen und so kommt kaum ein Gespräch zustande. Kurz nachdem Thomas die Dessertteller abgetragen hat, verabschieden sie sich.

Joshua hätte sich nicht getraut, noch einmal bei Thomas anzurufen, es ist Thomas, der sich noch einmal meldet. Sie lachen über den merkwürdigen Abend. Von da an treffen sie sich alleine, nicht oft, alle paar Wochen, gehen mal ins Kino, mal ins Fitnessstudio, ein paar Mal zu einem Kaffee oder einem Bier. Genug, um mit Thomas in Kontakt zu bleiben. Zu wenig, um wirklich sein Freund zu werden. Eine Zeitlang war es für Joshua genug.

Gestern Abend wird ihm zum ersten Mal so richtig klar, dass er mehr möchte. Viel mehr? Er steht lange am Fenster und grübelt. Dann lässt er die Jalousien in seinem Therapiezimmer herunter, legt sich auf den Boden, schließt die Augen. Irgendwann muss er dann eingeschlafen sein. Als er aufwacht, ist es bereits dunkel. Laute Musik aus der Hebammenpraxis weckt ihn. Er schafft es nicht, sie zu ignorieren, je mehr er es versucht, umso ärgerlicher wird er. Er hätte sich schon längst noch einmal beschweren müssen. Ganz sachlich, in aller Ruhe. Aber als er sich endlich aufrafft, ist es schon zu spät. Er klingelt Sturm. So genau kann er sich nicht mehr erinnern, was er der Hebamme an den Kopf wirft. Aber es endet damit, dass sie die Tür zuknallt.

Die Frau, die er zweimal gevögelt hat, kommt aus dem Keller und schlendert über den Hinterhof. Sie verschwindet aus seinem Blickfeld, dafür öffnet sich die Praxistür der Hebamme. Adrenalin schießt durch seinen Körper, als er den Zinksarg sieht. Ob wohl die Hebamme da drin liegt, die Schäfer, wie die Nachbarin sie genannt hat. Er stellt sich vor, wie er den Fuß in die Tür stellt, sie in die Praxis drängt, wie er ihr die Hände um den Hals legt und zudrückt. Er nimmt seinen steifen Schwanz heraus und holt sich einen runter. Dann ist ihm wieder schlecht. Doch diesmal kotzt er nicht, sein Magen ist leer.

»Ich habe es nicht getan!«, sagt er zu sich selbst. »Und ich würde es auch niemals tun. So bin ich nicht! So bin ich ganz bestimmt nicht!«

Die Polizei wird trotzdem kommen.

»Wo waren Sie gestern Abend zwischen zwanzig und zweiundzwanzig Uhr?«

Er stellt sich einen zerknautschten Detektiv in einem zerschlissenen Regenmantel vor. Columbo, den mochte er immer schon. Aber so viel Glück wird er nicht haben. Columbo überführt schließlich immer die richtigen Mörder. Aber es tut gut, sich ihn vorzustellen.

»Zwischen zwanzig und einundzwanzig Uhr lag ich in meiner Praxis auf dem Boden und habe über mein Leben nachgedacht. Um circa einundzwanzig Uhr riss mich der Krach aus der Praxis der Hebamme nebenan aus meinen Gedanken. Ich wurde wütend und stürmte hinüber, um mich zu beschweren. Ich warf der Hebamme Sachen an den Kopf, die ich bereuen sollte, aber ich bereue sie nicht. Sie ist mindestens genauso schuld daran, dass die Situation so eskaliert ist. Schließlich hat sie mich zuerst beleidigt, sie hat mich Mimose und Weichei genannt. Dass ich sie daraufhin dumme frigide Zicke und blöde Fotze nannte, ist nur allzu verständlich, oder?«

»Ja, das kann ich verstehen, das wäre doch jedem Mann so gegangen. Und was haben sie dann gemacht?«

»Dann habe ich meine Praxis abgeschlossen und bin im Volkspark Friedrichshain spazieren gegangen. Ich habe mich nach Männern umgesehen, die sich im Park nach Männern umsehen. Wissen Sie, ich … In letzter Zeit frage ich mich manchmal, ob ich nicht vielleicht schwul bin. Ich wollte sehen, wie diese Männer aussehen, ob sie mich interessieren könnten. Ich bin zu dem Schluss gekommen, dass sie mich nicht interessieren. Schwänze interessieren mich nicht, von meinem eigenen mal abgesehen. Ich brauche nur ab und zu männliche Gesellschaft. Zur Erholung, es ist einfach so viel unkomplizierter, verstehen Sie?«

Ein Nicken, ein verständnisvolles Lächeln, ein Zug an der kalten Zigarre. »Und was haben Sie dann gemacht?«

»Dann bin ich nach Hause gegangen. Zu meiner Frau.«

Toni

Sie steht in meinem Wohnzimmer und ich weiß nicht so recht, warum. Klar, ich habe sie hereingelassen, aber warum habe ich sie hereingelassen? Warum entkorke ich ihren Wein und stelle meine Gläser zur Verfügung? Hat die Ruhe am Nachmittag mir das Gehirn vernebelt?

Am Vormittag gibt es noch einen längeren Tumult im Hinterhof. Laute Stimmen, Türenschlagen. Ich schließe die Tür, stecke mir Wachs in die Ohren und setze mich an den Schreibtisch. Als ich nach drei Stunden das Wachs wieder aus meinen Ohren nehme und schwüle Mittagshitze in meine Wohnung lasse, ist es still. Es bleibt den ganzen Nachmittag still. Und jetzt, wo ich auf den roten Himmel hinter dem Schuldach gegenüber blicke, ist es immer noch still. Vielleicht ist die Hebamme ja verreist, vielleicht sogar mehrere Wochen. Und vielleicht ist der Tumult am Vormittag ja ihrer Abreise geschuldet. Doch so ganz traue ich dem Frieden nicht. Und wer verreist, kommt wieder. Wenigstens heute Abend hätte ich meine Ruhe haben können. Aber nein, ich muss ja die Tür öffnen.

Ich hätte ihr nie die Tür geöffnet, wenn ich nicht ein Paket erwartet hätte, die Lieferung einer Kiste Reiseführer. Obwohl es ziemlich unrealistisch ist, dass die Bücher so spät noch geliefert werden, gehe ich zur Tür. Ich schaue durch den Spion und sehe meine Nachbarin mit einer Flasche Merlot in der Hand. Dieselbe Sorte, die ich häufig kaufe. Ich kenne mich mit Wein nicht aus, bin mir nicht einmal sicher, ob er mir schmeckt, aber ich mag den Schmetterling auf dem Etikett. Wie viele Leute ihren Wein wohl nach dem Etikett aussuchen?

Ich könnte so tun, als wäre ich nicht da. Aber sie hat mich bestimmt schon gehört, meine Schritte, ein Rascheln. Und wenn ich einfach nicht öffne, was denkt sie dann von mir? Es ist dumm, sich so viele Gedanken zu machen, was andere denken, vor allem, wenn sie mir egal sind, denke ich, und öffne die Tür.

Sie hält die Flasche hoch, winkt damit. Sag nein, Toni, sag, dass du keine Zeit hast. Nun komm schon! Es kommt etwas aus meinem Mund, ein undefinierbarer Ton, irgendetwas zwischen Hm und Ahhrg. Ich trete zur Seite, sie schlüpft in meinen Flur, dann ist alles zu spät, schon ist sie in meinem Wohnzimmer. Ich hole den alten Korkenzieher aus der Küche und die billigsten Gläser aus dem Vertiko. Ich entkorke die Flasche und gieße Wein ein. Bevor ich mich auf das Sofa setze, schließe ich die Tür zu meinem Schlafzimmer. Sie macht keine Anstalten, sich zu mir zu setzen. Sie sieht sich um.

»Wow, du hast ja viele Bücher!« und »Wow, ist das ein echter Kamin?«

Sie betrachtet die Fotos auf dem Kaminsims, das von Sol, die von Sols Kindern. Sie nimmt Sols Foto in die Hand, geht so nahe heran, fast berührt sie das Glas mit der Nasenspitze. Das weckt in mir das Bedürfnis, es ihr aus der Hand zu reißen und sie wegzustoßen. Aber ich kann mich beherrschen.

»Wer ist das?«, fragt sie.

»Meine Frau«, antworte ich.

»Und das?« Sie zeigt auf die Fotos der Kinder.

»Ihre Kinder.«

»Und wo sind sie alle jetzt?«

»Erwachsen.«

»Und deine Frau?«

Ich antworte nicht.

»Seid ihr getrennt?«

Ich nicke.

Sie setzt sich neben mich aufs Sofa und trinkt einen Schluck Wein. Sie schweigt und für einen Augenblick vergesse ich, dass sie da ist.

»Weißt du, was heute passiert ist?« Sie klatscht mir mit der Hand auf den Schenkel. Ich zucke zusammen, rücke unwillkürlich ein Stück zur Seite.

»Es hat hier im Haus einen Mord gegeben.«

»Einen Mord?«

»Ja, die Heilpraktikerin aus dem Erdgeschoss, die Schäfer, hat es erwischt.«

Fast rutscht mir das Rotweinglas aus der Hand. Ich stelle es ab. Irgendetwas braust durch meinen Körper. Meine Beine werden weich, in meinem Kopf rauscht es. So habe ich mir immer einen Heroinflash vorgestellt.

»Es ist in ihrer Praxis passiert, an ihrem Schreibtisch. Sie saß da und hat gearbeitet, da kam jemand herein und hat sie erschossen. Bumm, einfach so!« Sie erzählt es wie eine lustige Begebenheit und lacht dabei. Auch ich muss kichern, so sehr ich auch versuche, es zu unterdrücken, es geht nicht, das Kichern muss einfach aus mir heraus.

»Verrückt, nicht?«

In der Tat verrückt.

Ich antworte nicht. Das scheint sie auch nicht zu erwarten. Sie steht auf, geht zum Bücherregal, überfliegt die Buchrücken, bleibt an einem hängen, zieht das Buch heraus, blättert darin.

»Du stehst also auf Frauen?«, fragt sie. Ich versuche, einen Blick auf das Buch zu erhaschen, aber soweit ich es erkennen kann, ist es ein John Irving. Hotel New Hampshire vielleicht. Kein Zusammenhang mit ihrer Frage erkennbar.

»Nein.«

»Nicht?« Sie lässt sich neben mir auf das Sofa plumpsen, schlägt die Beine übereinander, legt ihren Arm auf die Sofalehne und sieht mich an, so intensiv, dass es mir fast den Magen umdreht.

Nein, denke ich, dafür bin ich viel zu schwer, dass würde den Frauen doch wehtun. Ich stehe auf Fußböden, auf Asphalt, manchmal auf Erde oder Gras, hin und wieder, in letzter Zeit aber seltener, auf Gymnastikmatten. Und manchmal wünsche ich mir, ich könnte auf Wasser stehen – oder besser gehen. Dann nämlich, wenn meine Laufstrecke im Friedrichshain mit Wasserpfützen übersät ist. Wenn es nicht zu mühsam wäre, könnte ich all das jetzt auch sagen. Ich sag besser nichts.

»Und die Frau auf dem Foto?«

»Schwul.« Ich merke, dass ich grinse oder so etwas in der Art. Sieht bestimmt bescheuert aus, wie ich auf dem Sofa sitze und meinen Mund verziehe. Soll sie mich für verrückt halten, vielleicht verschwindet sie dann.

»Schwul?«

Ich nicke.

»Ja, sie steht auf Männer. Aber sie zieht die Schuhe vorher aus.«

Sie runzelt die Stirn, dann klärt sich ihr Blick. Sie kichert, hält sich die Hand vor den Mund. Einen Moment später fliegt sie wieder davon, durchstöbert weiter mein Wohnzimmer. Diesmal mit dem Weinglas in der Hand und diesmal hat sie es auf meine Filmsammlung abgesehen. Sie klappt DVD-Hüllen auf, streift mit den Fingern über die Titel von Videokassetten. Eine Kassette zieht sie heraus.

»Du stehst ja doch auf Frauen«, sagt sie grinsend.

Ohne zu fragen öffnet sie die Hülle, nimmt die Kassette heraus und schiebt sie in den Schlitz des Videorecorders, der sie mit einem Stöhnen verschluckt. Sie sucht nach dem Einschaltknopf des Fernsehers. Ich versuche gar nicht erst, mich zu wehren, bin ihr sogar behilflich, schalte den Fernseher ein und setze mich mit der Fernbedienung neben sie auf das Sofa. Sie hält ihr Glas in der Hand und starrt fasziniert auf den Bildschirm. Dort läuft ein Porno von Andrew Blake, der einzige, den ich überhaupt besitze. Erst die Trailer. Nackte Frauen im Wasser, Frauen in Korsetts mit Peitschen, Frauen unter Billardtischen, Frauen, die Silikonschwänze lutschen oder die sich von Männern im Stehen vögeln lassen. Dann beginnt der Hauptfilm. Eine nackte Frau auf einem Balkon. Eine Frau, die einer anderen die Muschi rasiert, wieder eine, die sich mit einem Glasdildo fickt, andere, die einander mit spitzen Zungen die Mösen lecken. Mir war er immer zu steril, dieser Film, zu künstlich, zu sehr ästhetisiert, zu – keine Ahnung was. Nur selten hat er mir Lust gemacht. Meiner Nachbarin scheint er zu gefallen. Sie hat ihr Rotweinglas abgesetzt und ihren Rock nach oben geschoben. Angewidert beobachte ich, wie sie ihre Hand in ihr Höschen schiebt, wie sie sich die Lippen leckt, wie sie mit debilem Blick auf den Bildschirm starrt. Sie wirft ihren Kopf zurück und stöhnt. Sie legt ihre freie Hand auf meinen Schenkel, knetet ihn. Ich stoße ihre Hand weg und fliehe ins Bad. Ich schütte mir kaltes Wasser ins Gesicht, blicke mich im Spiegel an, lache. »Das kann nicht sein«, sage ich lachend und »Ich hab nichts damit zu tun«, immer wieder »Ich habe damit nichts zu tun.« Nein, ich bin kein Kind mit Allmachtsfantasien, das glaubt, was es sich wünscht und vorstellt, ist Wirklichkeit geworden. Ich war nie so eins. Ich kann mir hundertmal vorstellen, die widerliche Frau auf meinem Sofa masturbierte sich zu Tode, es wird nicht geschehen. Ich kann noch so intensiv träumen, ihr Orgasmus reiße sie in Stücke, es wäre egal, es würde niemals passieren, weil es nicht passieren kann. Ich habe keine Schuld am Tod der Schäfer. Aber es tut mir auch nicht leid, dass sie tot ist. Ich kippe mir noch einmal Wasser ins Gesicht, trockne mich sorgfältig ab, atme tief durch. Okay, ich werde diese Frau jetzt aus meiner Wohnung werfen und sie bitten, mich nie wieder zu besuchen. Ich mag sie nicht, im Moment ekelt sie mich an, sie ist unerträglich distanzlos. Wie ein neugieriges Kind, das alles, was es haben will, begrabscht. Nur, dass sie kein Kind mehr ist, sondern eine erwachsene Frau. Sehr erwachsen, Mitte dreißig bestimmt schon.

Erst noch einmal tief Luft holen. Mich neben sie auf das Sofa fallen lassen. Keine Ahnung, wer dabei schlimmer ächzt, das Sofa oder ich. Kaum sitze ich, knetet meine Besucherin wieder meinen Schenkel, bohrt ihre langen Fingernägel in meine Muskeln. Gleich werde ich ihr Einhalt gebieten, gleich werde ich sie anbrüllen, ihr sagen, sie soll sich zum Teufel scheren. Nur einen Augenblick noch, nur noch kurz verschnaufen.

Etwas stimmt mit dem Licht nicht, irgendetwas blendet mich. Ich nehme meine Brille ab und will sie säubern. Doch auf dem Sofa liegen nur Papiertaschentücher mit Balsam, die noch mehr Schlieren verursachen. Ich hole mir ein Stück Küchenpapier. Der Boden kippt leicht nach rechts. Es fällt mir schwer, gerade zu gehen, ich schwanke ein wenig. Auf dem Weg zurück ins Wohnzimmer reibe ich die Gläser meiner Brille sauber. Ich bin nur leicht kurzsichtig, deshalb sehe ich die Frau auf dem Sofa noch recht genau. Wie sie sich windet, ihr Becken schaukelt. Irgendetwas um sie herum flimmert. Es dauert noch mindestens dreißig Sekunden, bis ich merke, was es ist. Das Flimmern verschwindet nicht, als ich mich wieder auf das Sofa setze und auf den Bildschirm blicke. Es verschwindet auch nicht, als ich für einen Moment die Augen schließe. Es flimmert in einem mir vertrauten Zackenmuster am Rande meines Blickfeldes. Fasziniert betrachte ich die masturbierende Frau inmitten der flackernden Zacken, die sich immer mehr auf sie zubewegen, sie umzingeln, sie regelrecht einkreisen. Es kommt mir so vor, als flimmerten die Zacken im Rhythmus ihres Stöhnens, der wiederum dem Rhythmus ihres Beckens entspricht. Schließlich verschmilzt ihr zuckender Körper mit den flimmernden glitzernden Zacken. Im

Zentrum meines Sehfeldes funkelt es noch eine Weile still vor sich hin. Dann ist es vorbei.

Das stimmt so nicht! Sonst beginnt es doch immer in der Mitte und verschwindet nach außen. Aber vielleicht hat es heute außen begonnen, damit es diese Frau einkreisen und verschlucken kann. Jedenfalls sehe ich sie nicht mehr. Das könnte daran liegen, dass ich meine Augen geschlossen habe. Ich will sie öffnen, doch es geht nicht. Ich bin auf einmal schrecklich müde, kann nicht mehr aufhören zu gähnen. Mein Kopf kippt nach hinten.

Als Nächstes höre ich es klingeln. O nein, denke ich, nicht schon wieder! Ich liege ausgestreckt auf dem Sofa. Als ich nach dem Lichtschalter taste, streift mein Handrücken über Katzenfell. Dr. Blalock liegt auf der Sofalehne hinter mir. Der Fernseher läuft noch, allerdings ohne Ton. Es klingelt noch einmal und noch einmal. Es ist nicht die Türklingel, es ist der hallende Klingelton des Telefons, den ich vor einer ganzen Weile eingestellt habe. Er klingt fast wie die alten Wählscheibentelefone von früher, durch das Hallen hat er etwas Gespenstisches. Wie lange habe ich diesen Ton schon nicht mehr gehört? Kann mich nicht erinnern.

Ich quäle mich vom Sofa, doch als ich das Telefon erreiche, springt schon der Anrufbeantworter an. Ich warte die Ansage ab.

»Hallo, hier sind Elfi und Katharina, wir dachten, wir melden uns mal wieder. Und eigentlich wollten wir dich spontan zum Essen einladen. Hast du morgen Abend Zeit? Melde dich doch mal bei uns.«

Joshua

Joshua lauscht Jonas' gleichmäßigem Atem. Er liegt neben der Krippe auf dem Boden und blickt nach oben. Über die Decke flimmern die Schatten von Jonas' Engelmobile. Von hier unten sehen sie aus wie Fledermäuse. Sie geraten in Aufregung, als die Tür sich öffnet. Ein Luftzug streift über Joshuas Stirn.

»Willst du nicht doch ins Bett kommen?«, flüstert Brigitte.

»Gleich«, antwortet er, ebenfalls flüsternd, »nur noch einen Moment.«

Er wagt es nicht, sich aufzurichten. Wenn er sich aufrichtet, wird es in seiner Stirn anfangen zu pochen. Nur wenn er hier still liegen bleibt, kann er sein Leben ertragen. Sein neues Leben. Es fühlt sich merkwürdig an, dieses neue Leben. Wie ein Maßanzug, auf den er sich gefreut hat. Also hat er seinen alten Anzug in die Altkleidersammlung gegeben, nur um festzustellen, dass der neue Anzug ihm nicht passt, dass er an allen Ecken und Enden zwickt, dass er am Hals so eng ist, dass es ihn würgt, dass er ihm alles abschnürt, dass er ihn lähmt.

»Betrug!«, keucht er, »Betrug!«

Wie neugeboren würde er sich fühlen, hat der Schneider ihm versprochen. Und jetzt ist der Altkleidercontainer geleert und die Schneiderei hat dichtgemacht. Und Joshua sitzt da mit seinem unpassenden neuen Leben, das sich als Albtraum herausgestellt hat.

»Wie komme ich nun aus dieser Nummer wieder heraus?«, fragt er.

»Ganz einfach«, hört er den Schneider sagen, »steh auf, öffne die Tür, gehe!«

»Und was wird mich das kosten? Jonas?«

Der Mann in Joshuas Kopf zuckt mit den Achseln. »Irgendwas ist immer.«

»Betrug!«, flüstert er noch einmal. »Nichts als Betrug.«

»Na, na, junger Mann. Sie bekommen immer das, was Sie wollen, das wissen Sie doch. Sie müssen sich nur entscheiden.«

»Ich habe mich entschieden, ich will meinen Sohn, aber nicht dieses Leben. Und? Bekomme ich etwa, was ich will?«

»Sich für etwas entscheiden, bedeutet immer auch, etwas dafür zu tun. Eine Entscheidung, die keine Handlung nach sich zieht, ist keine Entscheidung.«

»Klugscheißer!«

»Denken Sie darüber nach!« Der Mann schlägt ihm auf die Schulter. »Denken Sie darüber nach, was Sie tun können, damit Sie das bekommen, was Sie wollen. Es gibt Möglichkeiten. Denken Sie mal darüber nach, was heute geschehen ist.«

Na gut, er denkt darüber nach. Kopfschmerzen. Ein Fick im Keller. Eine Zinkwanne, die über den Hof getragen wird. Gespenster. Columbo, der nicht kam, der nie kommen wird. Er hat die beiden gesehen, die kommen werden. Ein ungleiches Paar. Ein junger Mann in Jeans und einem weißen T-Shirt mit langem blondem Haar, das er zu einem Pferdeschwanz zusammengebunden hat. Eine Frau in langen beigefarbenen Hosen und einem zerknitterten Leinenjackett, so etwa in Joshuas Alter, mit schulterlangem blondem Haar. Im Unterschied zu dem jungen Mann trägt sie das Haar offen. Auf die Entfernung sehen sie aus wie Schwestern. Oder Brüder, kommt ganz auf den Blickwinkel an. Wahrscheinlich klingeln sie als Erstes beim Steuerberater. Es klingeln immer alle zuerst beim Steuerberater, weiß der Henker, warum.

Joshua packt seine Tasche und macht sich aus dem Staub. Seine Migräne hat wieder begonnen, das ist eine gute Ausrede. Er darf Feierabend machen, sich ins Gästezimmerbett legen und schlafen. Er darf liegen bleiben, als Brigitte und Jonas nach Hause kommen. Er darf sich in Jonas' Zimmer auf den Fußboden legen, nachdem Brigitte Jonas zu Bett gebracht hat. Er muss nicht auf Brigittes überraschte Fragen reagieren, ihre Vorwürfe. »Ich habe den ganzen Nachmittag versucht, dich anzurufen, ich habe mir Sorgen gemacht, ich …« Ich. Ich. Ich. Immer nur ich. Joshua ist krank, er muss nicht antworten. Er darf einfach vor sich hinsummen. »Der Mörder ist immer der Gärtner«, summt er. All ihre Vorwürfe und Fragen hindurch darf er summen. Schließlich tobt ein Unwetter in seinem Kopf. Es pulsiert und pocht und hämmert. Er ist halb wahnsinnig vor Schmerz und Übelkeit. Irgendwann muss sie es einsehen. Sie sieht es ein. Sie bringt ihm Tabletten. Sie lässt ihn in Frieden.

»Der Mörder ist immer der Steuerberater«, singt Joshua jetzt. Er muss lachen, vom Lachen sticht es ihm wieder in der Stirn.

»Scheiße.«

Der Mörder ist immer der Psychotherapeut. Stimmt leider nicht. Leider?

»Sei doch froh, dass jemand anders für dich die Drecksarbeit erledigt hat!«, sagt der Schneider.

»So? Und was habe ich davon? Nichts!«

»Sieh zu, dass du dir trotzdem ein anständiges Alibi besorgst.«

»Warum? Ich war es doch nicht.«

»Aber ein Alibi hast du nicht. Du warst im Friedrichshain, Männerärsche besichtigen. Wie sich das wohl anhört? Na, was meinst du?«

»Nicht gut.«

»Nicht gut, genau. Also wenn du es machst, sorge dafür, das es so aussieht, als hättest du nichts damit zu tun. Kein Motiv, nicht das geringste.«

»Wenn ich was mache?«

»Du weißt ganz genau, was ich meine.«

»Ich habe keine Ahnung, wovon du sprichst.«

»Wirklich nicht?«

Der Mörder ist immer der Psychotherapeut, summt der Schneider in seinem Hirn, in seinem verdammten abgefuckten Hirn.

Er rollt sich auf die Seite und stöhnt vor Schmerz. Ächzend kämpft er sich auf die Beine. Er möchte seinen Sohn ansehen, aber er kann nicht, nicht jetzt. Der Schmerz treibt ihm Tränen in die Augen. Er sieht ihn nur verschwommen. Um ihn herum dreht sich alles. Er wankt zur Zimmertür. Zum Glück ist sie nur angelehnt. Er kämpft sich das kleine Stück durch den Flur.

Schließlich liegt er neben ihr im Bett. Er hat gehofft, sie würde schon schlafen, doch sie ist noch wach, das spürt er. Und sie weiß, dass er es weiß.

»Da war eine Nachricht auf dem Anrufbeantworter«, sagt sie. »Von deinem Freund Thomas. Er hat uns zu einer Fete eingeladen. Ich sage dir gleich, dazu habe ich keine Lust.«

Toni

Als es klingelt, versuche ich gerade, meine Krawatte zu binden. Ich habe schon lange keine Krawatte mehr getragen und weiß nicht mehr so richtig, wie es geht. Genau genommen habe ich es noch nie wirklich gekonnt. Sol hat mir immer die Krawatten gebunden. Wenn ich überhaupt einmal eine Krawatte getragen habe, war es sowieso eine von Sol. Ich selbst habe in meinem Leben nur einen einzigen, einen schmalen grünen Lederschlips besessen, der mir bereits vor Jahrzehnten abhanden gekommen ist. Jetzt versuche ich, mir einen von Sols Seidenschlipsen umzubinden, einen breiten, knallroten.

»Scheiße!«, fluche ich, zerre den Knoten wieder auf und fange von vorne an.

Es klingelt noch einmal. Keine Zeit, bin verabredet. Elfi und Katharina kochen für mich und ich möchte nicht zu spät kommen. Ich habe nämlich richtig Lust darauf.

Ich hatte einen guten Tag mit einem klaren Morgen. Zum ersten Mal seit Monaten fühle ich mich nicht wie unter einer Glasglocke. Ich erwache frisch und ausgeruht. Weil es noch nicht zu heiß ist, drehe ich nach einem Kaffee noch eine Runde im Friedrichshain. Mein Paket Reiseführer kommt an und ich verstaue den Karton in meinem Arbeitszimmer. Dann frühstücke ich in Ruhe und rufe Elfi und Katharina an.

Heute habe ich alle Zeit der Welt. Ich nehme mir auch noch den Nachmittag frei, es ist ohnehin zu heiß zum Arbeiten. Aus dem hintersten Winkel meines Kleiderschranks krame ich ein altes Kinderplanschbecken hervor. Nachdem ich es aufgepumpt habe, rinnt mir der Schweiß aus allen Poren. Ich erhole mich auf meiner Terrasse unter einem großen Sonnenschirm mit meinen Füßen im Planschbecken. Ich versorge mich immer wieder mit eisiger Apfelschorle. Neben mir auf dem Klapptisch liegt ein aufgeschlagenes Buch, »The Voyage of the Narwhal«, ein Roman, den ich schon seit Jahren im Regal stehen habe. Mit manchen meiner Bücher ist das so. Sie stehen da und warten, bis der richtige Moment kommt und ich mich wieder an sie erinnere. Es war »Das Eiskind«, das mich an dieses Buch erinnert hat. »Das Eiskind« erzählt die Geschichte eines kleinen kranken Jungen und seiner Mutter, die verzweifelt nach einem Knochenmarkspender sucht. Und es erzählt die Geschichte der Franklin-Expedition, die sich 1842 auf die Suche nach einer Nord-West-Verbindung über das Polarmeer machte. Die beiden Schiffe Erebus und Terror bleiben im Eis stecken. Franklins stirbt und die Mannschaften der beiden Schiffe Erebus und Terror kämpfen unter der Führung von Offizier Crozier verzweifelt ums Überleben. »The Voyage of the Narwhal« wiederum erzählt von einer Expedition auf der Suche nach Franklin. Ich lese immer wieder eine kurze Passage und döse eine Weile vor mich hin.

Schließlich ist es Zeit, mich fertig zu machen. Ich dusche noch einmal kalt und durchstöbere meinen Kleiderschrank, diesmal nach etwas zum Anziehen. Ich habe genug von Schlabber-T-Shirts und zerfetzten Bermudas, finde aber kaum etwas anderes. Dann fallen mir Sols Sachen in die Hände, eine Handvoll Krawatten, drei Hemden und einen Anzug habe ich aufbewahrt. Der Anzug ist mir viel zu klein, in die Hemden passe ich gerade eben, für beides ist es heute ohnehin zu heiß. Aber mir ist auf einmal sehr nach Krawatte, trotz der Hitze. Ich wähle eins von meinen Hemden, ein leichtes fast weißes mit kurzen Ärmeln – nicht wirklich ein Hemd für eine Krawatte, aber zur Not geht es – und den roten Seidenschlips.

Scheiße, es will einfach nicht aufhören zu klingeln, diese Frau ist wirklich aufdringlich. Nun gut, wenn sie es so nicht versteht, muss ich es ihr eben noch deutlicher machen. Ich lasse schiefer Krawattenknoten schiefer Krawattenknoten sein, gehe mit festem Schritt zur Tür und reiße sie auf.

Joshua

»Danke, wir finden hinaus«, sagt sie, dreht sich um und geht in Richtung Praxistür. Ihr Assistent folgt ihr. Sie drückt die Klinke herunter, zieht die Tür einen Spalt weit auf. Joshua, der im Türrahmen seines Therapiezimmers steht, atmet auf. Doch sie zögert, lässt die Klinke wieder los, dreht sich um.

»Geh schon mal vor«, sagt sie zu ihrem Assistenten und der junge Mann schlüpft an ihr vorbei und durch den Türspalt in das Treppenhaus.

»Noch eine Frage.« Sie stockt.

»Ja?«, fragt Joshua.

»Einen Moment.« Leicht gebeugt steht sie da, mit einer Hand auf der Kommode, mit der anderen an der Stirn, die Augen geschlossen. Joshua wird wieder nervös. Fast so nervös wie vorhin, als die beiden vor der Praxistür stehen. Sie wieder in ihrem Leinenjackett, leicht zwar, aber doch viel zu warm, auch wenn die Hitze an diesem Vormittag noch nicht den Tageshöhepunkt erreicht hat. Ihren Namen kann er nicht verstehen, sie hat die Tendenz zu nuscheln. Außerdem liegt seit dem Migräneanfall gestern ein merkwürdiger Druck auf seinen Ohren. Kriminalhauptkommissarin wie? Er fragt nicht. Sie reicht ihm die Hand, ihr Händedruck ist fest. »Und das ist Kriminaloberkommissar Stefan Keller. Wir ermitteln im Mordfall Julian Schäfer und haben ein paar Fragen an Sie.«

Joshua ist irritiert. »Juliane Schäfer?«, fragt er. »Heißt sie nicht Marina?

»Julian Schäfer. Das ist der Sohn von Marina Schäfer. Können wir reinkommen?«, übernimmt Stefan Keller das Gespräch. Joshua führt die beiden in sein Therapiezimmer und nimmt in seinem Sessel Platz, dann erst fällt ihm ein, dass es im Zimmer nur noch eine weitere Sitzgelegenheit gibt, den Therapiesessel für seine Klienten. Schnell steht er wieder auf. Einen Moment überlegt er, ob er seinen Sessel anbieten oder einen Stuhl aus Ulrikes Therapiezimmer holen soll. Die Frau kommt ihm zuvor: »Lassen Sie nur, ich kann stehen.«

Sie geht zum Fenster, lehnt gegen die Fensterbank, während Stefan Keller im Klientensessel Platz nimmt. Auch Joshua setzt sich wieder hin, unschlüssig, ob er sich eher Stefan Keller oder der Hauptkommissarin zuwenden soll. Wenn er so sitzt wie sonst auch, dem Klientensessel zugewandt, kann er die Frau nur aus dem Augenwinkel sehen. Also dreht er sich so, dass er beide seitlich vor sich hat. Er erwartet, dass die Frau, die sicher die Vorgesetzte von Stefan Keller ist, mit dem Verhör beginnt, aber es ist der junge Mann, der fragt: »Sie haben vom Mordfall Julian Schäfer gehört?«

Joshua wendet sich ihm wieder ein Stück mehr zu. Aus dem Augenwinkel sieht er, wie die Kommissarin etwas aus ihrer Jackentasche zieht, ein Mininotebook, soweit er erkennen kann. Sie zieht einen Stift heraus, schaltet es ein.

»Ja – nein – wie gesagt, ich dachte, es ist Marina Schäfer, die ermordet wurde.«

»Warum dachten Sie das?«

»Es geht das Gerücht um im Haus, ja, es ist ja nun wirklich ein Gerücht. Und ich habe Frau Schäfer auch seither nicht gesehen und sonst war sie immer sehr – präsent.«

»Seit wann haben Sie sie nicht gesehen?«

»Na, seit sie, äh ihr Sohn ermordet wurde.«

Stefan Keller lächelt. »So, wann wurde er denn ermordet?«

»Das weiß ich nicht. Ich habe sie – glaube ich – vorgestern Abend zuletzt gesehen.«

»Und wann?«

»Das weiß ich nicht mehr so genau.«

»Vorgestern Abend zwischen zwanzig und zweiundzwanzig

Uhr wurde ihr Sohn ermordet. Wo waren Sie da?«

»Hier, vermutlich.«

»Vermutlich? Was heißt das?«

»Ich habe nicht auf die Uhr gesehen, deshalb kann ich nicht so genau sagen, wann ich die Praxis verlassen habe. Aber es war schon dunkel, vermutlich war es nach zweiundzwanzig Uhr.«

»Haben Sie etwas gehört, ist Ihnen etwas aufgefallen?«

»Nein«, antwortet Joshua.

»Julian Schäfer wurde in der Praxis nebenan erschossen. Mit drei Schüssen. Und Ihnen ist nichts aufgefallen?«

»Nein, mir ist wirklich nichts aufgefallen.«

»Sie haben keine Schüsse gehört.«

»Nein, hätte ich Schüsse gehört, hätte ich etwas unternommen. Ich habe gestern einen Schrei gehört und war schon kurz davor, etwas zu unternehmen. «

»Einen Schrei, wann war das?«

»Kurz bevor Sie – bevor die Polizei hier aufgetaucht ist.«

»Hm.« Der Kommissar scheint zu überlegen. Die Hauptkommissarin zieht ihr Jackett aus und legt es auf die Fensterbank.

»Sie waren also zur Tatzeit hier. Arbeiten Sie immer so spät?«, fragt Stefan Keller.

»Viele Klienten können erst abends, weil …«

»Also kann jemand bezeugen, dass Sie zur Tatzeit hier waren?«, unterbricht Keller.

»Nein, gestern hatte ich keine Klienten. Ich habe geschlafen. Und bevor Sie weiterfragen: Mir ging es nicht gut. Ich bin Migräniker und gestern hatte ich einen Anfall. Also habe ich mich auf den Boden gelegt und bin eingeschlafen.«

Die Hauptkommissarin macht sich eine Notiz. Joshua Stein – Migräniker, stellt er sich in einer nur schwer lesbaren Handschrift vor.

»Auf dem Boden?« Keller zieht seine rechte Braue nach oben.

»Ja, auf dem Boden. Eine Couch gibt es hier nicht, wie Sie sehen.« Aber eine Matratze und Decken und Kissen. Aber Joshua wird sich doch nicht dafür rechtfertigen müssen, dass er den Boden bevorzugt hat?

»Wie war ihr Verhältnis zu Julian Schäfer?«, fragt er.

»Mein Verhältnis zu Julian Schäfer? Sie verdächtigen mich doch nicht etwa?«

»Das ist reine Routine, Herr Stein, wir befragen alle Nachbarn. Hatten Sie ein gutes Verhältnis zu Herrn Schäfer?«

»Ich hatte überhaupt kein Verhältnis zu Herrn Schäfer. Ich kannte ihn nicht.«

»Aber er war doch Ihr Nachbar?«

»Ich habe mitbekommen, dass einige Verwandte von Frau Schäfer auch noch hier im Haus wohnen, und ich bin sicher auch einigen von ihnen schon begegnet, wahrscheinlich sogar Julian Schäfer, aber ohne zu wissen, dass es sich um Julian Schäfer handelt. Ich wusste bis heute nicht, dass es einen Julian Schäfer gibt.«

»Sein Name steht auf dem Klingelschild.«

»Ich achte nicht auf die Klingelschilder, Herr Keller. Ich … ich habe einen Schlüssel, ich klingle nie.«

Die Frau steht auf und räuspert sich.

»Vielen Dank, Herr Stein«, sagt sie, »wir werden auf Sie zukommen, wenn wir noch Fragen haben. Aber wenn Sie mir noch ihre Privatadresse geben könnten und am besten auch gleich die Telefonnummer …« Sie hält den Stift über den kleinen Bildschirm des Notebooks und Joshua diktiert ihr, was sie wissen möchte.

Sie steht noch immer an der Kommode, immer noch gebeugt, immer noch mit der Hand am Kopf. Sie seufzt, reibt sich die Stirn. Die Tür steht noch immer sperrangelweit offen. Eine Frau in Joggingkleidung rennt die Treppe herunter und Joshua spürt ein leichtes Kribbeln in den Händen.

Er wendet sich wieder der Kommissarin zu.

»Geht es Ihnen nicht gut, Frau …?« Für einen Moment hat er vergessen, dass er ihren Namen nicht verstanden hat. Er spürt, wie er rot wird.

»Haberstroh. Monika Haberstroh.«

»Sie hatten noch eine Frage, Frau Haberstroh?«

»Ach …«, seufzt sie und reibt sich noch einmal die Stirn, »Jetzt habe ich vergessen, was ich fragen wollte. Ich melde mich bei Ihnen, wenn es mir wieder eingefallen ist.« Sie lacht, geht einen Schritt auf Joshua zu, gibt ihm die Hand.

»Auf Wiedersehen, Herr Stein.« Sie hält seine Hand in ihrer, blickt ihm in die Augen, immer noch lächelnd.

»Frau Schäfer ist übrigens im Krankenhaus. Sie hat einen Schock. Sie hat ihren Sohn gefunden. Aber sie wird bestimmt bald wiederkommen, Herr Stein.«

Sie lässt seine Hand los und geht.

Toni

»Kriminalhauptkommissarin Monika Haberstroh und das ist Kriminaloberkommissar Stefan Keller. Wir ermitteln im Mordfall Schäfer und möchten Ihnen gerne ein paar Fragen stellen. Dürfen wir einen Moment reinkommen.« Die Frau hält mir ihren Ausweis hin.

»Ich habe eine Verabredung, ich bin spät dran.« Ich tippe auf mein Handgelenk, obwohl ich keine Armbanduhr trage.

»Es dauert nicht lange.«

Ich führe die beiden in mein Wohnzimmer und bitte sie, Platz zu nehmen. Ich setze mich in den großen Sessel gegenüber vom Sofa. Der Kommissar und die Kommissarin nehmen nebeneinander auf dem Sofa Platz.

»Ich habe schon gehört, dass Frau Schäfer erschossen wurde.«

»Frau Schäfer wurde nicht erschossen«, erwidert Hauptkommissarin Haberstroh. Sie sieht schlecht aus, die Wangen eingefallen, dunkle Ringe unter den Augen, das Haar strähnig. Sie trägt ein Leinenjackett über dem Arm, das sie jetzt neben sich ablegt. Unter ihren Achseln sind große Schweißflecken zu sehen.

»Nicht?«, frage ich und spüre, wie ich ein Stück zusammensacke.

»Nein, ihr Sohn, Julian Schäfer, wurde ermordet«, sagt Hauptkommissarin Haberstroh.

»Sie wirken fast etwas enttäuscht, kann das sein?«, fragt Kommissar Keller. Seine Brauen sind hochgezogen, seine Beine weit gespreizt, fast berührt sein Knie das von Monika Haberstroh. Automatisch spreize ich meine Beine etwas mehr. Monika Haberstroh hebt den Kopf und lächelt mich an.

»Sind Sie enttäuscht?«, fragt sie.

»Nein – äh – nein, ich bin überrascht. Meine Nachbarin, die von direkt nebenan, Frau Fallot, hat mir erzählt, dass Frau Schäfer erschossen wurde.«

»Ein merkwürdiges Gerücht. Haben Sie eine Ahnung, wie es entstehen konnte?«, fragt Stefan Keller.

»Nein, wie gesagt, ich habe es von meiner Nachbarin erfahren. Vielleicht weiß sie es.«

»Wir werden sie fragen.«

Monika Haberstroh ist aufgestanden. Wie M. Fallot gestern betrachtet sie die Fotos auf dem Kaminsims. Nein, nicht ganz wie M. Fallot. Sie fasst sie nicht an, sie kommt ihnen auch nicht zu nahe.

»Sind das Ihre Kinder?«, fragt sie.

»Die von meiner Frau.«

»Dann sind es doch auch irgendwie Ihre, oder?« Sie lächelt schon wieder.

»Ja, irgendwie. Auch wenn sie mittlerweile keine Kinder mehr sind.«

»Und das ist Ihre Frau?«

Ich nicke.

»Und wo ist sie jetzt?«

Ich schlucke. »Muss ich darauf antworten?«

»Wenn sie hier wohnt, müssen wir sie ebenfalls befragen.«

»Sie wohnt nicht mehr hier.«

»Und sie war auch gestern nicht hier.«

»Nein.«

»Dann geht es uns natürlich nichts an.«

Monika Haberstroh stützt sie sich mit der Hand auf dem Kaminsims ab. Mit der anderen fasst sie sich an die Stirn. Sie schließt die Augen.

»Geht es Ihnen nicht gut?«, frage ich.

»Mein Kreislauf. Und Kopfschmerzen. Haben Sie vielleicht ein Aspirin oder so etwas Ähnliches?«, fragt sie.

»Eine Cola dazu?«, frage ich. »Eiskalte Cola und Aspirin wirken bei mir immer ganz gut.«

Sie spült die Tabletten mit einem Glas eiskalter Cola hinunter und fragt: »Kann ich mal Ihre Toilette benutzen?«

Sie lässt mich mit Kommissar Keller alleine. Er will keine Cola. Er sitzt noch immer breitbeinig auf dem Sofa und starrt auf das Weinglas mit den Lippenstiftspuren und die Merlotflasche auf dem Wohnzimmertisch. Dr. Blalock hat sich neben ihm auf der Sofalehne niedergelassen. Stefan Keller wendet sich ihm zu, krault seinen Nacken. Das nimmt Dr. Blalock zum Anlass, schnurrend auf seinen Schoß zu steigen. Sie lassen sich doch mit jedem ein, Blalock, denke ich verächtlich. Wenigstens lässt sich Dr. Taussig nicht so schnell einwickeln. Ich entdecke sie neben dem zweiten Sessel. Sie sitzt da wie eine Sphinx und lässt ihren Blick zwischen mir und Stefan Keller schweifen.

»Wissen Sie schon, warum Herr Schäfer erschossen wurde?«, frage ich.

»Wenn wir das wüssten, wären wir schon ein ganzes Stück weiter. Wissen Sie's?«

»Nein, woher denn?«

»Hm, weiß man's.« Er lacht. »Ist Ihnen vorgestern Abend etwas aufgefallen?«

»Nein. Wurde er da erschossen?«

»Ja, zwischen zwanzig und zweiundzwanzig Uhr. Wo waren Sie da?«

»Hier. Alleine.«

»Und Ihnen ist nichts aufgefallen?«

»Nein.«

»Sie wissen auch nichts?«

»Nein.«

»Nichts sehen, nichts hören, nichts sagen also?«

»Was wollen Sie mir damit unterstellen?«

Er antwortet nicht. Er blickt zur Wohnzimmertür. Dort steht Monika Haberstroh.

»Komm Stefan, wir gehen!« Ihr Ton ist scharf.

Er steht auf und geht an ihr vorbei durch den Flur.

»Es tut mir leid, dass wir Sie um diese Zeit noch stören mussten. Wenn wir noch Fragen haben, melden wir uns. Und …« Sie steckt mir eine Visitenkarte zu: »Rufen Sie mich an, wenn Ihnen noch etwas einfällt!« Ich nicke und begleite die beiden zur Tür. Dort dreht sich Monika Haberstroh noch einmal zu mir um. Sie blickt mir direkt in die Augen. Sie hat tiefblaue Augen wie Sol und Krähenfüße um die Augen wie Sol. Aber natürlich hat jeder Mensch in unserem Alter Krähenfüße um die Augen. Um ihren faltigen Mund zuckt es.

»Ihre Krawatte sitzt schief, darf ich sie richten?«, fragt sie und ohne auf meine Antwort zu warten, macht sie sich an meiner Krawatte zu schaffen. Ich rieche ihren Pfefferminzatem, spüre ihre Finger auf meiner Brust. »Das steht Ihnen übrigens gut«, sagt sie, als sie von mir ablässt. »Nur das Hemd passt nicht so ganz.«

Stefan Keller hat bereits meine Wohnungstür geöffnet und sie schiebt ihn aus meinem Flur ins Treppenhaus. Ich bleibe eine Weile in der Tür stehen und lausche ihren Schritten.

»Was war das denn?«, höre ich Stefan Keller fragen.

»Eine Vernehmung«, antwortet sie.

»Genau das war es eben nicht.«

Auf dem Sofa liegt Monika Haberstrohs Leinenjackett. Ich lasse es liegen und mache mich auf den Weg zu Elfi und Katharina.

Joshua

Er steht vor seiner Haustür, den Schlüssel in der Hand.

Es ist Freitag. Es gab eine Zeit, da hat er Freitage gemocht. Freitage mit Ruth, die ein langes freies Wochenende einleiteten. Wochenenden mit Ruth. Mit Kino- und Theaterbesuchen, mit Radtouren im Sommer und langen Film- oder Lese-nachmittagen auf der Couch im Winter. Wochenenden, an denen er kaum an seine Klienten dachte, im Wechsel mit Werktagen, an denen er ganz für seine Klienten da war. Es war ein schönes Leben, das er genoss. Wie lange ist das noch her? Ach ja, nicht einmal anderthalb Jahre. Es war einmal. Wieder sieht er Ruths Gesicht vor sich, ihr verquollenes rotes Gesicht, es hat sich in sein Gedächtnis eingebrannt. Wirklich so tief, dass es all die lächelnden Ruthgesichter, die er Jahr für Jahr, Tag für Tag gesehen haben muss, hat verblassen lassen? Er versucht es sich vorzustellen, Ruths lächelndes Gesicht. Die Fältchen um die Augen, ihre Grübchen, ihre strahlenden grünen Augen. Die Tür geht auf und wie eine Seifenblase zerplatzt das Bild, das sich langsam vor seinem inneren Auge zu formen begonnen hat. Er zuckt zusammen, sein Schlüssel fällt zu Boden.

»Was machst du denn hier?«, fragt Brigitte.

»Ich wollte eben die Tür aufschließen«, antwortet er.

»Du stehst schon seit fünf Minuten hier.«

Er spürt Wut in sich aufsteigen.

»Spionierst du mir nach?«

»Ich spioniere dir nicht nach. Vom Küchenfenster aus kann ich sehen, wenn du nach Hause kommst.«

Sie rauscht ins Esszimmer, fast fliegt ihm die Tür vor der Nase zu, er fängt sie gerade noch ab. Sie knallt die Schüssel mit den Nudeln auf den Esstisch. »Wieder mal schlechte Laune, der Herr?«

»Wer hat hier schlechte Laune?«, giftet er zurück.

»Du. Du hast schlechte Laune. Mir ging es bis eben noch gut. Ich habe mich auf dich gefreut, auf ein gemütliches Wochenende mit dir.« Sie setzt sich an den Tisch, mit Tränen in den Augen.

»Ich hatte einen harten Tag, es tut mir leid«, sagt er in einem Ton, der gar nicht so klingt, als täte es ihm leid.

»Und glaubst du, ich hab Däumchen gedreht?« Jetzt weint sie richtig. Sie tastet nach einem Taschentuch, doch sie trägt ein kurzes ärmelloses Sommerkleid ohne Taschen und findet keines. Eigentlich sollte er ihr jetzt ein Taschentuch reichen. Eigentlich sollte er zu ihr hingehen, den Arm um sie legen.

»Es tut mir leid, Schatz«, sollte er sanft zu ihr sagen und sie in seine Arme nehmen.

Das hat er immer bei Ruth getan.

Er verlässt das Esszimmer, klettert über den Sicherheitszaun vor Jonas' Zimmer. Sein Sohn krabbelt auf dem Boden, mit einem Beißring in der Hand. Er blickt zu Joshua auf, lacht, als er ihn sieht. Seine Augen strahlen. Joshua nimmt ihn hoch.

»Na, kleiner Mann, was hast du heute für Abenteuer erlebt, na, erzähl es mir, du kleiner Abenteurer, du Weltentdecker, mein Süßer …« So redet er in einem fort und piekst seinem Sohn in den Bauch. Dem gefällt das, ein Glucksen kommt aus seinem Bauch, es ist das süßeste Glucksen, das Joshua jemals gehört hat. Kein Kind kann schöner glucksen als sein Sohn Jonas, kein Kind kann schöner lächeln.

Joshua setzt ihn auf den Fußboden und sich neben ihn.

»Ich liebe dich, mein Sohn, ich liebe dich«, sagt er, immer wieder und immer wieder. »Ich liebe dich, mein Sohn.«

Er weint, er weiß nicht, warum, aber er weint. Brigitte steht an der Tür, doch er hört nicht auf. Sie kommt zu ihm, nimmt ihn in die Arme, krault seinen Nacken.

»Was ist denn nur los mit dir, mein Schatz, was ist denn nur los?« Sie bedeckt sein Gesicht mit Küssen.

»Ich weiß nicht, ich – ich bin müde«, sagt er.

»Dann musst du dich ausruhen. Wir machen uns ein schönes Wochenende, nur du und ich. Ich habe dir dein Lieblingsessen gekocht, Spaghetti Bolognese, und dann sehen wir uns einen schönen Film an. Wir machen es uns schön gemütlich.« Sie streicht ihm durchs Haar und küsst ihn auf den Mund.

»Oder soll ich dir ein Bad einlassen?«

»Nein«, antwortet er, »kein Bad.«

So langsam beruhigt er sich wieder.

»Möchtest du etwas anderes?« Sie blickt ihn vielsagend an.

»Nein, ich bin wirklich müde.«

»Wie wär's dann mit Essen? Die Nudeln werden kalt.«

Sie nimmt ihn bei der Hand und zieht ihn hoch.

Dann sitzen sie am Esszimmertisch. Sie füllt seinen Teller mit Nudeln und gibt eine Kelle Soße darüber. Er zieht die Schüssel mit dem Salat zu sich und füllt die beiden Salatschälchen. Schweigend stochern sie in ihrem Essen. Durch das Babyfon hören sie Geräusche von Jonas.

»Ich … ich habe überlegt …«, beginnt er zu sprechen.

»Ja?« Sie richtet sich auf.

»Ich habe überlegt, dass es mir gut tun würde, in der Praxis etwas kürzer zu treten, ich meine, vielleicht auch mal eine Weile ganz zu pausieren.«

»Und deine Klienten?«

»Ich lasse meine Therapien auslaufen und kümmere mich um Jonas.«

»Du willst Hausmann werden? Ja, hältst du das denn aus, den ganzen Tag zu Hause? Und wie stellst du dir das finanziell vor?«, fragt sie und sieht Joshua ungläubig an.

»Ich wollte schon lange mal ein Buch schreiben. Ich bin

dann zu Hause und du kannst deinen Job aufstocken. Hast du nicht neulich erzählt, deine Chefin habe dich gefragt, ob du nicht eine volle Stelle haben willst?«

»Ja, aber ich habe abgelehnt, ich will Zeit für Jonas haben.«

»Ich auch, ich will auch Zeit für Jonas haben.«

»Aber du hast Zeit für Jonas, das ganze Wochenende.« In ihrer Stimme schwingt Angst.

»Es war ja nur eine Idee, denk in Ruhe darüber nach.«

»Darüber will ich nicht nachdenken!«

»Na dann eben nicht.«

»Was willst du überhaupt für ein Buch schreiben?«

»Über Kindheitstraumata und wie man sie überwindet.«

»Was verstehst du von Kindheitstraumata? Das ist doch gar nicht dein Gebiet.«

»So? Was ist denn mein Gebiet?«

»Du bist Psychotherapeut.«

»Stimmt, ich bin Psychotherapeut.«

»Du behandelst Neurotiker.«

»Neurotiker?«

»Oder nicht? Das hast du mir erzählt.«

»Ja, ich behandle Neurotiker und ich verstehe nicht die Bohne von Kindheitstraumata.«

«Was ist jetzt los?«, fragt sie.

»Was soll schon los sein?«

»Du bist auf einmal so komisch.«

»Ich bin komisch? Vielleicht sollte ich dann ja Komiker werden, wenn ich komisch bin.«

»Joshua!«

»Was?«

»Nichts, es hat keinen Sinn.«

»Da hast du ausnahmsweise mal recht.«

Er schiebt seinen Teller von sich weg.

»Wir sind übrigens am Sonntag bei meinen Eltern eingeladen.«

»Ich habe keine Lust«, antwortet Joshua unwirsch.

»Was heißt, du hast keine Lust?«, fragt Brigitte.

»Es heißt, was es heißt. Ich habe keine Lust. Punkt. Du hast ja auch keine Lust, mit zu Thomas' Fete zu kommen.«

»Das ist doch etwas anderes.«

»So, und warum ist das etwas anderes? Wenn dir an etwas liegt, ist es immer etwas anderes.«

»Es ist eine Familienfeier. Meine Geschwister und deren Familien sind auch eingeladen.«

»Umso schlimmer.«

»Was meinst du mit umso schlimmer?«

Er legt sein Besteck neben den Teller.

»Weil ich mich lieber mit Freunden treffe. Freunde habe ich mir ausgesucht. Deine Familie nicht.«

Sie ist knallrot geworden. Sie weiß offensichtlich nicht, was sie sagen soll. Sie ringt nach Luft und nach Worten.

»Und mich? Hast du dir mich auch nicht ausgesucht?«, presst sie schließlich heraus.

Durch das Babyfon ist ein Knall zu hören, dann das Geschrei von Jonas. Sie springt auf und rennt in sein Zimmer. Joshua legt seine Serviette zur Seite und folgt ihr. Jonas ist hingefallen, hat sich den Kopf gestoßen. Eine Weile beobachtet Joshua, wie Brigitte seinen weinenden Sohn in den Armen wiegt, ihn tröstet. Dann dreht er sich um und geht.

Toni

Elfi und Katharina haben sich gestritten, das spüre ich in dem Moment, in dem ich die Wohnung betrete. Die Tür ist angelehnt, ich trete ein, bin für einen Moment alleine im Flur. Katharina steht am Herd, Elfi kommt aus dem Bad und umarmt mich zur Begrüßung. Es ist alles so wie immer, so könnte es auch sein, wenn es vorher keinen Streit gegeben hätte. Ich kann nicht genau sagen, woran ich es merke, es liegt in der Luft. Wenn ich es nicht schon vorher gespürt hätte, so wüsste ich es spätestens in dem Moment, in dem ich in Katharinas Gesicht blicke. Ich sehe es in den Schatten um ihre Augen, am fehlenden Glanz in ihnen. Elfi konnte es schon immer viel besser verstecken, in Elfis Augen glänzt es auch jetzt. Ich umarme auch Katharina und helfe noch ein bisschen bei den letzten Vorbereitungen.

Dann setzen wir uns an den großen runden Holztisch in der Küche und essen Auberginen und Reis aus bunten Glasschälchen. Es sind die leckersten Auberginen, die ich seit Langem gegessen habe. Doch es ist schwer, sie zu genießen, wenn alles so drückt. Die Schwüle, die Missstimmung, die Trauer. Vielleicht sind sie ja auch traurig, weil Sol fehlt.

Sol fehlt jedes Mal, wenn ich hier bin. Es fühlt sich immer so an, als wäre ein Gast einfach nicht gekommen, ein Platz leer geblieben, ein Gedeck unbenutzt. Natürlich decken Katharina und Elfi nur für drei. Das vierte Gedeck sehe ich trotzdem. Doch Sol sitzt nicht neben mir. Würde sie neben mir sitzen, würde ich hin und wieder meinen Kopf auf ihre Schulter legen, ihre Wange küssen, ihre Hand berühren. Hinterher würden wir darüber reden, wie es diesmal war bei Elfi und Katharina. Ich würde Sol fragen, ob sie auch den Eindruck hatte, dass irgendetwas nicht stimmt. Während des Essens würden wir uns zwischendurch anschauen, ich würde spüren, wie es in ihr arbeitet, wie sie überlegt, ob sie es ansprechen soll. Vielleicht würde sie es ansprechen. Elfi und Katharina streiten sich häufig. Oft sind sie zu spät gekommen, wenn sie bei uns eingeladen waren, weil sie vorher angefangen hatten zu streiten. Manchmal erzählten sie uns dann davon, manchmal spürten wir es nur. Es gab Zeiten, da glaubten wir, dass die Trennung unmittelbar bevorstünde. Manche Dinge ändern sich dramatisch. Andere bleiben ewig gleich. Toni und Sol haben sich selten gestritten. Toni und Sol gibt es nicht mehr. Doch die Ehe zwischen Elfi und Katharina hat Bestand.

Katharina erzählt von ihrer Arbeit. Es gibt wieder mal

Stress. Katharina hatte schon immer Stress bei der Arbeit. Es gab Zeiten, da glaubten wir, dass Katharina endlich kündigen und sich eine andere Arbeit suchen würde. Jetzt hat Sol gekündigt – irgendwie – und Katharina arbeitet noch immer, wo sie schon seit fünfzehn Jahren arbeitet.

»Ach Sol«, seufze ich.

Ich spüre sie neben mir, ich drehe mich zur ihr, blicke sie an. Ich sehe sie und sehe sie doch nicht. Katharina hat ihre Erzählung unterbrochen, sieht mich erwartungsvoll an.

»Tut mir leid«, meine Stimme ist beschlagen, ich räuspere mich, »ich habe nicht zugehört. Ich habe im Moment Schwierigkeiten, mich zu konzentrieren, ich ... kannst du es mir noch mal erzählen?« Ich muss schlucken, spüre, wie meine Augen feucht werden, kämpfe dagegen an.

»Ist nicht so wichtig«, sagt Katharina.

»Doch, bitte erzähle es mir, ich möchte es wissen. Und wenn ihr wollt, könnt ihr mir auch von eurem Streit erzählen. Aber ihr müsst natürlich nicht.« Katharina und Elfi blicken einander an. Eine Weile sagt keine mehr etwas, wir essen schweigend unsere Auberginen mit Reis.

»Vielleicht solltest du die Wohnung doch verkaufen«, sagt Elfi.

»Vielleicht.« Ich muss husten. »Wenn es so weit ist, werde ich sie verkaufen. Es ist noch nicht so weit.«

Der Ventilator summt leise vor sich hin.

»Magst du noch Aubergine?«, fragt Elfi.

»Ja, gerne«, antworte ich.

»Und noch etwas Salat?«

»Ja, es schmeckt sehr gut. Danke.«

»Ist dir nicht zu warm mit dem Schlips?«, fragt Elfi.

»Doch«, antworte ich.

»Dann nimm ihn doch ab.«

»Ich mag ihn lieber anbehalten.« Ich lache.

»Worüber lachst du?«

»Heute – ich bin gerade dabei, den Schlips zu binden – klingelt es bei mir. Und stellt euch vor, es ist die Polizei, nicht in Uniform, sondern in Zivil, richtige Kriminalbeamte, eine Frau und ein Mann.«

»Und was wollten sie?«

»Ein Nachbar von mir ist ermordet worden. Der Sohn von dieser nervigen Hebamme im Erdgeschoss.«

»Bei uns in der Straße ist letzte Woche auch jemand ermordet worden. Ich bin gerade von einem Hausbesuch gekommen, da war ein Riesenauflauf vor dem Haus.«

»Jemand, den ihr kennt?«

»Nein, in der Zeitung stand etwas von einer fünfundzwanzigjährigen Frau, die erschossen wurde. Die Polizei tappt im Dunkeln. Mehr stand da nicht«, erzählt Elfi.

»Und dass es in Prenzlauer Berg passiert ist. Nur eine kleine Notiz unter Vermischtes. Aber wir sind uns sicher, dass es dabei um den Mord in unserer Straße geht«, fügt Katharina hinzu.

»Mein Nachbar wurde auch erschossen.«

»Komisch, Andrea hat erzählt, dass in ihrer Nachbarschaft auch jemand erschossen wurde, eine ältere Frau«, sagt Katharina.

»Ob die Morde miteinander zusammenhängen?«, frage ich.

»Meinst du?«, fragt Elfi

»Ich weiß nicht. Sie passieren alle in dieser Gegend, alle werden erschossen.«

»Das kann Zufall sein.«

»Aber unheimlich ist mir das schon«, sage ich.

»Mir auch«, antwortet Elfi.

»Ich traue mich kaum mehr raus«, sagt Katharina.

»Mein Nachbar wurde im Büro seiner Mutter erschossen«, sage ich.

»Die junge Frau aus unserer Straße in ihrer Wohnung«, sagt Elfi.

»Es nützt also gar nichts, zu Hause zu bleiben. Wenn es zu Hause passiert, meine ich.« Ich blicke zur Küchentür.

»Hört auf, mir ist gruselig.« Katharina schüttelt sich.

»Würde es euch etwas ausmachen, wenn ich die Küchentür schließe?«, frage ich.

Katharina und Elfi haben nichts dagegen. Vorsichtshalber werfe ich vorher noch einen Blick in den Flur.

»Wenn jemand uns unbedingt erschießen will, wird er – oder sie – es auch schaffen. Da hilft eine geschlossene Küchentür nichts«, konstatiert Elfi nüchtern.

Katharina boxt sie auf den Arm. »Hör auf, das ist mir unheimlich. Ich hab Angst.«

Elfi küsst Katharina auf die Nasenspitze und lacht.

»Wer sollte uns denn schon erschießen wollen?«, fragt Elfi. »Wer hätte denn ein Motiv?«

»Ich wüsste niemanden«, antworte ich.

»Vielleicht ist jemand tierisch auf eine von uns eifersüchtig, wer weiß das schon«, meint Katharina. »Könnte doch sein, dass sich jemand in Elfi verliebt hat und wahnsinnig eifersüchtig auf mich ist und mich umbringt.«

»Ohne, dass du damit rechnest?«, frage ich.

»Passiert das nicht meistens, ohne dass die, der es passiert, damit rechnet? Ich meine, wer rechnet schon damit, ermordet zu werden, selbst wenn du weißt, dass jemand eifersüchtig auf dich ist, rechnest du doch nicht damit. Damit rechnen doch bestimmt die wenigsten, denen es passiert, oder?«

»Kann schon sein«, antworte ich.

»Kommt, lasst uns über etwas anderes reden«, schlägt Elfi vor, »mir ist das wirklich unheimlich.«

So kommt Katharina doch noch dazu, über ihre Arbeit zu reden. Schließlich reden wir über dieses und jenes und lachen viel dabei. Wir essen die Auberginen auf und ich mache mich über den Rest Salat in der Schüssel her. Zum Nachtisch gibt es Eis mit von Katharina selbst gemachter roter Grütze.

Ich gehe die zwei Kilometer von Katharina und Elfi meistens zu Fuß nach Hause, egal, wie spät es ist. Ich fühle mich beschwingt, als ich vor die Haustür trete. Ich freue mich auf den kurzen Spaziergang durch die Nacht. Doch heute fühle ich mich nicht wohl auf der Straße. Hoch oben bei Katharina und Elfi und mit dem kühlenden Ventilator kam es mir nicht so schlimm vor, doch jetzt schlägt mir die stickige Hitze entgegen. Der Asphalt und die Häuserwände haben sich aufgeheizt. Außerdem ist es mir zu hell. Das Licht der Stadt reflektiert zu sehr in der diesigen Luft und hüllt alles in ein schmutziges Gelb.

Ich sehne mich nach einer klaren kühlen Nacht, ich sehne mich nach Stille. Ich sehne mich nach einer Hand in meiner, nach Gesprächen voller Leichtigkeit, die fast von selbst mal hierhin, mal dorthin fließen, nach unseren Wortspielen, nach unserer Vertrautheit, unserem Lachen.

Hör endlich auf damit, Toni! Du machst Rückschritte, merkst du das nicht? Eine Weile konntest du an andere Dinge denken, jetzt kommt sie dir wieder andauernd in den Sinn. Sie ist nicht mehr da und wird auch nie mehr wiederkommen. Akzeptiere es endlich!

»Nehmen Sie's wie ein Mann, Madame«, summe ich leise vor mich hin. Wäre ich betrunken, würde ich es in die Welt hinausgrölen. Doch ich bin nicht betrunken, nicht genug jedenfalls.

Ganz im Gegensatz zu manch anderen. Fast an jeder Straßenecke Horden grölender Jugendlicher. Überall kleine spitze aufgetakelte Tussis, die über Gehwege klappern. Überall Leute mit Bierflaschen, es scheint cool zu sein, mit Bierflaschen durch die Gegend zu spazieren. Sogar ein Mann auf einem Fahrrad hat eine Bierflasche in der Hand. Er hält an der Ampel, trinkt einen Schluck. Dann rast er an mir vorbei über die Straße. Die Ampel ist noch rot. Ein Hupen, als ein abbiegendes Auto ihn knapp verfehlt. Schade.

Die Ampel wird grün. Gerade als ich meinen Fuß auf die Straße setzen will, rauscht ein Mann an mir vorbei. Eine Wolke aus Zigarettenrauch trifft mich mitten ins Gesicht. Ich muss husten. Er ist schnell, aber nicht schnell genug. An der nächsten Ampel erwische ich ihn wieder. Wieder erreichen mich seine Rauchschwaden. In dem Moment, als ich mich neben ihn stelle, fängt er an zu pfeifen. Auch etwas, was ich neuerdings dauernd höre. Allenthalben ein unerträglich schiefes schrilles Pfeifen, das sich mir ins Gehirn bohrt. Im Supermarkt an der Kasse, an der Straßenecke. Manchmal kommt es mir so vor, als pfiffen sie, wenn sie an mir vorbeigehen. Wollen sie auf sich aufmerksam machen? Oder mich einfach nur quälen? Oder würden sie auch pfeifen, wenn ich nicht da wäre? Womöglich pfeifen sie alle zehn Meter. Eigentlich klingt es gar nicht wie Pfeifen, es ist mehr ein Gefiepe. Es klingt nach leidendem Hund. Sie leiden darunter, dass sie im falschen Körper geboren wurden. Hunde im Männerkörper oder im Menschenkörper, es gibt ja auch fiepende Frauen, auch wenn die klar in der Minderheit sind. Wie nennt sich so etwas? Transspeziell? Zahlt die Krankenkasse denn eine Operation von Mensch zu Hund? Sie sollte es, wäre es doch der Gesundheit der nichtfiependen Bevölkerung förderlich. Dann gäbe es ein paar glückliche Hunde mehr und vielleicht etwas mehr Gebell. »Aber Hunde, die bellen, fiepen nicht«, sage ich laut und muss kichern. Der fiepende Mann neben mir sieht mich an, als käme ich vom Mond. Vielleicht sollte ich ihn einfach mal fragen, warum er so fiept. Die Autos brausen an uns vorbei. Er wird nicht warten, bis die Ampel auf Grün schaltet. Er wird warten, bis die Straße frei ist, und sie dann überqueren. Er ist der Typ dafür. Was kümmern ihn Ampeln. Aber er könnte sich doch auch mal verschätzen. Er geht los und dann kommt es um die Ecke, das hupende Cabriolet mit den betrunkenen grölenden Klackertussis. Viel zu schnell und es erwischt ihn. Bremsen quietschen, Gekreische und überall

Blut. Und dann wird er nie wieder irgendjemandem Rauch ins Gesicht blasen. Er wird nie wieder vor sich hinfiepen. Er wird auch nie wieder bei Rot über eine Ampel gehen. Er wird gar nichts mehr tun. Und die grölenden Klackertussis fahren in Zukunft Rollstuhl statt Cabriolet. So hat auch das Klackern ein Ende. O ja, es fühlt sich gut an, die Vorstellung fühlt sich wirklich gut an. Als die Ampel auf Grün schaltet, geht es mir schon wieder besser. Den Rest des Weges summe ich leise vor mich hin. Kurz bevor ich in meine Straße einbiege, fange ich sogar an zu pfeifen.

Joshua

Joshua wählt noch einmal Thomas' Nummer, hört das Tuten, einmal, dreimal, fünfmal, dann geht der Anrufbeantworter an und Joshua legt auf, ohne etwas zu sagen. Wie oft hat er es schon probiert, seit er vor drei Stunden in seiner Praxis angekommen ist? Zehnmal, fünfzehnmal? Beim ersten Mal spricht er auf den Anrufbeantworter, bittet Thomas, ihn in der Praxis zurückzurufen. Beim zweiten Mal hätte er beinahe gesagt, dass es furchtbar dringend ist, aber er kann es sich gerade noch verkneifen. Er will ja schließlich kein Drama daraus machen.

Kaum hat er aufgelegt, klingelt das Telefon. Auch nicht zum ersten Mal. Er sieht auf das Display, wieder nur seine eigene Festnetznummer. Es kann nur Brigitte sein. Er ignoriert das Klingeln und blickt aus dem Fenster seines dunklen Kabuffs in den ebenso dunklen Hinterhof. Joshua sehnt sich. Er sehnt sich nach draußen, nach dem Park, dem Duft von Gras, dem Himmel über ihm. Doch noch mehr Sehnsucht hat er nach etwas anderem, nach einem Anruf von Thomas, und diese Sehnsucht hält ihn in seinem stickigen Kabuff. Er öffnet das Fenster und hört Stimmen und Gelächter, trotzdem lässt er das Fenster noch einen Moment offen, atmet die nächtliche Schwüle tief ein und denkt an den nackten weißen Männerhintern, den er an dem Abend gesehen hat, an dem

Julian Schäfer sterben musste und er, Joshua, durch den Park streifte. Er weiß, dass sich in dieser Ecke des Parks nachts Männer treffen. Er will wissen, wie es funktioniert. Deshalb verlässt er den Weg und streift durchs Gebüsch. Er will wissen, ob es ihn antörnt, wenn zwei Männer es miteinander treiben. Es törnt ihn tatsächlich an.

Hat er Inspektor Columbo also angelogen, als er sagte, er sei nicht an Schwänzen interessiert? Und hat Brigitte recht und er ist wirklich schwul? Vielleicht ist er ja bisexuell. Er fickt gerne, daran besteht kein Zweifel. Er liebt es, Frauen zu vögeln, er liebt den Geruch ihrer Muschis, er liebt es, sie zu ficken, nicht nur in ihre Muschis, auch in ihre Ärsche. Unter seinen zahlreichen Geliebten war immer wieder eine dabei, die sich gerne in den Arsch ficken ließ. Sogar Brigitte hat sich schon von ihm in den Arsch ficken lassen. Nein, dass Brigitte prüde ist, kann er ihr nun wirklich nicht vorwerfen. Sie lässt so ziemlich alles mit sich machen und hat großen Spaß dabei. Vielleicht hätte sie nicht einmal etwas dagegen, ihn zu ficken. Er ist noch nie gefickt worden. Vielleicht ist es genau das, was ihm fehlt. Vielleicht sollte er sich von Brigitte ficken lassen, vielleicht sollte er sich auch mal von einem Mann ficken lassen. Er muss es Brigitte ja nicht erzählen. Schließlich bedeutet es nichts, schließlich ist es nur Sex. Was ist schon dabei? Vielleicht hört sie dann auf, diese schreckliche Sehnsucht nach Thomas. Von Thomas will er sich ganz bestimmt nicht ficken lassen, da ist er sich sicher. Von Thomas will er etwas anderes. Er will mit ihm reden, ihm nahe sein, seine Hand auf seiner spüren, seine Umarmung. All das, was er mit Brigitte nicht will, schießt es ihm siedend heiß durch den Kopf. All das, was er mit Brigitte nicht kann. Nicht mehr kann. Wann hat er damit aufgehört, es zu können? Und warum? Irgendwann hat er es doch gekonnt, oder?

Er muss mit Thomas reden. Er muss noch einmal versuchen, ihn zu erreichen. Er muss verdammt noch mal endlich mit jemandem über all das sprechen. Wieder nur das Freizeichen und der Anrufbeantworter. Frustriert drückt er den roten Knopf auf dem Telefon. Warum hat er denn sonst niemandem zum Reden? Warum ist er so auf Thomas fixiert? Irgendetwas muss schiefgegangen sein in seinem Leben.

Im Hinterhof springt das Licht an. Jemand überquert den Hof mit vollbepackten Tüten und verschwindet bei den Mülleimern. Er weiß, wer es ist. Er tastet nach dem Schlüssel in der Hosentasche und verlässt die Praxis.

Toni

Als ich zur Tür hereinkomme, hallt Telefonklingeln durch die Wohnung. Ich werfe den Schlüssel auf das kleine Tischchen im Flur und gehe gemächlich zum Telefon. Ich bin mir ziemlich sicher, dass ich nicht abnehmen werde, ich nehme nur selten ab. Wenn Tommy anruft zum Beispiel. Ihn lasse ich nicht erst auf den Anrufbeantworter sprechen, ich weiß, wann er es ist, weil ich seine Nummer erkenne. Elfi und Katharina haben die Rufnummernunterdrückung eingeschaltet. Sie wissen, dass sie auf den Anrufbeantworter sprechen müssen. Meistens nehme ich das Gespräch dann an. Aber nicht immer, manchmal ist mir nicht danach, mit jemandem zu sprechen, nicht einmal mit Tommy. Mit meiner Mutter spreche ich immer, wenn sie anruft, und seit ich wieder alleine bin, ruft sie jede Woche an. Wenn ich nicht ans Telefon gehe, was vorkommt, wenn ich es nicht höre, weil ich mal wieder mit meinen Wachsklumpen in den Ohren am Schreibtisch sitze oder wenn ich einkaufen bin, ist sie ganz krank vor Sorge. Dann ruft sie alle Viertelstunde an, bis sie mich erreicht. Sonst gehe ich nie ans Telefon. Sonst rufen mich auch nur Leute an, die mir etwas verkaufen wollen, oder sie wollen mir Fragen stellen. Welches Auto ich fahre zum Beispiel. »Ich fahre kein Auto«, sage ich dann und lege auf. Aber das ist schon lange nicht mehr vorgekommen, denn ich nehme gar nicht erst ab. Ich rufe auch selten jemanden an und wenn, dann nur Menschen, die ich gut kenne. Seit Monaten bekomme ich Briefe von einer Frau bei meiner Bank, ich soll sie unbedingt anrufen, weiß der Henker, warum. Ich will sie nicht anrufen. Sie soll mich in Ruhe lassen!

Ich hasse Telefone und ich hasse es zu telefonieren. Nur mit Sol habe ich immer gerne und viel telefoniert. Sie hat mich immer angerufen, um mir zu sagen, wann sie nach Hause kommt oder dass es etwas später wird oder um zu fragen, ob sie noch etwas mitbringen soll. Sie hat auf meiner ganz persönlichen Nummer angerufen, die nur Sol hatte. Nein, das stimmt nicht, ich habe sie auch einmal einer Geliebten gegeben. Ich muss wohl sehr in sie verliebt gewesen sein. Sie ruft mich gelegentlich an. Es macht nichts, ich mag sie immer noch und spreche gerne mit ihr und manchmal treffen wir uns sogar. Aber wir reden nur, alles andere habe ich endgütig abgehakt. Wenn ich mal nicht mit ihr sprechen möchte, gehe ich erst gar nicht ans Telefon. Meine persönliche Nummer ist mit einer ganz bestimmten Melodie verknüpft. Wenn ich diese Melodie höre, weiß ich, es kann nur Sol sein. Oder eben diese Frau. Ich habe ihn schon eine ganze Weile nicht mehr gehört. Und auch jetzt höre ich ihn nicht. Es ist der altmodische Klingelton meiner Hauptnummer.

Ich habe keine Ahnung, wer mich um diese Zeit noch anruft. Meistens ist mir etwas mulmig, wenn ich so späte Anrufe bekomme oder wenn mich jemand früh morgens anruft. Ich denke dann immer, es ist etwas passiert. Das Display zeigt eine Handynummer an, die ich nicht kenne. Meine Mutter ist es also nicht. Der Anrufbeantworter springt an. Ich warte die Ansage ab.

Räuspern. »Hier ist Monika Haberstroh, Hauptkommissarin Haberstroh, ich war heute Abend bei Ihnen, Sie erinnern sich? Natürlich. Ähm … Ich hoffe, Sie finden es nicht unverschämt, dass ich so spät noch anrufe, aber ich habe mein Jackett bei Ihnen vergessen und ich bin zufällig in der Nähe, da dachte ich … Ach vergessen Sie es, ich rufe morgen noch einmal an. Sicher schlafen Sie schon …«

Ich nehme das Telefon aus der Ladeschale und drücke auf Annahme.

Ich bringe die Gläser von vorgestern in die Küche. Die halb volle Rotweinflasche lasse ich stehen. Ich durchsuche den Badezimmerschrank nach unseren Lippenstiften und wähle ein kräftiges Rot. Ich trage es auf und betrachte mich im Spiegel. Das Rot steht mir, Sol mochte es immer besonders an mir. Es ist Sols Lieblingsrot. Ich feile mir noch kurz die Fingernägel und wasche mir die Hände. Als ich fertig bin, klingelt es auch schon an der Tür.

Ich drücke den Türöffner. Das Jackett habe ich schon auf das kleine Tischchen im Flur gelegt. Ich lege es mir über den Arm und warte an der Tür. Sie ist außer Atem, als sie oben ankommt. Das hält sie nicht davon ab, sich wortreich für die späte Störung zu entschuldigen. Ich reiche ihr das Jackett. Erst nimmt sie es nicht, dann greift sie danach, aber ich lasse es nicht los. »Wollen Sie noch einen Moment hereinkommen?«

Sie lächelt. »Ja, gerne, für einen Moment.«

Ich rieche ihre Alkoholfahne, als sie an mir vorbeigeht. Sie setzt sich auf den Sessel vor dem Kamin.

»Geht es Ihnen wieder besser?«, frage ich.

»Ja, Ihre Tabletten und die Cola haben Wunder gewirkt.«

»Bei mir hilft das auch, manchmal bekomme ich sie damit sogar weg.«

»Wen?«

»Meine Migräne.«

»Ach, Sie auch.«

»Ja, in letzter Zeit sehr häufig. Und Sie?«

»Oh, ich habe keine Migräne, aber ich habe heute noch einen Zeugen vernommen, der Migräne hat. Ich hatte nur Kopfschmerzen. Und mein Kreislauf, der sackt im Moment dauernd in den Keller. Ich vertrage die Hitze nicht. Diese Rumrennerei in der Hitze den ganzen Tag, die schafft mich wirklich. So langsam habe ich doch das Gefühl, dass ich alt werde. Zumindest im Sommer. Im Winter fühle ich mich noch ganz fit. Ich hoffe nur, es hört bald auf. Das ist ja wirklich ein unglaublicher Sommer …«

Sie redet weiter. Über das Wetter, glaube ich. Gewitter und Regen. Donner und Wind. Frühling, Sommer, Herbst und Winter. Rückenschmerzen. Müdigkeit. Ich blicke auf ihren Mund, schmal und lippenstiftrot, lausche mehr ihrer Stimme als dem, was sie sagt. Sie hört sich gut an. Wie Meeresrauschen oder das Rauschen der Bäume, wie Katzenschnurren oder Gebirgsbachgeplätscher. Es bringt etwas in mir zum Summen.

Es ist still. Ihre Lippen bewegen sich nicht mehr. Sie muss aufgehört haben zu sprechen. Ich blicke in ihre Augen.

»Wahrscheinlich nerve ich Sie mit meinem Gelaber.« Sie lacht. »Die Farbe steht Ihnen übrigens gut, den Lippenstift meine ich, er passt zu Ihrem Schlips, farblich, meine ich.« Sie lacht noch einmal. »Was auch sonst, nicht? Rot ist eine gute Farbe für Sie.«

»Danke.«

Ich weiß, ich sollte jetzt noch mehr sagen, aber mir fällt nichts ein.

»Apropos rot, darf ich Ihnen ein Glas Rotwein anbieten? Oder sind Sie im Dienst?«

»Nein, nicht mehr. Ich muss gestehen, ich habe bereits einen im Tee, wahrscheinlich rede ich deswegen so viel. Ich war im Kino und habe ein Bier getrunken, dann war ich in der Kneipe und habe noch ein Bier getrunken. Und da ich sonst nicht so viel trinke, hat das ganz schön reingehauen. Aber ich war alleine, was blieb mir da schon anderes übrig als sich zu besaufen.«

»Na ja, so ein schöner Abend alleine kann auch Spaß machen. Mit Bier erst recht.« Warum zum Henker zwinkere ich ihr jetzt zu?

»Aber ein Glas Wein zusammen trinken, hat auch etwas für sich. Oder soll man nach Bier keinen Wein trinken? Wie heißt es noch mal, Wein auf Bier, das rat ich dir?«

»Genau. Und Bier auf Wein, das ist fein.«

»Na, dann kann ja nichts schiefgehen. Außer, dass ich noch mehr Blödsinn rede.«

Ich stelle Gläser auf den Tisch und fülle sie mit dem Wein aus der offenen Flasche.

»Ich habe leider keinen anderen Wein. Es ist ein billiger Merlot und die Flasche ist bereits offen.« Ich reiche ihr ein Glas. Meine Hand zittert. »Ich habe leider keinen anderen«, wiederhole ich überflüssigerweise noch einmal und beiße mir auf die Lippen. Sie lächelt immer noch.

»Das ist schon okay, ich verstehe sowieso nichts von Wein. Ich bin nicht so vornehm, wissen Sie. Ich bin ein Arbeiterkind, das sich zur Hauptkommissarin hochgearbeitet hat. Oh. Gott, ich habe wirklich einen im Tee, das ist ja richtig peinlich.«

»Machen Sie sich nichts draus. Peinlicher als ich sind Sie auch nicht.«

»Peinlich, Sie? Sie sind doch nur schüchtern.« Jetzt zwinkert sie. »Ich hoffe, ich tue hier nichts, was ich morgen früh bereuen werde.«

»Was könnte das sein?«

»Nun, ich … ich könnte Ihnen Dinge anvertrauen, die ich besser für mich behalte«, antwortet sie. Sie lacht, zupft verlegen an ihrem Hemd. Als sie die Beine übereinanderschlägt, rutscht es ein wenig nach oben.

»Sind Sie denn weitergekommen? Mit Ihrem Fall, meine ich.«

»Nein, leider nicht. Es gibt keine Anhaltspunkte. Aber eben das meinte ich, ich darf mit Ihnen nicht über diesen Fall sprechen.«

»Bekommen Sie sonst Probleme mit Stefan Keller?«

»Ich müsste es ihm ja nicht erzählen.« Sie lächelt.

»Kann es sein, dass er nicht damit zurechtkommt, eine Frau als Vorgesetzte zu haben?«

»Stefan? Nein, bestimmt nicht. Ich arbeite seit zehn Jahren mit ihm und das richtig gerne. Er ist eigentlich ein ganz lieber Kerl. Wir sind befreundet. Ein bisschen ist er so was wie ein Sohn für mich. Ich nenne ihn manchmal mein Polizeisohn …«

»Aber was mich und mein Verhör angeht …«

»… hat er recht. Ich war neben der Spur. Die Hitze. Und ein paar andere Dinge auch noch. Aber lassen wir das.«

»Denkt er denn, ich hätte etwas mit den Morden zu tun?«, frage ich.

»Das sieht nur so aus. Alle, die Stefan Keller vernimmt, haben ein schlechtes Gewissen. Das hat er drauf. Manchmal spielen wir guter Cop, böser Cop. Und raten Sie mal, wer der gute Cop ist und wer der böse. Nicht, dass wir das so verabreden vorher, es passiert einfach.«

»Und jetzt?«

»Ob ich jetzt guter Cop spiele? Nein, ich bin privat hier. Sie waren es bestimmt nicht, das versichere ich Ihnen.«

Ich lache. »Nun, ich weiß, dass ich es nicht war, aber was macht Sie so sicher?«

»Menschenkenntnis.«

»Was würden Sie sagen, wenn ich Ihnen sage, dass ich mir vorgestellt habe, Marina Schäfer an ihrem Schreibtisch zu erschießen?«

»Was hat sie Ihnen getan?«

»Sie ist eine wahnsinnige Nervensäge.«

»Wenn Marina Schäfer eine wahnsinnige Nervensäge ist, warum hätten Sie dann Julian Schäfer erschießen sollen.«

»Ein Versehen. Blinde Wut. Nicht richtig hingesehen.«

»Mag sein, dass Sie sich so etwas vorstellen, aber Sie würden es niemals tun. Niemand erschießt einen Menschen nur, weil er eine Nervensäge ist, oder?

»Gibt es bessere Gründe?«

»Sie tun es bestimmt nicht. Da muss schon noch etwas anderes dazukommen.«

»Und woher wollen Sie wissen, dass bei mir nicht noch etwas anderes dazukommt?«

Sie räuspert sich.

»Wenn ich jetzt klug wäre, würde ich so etwas sagen wie: Ich habe es im Urin. Das sagt Stefan Keller immer. Aber erstens mag ich das nicht, zweitens bin ich nicht klug und drittens habe einen im Tee. Deshalb sage ich Ihnen jetzt einfach die Wahrheit: Mein Herz sagt mir das. Ich mag Sie und ich würde doch niemanden mögen, der einfach einen Menschen kaltblütig abknallt, oder?«

»Ich kenne Ihr Herz nicht«, sage ich.

»Und außerdem, woher sollten Sie die Waffe haben?«

»Ich habe keine und ich war es nicht.«

»Na also, dann wäre das geklärt.«

Sie lächelt. Lächelnd nimmt sie ihr Rotweinglas vom Tisch und trinkt einen Schluck. Der Wein glänzt auf ihren Lippen. Diesmal werde ich zwei Rotweingläser mit Lippenstift auf dem Wohnzimmertisch stehen haben.

Sie schweigt und das ist mir gar nicht recht. Sie soll lieber wieder reden. Ich überlege krampfhaft, was ich sie fragen könnte, doch mir fällt nichts ein. Sie blickt zur offenen Terrassentür, durch die kein Lüftchen weht. Die Tür zum Vorderhausflur quietscht, dann fällt sie ins Schloss. Der Krawattenknoten drückt auf meine Schilddrüse, ich lockere ihn. In dem Moment, in dem ich meine Hand wieder sinken lasse, fängt eine Frau im Hinterhof an, heftig zu stöhnen. Ich wage es kaum, die Kommissarin anzublicken, dann tue ich es doch. Wahrscheinlich hat sich die Farbe meines Gesichtes der meiner Lippen angepasst. Unsere Blicke treffen sich.

»Da wird aber eine ordentlich beglückt«, versucht sie die Situation aufzulockern. Auch sie ist rot geworden. Ihre

Verlegenheit rührt mich. Ich mag es, wie ihre Augen nach etwas zum Festhalten suchen, wie sie die Hände um ihr übergeschlagenes Knie legt und dass die Haut um die Fingerknöchel weiß wird. Es gefällt mir, dass sie nicht so cool ist. Ich mag ihren Humor. Ich mag sie. Und auf einmal wünsche ich mir, dass sie glücklich ist. Dass sie keine Kopfschmerzen mehr hat, dass ihr Kreislauf sich stabilisiert, dass sie alle ihre Fälle löst, dass sie später einmal eine hohe Rente bekommt, dass ihr Polizeisohn immer lieb zu ihr ist, dass sie niemals einsam ist.

»Hört sich so an«, sage ich und räuspere mich.

Das Stöhnen hat sich verändert, es ist nicht mehr so langgezogen wie am Anfang, jetzt ist es mehr ein Hecheln, kurze spitze Schreie streuen sich dazwischen, dann ist es vorbei.

»Das ging aber schnell.« Sie lacht und dann sagt sie schon wieder nichts mehr. Diesmal ist es wirklich schlimm. Ich nehme meine Brille, lege sie auf den Tisch, reibe mir die Augen.

»Geht es Ihnen nicht gut?«, fragt sie.

»Nur etwas müde«, antworte ich.

»Dann sollte ich vielleicht gehen.« Sie steht auf.

»Nein, nein, ich … Bleiben Sie doch!«

Ich bereue es in dem Moment, in dem ich es ausspreche. Mein Herzschlag hat sich beschleunigt, es pulsiert in meinem Kopf. Ich spüre eine leichte Übelkeit, schließe die Augen. Sie setzt sich wieder, ich fühle es mehr, als ich es sehe.

»Alles okay?«, fragt sie.

Ich hebe den Kopf, sehe zum Sofa, sehe eine verschwommene Sol, reibe mir noch einmal die Augen, sehe wieder hin. Sie ist immer noch da, steht hinter der Hauptkommissarin mit der Hand auf ihrer Schulter. Irgendetwas zerreißt, ich spüre, wie es ratsch macht, als würde eine enge Hose zerreißen, wenn man sich bückt. Es kommt ein Ton aus meinem Mund, den ich nicht beschreiben kann, ein ganz undefinierbarer Ton.

»Was ist los?«, fragt die Hauptkommissarin. Ich kann nicht antworten, etwas presst meine Lungen zusammen, ich bekomme keine Luft mehr. Ich atme schnell, hechle, mir wird schwindelig.

Monika Haberstroh ist weg, sie sitzt nicht mehr auf dem Sofa vor mir. M. Fallot oder M. Haberstroh, wo ist da der Unterschied? Es gibt keinen. Beide sind nicht echt. Beide verschwinden beim ersten Anzeichen ernsthafter Schwierigkeiten. Das, wovor ich mich immer schon gefürchtet habe, wird eintreten. Ich werde alleine sterben, so sieht's aus.

Ich bin nicht alleine. Jemand sitzt neben mir. Jemand legt mir den Arm um die Schulter. Jemand reicht mir eine Plastiktüte.

»Sol?«

»Atme hier rein«, sagt eine Stimme.

Ich gehorche. Mein Atem wird ruhiger, meine Lungen öffnen sich. Ich lehne mich gegen die Frau, die neben mir sitzt. Es ist nicht Sol. Sol ist nicht mehr da. Es ist eine andere Frau. Sie nimmt mich in die Arme, streichelt meinen Rücken, ich lasse es zu. Rieche ihr Parfüm, ihren Schweiß, ihre Haut. Sie lässt von mir ab, ohne mich ganz loszulassen. Sie hält meine Hand, sitzt nahe bei mir, ihren Arm hat sie um meine Schulter gelegt, ihr Knie liegt auf dem Sofa, berührt meine Hüfte.

»Was ist passiert?«, fragt sie und streichelt meine Hand.

»Eine Katastrophe.«

»Die Katastrophe?«, fragt sie.

Ich nicke.

»Erst vor Kurzem?«

»Vor neun Monaten.«

Ich spüre, wie es in ihr arbeitet, wie sie überlegt, was sie jetzt tun, was sie sagen kann.

»Soll ich hierbleiben?«, fragt sie schließlich. »Ich meine hier, auf dem Sofa, nicht in deinem Bett«, hält sie es für nötig hinzuzufügen. »Außer du willst, dass ich dich noch weiter festhalte.«

»Ja«, möchte ich antworten, aber ich komme nicht dazu. Aus ihrer Hosentasche ertönt eine kleine Melodie.

»Oh!« Sie geht in den Flur. Ich höre ihre Stimme. »Ja … Oh … Mist … Und wo? … Wo genau? … Ich komme sofort.«

Ich stehe schon an Tür, als sie auflegt.

»Noch ein Mord?«

Sie nickt.

»Ich muss nun leider doch gehen. Ist das okay? Kommst du zurecht?«

»Ja.«

Sie steht ganz nah bei mir. »Deine Krawatte sitzt schon wieder schief.« Diesmal versucht sie nicht, sie zu richten, jedenfalls nicht auf die übliche Weise. Sie lockert den Knoten und öffnet den obersten Hemdknopf. »So steht es dir noch besser und du bekommst besser Luft.« Sie öffnet die Tür. »Du bist ein schöner Mann.« Sie küsst mich auf die Wange und geht.

Joshua

Sie hält sich an den Griffen der Mülltonne fest, während er sie von hinten fickt. Der Gestank beißt ihm in der Nase. Er denkt an all das Gewürm, das sich im Müll tummeln muss, besonders jetzt, wo es schon so lange so heiß ist, und es würgt ihn. Zum Glück sind sie fertig, bevor er kotzen muss. Er geht weg, ohne sie noch einmal anzusehen.

Er steigt im Dunkeln die Treppe hinauf, stößt fast gegen Brigitte, die vor seiner Praxistür lauert. Es ist eine Brigitte, wie er sie noch nie gesehen hat. Mit wirrem Haar und rot verheulten Augen. Sie wirft sich ihm an den Hals. Sie weint.

»Oh, Joshua«, sagt sie immer wieder schluchzend und hält sich an ihm fest. Sie ist ihm zuwider, ihre heißen Tränen an seinem Hals ekeln ihn. Er nimmt sie trotzdem mit in seine Praxis, er kann sie ja schwer in diesem Zustand alleine auf der Treppe lassen. Schließlich hat er ja noch eine gewisse Verantwortung für sie. Er bringt sie ins Therapiezimmer. Er redet ihr gut zu, streichelt über ihren Rücken, doch es nützt nichts. Ihr Schluchzen wird heftiger, ein schriller Ton gesellt sich hinzu. Sie quiekt wie ein Schwein, das zur Schlachtbank geführt wird, denkt er. Ja, genau so. Er erträgt es nicht. Er schlägt ihr ins Gesicht. Wie in Zeitlupe sieht er ihren Kopf zu Seite schwingen. Jetzt ist sie still. Sie schaut ihn an. Er sieht etwas in ihr aufsteigen, etwas Dunkles kriecht in ihr hoch und färbt ihr Gesicht tiefrot. Sie holt aus und schlägt zurück. Sie trifft ihn mit voller Wucht an der Wange. Es brennt, es tut gut, wie es brennt. Er spürt ihre Tritte an seinem Schienbein, ihre Fäuste auf Brust und Bauch, ihr Knie in seinem Unterleib. Er krümmt sich auf dem Boden und stöhnt vor Schmerzen.

»Du Arschloch, du gottverdammtes Arschloch.« Noch ein Tritt in die Seite und sie sinkt neben ihm auf den Boden. Er spürt ihre Hand in seinem Nacken, sie krault ihn, sie streichelt seinen Rücken, schlingt seine Arme um ihn.

»Es tut mir leid«, sagt er leise.

»Es tut dir leid, es tut dir leid? Sag mir doch endlich die Wahrheit. Was ist mit dir los? Wo warst du?« Sie schluchzt.

»Hier«, antwortet er.

»Aber das stimmt nicht, ich habe doch dauernd angerufen.«

»Ich war hier«, antwortet er. »Hier, die ganze Zeit.«

Toni

Ich rase durch meine Wohnung, von einer Ecke zur anderen, mein Herz klopft wie verrückt, gleich springt es aus meiner Brust.

»Du wirst doch nicht …«, sage ich zu mir selbst, »du bist doch bescheuert … Sol, was meinst du dazu … Das gibt's doch nicht!« Aber es ist so. So etwas gibt es.

Sie berührt mein Herz, denke ich. Und auf einmal geht es auf wie eine Tulpe in der warmen Frühlingsluft. Das war schon immer meine Art. Monatelang liegt es verschlossen unter dicken Schichten Eis und Schnee und dann auf einmal: Wow!

Das sollte nicht passieren, nicht jetzt! Besser überhaupt nicht mehr.

Auf dem Sofa liegt noch immer ihr Jacket. Ich nehme das Rotweinglas mit dem Lippenstiftrand und bringe es in die Küche. Dann renne ich wieder zurück und greife nach dem zweiten. Doch statt es in die Küche zu bringen, gieße ich Wein nach und nehme es mit ins Bad. Ich trinke einen Schluck und betrachte mich im Spiegel, studiere eingehend meine Gesichtsfarbe. Ein wenig blass um Mund und Augen, doch die Wangen ganz rosig. Und kein bisschen blau, wirklich nicht der Schimmer von blau.

»Du bist ein schöner Mann«, höre ich Monika Haberstroh sagen.

»Aber warum sagt sie so etwas?«, frage ich laut und betrachte mein aufgequollenes Gesicht, meine Krähenfüße, mein mittlerweile viel zu langes und struppiges Haar, meine roten Lippen. Sols Lieblingsrot. Sols Krawatte. Sols Wohnung. Sols Frau. Sol neben mir. Unsere Blicke finden sich im Spiegel.

»O Gott.«

Ich leere das Weinglas in einem Zug, verschlucke mich, der Wein kratzt mir im Hals, ich huste, ringe nach Luft. Es pfeift noch immer in meinem Hals, als ich mich wieder aufrichte und mich erneut im Spiegel betrachte

»Sol, was zum Henker machst du hier?«, frage ich.

Sie sollte nicht einfach so hierherkommen. Und die Kommissarin soll nicht solche Dinge sagen, sie irrt sich. Eine Krawatte macht ja schließlich keinen Mann. Vielleicht hätte ich einmal ein schöner Mann werden können, aber ich wollte nie einer sein. Aber vielleicht bin ich ja doch einer, zumindest jetzt, in diesem Moment. Ich bin Crozier, der Kapitän der Erebos. Er steht auf einer Eisscholle. Die Luft ist so kalt, dass es flimmert. Seine Lippen sind schwarz vom Skorbut. Vielleicht war er ja irgendwann einmal schön, jetzt ist er es mit Sicherheit nicht mehr. Er nimmt sein Herz aus der Brust und legt es aufs Eis. Er scharrt Schnee um es herum, packt es darin ein, bis es vollständig bedeckt ist. Er klopft Schneekristalle von seinen dicken Fellhandschuhen. Dann macht er sich auf den Weg zu seinem Schiff. Auf halbem Weg bleibt er stehen und schaut noch einmal zurück.

Ich nehme das Telefon, wähle eine Nummer, muss lange warten, ehe am anderen Ende der Leitung der Hörer abgenommen wird.

»Ich hoffe, ich habe euch nicht geweckt.«

»Ach, du weißt doch, dass wir nicht so früh schlafen gehen. Wir waren im Kino und danach noch tanzen. Wir sind gerade eben zur Tür herein. Ist alles in Ordnung, Toni?«

»Wie könnte alles in Ordnung sein?«, sage ich schluchzend, »wie denn, Tommy, wie kann jemals wieder alles in Ordnung sein?«

Joshua

Er liegt neben Brigitte im Bett und kann nicht schlafen. Seine Rippen schmerzen und sein Schienbein. Sein ganzer Körper fühlt sich wund an. Aber das ist nicht der Grund, warum er nicht schlafen kann. Er denkt an die Frau, die er bei den Mülltonnen gefickt hat. O Gott, er hat sie gefickt wie ein Stück Dreck, wie etwas, das nur kurz diesen Mülleimern entstiegen ist, um sich von ihm ficken zu lassen. Er sieht sie vor sich, ihren nackten Hintern, den zerrissenen Träger, die Brüste, die heraushängen. Schmutzige blaufleckige Brüste. Warum lässt sie das bloß mit sich machen?

Wie froh er ist, als er endlich unter der Dusche steht und ihn abspülen kann, den ganzen Dreck. Er fühlt sich von oben bis unten beschmutzt. Kot klebt an seinem Schwanz. O Gott, wie widerlich! An seinem ganzen Körper fühlt er ein Kriechen und Krabbeln, aber zum Glück bildet er sich das nur ein. Nein, es kriecht nichts über seinen Körper, keine Käfer, keine

Maden. Es ist nur Dreck, der an ihm klebt, sein eigener Dreck, sein Sperma und sein Schweiß.

Warum macht er das bloß mit sich? Warum lässt er es zu, dass er so etwas mit sich macht?

Er muss damit aufhören. Er muss noch einmal neu anfangen. Seine Augen schließen und wenn er sie morgen früh wieder öffnet, Brigitte noch einmal neu betrachten. So wie damals, als er sie kennengelernt hat. Schließlich muss es doch einen Grund geben, warum er sich mit ihr eingelassen hat, warum er ihretwegen seine geliebte Ruth verlassen hat. Noch einen anderen Grund als Jonas. Er wird sich auf die Suche nach ihm machen. Er wird jeden Abend nach Hause kommen, mit ihr gemeinsam essen und nach ihm suchen, seinem Grund. Und natürlich wird er am Sonntag mit zu ihren Eltern kommen. Natürlich wird er das.

Brigitte bewegt sich, sie seufzt. Joshua weiß, dass sie auch nicht schlafen kann. Er muss es ihr sagen, jetzt.

»Ich werde mitkommen.«

Sie rückt näher, haucht einen Kuss auf seine Wange. Ihn schaudert.

»Ich auch«, sagt sie. »Ich komme auch mit.«

Toni

Ich laufe, zwei Stunden, zweieinhalb. Einmal um den See und dann noch einmal, vielleicht noch ein drittes Mal, aber das weiß ich nicht so genau. Er ist nicht sehr groß, dieser See, dreimal wäre durchaus zu schaffen in der Zeit. Dann gehe ich unter die Dusche, koche mir einen Kaffee, setze mich damit auf die Veranda, blicke aufs Wasser. Doch ich kann nicht lange sitzen, es treibt mich wieder hoch und ich gehe um den See. Und während ich gehe, geht es in meinem Kopf. Unentwegt geht es und kommt nicht voran. Es kreist nämlich. Es kreist wie ich um den See. Ein Jackett auf meinem Sofa, dann eine Frau neben dem Jackett auf dem Sofa, dann wieder nur das

Jackett. Und dann Sol. Ich gehe zurück zum Haus und trinke eine Flasche Mineralwasser in einem Zug leer. Dann trinke ich noch eine. Es blubbert in meinem Bauch. Ich muss pinkeln und dann gehe ich wieder los, noch einmal um den See.

Das wird nichts, Frau Hauptkommissarin, denke ich. Und ich denke es noch einmal und noch einmal. Und dann stehe ich am Ufer. Ich ziehe meine Schuhe aus, meine Socken, meine Hose, mein T-Shirt und steige ins Wasser. Und dann schwimme ich hierhin und dorthin und wieder zurück. Und ich denke, jetzt müsste es doch endlich platzen, mein Herz, an allen Nähten aufgehen und auseinanderbersten. Das kann es doch gar nicht aushalten, dieses Bumbumbumbumbumbum. Aber es hält zusammen, es scheint stärker zu sein, als ich dachte. Kein Mensch hat geglaubt, dass es so viel aushalten würde. Gut, denke ich, also gut, und schwimme zurück an Land, sammle meine Sachen zusammen, trage sie zum Haus. Noch einmal duschen, noch einmal trinken, noch einmal pinkeln. Auf der Veranda sitzen und zusehen, wie die Sonne untergeht. Spüren, wie es wehtut. Die Muskeln in den Beinen, das Knie, der Fersensporn, ein wenig die Schulter und vor allem der Sonnenbrand. Aber kein bisschen das Herz. Nein, das ist gelogen. Natürlich tut es weh. Aber nicht vom Laufen, vom Gehen, vom Schwimmen. Dieser Schmerz hat andere Ursachen. Er schreit nach Betäubung.

Ich stehe auf und durchsuche erst die Schränke in dem kleinen Wohnzimmer, dann die Küche. In der Speisekammer werde ich fündig. Da steht eine Flasche. Nur eine einzige, aber immerhin. Tommy wird mir verzeihen. Nele auch, vielleicht ist es ja ihr Wein. Ich finde einen Korkenzieher und nehme mir ein Weinglas aus dem Schrank. Ich setze mich in den Schaukelstuhl auf der Veranda. Ich entkorke den Wein. Ich gieße mir ein. Ich wippe mit dem Schaukelstuhl vor und zurück. Die Grillen zirpen, es riecht nach getrocknetem Gras, es riecht nach Sommer, der schon zu lange dauert. Es riecht nach

Einsamkeit. Es riecht nach Hoffnung. Und besonders streng riecht es nach Angst.

Ich trinke das Glas in einem Zug leer und gieße es gleich noch einmal voll.

Rotwein, denke ich. Rotwein, immer wieder Rotwein. Mit Rotwein fing es auch bei Sol an. Aber so etwas sollte ich nicht denken. Und denke es trotzdem. Dabei könnte es doch sein, dass ich mir alles nur einbilde. Dass sie gar nichts von mir will, diese Frau. Jedenfalls nicht so etwas. Und vor allem könnte es sein, dass ich gar nichts will von dieser Frau. Jedenfalls nicht so etwas. Aber vielleicht ja doch, vielleicht ja doch.

Meistens verliebe ich mich schnell. Zu schnell und dann presche ich vor, nur, um dann festzustellen, dass die andere nicht hinterherkommt. Nie hinterherkommen wird. Könnte auch sein, dass ich diejenige bin, die nicht hinterherkommt. Nur bei Sol hat es eine Weile gedauert. Vielleicht war es auch so, dass ich verliebt war und es nur nicht wusste. Sol wusste es eher, vielleicht schon an dem Tag, als wir uns das erste Mal begegneten. Auf einer Frauenfete in einem Kreuzberger Hinterhof.

Da bin ich noch in Sols damalige Freundin verliebt, Eva. Sie ist es, der ich schon seit einigen Wochen hinterherrenne. Wahrscheinlich gehe ich nur zu dieser Fete, um sie dort zu treffen. Eva ist die Freundin einer Freundin von mir – so habe ich Eva überhaupt erst kennengelernt. Wie hieß sie noch mal? Es fällt mir nicht ein, werde wohl langsam alt! Und es ist auch furchtbar lange her. Ist nur noch ein diffuses Gemisch von Bier, Gewusel, lauter Musik und Zigarettenqualm in meinem Kopf. Und Sol. An diesem Abend gelingt mir, was ich schon seit Wochen versuche: mich mit Eva zu verabreden. Aber es ist Sol, mit der ich mich fast die ganze Zeit unterhalte. Nein, es ist Sol, die sich mit mir unterhält, so ist es richtig. Sie hat schon viel von mir gehört, hauptsächlich Schlechtes. Ich renne zuvor schon der Freundin der Freundin von Sol hinterher, und zwar ziemlich lange. So lange, dass es ihr lästig wird und sie sich bei Sol über mich beklagt. Doch Sol scheint das nicht abzuschrecken.

Wir sind auf dem Weg zur U-Bahn, als Sol mir sagt, dass Rotwein ihr Lust macht. Ich kann mich nicht mehr erinnern, in welchem Zusammenhang sie es sagt und wie sie es formuliert. Aber sie sagt es zu mir, die anderen beiden, Eva und die Frau, der ich lästig geworden bin, führen ein eigenes Gespräch.

Später treffe ich mich mit Eva. Eva und ich stellen fest, dass wir am selben Tag Geburtstag haben, wir sind nicht nur am selben Tag, sondern auch im selben Jahr geboren und beschließen, unsere Geburtstage zusammen zu feiern. Als Ort wählen wir meine Eineinhalbzimmerwohnung. Nach dieser Geburtstagsfeier kommen Sol und ich uns näher. Wir liegen nebeneinander im Bett. Nicht alleine. Sol liegt zwischen mir und Eva. Doch es sind noch andere da. Wir sind mindestens zu fünft auf meiner ein Meter vierzig breiten Matratze, zwei liegen daneben auf dem Fußboden. Ich kann nicht schlafen, weil ich zu aufgedreht bin. In den frühen Morgenstunden bekomme ich eine Migräne. Sol löst mir eine Aspirin in Wasser auf. Sie kann aus anderen Gründen nicht schlafen, wie sie mir später erzählt. Wir frühstücken zusammen, Sol, Eva und der Rest der Partygäste. Wir machen Klarschiff. Dann gehen alle. Bis auf Sol. Sie lebt nach der Trennung von ihrem Mann in Evas Einzimmerwohnung. Sie ist auf der Suche nach einer Wohnung für sich und die Kinder, die vorübergehend bei ihrem Vater leben. Nicht nur die räumliche Enge bereitet den beiden Probleme, aber das erfahre ich erst später. Der Wunsch nach etwas Abstand ist der Grund, warum Sol bei mir bleibt und Eva nach Hause geht. Sagt Sol. Eva, die auch etwas Ruhe braucht, ist einverstanden. Sol und ich sitzen noch eine Weile auf meinem Balkon. Sol redet viel. Ich kann mich nicht mehr erinnern, was sie alles erzählt. Ich weiß nur, dass ich es plötzlich weiß: Sol hat sich in mich verliebt. Und ich? Irgendwann gehe ich zur Toilette. Als ich zurückkomme, steht Sol in der Balkontür. Ich weiß nicht mehr, was ich in dem Moment denke, ob ich überhaupt etwas denke. Ich gehe einfach auf sie zu und umarme sie. Dann sitzen wir noch lange auf meinem Bett und reden. Am nächsten Tag spricht sie mit Eva. Die ist nicht begeistert, aber bereit zu akzeptieren, was sich zwischen Sol und mir entwickelt. Den Vorschlag, eine Dreierbeziehung einzugehen, lehnt sie ab. Mir wird schnell klar, dass ich das auch gar will, nicht verkraften würde. Zwei Monate später trennt sich Sol von Eva. Ich forciere es nicht, im Gegenteil, die Trennung ist mir unheimlich. Es macht mir Angst mitzuerleben, wie eine Beziehung zerbricht. Und es ist mir fast zu viel, so plötzlich eine Frau ganz für mich alleine zu haben. Eine halbe hätte mir fürs Erste gereicht. Aber es ist das erste Mal, dass mich überhaupt eine will, also schraube ich meine Ansprüche zurück. Sol kann nicht mehr bei Eva wohnen bleiben. Sie zieht bei mir ein. Vorübergehend. Ich wohne zur Zwischenmiete, die Hauptmieterin kann jederzeit zurückkommen. Sol findet eine Wohnung. Sie ist groß genug für sie, die Kinder und mich. Also ziehe ich mit ein. Auch vorübergehend. Tommy ist damals fünf, Sarah sieben. Mit Tommy verstehe ich mich von Anfang an gut. Mit Sarah ist es nach wie vor schwierig. Mit ihr habe ich auch fast keinen Kontakt mehr. Sie ist die Erste, die auszieht, dann Tommy, schließlich Sol. Nach siebzehn Jahren und aus einer anderen Wohnung. Fast zehn Jahre lang habe ich Sol für mich alleine, abgesehen von den Kindern natürlich. Und einigen unbedeutenden Affären. Dann beginnen Männer bei uns ein- und auszugehen. Meistens ist es nur einer für einen längeren Zeitraum. Ich brauche ein wenig, um mich an sie zu gewöhnen. Und auch, als ich mich an sie gewöhnt habe, halte ich gebührend Abstand. Aber sie machen mir nichts aus, im Gegenteil, sie erweitern meinen Horizont. Ich lerne eine Welt kennen, die mir bisher fremd war, um festzustellen, dass sie so fremd nun auch wieder nicht ist. Das gefällt mir sogar.

Bis Sol mir sagt, dass sie nicht mehr mit mir zusammenleben will.

Ich gieße den letzten Rest von Tommys Wein in mein Glas.

Vielleicht kannst du es nicht ertragen, eine Frau für dich alleine zu haben, denke ich. Vielleicht hast du einfach Angst, noch einmal jemanden zu verlieren. Vielleicht brauchst du einfach Zeit. Wieso willst du jetzt etwas entscheiden? Vielleicht gibt es gar nichts zu entscheiden. Lass es doch einfach auf dich zukommen. Mach dich nicht verrückt! Niemand zwingt dich, mit dieser Frau etwas anzufangen. Niemand hindert dich daran, vorausgesetzt, sie möchte es auch und es passt alles zusammen. Vorausgesetzt, sie will mich nicht ganz, mit Haut und Haaren, vorausgesetzt, sie versteht, dass sie mich lassen muss, dass ich Zeit brauche. Gott, ich habe sie zweimal gesehen und mache mir über solche Dinge Gedanken. Ich könnte genauso gut gleich den Umzugswagen bestellen. Dabei gab es nicht einmal eine erste Nacht, nur einen Augenblick auf dem Sofa, einen kurzen Moment der Nähe. Ich muss verrückt sein!

Der Wein ist ausgetrunken. Schade, dass es keine zweite Flasche gibt. Aber vielleicht finde ich ja doch noch eine. Die Treppe zum ersten Stock kippt leicht nach links, als ich sie betrete. Ich halte mich am Geländer fest und ziehe mich hinauf. In einem der beiden Schlafzimmer finde ich eine Gitarre, im anderen in einer Kommodenschublade eine halbvolle Flasche Rum. Ich trage beides nach unten, gieße einen ordentlichen Schuss Rum in mein Glas. Ich sollte keinen Rum trinken, der Wein war schon zu viel, finde ich. Ich bin anderer Meinung.

»Rum auf Wein, das ist fein.« Ich lalle absichtlich und trinke einen kräftigen Schluck.

Die Gitarre ist verstimmt, ich kriege sie halbwegs gestimmt, jedenfalls bilde ich es mir ein. Wirklich beurteilen kann ich es nicht. Vermutlich ist auch mein Gesang nicht so schön, für meine Zwecke reicht es. Let it be. Donna Donna. Mr.

Tambourine Man, all die alten Kamellen. Zwischendurch verliere ich den Faden, vergesse den Text, vergesse Akkorde, egal, es macht Spaß, einfach so drauflos zu singen.

Ich weiß nicht mehr genau, wie ich in den ersten Stock komme, aber als ich am nächsten Morgen aufwache, liege ich in einem der Betten. In meinem Kopf pocht es schmerzhaft und mir ist sterbenselend. Auf der Treppe habe ich eine Spur aus Kotze hinterlassen, ich trete hinein, als ich mich nach unten zur Toilette quäle. Ich schlafe bis zum späten Nachmittag, jedenfalls versuche ich zu schlafen, es ist nur nicht so einfach zu schlafen, wenn dir dauernd jemand eine Stricknadel in die Stirn bohrt und die Faust in den Magen schlägt. Irgendwann muss es doch aufhören. Es hört nicht auf. Ich mache mir Sorgen, denn ich muss heute noch zurück, nach Hause. Aber ich bin mit Fahrrad und Bahn hier und der Bahnhof ist zwanzig Kilometer entfernt. Zwanzig Kilometer mit dem Fahrrad, das schaffe ich jetzt unmöglich. Ach, was soll's, dann bleibe ich eben bis morgen hier. Müssen Blalock und Taussig eben einen Fastentag einlegen. Oder ich rufe Andreas an und bitte ihn, die beiden zu füttern.

Mein Handy klingelt. Bis ich es gefunden habe, hat es schon wieder aufgehört, dabei steckt es in meiner Hosentasche. Ich lege es auf den Nachttisch. Später klingelt es noch einmal. »Alles okay?«, fragt Tommy. »Hast du dich erholen können?«

Mein Magen krampft sich schmerzhaft zusammen. »O Gott, Tommy«, antworte ich stöhnend, »ich sterbe.«

Joshua

Joshua führt seinen Elf-Uhr-Termin zur Tür. Er gibt ihm die Hand und verabschiedet sich. Er geht in sein Kabuff und blättert in seinem Notizbuch. Noch drei Termine, dann ist es vorbei. Der Neun-Uhr-Termin kommt noch fünfmal, dann ist er ihn los. Sein großes Problem ist der Zehn-Uhr-Termin, dem bezahlt seine Krankenkasse noch achtzehn Sitzungen. Neun-

Uhr-Termin, Zehn-Uhr-Termin? Hat er seine Klienten früher auch schon so genannt? Er kann sich nicht mehr genau erinnern, aber er nannte sie wohl eher Herr X und Frau Y. Besser Neun-Uhr-Termin als die Neurotische Depression oder die Esssucht oder der Burnout. Wirklich? Noch besser, er macht eine Pause. Was wohl Ulrike dazu sagen wird? Er wird ihr anbieten, weiterhin die Hälfte der Miete zu übernehmen, vorausgesetzt, sie findet keinen neuen Partner oder möchte keinen.

Brigitte ist einverstanden. Sie reden am Wochenende über alles. Joshua kann sie überzeugen, dass sie nicht in Not geraten werden, wenn er mal ein paar Monate nicht praktiziert. Das Wochenende verläuft ruhig, sie streiten sich nicht. Keine Vorwürfe, weil er angeblich die Badewanne nicht ordentlich saubergemacht oder keine Zeit für seine Familie hat. Nun, er hat ja Zeit, er ist das ganze Wochenende da. Aber nicht einmal, als er am Sonntagnachmittag Thomas anruft, macht sie ihm Vorwürfe. Nur einmal sagt sie: »Ich habe schon eine ganze Weile das Gefühl, dass du eigentlich nicht da bist.« Und dann schlägt sie vor, eine Paartherapie zu machen. Und als er vehement ablehnt, meint sie, dann könne er ja alleine eine Therapie machen. Sie habe jedenfalls das Gefühl, er brauche Hilfe. Er ist kurz davor, sich wieder mit ihr zu streiten. Nein, eigentlich ist er kurz davor, einfach zu gehen. In die Praxis, in den Park, zusammen mit Jonas nach Island.

Sie hat natürlich recht, etwas geht bei ihm gewaltig schief. Und er ist ja auch wirklich nicht ganz da. Aber diesmal denkt er nicht an Thomas, jedenfalls nicht so viel wie sonst. Er macht sich Gedanken über sie. Er sucht ernsthaft nach dem Grund. Dem Grund, warum er sich für sie entschieden hat, nach einem anderen Grund als Jonas. Und nur wenn er Jonas auf dem Schoß hat, vergisst er für einen Moment das Nachdenken, die Suche nach dem Grund.

Er versucht, sich krampfhaft an den Moment zu erinnern, an dem sie sich kennengelernt haben. Er weiß, wann und wo.

Auf einer Party. Ruth ist die Chefin von Brigitte, Brigitte ist Ruths Sekretärin, um genau zu sein. Ruth stellt sie ihm sogar vor und sie unterhalten sich eine ganze Weile angeregt. Joshua erinnert sich noch gut an dieses Gespräch. Sie sprechen über ihre Arbeit, seine und ihre. Aber er weiß nicht mehr, wie es sich anfühlt, sie kennenzulernen. Vielleicht hätte er sie nie wieder gesehen, nicht alleine jedenfalls, aber dann trifft er sie zufällig auf der Straße. Er weiß nicht mehr, warum er sie zu einem Kaffee einlädt. Jedenfalls erwähnt er später, wenn er ihr Komplimente macht, häufig ihre hübschen Grübchen. Der Kaffee zieht sich hin, schließlich wechseln sie zu Wein. Der Abend endet in einem Hotelzimmer. Von da an treffen sie sich einmal in der Woche, später sogar zwei- oder dreimal. Die meiste Zeit verbringen sie im Bett. Joshua ist sich sicher, dass Ruth es mitbekommt. Er bemerkt es an ihrem Blick, wenn er ihr sagt, dass er noch einen Bericht zu schreiben habe oder mit einem Kollegen zum Abendessen verabredet sei. Oder wenn er abends spät nach Hause kommt und ihr nicht erzählt, wo er gewesen ist. So wie die unzähligen anderen Male zuvor. Ruth akzeptiert stillschweigend, dass er fremdgeht. Sex ist der einzige Punkt, der zwischen ihnen schwierig ist. Sie habe das Gefühl, er sei nicht ganz bei ihr. Er funktioniere zwar, sagt sie, aber er fühle sich an wie eine »Fickmaschine«. Joshua ist gekränkt und er ist erstaunt. Ruth hat doch sonst nie Worte wie Ficken oder Vögeln benutzt. Er selbst respektiert das und hält sich damit zurück. Aber er will mit ihr schlafen. Doch sie ziert sich immer häufiger, bis er schließlich aufgibt und sich woanders holt, was er von ihr nicht bekommt. Dass sie niemals Kinder zusammen haben werden, ist da schon klar. Für ihn spielt es keine große Rolle. Das glaubt er zumindest. In allen anderen Bereichen sind sie sich nah. Sie sind zärtlich zueinander, er schläft gerne neben ihr ein und wacht gerne neben ihr auf. Er sieht sie gerne an, wenn sie vor dem Spiegel steht und sich schminkt. Manchmal beobachtet er, wie sie Frühstück macht. Meistens trägt sie dann nur ein Pyjama-Oberteil und sieht wunderschön aus. Er mag ihr mit vielen grauen Fäden durchzogenes dickes schwarzes Haar, er mag es, wie eine Strähne ihr immer wieder in die Stirn fällt und die Art, wie sie sie wegschiebt. Als sie ihr Haar färben will, erhebt er vehement Einspruch. Es würde ihm nicht im Traum einfallen, sie zu verlassen. Wenn er mal wieder eine seiner Affären hat und sie ihn unsicher fragt, ob er sie denn liebe, antwortet er: »Und wie ich dich liebe.« Und wenn sie dann sagt: «Manchmal habe ich Angst, du verlässt mich«, dann antwortet er: »Ich wäre schön blöd, würde ich dich verlassen.«

Er hat sie verlassen. Schön blöd.

Beginnt es damit, dass Brigitte ihn fragt: »Liebst du mich?« Beginnt es damit, dass er zu feige ist zu sagen, dass er nur Ruth liebt und niemanden sonst? Sagt er tatsächlich Ja? Ja, ich liebe dich? Beginnt es damit, dass dieses verdammte Kondom platzt? Aber es ist kein verdammtes Kondom, ohne dieses schadhafte Kondom gäbe es Jonas nicht. Es ist ein göttliches Kondom. Der liebe Gott hat es in die Kondomschachtel geschmuggelt, damit es Jonas den Weg bahnt in die Welt, in Joshuas Leben. Er will Jonas, vom ersten Moment an will er ihn. Vielleicht hat er Brigitte wirklich einmal geliebt. Er liebt sie dafür, dass sie Jonas in sich trägt, dass er in ihr wächst, dass sie ihn hervorbringt. Und dann liebt er sie dafür, dass sie ihm seine Milch gibt. Und er hört auf, sie zu lieben, in dem Moment, in dem sie aufhört, Jonas zu stillen? Vielleicht wird er sie ja wieder lieben, wenn sie noch ein Kind von ihm bekommt. Er könnte versuchen, die Liebe festzuhalten. Er könnte einfach vernünftig sein und sich entschließen, die Mutter seiner Kinder, seines Sohnes, zu lieben. Jetzt sofort.

Den Samstagabend verbringen sie im Kino. Es ist Brigittes Idee. Sie bestellt auch die Babysitterin, ein Nachbarsmädchen, das schon einmal auf Jonas aufgepasst hat. Wie schon beim ersten Mal ist Joshua nicht wohl dabei. Aber Brigitte freut sich so aufs Kino und er will ja nicht mit ihr streiten. Der Film dauert drei Stunden, die erste Hälfte halten sie Händchen, dann schläft Joshua ein. Nach dem Kino ist Brigitte zu müde zum Vögeln. Dafür fickt er sie am Sonntagvormittag gleich zweimal. Er kuschelt sogar noch eine Weile mit ihr im Bett, obwohl ihm überhaupt nicht danach ist. Als er ihr vorschlägt, noch ein Kind zu machen, steht sie auf und sagt: »Du kannst doch keine Beziehung mit einem Kind kitten. Gerade du als Therapeut solltest das doch wissen.« Dann zieht sie ihr Höschen an und geht weg. Aber nicht weit weg. Sie macht Frühstück und streicht ihm durchs Haar, als er sich an den Frühstückstisch setzt. Gegen Mittag fahren sie zu ihren Eltern. Dort erreicht die Öde dieses Wochenendes ihren Höhepunkt. Sonntagsmaßanzüge, polierte Gläser, rosé gebratene Filetstücke neben Gemüse in homöopathischen Dosen. Und langweilige Gespräche. Joshua muss die ganze Zeit ein Gähnen unterdrücken. Zu allem Überfluss erzählt Brigitte von seinen Plänen, die Praxis erst einmal ruhen zu lassen und ein Buch zu schreiben. Brigittes Vater rümpft die Nase, das kann Joshua ganz deutlich sehen. Aber er äußert seine Verachtung nicht. Zum Kotzen freundlich fragt er, wovon das Buch denn handeln soll. Und Joshua kann nicht umhin, unter dem abschätzigen Blick von Brigittes Vater ein paar Worte dazu zu sagen. Nun ja, womöglich würde Joshua auch abschätzig blicken, wenn seine Tochter mit einem Mann ankäme, der gerade mal fünf Jahre jünger ist als er.

Nein, er will das alles nicht. Nicht Brigitte, nicht ihre öde Mischpoke. Als sie am Nachmittag nach Hause kommen, sehnt er sich wieder nach Thomas. Er fragt Brigitte um Erlaubnis, ob er ihn anrufen, sich eventuell sogar mit ihm treffen darf. Sie erlaubt es ihm. Diesmal will er wirklich mit Thomas reden, ihm alles erzählen. Dass er seine Nachbarin gevögelt hat zum Beispiel. Und dass er seine Frau nicht mehr liebt, womöglich nie geliebt hat. Und dass er dabei ist durchzudrehen. Und wenn Thomas ihm dann sagt, dass er sich Hilfe holen soll, wird er es tun.

Thomas ist da, hat aber keine Zeit. Bei mir geht zurzeit einiges durcheinander, möchte er sagen, ich muss dringend mit dir reden, können wir uns sehen. Heute noch? Aber er sagt nur: »Kann ich dich sehen?«

Und Thomas redet sich heraus mit seiner Mutter, die krank ist und um die er sich kümmern muss. Und dann erzählt er etwas von einem Großauftrag für ein Steuerbüro. Die komplette Einrichtung, Regale, Schreibtische, sogar einen großen Konferenztisch sollen sie bauen. Sie wissen im Moment noch gar nicht so recht, wie sie es schaffen sollen. Eventuell stellen sie noch ein, zwei Leute ein nur für diesen Auftrag. Aber er könne gerne in den nächsten Tagen in der Werkstatt vorbeischauen, ansonsten sähen sie sich ja nächstes Wochenende.

»Du kommst doch, oder? Und bringst Brigitte mit?«

Wenn Joshua es sich so recht überlegt, versucht Thomas schon eine ganze Weile, ihm aus dem Weg zu gehen. Und jetzt die blöde Ausrede mit seiner kranken Mutter, wo Joshua doch genau weiß, dass seine Mutter bereits tot ist. Aber warum hat er ihn dann zu seinem Fest eingeladen?

Joshua klappt sein Notizbuch zu. Er hat seinen nächsten Klienten erst am späten Nachmittag und weiß nicht so recht, was er bis dahin tun soll. Gelegenheit, sich um seine Buchhaltung zu kümmern? Oder um sich Notizen für sein Buch zu machen? Als Erstes geht er zum Briefkasten. Gerade, als er ihn aufschließen möchte, öffnet sich die Haustür und Marina Schäfer kommt herein. Sie trägt schwarz und ihre schwarze Kleidung lässt ihr Gesicht besonders blass erscheinen. Sie reagiert nicht, als er sie grüßt. Sie geht einfach schweigend an ihm vorbei und verschwindet durch die Hinterhoftür. Joshua öffnet seinen Briefkasten. Neben einem Stapel Werbung und Briefen fällt ihm auch eine blaue Karte entgegen. Eine Benachrichtigungskarte für ein Päckchen. Der Postbote muss gekommen sein, als er seine Zehn-Uhr-Sitzung hatte, jedenfalls hat er es da kurz klingeln hören. Er öffnet nie, wenn er Klienten hat. Außer Ulrike bittet ihn, eventuell die Tür zu öffnen, wenn sie Klienten erwartet und nicht weiß, ob sie es rechtzeitig schafft. Manche Klienten sind schon fünf oder zehn Minuten früher da und warten dann auf der kleinen Bank im Flur. Aber zurzeit ist Ulrike ja nicht da.

Der Postbote hat das Päckchen beim Steuerberater im Hinterhaus abgegeben. *Steuerbüro Geiger* steht auf dem Klingelschild. Es öffnet ihm ein junger Mann. Schwarze Hose, weißes Hemd, Krawatte und – Tribut an die Hitze – die Ärmel hochgekrempelt. Dunkles kräftiges Haar, Fassonschnitt, blendend weiße Zähne. Das Klischee eines jungen Steuerbüromitarbeiters. Der Steuerberater selbst ist es nicht, der sieht anders aus. Ein freundlicher Mann, immer ordentlich gekleidet in Anzug und Schlips. Und vor allem sehr ruhig. Seine Mandantengespräche bekommt Joshua jedenfalls nicht mit.

Joshua fragt nach seinem Päckchen.

»Oh«, der junge Mann kratzt sich am Kopf, »die Sekretärin ist gerade zur Pause. Aber kommen Sie doch rein, ich schau mal nach.« Er verschwindet in einem der Räume, während Joshua im Flur wartet. Der Mann kommt zurück, kratzt sich noch einmal am Kopf, wirft einen Blick in ein anderes Zimmer und sagt: »Nehmen Sie doch einfach hier Platz, während ich das Päckchen suche. Ist es denn etwas Großes oder eher etwas Kleines?«

Joshua hat keine Ahnung, wahrscheinlich ist es nicht einmal für ihn, sondern für Ulrike. Er setzt sich an den großen ovalen Konferenztisch, massives dunkles Holz. Er kennt sich mit Hölzern nicht aus, aber bestimmt ist es etwas Edles. Abgesehen von dem Tisch, den Stühlen und einem kleinen Regal neben der Tür ist das Zimmer leer. Auf dem Regal stehen dicke Bände Loseblattsammlungen, die ihn an seine Studienzeit erinnern, als er einmal eine Zeitlang in einem großen Anwaltsbüro unter anderem für die Aktualisierung der Gesetzestexte verantwortlich war. So verdiente er sich das Geld für sein Studium. Es war noch vor dem Tod seines Großvaters, bevor er das Erbe antreten konnte. Er mag solche Arbeiten, sie haben etwas Meditatives. Herausnehmen, einfügen, stundenlang. Am Ende fühlt er sich immer seltsam leer, aber auch entspannt.

Der junge Mann kommt zurück, blickt Joshua zerknirscht an, sagt: »Leider dauert es etwas. Kann ich Ihnen vielleicht einen Kaffee anbieten?«

Im ersten Moment will Joshua ablehnen, doch dann entscheidet er sich anders. Warum nicht einen Moment hier sitzen und einen Kaffee trinken? Er fühlt sich hier wohl.

»Wollen Sie Cappuccino, Latte Macchiato, Milchkaffe, Espresso oder einen normalen Kaffee?«

Joshua entscheidet sich für einen Cappuccino.

»Zucker?«

»Ohne Zucker.«

Nach zwei Minuten erscheint der junge Mann mit einer großen Tasse Cappuccino.

»Wir haben neuerdings eine von diesen Maschinen, bei denen man nur auf den Knopf drücken muss«, erzählt er strahlend, bevor er wieder verschwindet. Der Cappuccino schmeckt gut. Wie ein Cappuccino schmecken muss, richtig heiß, aus Espresso zubereitet und mit richtigem Milchschaum. Joshua genießt es, hier zu sitzen und ihn zu trinken.

Er stellt sich vor, wie es wäre, ein Steuerberater zu sein. Hier in diesem kühlen, nüchternen Raum zu sitzen und mit Mandanten über so nüchterne Dinge wie Geld zu reden. Geld ist kein nüchternes Thema, wenn man es nicht hat, das weiß er sehr wohl. Und sicher gibt es Mandanten, die verzweifelt sind, weil das Finanzamt Geld von ihnen verlangt, das sie nicht haben. Nicht mehr haben. Und vielleicht müssen auch Steuerberater gelegentlich schlechte Nachrichten überbringen. Und, wie ein Arzt auch, fatale. Statt »Tut mir leid, Sie haben Krebs und wahrscheinlich nur noch ein paar Wochen zu leben« »Tut mir leid, Ihre Firma ist nicht mehr zu retten, Sie müssen Insolvenz anmelden«. Und trotzdem wäre er gerade lieber ein Arzt und noch lieber ein Steuerberater. Bei Krebs verschreibt der Arzt eine Chemotherapie, Steuerberater verschreiben bestimmt etwas Ähnliches. Doch was verschreibt er, wenn seine Klienten ihren ganzen Seelenmüll bei ihm abladen? Reißen Sie sich zusammen, ist er immer wieder versucht zu sagen. Reißen Sie sich zusammen, ich muss es ja auch. Nein, er hätte lieber einen großen Konferenztisch und ein Regal voll Loseblattsammlungen. Er hätte gerne eine Sekretärin, die ihn mit großen Tassen Cappuccino versorgt, seine Schreibarbeiten erledigt und fleißige junge Strahlemänner, die ihm in den Arsch kriechen.

Der junge Mann kommt zurück.

»Es tut mir schrecklich leid, aber ich kann Ihr Päckchen einfach nicht finden. Wir müssen warten, bis Frau Schneider zurück ist.«

»Und wann wird das sein?«, fragt Joshua. Der junge Mann blickt auf die Uhr.

»Sie müsste eigentlich jeden Moment kommen.«

»Dann trinken Sie doch einen Kaffee mit mir!«

Toni

Tommy und Nele machen sich Sorgen. Meine neue Nachbarin macht sich Sorgen. Monika Haberstroh macht sich Sorgen. Wer braucht da noch eine Mutter? Fünfmal hat Monika Haberstroh angerufen, zweimal hat sie auf den Anrufbeantworter gesprochen.

»Es tut mir leid, dass ich gestern so schnell weg musste, aber so ist das nun mal in meinem Beruf. Und nun habe ich schon wieder mein Jackett bei Ihnen vergessen. Wenn es Ihnen nichts ausmacht, würde ich es gerne abholen. Ich würde mich freuen, wenn Sie mich zurückrufen würden.«

»Hallo, hier ist noch einmal Monika Haberstroh. Sind Sie verschüttgegangen? Ich hoffe, es geht Ihnen wieder besser. Ein bisschen mache ich mir ja Sorgen. Na ja, vielleicht sind Sie ja einfach verreist. Falls Sie meine Visitenkarte verlegt haben: Hier ist noch einmal meine Nummer …«

Ich habe die Nummer notiert, weil ich tatsächlich nicht mehr weiß, wo ich ihre Visitenkarte gelassen habe, der Zettel liegt auf meinem Schreibtisch. Neben einem anderen, den meine neue Nachbarin mir unter der Tür hindurchgeschoben hat. Unter meinem Sandalenabdruck steht: »Erreiche dich nie, mache mir Sorgen um dich, hoffe es ist alles okay, meld dich doch mal.« Und dann ein Krakel, den ich nicht lesen kann. Irgendwas mit M, aber so weit waren wir ja schon einmal.

Meine Güte, kann ich nicht einfach übers Wochenende verreisen? Ich bin erwachsen, niemand muss sich Sorgen um mich machen. Wenn ich nicht zur Ärztin müsste, ginge es mir heute richtig gut. Aber immer, wenn ich zur Ärztin muss, fühle ich mich krank. Dass ich zur Ärztin muss, hat Tommy so beschlossen. Ich hätte es mir verkneifen sollen, dieses »Tommy, ich sterbe.« Aber es rutscht mir heraus, bevor ich darüber nachdenken kann. Tommy ist entsetzt. Tommy besteht darauf, mich abzuholen.

»Um Gottes Willen, Toni, was ist denn passiert?«

Nichts ist passiert. Ich habe mich besinnungslos betrunken. Nach langer, langer Zeit zum ersten Mal wieder. Da ich selten trinke, reichen eine Flasche Wein und paar Gläser Rum völlig aus. Dass ich den ganzen Tag nichts gegessen und in der knalligen Sonne herumspaziert bin, verschweige ich lieber, sonst rasten sie ganz aus. Ich würde wirklich gerne nach Hause gehen. Okay, gehen nicht unbedingt, das gebe ich zu. Ich würde gerne nach Hause gebracht werden. Ein gemütlicher Abend vor dem Fernseher mit dem Sonntagabendtatort würde mir gut tun. Aber Tommy will mich unter Beobachtung haben. Wenigstens kann ich ihm ausreden, einen Notarzt zu rufen.

»Ich hab doch ein Dreiwetterherz«, flachse ich. Ein alter Witz zwischen Sol und mir: Mallorca, vierzig Grad, mit dem Fahrrad über einen Berg, mein Herz hält. Schwarzwald, minus fünf Grad, stundenlang mit Langlaufskiern unterwegs, mein Herz hält. Ahrenshoop, Wassertemperatur zehn Grad, in der Ostsee schwimmen, mein Herz hält.

Tommy lacht nicht. Er kennt den Witz, schon fast so lange er lebt, er hat einen Bart bis in den ersten Stock.

»Gut, Tommy«, verspreche ich ihm, »ich gehe morgen früh zur Ärztin.«

Eigentlich tut es mir gut, bei Tommy zu sein. Ich liege im Gästezimmerbett und werde umsorgt. Mir wird Tee gebracht und Brühe, aber ich rühre beides nicht an. Ich verlange nach Cola und Aspirin und bekomme es. Ab und zu taucht eines der Kinder an der Tür auf.

»Psst, lasst Toni schlafen«, höre ich Nele flüstern. »Soll ich die Tür schließen?«, fragt sie mich.

»Nein, lass ruhig offen.«

Die Stimmen aus dem Wohnzimmer beruhigen mich. Das Pochen im Kopf lässt nach, die Übelkeit verschwindet. Ich schlafe ein und erwache erfrischt. Tommy bringt mir Kaffee ans Bett, wann hat es so etwas zuletzt für mich gegeben? Als ich aufstehe, ist niemand mehr in der Wohnung. Doch der Frühstückstisch ist gedeckt, eine Tüte Brötchen liegt für mich bereit, Kaffee ist gekocht. Ich hole Käse und Butter aus dem Kühlschrank. Neben der Kaffeekanne liegt ein Zettel: »Liebe Toni, vergiss die Ärztin nicht. Ich habe angerufen, du kannst heute Vormittag vorbeikommen, bring aber Zeit mit. Gruß und Kuss, Tommy.«

Mein Puls beschleunigt sich, ich spüre einen Anflug von Übelkeit. Ich habe keinen Appetit mehr. Ich räume Käse und

Butter zurück in den Kühlschrank. Ich packe die Brötchen in die Fahrradtasche und fahre nach Hause.

Ich höre meinen Anrufbeantworter ab und schreibe Monika Haberstrohs Nummer auf. Ich nehme den Zettel in die Hand und betrachte die Ziffern. Dann schreibe ich ihren Namen auf und lese ihn laut vor. Hauptkommissarin Monika Haberstroh. Ich streiche das »Hauptkommissarin« durch und lese »Monika Haberstroh«. Dann streiche ich Haberstroh durch und sage Monika. Ich stelle mir vor, wie es sich anfühlt, mit einer Frau namens Monika zusammenzusein. Wie soll ich sie nennen? Moni? Ich mochte den Namen Monika noch nie besonders, aber Moni kann ich erst recht nicht leiden. Ich erinnere mich an Krimis, in denen die Frauen der Kommissare ihre Männer mit Nachnamen anreden. »Guten Morgen Haberstroh, hast du gut geschlafen? Haberstroh, ich liebe dich«, sage ich laut. Nein, das klingt nicht gut.

Ich hole das Telefon und lege es neben den Zettel mit der Nummer. Vielleicht werde ich ja nie in die Verlegenheit kommen, sie mit Namen ansprechen zu müssen. Anders als mit Frau Haberstroh oder Hauptkommissarin Haberstroh oder Kriminalhauptkommissarin Haberstroh.

Ich rufe die Ärztin an und sage, dass es mir wieder gut geht und ich nicht zu kommen brauche. Dann frühstücke ich und widme mich der Zeitung, die ich mir auf dem Weg gekauft habe. Ich bin gerade dabei, den Sportteil zu lesen, als es klingelt.

Selten bin ich schneller an der Tür gewesen. Schade, dass sie nicht alleine ist. Ich führe die beiden ins Wohnzimmer. Stefan Keller geht voran. Ich bitte sie, Platz zu nehmen. Monika Haberstroh trägt schon wieder ein Jackett über dem Arm, ein anderes, kürzeres, wahrscheinlich aus Baumwolle. Sie setzt sich und legt es auf das Sofa. Neben das Leinenjackett.

»Und? Sind Sie weitergekommen?«, frage ich und sehe dabei Monika Haberstroh an. Sie blickt zu Boden, scheint eine der Teppichfransen zu fixieren.

»Leider nicht«, antwortet Stefan Keller, »aber wir haben noch ein paar Fragen an Sie.«

Monika Haberstroh kramt in ihrem Jackett und zieht ein kleines Notebook aus der Tasche. Das Gerät fällt ihr aus der Hand, sie rutscht auf die Knie und blickt unter das Sofa, tastet danach.

»Wir haben vor allem eine Frage«, beginnt Stefan Keller. »Woher wissen Sie, dass es sich um eine Mordserie handelt?«

Monika Haberstroh kommt von ihrem Tauchgang zurück. Sie sieht nicht gut aus, noch schlechter als bei ihrem ersten Besuch. Noch blasser, mit noch tieferen Ringen um die Augen. Sie trägt ihr Hemd in der Hose, Pistolenhalfter und Handschellen am Gürtel sind unverdeckt. Sie schaltet das Notebook ein, zückt einen Stift.

»Haben Sie die Frage verstanden?«, fragt Stefan Keller.

»Ähm – nein.«

»Hauptkommissarin Haberstroh hat mir erzählt, Sie hätten von Morden gesprochen. Nicht von einem Mord, sondern von Morden. Soweit ich weiß, wissen Sie nur von einem Mord.«

»Ich verstehe wirklich nicht, was Sie meinen.« Ich blicke fragend zu Monika Haberstroh, doch die ist mit dem Notebook beschäftigt.

»Am Freitag Abend, als Frau Haberstroh bei Ihnen ihr Jackett abholen war, haben Sie gesagt – ich zitiere wörtlich – ›Denkt er denn, ich hätte etwas mit den Morden zu tun?‹ Mit den Morden haben Sie gesagt. Ich frage also noch einmal, woher wissen Sie, dass es sich um eine Mordserie handelt?«

»Ich weiß von keiner Mordserie.«

»Aber warum haben Sie dann von Morden gesprochen?«

»Ich weiß es nicht.«

»Sie wissen es nicht?«

»Nein, ich weiß es nicht, ich kann mich auch nicht daran erinnern, das gesagt zu haben, wirklich nicht.« Ich blicke hilfesuchend zu Monika Haberstroh. Doch sie hilft mir nicht. Sie starrt schon wieder auf die Teppichfransen.

»Nun gut.« Stefan Keller seufzt. Er steht auf. Monika Haberstroh ebenfalls. Ich führe die beiden zur Tür. »Wir melden uns wieder, wenn wir noch Fragen haben«, sagt Stefan Keller.

Sie gibt mir die Hand zum Abschied und sieht mich heute zum ersten Mal an. Sie sieht traurig aus.

Ich setze mich auf das Sofa, genau an die Stelle, an der sie eben saß. Ich suche nach der Teppichfranse, die sie so fasziniert haben muss, bin mir aber nicht sicher, welche es gewesen sein könnte. Ihr Baumwolljackett hat sie mitgenommen. Nicht aber das aus Leinen, ich nehme es, halte es noch einmal für einen Moment in den Händen, rieche sogar daran. Dann packe ich es in eine Tüte und lege es auf die Hutablage im Flur.

Joshua

Diesmal kommt sie ohne Stefan Keller.

»Oh, diesmal alleine?«, fragt Joshua, als er sie vor der Tür stehen sieht.

Sie nickt nur.

Diesmal bleibt sie nicht am Fenster stehen, sie setzt sich in den Klientensessel. Sie akzeptiert das Glas Wasser, das er ihr anbietet. Sie legt ihr Jackett über die Armlehne. Diesmal verzichtet sie darauf, sich Notizen zu machen. Und sie kommt direkt auf den Punkt: »An dem Abend, an dem Julian Schäfer ermordet wurde, sollen Sie einen heftigen Streit mit Marina Schäfer gehabt haben.«

»Wer sagt das?«

»Nachbarn.«

»Welche Nachbarn?«

»Das tut nichts zur Sache. Worüber haben Sie sich mit Marina Schäfer gestritten?«

»Nachbarn können manchmal ganz schön nervig sein«, antwortet er und blickt an ihr vorbei auf den Mückenfleck an der Wand.

»Inwiefern?«

»Manchmal aber auch nicht.«

»Was wollen Sie mir sagen, Herr Stein?«, fragt sie.

»Dass manche Nachbarn nervig sind, andere wiederum sind richtig nett. Manche machen dauernd Lärm, andere sind still und bescheiden und bieten sogar Kaffee an. Möchten Sie einen Kaffee?«

Sie überlegt. »Ja, gerne«, sagt sie schließlich.

Er stellt den Wasserkessel an und füllt Kaffeemehl in den Coffeesetter. Sie steht hinter ihm, beobachtet ihn, das kann er spüren.

»Sie haben sich also mit Frau Schäfer gestritten, weil sie dauernd Lärm macht?«, fragt die Kommissarin.

»Ja«, antwortet er, »ich habe mich bei ihr beschwert.«

»An dem Abend, an dem Julian Schäfer ermordet wurde?«

»Ja, aber sie war total unfreundlich, da bin ich ausgerastet. Wissen Sie, ich bin Migräniker und sehr lärmempfindlich. Aber ich habe ihr nichts getan.«

»Ihr wurde auch nichts getan, sondern …«

»… ihrem Sohn, ich weiß. Mit dem habe ich mich nicht gestritten.«

»Aber er hat auch Lärm verursacht.«

»Davon weiß ich nichts.«

»Er war Heavy-Metal-Fan.«

»Ach, der war das. Jetzt verstehe ich.«

Das Wasser kocht, er gießt den Kaffee auf. Kaffeeduft steigt ihm in die Nase.

»Zum Glück gibt es auch nette Nachbarn.«

»Meinen Sie da jemanden Bestimmten?«, fragt die Kommissarin.

»Die Herren vom Steuerbüro zum Beispiel.«

Junger Strahlemann, Fassonschnitt. Könnte schwul sein. Aber warum eigentlich?

»Schon eine heftige Sache, das mit diesem Mord«, hört er ihn sagen. »Obwohl es jetzt seither hier richtig ruhig geworden ist. Wissen Sie irgendetwas Neues? Nein? Diese Kriminalhauptkommissarin war heute hier. Ich glaube, die tappen ziemlich im Dunkeln.«

Sie sitzen wieder im Therapiezimmer, jetzt mit Kaffeetassen in der Hand.

»Ich habe an dem Abend eine Frau aus der Praxis von Frau Schäfer kommen sehen.«

»Am Mordabend? Wann war das?«

»Das weiß ich leider nicht mehr so genau. Sie wirkte nur irgendwie … neben der Spur. Hat mich nicht gegrüßt, obwohl sie das sonst immer tut.«

»Sie kennen die Frau? Wer war es?«

»Eine Nachbarin, ich hab keine Ahnung, wie sie heißt. Aber ich glaube, sie wohnt im Vorderhaus.«

»Können Sie sie beschreiben?«

Er blickt wieder an die Wand, versucht, ein Bild von der Frau heraufzubeschwören. Sie sagt nichts. Sie sieht ihn an, wartet.

»Neben Ihrem Kopf wurde eine Mücke erschlagen.«

Sie dreht den Kopf, blickt an die Wand, sieht ihn wieder an.

»Was wollen Sie mir damit sagen, Herr Stein?«

Joshua verfängt sich im Blick der Hauptkommissarin. Er mag sie, er mag sie mehr als seine eigene Frau. Sie hat etwas Gerades und Klares. Sie ist kraftvoll und direkt. Sie hat nicht dieses Verhuschte von Brigitte, dieses Verschwommene, dieses Hinterlistige. Sie ist keine von diesen Tussis, die sich einen reichen Mann angeln, um sich dann bis zum Ende des Lebens aushalten zu lassen. Sie würde sich bestimmt auch nicht hinterrücks schwängern lassen, wenn es noch möglich wäre. Sie wäre bestimmt eine prima Großmutter für Jonas.

»Herr Stein?«

Er räuspert sich. »Ich habe gehört, es gibt eine ganze Mordserie, nicht nur einen einzelnen Mord.«

»Wer sagt das?«

»Mein Mitarbeiter.«

»Ihr Mitarbeiter? Welcher Mitarbeiter?«

»Der junge mit dem blendend weißen Zähnen und dem Strahleblick.« Speichel läuft ihm im Mund zusammen, er muss schlucken.

»Ich dachte, Sie teilen die Praxis mit einer Frau und die ist in Urlaub. Arbeiten Sie noch mit anderen zusammen. Wenn ja, dann würde ich gerne mit denen sprechen.«

»Ich habe eine Sekretärin, Frau Schneider. Und … entschuldigen Sie, mein Kopf, mir fallen gerade die Namen nicht ein, ich glaube, ich bekomme eine Migräne, dann bin ich immer ganz verdreht. Und ich hatte heute den ganzen Tag zu tun, ein Mandant nach dem anderen.«

Herrgott, was erzähle ich denn, denkt Joshua, ich bin doch nicht verrückt, oder? Er muss jetzt damit aufhören, sofort!

»Heißt das bei Psychotherapeuten nicht Klienten?«

»Ich bin Steuerberater.«

»Sie sind Steuerberater?«

»Ich wäre gerne Steuerberater.«

»Sie wären gerne Steuerberater? Aber auf Ihrem Praxisschild steht Psychologischer Psychotherapeut.«

Er schweigt.

»Gibt es denn nun viele Morde?«, fragt er schließlich.

»Es gibt ein paar Morde, ja.«

»Und haben diese Morde miteinander zu tun?«

»Stefan Keller glaubt, dass die Morde miteinander zu tun haben.«

»Und was glauben Sie?«

»Ich glaube gar nichts. Ich darf mit Ihnen auch nicht darüber sprechen«, antwortet sie kalt.

»Sie glauben es also nicht?«

»Fakt ist, dass in letzter Zeit in diesem Viertel ungewöhnlich viele Menschen zu Tode gekommen sind. Fakt ist auch, dass die meisten dieser Menschen für andere Menschen in irgendeiner Weise ein Ärgernis darstellten.«

»Ist das nicht bei den meisten Morden so?«

Sie lächelt. »In gewisser Weise ja. Aber es geht hier um Dinge wie laute Musik.«

»Aber Sie glauben nicht, dass die Morde etwas miteinander zu tun haben?«

»Ich will einfach nicht glauben, dass Menschen einander aus solchen Gründen umbringen.«

»Sie sind also der Meinung, dass es triftige Gründe für einen Mord gibt?«

Sie lacht. »Das wollte ich damit nicht sagen.«

»Aber das haben Sie gesagt, indirekt, meine ich.«

»Aber ich habe es nicht so gemeint, Herr Stein«, sagt sie bestimmt und setzt ihre Kaffeetasse ab. »Und ich weiß auch nicht, was das ganze Theater hier soll, ob Sie etwas eingenommen haben, ob Sie mir hier etwas vorspielen, und wenn ja, warum. Vielleicht ist es ja Ihre Migräne. Dass sie solche Auswirkungen haben kann, wusste ich zwar nicht, aber …«

Er unterbricht sie: »Sie denken, Migräne, das ist ein bisschen Kopfschmerzen und vielleicht noch ein wenig Übelkeit. Aber Migräne ist mehr, viel mehr, Frau Hauptkommissarin. Sie haben ja keine Ahnung!«

Sie steht auf, geht zur Tür. »Ich wünsche Ihnen gute Besserung, Herr Stein.«

Er möchte nicht, dass sie geht.

»Ich habe den Faden verloren, Frau Haberstroh. Bitte helfen Sie mir.«

»Ich bin Polizistin, Herr Stein, wenn Sie Hilfe brauchen,

wenden Sie sich an einen Ihrer Kollegen. Oder an einen Freund.«

Sie steht auf, geht zur Tür.

»Ich finde schon hinaus«, sagt sie, doch dann dreht sie sich an der Tür noch einmal um, fasst sich an die Stirn.

»Die Frau, die aus der Praxis gekommen ist – beschreiben Sie sie bitte noch für mich.«

Toni

Nein, ich bin nicht traurig, bin es höchstens für einen Moment. Der Spuk ist vorbei. Ein Spuk war es, das weiß ich jetzt. Von der Sorte habe ich schon einige erlebt. Eine Verliebtheit wie ein Dämon, der Besitz von mir ergreift, mich einige Tage völlig lahmlegt und sich dann ebenso schnell wieder verzieht, wie er gekommen ist. Wie mit der Verkäuferin vom Spätkauf gegenüber, in die ich mich verknallt habe, so heftig, dass mir vor lauter Schussligkeit mehrere Schüsseln zu Bruch gehen. Sol ist etwas zerknirscht, weil ihre Lieblingsschüssel dabei ist. Aber sie verzeiht es mir, mein Zustand amüsiert sie. Ich will die Verkäuferin zum Frühstück einladen. Sol findet, dass das eine gute Idee sei und ermutigt mich. Eines Abends nehme ich dann allen Mut zusammen. Während die Verkäuferin meinen Einkauf abrechnet, spreche ich meine Einladung aus. Sie lehnt dankend ab, habe am nächsten Morgen keine Zeit. Aber vielleicht ein andermal.

Ich trage die Seltersflaschen über die Straße und merke, dass es vorbei ist. Der Dämon ist ausgefahren und ich bin wieder frei und erleichtert. So wie jetzt. Ganz genauso wie jetzt.

Ich räume Geschirr in die Spülmaschine, schalte sie ein und gehe kurz mit dem Staubsauger durch die Wohnung. Mehr wird heute nicht geschehen, jedenfalls nicht in dieser Welt. Eigentlich müsste ich ein paar Bücher versandfertig machen, doch ich verschiebe es auf morgen früh. Auf einen Tag kommt es auch nicht an, meistens versende ich schnell. Es ist heiß und ich bin noch nicht hundertprozentig fit. Ich bin einen Tag lang in der Hitze herumgerannt, habe nichts gegessen und dann auch noch Alkohol getrunken. Das stecke ich leider nicht mehr an einem Tag weg so wie früher. Heutzutage brauche ich dafür zwei. Ach, was brauche ich schon wieder tausend Entschuldigungen dafür, dass ich einen Nachmittag lang einfach nur lesen will!

Eine Weile betrachte ich den blauen Umschlag. Andrea Barrett, »The Voyage of the Narwhal – exploration, endeavor and evolution in the frozen north«. Eisblauer Himmel, himmelblaues Eis, Schlitten, Schlittenhunde, eine Gestalt in der Ferne. Wunderbar kühl. Das sollte ich mir merken für zukünftige Hitzeperioden. Lies Bücher mit blauen Umschlägen, die mit Schnee und Eis zu tun haben, die am Nord- oder Südpol spielen, im Ewigen Eis. Einen ganzen Nachmittag lang gibt es für mich nichts anderes als diese kühle Welt. Außer vielleicht noch Taussigs raue Zunge auf meinem Hals und Blalocks Schnurren auf meinem Bauch. Hin und wieder klingelt es an meiner Tür. Ich ignoriere es. Ich will meine neue Nachbarin heute nicht sehen. Und von Polizeibesuchen habe ich auch die Nase voll.

Die Sonne sinkt tiefer, leuchtet irgendwann rot, verschwindet hinter dem Haus gegenüber.

Ich hole mir frisches Wasser aus der Küche und durchquere gerade den Flur, als es schon wieder klingelt. Ich bleibe stehen, lausche. Es klingelt noch einmal, diesmal länger. Ich schleiche mich zur Tür und schaue durch den Spion. Mein Herzschlag beschleunigt sich. Idiotin, denke ich, sie will dich doch nur verhören. Oder vernehmen, wie sie es nennt. Jetzt klopft sie auch noch und ruft meinen Namen.

»Einen Moment bitte!« Ich renne in mein Zimmer, ziehe mich hastig an, renne zurück in den Flur, öffne die Tür.

»Ich habe Licht gesehen«, sagt sie. Sie lächelt. »Ich hoffe, ich störe nicht.«

»Schon wieder eine Vernehmung?«, frage ich.

»Nein«, antwortet sie.

»Sie wollen sicher Ihr Jackett abholen.« Ich nehme die Tüte mit dem Jackett von der Hutablage und reiche sie ihr. Sie nimmt sie, blickt hinein.

»Ich lasse immerzu meine Jacketts irgendwo liegen.«

»Wozu brauchen Sie überhaupt eins bei dieser Hitze?«

»Wegen der Hoffnung.«

»Hoffnung worauf?«

»Dass es kühler wird. Man muss daran glauben, nur das, was man glaubt, wird irgendwann Wirklichkeit. Sie werden sehen, irgendwann werde ich es nicht mehr umsonst mitgenommen haben.«

»Spätestens im November«, kann ich es mir nicht verkneifen zu sagen.

»Spätestens im November«, wiederholt sie und lächelt.

Wir blicken beide schweigend auf die Tüte mit dem Jackett. Sie lächelt immer noch, ihr Lächeln hat etwas Debiles, sie lächelt so, als hätte sie eine Schüssel Haschkekse gegessen.

»Es hat aber noch einen Vorteil, immer ein Jackett dabei zu haben«, sagt sie. Ich glaube, jetzt sieht sie mich wieder an. Auch ich hebe den Kopf.

»Und der wäre?«

»Ich kann dann immer eins irgendwo liegen lassen.«

»Und wo ist da der Vorteil?«

»Es gibt mir die Möglichkeit, dorthin zurückzukehren, wo ich es habe liegen lassen. Das lohnt sich nicht immer, aber manchmal schon.« Ihr Blick saugt hat sich an meinem fest, zieht etwas aus mir heraus, ein Stück meiner Seele vielleicht oder den Kalk aus meinen Knochen, was womöglich dasselbe ist.

»Möchten Sie einen Tee?«, frage ich und löse die Verbindung. »Wein habe ich keinen mehr.«

»Tee wäre wunderbar.«

Sie begleitet mich in die Küche, steht hinter mir, während ich Wasser aufsetze.

»Was für einen Tee möchten Sie denn?«

»Was steht denn zur Auswahl?«

Ich öffne den Schrank mit den Tees und nehme ein paar Packungen heraus. »Earl Grey, Darjeeling. Verschiedene Mischungen, diese zum Beispiel ist mit Grüntee und Kombucha, sie heißt Grüner Engel, das hier ist ein Erfrischungstee. Dann habe ich noch einen Ruhetee. Einen Verdauungstee wollen Sie wahrscheinlich eher nicht? Ein Aura-Tee vielleicht? Klarer Geist?«

Sie wirkt ratlos.

»Möchten Sie vielleicht Grüne Energie oder Frauenbalance oder einen Revital-Tee?«

»Suchen Sie doch einfach einen aus!«

»Wie wär's mit einem Glückstee?«

Sie atmet auf. »Ja, Glück könnte ich brauchen.«

Ich nehme zwei Beutel Glückstee aus der Packung, hänge sie in die Kanne und gieße das mittlerweile kochende Wasser darauf.

»Kann ich Ihnen tragen helfen?«, fragt sie. Ich reiche ihr zwei Tassen.

»Sind Sie heute weitergekommen?«, frage ich, während ich das Stövchenlicht anzünde. Ich stelle die Kanne ab und setze mich ihr gegenüber in den Sessel. Sie hat auf dem Sofa Platz genommen, die Tüte mit dem Jackett legt sie neben sich ab.

»Sie meinen in der Mordsache Julian Schäfer?«

Ich nicke.

»Leider überhaupt nicht.« Sie seufzt.

»Mir ist übrigens eingefallen, warum ich am Freitag von Morden gesprochen habe. Ich war am Freitag bei Freundinnen zum Essen, die mir erzählt haben, dass es in ihrer Nachbarschaft auch Morde gegeben hat. Und da haben wir angefangen herumzuspinnen, dass es sich um eine Mordserie handeln könnte.«

»Das müssen Sie mir nicht erklären. Ich hätte das Stefan Keller gar nicht erzählen sollen. Ich weiß nicht, warum ich überhaupt erwähnt habe, dass ich bei Ihnen war.«

»Ist es denn eine Mordserie?«

»Nein. Das heißt Stefan hat es noch nicht ganz ausgeschlossen. Er spinnt herum, faselt irgendetwas von einer Verschwörung. Ein Zusammenschluss von Fanatikern, die den Lärm bekämpfen wollen. Aber ich glaube nicht daran, er auch nicht wirklich, ich kann es mir jedenfalls nicht vorstellen. Es tut mir übrigens leid, dass ich heute Morgen so komisch war, aber ich … ich hatte eine kleine Meinungsverschiedenheit mit Stefan Keller, na ja, ich habe mich regelrecht mit ihm gestritten. Na ja«, sie seufzt, »vielleicht sind wir beide im Moment einfach etwas überarbeitet.«

»Die vielen Morde?«

»Eine Frau wurde erstochen, ein Mann vor ein fahrendes Auto gestoßen … Es nimmt kein Ende.«

Ich will die Teebeutel aus der Kanne nehmen, dabei rutscht mir der Deckel aus der Hand.

»Aber ich bin nicht hier, weil ich mit Ihnen über meine Arbeit reden wollte.«

Sie hebt den Deckel auf und legt ihn auf den Tisch.

»Zu früh.« Ich lasse die Teebeutel wieder zurück in die Kanne gleiten.

»Was?«, fragt sie.

»Der Tee, er braucht noch ein bisschen.«

»Ja.« Sie räuspert sich.

»Wann wurde der Mann vor das Auto gestoßen?«, frage ich.

»Freitagabend, kurz bevor ich bei Ihnen war.«

»Und warum?«

»Das wissen wir vielleicht, wenn wir herausgefunden haben, wer es war. Aber wie gesagt, ich will gar nicht über meine

Arbeit reden, ich darf es nicht.«

Schweigen. Ich betrachte die Zettelchen an den Teebeutelschnüren.

»Die Blüten im Frühling erzählen vom Herz-Öffnen«, lese ich.

»Was?«, fragt sie.

»Auf den Zettelchen an den Teebeutelschnüren stehen neuerdings Sprüche.«

Sie beugt sich über die Teekanne.

»Mache es heute besser als gestern«, liest sie. Sie lacht. »Ich werd's mir zu Herzen nehmen.«

»Jetzt hat der Tee bestimmt schon genug gezogen. Ich bring mal eben die Teebeutel in die Küche.«

Als ich zurückkomme, ist sie dabei, Tee einzugießen.

»Alles okay?«, fragt sie. »Sie sind ganz blass. Für einen Moment dachte ich, sie bekommen wieder so einen Anfall wie am Freitag.«

»Wäre das schlimm?«, frage ich.

»Schlimm für Sie, oder?«

»Sie sehen auch nicht gerade aus wie das blühende Leben«, rutscht es mir heraus.

»Danke für das nette Kompliment.«

Ich lache. »Ich rede mich wohl gerade um Kopf und Kragen und das bei einer Hauptkommissarin. Gleich verhaften Sie mich noch.«

»Haben Sie etwas verbrochen?«

»Ich glaube nicht.«

»Sie sind sich nicht sicher?«

»Ich habe mir am Freitag vorgestellt, einen Mann vor ein Auto zu stoßen.«

»Und? Haben Sie es getan?«

»Nein.«

»Wo ist dann das Problem?«

»Es ist doch ein merkwürdiger Zufall …«

»Vielleicht ist der Zufall merkwürdig, aber ein Zufall ist es ganz bestimmt. Oder haben Sie Absencen?«

»Bitte, was?«

»Haben Sie Blackouts, Amnesien, können Sie sich an bestimmte Zeiträume nicht erinnern?«

»Ach, Absencen. Nein. Manchmal hätte ich gerne welche. Wenn ich mit Ärzten zu tun habe zum Beispiel.«

»Das nennt man Narkose. Also Sie müssen schon mit mehr aufwarten, damit ich Sie verhafte. Ich habe mir vorgestellt, einen Mann vor ein Auto zu stoßen, reicht leider nicht aus. Das sind kindliche Allmachtsfantasien, die haben Sie doch nicht wirklich, oder?«

»Nein, nicht wirklich.«

Sie lächelt. Lächelnd blickt sie auf den Deckel der Teekanne.

»Ich war vorhin nicht sehr charmant. Aber eigentlich wollte ich nur sagen, das Sie etwas angeschlagen wirken.«

»Das habe ich schon verstanden«, sagt sie sanft. »Ich hatte heute einen anstrengenden Tag. Zu viele merkwürdige Morde, zu viele anstrengende Vernehmungen, zu viel …« Sie seufzt.

»Zu viel was?«

»Ach, vergessen Sie's! Was arbeiten Sie denn? Haben Sie einen Beruf?«

»Ich verkaufe Bücher via Internet. Und ich schreibe.«

»Und was schreiben Sie?«

»Geschichten?«

»Und worüber?«

»Sex.«

»Erotische Geschichten?«

»Handfester«, antworte ich.

»Oh. Sind die zum Lesen?«

»Sie können sie auch als Klopapier benutzen oder damit Schuhe ausstopfen, solange sie mir nichts davon erzählen.«

Sie lacht.

»Und Sie?«, frage ich, »haben Sie ein Leben neben Ihrem Beruf?«

»Ich lebe allein, wenn Sie das meinen. Seit einem guten Jahr.«

»Und vorher?«

»Die alte langweilige Geschichte: er hat sich in eine Jüngere verliebt und mich verlassen. Nicht wirklich erwähnenswert. Reden wir von etwas anderem.«

Aber wir reden erst mal gar nicht, wir trinken schweigend unseren Tee.

Dann stellt sie ihre Teetasse auf den Tisch und räuspert sich. Aber es dauert noch eine Weile, bis sie etwas sagt.

»Wollen wir uns duzen?« Sie sieht mich erwartungsvoll an.

Ich zögere lange. »Ich weiß nicht, ob das klug wäre«, antworte ich schließlich.

»Nicht klug? Was für eine merkwürdige Antwort. Was soll daran nicht klug sein?«

Ich antworte nicht.

»So kommt mir Stefan auch immer. Das ist nicht klug, jenes nicht sinnvoll.« Sie seufzt. »Scheiß auf klug! Ich sage Ihnen jetzt einfach, was Sache ist, ich sage Ihnen, warum ich mich mit Stefan Keller gestritten habe.« Sie räuspert sich, trinkt einen Schluck Tee, atmet tief durch. »Nein, ich muss anders anfangen.« Sie zögert. »Ich weiß, es klingt verrückt, wir sind uns ja am Freitag zum ersten Mal begegnet, aber ich kann einfach nicht mehr aufhören, an Sie zu denken.«

Für einen Augenblick halte ich ihrem Blick stand, dann muss ich wegsehen. Auf meinen Tee, auf die Teppichfransen, auf Taussigs weiße Pfote. Ich höre mein Herz klopfen. Ich höre das Rascheln von Monika Haberstrohs Kleidung. Ich höre meinen Atem und ihren. Ich stelle meine Teetasse auf den Tisch. »Bitte entschuldigen Sie mich.«

Joshua

Thomas' Werkstatt befindet sich in einer Baracke im Hinterhof eines Wohnhauses. Er ist bei der Arbeit, als Joshua den Raum betritt. Mit nacktem Oberkörper ölt er eine große Holzplatte. Es duftet nach Holz und Ölen. Wie Joshua diesen Duft liebt!

Thomas wirkt nicht überrascht. »Hallo, Joshua«, sagt er nur und taucht seinen Lappen in ein Glas mit Öl. Mit großen Bewegungen verteilt er es auf dem Holz, ganz sacht und gewissenhaft. Joshua blickt an Thomas vorbei auf einen frisch geölten Balken, der an der Wand lehnt, und dann auf einen albernen Spruch, der ihm beim letzten Mal schon aufgefallen ist. »Schweigen ist Silber, reden ist Gold, miteinander reden goldiger.«

Ein Mann erscheint an der Tür mit Tüten in der Hand. Ein junger Mann mit blonden Haaren, fransig geschnitten und nach vorne gekämmt. Sein Hemd ist bis unter die Brust aufgeknöpft. Seine Bermudas aus Jeansstoff schlackern um seine schlanken Hüften. Joshua hat ihn schon einmal gesehen, er ist Thomas Geschäftspartner. Er heißt Frank.

»Hi«, sagt Frank zu Joshua und »Essen!« zu Thomas. Er stellt die Tüte auf die Platte, an der Thomas arbeitet. Thomas hält inne. Er greift sich ein Tuch und reibt damit seine öligen Hände sauber. Dann nimmt er ein Handtuch von einem Stuhl, trocknet sich ab und streift sich ein T-Shirt über. Er nimmt die Tüte weg, stellt die Platte an die Wand, legt eine andere auf zwei Böcke und breitet ein Plastiktischtuch darauf aus. Dann nimmt er vier kleine Aluschälchen aus der Tüte.

»Ich hol Besteck«, sagt Frank und verschwindet durch eine Tür im rückwärtigen Teil der Werkstatt, den Joshua bisher noch nicht betreten hat. Frank kommt zurück mit zwei großen Tellern, Besteck und einer Wasserflasche.

»Auch Hunger?«, fragt Thomas und zieht die Pappfolien von den Aluschälchen ab. Es duftet verführerisch nach Curry. Joshua schüttelt den Kopf.

»Durst?« Wieder schüttelt Joshua den Kopf.

Die beiden kippen das Essen auf die Teller. Jeder zieht sich eine Sitzgelegenheit heran, Frank einen Stuhl, Thomas eine große Kiste. Es zischt, als Frank die Wasserflasche öffnet.

»Nimm dir die Kiste da«, sagt Thomas, aber Joshua möchte sich nicht zu den beiden setzen.

Er beobachtet, wie die beiden Männer über das Essen herfallen. Es ist heiß und stickig, die Baracke hat ein Teerdach, das sich im Sommer ziemlich schnell aufheizt. Joshua läuft Schweiß über das Gesicht.

»Ich muss mit dir reden«, sagt er zu Thomas.

»Komm doch heute Abend zu mir«, schlägt Thomas vor und schaufelt sich eine große Gabel Reis mit Soße in den Mund. »So gegen acht?«

Toni

Ich kippe mir Wasser ins Gesicht. Dann schaue ich in den Spiegel und beobachte, wie es an meinen Wangen herunterläuft, vom Kinn tropft, über den Hals in den Ausschnitt rinnt. Ich denke nach. Darüber, was ich ihr sagen soll. Ich kann auch nicht mehr aufhören, an Sie zu denken? Es würde bedeuten, die Keile unter den Rädern zu entfernen, und das bedeutet, der Wagen wird rollen, weil er nämlich am Abhang steht, und er wird ins Dunkel rollen und ich kann ihn nicht mehr steuern, ich kann nicht mehr bremsen, er hat keine Bremsen, er hat kein Lenkrad.

Sie steht auf, als ich das Wohnzimmer betrete.

»Ich sollte besser gehen«, sagt sie.

Ich gehe zu ihr, berühre ihren Arm.

»Bitte bleiben Sie!«

Sie sieht mich an, Skepsis im Blick.

»Ich weiß nicht, ob das gut wäre. Für mich.«

»Das weiß ich auch nicht, aber bleiben Sie einfach trotzdem.« Ich spreche leise, flüstere fast, trete ganz nahe an sie heran. Sie zittert, als ich sie umarme, ihren Rücken streichle.

»Lassen Sie es uns einfach langsam angehen. Bitte!«, flüstere ich in ihr Ohr.

Ein Lacher, kurz und trocken. »Nennen Sie das etwa langsam? Ist das klug?«

Ich lasse sie los, schaue sie an. Ihre Stirn liegt in Falten, aber um ihren Mund zeigt sich der Anflug eines Lächelns.

»Haben Sie Hunger?«, frage ich und streiche ihr eine Strähne aus der Stirn.

»Hunger?«, fragt sie. »Das ist das, was man hat, wenn man eine Weile nichts gegessen hat, nicht? Nun, ich habe heute kaum etwas gegessen, womöglich habe ich Hunger. Eigentlich habe ich das ganze Wochenende kaum etwas gegessen. Tja, Verliebtheit ist schlimmer als jede Magen-Darm-Grippe. Überhaupt schlimmer als jede Krankheit. Die absolute Ausnahmesituation. Fieber Appetitlosigkeit, weiche Knie, Magenbeschwerden, Herzflattern. Und das gute Benehmen geht auch flöten. Und das Feingefühl. Nächtliche Anrufe bei Fremden und … wie heißt das noch mal, Sprachdurchfall, Logorrhö… «

Ich lache. »Verliebtheit ist eine Art Wahnsinn, habe ich mal gehört.«

»Hat nicht Freud das gesagt?«

»Kann sein.«

»Steht die Diagnose erst mal fest, ist die Krankheit schon leichter zu ertragen. Mir geht es jetzt schon etwas besser, wo die Sache auf dem Tisch ist und ich sogar noch bleiben darf.«

»Mir auch.«

»Sie haben hier gar nichts auf den Tisch gebracht, meine Liebe.«

»Aber ich nehme zur Kenntnis, was Sie auf den Tisch gebracht haben. Und ich lasse es auf dem Tisch liegen zur näheren Begutachtung.«

»Zur näheren Begutachtung? Wie klingt das denn?«

»Lästern Sie nicht! Vielleicht werde ich irgendwann weit mehr auf den Tisch bringen, als Ihnen lieb ist.«

»Ist das eine Drohung oder ein Versprechen?«

»Das dürfen Sie dann entscheiden, wenn es so weit ist.«

»Das lässt ja darauf hoffen, dass es irgendwie weitergeht.« Sie atmet tief durch. »Wenn Ihre Frage, ob ich Hunger habe, ein Angebot war, mit Ihnen zu essen, dann nehme ich es an.«

Sie putzt und wäscht Salat und gibt ihn in die von mir vorbereitete Soße. Ich brate Tofu, Zwiebeln und Paprika an, gebe Wasser und Tomatenmark dazu und würze das Ganze.

»Das habe ich schon lange nicht mehr gemacht. Mit jemandem gekocht.« Sie lehnt gegen die Arbeitsplatte und schaut mir zu.

»Ich auch nicht.«

Wir decken den Tisch, essen, plaudern dabei. Über meine Teesammlung, über die Gewürze in meinem Gewürzregal. Über ein Gewürz, das die gleiche Farbe hat wie mein Schlips von Freitag. Über Schlipse und Lippenstifte. Über Stefan Keller.

»Er kann Sie nicht einordnen und das ist etwas, was Stefan nur sehr schwer verkraftet. Sie waren ihm gleich suspekt. Lippenstift und Schlips, das passt nicht zusammen. Stefan hat gern alles in kleine Kästchen verpackt. Ich sage immer, so alt wie Stefan Keller jetzt schon ist, werde ich nie werden. Ich mag ihn trotzdem gerne. Und oft liegt er ja gar nicht so falsch mit seiner Einschätzung. Er hat ein gutes Gespür für Menschen, jedenfalls dann, wenn er es schafft, über die Kästchenränder zu blicken. Ich arbeite wirklich gerne mit ihm zusammen. Eigentlich.«

»Vielleicht hat er ja auch recht und es ist eine Mordserie und es gibt eine Verschwörung. Unterschwellig.«

»Unterschwellig?«

»So eine Art Verschwörung des kollektiven Unterbewusstseins aller vom Lärm Genervten, von all denen, die an Migräne leiden.«

»Jetzt fangen Sie auch schon an, wirres Zeug zu reden wie dieser Psychotherapeut, den ich heute vernommen habe und der plötzlich damit anfing, er sei Steuerberater.«

»Steuerberater?«

»Ja, fragen Sie mich nicht, warum. Ich habe keine Ahnung, wie er darauf kommt.«

»Vielleicht ist er ja verliebt. In seinen Steuerberater.« Wir lachen.

»Vielleicht hat sich in der Hitze ja ein Erreger entwickelt, der kollektive Wahnvorstellungen hervorruft. Im Ernst, es macht mich alles völlig verrückt. Diese Morde, die Hitze, Stefan Keller und dann auch noch Sie.«

»Möchten Sie noch einen Ruhetee?«, frage ich.

»O ja, das wäre gut. Und kippen Sie bitte noch ein paar K.-o.-Tropfen mit rein, damit ich wenigstens mal eine Nacht durchschlafen kann. Und lassen Sie uns über irgendetwas anderes reden als über Verliebtheit, Psychosen, Morde und alles, was auch nur in die Nähe davon kommt.«

Über Röcke und Schuhe. Über Sommerhosen. Über Bettdecken, die sich auseinandernehmen lassen in eine Winter- und eine Sommerdecke. Darüber, ob ein Gewitter sich durch den Geruch ankündigt. Über den Duft von Schnee. Über das Ewige Eis. Über »The Voyage of the Narwhal.«

»The Narwhal? Ist das ein Volk?«

»Es ist ein Schiff, das sich auf die Suche macht nach der verschollenen Franklin-Expedition.«

»Und zieht es alleine los oder hat es auch noch einen Kapitän und eine Crew?«, fragt sie und lächelt verschmitzt.

»Haben Sie ein Glück, dass ich heute gut drauf bin.«

»Was würde denn sonst passieren?«

»Ich würde anfangen zu weinen.«

»Ach du liebe Zeit, nicht schon wieder!«

»Ich soll in Ihrer Gegenwart also lieber nicht weinen?«

»Das habe ich nicht gesagt.«

»Sondern?«

»Ich möchte Sie lieber glücklich machen als zum Weinen bringen.«

»Das ist manchmal dasselbe.«

»Ist es das?«, fragt sie.

»Ja.«

Dr. Taussig hat sich neben sie gesetzt und schaut sie an. Sie merkt es und freut sich. Sie krault Dr. Taussig den Nacken. Vorher fragt sie höflich, ob sie es auch darf. Dr. Taussig leckt ihre Hand, sie nimmt es als Ja. Sie fragt nach dem Namen von Dr. Taussig. Ich nenne ihn ihr. Sie lacht und fragt, ob der Name etwas Bestimmtes bedeutet. Ich erzähle ihr, dass es der Name einer Kinderkardiologin ist und dass es hier auch noch einen Dr. Blalock gibt. Dr. Blalock war Chirurg und gemeinsam haben sie in den vierziger Jahren des letzten Jahrhunderts Kinder behandelt, die mit einem Herzfehler auf die Welt gekommen sind, sogenannte Blue Babys. Die heißen so, weil ihr Blut wegen des Herzfehlers nicht ausreichend mit Sauerstoff angereichert werden kann und sie deshalb blau anlaufen. Helen Taussig hatte eine Idee, wie diesen Kindern, die vorher so gut wie keine Überlebenschance hatten, geholfen werden konnte. Sie wandte sich an den Chirurgen Dr. Blalock, der sie erfolgreich umsetzte. Hätten wir noch einen zweiten Kater, müssten wir ihn Dr. Vivien Thomas nennen, denn der war ein enger Mitarbeiter von Blalock. Ich erkläre Monika Haberstroh den Aufbau des Herzens, wie sich so ein Herzfehler auswirkt und wie ein sogenannter Blalock-Taussig-Shunt helfen kann, indem er eine künstliche Verbindung zwischen der Arteria subclavia und einem Lungenschlagaderast schafft und so dafür sorgt, dass Blut in die Lunge gelangen kann. Ich glaube, sie hört nicht mehr zu. Sie gähnt und fragt: »Und warum haben Sie Ihre Katzen nach diesen beiden Ärzten benannt?«

»Das ist eine lange Geschichte, die erzähle ich besser ein andermal.«

»Bekomme ich trotzdem noch einen Tee oder soll ich lieber gleich gehen?«

Als ich mit dem Tee aus der Küche zurückkomme, liegt sie auf dem Sofa, mit den Füßen auf der Tüte mit dem Jackett. Ihre Schuhe hat sie ausgezogen. Sie schläft.

Joshua

Nele öffnet Joshua die Tür.

»Er bringt gerade die Kinder ins Bett«, sagt sie, führt Joshua ins Wohnzimmer, fragt ihn, ob er etwas trinken möchte, stellt ihm eine Flasche Bier und ein Glas hin und entschuldigt sich dann: »Ich bin verabredet.«

Das Zubettgehen scheint hier mit einem gewaltigen Tohuwabohu verbunden zu sein. Kindergeschrei, Gepolter, Gelächter, Thomas' laute Stimme. Joshua schaut sich die Bücher im Bücherregal an. Ein Buch erregt seine Aufmerksamkeit. Bilder von nackten Männern, Fotos, Zeichnungen, erigierte Schwänze, Männer, die einander küssen, Männer, die es miteinander treiben. Und Geschichten über Männer, die es miteinander treiben. An einer bleibt Joshua hängen, beginnt zu lesen. Joshua merkt nicht, wie Thomas das Zimmer betritt, sieht ihn plötzlich neben sich stehen. Joshua wird rot, klappt das Buch zu, will es zurück ins Regal stellen, findet den freien Platz nicht mehr und legt es stattdessen auf den Tisch.

»So was habt ihr hier stehen?«, fragt er und tippt mit der Hand auf den Umschlag.

»Das gehört eigentlich in mein Zimmer«, sagt Thomas ruhig und setzt sich auf das Sofa. Er hat eine Flasche Bier dabei, ploppt sie auf und trinkt einen Schluck.

»Was, wenn die Kinder das sehen?«, fragt Joshua.

»Sie werden schon nicht daran sterben«, antwortet Thomas.

»Das ist Pornografie.«

»Ich weiß nicht, worüber du dich aufregst.«

»Ich rege mich nicht auf, ich finde nur, so etwas gehört nicht in Kinderhände.«

»Was ist mit dir los?«, fragt Thomas sanft.

»Was soll mit mir los sein?«

Thomas steht auf, geht auf Joshua zu und umarmt ihn. Joshua riecht seinen ganz besonderen Duft. Holz, Öl, ein bisschen Duschgel und einen Hauch von Schweiß. Er küsst Joshua auf die Wange und setzt sich wieder auf das Sofa. Es ist das erste Mal seit Langem, dass Thomas ihn geküsst hat. Dabei ist es Thomas' Art, andere bei jeder Gelegenheit anzufassen. Schon bei ihrer ersten Begegnung im Zug berührt er Joshua immer wieder wie beiläufig. Später gibt es gelegentlich einen Kuss, eine Umarmung, den Arm um die Schulter. Nicht nur zur Begrüßung und zum Abschied, auch zwischendurch. Joshua fühlt sich geschmeichelt. Dieser Mann mag mich, denkt er. Bis er merkt, dass es einfach Thomas' Art ist, Menschen zu berühren. Freunde, manchmal sogar Fremde, so wie ihn im Zug. Vielleicht liegt es daran, dass er ein Sportler ist. Er läuft, stemmt Gewichte und war früher einmal ein guter Fußballer. Jetzt spielt er nur noch manchmal mit Freunden zum Spaß. Sportler haben ein ganz besonderes Körpergefühl und teilen eine besondere Nähe zueinander, so kommt es Joshua jedenfalls vor. Sie umarmen und küssen einander und tummeln sich gemeinsam unter Duschen und in Regenerationsbecken. Eine fremde Welt für Joshua, die ihn nicht wirklich interessiert. Wenn Joshua Sport treibt, ist er meistens alleine.

Thomas zieht Joshua auf das Sofa, rückt nahe an ihn heran und nimmt seine Hand.

»Was ist mit dir los, Joshua?«, fragt er noch einmal.

Joshua weiß, dass er jetzt antworten müsste. Doch er tut es nicht, also spricht Thomas weiter: »Brigitte hat mich angerufen, vorgestern Abend. Sie war fix und fertig, wollte wissen, ob du bei mir bist, hat total geheult, ich konnte sie kaum beruhigen. Ich habe ihr geraten, es doch mal in der Praxis zu versuchen. Ich bin ja nicht unbedingt ein großer Freund deiner Brigitte, aber im Moment tut sie mir wirklich leid.«

»Ich habe mittlerweile mit Brigitte gesprochen. Ich bin momentan einfach etwas überarbeitet. Ich werde ein paar Monate pausieren, dann wird das schon wieder.«

Thomas blickt ihn skeptisch an. »Und das ist alles?«, fragt er.

Joshua nimmt das Bier vom Tisch und öffnet den Klappverschluss. Er ignoriert das Glas, das Nele ihm hingestellt hat, und trinkt die Flasche in einem Zug leer.

»Ich habe eine Affäre«, sagt er und rülpst.

»Mit einer Frau?«, fragt Thomas.

»Natürlich mit einer Frau. Kann ich noch ein Bier haben?«

Thomas kommt mit zwei Flaschen aus der Küche zurück. Joshua öffnet seine, trinkt einen großen Schluck, während Thomas seine erste bis auf einen kleinen Rest leert.

»Und?«, fragt Thomas und stellt die Flasche zurück auf den Tisch.

»Was und?«, fragt Joshua.

Thomas seufzt. »Wo ist das Problem?«

»Wo das Problem ist, fragst du?«

»Eine Affäre zu haben, ist an sich ja kein Problem. Bist du verliebt und sie erwidert deine Gefühle nicht?«

»Nein, es sind keine Gefühle im Spiel. Ich ärgere mich nur, dass ich mich nicht beherrschen konnte.« Joshua wundert sich darüber, wie langsam er auf einmal spricht. Fast lallend. Dabei hat er doch nur ein Bier getrunken.

»Und? Hast du Brigitte davon erzählt?«, fragt Thomas und trinkt sein Bier aus.

»Was würde Nele sagen, wenn du mit so einer Geschichte bei ihr ankommst?«

»Das kommt darauf an …«

»Worauf?«

»Die Umstände«, antwortet Thomas.

»Brigitte wird sich von mir trennen und Jonas mitnehmen. Ich bin ja nicht mal mit ihr verheiratet, ich habe keinerlei Rechte, was Jonas angeht.«

»Das stimmt so nicht. Aber wer sagt, dass sie sich von dir trennen wird?«

»Jede Frau trennt sich von einem Mann, wenn er fremdgeht.« Joshua denkt an Ruth. Er spürt einen Kloß im Hals.

»Quatsch!«, zischt Thomas. Er springt vom Sofa auf und geht im Zimmer hin und her.

»Ich nehme mal an, ihr habt Monogamie vereinbart?«

»Muss man so etwas vereinbaren?«

Mit einem Seufzer lässt Thomas sich wieder neben Joshua auf das Sofa fallen.

»Ich sag dir jetzt mal was, Junge.« Er dreht sich zu Joshua, legt eine Hand auf seine Schulter. »Ich fand das wirklich toll, als wir uns im Zug kennengelernt haben. Wir haben so schön geredet. Toller Typ, habe ich gedacht, den möchte ich gern wiedersehen. Dann haben wir uns wiedergesehen, ich habe mitbekommen, wie du mit deiner Brigitte lebst, und gedacht, okay, hast dich in einen Heterotypen verguckt. Pech. Nett ist er aber trotzdem und vielleicht sagst du ihm irgendwann, dass du ihn magst. Mein Fehler, dass ich es einfach nicht geschafft habe. Das tut mir wirklich leid, auch, dass ich nie habe durchblicken lassen, dass Nele und ich eine etwas andere Vorstellung von Beziehung haben als gemeinhin verbreitet. Na ja, manchmal habe ich es doch durchblicken lassen, aber du hast es nicht kapiert. Vielleicht hätte ich ja deutlicher werden müssen. Aber ehrlich gesagt hatte ich dazu dann auch keine Lust mehr. Weißt du, Joshua, ich mag dich immer noch, aber im Moment gehst du mir tierisch auf den Sack.«

Toni

Ich träume von Sol. Wie ich bei ihr sitze und sie erzählt, dass sie sich nächsten Sonntag umbringen wird. Nicht aus

Verzweiflung, nicht, weil es ihr schlecht geht. Es geht ihr gut, sie lächelt, ist entspannt. Es ist einfach eine Entscheidung, die sie getroffen hat, ein Weg, den sie gehen, ein Schritt, den sie tun muss. Es ist einfach das, was für sie jetzt ansteht. Ich will nicht, dass sie es tut, natürlich nicht. Ich versuche, es ihr auszureden, und spüre, dass es mir nicht gelingen wird, ganz egal, was ich tue, und ganz egal, was ich sage. Es spielt alles keine Rolle, ich muss sie gehen lassen, das weiß ich, und ich bin so verzweifelt, dass ich aufwache. So wie manche Menschen durch ihren eigenen Schrei geweckt werden, weckt mich meine Verzweiflung.

Gott sei Dank ist es nur ein Traum! Sol wird sich nicht umbringen, so etwas würde sie nie tun. Schon allein meinetwegen nicht. Und wegen Tommy und Sarah. Sol liegt in ihrem Zimmer im Bett und schläft, Sol … Ein merkwürdiger Ton entfährt meinem Mund, eine Mischung aus einem Stöhnen und einem Schrei. Etwas schnürt mir die Kehle zu, nimmt mir die Luft. Es dauert einen Moment, bis ich den Schmerz spüre. Ein stechender Schmerz, tief in meiner Brust. Ich gerate in Panik, bestimmt ist etwas geplatzt, bestimmt wird mein Herz nicht mehr mit Blut versorgt, gleich stirbt es. Aber es ist nicht mein Herz. Mein Herz schlägt zwar schnell, aber kräftig. Was so wehtut, ist schlimmer als ein sterbendes Herz. Ich weine. Es ist ein Weinen wie ein Krampf, ich wälze mich im Bett, stöhne ins Kissen, kralle mich am Laken fest. Ich habe schon eine ganze Weile nicht mehr geweint und schon gar nicht so. Ich versuche mich zu beruhigen, atme tief durch, rede mir gut zu. Doch immer wieder schüttelt es mich. Taussig liegt neben mir, leckt mir übers Gesicht. Ich konzentriere mich ganz auf das Gefühl ihrer rauen Zunge auf meinen Wangen, meinem Hals, um meinen Mund. Sie legt ihren Kopf auf meine Brust. Ich spüre ihren vibrierenden Körper. Tränen kullern über mein Ohr, kitzeln mich. Langsam beruhige ich mich wieder.

Ich muss pinkeln. Ich habe Durst und trinke in der Küche

ein Glas Wasser. Ich stehe am Küchenfenster und schaue in den Himmel. Heute ist es klarer als in den letzen Tagen. Ein paar Sterne funkeln. Der Mond ist nur eine schmale Sichel, ob zunehmend oder abnehmend, weiß ich nicht. Ich erinnere mich an die Frau, die im Zimmer nebenan liegt. Nicht Sol, eine Fremde, eine, der ich vor vier Tagen zum ersten Mal begegnet bin. Ob sie überhaupt noch da ist? Vielleicht bin ich ihr ja zu langsam und zu kompliziert und sie ist abgehauen. Aber das glaube ich nicht. Ich schaue trotzdem nach.

Sie ist noch da. Sie liegt noch immer auf dem Sofa. Ich setzte mich ihr gegenüber in den Sessel und sehe sie an. Das Mondlicht ist zu schwach, ich sehe nicht viel. Ich erinnere mich an ihr hübsches Gesicht mit den Lachfalten. An ihren verschmitzten Mund mit den schmalen Lippen.

Sie schläft tief und fest. Sie bemerkt nicht, dass ich mich neben sie knie. Ihr Hemd ist ein Stück nach oben gerutscht, ein Streifen weiße Haut leuchtet. An ihrem Gürtel funkelt Metall. Ich berühre es, es fühlt sich kühl an. Als ich zurückweiche, berühre ich versehentlich mit dem Finger ihren Bauch. Sie schreckt hoch, packt meine Hand, hält sie fest, sieht mich an, ich sehe das Weiß in ihren Augen. Sie erkennt mich und sinkt zurück auf das Sofa. Meine Hand lässt sie nicht los, sie lockert nur den Griff. Sie legt sie auf ihren nackten Bauch. Sie riecht streng. Wie eine eben riecht, die einen ganzen langen Tag in der Hitze unterwegs war. Es stört mich nicht. Ich beuge mich über sie und küsse sie auf die Wange.

»Gute Reflexe«, flüstere ich.

Ich spüre ihre Hände auf meinem Rücken unter meinem T-Shirt und lasse mich in ihre Umarmung fallen. Sie küsst mich, erst ganz zart, dann fordernder. Eine Hand tastet sich zu meiner Brust, umschließt sie sanft. Ich weiche zurück.

»Bin ich wieder zu schnell? Entschuldige.«

»Entschuldigen Sie.«

»Ach, nicht dafür.« Sie lacht, ich weiß nicht, warum.

»Soll ich lieber gehen?«, fragt sie.

»Nein.«

»Nein?«

»Schlafen Sie noch ein bisschen.«

Sie seufzt. Seufzend lehnt sie sich zurück, schließt die Augen. Sie nimmt meine Hand, legt sie sich auf den Bauch. Kurze Zeit später höre ich wieder ihren regelmäßigen tiefen Atem.

Joshua

Sein Kopf liegt auf Thomas' Brust. Es ist kein weiches Bett trotz des dichten Teppichs aus schwarzem Haar, das über dem obersten Hemdknopf zu sehen ist. Über dem obersten geschlossenen, die oberen zwei sind offen. Joshuas Hand berührt Thomas' Arm, drückt ihn immer wieder leicht, um sich zu vergewissern, dass er nicht träumt. Es ist ein fester Oberarm, muskulös. Thomas streichelt ihm den Rücken, stetig, in langsamen Bewegungen und hin und wieder durchs Haar. Joshua versucht es zu spüren, doch es fällt ihm schwer. Er ist unruhig trotz des vielen Biers. Gleichzeitig fühlt er sich dumpf, als hätte er eine Packung Watte im Kopf. Und er fühlt sich fremd, als wäre er eines Nachts schlafen gegangen und am nächsten Morgen in einem anderen Leben aufgewacht. Einem Leben ohne Ruth und mit einen Thomas, der ihm sagt, dass er ihm auf den Sack geht.

Was soll er da sagen? Er sagt besser nichts. Eigentlich will er auch nichts hören. Nichts von diesem Freund und jener Freundin und wer was mit wem hat. Doch Joshua ist selber schuld, dass Thomas immer weiter redet, schließlich fragt er immer wieder nach, weil er es nicht begreift.

»Der Mark von vorhin? Die Susanne, die etwas mit Nele hat?«

Dabei will er es nicht begreifen. Er will nicht wissen, wen Thomas vögelt. Er will erst recht nicht wissen, wen Nele vögelt oder Susanne oder Mark. Am liebsten wäre ihm, Nele und

Thomas würden überhaupt nicht vögeln. Nicht miteinander und auch nicht mit Susanne und Mark. Er trinkt sein Bier und lässt sich von Thomas noch eines bringen. Sie lassen die Flaschen mit einem lauten Plop aufspringen, sie stoßen miteinander an. Sie trinken schnell. Noch eine Flasche, noch ein Plop, noch ein Stoß. Dann ein feuchter Kuss, der nach Bier schmeckt, Thomas' Zunge, die seine Lippen teilt, in seinem Mund gleitet und sich anfühlt wie ein nasser Fisch. Joshuas schiebt ihn weg und klammert sich doch an ihn, legt seinen Kopf auf seine Brust, weint sogar ein paar gepresste Tränen, die ihm sofort peinlich sind.

Thomas' Hand liegt still auf seinem Rücken. Joshua hört seine tiefen Atemzüge. Thomas schläft. Langsam löst er sich aus der Umarmung, legt Thomas' Arm vorsichtig auf dem Sofa ab. An der Tür blickt er sich noch einmal zu ihm um. Dann geht er nach Hause.

Das Haus ist dunkel. Joshua wundert sich, dass Brigitte anscheinend schon schläft. Er hat damit gerechnet, dass sie ihn an der Tür erwartet, heulend oder zumindest voller Vorwürfe. Einen Moment fürchtet er, sie könnte einfach gegangen sein, mit Jonas. Er schleicht sich im Dunkeln die Treppe hinauf. Vor der Schlafzimmertür stolpert er fast über sein Bettzeug. Er geht daran vorbei in Jonas' Zimmer. Sein Sohn liegt schlafend in seinem Bettchen. Über ihm bewegt sich sein Engelmobile sacht im Luftzug. Joshua bleibt einen Moment neben dem Bettchen sitzen und betrachtet seinen schlafenden Sohn. Dann geht er zurück in den Flur. Jonas' Zimmertür lässt er offen. Er drückt die Klinke der Schlafzimmertür hinunter und ist erleichtert, als die Tür sich nicht öffnen lässt. Er hebt das Bettzeug vom Boden auf, trägt es in das Kinderzimmer und legt sich neben seinem Sohn schlafen.

Toni

Mein Wecker klingelt um sieben. Ich drücke ungefähr zwölfmal auf die Schlummertaste, ehe ich endlich aufstehe. Das ist normal bei mir, so mache ich es fast immer, wenn ich keine Termine habe, und ich hatte schon lange keinen Termin mehr. Ich koche Kaffee, fülle zwei Tassen und trage sie ins Wohnzimmer. Ich stelle sie auf den Tisch und setze mich in den Sessel. Soll ich sie wecken oder warten, bis sie von alleine aufwacht? Es ist neun Uhr. Vielleicht warte ich bis halb zehn. Dann ist der Kaffee kalt. Koch ich halt neuen.

Plötzlich Musik, ich zucke zusammen. Sie wacht auf, blinzelt, wundert sich einen Moment, sieht mich, tastet nach ihrem Handy in der Hosentasche.

»Ja, was gibt's? Stefan? Was ist passiert? Was? Neun Uhr? Zu Hause? Ich bin nicht zu Hause. Wo? Ich bin in der Nähe. Ja, du hast es erfasst. Ja, ich komm runter.«

Sie streckt sich, gähnt.

»Ich habe Ihnen Kaffee hingestellt«, sage ich.

»Guten Morgen. Und danke.« Sie nimmt die Tasse, trinkt.

»Möchten Sie Milch und Zucker?«

»Danke, schwarz ist gut.«

»Ich mag ihn nur mit Milch.«

»Bist halt doch ein Mädchen.«

Eine Strähne ihres langen blonden Haars hängt ihr in die Stirn, sie schiebt sie nicht weg, sie blinzelt schelmisch grinsend darunter hervor. Ich streiche ihr durchs Haar, boxe sie sanft auf den Oberarm und sie lacht.

»Sie mögen wohl Boxkämpfe?«, fragt sie.

»Ja, sehr.«

»Schade, dass ich gleich weg muss, sonst würde ich mich glatt auf einen einlassen. Stefan holt mich ab, er wollte mich zu Hause abholen, aber da war ich ja nicht.«

»Wohnen Sie in der Nähe?«

»Ja.« Sie trinkt noch einen Schluck, stellt die Tasse ab. In dem Moment klingelt es auch schon an meiner Tür. Ich nehme den Hörer der Sprechanlage ab.

»Stefan Keller. Wo bleibt Frau Haberstroh?«

Sie steht schon im Flur.

»Darf ich?«, fragt sie und öffnet die Arme. Ich nehme das Angebot an. Meine Hände liegen auf ihrem Gürtel, ich berühre das Pistolenhalfter, die Handschellen.

»Sind Sie eigentlich immer so schwer bewaffnet?«, frage ich.

»Wenn ich arbeite, ja.«

»Also waren Sie hier arbeiten?«

»Hatten Sie den Eindruck?«

»Eigentlich nicht.«

»Verlassen Sie sich immer auf Ihren Eindruck. Jedenfalls, was mich angeht.«

Es klingelt noch einmal. Diesmal lange.

»Ich glaube, Sie müssen mich jetzt loslassen, sonst dreht Stefan durch.«

Ich löse die Umarmung, bleibe aber nahe bei ihr stehen, lasse meine Hand auf ihrer Hüfte liegen. »Können Sie mich nicht verhaften, dann kann ich mitkommen«, sage ich.

»Ich komme auf jeden Fall wieder, wenn Sie wollen. Und vielleicht verhafte ich Sie dann.«

»Warten Sie noch einen Moment!«

Ich renne ins Wohnzimmer, suche nach einem Buch, finde es nicht, renne ins Schlafzimmer, dann ins Arbeitszimmer. Ich habe einfach zu viele Bücherregale und keinerlei Ordnung. Das bisschen Ordnung, das ich herzustellen versuche, wenn ich die Regale neu einräume – Krimis zu Krimis zum Beispiel –, fällt nach kurzer Zeit den Gesetzen der Thermodynamik zum Opfer, welchem genau, ist mir entfallen.

»Einen Moment bitte«, rufe ich noch einmal.

Ich finde das Buch im Regal im Wohnzimmer.

»Klopapier«, sage ich und gebe es ihr. Ich lege meine Hände auf ihre Hüften und ziehe sie zu mir. Ich küsse sie. Dass es schon wieder klingelt, diesmal oben, ist mir egal.

»Du lieber Gott«, flüstert sie, als ich sie wieder loslasse, »was machst du bloß?«

»Das ist nur die Wiedergutmachung für letzte Nacht.«

»Also habe ich das doch nicht geträumt.« Sie lächelt.

»Nein.«

»Aber ich muss jetzt wirklich gehen.«

Vor meiner Wohnungstür stößt sie mit Stefan Keller zusammen.

»Wo bleibst du denn! Und was machst du hier überhaupt?«

»Geht dich nichts an!«

Er blickt mich über ihre Schulter missbilligend an. Sie schiebt ihn die Treppe hinunter. Ich bleibe oben stehen und höre ihn noch eine Weile weitermosern. »Was ist in letzter Zeit mit dir los? Ich kann mich überhaupt nicht auf dich verlassen …«

»Halt den Mund!«, höre ich sie schließlich sagen. »Und fahr mich nach Hause. Ich muss duschen und mich umziehen. Ich bin hier die Chefin! Schon vergessen?«

Joshua

Brigitte weckt ihn. Nein, das stimmt nicht ganz. Sie kommt einfach nur in Jonas' Zimmer, zieht die Jalousien hoch, öffnet das Fenster, hebt Jonas aus dem Bettchen und trägt ihn aus dem Zimmer. Davon wacht Joshua auf.

Joshua geht ins Bad und duscht eine halbe Stunde lang, ehe er sich in die Küche traut.

Brigitte sitzt am Küchentisch und füttert Jonas mit Brei. Auf der Kaffeemaschine steht eine Glaskanne mit Kaffee. Joshua schaltet die Maschine aus und gießt den Kaffee in die Thermoskanne, die daneben steht. Dann schenkt er sich eine Tasse ein. Der Kaffee schmeckt verbrannt. Er kippt ihn aus und setzt neuen auf. Er deckt für sein Frühstück und setzt sich an den Tisch. Brigitte ignoriert ihn weiter. Soll er jetzt etwas sagen? Dass es ihm leidtut? Was eigentlich genau? Ihm tut gar nichts leid. Er hat nichts getan. Gar nichts. Nur mit einem Freund ein paar Bier getrunken. Das wird einem Mann wohl noch erlaubt sein, oder?

Er schneidet sich zwei Scheiben Brot ab und belegt sie mit Käse. Gerade, als er in seine erste Stulle beißen will, giftet sie ihn an: »Was fällt dir eigentlich ein?«

»Ich frühstücke«, antwortet er ruhig, obwohl es in ihm kocht und brodelt. Anscheinend seelenruhig isst er sein Käsebrot und nimmt das zweite vom Teller.

»Wo warst du?«, zischt sie.

»Was geht dich das an?«

»Ich bin deine Frau.«

»Noch nicht ...«

Einen Moment sagt sie nichts, sie holt tief Luft. Im Hintergrund blubbert die Kaffeemaschine.

»Wir haben ein Kind zusammen. Du bist jetzt Familienvater. Du trägst Verantwortung.«

»Ja und? Darf ich deshalb nicht mal mit einem Freund ein paar Bier trinken? Ist das jetzt bis in alle Ewigkeit vorbei?«

»Warum hast du nicht angerufen?«

»Weil ich dein ewiges Gemeckere leid bin.«

»Soll ich gehen?«

»Ich will einfach nur mal mit einem Freund ein Bier trinken gehen, das ist alles.«

»Aber das kannst du doch.«

»Anscheinend aber nicht!«

»Joshua, mein Lieber«, sie rückt mit dem Stuhl zu ihm heran, legt ihre Hand auf seine, »was ist denn mit dir los? Kannst du nicht verstehen, dass ich mir Sorgen mache? Es ist einfach schrecklich, nicht zu wissen, was mit dir passiert.«

»Nichts ist mit mir los.« Er fegt seinen Teller vom Tisch. »Ich möchte einfach nur in Ruhe frühstücken. Ich möchte einfach nur in Ruhe leben.« Mit einem Ruck steht er auf. Der Stuhl fällt um.

»Ich gehe jetzt arbeiten. Schließlich muss ich diesen ganzen Mist hier bezahlen.«

Eigentlich müsste er noch nicht in der Praxis sein. Er hat seine erste und einzige Klientin um vier. Jetzt ist es neun. Er könnte mit seinem Buch beginnen. Sich ein paar Notizen machen, Brainstorming. Er legt sogar eine Datei mit dem Namen *Brainstorming* an. Doch in seinem Kopf weht nicht einmal ein laues Lüftchen. Eine Weile starrt er auf den Bildschirm. Dann spielt er Freecell, eines der Kartenspiele, die mit dem Betriebssystem geliefert werden, aber gegen Mittag wird ihm auch das langweilig.

Er sollte Brigitte anrufen, sich bei ihr entschuldigen. Er weiß zwar nicht, wofür, schließlich ist sie die Nervensäge und nicht er, aber wahrscheinlich erwartet sie es. Und wenn er es nicht tut, rennt sie womöglich zu ihren aufgeblasenen Eltern und nimmt Jonas mit.

Also gut! »Sie ist in einer Besprechung«, sagt ihre Kollegin.

Er surft im Internet, stöbert erst in Onlinebuchläden und dann auf Seiten, die kostenlose Videoclips anbieten, auch kleine private Pornofilme. Zwei Frauen mit dicken Brüsten, die sich von einem widerlichen Typen mit einem Dauerständer abwechselnd auf einem Sofa vögeln lassen. Oder eine Frau, die von fünf Männern gleichzeitig Spermaduschen verabreicht bekommt. Er holt sich auf seinem Bürodrehstuhl einen runter.

Er duscht noch einmal, dann legt er sich im Therapiezimmer auf den Boden und starrt an die Decke. Sein Therapiewecker zeigt dreizehn Uhr. Er schläft ein und erwacht knapp zwei Stunden später mit einem Pochen hinter seiner linken Stirn. Aus Marina Schäfers Praxis dringt lautes Geschrei, dann Gepolter, kurz darauf Musik, laute Trommeln, dröhnende Gongs. Ihm wird schlecht. Er wirft erst die Kaffeetassen an die Wand, die noch von Monikas Haberstrohs Besuch dastehen, dann einen Kasten Wachsmalstifte. Er beobachtet, wie die Kaffeebrühe an der Wand herunterläuft. Die Wachsmalstifte liegen verstreut auf dem Teppich.

Es klingelt. Soll er öffnen? Und wenn es wieder diese Polizistin ist? Was wird sie von einem Steuerberater halten, der Kaffeetassen und Wachsmalstifte an die Wand wirft? Er lacht und weiß nicht, warum.

Vor der Tür steht der Steuerberater von nebenan. Nicht sein junger Arschkriecher, der Alte, der Chef. Ohne Jackett, aber immerhin in Schlips und feiner Anzugweste und Hosen aus hellbraunem Stoff. Er hat ein Päckchen in der Hand und überreicht es Joshua.

»Mein Sohn hat es ja gestern leider nicht gefunden«, sagt er und es scheint ihm peinlich zu sein, so einen Versager als Sohn zu haben.

Joshua nimmt das Päckchen, legt es auf die Kommode im Flur, bedankt sich, sagt: »Ihr Sohn war übrigens so nett, mir Kaffee anzubieten.«

»Das hat er mir erzählt.« Der Mann lächelt. Er wendet sich zum Gehen, bleibt dann aber doch noch einmal stehen. »Sagen Sie, nervt Sie dieser Krach auch so?«

»Sehr.«

»Ich habe mich ja schon öfter beschwert, aber es nützt nichts.«

»Ja, ich habe mich auch schon beschwert.«

»Meinen Sie, es hilft, wenn wir uns gemeinsam beschweren?«

Es dauert eine Weile, bis jemand die Tür öffnet. Es ist nicht Marina Schäfer, sondern eine junge Frau, die Joshua schon oft hier gesehen hat. Wahrscheinlich eine Angestellte von Marina Schäfer. Sie sieht aus, als wäre sie vor ein paar Tagen gegen eine Tür gerannt, jedenfalls prangen um ihr linkes Auge noch die Überreste eines Veilchens. Vielleicht hat ihr auch ihr Typ eine gescheuert, wer weiß.

»Einen Augenblick«, sagt sie und verschwindet in einem der Zimmer. Nach kurzer Zeit erscheint Marina Schäfer. Sie lächelt. Anscheinend hat sie den unschönen Zusammenstoß mit Joshua neulich Abend vergessen. Und das Ableben ihres Sohnes. Lächelnd entschuldigt sie sich. Sie wird die Musik sofort leiser stellen. Sie wird sich bemühen, in Zukunft darauf zu achten, sie nicht so aufzudrehen. »Und falls ich es doch einmal vergessen sollte, zögern Sie nicht, klingeln Sie einfach.«

»Das sagt sie immer«, sagt der Steuerberater, nachdem Marina Schäfer die Praxistür geschlossen hat. Dann beugt er sich zu Joshua und sagt leise, fast flüstern: »Schade, dass es nicht sie erwischt hat, sondern ihren Sohn. Bei dem konnte man sich wenigsten darauf einstellen, wann es losgeht.«

Joshua lacht, das schmerzhafte Pulsieren in seinem Kopf wird heftiger, er fasst sich an die Stirn.

»Ist Ihnen nicht gut?«

»Migräne«, sagt Joshua nur und hält sich an der Wand fest, weil ihm plötzlich schwindelig ist.

»Hilft da nicht Kaffee? Sprich: Kann ich Sie zu einem Kaffee aus unserer tollen neuen Maschine einladen? Ein paar Aspirin habe ich auch noch. Und dann können wir gemeinsam Mordpläne schmieden.«

Wieder der Mahagonikonferenztisch. Oder was auch immer für ein Holz es sein mag. Joshua interessiert es nicht. Er war sein ganzes Leben lang bemüht, sich bei solchen Dingen eine gewisse Ignoranz zu bewahren, gerade weil er einer gut betuchten Familie entstammt. Sein Vater hatte bestimmt auch einen Edelholztisch in seinem Büro stehen. Scheiß auf seinen Vater. Ob der Steuerberater wohl früher auch seinen Sohn verprügelt hat? Wahrscheinlich nicht. Er ist nicht der Typ dafür.

Joshua wartet auf seinen Kaffee, den ihm der Chef ganz persönlich bringen wird, obwohl Frau Schneider da ist. Sie sitzt an ihrem Schreibtisch, das konnte Joshua durch die Tür sehen. Seine Tabletten liegen schon auf dem Tisch bereit, allerdings nicht die des Steuerberaters, sondern seine eigenen, die er aus der Praxis geholt hat. Er wartet nur noch auf das Glas Wasser, das mit dem Kaffee kommt. Eigentlich sollte er keinen Kaffee trinken, er verträgt keinen, wenn er Migräne hat. Aber es wird schon nicht so schlimm sein und etwas Gesellschaft lenkt ihn ab.

Steuerberater Geiger betritt mit einem Tablett den Konferenzraum und stellt Wasser und Kaffee ab. Joshua schluckt seine Tabletten. Geiger setzt sich zu ihm.

»Ich wollte schon seit Langem meinen Steuerberater wechseln«, sagt Joshua. »Haben Sie denn noch Kapazitäten?« Joshua trinkt einen Schluck Kaffee, diesmal ist es ein ganz normaler, schwarz, ohne Zucker. Es würgt ihn.

»Kommen Sie doch mit Ihren Unterlagen mal vorbei, wir können einen Termin machen«, kann Herr Geiger gerade noch sagen, da trifft ihn auch schon ein Schwall Kaffee und Galle, der aus Joshuas Mund schießt und auf seiner teuren Hose landet.

»Entschuldigung«, stöhnt Joshua und hält sich den Bauch. »O Gott, mir ist schlecht.«

»Um Himmels Willen! Soll ich einen Arzt rufen?«

»Kein Arzt, es ist nur meine Migräne, es geht vorbei.« Joshua spricht abgehackt. Er lässt sich auf den Boden sinken, streckt sich aus, versucht, tief durchzuatmen. »Es geht gleich wieder«, stöhnt er.

»Soll ich Sie einen Moment liegen lassen?«

»Ja.«

»Rufen Sie mich, wenn Sie mich brauchen!«

Joshua stellt sich vor, dass er auf dem Bauch in warmem Sand liegt. Es ist warm, aber nicht zu warm, nicht heiß. Er hört das Meer rauschen. Ruth ist bei ihm, sie massiert seine Schultern und seinen Nacken und langsam geht es ihm besser.

So ist es tatsächlich einmal in einem ihrer Urlaube passiert. Auf Mallorca. Sie sind mit dem Auto unterwegs, er fährt und es ist ein Tag, an dem er furchtbar angestrengt ist, weil er das erste Mal seit Jahren wieder Auto fährt. Die Migräne beginnt nach dem Mittagessen. Ruth kauft ihm Tabletten. Er hat keine dabei, weil er schon seit Ewigkeiten keine Migräneattacke mehr hatte. Ruth fährt mit ihm zum Strand. Er legt sich in den Sand, sie massiert ihn und sein Anfall geht so schnell, wie er kam. Er fühlt sich frisch und erholt und geht an dem Abend noch mit Ruth essen.

Er rappelt sich auf und in dem Moment kommt Herr Geiger wieder herein. Er hat sich umgezogen, trägt jetzt Jeans und ein weißes Baumwollhemd.

»Lassen Sie mir die Rechnung für die Reinigung zukommen«, sagt Joshua.

Herr Geiger winkt ab. »Geht es denn wieder?«, fragt er.

»Ich lege mich in der Praxis noch einen Moment hin, dann wird es wieder gehen.«

An Joshuas Praxistür hängt ein Zettel.

»War um vier Uhr hier und konnte Sie leider nicht antreffen. Habe ich die Termine durcheinandergebracht? Rufen Sie mich bitte an. R.W.«

Joshua ruft gleich an.

»Nein, der Termin hat schon gestimmt. Ich bin leider auf dem Weg aufgehalten worden, ich wurde Zeuge eines Unfalls. Nein, heute nicht mehr. Morgen? Sechzehn Uhr. Gut, bis dann.«

Er versucht noch einmal, Brigitte zu erreichen.

»Ihre Frau ist bereits nach Hause gegangen«, sagt die Kollegin. Er versucht es zu Hause, doch der Anrufbeantworter springt an und er legt wieder auf. Er legt sich noch einmal in sein Therapiezimmer und schließt die Augen. Es ist still, wenigstens für heute scheint sich Marina Schäfer an ihr Versprechen zu halten. Vielleicht war das mit ihrem Sohn ihr auch eine Lehre. Quatsch, was denkt er da? Wegen lauter Musik wurde Julian Schäfer bestimmt nicht ermordet.

Joshua schläft ein. Als er wieder aufwacht, geht es ihm besser. Er hat einen unangenehmen Geschmack im Mund, wahrscheinlich noch von dem Erbrochenen. Er putzt sich die Zähne, schließt alle Fenster und geht.

Er nimmt einen kleinen Umweg über den Volkspark Friedrichshain. Es ist bereits nach zwanzig Uhr. Langsam erreichen die Temperaturen erträgliche Werte, die Menschen werden wieder munter. Gruppen von Jugendlichen mit Gitarren und Trommeln bevölkern die Wiesen, dazu Boccia und Federballspieler, eine Qigong-Gruppe, ein Feuerschlucker, ein Jongleur, ein junger Mann, der im Handstand einen Baum umkreist. Überall Spaziergänger, Fahrradfahrer, Jogger. Es duftet nach Holzkohle und Grillfleisch. Joshua überlegt, ob er sich noch ein Bier gönnen soll, doch das Café Schönbrunn ist überfüllt, also geht er nach Hause.

Irgendetwas stimmt mit seinem Schlüssel nicht, er geht nicht ins Schloss. Er probiert es noch ein paar Mal, ehe er begreift, dass Brigitte wahrscheinlich aus Versehen den Schlüssel innen hat stecken lassen. Er klingelt und wartet. Nichts passiert. Er klingelt noch einmal, diesmal länger. Immer noch nichts. Er lässt seinen Finger eine ganze Weile auf der Klingel, dann klopft er an die Tür. Ohne Erfolg. Sie muss da sein, im Wohnzimmerfenster flackert der Fernseher. Vielleicht hört sie ihn ja nicht. Er versucht es per Telefon, wieder springt der Anrufbeantworter an. Diesmal sagt er etwas.

»Ich komme nicht rein. Bitte mach auf! Es tut mir leid wegen gestern. Ich habe auch schon zweimal bei dir im Büro angerufen. Frag deine Kollegin. Es tut mir wirklich leid. Bitte, lass mich rein!«

Er setzt sich auf die Treppenstufen, überlegt, was er tun kann, hofft, dass Brigitte ihm doch noch öffnet. Er hat Sehnsucht nach Jonas. Ob er auch einmal mit seinem Sohn zusammen eine Praxis haben wird wie Herr Geiger? Dann fällt ihm ein, dass das niemals sein kann, wenn sein Sohn so alt ist wie der Sohn von Herrn Geiger, wird Joshua über achtzig sein und keine Praxis mehr haben. Falls er dann überhaupt noch lebt.

Vielleicht kommt er ja eine Nacht im Gästezimmer von Thomas unter.

»Brigitte zickt herum«, hört er sich zu Thomas sagen. »Kann ich heute Nacht bei dir bleiben?« Kannst du sie nicht anrufen und ihr sagen, dass ich sie nicht leiden kann? Kann ich für immer bei euch unterkommen? Helft ihr mir, Jonas herauszuholen? Helft ihr mir, auszuwandern nach Alaska? Mit Jonas? Ruth wollte immer mal nach Alaska. Vielleicht ist sie ja jetzt gerade dort. Er sieht sie auf einem Schiff stehen, an die Reling gelehnt. Eisberge ziehen an ihr vorbei.

Es wird langsam dunkel. In Thomas' Wohnzimmer brennt Licht. Joshua zwängt sich gerade an den parkenden Autos vorbei auf die Straße, als er Thomas mit seiner Sporttasche aus dem Haus kommen sieht. Joshua folgt ihm in einigem Abstand. Thomas geht in sein Fitnessstudio. Joshua setzt sich auf eine Bank im Hinterhof und blickt durch das hell erleuchtete Fenster in den Kraftraum. Direkt hinter dem Fenster stehen die Pull-Over-Geräte. Er sieht die Rücken der Männer und Frauen, die daran arbeiten. Nach einer halben Stunde sieht er auch Thomas' breites Kreuz und seine dunkle Lockenmähne.

Nach einer guten Stunde kommt Thomas wieder heraus. Joshuas Bank steht in einer dunklen Ecke, Thomas sieht ihn nicht. Joshua folgt ihm, erwartet eigentlich, dass er direkt nach Hause geht und dann, kurz bevor er seine Haustür aufschließt, wird Joshua ihn ansprechen. Doch er geht nicht direkt nach Hause. Er nimmt den Umweg über den Park. Will er etwa noch joggen? Aber er hat seine Sporttasche dabei und trägt keine Sportsachen. Er macht auch nicht den Eindruck, als wollte er spazieren gehen. Er geht zügig, hat ein bestimmtes Ziel. Als er eine der düsteren Ecken des Parks erreicht hat, verlangsamt er seinen Schritt. Jetzt schlendert er, sieht sich um, bleibt stehen. Joshua versteckt sich hinter einem Baum und beobachtet ihn, bemerkt einen weiteren Mann, der langsam auf Thomas zugeht. Thomas nickt und der Mann beschleunigt seinen Schritt. Er geht an Thomas vorbei ins Gebüsch. Thomas folgt ihm und Joshua geht den beiden hinterher.. Er kann sie erst nicht finden, stolpert fast über ein anderes Männerpaar. Doch schließlich findet er sie noch. Ein nackter Männerhintern, der sich rhythmisch bewegt. Sie sind so beschäftigt, dass sie ihn nicht bemerken. Zwei schwitzende keuchende Männer. Joshua schlägt sich durchs Gebüsch zurück zum Weg. Dann geht er hastig in Richtung Praxis, rennt fast. Sein Herz klopft laut. Dieses Schwein! Sagt seiner Frau, er geht zum Sport und fickt stattdessen fremde Männer im Park. Diese verdammte Drecksau, dieser Betrüger, dieser …

Er schlägt die Praxistür hinter sich zu und geht keuchend im Flur auf und ab. Er stürmt in sein Therapiezimmer und gibt dem Klientensessel einen Tritt. Erst dann bemerkt er, dass er nicht allein ist. Er zuckt zusammen, schaltet das Licht an. Sie sitzt in seinem Sessel. Sie trägt noch immer diesen grünen Rock. Der muss doch mittlerweile stinken. Aber vielleicht wäscht sie ihn ja zwischendurch.

»Wie kommst du hier rein? Was willst du?«

»Mich entschuldigen.«

»Entschuldigen, wofür?«

»Für alles, was ich getan habe. Ich wollte es nicht.«

»Was wolltest du nicht?«

»Du musst mir verzeihen, aber ich … ich kann einfach nicht anders. Ich habe solche Sehnsucht, solche Sehnsucht.«

»Sehnsucht? Was für ein Quatsch!«

Sie fängt an zu weinen. Er spürt ein Zucken in seinen Armen.

»Hör auf zu flennen!«

Er schlägt ihr mit dem Handrücken ins Gesicht. Sie stöhnt, wischt sich das Blut weg, doch es lässt sich nicht so einfach wegwischen, es läuft in Strömen aus ihrer Nase und tropft auf ihren Rock.

»Ich wollte das nicht, wirklich nicht. Ich liebe dich doch, wirklich«, flüstert sie.

»Liebe! Nimm das Wort Liebe nicht in den Mund, du dreckige Nutte. Du weißt nicht, was Liebe ist. Wenn du wüsstest, was Liebe ist, würdest du nicht tun, was du tust. Du zerstörst eine Familie, weißt du das? Nein, das weißt du nicht. Wenn du es wüsstest, würdest du es nicht tun. Oder weißt du es und tust es gerade deshalb? Mit voller Absicht?« Mit jedem Satz schlägt er ihr ins Gesicht, erst links, dann rechts, dann wieder links. Sie fängt an zu weinen, das macht ihn erst recht wütend. Das machen sie immer so, diese Weiber, heulen, wenn ihnen etwas gegen den Strich geht. Er zerrt sie aus dem Sessel und schleudert sie gegen die Wand. Sie rutscht zu Boden und hinterlässt eine Blutspur auf der Tapete.

Er öffnet seine Hose, spreizt ihre Beine.

»Nein, nein«, wimmert sie, aber das macht ihn nur noch wütender, seinen Schwanz noch härter. Er dringt in sie ein. Sie wehrt sich nicht, ihr Körper liegt schlaff auf dem Boden. Aber sie weint, unentwegt, leise. »Du willst es doch nicht anders«, sagt er immer wieder und stößt zu, bis er sich mit einem gewaltigen Orgasmus in ihr entlädt. Er rollt sich auf den Rücken, versucht, wieder zu Atem zu kommen. Dann rappelt er sich auf, zieht den Reißverschluss seiner Hose zu, geht ins Bad. Er sieht sich im Spiegel, zuckt zusammen, überall Blut. Er wäscht sich das Gesicht, dann die Hände und verlässt die Praxis. Auf dem Weg nach Hause fängt er an zu weinen. »O Gott, was habe ich getan«, sagt er immer wieder, »o Gott, was habe ich getan.« Passanten drehen sich nach ihm um, schauen ihm nach, aber es ist ihm egal.

»Was ist denn los, Herr Stein?«, fragt ihn der Doorman. Ralf oder irgendein anderer.

Er klingelt an seiner Haustür, klopft, ruft. Er tastet nach seinem Handy in der Hosentasche, fürchtet erst, es verloren zu haben, wartet diesmal die Ansage und den Piepton ab, kann dann aber doch nichts sagen, weint, wimmert, schluchzt und winselt nur.

Schließlich öffnet sich die Tür.

»Mein Gott, was ist denn passiert, mein Gott, Joshua, mein Gott!«

Er wird es ihr erzählen, alles.

Toni

Ich liege hilflos da, meine Augen geschlossen, meine Hände über dem Kopf an das Bettgitter gefesselt. Mit ihren Handschellen natürlich. Sie küsst meinen Hals, küsst sich tiefer, spreizt meine Beine. Ich schließe meine Augen, spüre ihre Zunge, endlos lange, dann ihre Finger … Ich drehe mich zur Seite, spüre dem warmem Gefühl in meinem Bauch nach. Mein erster Orgasmus seit Langem. Für einen Augenblick bin ich zufrieden. Doch dann werde ich wieder unruhig. Ich versuche, mich abzulenken, lese in »The Voyage of the Narwhal« und komme über eine halbe Seite nicht hinaus, lese sie immer wieder, jedes Mal schweifen meine Gedanken ab. Ich versuche zu arbeiten, aber ich kann mich auch darauf nicht konzentrieren. Wenigstens schaffe ich es, zwei Bücher versandfertig zu machen. Dann gehe ich zurück ins Schlafzimmer, mache es mir noch einmal selbst, habe immer noch Lust. Durch den Hinterhof hallen Trommeln und Gongs. Marina Schäfer ist anscheinend wieder da. Ich fliehe ins Arbeitszimmer, sitze vor dem Telefon, warte, beschwöre es. »Bitte klingle jetzt! Bitte klingle jetzt!« Könnte ja auch selbst anrufen, wähle in Gedanken die Nummer.

»Kommst du heute Abend? Kannst du nicht jetzt kommen, sofort?«

Lieber nicht.

Ich halte es nicht mehr aus, kippe mir kaltes Wasser ins Gesicht, blicke mich im Spiegel an, strecke mir die Zunge raus, sage: »Du hast eine Vollmeise!«

Ich dusche kalt, ziehe meine Laufsachen an, laufe eine halbe Stunde in der Hitze, kann nicht mehr. Es ist zu heiß. Ich finde einen Zettel im Briefkasten.

»Sag ›Ewiges Eis‹, wenn du es nicht willst.«

Ich bin verwirrt, verdächtige M. Fallot, vergleiche den Zettel mit dem mit dem Sandalenabdruck, den ich im Flur finde, als ich von meinem Ausflug zu Tommys See zurückkomme. Die Schrift stimmt überein. Habe aber keine Ahnung, was sie mir damit sagen will. Ich dusche noch einmal kalt, schalte den Fernseher ein, sehe zwei Menschen sich küssen, schwelge. Die Musik hat aufgehört. Ich setze mich auf die vordere Terrasse, trinke eine Cola mit Rum zur Beruhigung und betrachte den Sonnenuntergang. Ich wünschte, sie könnte den roten Himmel auch sehen. Ich überlege, ob ich noch eine Cola mit Rum trinken soll oder vielleicht nur einen Rum. Ich lasse es lieber.

Ich renne zur Tür, als es klingelt, reiße sie auf.

Sie steht davor, breitbeinig, die Waffe im Anschlag. Ich weiche zurück. Sie folgt mir. »Weiter, weiter. Umdrehen, Hände an die Wand!«

»Was ist denn los?«, schaffe ich zu fragen. Meine Stimme zittert.

»Das wirst du gleich sehen!«

Sie dreht mir den Arm auf den Rücken, ein stechender Schmerz schießt durch meine Schulter.

»Aua!«

Sie lässt mich los und der Schmerz lässt nach. Sie drückt den Lauf ihrer Waffe gegen meine Schläfe. Mein Herz rast, ich zittere vor Angst.

»Hände an die Wand!«

Ich gehorche.

Sie drückt mir ihre Waffe in den Rücken und tastet mich ab, nicht schnell und mit geübten Griffen, wie ich es in Krimis schon oft gesehen habe, sondern langsam, Zentimeter für Zentimeter. Besonders viel Zeit nimmt sie sich für meinen Schritt. Sie greift unter meinen Achseln hindurch und berührt meine Brüste.

»Wo hast du sie versteckt?«

»Was?«, frage ich, meine Stimme krächzt, ich muss schlucken.

Der Druck ihrer Pistole an meinem Rücken wird fester.

»Wo hast du sie?«

»Was? Was soll ich haben?«

Sie zerrt mich von der Wand weg, schubst mich, ich falle zu Boden, sie zieht mich hoch, packt mich am Oberarm. Ich versuche, mich zu wehren, mich aus ihrem Griff zu befreien.

Sie presst den Lauf der Pistole in meinen Nacken. Mir wird schlecht.

»Und jetzt sei schön brav!«

»Um Gottes willen, was ist denn los? Ich hab doch nichts getan.«

»Ich habe gesagt, du sollst brav sein!«

Keuchend schiebt sie mich ins Schlafzimmer. Einen Moment blickt sie sich um, dann fegt sie mein Bettzeug auf den Boden und wirft mich auf das Bett. Ich lande unsanft auf meinem Kopf und verstauche mir leicht den Nacken.

»Umdrehen!«

Besser, ich tue, was sie sagt.

»Hände über den Kopf!«

Das Klicken von Handschellen, das Gefühl von Metall an meinen Handgelenken, nicht kühl, wie ich es mir vorgestellt habe, sondern warm, als hätten die Handschellen in der Sonne gelegen.

Jetzt sehe ich sie vor mir, sie schaut sich um, scheint unschlüssig, was sie als Nächstes tun soll. Sie setzt sich neben mich aufs Bett, legt den Lauf der Waffe auf meinen Bauch und schiebt damit mein T-Shirt nach oben.

»Was tun Sie da?«, frage ich ängstlich.

Sie reagiert nicht. Sie macht einfach weiter, bis meine Brüste freiliegen, dann berührt sie mit dem Lauf meine Brustwarzen.

»Bitte nicht!«

Aber sie hört nicht auf. Sie umkreist erst die eine Brustwarze, dann die andere. Ich spüre ein leichtes Pulsieren zwischen meinen Beinen und schäme mich gleichzeitig dafür. Ich will das jetzt nicht. Ich habe Angst, verdammt noch mal! Sie scheint meine Angst zu spüren, sieht mich an. Warm, zärtlich. Aber das passt doch gar nicht. Sie fällt aus der Rolle.

»Ich verstehe nicht«, sage ich und in dem Moment fange ich an zu verstehen.

»Ewiges Eis«, sage ich laut und deutlich und noch einmal: »Ewiges Eis!«

Sie blickt irritiert, legt die Waffe auf den Boden, sucht nach dem Schlüssel für die Handschellen, findet ihn. Fast fällt er ihr aus der Hand. Sie schließt auf, will mich umarmen. Ich stoße sie weg, springe aus dem Bett.

»Sind Sie wahnsinnig geworden?«, brülle ich.

Sie scheint immer noch irritiert. »Aber Sie wollten es doch.«

»Was wollte ich?«, frage ich, obwohl ich eigentlich schon weiß, was sie meint.

»Sie wollten doch verhaftet werden.«

»Aber doch nicht so!«

Joshua

»Mein Gott, was habe ich getan!«

Sie hilft ihm auf, stützt ihn auf dem Weg zum Sofa. Aus seiner Nase tropft Blut.

»Komm, leg deinen Kopf in den Nacken«, sagt sie.

Sie wischt ihm das Blut aus dem Gesicht, lässt ihm ein Bad ein, legt ihm einen frischen Pyjama zurecht, kocht ihm einen Tee, setzt sich zu ihm ans Sofa.

»Was hast du getan?«, fragt sie leise. Panik flackert in ihren Augen.

»Ich habe eine Affäre«, sagt er und spürt, wie sie zusammenzuckt. Er legt die Hand auf ihren Arm. »Aber es bedeutet nichts, glaub mir, es bedeutet überhaupt nichts. Eine Frau aus dem Haus, in dem ich die Praxis habe. Sie hat ihren Schlüssel vergessen und da habe ich sie telefonieren lassen. Es war heiß, sie war leicht bekleidet, richtig aufreizend, da ist es passiert. Die Details erspare ich dir. Ich hätte mich beherrschen müssen, ich weiß, es gibt keine Entschuldigung dafür. Ich habe ihr auch gleich gesagt, dass es nicht mehr passieren darf. Aber sie hat mich immer wieder belästigt, stand plötzlich vor der Praxistür, einmal hat sie sich sogar hereingeschlichen, als ich für einen Klienten die Tür habe offen stehen lassen. Sie hat mir Szenen gemacht, gesagt, sie liebt mich, mir gedroht, alles zu verraten, wenn ich mit ihr Schluss mache. So hat sie das wörtlich gesagt, wenn ich mit ihr Schluss mache. Dabei war es doch nur ein einmaliger Ausrutscher. Sie ist eine Stalkerin, verstehst du. Und heute … Es gibt noch eine zweite Sache, die ich dir beichten muss. Seit einiger Zeit habe ich habe Fantasien über Männer, wie ich mit ihnen … na du weißt schon.

Es ist nichts Ernstes, es geht nur um Sex. Es ist bisher noch nichts passiert und hat auch nichts mit Thomas zu tun, keine Sorge, Thomas ist nur ein Freund, aber … aber ihm geht es genauso wie mir und ich habe mit ihm darüber gesprochen. Wir waren heute im Friedrichshain zusammen. Er wollte mir zeigen, wie das geht. Dort Männer treffen, meine ich. Aber ich habe ihn einfach stehen lassen, weil es mir zu viel wurde. Thomas hat sich mit einem Mann getroffen, aber ich konnte es nicht, ich konnte nicht einmal zusehen. Das wollte ich nämlich, erst einmal zusehen, wie es geht. Aber nicht mal das konnte ich. Ich musste an dich denken und an Jonas und konnte es einfach nicht. Ich war außer mir, deshalb bin ich nicht gleich nach Hause gegangen, sondern noch einmal in die Praxis. Ich wollte mich beruhigen, bevor ich nach Hause komme. Da stand sie vor meiner Tür, hat sich mit mir in die Praxis gedrängt, hat wieder gedroht, dir alles zu erzählen. Damit droht sie mir schon seit Wochen, dass sie dir alles erzählt und Ulrike, dass sie es im ganzen Haus herumerzählt. Deswegen stand ich so neben mir in der letzten Zeit. Heute habe ich dann einfach nachgegeben. Ich weiß, ich hätte es nicht tun sollen, aber ich habe sie gevögelt. Sie wollte, dass ich sie richtig hart rannehme, und ich habe es getan. In meinem Therapiezimmer und es hat mir gleich darauf leidgetan. Ich habe ihr gesagt, dass es das letzte Mal war und dass ich jetzt mit dir reden würde, dass ich das schon längst hätte tun sollen und damit hat sie keine Handhabe mehr, mich zu erpressen. Da hat sie angefangen herumzubrüllen. Sie hat mich Schwein genannt, mir ins Gesicht geschlagen, immer wieder. Ich habe sie an den Armen gepackt, habe versucht, mich zu wehren, aber sie hat immer wieder auf mich eingeschlagen, wir haben regelrecht miteinander gekämpft. Sie fiel gegen die Wand und blutete, sie blutete auch schon vorher, von der ganzen Kämpferei. Dann habe ich sie rausgeworfen. Und noch im Flur hat sie gedroht, sie würde allen erzählen, ich habe sie vergewaltigt. O mein Gott, wenn sie es tut, wer glaubt mir dann, niemand wird mir glauben. Dabei habe ich mich doch nur gewehrt. Oh, Brigitte, bitte glaube mir. Wenigstens du musst mir glauben!«

Toni

Ich gehe durch die Wohnung, vorbei am Sofa, wo ihr Jackett so lange lag. Jetzt nicht mehr, ich habe es ihr in die Hand gedrückt. »Da, vergessen Sie Ihr Jackett nicht!« Sie nimmt es aus der Tüte und legt es sich über den Arm. Jetzt fehlt es mir. Die leere Tüte liegt auf dem kleinen Tischchen unter der Garderobe. Ich falte sie zusammen und lege sie auf die Hutablage. Dann setze ich mich seufzend auf das kleine Tischchen. Ich reibe mir die Augen, stütze meine Ellenbogen auf die Schenkel, lege meine Stirn in die Hände, atme tief durch, denke nach. Ich habe die ganze Nacht nachgedacht, immer wieder geht es mir durch den Kopf.

»Sie wollten doch verhaftet werden.«

»Aber doch nicht so.«

»Aber Sie haben mir doch diese Geschichte gegeben, da dachte ich …« Sie bricht ab, sieht auf ihre Hände. Sie zittert.

»Es ist eine Geschichte«, sage ich, »Fantasie. Mit der Realität hat das nichts zu tun. Ich habe sie Ihnen gegeben, weil darin auch eine Polizistin vorkommt und ich dachte, es würde Sie amüsieren. Die Ich-Erzählerin ist nur eine Figur, das bin nicht ich. Es gibt da einen Unterschied, wissen Sie.«

Sie seufzt. »Das weiß ich. Und es tut mir leid, es tut mir wirklich leid, aber ich habe Sie schlicht und einfach missverstanden. Ich dachte, Sie erwarten von mir, dass ich mich so verhalte wie die Polizistin in der Geschichte. Ich könnte mir in den Arsch treten dafür, das können Sie mir glauben. Ich bin im Moment total überdreht, ich kann anscheinend Situationen nicht mehr richtig einschätzen.«

»Das scheint mir auch so.«

Wir schweigen.

»Und jetzt?«, fragt sie und blickt mich erwartungsvoll an. »Soll ich gehen?«

Ich lasse sie gehen. Und dann heule ich erst mal. Es dauert eine Weile, bis ich aufhöre zu zittern, bis ich aufhöre, mich zu schämen. Schämen? Warum eigentlich?

War es ein Fehler, sie einfach so gehen zu lassen? Eigentlich ist nichts geschehen, was sich nicht wieder in Ordnung bringen lässt. Okay, ich habe einen mordsmäßigen Schrecken bekommen. Meine Schulter schmerzt noch ein wenig, ich habe leichte Probleme, meinen Kopf zu drehen. Ein paar blaue Flecke, ein leichter Muskelkater und noch ein wenig Scham. Ich fange leise an zu singen.

»Heile, heile Gänschen, wird bald wieder gut …«

Singen beruhigt mich. Ich seufze noch einmal, hebe den Kopf, will aufstehen, irgendetwas tun. Vielleicht mal wieder Wäsche waschen, das Bad putzen, die Geschirrspülmaschine anstellen, einkaufen. Aber all diese alltäglichen Dinge sind auf einmal so weit weg, ich kann mir gar nicht vorstellen, wie das gehen soll.

Ich entdecke einen weißen Umschlag, jemand hat ihn unter meiner Wohnungstür hindurchgeschoben. Ich setze mich damit auf das Tischchen, reiße ihn auf, entnehme ihm ein weißes Blatt, falte es auf. Meine Hände zittern, mein Herz klopft.

Es ist vorbei. Ich lasse Sie jetzt in Ruhe. Wir werden uns nie wieder sehen. Rufen Sie mich nicht an. Sätze, die durch meinen Kopf schießen, bevor es mir gelingt, meinen Blick zu fokussieren. Die Schrift wird scharf.

»… möchte ich mich noch einmal bei Ihnen entschuldigen. Es war wirklich dumm von mir und ich könnte mich immer noch ohrfeigen. Ich würde verstehen, wenn Sie jetzt nichts mehr mit mir zu tun haben wollen. Aber ich fände das sehr schade und möchte Sie bitten, mir noch einmal eine Chance zu geben. Lassen Sie uns noch einmal darüber reden. Vielleicht können wir es ja klären. Rufen Sie mich an, wenn Sie das möchten. Wenn Sie nicht anrufen, werde ich Sie nicht weiter belästigen. Aber ich würde mich riesig freuen, wenn Sie mich anrufen, ich mag Sie wirklich sehr. Bis bald? Ihre Monika Haberstroh. P. S. Ich hätte ja Blumen geschickt, aber ich habe mich nicht getraut.«

Ich suche verzweifelt den Zettel mit ihrer Telefonnummer, finde ihn erst nicht, gerate fast in Panik, bis ich mich erinnere, dass ich ihn unter die Dose mit den Stiften geschoben habe. Ich gebe die Nummer in das Telefonbuch meines Telefons ein. Gerade, als ich den Eintrag abrufen will, klingelt es an der Tür. Es ist M. Fallot.

»Um Gottes willen!«

»Darf ich hereinkommen?«

Sie setzt sich auf das Sofa.

»Soll ich einen Arzt rufen?«, frage ich.

»Ich möchte nur einen Moment hier sitzen.«

»Möchtest du etwas trinken?«

»Ein Glas Wein.«

«Ich habe keinen Wein. Einen Rum vielleicht.«

Ich schenke ihr einen ein und setze mich ihr gegenüber in den Sessel.

»Was ist passiert?«, frage ich.

»Ich bin die Kellertreppe hinuntergefallen.«

»So sieht es aber nicht aus.«

Ein Träger ihres Shirts ist abgerissen und eine Brust hängt heraus. Ihr grüner Rock hängt in Fetzen und gibt den Blick frei auf ihren Slip oder das, was davon übrig ist. Etwas, das aussieht wie verkrustetes Blut, klebt in ihrem Schamhaar.

»Ich bin im Moment viel im Keller. Ich bin noch nicht so richtig eingerichtet. Ich bin gestolpert.«

»Bist du vergewaltigt worden? Im Keller?«

Sie antwortet nicht und ich fühle mich hilflos. Ich überlege, ob ich ihr anbieten soll, sie zu verarzten, sich in meine Badewanne zu legen, ob ich ihr etwas von meinen Sachen anbieten soll. Ich könnte sie auch in ihre Wohnung begleiten.

»Wir sollten die Polizei rufen. Ich bleibe auch die ganze Zeit dabei, begleite dich, wenn du möchtest.«

»Ich bin doch nur gestolpert. Ich habe einen Fehler gemacht und bin gestolpert.« Sie trinkt das Glas Rum in einem Zug leer.

»Noch einen?« Sie nickt und ich gieße nach.

»Ich muss mal aufs Klo«, sage ich und stehe auf.

Sie blickt mich ängstlich an.

»Keine Angst, ich rufe nicht die Polizei.«

Ich hole das Telefon aus meinem Arbeitszimmer und verschwinde damit ihm Bad. Ich habe ein schlechtes Gewissen, weil ich sie anlüge. Aber ich rufe ja wirklich nicht die Polizei, sondern eine Freundin, die zufällig bei der Polizei ist, also ist es nur halb gelogen.

»Hallo?« Sie klingt erfreut und ängstlich zugleich.

»Ich brauche Ihre Hilfe«, sage ich. »Meine Nachbarin sitzt bei mir auf dem Sofa und sie sieht aus, als wäre sie verprügelt worden. Jemand hat sie grün und blau geschlagen, überall klebt Blut, sie sieht wirklich schlimm aus. Sie behauptet, sie sei die Kellertreppe heruntergefallen, aber ich glaube, sie ist vergewaltigt worden. Ihre Kleidung ist total zerrissen und ... es macht einfach den Eindruck.«

»Da sind Sie bei mir falsch, ich gebe Ihnen die Nummer einer Kollegin ... einen Moment ...« Sie klingt distanziert, fast ein wenig kalt.

»Nein, sie möchte nicht, dass ich die Polizei rufe. Ich möchte das auch nicht einfach tun, wenn sie es nicht will, es ist schließlich ihre Entscheidung. Ich fühle mich nur so total hilflos, ich weiß nicht, was ich machen soll. Sie haben mit so etwas bestimmt mehr Erfahrung. Helfen Sie mir bitte!«

Sie seufzt. »Ich bin eigentlich gerade auf dem Weg zu einer Vernehmung. Aber gut, Stefan kann das auch alleine machen. Ich komme vorbei.«

Ich lege das Telefon in den Wäschekorb und schließe den Deckel. Für alle Fälle drücke ich die Klospülung und wasche meine Hände.

Als ich zurück ins Wohnzimmer komme, ist M. Fallot verschwunden. Ich schaue im Schlaf- und Arbeitszimmer nach, aber sie muss sich wohl am Bad vorbei aus der Wohnung geschlichen haben. Ich überlege, ob ich bei ihr klingeln soll, entschließe mich aber, lieber auf Monika Haberstroh zu warten.

Joshua
Brigitte lässt ihn schlafen. Sie kommt nicht herein, zieht nicht einfach die Jalousien hoch, öffnet das Fenster nicht. Sie bringt ihm auch keinen Kaffee. Bevor sie zur Arbeit geht, wirft sie nur einen kurzen Blick in das Gästezimmer. Er tut so, als würde er schlafen. Doch er liegt wach, wartet. Darauf, dass es an der Tür klingelt, dass sie hereinstürmen, ihn aus dem Bett zerren, ihm Handschellen anlegen, ihn mitnehmen.

Aber wäre das nicht schon längst geschehen, wenn diese Frau zur Polizei gegangen wäre? Sie könnte es immer noch tun. Vielleicht erzählt sie alles einer Freundin und die überredet sie, zur Polizei zu gehen. Vielleicht braucht sie Zeit. Zeit könnte auch ihm helfen. Mit jedem Tag, den sie nicht zur Polizei geht, werden die Spuren verblassen. Hat er das tatsächlich getan? Eine Frau vergewaltigt? Er? Es kommt ihm komisch vor, es kann doch nicht wirklich sein. Vielleicht hat er es nur geträumt. Vielleicht ist die Version, die er Brigitte erzählt hat, doch wahr.

Brigitte braucht Zeit. Das hat sie gestern gesagt. Zeit, das alles zu verdauen. So lange soll er im Gästezimmer schlafen. Sie hat ihn nicht aus dem Haus geworfen. Sie ist nicht einfach gegangen und hat Jonas mitgenommen. Vielleicht redet sie mit ihrer Freundin, vielleicht wird die ihr raten, ihn zu verlassen. Wird sie es tun? Wenn die Frau, die er vergewaltigt hat, nicht zur Polizei geht, vielleicht nicht. Aber wie soll das gehen, Täter und Opfer im selben Haus? Er muss aus der Praxis aussteigen. Nicht nur vorübergehend, dauerhaft. Vielleicht sollte er Ulrike anrufen und gleich alles klarmachen.

Aber erst muss er in die Praxis, Spuren beseitigen, nachsehen, was vor sich geht. Vielleicht sieht er sie ja durchs Fenster. Vielleicht kann er einen Eindruck gewinnen, in welchem Zustand sie ist und was sie unternehmen wird.

Es ist kurz vor vierzehn Uhr, als er die Praxis erreicht. Er begegnet niemandem, weder im Hauseingang noch im

Treppenhaus. Er bereitet in der Küche einen Eimer Putzwasser vor. Er sammelt die Tassenscherben ein Er hebt die Wachsmalstifte auf und legt sie zurück in die Metalldose. Dann macht er sich daran, getrocknetes Blut und Kaffeesatz von der Wand zu waschen. Doch statt es abzuwaschen, verschmiert er es nur noch mehr. Es ist Blödsinn, was er hier macht, Blödsinn. Er macht sich doch nur noch mehr verdächtig. Er wurde gesehen, mit blutverschmierten Sachen. Er hat Brigitte die Geschichte über die Prügelei erzählt. Er muss zu seiner Version stehen, das ist seine einzige Chance, sie erklärt auch die Spuren. Ihre Blutspuren und seine vom Nasenbluten, das er gar nicht bemerkt hat, das nun aber seine Version unterstützt.

Er verteilt die Scherben wieder auf dem Boden. Er wird behaupten, sie habe die Tassen an die Wand geworfen.

Er kippt den Eimer Wasser wieder aus. Ende nächster Woche kommt Ulrike zurück. Am Tag vorher wird er die Spuren beseitigen, sollte bis dahin nichts passiert sein. Er wird einen Eimer Farbe kaufen und die Wand neu streichen.

Er setzt sich an den Schreibtisch in seinem Kabuff, legt seine Brille beiseite und reibt sich die Augen. Auf einmal kommt Panik in ihm hoch. Er hätte seine Brille zerbrechen sollen. Und wird es nicht festzustellen sein, dass er nicht geschlagen wurde, dass eine Nase nur einfach so geblutet hat? Und auf den Scherben sind überhaupt keine Fingerabdrücke von ihr. Niemand wird glauben, dass sie die Tasse an die Wand geworfen hat. Und er weiß doch überhaupt nicht, ob sein Blut an der Wand klebt, es könnte genauso gut nur ihres sein. Er geht zurück ins Zimmer, schlägt seinen Kopf gegen die Wand, erst zu zaghaft, dann heftiger, aber zu heftig darf er auch nicht, seine Nase darf nicht brechen. Er schlägt sich selbst ins Gesicht. Dann rauscht er in die Küche, nimmt ein Messer aus der Schublade; rennt zurück in das Therapiezimmer. Es muss so aussehen, als habe er versucht, ein Messer abzuwehren.

Er greift in das Messer, zaghaft. Seine Hand blutet, zwar nur leicht, aber es gelingt ihm, etwas von seinem Blut an die Wand zu schmieren. Nur wird Brigitte sich an keinen Schnitt an der Hand erinnern. Es ist ja auch ein kleiner Schnitt, gut, dass er so zaghaft zugegriffen hat. Und was ist mit den Fingerabdrücken? Die fehlen auf dem Messer genauso wie auf den Scherben. Wütend schlägt er gegen die Wand. Getrocknetes Kaffeemehl bleibt an seiner Hand kleben.

Er macht alles nur noch schlimmer mit seinen stümperhaften Versuchen, falsche Spuren zu legen. Er ist ein verdammter Idiot. Klar ist er ein Idiot, nur ein Idiot kann sich so verhalten wie er. Er muss sich jetzt beruhigen, in aller Ruhe nachdenken, endlich einen klaren Kopf bekommen. Er setzt sich wieder an seinen Schreibtisch. Die Brille liegt noch neben der Tastatur, er säubert seine Schnittwunde vom Kaffeemehl. Ein Tropfen Blut fällt auf die Tastatur, aber das ist jetzt auch egal. Er starrt eine Weile aus dem Fenster. Dann sieht er sie plötzlich. Ihren grünen Rock, das gelbe Top. Sie geht die Kellertreppe hinunter. Ohne lange nachzudenken, greift er das Küchenmesser und steckt es in die Hosentasche. Das Gleiche macht er mit ein paar von den Tassenscherben. Dann verlässt er die Praxis und geht über den Hinterhof in Richtung Kellertreppe.

Aus dem Steuerbüro ist die Stimme von Herrn Geiger zu hören. Joshua versucht, nicht darauf zu achten. Nicht hinsehen, sonst spricht er noch mit ihm.

»Hallo, Herr Stein.«

Frau Schneider sitzt am Schreibtisch vor ihrem Computer. Sie sieht genervt aus, einen Moment hat Joshua das Gefühl, sie rolle mit den Augen. Hinter ihr steht Geiger und winkt.

»Hallo, Herr Geiger«, ruft Joshua und winkt zurück.

»Göttlich, diese Ruhe, finden Sie nicht?«, hallt die Stimme des Steuerberaters über den Hinterhof.

»Ja, wirklich ruhig.«

»Man kann auch endlich mal die Fenster öffnen.«

»Ja, wirklich toll.«

»Wollten wir nicht einen Termin machen?«

»Ja, ich melde mich bei Ihnen.«

Sie kommt aus dem Keller und geht an ihm vorbei in Richtung Vorderhaustür.

»Kommen Sie doch nachher mal bei mir vorbei, dann können wir alles besprechen.«

»Ja, werde ich machen. Entschuldigen Sie bitte, ich habe gleich einen Klienten.«

»Ja, dann bis nachher.« Herr Geiger winkt.

Im Vorderhausflur erwischt er die Frau im grünen Rock nicht mehr. Aber die Tür zur Straße ist geschlossen. Sie geht gewöhnlich ganz langsam zu, daraus schließt Joshua, dass sich seine Nachbarin im Vorderhaus befinden muss. Er geht bis zu seiner Praxistür und lauscht. Er hört Schritte, huscht die Treppe hinauf, schnell, aber nicht zu schnell, damit sie ihn nicht entdeckt, und möglichst leise. Er möchte wissen, wo sie wohnt. Nach jedem Treppenabsatz wartet und lauscht er kurz. Einen Moment sieht er ihre Füße. Er wird mitbekommen, wenn sie irgendwo die Tür aufschließt. Sie scheint bis ganz nach oben zu gehen. Er steht auf dem letzten Treppenabsatz und schaut vorsichtig um die Ecke. Sie ist nicht mehr da, war offensichtlich schneller, als er gedacht hat. Er geht bis zum obersten Absatz und blickt sich um. Drei Türen, eine rechts, eine links, eine geradezu. Durch eine dieser Türen muss sie verschwunden sein. A. Becker steht auf dem Klingelschild neben der rechten Tür, A. Struck auf dem auf neben der linken und M. Fallot auf dem neben der mittleren. Also heißt sie A. Becker, A. Struck oder M. Fallot. Das grenzt die Sache doch schon ein wenig ein.

Auf dem Weg nach unten kommt ihm Hauptkommissarin Haberstroh entgegen. Er zuckt zusammen, sein erster Impuls ist es, nach oben zu rennen. Doch es ist zu spät. Sie müsste ihn schon längst gesehen haben. Sie scheint ihn gar nicht zu bemerken, blickt starr auf den roten Treppenläufer. Erst, als sie an ihm vorbeigeht, hebt sie kurz den Kopf.

»Hallo Herr Stein«, sagt sie beiläufig.

Geht sie jetzt zu ihr? Zu A. Becker, M. Fallot oder A. Struck. Wird sie erfahren, was er dieser Frau angetan hat? Und dann? Was wird dann passieren? Und was soll er tun? Sich stellen, bevor sie ihn verhaften, alles zugeben? Aber halt, er hat ja seine eigene Version.

Er geht in seine Praxis, schließt ab. Mit dem Rücken an der Tür lässt er sich zu Boden gleiten. Er fährt mit den Fingern durch sein Haar, schlägt mit dem Hinterkopf gegen das Holz.

»Verdammter Idiot! Verdammter Idiot!«, zischt er mit jedem Schlag.

Er rappelt sich auf, öffnet die Praxistür, schaut vorsichtig ins Treppenhaus, lauscht. Nichts. Wahrscheinlich ist sie noch oben. Er geht in sein Therapiezimmer und blickt durch das Fenster auf die Straße. Ein Bus fährt vorbei, eine Gruppe Schüler kommt aus dem Eingang der Schule gegenüber. Ein Gas- und Wasserinstallateur versucht, seinen Lieferwagen in einer engen Parklücke abzustellen. Joshua geht zurück zur Tür. Er blickt durch den Spion in den Hausflur. Sein linkes Auge wird schnell müde und er benutzt das andere. Dann öffnet er noch einmal die Tür, lauscht. Irgendwo wird eine Wohnungstür geöffnet und fällt wieder ins Schloss. Schritte auf der Treppe. Er schließt die Tür, blickt wieder durch den Spion. Ein Mann mit einem Kind auf dem Arm kommt an seiner Praxistür vorbei. Joshua atmet auf, aber nur für einen Augenblick. Er öffnet wieder die Tür, lauscht noch einmal. Nach einiger Zeit erneut Schritte. Diesmal ist es die Kommissarin. Er sieht sie einen Moment im Spion. Er geht zurück zum Fenster in seinem Therapiezimmer, öffnet es und beobachtet, wie sie aus dem Haus kommt, den Gehweg entlanggeht und dann um die Ecke verschwindet.

Er packt sein Notebook ein, geht nach Hause und wartet auf die Polizei.

Toni

»Hallo.« Sie spricht leise und blickt ernst. Vom Treppensteigen ist sie noch etwas außer Atem. Heute hat sie kein Jackett dabei. Schweißperlen stehen ihr auf der Stirn. Sie sieht müde aus, mal wieder.

»Darf ich reinkommen oder wollen wir die Sache hier auf dem Treppenabsatz erledigen?«, fragt sie.

»Aber nein, bitte kommen Sie doch rein, ich bin nur … ich weiß auch nicht.«

Ich führe sie ins Wohnzimmer. »Sie ist leider nicht mehr da.«

Wir sitzen auf unseren üblichen Plätzen, ich auf dem Sessel, sie auf dem Sofa, direkt neben dem Platz, an dem vor Kurzem noch M. Fallot saß. Das Rumglas steht auf dem Tisch, es ist noch voll.

»Ich habe ihr einen Rum gegeben«, sage ich, »zur Beruhigung.«

»Erzählen Sie mir alles!«, fordert sie mich auf und ich schildere ihr noch einmal genau den Besuch von M. Fallot und was für einen Eindruck sie auf mich machte.

»Kennen Sie sie näher?«

»Nein, sie ist erst vor Kurzem hier eingezogen. Einmal hat sie nach Zucker gefragt, ein andermal mir ein Stück Kuchen gebracht. Solche Sachen. Ich weiß nicht einmal ihren Vornamen.«

Einen Moment überlege ich, ob ich ihr von der Geschichte mit dem Porno erzählen soll, entscheide mich dann aber dagegen. Nicht jetzt, es tut ja nichts zur Sache.

»Vielleicht sollten wir mal bei ihr klingeln«, schlägt sie vor.

»Das wollte ich eben auch vorschlagen.«

Wir klingeln mehrmals, warten vor der Tür, einmal klopfe ich sogar und rufe nach ihr.

»Hallo, bist du da? Mach doch bitte auf, wir wollen dir doch nur helfen.« Aber ich komme mir blöd dabei vor. Blöd und hilflos.

»Sie können ihr nicht helfen, wenn sie es nicht will.« Monika Haberstroh legt einen Moment ihre Hand auf meinen Arm. »Versuchen Sie es doch im Laufe des Tages oder morgen noch einmal«, schlägt sie vor. »Vielleicht hat sie sich dann ja ein wenig mit dem Gedanken angefreundet, Anzeige zu erstatten oder zumindest mit jemandem zu sprechen. Ich rufe Sie später noch einmal an und gebe Ihnen die Nummer einer Kollegin, die sich besser auskennt. Aber Sie können natürlich auch mich noch einmal rufen, wenn Ihnen das lieber ist.«

»Möchten Sie einen Tee oder einen Kaffee?«, frage ich.

Sie blickt auf die Uhr. »Ich habe leider keine Zeit. Aber wenn Sie ein Wasser hätten oder eine Saftschorle? Ich habe Durst.«

Sie kommt mit in die Küche und ich schenke ihr ein großes Glas Apfelsaftschorle ein. Sie lehnt gegen eine Arbeitsfläche, das Glas in der Hand.

»Danke für Ihren Brief«, sage ich.

Sie nickt nur, schaut in ihr Glas. Ihre Augen sind rot. Womöglich hat sie die ganze Nacht wach gelegen, vielleicht sogar geweint und mir gehen Sätze durch den Kopf, wie »Es tut mir leid, dass Sie meinetwegen nicht schlafen konnten.« Und »Machen Sie sich keinen Kopf, es ist doch alles schon geklärt.«

Aber ich sage nur: »Ich mag übrigens Blumen.«

Jetzt blickt sie für einen Moment auf, ein Hauch eines Lächelns umspielt ihren Mund. Dann wendet sie sich wieder ihrem Glas zu, schüttelt es langsam, bis die Apfelsaftschorle sich im Glas dreht.

»Haben Sie Lust, mit mir ins Kino zu gehen?«, frage ich.

»Ich bin heute zu einem Geburtstag eingeladen«, antwortet sie.

»Nicht heute, morgen. Im Freiluftkino läuft dieser Film über die verliebten Cowboys. Mir fällt der Titel jetzt nicht ein …«

»Brokeback Mountain?«

»Ja, den will ich mir schon seit Jahren ansehen. Oder kennen Sie ihn schon?

»Ich hab ihn gesehen, kurz nachdem er rauskam.«

»Wir können auch woanders hingehen.«

»Ich sehe ihn mir gerne noch einmal an, es ist ja schon Jahre her, seit ich ihn gesehen habe.« Sie lächelt. »Soll ich Sie abholen?«

»Um neun?«

»Okay.«

Sie trinkt das Glas in einem Zug leer und stellt es auf die Spüle. Ich begleite sie in den Flur.

»Bis morgen, ich freue mich auf Sie«, sagt sie und streckt mir die Hand hin.

Ich ignoriere ihre Hand, umarme sie stattdessen und halte sie einen Moment fest.

»Seien Sie lieb zu sich«, flüstere ich ihr ins Ohr. »Keine Ohrfeigen mehr.«

Joshua

Brigitte ist weg. Sie hat Jonas mitgenommen.

»Nur ein paar Tage«, sagt sie am Telefon. »Gib mir etwas Zeit zum Nachdenken.«

Es ist still zu Hause. Er sitzt in seinem Sessel, wartet. Darauf, dass etwas passiert. Irgendetwas. Aber es passiert nichts. Er bekommt keinen Besuch von der Polizei. Und eigentlich rechnet er auch nicht mehr damit, nicht heute. Nicht mehr. Hauptkommissarin Haberstroh hat keine Verstärkung geholt, wie er zunächst befürchtet hat. Also hat die Frau im grünen Rock, deren Namen er noch immer nicht kennt, nichts erzählt. Aber warum war Hauptkommissarin Haberstroh dann bei ihr?

Wahrscheinlich hat sie sie einfach nur wegen des Mordes an Julian Schäfer vernommen. So wie ihn auch, so wie wahrscheinlich alle im Haus. Sie ist ja offensichtlich von der Mordkommission oder wie auch immer solche Abteilungen bei der Kriminalpolizei heutzutage heißen. Mit Vergewaltigungen hat sie nichts zu tun. Und wenn die Frau im grünen Rock – Herrgott, wenn er nur ihren Namen wüsste! – mit einer Polizistin geredet und die Vergewaltigung verschwiegen hat, dann wird sie vielleicht auch in Zukunft schweigen.

Joshua trägt sein Notebook ins Arbeitszimmer und schaltet es ein. Er gibt nacheinander die Namen A. Becker, M. Fallot und A. Struck ein. Becker und Struck sind wahrscheinlich zu geläufige Namen, er bekommt zu viele Ergebnisse und hat keine Ahnung, wie er die Suche eingrenzen kann. Mit denen auf den ersten Seiten kann er nichts anfangen. Er versucht es mit den Namen in Kombination mit »grüner Rock«, was natürlich völliger Blödsinn ist. In den Ergebnissen, die er auf seine Suche nach Fallot bekommt, stöbert er ein bisschen. Nach einem Mann namens Fallot scheint ein Herzfehler benannt worden zu sein. Er stößt auf einen Lexikonartikel, der ihn darüber aufklärt, dass Fallott – mit Doppel-T am Ende – ein närrisch durchtriebener Kerl, ein Gauner, ein Betrüger ist.

M. Fallot, schreibt er auf einen Zettel. Ob Doppel-T oder ein T, ist doch egal. Das erklärt alles, das ist genau, was sie ist. Eine Gaunerin, eine Betrügerin, die ihn im Glauben lässt, sein Leben sei vorbei. Eine Masochistin, die es darauf angelegt hat, dass er sie schlägt, die ihn provoziert, damit er sie vergewaltigt. Ein geiles durchtriebenes Weib, das es genossen hat, von ihm gefickt und geprügelt zu werden und das jetzt genießt, wie er leidet, wie er sich mit seinem schlechten Gewissen quält, wie er sich fürchtet, seine Freiheit und seinen Ruf zu verlieren. Und seinen Sohn.

Er zerknüllt den Zettel und wirft ihn in den Papierkorb.

Er sucht nach der Zeitung, erinnert sich, dass er sie noch

gar nicht aus dem Briefkasten geholt hat. Er hat keine Lust, nach draußen zu gehen. Er schaltet den Fernseher ein, zappt durch die Programme. Nein, er wird das nicht mit sich machen lassen. Er wird sich wehren, mit Zähnen und Klauen, sollte sie jemals behaupten, er habe ihr auch nur ein Haar gekrümmt. Aber wahrscheinlich wird sie das nicht einmal tun. Sie wird das Interesse verlieren, wenn er nicht mehr mitspielt. Und er wird ab jetzt nicht mehr mitspielen.

Er atmet tief durch und geht schlafen. Und er schläft, tief und fest.

Am nächsten Morgen kauft er ein paar Rollen Raufaser, Kleister, einen Kleistereimer, ein Tapetenmesser, eine Tapetenschere, einen Eimer weiße Wandfarbe, eine große und eine kleine Rolle mit Abstreifer, ein Pinselset, eine Abdeckfolie und eine große Rolle Kreppband. Er lädt alles in seinen Kombi und fährt damit zur Praxis. Er holt sich eine Leiter von zu Hause, sie ist zu groß, passt nicht ins Auto, er muss sie den ganzen Weg tragen.

Er ignoriert den blinkenden Anrufbeantworter, steigt in eine Arbeitslatzhose und ein altes T-Shirt und räumt sein Therapiezimmer leer. Bis auf das Regal, das kann stehen bleiben, es steht an der Wand gegenüber. Er deckt den Teppichboden mit der Abdeckfolie ab. Dann pinselt er die Tapete mit Seifenwasser ein. Jetzt muss er einige Zeit warten, bis sie ordentlich eingeweicht ist. Er setzt sich mit einem Kaffee in sein Kabuff und blickt in den Hinterhof. Herr Geiger hat seine Fenster wieder weit geöffnet. Joshua hört seine Stimme durch seine Kabuffschießscharte. Es klingt so, als telefoniere er. Sehen kann Joshua ihn nicht. Frau Schneider sitzt an ihrem Schreibtisch und tippt emsig vor sich hin. Jetzt steht sie auf und beugt sich über den Schreibtisch. Ihr kurzes enges Röckchen rutscht ein wenig hoch, gibt den Blick frei auf ihre strammen Schenkel.

Die Tapeten lassen sich schnell abziehen. Joshua packt sie in einen großen blauen Müllsack. Er entfernt die Folie von einer der Tapetenrollen. Erst jetzt fällt ihm auf, dass er keinen Tapeziertisch hat. Er nimmt den Müllbeutel und entsorgt ihn in einer der Mülltonnen im Hinterhof. Dann geht er in Richtung Hinterhaus.

Der junge Geiger öffnet ihm.

»Haben Sie vielleicht einen Tapeziertisch?«

»Papa, haben wir einen Tapeziertisch?«, ruft der junge Geiger über den Flur.

»Der Chef ist in einer Besprechung«, ruft jemand zurück. Eine Frauenstimme, wahrscheinlich Frau Schneider.

»Haben wir einen Tapeziertisch, Frau Schneider?«, ruft der junge Geiger.

»Im Keller müsste einer sein«, ruft Frau Schneider, bevor Joshua antworten kann.

»Und wo ist der Kellerschlüssel?«, ruft der junge Herr Geiger.

»Hier!«

Die Kellertür steht offen, Licht brennt. Es stinkt fürchterlich.

»Ratten«, sagt der junge Geiger und hält sich die Nase zu. »Die haben vor einer Weile Köder gelegt und jetzt verrotten die toten Ratten in der Hitze.«

»Werden die toten Tiere nicht eingesammelt?«, fragt Joshua.

»Keine Ahnung. Ich werde Papa bitten, die Hausverwaltung anzurufen. Hier ist es!«

Aus einem der Gänge dringt das Geräusch von Holz, das gegen Holz schlägt. Eine große Fliege summt um Joshuas Kopf, er schlägt danach.

Der junge Geiger schließt einen Keller auf. »Das Licht geht nicht.« Er nimmt eine Taschenlampe und leuchtet in den dunklen Verschlag. »Ah, hier ist er.«

Der Tapeziertisch ist verdreckt und voller Spinnweben. Joshua trägt ihn hinaus. Vor ihnen huscht jemand durch die Kellertür. Joshua erkennt gerade noch den vertrauten grünen Rock. Im Hinterhof verabschiedet er sich schnell vom jungen Geiger. Er stellt den Tapeziertisch ab und hastet die Treppe hoch. Doch zu spät, er erwischt sie nicht mehr. Eine Weile steht er da und überlegt, ob er klingeln soll. Sie ist bestimmt M. Fallot. Der Name passt zu ihr. Ein merkwürdiger Name für eine merkwürdige Frau. Eine Frau wie grüner Schimmel. Er könnte mit ihr reden, die Sache klären, sich bei ihr entschuldigen, wenn sich herausstellt, dass er doch zu weit gegangen ist. Schließlich war es ja nur ein Missverständnis. Er hat gedacht, sie stehe auf härtere Sachen. Sonst wäre doch sie bestimmt schon zur Polizei gegangen oder? Ja, es ist gut, wenn er sich mit ihr ausspricht und die Sache ein für alle Mal aus der Welt schafft. Und dann wird er Brigitte anrufen und ihr davon erzählen und ihr schwören, dass er ihr für immer treu sein wird.

Er reibt sich mit der Hand den Schweiß von der Stirn. Zu spät bemerkt er, dass sie total verdreckt ist. Dreck, der jetzt bestimmt an seiner Stirn klebt. Gerade, als er den Klingelknopf drücken will, öffnet sich die Tür nebenan und eine Frau kommt heraus. Es ist die Frau, die er aus der Praxis von Marina Schäfer hat kommen sehen, an dem Abend, als Julian Schäfer ermordet wurde.

»Oh«, sagt sie und streicht sich durch das strubbelige Haar.

Sie bleibt in ihrer Tür stehen, sieht ihn an, wartet. Sie sieht verwirrt aus. Sie trägt grüne Leinenbermudas und ein weißes T-Shirt, die auch schon bessere Tage gesehen haben. Die Brille sitzt ihr leicht schief auf der Nase. Ein bisschen hat sie Ähnlichkeit mit Harry Potter, denkt er. Jedenfalls mit dem, der auf dem Umschlag des Buches abgebildet ist, das Brigitte und er Brigittes Neffen zum Geburtstag geschenkt haben. Natürlich abgesehen von dem Grau in ihren Haaren und den Falten und der Kleidung. Joshua drückt noch einmal den Klingelknopf.

»Ich glaube, da ist niemand«, sagt die Frau, »Ich versuche es auch schon den ganzen Tag. Oder haben Sie einen Termin bei Frau Fallot?«

Joshua überlegt, was er antworten soll.

»Entschuldigung, es geht mich ja nichts an.« Die Frau verschwindet in ihrem Wohnungsflur und schließt die Tür.

Mit dem Einweichwasser macht Joshua erst einmal den Tapeziertisch sauber. Am Nachmittag ist er mit dem Tapezieren fertig. Jetzt muss der Kleister trocknen. Joshua ist sich unsicher, wie lange. Er säubert den Tapeziertisch noch einmal und klappt ihn zusammen. Dann wäscht er sich Hände und Gesicht, nimmt sein Portemonnaie aus seiner guten Hose, steckt es in eine der Gesäßtaschen seiner Latzhose und geht aus dem Haus. Er kommt zurück mit einer Platte Kuchen auf dem Arm, greift sich den Tapeziertisch und trägt ihn über den Hinterhof. Diesmal öffnet Frau Schneider.

»Hier ist der Tapeziertisch.«

Frau Schneider blickt sich etwas unsicher um.

»Stellen Sie ihn hier hin«, sagt sie und zeigt auf die weiße Wand direkt neben der Eingangstür.

»Haben Sie eine Ahnung, wie lange Kleister trocknen muss, bevor man ihn überstreichen kann?«

»Den Kleister?«

»Die Tapete natürlich.«

Frau Schneider blickt ratlos.

»Georg, haben Sie eine Ahnung, wie lange Kleister trocknen muss, bevor man streichen kann?«, ruft sie über den Flur.

Der junge Geiger erscheint an der Tür. »Sind Sie fertig mit Tapezieren?«, fragt er.

Joshua nickt. »Was meinen Sie?«, fragt er. »Kann ich heute schon streichen oder erst morgen?«

»Papa, Herr Stein möchte wissen, ob er heute schon streichen kann oder erst morgen«, ruft Georg Geiger über den Flur.

Der alte Geiger kommt den Flur entlang. »Sind Sie fertig mit Tapezieren?«, fragt er.

Joshua nickt. »Ich weiß nur nicht, wie lange der Kleister trocknen muss, bevor ich streichen kann.«

Der alte Herr Geiger blickt ratlos. »Vielleicht sehen wir mal im Internet nach«, schlägt er vor. »Frau Schneider, machen Sie das mal.«

»Ich habe Kuchen mitgebracht«, sagt Joshua, »als Dankeschön.« Er reicht den Kuchen Frau Schneider. Die nimmt ihn und wirkt hilflos.

»Kommen Sie doch rein«, schlägt der alte Geiger vor, »trinken Sie einen Kaffee mit uns. Was möchten Sie denn für einen.«

Joshua entscheidet sich für einen Cappuccino.

»Georg!«, sagt der alte Geiger zum jungen. Georg kümmert sich um den Kaffee.

Joshua ist unsicher, ob er sich in seiner schmutzigen Latzhose auf einen der Mahagonistühle setzen kann.

»Setzen Sie sich doch!«, sagt der alte Geiger und deckt den Konferenztisch mit Kuchentellern und Kuchengabeln. Joshua nimmt vor einem der Teller Platz. Herr Geiger richtet den Kuchen auf einer Tortenplatte an. Georg erscheint mit einem Tablett, auf dem vier Kaffeetassen und Gläser stehen.

»Frau Schneider, Kaffee«, ruft Herr Geiger über den Flur und als Frau Schneider nach einer halben Minute noch nicht da ist: »Frau Schneider, Kaffee!«

Frau Schneider erscheint und rollt mit den Augen. Sie setzt sich an den letzten freien gedeckten Platz. Vor ihr steht ein Glas Latte Macchiato.

»Was möchten Sie?«, fragt Herr Geiger. »Käse, Kirsch, Windbeutel, Johannesbeerbaiser?«

»Wir können ja teilen«, schlägt Georg vor.

Herr Geiger teilt Käse, Kirsch und Johannesbeerbaiser in vier Teile. Nur mit dem Windbeutel hat er etwas Schwierigkeiten. Die Sahne quillt an den Seiten heraus und spritzt auf seine Hose.

»Ich muss Ihnen noch die Reinigung bezahlen«, sagt Joshua.

»Papperlapapp. Frau Schneider, haben Sie etwas herausfinden können?« Er reibt die Sahne mit einer Serviette in die Hose.

Frau Schneider kaut an einem großen Bissen Kirschkuchen und spült ihn mit einem Schluck Latte Macchiato herunter. Sie hat einen Oberlippenbart aus Milchschaum.

»Leider nein, antwortet sie, »Die Zeit war zu kurz. Aber ich würde ja bis morgen warten. Für alle Fälle.«

»Ja, das würde ich auch sagen. Frau Schneider …« Herr Geiger zeigt mit dem Finger auf seine Oberlippe. Frau Schneider leckt sich den Milchschaum ab.

Joshua, der sich eben ein Stück Johannesbeerbaiser in den Mund geschoben hat, nickt.

»Wie wär's, wenn Sie, sagen wir …« Herr Geiger blickt auf seine Armbanduhr, »in einer guten Stunde, sagen wir anderthalb, mit ihren Unterlagen bei mir vorbeischauen? Dann haben Sie genug Zeit, die Sachen zusammenzusuchen und zu duschen. Oder haben Sie etwas anderes vor? Wartet Ihre Frau auf Sie?«

Joshua schüttelt den Kopf. »Das ist eine gute Idee«, sagt er und trinkt seinen Cappuccino aus.

Toni

Ich verbringe eine Stunde vor dem Kleiderschrank, bevor ich mich entscheiden kann, was ich anziehe. Möglicherweise nicht viel für andere Frauen – Sol konnte mit so etwas mehrere Stunden verbringen –, aber eine Ewigkeit für mich. Ich brauche normalerweise nicht viel mehr als zehn Minuten, um mich ausgehfertig zu machen, manchmal sogar noch weniger. Heute feile ich meine Fingernägel und schabe Hornhaut von den Füßen. Ich zertrümmere fast das Bügeleisen, weil es mir herunterfällt, als ich mein Lieblingshemd bügle. Der Lippenstift bricht mir ab und fällt hinter die Kloschüssel. Als ich ihn mit zittrigen Fingern hervorkrame, fällt die Zahnpasta ins Klo.

Es klingelt.

»Ich komme runter«, rufe ich in den Hörer der Sprechanlage.

Ich bin froh, dass ich auf der Treppe nicht zusammenbreche. Ich fühle mich krank. Eigentlich gehöre ich ins Bett.

Sie trägt ein schlichtes helles Leinenkleid und ist dezent geschminkt. Über ihrer Schulter hängt ein schwarzer Rucksack, fast so klein wie eine Handtasche. Auf ihrem Hals, in ihrem Gesicht, in ihrem Ausschnitt prangen rote Flecken. Anscheinend ist sie auch aufgeregt und das beruhigt mich etwas. Ihre blauen Augen leuchten. Schweißperlen stehen auf ihrer Stirn und ihrer Oberlippe. Sie sieht wunderschön aus.

»Hallo.«

»Hallo.« Sie küsst mich auf die Wange, streicht mit dem Finger über meinen nackten Arm, ein Berührung, die ich bis ins Steißbein spüre. Sie reicht mir eine langstielige rote Rose.

»Vielleicht nicht sehr originell, aber Sie mögen ja Blumen.«

Ich rieche daran. »Danke.«

»Ich hoffe, das Wasser reicht.« Sie deutet auf das kleine, mit Wasser gefüllte Plastikröhrchen, in dem die Rose steckt. »Oder wollen Sie sie hochbringen?«

»Nein, ich möchte sie gerne mitnehmen. Damit müsste sie es doch überstehen, oder«

»Ich glaube schon.«

Sie nimmt meine Hand. Schweigend schlendern wir durch den Park und ich freue mich, dass alle mich so sehen können,

Hand in Hand mit einer schönen Frau, die mir eine Rose geschenkt hat. Aber wahrscheinlich sollte ich jetzt auch etwas sagen. Aber was?

»Es tut mir leid, dass ich so still bin. Aber ich bin aufgeregt«, sage ich nach einer Weile.

»Kein Problem, ich bin ja auch still. Und aufgeregt, wie Sie unschwer erkennen können.« Sie lacht und zeigt auf ihre roten Flecken.

»Und wenn ich nie wieder sprechen kann?«, frage ich.

»Damit ist wohl nicht zu rechnen oder?« Sie zwinkert mir zu. Schweigend erreichen wir den Eingang des Kinos und stellen uns in die Schlange.

»Darf ich Sie einladen?«, fragt sie, als wir das Kassenhäuschen erreichen.

Das Kino ist zwar gut besucht, aber nicht voll. Wir finden einen schönen Platz weit hinten am Rand einer der langen Bänke, wo wir halbwegs ungestört sind und uns keiner der Lautsprechermasten die Sicht versperrt.

»Möchten Sie etwas trinken? Ein Eis? Popcorn?«

Ich entscheide mich für ein Eis. Während sie es holt, lehne ich mich zurück und beginne, mich ein wenig zu entspannen. Es ist noch immer ziemlich heiß, wahrscheinlich werden wir die Decke nicht brauchen, die in meinem Rucksack steckt. Sie kommt zurück mit dem Eis und einem Becher Wein. Ich beiße ein Stück von meinem Eis ab und etwas Schokoladenüberzug fällt auf meine helle Hose. Sie kramt ein Taschentuch aus ihrem Rucksack und reicht es mir. Während ich versuche, meine Hose zu säubern, brechen weitere Schokoladenstücke aus meinem Eis und fallen zusammen mit Vanilleeistropfen auf meinen Schenkel. Sie nimmt mir mein Eis ab und hält es, während ich versuche, meine Hose zu säubern.

»Ganz raus geht es nicht«, sage ich, blicke unglücklich auf den großen braunen Fleck auf meiner Hose und frage mich, warum ich mich in solchen Situationen immer wie ein Trottel benehmen muss. Dabei habe ich es mir so schön vorgestellt, wie ich, lässig den Arm auf die Rückenlehne gelegt, in aller Ruhe mit ihr plaudere.

Sie hält mir das Eis hin, so, dass nichts auf meine Hose oder ihr Kleid tropft. Geschmolzenes Vanilleeis läuft ihr über den Handrücken. Als ich das Eis wieder nehme, bricht ein weiteres Stück Schokolade ab. Sie fängt es auf, steckt es sich in den Mund und leckt sich das Vanilleeis von ihrem Handrücken ab. Sie beobachtet, wie ich das Eis esse, das macht es nicht einfacher. Ich esse schnell, damit nicht noch mehr schiefgeht. Ich packe den Eisstiel ins Eispapier und stopfe beides in den Rucksack. Geschafft! Sie lächelt still in sich hinein. Sie amüsiert sich über mich, das spüre ich, aber ich bin mir nicht sicher, ob es mir gefällt.

»Noch immer sprachlos?«, fragt sie und ich nicke. Sprachlos, aber nicht handlungsunfähig. Dabei kommt es mir wie blinder Aktionismus vor, im selben Moment, in dem ich es tue. Aber ich tue es einfach. Ich drehe mich zu ihr hin, lege meinen Mund auf ihren und sie reagiert, öffnet die Lippen. Sie schmeckt nach Schokolade und Vanilleeis. Wir knutschen eine ganze Weile, das erspart uns das Reden und so vergeht wenigstens die Zeit.

Es wird langsam dunkel. Der Film beginnt. Wir stellen das Knutschen ein, blicken nach vorne auf die Leinwand. Aber sie bleibt nahe bei mir, hakt sich bei mir unter, nimmt meine Hand in ihre. Immer wieder sehe ich zu ihr hin, sie bemerkt es, sieht mich ebenfalls an. Ich lege meinen Kopf auf ihre Schulter. Eine Weile verfolgen wir den Film. Als die beiden Cowboys im Zelt vögeln, halte ich es nicht mehr aus. Sie zieht die Luft zwischen den Zähnen ein, als ich meine Hand auf ihren Schenkel lege und ein Stück unter ihr Kleid schiebe. Sie küsst mich. Dann flüstert sie mir etwas ins Ohr, was ich erst nicht verstehe. Sie wiederholt es. »Bist du schon mal mit einem Eis am Stiel gefickt worden?«

»Nein. Sie?«

»Ja«, antwortet sie, und etwas später: »Hast du nicht eine Decke dabei?«

»Ist Ihnen kalt?«

»Mir ist heiß und kalt zugleich.«

Wir wickeln die Decke um uns und sie legt meine Hand wieder auf ihren Schenkel, so weit unter ihren Rock, bis meine Fingerspitzen den Stoff ihres Slips berühren. Sie küsst mich gierig, meinen Mund, meinen Hals, streichelt meine Brust durch das T-Shirt. Ich höre ihren schnellen Atem. »Fick mich«, flüstert sie mir keuchend ins Ohr.

»Jetzt?«, frage ich.

Sie stöhnt: »Nein, nächstes Jahr.«

Ich bin mir auf einmal so merkwürdig bewusst, wo ich bin. Sehe die Holzbänke um uns herum, höre den Ton vom Film, spüre das laue Lüftchen, das seit einigen Minuten weht. Ich war schon eine ganze Weile nicht mehr hier, obwohl das Kino nur ein paar Schritte von meiner Wohnung entfernt ist. Ein Jahr ist es her. Und ich war nicht alleine hier.

»Was ist los?«

»Mir ist kalt.«

Sie hat aufgehört, meinen Hals zu küssen, sie sieht mich an, wartet. Meine Hand liegt schlaff zwischen ihren Schenkeln. Ich funktioniere nicht richtig. Ich habe Erektionsstörungen, kommt mir plötzlich in den Sinn. Und dann sage ich es auch noch.

»Du hast was?«

»Ich krieg meine Hand nicht fest.«

»Warum das?«

»Sie machen Matsch aus mir.«

»Wer?«

»Sie.«

»Ich? Ich bin doch ganz lieb. Heute zumindest.«

»Das ist ja gerade das Problem.«

Sie seufzt. »Sie machen mich wahnsinnig!« Es klingt nicht böse, es klingt warm. Ihr Atem beruhigt sich langsam. Meine Hand liegt noch immer auf ihrem Schenkel, sie berührt sie und einen Moment denke ich, sie wird sie wegschieben. Aber sie legt nur ihre darauf und lässt sie liegen, bis der Film zu Ende ist.

»Traurig, dass sie sich nie wirklich bekommen«, sagt sie, als wir zum Ausgang schlendern. »Ich hoffe nur, uns geht es nicht genauso.«

»Ja«, sage ich nur.

Schweigend gehen wir durch den dunklen Park. Es riecht nach Grillfleisch und Räucherstäbchen. Heute stört mich der süßliche Geruch nicht, er hat sogar etwas Beruhigendes.

»Und jetzt?«, fragt sie, als wir den Ausgang erreichen.

»Ich weiß es nicht.«

»Möchten Sie noch etwas trinken?«

»Nein«, sage ich.

»Oder hier im Park bleiben?«

Ich schüttle den Kopf.

Sie schluckt. »Sagen Sie mir bitte, was Sie möchten!«

»Was möchten Sie denn?«, frage ich.

»Ich will mit dir vögeln, ist das nicht klar?«

Ich blicke an ihr vorbei auf die Straße. Hin und wieder fährt ein Auto vorbei.

»Was ist los?«, fragt sie.

Ich möchte ihre Hand nehmen, aber sie entzieht sie mir, dann nimmt sie meine, fragt: »Hat es noch mit vorgestern zu tun? Mit meinem Überfall?«

»Nein.«

»Bin ich zu schnell?«

»Ich glaube nicht«, antworte ich.

»Zu direkt, zu schmutzig?«

»Ich mag es schmutzig und direkt.«

»Und wo ist dann das Problem?«

»Vielleicht ist das ja das Problem.«

»Das muss ich jetzt aber nicht verstehen, oder?«, fragt sie.

»Ich verstehe es ja selbst nicht.«

»Frauen!«, stöhnt sie und dann lacht sie.

»Ich fände es blöd, wenn der Abend so endet«, sagt sie nach einer Weile. »Ich mache Ihnen jetzt einen Vorschlag. Wir gehen zu mir und ich koche uns einen Kaffee und dann reden wir einfach ein bisschen, lernen uns kennen. Wir müssen ja wirklich nichts überstürzen.«

Wir sitzen auf dem Sofa. Der Kaffee dampft in großen Tassen auf einer Holztruhe, die als Couchtisch dient. Ich lehne mich zu ihr und will sie küssen. Sie schiebt mich sanft von sich.

»Sie machen mich wirklich wahnsinnig. Erst sagen Sie, Sie wollen es langsam angehen, und dann drücken Sie selbst aufs Gas. Sie machen mich total an und wenn ich reagiere, machen Sie einen Rückzieher. Ich bin gerne bereit zu warten, wenn es Ihnen zu schnell geht, aber dieses Hin und Her strengt mich sehr an. Ist das ein Spiel?«

Ich schüttle den Kopf.

»Haben Sie vielleicht diese Modekrankheit, wie heißt sie noch mal? Borderline? Spielen Sie deshalb mit mir Komm her, geh weg?«

»Bestimmt nicht!«

»Was ist es dann? Hat es damit zu tun, dass ich mit einem Mann zusammengelebt habe?«

»Nein, hat es nicht.«

»Manche Lesben haben damit ein Problem.«

»Ich nicht.«

»Haben Sie Ihre Trennung noch nicht überwunden?«

»Wahrscheinlich. Wahrscheinlich hat es damit zu tun … Ich bin …« Ich muss schlucken.

Sie sieht mich an, wartet, dass ich weiterspreche, aber ich schaffe es nicht. Meine Zunge liegt schwer im Gaumen, ich habe einen Kloß im Hals und eigentlich weiß ich auch gar nicht, was ich sagen soll. Ich bin wie gelähmt und unfähig, etwas zu tun, etwas zu entscheiden. Meine Schultern fühlen sich an wie in einem Schraubstock, meine Hände zittern, mir ist flau im Magen. Mein Herz flattert. Vielleicht sollte ich es ihr genau so beschreiben, aber es sind zu viele Worte, ich bekomme sie nicht zusammen.

»Ich sitze hier wie … wie das Kaninchen vor der Schlange«, sage ich schließlich.

Sie rührt in ihrer Tasse, trinkt einen Schluck.

»Welche Schlange?«

Ich zucke mit den Schultern. Sie streichelt schon wieder meinen Handrücken, blickt dabei auf ihre Knie. Dann sieht sie mich an und legt ihre Hand auf meine Wange. Sie fühlt sich warm an und beruhigend. »Ich bin ziemlich müde«, sagt sie.

»Soll ich gehen?«

»Das wäre traurig.«

»Stimmt.«

»Na wenigstens etwas.« Sie stellt ihre Kaffeetasse auf den Tisch. »Reden geht nicht, Vögeln geht nicht, wie wär's dann mit Kuscheln?«

»Helfen Sie mir?« Wir stehen in ihrem Schlafzimmer, sie dreht mir den Rücken zu. Ich öffne den Reißverschluss ihre Kleides und sie streift es sich ab. Jetzt steht sie halbnackt vor mir und ich versuche, sie nicht anzusehen, blicke an ihr vorbei an die Wand. Aber dort hängt sie auch, ganz nackt, zumindest in Umrissen. Jedenfalls könnte die Frau auf dem Bild über ihrem Bett sie sein.

»Brauchen Sie ein T-Shirt?«

Sie holt zwei aus dem Schrank, reicht mir eines und zieht sich das andere über. Ich drehe ihr den Rücken zu, ziehe mein Hemd aus, das T-Shirt an, steige aus meiner Hose. Das T-Shirt passt, aber nur so gerade eben. Ich lege mich neben sie auf die Seite, ihr zugewandt. Auf einer Kommode brennt eine

Tischlampe aus weißem Papier.

Sie streichelt meine Wange, dann meinen Arm, der auf der Bettdecke liegt.

»Darf ich das?«, fragt sie.

»Ja«, antworte ich.

»Darf ich dich auch in den Arm nehmen?«

Ich kuschle mich an sie, spüre ihren warmen Körper durch den Stoff ihres T-Shirts.

»Die Schlange scheint sich verzogen zu haben.«

»Sie schläft.«

»Dann müssen wir ganz leise sein, damit sie nicht aufwacht«, flüstert sie.

»Ja«, antworte ich, »ganz leise. Und ganz vorsichtig.«

»Wie vorsichtig?«, fragt sie.

»Sehr vorsichtig.«

»Okay.«

Sie streichelt meinen Rücken und ich seufze.

»Was ist?«, fragt sie.

»Fühlt sich gut an«, antworte ich.

»Finde ich auch.«

»Es ist nur etwas eng.«

»Das T-Shirt? Ein größeres habe ich leider nicht.«

Ich streife mir das T-Shirt über den Kopf. Sie zieht die Luft zwischen den Zähnen ein und sieht mich an. »Das ist die Schlange«, will ich eigentlich sagen, aber sie kommt mir zuvor: »Schön.«

»Sie hängen.«

»Meine auch.« Jetzt zieht auch sie ihr T-Shirt aus.

»Nicht so sehr wie meine.«

»Soll das jetzt ein Wettbewerb werden? Wer hat die hängendsten Hängetitten?«

Ich kichere, sie grinst. »Dafür habe ich mehr Orangenhaut. Hier.« Sie schiebt die Decke nach unten und legt ihren Bauch und ihre Schenkel frei.

Ich tue es ihr nach. »Ich hab genauso viel, hier.«

»Glauben Sie, es macht mir etwas aus?«, fragt sie.

»Ich weiß nicht.«

»Macht es Ihnen etwas aus, bei mir, meine ich?«

»Nein.«

»Wenn ich mich in eine Frau in Ihrem Alter verliebe, dann verliebe ich mich auch in Hängebrüste, Orangenhaut und Falten. Es würde mir etwas ausmachen, wenn sie keine hätte, denn dann wäre etwas nicht in Ordnung. Und ich rechne mit vielem. Osteoporose, Arthrosen, falsche Zähne, Brustimplantate, Prothesen, Narben – die ganze Palette. Und ich weiß, dass ich einen ganz Wust an Erfahrungen mitgeliefert bekomme, gute und schlechte, schöne und schreckliche, eine ganze ellenlange Geschichte.«

»Ich habe keine Osteoporose«, sage ich.

»Dann seien Sie froh.«

»Ich habe auch keine Arthrose. Sie?«

»Nein. Dann wäre das ja jetzt geklärt. War das das Problem?«

»Nicht wirklich.«

»Dachte ich mir.«

Sie seufzt. Dann rückt sie näher an mich heran, nimmt mich in den Arm. Ich lasse es zu, schmiege mich an sie und eine Weile halten wir einander einfach nur im Arm.

»Sie haben schon viele Frauen geliebt?«, frage ich schließlich.

»Gevögelt oder geliebt?«

»Geliebt, ich sagte geliebt.«

»Gevögelt viele, geliebt einige«, antwortet sie. »Also Sie sind nicht meine Erste, wenn Ihnen das Sorge bereitet.«

»Das habe ich mir schon gedacht.«

»Ich bin eine richtige Sandkastenlesbe.«

»Und dann haben Sie sich irgendwann in einen Mann verliebt?«, frage ich.

»Nein.«

»Ich habe wirklich nichts gegen bisexuelle Frauen.«

»Ich auch nicht und bin trotzdem keine.«

»Sie mögen keine Schubladen?«

»Sie etwa? Ich mag keine Schubladen, aber ich habe kein Problem zu sagen, etwas ist grün, wenn es grün ist, oder ich habe Durst, wenn ich Durst habe, oder ich bin eine Lesbe, wenn ich eine bin. Und ich bin eine.«

»Aber Sie waren mit einem Mann verheiratet.«

»Ja.«

»Eine Scheinehe?«

»Nein.«

»Sie sind eine Lesbe, immer schon gewesen, sind nicht bisexuell, waren aber mit einem Mann verheiratet und es war keine Scheinehe.«

»Genau.«

»Das muss ich jetzt nicht verstehen, oder?«

»Nein«, sagt sie und grinst. »Aber ich verstehe ja auch nicht alles, was Sie sagen und tun.«

Wie sehen uns an, sie berührt mein Gesicht, streichelt Wange und Stirn.

»Ich muss aufs Klo«, sagt sie.

Ich drehe mich auf die Seite, stütze meinen Kopf auf meinen Ellbogen und blicke mich um. Die Wände sind in warmen Rottönen gehalten, nicht zu grell. An der Wand dem Bett gegenüber steht eine Kommode, auf der ein Spiegel steht. Der Spiegel reflektiert das Bild, das über dem Bett hängt. Ein Frauenakt, ein Original, kein Druck, vielleicht ein Aquarell. Eine Frau, die sich in einem Sessel fläzt, der genauso aussieht wie der, der in der Ecke neben der Kommode steht. Eine Frau, die tatsächlich aussieht wie sie. Wie Monika. Mo-Nika. Nika.

Im Sessel, dem richtigen, nicht dem gemalten, sitzt Sol und lächelt.

»Soll ich das Licht ausmachen?«, fragt sie – Nika.

»Ja.«

Sie knipst die papierene Lampe aus und schlüpft unter die Decke. Es dauert einen Moment, bis sich meine Augen an die Dunkelheit gewöhnt haben. Der Lichtstrahl der Straßenlaterne fällt auf ihr Gesicht.

»Geht es Ihnen noch gut?«, fragt sie.

»Ja«, sage ich. »Und Ihnen?«

»Mir geht es auch gut.«

»Und langweile ich Sie nicht?«, frage ich.

»Machen Sie sich nicht so viele Gedanken. Ich kann schon für mich sorgen.«

Sie rückt näher an mich heran, küsst meine Nasenspitze, dann meinen Mund. Ich öffne meine Lippen für ihre Zunge. Sie küsst mein Ohr, meinen Hals, berührt meine Brüste, dann liegt sie still in meinem Arm.

»War das okay?«, fragt sie.

»Es ist schön«, antworte ich und sie lacht.

»Meinen Sie, wir könnten uns jetzt duzen, wo wir uns doch schon ziemlich nahe gekommen sind, obwohl – irgendwie ist das ja auch ganz reizvoll mit dem Sie.«

»Wir können ja bei Gelegenheit darauf zurückkommen.«

»Gut.« Sie gibt mir die Hand. »Monika.«

»Toni.« Ich schlage ein.

»Darf ich dich Antonia nennen?«

»Ja. Darf ich dich Nika nennen?«

»Nika?« Sie lacht. »Mein kleiner Bruder hat mich früher immer so genannt. Monika konnte er noch nicht aussprechen. Moni kann ich nicht leiden. Monika mag ich auch nicht wirklich, aber Nika – ja, das gefällt mir.«

»Jetzt nennt er dich nicht mehr so, dein kleiner Bruder?«, frage ich.

»Nein, er hat damit aufgehört, als er älter wurde. Leider ist er vor zwei Jahren an Krebs gestorben.«

»Oh, ich hoffe, es macht dich nicht traurig, wenn ich dich so nenne.«

»Nein, es gefällt mir wirklich. Volker hat mich immer Monika genannt und manchmal Moni, obwohl ich es ihm verboten habe.«

»Volker ist dein Exmann?«

»Ja.«

»Aber der lebt noch?«

»Dem geht es gut. Und mir eigentlich auch, seit ich ihn los bin.«

»Und?«

»Was und?«

»Verrätst du es mir jetzt?«

»Ich habe mich in sie verliebt und er hat mich dann verlassen. Was dazwischen passiert ist, ist eine lange Geschichte.«

Joshua

Joshua sitzt auf einer großen braunen Ledercouch. Sie steht im Büro von Herrn Geiger senior. Geiger selbst sitzt in einem großen braunen Ledersessel. Auf seinem monströsen Schreibtisch liegen Joshuas Steuerunterlagen und die Buchhaltung der letzten zwei Jahre – drei dicke Ordner und ein Karton mit Sachen, die noch abgeheftet werden müssen – neben kleinen leeren Aluschalen und Tellern, auf denen Soßenreste und Reiskrümel kleben. Herr Geiger hatte Curryhuhn, Joshua Mutton Saag, Lamm mit Spinat. Dazu gab es einen würzigen Rotwein, von dem noch ein kleiner Rest in der Flasche ist. Ein halb gefülltes Rotweinglas steht auf dem Tischchen neben der Couch, ein anderes neben Herrn Geiger auf dem Schreibtisch.

Joshua gähnt und streckt sich.

»Erschöpft?«, fragt Geiger.

Joshua nickt.

»Das ist aber auch eine Hitze.« Geiger öffnet die Schnürsenkel seiner Schuhe. »Haben Sie etwas dagegen?«, fragt er und entledigt sich seiner Schuhe und Socken. Er zieht einen großen ledernen Hocker zu sich heran und legt seine Füße darauf.

»Machen Sie es sich ruhig auch bequem, Herr Stein. Oder wartet Ihre Frau auf sie und ich halte Sie auf?«

Joshua zieht seine Schuhe aus und streckt sich auf der Couch aus.

»Meine Frau geht jetzt wahrscheinlich auf einer Eisscholle spazieren.«

»Auf einer Eisscholle? Darum beneide ich sie aber.«

»Ich auch«, antwortet Joshua und seufzt. »Ich auch.«

»Das klingt aber nicht gut, gar nicht gut. Ich habe neulich schon zu Georg gesagt, der Herr Stein macht keinen guten Eindruck, das ist ein sehr unglücklicher Mann.«

»Sehr unglücklich«, stimmt Joshua zu und trinkt noch einen Schluck Wein.

»Hat Ihre Frau Sie verlassen?«

»Schlimmer!«

»Was könnte schlimmer sein, als verlassen zu werden?«

»Ich habe sie verlassen.«

»Die junge Frau, die ich vor einer Weile mit Ihnen zusammen gesehen habe? Ist das Kind, das sie bei sich hatte, nicht Ihrs?«

»Mein Sohn. Jonas.«

»Als ich Sie neulich zusammen gesehen habe, habe ich zu Georg gesagt, guck mal, da ist der unglückliche Herr Stein mit seiner Frau und seinem Kind.«

»Das ist nicht meine Frau, das ist die Frau, mit der ich zusammenlebe. Mit der ich bis gestern zusammengelebt habe. Gestern ist sie ausgezogen. Vorübergehend. Ich habe ihr erzählt, dass ich eine Affäre habe. Deshalb ist sie gegangen. Sie muss darüber nachdenken, was aus uns wird.«

»Verständlich«, sagt Herr Geiger. »Als meine Frau mir erzählt hat, dass sie eine Affäre hat, musste ich auch erst einmal nachdenken.«

»Und zu welchem Ergebnis sind Sie gekommen?«

»Dass es mir egal ist, wenn sie nur bei mir bleibt. Aber es hat eine Weile gedauert, bis ich zu diesem Schluss gekommen bin.«

»Und dann?«

»Dann hat sie mich verlassen. Meine Frau ist mit einer anderen Frau durchgebrannt, stellen Sie sich das vor, Herr Stein, stellen Sie sich das mal vor. Und Sie? Warum haben Sie Ihre Frau verlassen? Wegen dieser jungen Frau mit dem Kind?«

Joshua nickt.

»Aber Sie sind nicht glücklich mit der jungen Frau?«

»Nein.«

»Aber Ihren Sohn, den wollen Sie doch, oder«

»Ja, ich will meinen Sohn, aber nicht seine Mutter.«

»Sie wollen Ihren Sohn und Ihre Frau? Die Frau auf der Eisscholle, meine ich.«

»Ja«, antwortet Joshua.

»Aber wenn Ihre Frau auf einer Eisscholle spazieren geht, ist sie wahrscheinlich sehr weit weg, nehme ich an?«

»Sehr weit weg.«

»Sie bereuen, dass Sie sie verlassen haben?«

»Ja.«

»Das ist eine dumme Situation, Herr Stein. Dann sind Sie ein unglücklicher Mann, weil Sie Ihre Frau verlassen haben und ich bin ein unglücklicher Mann, weil meine Frau mich verlassen hat. Im Endeffekt kommt es also aufs Gleiche raus.«

»Ja, aber gleichzeitig bereue ich es auch nicht, verstehen Sie. Wie kann ich etwas bereuen, was so eng mit meinem Sohn verknüpft ist?«

»Es lässt sich sicher nicht ganz trennen, aber vielleicht weit genug, damit sie wieder glücklich werden können.«

»Meinen Sie?«

»Machen Sie nicht den gleichen Fehler wie ich. Seien Sie nicht zu lange unglücklich.«

»Sie sind schon lange unglücklich?«

»Es ist fünfzehn Jahre her, seit meine Frau mich verlassen hat.«

»Und so lange sind Sie schon unglücklich?«, fragt Joshua

Herr Geiger leer sein Glas und schweigt.

»Manchmal denke ich, ich sollte es noch einmal versuchen. Sie muss nicht jung sein. Sie muss auch nicht schön sein. Schön ist ja sowieso relativ. Aber es muss eine sein, auf die man sich verlassen kann, mit der man ein bisschen was unternehmen kann, mal abends schön zusammensitzen bei einem Glas Wein oder eine schöne Reise machen, mehr muss ja gar nicht sein. Na ja, ein bisschen Wärme natürlich auch, körperlich meine ich, das gehört schon dazu.« Herr Geiger seufzt. »War diese Polizistin auch bei Ihnen, diese Ältere, wie heißt sie noch …«

»Kriminalhauptkommissarin Haberstroh?«

»Ja, die. Die würde mir gefallen. Das ist bestimmt eine Frau zum Pferdestehlen, das kann ich mir gut vorstellen.«

»Die hat bestimmt nicht viel Zeit.«

»Na ja, sie muss mir ja nicht den Haushalt führen, das kann ich selbst ganz gut. Und ab und zu wird sie doch wohl frei haben, oder?«

»Versuchen Sie es doch«, schlägt Joshua vor.«

»Die ist doch bestimmt verheiratet, meinen Sie nicht?«

»Einen Ring habe ich bei ihr nicht gesehen.«

»Hm, vielleicht …« Herr Geiger nimmt die Rotweinflasche vom Tisch. »Wollen wir uns den Rest geben?« Joshua nickt und Herr Geiger schenkt ein. Er hebt das Glas und prostet Joshua zu. »Auf alle unglücklichen Männer und dass sie es schaffen, wieder glücklich zu werden.« Sie stoßen an. »Ich heiße übrigens Martin«, sagt Herr Geiger.

»Joshua«, antwortet Joshua und leert sein Glas in einem Zug.

Toni

Sie schläft, ihr Arm liegt über meinem Bauch. Ich höre ihre tiefen Atemzüge. Ich kann nicht schlafen. Es ist mir zu warm, zu eng, zu stickig. Ich bekomme keine Luft, aber ich traue mich nicht, mich zu bewegen, ihren Arm zur Seite zu legen, von ihr abzurücken. Dann tue ich es doch. Ich richte mich auf, blicke auf den Stuhl gegenüber, blicke auf Sol.

»Sol, was machst du da?«

»Ich sitze hier«, antwortet Sol.

»Träume ich oder bist du wirklich hier?«

»Wenn du es nicht weißt, woher soll ich es dann wissen?«, fragt Sol.

»Bist du zurückgekommen?«, frage ich. »Ich vermisse dich so.«

»Wenn ich es könnte, was wäre dann mit ihr?«

»Ich würde sie zum Essen einladen, dann könntest du sie kennenlernen. «

»Ach, Toni«, sagt sie nur, »ach, Toni.«

»Ja, ich weiß, du kommst nicht zurück. Ich hab's ja verstanden. Manchmal würde ich am liebsten zu dir kommen.«

»Dazu ist es jetzt zu spät.«

»Ja, leider.«

»Nicht leider. Es ist gut so.«

»Ach«, seufze ich, »ich wünschte, es wäre einfacher.«

»Es ist einfach, Toni. Eigentlich ist es ganz einfach.«

»Warum ist es dann so schwierig?«, frage ich und sie lacht.

»Ich kann nicht schlafen, Sol.«

»Dann steh auf! Lauf eine Runde, das tut dir doch immer gut! Aber schreibe ihr einen Zettel und lege ihn ihr auf das Kopfkissen. Schreib ihr, dass du wiederkommst, damit sie sich nicht allzu sehr erschreckt, wenn sie aufwacht und merkt, dass du weg bist. Und vergiss bloß die Rose nicht.«

»Wofür hältst du mich? Neun Monate weg und schon vergessen, wie ich ticke?«

Nika hat ein Arbeitszimmer, ich entdecke es, als ich die Wohnung nach einem Zettel und einem Stift durchstöbere. Dort auf dem Schreibtisch werde ich fündig.

»Liebste Nika«, schreibe ich, »ich hoffe, du hast dich nicht allzu sehr erschreckt, weil ich nicht mehr da bin. Ich konnte einfach nicht schlafen, bin noch zu aufgewühlt. Ich bin nur vorübergehend weg, ich komme wieder. Ich möchte kein Durcheinander machen, ich möchte auch nicht spielen. Es ist nur so: Mein Herz rennt voran und meine Seele kommt noch nicht mit.

Ich rufe dich heute noch an.

Sei umarmt von deiner Antonia.«

Joshua

Ein Mann steht neben dem Bett, Joshua tastet nach der Brille. Normalerweise liegt sie auf dem Nachttisch, aber wo ist sein Nachttisch? Wo ist sein Bett? Warum liegt er auf einem Sofa? Und wer ist dieser Mann? Kräftige Waden, Socken in Laufschuhen. Kurze graugelbe Lauftights, ein graugelbes Shirt, ein verschwommenes Gesicht.

»Thomas?«

»Martin«, antwortet der Mann und Joshua bleibt fast das Herz stehen.

Der Mann kommt näher, Joshua fürchtet sich. Jetzt steht er direkt vor ihm.

»Martin?«, fragt Joshua. »Das kann nicht sein.«

»Doch.«

Der Mann beugt sich über Joshua, Joshuas Herz rast. Jetzt streckt der Mann – Martin? – seinen Arm aus. Joshua hält schützend die Arme vor sein Gesicht.

»Ich bin's doch nur. Martin Geiger, Ihr Steuerberater.« Der Mann reicht ihm etwas. Es ist Joshuas Brille.

»Ich habe mir gedacht, ich frage Sie einfach, ob Sie auch einer sind«, sagt der Mann mit dem Schnurrbart und den wasserblauen Augen.

»Ob ich was bin?«, fragt Joshua. Sein Mund fühlt sich furchtbar trocken an.

»Na, ein Läufer. Ich habe vor einem halben Jahr damit angefangen und es bekommt mir sehr. Mein Therapeut hat es mir empfohlen. Es ist das beste Antidepressivum, dass man sich vorstellen kann. Was ist? Kommen Sie mit?«

»Ich habe keine Laufsachen dabei.«

»Na, dann holen wir sie.«

Toni

In einer Ecke des Parks wurde ein Oval angelegt, mit einer betonierten Innenbahn und einer Sandbahn außen, ungefähr achthundert Meter lang. Auf der Sandbahn laufe ich normalerweise, wenn ich wissen will, wie schnell ich bin. Heute geht es gar nicht gut. Zwar ist es erst kurz nach sechs und gerade eben noch erträglich. Aber ich habe heute Holzklötze statt Beine. Trotzdem will ich das geplante Pensum schaffen.

Ich denke an Nika, während ich meine Runden drehe. Ob sie wohl noch schläft? Oder hat sie meine Nachricht bereits gelesen? Geht es ihr gut damit? Wie kann ich ihr am besten erklären, was mit mir los ist? Weiß ich es selbst?

Ich drehe die Musik lauter. Heute höre ich Mika auf meinem kleinen MP3-Player, den mir Sol vor Jahren zum Geburtstag geschenkt hat. Eigentlich Musik, zu der ich schnell laufen kann, die mich beschwingt, die meine Beine leichter macht. Mika – Nika, denke ich, nur ein Buchstabe Unterschied. Vielleicht habe ich Nika ja nur geträumt. Eine junge Frau mit wippendem langem Haar läuft an mir vorbei. So früh an einem Werktagmorgen sind hier kaum

Spaziergänger, höchstens ein paar Leute auf Skates und Fahrrädern und eine Handvoll Läuferinnen und Läufer. Heute scheinen sie alle schneller zu sein als ich. Ich schaue auf meine Pulsuhr, ebenfalls ein Geschenk von Sol, aber zu einem anderen Geburtstag. Sie zeigt hundertfünfundzwanzig Schläge. Hundertfünfundzwanzig Schläge ist nicht wirklich anstrengend. Nicht für mich. Aber es gibt sie, diese Tage, an denen es einfach nicht läuft. Es gab sie auch, als Sol noch da war. Sol hat mich zum Sport gebracht. Von ihr habe ich erst gelernt, dass Herzen zu Tode geschont werden können, dass es Herzen stark macht, wenn sie gefordert werden.

Sol, überall Sol. In meinem Herzen, in meinen Fingerspitzen, unter meinen Fußsohlen, um mein Handgelenk, um meinen Hals, überall Sol. Wo soll Nika da noch Platz haben? Hätte ich mich das auch gefragt, wenn Sol noch da wäre?

Ich weiß nicht, murmle ich vor mich hin, immer wieder, ich weiß nicht. Und aus dem Murmeln wird ein Summen. Ich summe mit der Musik aus meinem MP3-Player. Mein Puls steigt auf hundertfünfunddreißig Schläge. Ich vergesse, dass ich Füße habe. Meine Füße wissen schon, was sie zu tun haben. Am besten laufen sie, wenn ich sie in Ruhe lasse.

Schon wieder eine Frau mit wippendem langem Haar, diesmal mit blondem, die davor hatte dunkelbraunes wie ich. Wie meins, als es noch nicht mit grauen Strähnen durchzogen war. Zwei Männer biegen vor mir auf die Laufspur. Sie laufen nur einen Tick schneller als ich. Ich versuche, an ihnen dranzubleiben. Als sie zweihundert Meter weiter in einen kleinen Pfad abbiegen, folge ich ihnen. Hundertfünfundfünfzig Schläge, das ist gut, das kann ich lange durchhalten. Mein Maximalpuls liegt bei hundertfünfundsiebzig Schlägen pro Minute und damit etwas höher, als sich aus der Formel zweihundertzwanzig minus Lebensalter ergibt. Mein Ruhepuls liegt nah bei fünfzig, manchmal, früh morgens, kann er auch gegen fünfundvierzig gehen. Ich bin gut in Form, trotz allem, ich bleibe an den beiden Männern dran. Hin und wieder vergrößert sich die Lücke etwas, dann beschleunige ich und laufe auf circa fünf Meter heran. Es sind ältere Männer, der eine groß und schlaksig mit graublondem Haar, der andere etwas kleiner und athletischer mit einem dunklen Haarkranz. Sie unterhalten sich. Mein Atem geht zwar schnell, doch ich könnte mich auch noch unterhalten. Der Pfad führt auf der anderen Seite des Ovals wieder auf die Sandbahn zurück. Der Pfad und das Ovalstück von einem Pfadende zum anderen ergeben circa eintausendeinhundert Meter. Ich folge den Männern fünf Runden lang. Gelegentlich beschleunigen sie das Tempo, doch ich halte mit. Gegen Ende der fünften Runde habe ich genug. Zum krönenden Abschluss meines Laufes will ich sie überholen. Doch kurz bevor ich sie erreiche, biegen sie ab. Sie nehmen den Weg, den ich sonst auch nehme, wenn ich vom Oval zu meinem Parkausgang zurücklaufe, also folge ich ihnen einfach weiter. Kurz vor dem Eingang überhole ich sie. Als ich die Pulsuhr drücke, liegt mein Puls bei hundertsiebenundsechzig Schlägen. Ich gehe ein paar Schritte, bis mein Herz sich beruhigt hat, dann setze ich mich für eine Weile auf eine Bank und genieße es, meinen Körper endlich einmal wieder zu spüren. Die Muskeln in meinen Beinen, das Blut, wie es durch meinen Körper fließt, meinen Atem, den Schweiß … Ich mache mich auf den Weg zur Bäckerei. Auf halbem Weg kommen mir die beiden Läufer entgegen, denen ich so lange gefolgt bin. Es sind der Steuerberater und der Psychotherapeut aus dem Erdgeschoss.

»Guten Morgen«, grüße ich freundlich.

»Guten Morgen.«

Komisch, hat Nika nicht erzählt, der Psychotherapeut habe behauptet, er sei Steuerberater? Und jetzt geht er mit einem Steuerberater joggen. Das muss ich Nika erzählen!

Ich kaufe Brötchen und ein Eclair. Ich hatte schon seit Ewigkeiten kein Eclair mehr. Ich dusche lange, schließe die

Augen, lasse das heiße Wasser auf meinen Rücken prasseln, genieße es. Ich frühstücke mit der Zeitung auf dem Sofa. Dann wird es Zeit, Nika anzurufen.

Joshua

»Haben Sie auch den Eindruck, dass die Frau uns folgt?«

»Welche Frau?«

»Ich glaube, es ist unsere Nachbarin. Sie läuft uns die ganze Zeit hinterher, schon seit mindestens vier Runden.«

»Beruhigen Sie sich, Joshua, wie kommen Sie darauf, dass sie uns folgt? Sie läuft wahrscheinlich einfach nur dieselbe Strecke.«

»Ich habe so ein Gefühl, dass sie mir folgt.«

»Ein Gefühl?« Er lacht. »Rennen Sie nicht so, Joshua! Ein alter Mann ist kein D-Zug. Langsam, langsam.«

Martin begleitet Joshua, als er seine Laufsachen von zu Hause abholt. Ein komisches Gefühl, in dieses große, leere Haus zu kommen. Ein Haus ohne Jonas. Dafür in Begleitung eines fremden Mannes. Ein Mann, auf dessen Couch Joshua übernachtet, dessen Wein er getrunken und dem er mehr erzählt hat als seinem Freund Thomas. Was wird er diesem Mann noch alles erzählen? Dass er glaubt, eine Frau vergewaltigt zu haben? Eine Frau, die ihrer Nachbarin wahrscheinlich erzählt hat, was passiert ist. Wer weiß, womöglich sind die beiden miteinander befreundet. Sie versucht, sie zu überreden, zur Polizei zu gehen, da ist sich Joshua sicher. Es ist nur eine Frage der Zeit, bis es ihr gelingen wird. Und so lange behält sie ihn im Auge. Wahrscheinlich hat sie gestern auch nur so getan, als hielte sie ihn für einen Handwerker. Sie hat ihn bestimmt erkannt.

»Lassen Sie uns aufhören«, sagt Joshua zu Martin Geiger, »ich habe genug.«

»Ich könnte jetzt ein ordentliches Frühstück gebrauchen«, antwortet der.

Toni

»Hallo Nika.«

»Hallo Antonia.«

»Stör ich?«

»Nein, überhaupt nicht. Ich schreibe einen langweiligen Bericht. Und was machst du? Wie geht es dir?«

»Das ist eine schwierige Frage. Es ändert sich dauernd. Gerade freue ich mich über dich.«

»Das ist schön.« Schweigen.

»Ich glaube, es hat mit Sol zu tun, Solveig.«

»Deiner Ex?«

»Ich weiß nicht, ob ich sie meine Ex nennen kann.«

»Hat sie dich nicht verlassen?«

»Nicht so, wie du es wahrscheinlich meinst. Aber in gewisser Weise stimmt es schon. Aber … aber sie wird trotzdem nie meine Ex sein.«

»Meinst du nicht, es ist Zeit, dich damit abzufinden?«

»Neun Monate ist nicht viel Zeit. Wir haben siebzehn Jahre lang zusammengelebt. Erst ist Sarah ausgezogen, dann Tommy, dann zwei Jahre später Sol. Nur Taussig und Blalock sind bei mir geblieben. Sie waren zu der Zeit drei Jahre alt. Mit Sarah habe ich sehr schnell den Kontakt verloren, mit Tommy nie und auch mit Solveig nie. Wir haben uns regelmäßig gesehen, zu manchen Zeiten häufiger als zu anderen. Sie hat sich verliebt, ich habe mich verliebt, aber das war auch vorher schon so. Wir haben nicht mehr zusammengelebt, uns aber nie als getrennt betrachtet. Das ging elf Jahre lang so. Ich habe auch nicht sehnsüchtig auf ihre Rückkehr gewartet. Ich kam gut alleine zurecht. Und dann, vor knapp drei Jahren kam der Moment, wo wir wieder zusammenleben wollten. Sie wollte es, ich wollte es, also haben wir es getan und dann …«

»Dann hat sie dich verlassen?«

»Sie war Kardiologin. Ich hatte als Kind einen Herzfehler, du hast die Narbe gesehen, er wurde repariert.«

»Repariert?«

»Ja, so nenne ich es immer. Mein Herz wurde geflickt. Ich habe mein Leben lang Angst gehabt, dass es nicht hält, dass ich irgendwann doch noch daran sterben werde. Kein Wunder, dass ich mir eine Kardiologin als Frau ausgesucht habe. Sol hat mich immer beruhigt. Aber … es war Sols Herz, das nicht gehalten hat. Meins klopft und klopft und klopft und will einfach nicht aufhören.«

»Ist sie … gestorben?«

»Sol hatte einen Herzinfarkt. Ich habe sie gefunden. Aber es war zu spät. Sie war bereits tot. Bist du noch da?«

»Ja.«

»Es ist jetzt neun Monate her. Seither komme ich nicht mehr zurecht, nicht mehr so richtig jedenfalls. Wenn du mir vor einer guten Woche gesagt hättest, ich würde mich noch einmal verlieben, ich hätte dich für verrückt erklärt. Und jetzt ist es passiert und ich komme nicht damit zurecht. Nika?«

»Antonia, ich …« Sie stockt.

»Nika? Bist du noch da?«

»Stefan kommt gerade herein, ich rufe dich nachher zurück.« Sie legt auf.

Ich wähle ihre Nummer, höre das Freizeichen, lande auf ihrer Mailbox. Beim dritten Versuch nimmt sie das Gespräch an, sagt aber nichts.

»Nika?«

»Entschuldige, dass ich einfach aufgelegt habe. Ich konnte nicht weiter mit dir sprechen, nicht, wenn Stefan zuhören kann.«

»Ist er wieder weg?«

»Ich bin auf dem Klo.«

»Weinst du?«

»Nicht mehr.«

»Es tut mir leid, dass ich dir das alles am Telefon erzählt habe, das wollte ich eigentlich gar nicht.«

»Du bist nicht die Erste, die am Telefon Schluss macht.«

»Schluss macht?«

»Ich kann es sogar verstehen. Ich verstehe, dass es dir zu viel ist.«

»Es ist viel, das stimmt. Wahrscheinlich auch zu viel.«

»Vielleicht würde es mir genauso gehen. Ich weiß nicht …«
Sie sagt nichts mehr, also spreche ich.

»Tommy und seine Familie, sie haben ein Häuschen an einem See. Einmal im Jahr feiern sie da ihr großes Sommerfest. Morgen. Ich habe schon zugesagt, dass ich komme. Ich hab nicht wirklich Lust, aber ich muss da hin, Tommy ist sauer, wenn ich absage. Aber vielleicht hast du ja Lust mitzukommen?«

Teil 2

Migräne

»Suppose that in the midst of a tornado a child sought comfort and protection from his parents and was told, ›What tornado? It's a beautiful day. Go out and play.‹«

Linda T. Sanford, Strong at the Broken Places

»Trauma isn't part of a story; it's outside story. It is what we refuse to make part of our story.«

Siri Hustvedt, The Sorrows of an American

Toni

Ich stehe auf dem Gehweg vor dem Haus und warte. Es war ihre Idee, mit dem Auto zu fahren, ich hätte den Zug genommen. Eigentlich sollte es schon vor einer Stunde losgehen. Eigentlich hatten wir verabredet, dass sie klingelt, und eigentlich wollte ich etwas Luftiges und Leichtes tragen. Das steckt jetzt in meiner Sporttasche. Vor zehn Minuten rief sie an: »Zieh eine lange Hose an und feste Schuhe. Und nimm nur das Nötigste mit. Ich habe eine Überraschung. Und komm schon mal nach unten, ich bin gleich da.«

Es ist früher Nachmittag und ich schwitze, nicht nur wegen der langen Jeans und der Sportschuhe. Ich ahne Schlimmes. Meine Ahnung bestätigt sich, als ein Motorrad in die Straße einbiegt und vor mir auf der Straße hält. Die Fahrerin nimmt den Helm ab und schüttelt das Haar. Ich quetsche mich durch die eng stehenden parkenden Autos zu ihr durch. Sie lächelt.

»Stefan braucht das Auto. Und da dachte ich, ich nehme einfach das Motorrad, vielleicht freust du dich sogar darüber.«

Ich kenne mich mit Motorrädern nicht aus, sehe nur, dass es ein großes Motorrad ist. Allein vom Anblick wird mir ganz flau im Magen.

»Ich sehe, du freust dich nicht.«

»Das letzte Mal, dass ich mit etwas Motorradähnlichem mitgefahren bin, war kurz vorm Abitur. Es war nur ein Moped und fuhr nicht schneller als fünfzig. Ich bin trotzdem fast gestorben.«

»Fast gestorben? Auf einem Moped?«

»Ja, es war schrecklich.«

»Das ist doch schon ziemlich lange her, oder?« Sie zwinkert. »Und Menschen verändern sich, entwickeln sich weiter. Und ich bin eine ganz vorsichtige Fahrerin, ganz besonders, wenn ich so eine entzückende Beifahrerin habe.«

Ich stöhne. »Also gut.«

Sie steigt ab, öffnet den Motorradkoffer und versorgt mich mit Helm, Nierengurt und einer Lederjacke, in die ich nur gerade eben passe. Dann verstaut sie meine Sachen.

»Gut festhalten«, sagt sie, als ich hinter ihr auf das Motorrad steige.

»Darauf kannst du wetten!«, antworte ich und kralle mich an ihr fest.

Es ist stickig unter dem Helm, heiß unter der Jacke. Aber das ist nicht das Schlimmste. Jetzt weiß ich, warum ich noch nie Achterbahn gefahren bin. Das muss so ähnlich sein, nur noch extremer. Auf dem Zahnarztstuhl atme ich tief durch und fokussiere den Rand der Lampe. Oder ich konzentriere mich auf die schönen blauen Augen der Zahnärztin. Jetzt schließe ich die Augen. Aber das sollte ich besser nicht tun, das macht es nur noch schlimmer. Alles dreht sich und ich habe das Gefühl, mich schleudert es jeden Moment herunter. Ich brauche einen Fixpunkt für meine Augen, finde ihn in der Schulternaht ihrer Lederjacke. Jetzt muss ich nur noch meine Gedanken an einen anderen Ort befördern. Wenigstens schwitze ich nicht mehr, trotz dicker Lederjacke und Helm. Meine Füße und Hände fühlen sich sogar eisig an und ich stelle mir vor, an einem klaren Wintertag an einem Strand zu stehen. Nika ist bei mir. In Lederjacke und Jeans, so wie jetzt. Sie steht vor mir und ich schlinge die Arme um sie, schmiege mich an sie, wärme mich an ihr. Kühler Wind bläst mir durchs Haar. Wolken ziehen am Himmel entlang. Über den Strand verteilt liegen schmutzige Schneeschollen. So wie damals in Travemünde mit Sol und Sols Mutter an einem Karsamstag. Es gibt sogar ein Bild von Sol, von ihrer Mutter fotografiert, auf einer dieser Schneeschollen. Eine strahlende Sol. Wie lange ist das her? Zwanzig Jahre? Noch länger, Ewigkeiten.

Ich versuche, nicht zu schreien und es gelingt mir sogar. Ich widerstehe dem Impuls aufzustehen und wegzurennen. Mein Verstand funktioniert und sagt mir, dass es dumm wäre, das zu tun. Lebensgefährlich sogar. Ich stelle mich lieber tot und überlebe.

Nika hält, nimmt den Helm ab »Muss ich hier abbiegen?«, fragt sie.

»Keine Ahnung.«

»Aber du musst das doch wissen.«

Ich weiß gar nichts. Mir ist schwindelig und so übel, dass es mich würgt. Ich steige ab, aber meine Beine geben nach. Wenigstens kann ich mich auf den Knien halten. Ich schaffe es gerade noch, den Helm abzunehmen, bevor mein Frühstück wieder ans Tageslicht kommt. Dann lasse ich mich auf den Rücken ins Gras fallen. In die Überreste von Gras. Trocken, braun, hart. Besser, ich lasse die Augen offen, denn wenn ich sie schließe, dreht sich alles. Nika beugt sich über mich.

»Ach du liebe Güte, ich wusste nicht, dass es so schlimm ist.«

Sie reicht mir ein Taschentuch und ich wische mir den Mund ab. Zum Glück ist alles im Gras gelandet, nichts auf Jacke und Jeans.

»Und das alles nur, weil ich Eindruck schinden wollte. Gib mir mal die Nummer von deinem Tommy.«

Ich versuche, mich daran zu erinnern, wie das geht, sprechen. Bewegen ist einfacher, also ziehe ich mein Handy aus der Hosentasche und gebe es ihr. Ich muss es ihr nicht erklären, sie findet Tommys Nummer ganz alleine. Eine Frau, die sich zurechtfindet im Leben, ganz eindeutig, denke ich. Ganz anders als ich. Als ich im Moment. Ich lege mich auf den Rücken, schließe die Augen, jetzt geht es. Ich liege auf einer Schneescholle und treibe im Meer. Keine Sorge, die See ist heute ruhig.

»Hallo, spreche ich mit Tommy … Gut, ich bin Monika Haberstroh, ich bin mit Antonia unterwegs …«

Tommy scheint nicht gleich zu verstehen, worum es geht, und es dauert eine Weile, bis Nika es ihm erklärt hat. Derweil versuche ich, mich etwas zu erholen.

»Antonia!«

Ich reagiere erst nicht, obwohl ich sie höre.

»Ist das eine Eiche? Antonia!«

»Was?«

»Ist das eine Eiche?«

Ich öffne die Augen, aber nur für einen Moment.

»Weiß nicht.«

»Es ist ein großer Baum mit einem dicken Stamm. Ja, vielleicht ist es eine Eiche. Okay, dann bis gleich.«

Sie nestelt an meiner Hosentasche, wahrscheinlich steckt sie mein Handy wieder weg.

»Ich sollte sie mal wieder anrufen«, sage ich.

»Wen?«

»Sols Mutter.«

»Sols Mutter?«

»Ich habe schon Ewigkeiten nicht mehr mit ihr gesprochen.«

»Wie kommst du jetzt auf die?«

»Wir waren zusammen in Travemünde zu Ostern. Es lag Schnee am Strand.«

»Aha.«

»Schneeschollen.«

»Schneeschollen?«

»Ja, Reste von Schnee. Schau mich nicht so entsetzt an!«

»Du weißt ja gar nicht, wie ich schaue. Du hast doch die Augen zu.« Sie streicht mir über die Stirn.

»Ich kann es spüren. Aber ich bin nicht verrückt, weißt du. Ich habe mir nur vorgestellt, woanders zu sein, vorhin, als ich auf dem Motorrad saß. Ich habe mir vorgestellt, mit dir am Strand zu stehen. Und dann habe ich mich an dieses Ostern in Travemünde erinnert mit Sol und Sols Mutter. Da lagen Schneeschollen am Strand. Es ist Ewigkeiten her.«

»Okay, ich seh's ein, du bist nicht verrückt.«

»Höchstens ein bisschen.« Ich öffne die Augen, blinzle.

Sie lächelt. »Geht's besser?«

»Viel besser, seit ich mein Frühstück losgeworden bin.«

»Meinst du, du kannst aufstehen, dich auf die Bank setzen?« Sie hilft mir auf. »Langsam, sonst sackst du mir wieder weg.«

»Es geht schon wieder.«

Sie blickt skeptisch, hat die Hände in der Luft, bereit, mich aufzufangen, sollte ich wieder umkippen.

Auf der Bank legt sie den Arm um meine Schulter und ich lehne mich an. Nicht, weil ich nicht aufrecht sitzen kann, sondern, weil mir danach ist.

»Das ist jetzt das zweite Mal, dass du mir umkippst. Bist halt doch ein Mädchen«, sagt sie und ich muss kichern und kann nicht mehr aufhören.

»Hast du gekifft oder was?«, fragt sie.

»Nee, aber davon wird mir auch schlecht.«

»Davon auch! Mein Güte!« Sie blickt auf ihre Armbanduhr, seufzt. »Hast du mich eigentlich angekündigt?«

»Nein.«

»Wenigstens schon von mir erzählt?«

»Nein.«

»O Gott«, sagt sie »Hoffentlich geht das gut.«

Joshua

Joshua sitzt am Steuer, Brigitte auf dem Rücksitz bei Jonas. Ganz wie es sich gehört, denkt Joshua und ein kurzes, trockenes Lachen entwischt seiner Kehle, als er es merkt, ist es schon zu spät. Und es geschieht, was geschehen muss.

»Was ist los?«, fragt Brigitte. Sie beugt sich zu ihm nach vorne, streicht ihm zärtlich über die Wange. Ihm fällt so schnell keine Ausrede ein, also sagt er gar nichts.

War ich immer schon so?, fragt er sich, oder bin ich erst in den Monaten mit Brigitte so geworden? Er weiß es nicht. Etwas davon muss schon immer in ihm gewesen sein. Hat Ruth es bemerkt, hat er es bemerkt? Soweit er sich erinnern kann, war er mit Ruth doch ganz anders. Also konnte sie es nicht bemerken. Aber Brigitte muss es doch merken. Warum klemmt sie sich nicht die Beine unter die Arme und nimmt Reißaus? Sie war doch schon weg. Warum ist sie zurückgekommen?

»Sprichst du nicht mehr mit mir?«, fragt sie. »Habe ich schon wieder etwas falsch gemacht?«

Er räuspert sich.

»Entschuldige, ich bin ganz in Gedanken«, sagt er sanft.

»Warum hast du gelacht?«, fragt sie.

»Weil ich mich freue«, antwortet er. »Ich freue mich, dass du wieder zurück bist. Du und Jonas. Und ich freue mich, dass wir zusammen zu Thomas fahren.«

»Ich freue mich auch«, sagt sie und fährt ihm durchs Haar. »Das wird bestimmt schön. Ein ganzes schönes Wochenende mit dir.«

Er lacht. »Nicht nur mit mir.«

»Doch, schon irgendwie. Wir haben schon lange nichts mehr gemeinsam gemacht.«

»Und das Kino?«

»Abgesehen vom Kino«, antwortet sie.

Sie erreicht ihn nach dem Frühstück in der Praxis.

»Wo um alles in der Welt warst du?«

»Bei meinem Steuerberater.«

»Ich versuche dich schon seit gestern Abend zu erreichen.«

»Ich habe bei ihm übernachtet.«

»Bei deinem Steuerberater?«

»Auf der Couch.«

»Bei deinem Steuerberater auf der Couch?«

Joshua erklärt es ihr.

Sie glaubt ihm nicht. Also geht er zu Martin. Er will ihn bitten, sie anzurufen, ihr alles zu erklären. Doch Martin ist in einer Besprechung. Eigentlich will er wieder zurück in die Praxis und später noch einmal bei Martin vorbeischauen, aber Frau Schneider bietet ihm einen Kaffee an. Kaffeetrinken beim Steuerberater avanciert neuerdings zu seiner Lieblingsbeschäftigung. Weil das Besprechungszimmer besetzt ist, platziert sie ihn im Sekretariat auf dem Stuhl neben der Tür. Dort sitzt er eine halbe Stunde und beobachtet Frau Schneider bei der Arbeit. Frau Schneider in ihrem kurzen Röckchen und mit den Stummelbeinchen. Sie macht Ablage und kaut dabei Kaugummi. Gelegentlich beugt sie sich über den Schreibtisch und der Rock rutscht nach oben. Doch das erregt ihn nicht, amüsiert ihn allenfalls. Irgendwie gehört Frau Schneider zur Familie und Verwandtschaft hat ihn noch nie gereizt. Jedenfalls nicht so.

Martin ist sofort bereit, Brigitte anzurufen. Es wäre Joshua lieber, er würde es von seinem Büro aus tun und nicht vor Frau Schneider. Aber so schlimm ist es nun auch wieder nicht. Noch einmal wird Brigitte alles erklärt, angefangen vom Tapeziertisch bis zum gemeinsamen Frühstück. Dann reicht Martin Joshua den Hörer.

»Sie will Sie noch einmal sprechen.«

»Ist er dein Liebhaber?«, fragt Brigitte.

Joshua fängt an zu lachen. »Nein!«, sagt er lachend zu Brigitte und zu Martin: »Sie will wissen, ob Sie mein Liebhaber sind.«

»Gott bewahre!«, ruft Martin aus, so laut, dass Brigitte es bestimmt gehört hat. Im Hintergrund fängt Frau Schneider an zu kichern.

Als sie dann abends nebeneinander im Bett liegen, nass, verschwitzt, noch außer Atem, fragt Brigitte: »Warum hast du überhaupt dein Therapiezimmer renoviert? Ich meine, jetzt, wo du doch pausieren willst.«

»Weil die Wand voller Blut war von der kleinen Auseinandersetzung mit meiner Nachbarin. Du hast doch gesehen, wie ich aus der Nase geblutet habe. Ulrike hätte einen Schock bekommen, wenn sie es gesehen hätte.«

Warum wollte Joshua eigentlich unbedingt, dass sie zurückkommt? Und warum musste er Martin da mit reinziehen? Ach ja, wegen Jonas. Er will Jonas nicht verlieren.

»Was ist los?«, fragt Brigitte und streckt ihren Kopf zwischen den beiden Vordersitzen hindurch. Joshua kann ihren Atem an seiner Wange fühlen, es kribbelt unangenehm.

»Was?«, fragt er.

»Warum schlägst du dir mit der Hand auf die Stirn?«

»Ich glaube, ich habe eine Abzweigung verpasst.«

»Ich glaube nicht«, sagt sie. Er hört das Rascheln von Kartenpapier.

»Nein, wir sind richtig. Wir müssten gleich da sein.«

Wieder lehnt sie sich nach vorne, wieder spürt er ihren Atem. Sie zeigt mit dem Finger. »Da, ich glaube … nein … noch eins weiter.«

Jonas fängt an zu weinen.

»Wo muss ich jetzt abbiegen?«, fragt Joshua.

»Ich muss mich um den Kleinen kümmern.«

Sie singt ihm ein Lied, aber der Kleine lässt sich nicht beruhigen. Er hat Hunger.

»Hoffentlich gibt es da etwas, womit ich die Milch warm machen kann.«

»Warum sollte es da nicht so etwas geben?«, fragt er und bereut sofort seinen genervten Ton. Ich muss mich jetzt verdammt noch mal zusammenreißen, denkt er. Aber warum eigentlich?

»Ich mein ja nur.«

Er stöhnt.

»Was ist?«, fragt sie.

»Jetzt habe ich die Abzweigung wirklich verpasst.«

»Willst du dir nicht endlich einmal ein Navigationsgerät zulegen?«

»Ja, wenn du zu blöd bist, Karten zu lesen, muss ich das wohl tun«, zischt er.

»Warum sagt du so was? Es ist doch gerade so schön, warum machst du wieder alles kaputt?« Sie weint. Erst merkt er es nicht, weil Jonas so laut schreit. Als er es hört, bremst er, fährt rechts ran und lässt den Wagen ausrollen. Er steigt aus, öffnet die hintere Tür und zieht Brigitte in seine Arme.

»Es tut mir leid«, sagt er und küsst ihr die Tränen von den Wangen. »Es tut mir leid, ich hätte das nicht sagen dürfen.«

»Es war gemein.«

»Ja, das war es«, antwortet er, »das war es wirklich. Und es tut mir wirklich sehr sehr leid.«

Toni

Ich sitze mit Tommy und Nele in der Küche. Wir trinken schweigend unseren Kaffee. Sie haben mir den großen Ohrensessel überlassen, die bequemste Sitzgelegenheit im Raum. Es geht mir wieder gut, langsam verschwindet die Kälte aus meinen Gliedern, der Kaffee bringt meinen Kreislauf in Schwung.

Nika hat sich geirrt, ich bin kein Mädchen, ich bin die Oma. Die Oma im Ohrensessel. Wenigstens sagen die Kinder nicht Oma zu mir, sondern Toni. Ich hätte es heute nur schwer verkraftet, wenn sie mit »Oma! Oma!« statt »Toni! Toni!« auf mich zugestürmt wären. Lange habe ich die Aufmerksamkeit der Kinder nicht. Die sind nämlich ziemlich beeindruckt von dieser fremden Frau mit dem großen Motorrad. Sie wird gleich in Beschlag genommen, es gelingt mir nicht einmal, sie Nele vorzustellen. Ich bin noch etwas schwach auf den Beinen und lasse mich von Nele und Tommy in die Küche bringen.

Tommy ist mal wieder überbesorgt und will einen Arzt rufen. Aber gemeinsam mit Nele schaffe ich es, ihn davon abzubringen. Stattdessen werde ich im Ohrensessel platziert und mit Kaffee versorgt.

Schon ein schönes Plätzchen, dieser Ohrensessel. Von hier aus habe ich einen guten Blick nach draußen. Kinder und Erwachsene, die mit einem Fußball herumtoben, ein Mann und eine Frau, die Federball spielen. Eine Handvoll Erwachsene, die es sich auf Decken und im Gras bequem gemacht haben. Es sind noch nicht so viele da, es geht erst später richtig los.

Nika, neben ihrem Motorrad, umgeben fünf, sechs Kindern verschiedener Größen, die nacheinander das Motorrad besteigen, als wär's ein Pony. Den Größeren leistet sie Hilfestellung, die Kleineren hebt sie hoch und setzt sie auf den Sitz. Sie trägt noch immer die Lederjacke und ich finde, sie steht ihr verdammt gut. Jetzt zieht sie sie aus, wirft sie auf den Boden und wischt sich mit dem Ärmel den Schweiß von der Stirn. Nur in Jeans und Flanellhemd sieht sie auch noch sehr gut aus. Sie darf nicht lange verschnaufen, schon will das nächste Kind auf dem Motorrad sitzen.

Ich muss lachen und Nele blickt mich an.

»Ich beobachte nur Monika und die Kinder. Es ist lustig, wie begeistert sie sind«, sage ich zu Nele. Ich trinke noch einen Schluck Kaffee und wende mich wieder dem Fenster zu.

»Meine Güte, nun redet doch endlich miteinander!«, sagt Nele. Sie stellt die Tasse mit einem Knall auf den Tisch und geht hinaus.

Tommy kippelt auf seinem Stuhl und starrt dabei auf die Tasse in seiner Hand. Ich habe Angst, er fällt um und bricht sich den Rücken. Aber ich sage besser nichts. Nichts dazu.

»Was ist los?«, frage ich stattdessen.

»Wie konnte sie das machen, diese Frau, dich dieser Tortur aussetzen?«

»Diese Frau heißt Monika. Und sie hat gedacht, es würde mir Spaß machen, mit ihr Motorrad zu fahren. Dass ich es so wenig vertrage, konnte sie nicht wissen, ich habe es ja selbst nicht gewusst. Ich bin freiwillig mitgefahren. Und was ist schon groß passiert? Mir ist schlecht geworden, weiter nichts.«

Er stellt die Tasse auf den Tisch. Die vorderen Stuhlbeine knallen auf den Boden.

»Du hättest uns wenigstens vorwarnen können.«

»Vorwarnen? Ihr sagt doch immer, bringt ruhig noch jemanden mit, je mehr wir sind, umso besser. Und jetzt darf ich nicht einmal mehr eine Freundin mitbringen, ohne vorher zu fragen?«

»Eine Freundin? Jetzt tu doch nicht so, als wäre nichts zwischen euch, das riecht man doch zehn Meter gegen den Wind.«

«Und?«

»Was und?«

»Wo ist das Problem?«

»Ich hätte gerne vorher Bescheid gewusst.«

»Meine Güte, ich weiß ja selbst noch nicht Bescheid. Ich kenne sie erst seit einer guten Woche.«

»Und da stellst du sie schon deiner Familie vor?«

»Ich stelle sie ja gar nicht meiner Familie vor. Ich möchte einfach etwas Zeit mit ihr verbringen.«

»Dafür ist hier ja der richtige Ort.« Er lacht verächtlich.

»Wo ist das Problem, Tommy?«

Er antwortet nicht. Er nimmt die Tasse vom Tisch, trinkt aber nicht daraus, sondern lässt sie, die Unterarme auf die Schenkel gestützt, zwischen seinen Beinen baumeln.

»Es sind gerade mal neun Monate.«

»Du bist also der Meinung, ich müsste das Trauerjahr einhalten, ja? Und wenn ich es schon nicht tue, soll ich es wenigstens geheim halten?«

»Ich hätte nur nicht gedacht, dass du schnell darüber hinwegkommst.«

»Ich bin nicht darüber hinweg.«

»Es sieht aber so aus.«

»Dann sieht es falsch aus.«

Nika steht an der Tür. Als Tommy sie sieht, steht er auf und geht.

»Vielleicht sollte ich wieder fahren«, sagt Nika.

»Ich will nicht, dass du fährst. Wenn du fährst, komme ich mit. Ich setze mich auch wieder auf dieses Motorrad, das ist mir dann auch egal.«

Nele, die hinter Nika aufgetaucht ist, schiebt sie in die Küche.

»Ihr bleibt alle beide! Er wird sich schon wieder einkriegen«, sagt sie. »Ich bin übrigens Nele.« Sie gibt Nika die Hand. »Herzlich willkommen auf unserem Fest. Möchtest du Kaffee?«

»Sehr gerne.«

»Warum stört ihn jetzt etwas, was ihn nicht gestört hätte, wenn Solveig noch leben würde?«, frage ich. Nele antwortet nicht, sie weiß, dass ich die Antwort kenne.

»Ich hätte vorher mit ihm reden sollen«, sage ich. »Ich muss bescheuert sein!« Ich klatsche mir die Hand vor die Stirn, Nika nimmt sie, hält sie fest.

»Ich geh mal nach ihm sehen«, sagt Nele und verlässt die Küche.

»Darf ich?«, fragt Nika. Sie steht neben mir, bereit, ihren Arm um mich zu legen. Statt zu antworten, lege ich meinen Arm um ihre Hüften. Sie krault meinen Nacken und ich bekomme Gänsehaut. Ich ziehe sie auf meinen Schoß, küsse sie. Sie unterbricht den Kuss. Wahrscheinlich schmecke ich noch nach dem Erbrochenen.

»Das sollten wir vielleicht nicht tun, nicht hier, nicht in diesem Moment«, sagt sie.

»Dann gehen wir doch woanders hin.«

Joshua

Joshua parkt den Wagen neben einem großen Motorrad. Gleich neben ihm fährt ein Kleinbus herein und parkt auf der anderen Seite. Er zieht die Handbremse fest, steigt aus und geht zum Kofferraum. Während er den mitgebrachten Salat, den Wein und die beiden Reisetaschen aus dem Kofferraum nimmt, hebt Brigitte die Tasche mit dem noch immer schreienden Jonas vom Rücksitz und stellt sie auf den Boden. Aus dem Kleinbus steigen drei Frauen und drei Männer. Stimmen, Gelächter, sie wirken recht aufgekratzt.

»Nimm doch nicht gleich alles mit. Wir wissen ja noch nicht, wohin damit«, fährt Brigitte ihn an.

»Da ist aber jemand mächtig sauer«, ruft einer der Männer Joshua zu und zeigt auf den schreienden Jonas. Er hat stoppelkurzes Haar, einen Dreitagebart und ist ungefähr in Joshuas Alter.

»Nicht sauer, Hunger!«, antwortet Joshua. Der Mann lacht.

»Ich auch!«, ruft er und macht sich zusammen mit den anderen auf den Weg in Richtung Haus.

Joshua stellt die Taschen wieder in den Kofferraum.

»Aber den Salat, das Fleisch und den Wein nehmen wir gleich mit, oder?«, fragt er.

»Und die Tasche mit Jonas' Sachen natürlich. Ich glaube, er braucht auch neue Windeln.«

Joshua nimmt die Tasche mit Jonas' Sachen wieder aus dem Kofferraum.

»Willst du nicht abschließen?«, fragt Brigitte.

»Meinst du, das ist hier nötig?«

»Sicher ist sicher.«

Joshua stellt die Sachen noch einmal ab und sucht in der Hosentasche nach dem Schlüssel. Er drückt kurz auf den Knopf und hört das leicht fiepende Geräusch verbunden mit einem Klicken, als die Schlösser einrasten.

Nele ist gerade dabei, die Busgruppe zu begrüßen. Sie

umarmt alle, küsst sie auf die Wangen, dann auf den Mund und wirkt recht überschwänglich. Eine Frau umarmt sie besonders lange. Auch sie hat stoppelkurzes Haar und trägt – was in Joshuas Augen überhaupt nicht dazu passt – ein geblümtes Sommerkleid, das ihr bis unter die Knie reicht, und Lippenstift. Joshua betrachtet sie fasziniert. Die beiden Frauen küssen einander. Kein kurzer Schmatz auf die Lippen, sondern ein richtiger Kuss. Nele streicht ihr über den Kopf. »Habt ihr euch abgesprochen«, hört Joshua sie sagen.

»Das gefällt dir natürlich.« Brigitte stupst ihn in die Seite.

Nele hat sie entdeckt und kommt auf sie zu.

»Hallo, Kleiner, du hast wohl Hunger. Oder in die Windeln gemacht«, sagt sie und streicht Jonas über den krebsroten Kopf. »Kommt, ich zeig euch die Küche, dann könnt ihr ihn versorgen.«

Nele weist Brigitte in die Küche ein, während Joshua an der Tür steht, immer noch mit Salat und Fleisch und Wein in den Händen.

»Ich mach das schon«, sagt Brigitte und schiebt ihn aus der Küche. »Geh du mal zu den Männern, darauf wartest du doch die ganze Zeit.«

»Und die Sachen?«, fragt er.

»Das Buffet ist draußen und der Grill. Und die Männer natürlich auch«, sagt Nele und zwinkert ihm zu.

Toni

Nika ist stehen geblieben. Ich gehe langsam ein Stück voraus. Sie telefoniert mit Stefan Keller und wird immer lauter. Ich gehe schneller, setze mich schon einmal an den See.

Nach einer Weile spüre ich ihre Hand auf meiner Schulter. Sie setzt sich neben mich.

»Vielleicht kann ich ja mit jemand anderem fahren«, sage ich.

»Nein, ich fahre dich. Stefan hat das Auto dauernd. Und das letzte Mal, als ich es gebraucht habe, musste ich ihn auch abholen, weil er irgendwo festsaß.«

Ich sage nichts. Meine Fäuste liegen auf meinen Knien, ich starre auf die weißen Knöchel.

Sie nimmt meine linke Faust, öffnet sie und hält meine Hand fest.

»Danke«, sage ich nur und sie schiebt mir eine Haarsträhne aus der Stirn.

»Solveig hat mir manchmal erzählt, wie anstrengend unsere erste Zeit war, weil ich meinen Mund nicht aufbekommen habe. Sie musste mir alles aus der Nase ziehen. Anscheinend habe ich einen Rückfall.«

Sie legt ihren Arm um meine Schulter.

»Mir ist schrecklich heiß«, sage ich, »wir hätten uns umziehen sollen.«

»Wir könnten eine Runde schwimmen.«

Ich blicke mich um. Das Haus ist in Sichtweite, inzwischen sind weitere Gäste angekommen.

»Wir können ja noch ein Stück gehen, es gibt da einige schöne Badestellen«, schlage ich vor.

Sie hat sich schnell aus ihren Sachen geschält, während ich noch dabei bin, mein Hemd aufzuknöpfen.

»Schon tatterig oder schüchtern?«, fragt sie.

»Schüchtern«, antworte ich.

»Schade, wenn du tatterig wärst, hätte ich dir jetzt geholfen.«

»Oh, ich bin auch tatterig«, sage ich grinsend. »Vor allem tatterig. Sehr tatterig.«

Sie öffnet die letzten drei Knöpfe und schiebt mir das Hemd über die Schultern. Mit der Lasche des BHs hat sie Schwierigkeiten.

»Vertrackt«, sagt sie und ich spüre ihren Atem an meinem Hals. »Ach, jetzt hab ich es.«

Sie lässt mich einfach stehen und geht in Richtung Wasser. Ich ziehe mich ganz aus und folge ihr. Als ich sie erreiche, nimmt sie meine Hand.

Am Ufer ist das Wasser noch flach, doch es wird schnell tiefer.

»Gibt es hier gefährliche Strudel, Untiefen?«, fragt sie.

»Auch nicht mehr als in meiner Seele«, antworte ich und zwinkere ihr zu.

»Na, dann ist es ja nicht sehr gefährlich. Komm!«, sagt sie, taucht unter und zieht mich mit. Nur im ersten Moment ist es kalt. Die vielen heißen Sommertage haben dem Wasser Temperatur gegeben, so hält sich der Schock in Grenzen.

Es macht Nika nichts aus, dass ihr Haar nass wird, sie schwimmt nicht wie viele mit dem Kopf über Wasser, gelegentlich legt sie sogar ein paar Kraulzüge ein. Sie ist eine gute Schwimmerin, aber das habe ich auch erwartet. Trotzdem freue ich mich darüber. Wahrscheinlich würde es ihr auch Freude machen, wenn ich gerne mit ihr Motorrad führe, denke ich und der Gedanke trübt meine Freude. Aber nur für einen Moment. Sie wartet, ich kraule auf sie zu und wir umarmen uns.

»Vorm Schwimmen scheinst du also keine Angst zu haben«, sagt sie.

»Vorm Schwimmen nicht direkt.«

»Aber?«

»Vor den Strudeln und Untiefen. Hauptsächlich vor den Untiefen.«

»Na, davon gibt es hier ja nicht so viele, haben wir vorhin festgestellt.«

»Das sagst du, meine Liebe, das sagst du.« Wieder zwinkere ich ihr zu. Sie schwimmt zu mir, legt ihre Arme um mich, küsst mich.

»Du hast einen Humor wie Erdbeereis, weißt du das?« Sie lacht.

»Erdbeereis?«

»Eine gute Freundin von mir macht ihr eigenes Erdbeereis. Da könnte ich mich jedes Mal reinlegen.« Sie lacht und schluckt dabei Wasser, muss husten. »Komm, lass uns zurückschwimmen«, schlägt sie vor, als sie wieder Luft bekommt.

Wir liegen nackt nebeneinander und ich versuche mich daran zu gewöhnen, mir ihr nackt zu sein. Sie betrachtet meine Narbe, berührt sie vorsichtig, fährt sie mit dem Finger nach.

»Erzähl mir davon«, sagt sie.

»Eine Fallot-Tetralogie, eine Kombination von vier Herzfehlern, einer davon ist ein Loch in der Herzscheidewand, gar nicht so selten. Die Prognose war schlecht, eigentlich sollte ich gar nicht mehr leben. Sie haben ständig mit meinem Tod gerechnet. Natürlich haben sie mir das nicht gesagt, ich habe es aber gespürt. Ich hatte mein Leben lang das Gefühl, bereits mit einem Bein im Grab zu stehen. Deshalb hasse ich Geheimnisse und besonders hasse ich es, wenn mir Dinge verschwiegen werden, um mich zu schonen.«

Schweigen. Sie schaut mich an, ich spüre ihren erwartungsvollen Blick. Ich sehe lieber woandershin. Auf einen Schwarm Insekten, der über dem seichten See kreist, auf einen Wolkenfetzen am sonst strahlend blauen Himmel. Was will sie von mir?

»Das war jetzt aber die Kurzfassung der Kurzfassung der Kurzfassung, oder?«, fragt sie.

Ich räuspere mich. »Es fühlt sich komisch an, überhaupt darüber zu sprechen, ich habe auch mit Solveig nicht sehr oft darüber gesprochen. Ich habe drei Psychotherapien hinter mir, in denen ich so gut wie gar nicht darüber gesprochen habe. Was es bedeutet, über Gefühle, über so etwas zu sprechen, habe ich erst bei Solveig gelernt. Und dafür habe ich sehr lange gebraucht. Diese Krankheit, sie war ein Tabu, Angst war ein Tabu, Traurigkeit war tabu. Das waren Dinge, die meine Eltern furchtbar aufgeregt haben, vor allem meine

Mutter. Also habe ich gelernt, alleine damit klarzukommen. Dabei habe ich mich immer nach jemandem gesehnt, einer Freundin, mit der ich über alles reden kann, die es versteht, die berührt ist, einfach ganz unaufgeregt berührt. Anfangs bin ich erst gar nicht auf die Idee gekommen, mit Solveig zu sprechen, wenn mich irgendetwas bedrückt hat. Ich musste mich immer wieder selbst daran erinnern. He, Toni, du hast jetzt eine Freundin, so wie du es dir immer gewünscht hast. Jetzt geh zu ihr hin und erzähl ihr, was los ist.«

»Dafür machst du es aber gerade ganz gut.«

»Findest du?«

»Ja. Du berührst mich – ganz unaufgeregt.« Sie lächelt, blickt auf ihre Hand, über die ich zärtlich mit dem Daumen streiche.

Sie blickt auf. Ich höre Stimmen, als ich mich umdrehe, sehe ich eine Gruppe Männer und Frauen auf unsere Badestelle zuschlendern. Die meisten habe ich irgendwann schon einmal gesehen, aber nur eine der Frauen kenne ich mit Namen. Sie bleibt neben mir stehen, begrüßt mich. Ich richte mich auf.

»Hallo Susanne«, sage ich und reiche der Frau die Hand. Es ist mir unangenehm, hier nackt zu sitzen, während sie noch angezogen ist. Und noch unangenehmer ist es mir, als sie sich zu mir herunterbeugt und mich umarmt.

»Hallo Toni, schön, dich mal wieder zu sehen.«

»Das ist Monika.«

»Hallo Monika.«

Wir wechseln ein paar Worte, dann geht Susanne zu den anderen, die sich nur ein paar Meter von uns entfernt im Sand niedergelassen haben.

»Scharfe Braut«, flüstert mir Nika ins Ohr.

Ich lache.

»Aber nicht so scharf wie du«, fügt sie hinzu. Sie streichelt meinen Arm und sieht mich dabei an. Aber ich bin unruhig und sie merkt es sofort. Ich fühle mich nicht mehr ungestört, seit wir Gesellschaft bekommen haben, das ist alles.

»Komm, lass uns woanders hingehen!«

»Was? Du willst mich von ihr weglotsen? Bist du etwa eifersüchtig? Hast du nicht gesagt, dass du es damit nicht so genau nimmst?«

»Hab ich das?«

»Ja, als wir zusammen gegessen haben.«

»Echt?«

»Stimmt es etwa nicht?«

»Doch. Aber du, heute im Zelt mit Susanne, das würde mich dann doch umhauen.«

»Zelt? Welches Zelt?«, fragt sie.

»Das wirst du schon sehen«, antworte ich.

Joshua

Joshua fühlt sich unsicher, als er den Rasen vor dem Haus betritt. Er sucht sich einen Platz im Schatten eines Baumes, von dem aus er eine gute Sicht auf das Bocciaspiel hat, das gerade stattfindet, direkt hinter zwei Männern, die ebenfalls das Spiel zu verfolgen scheinen. Doch bald merkt Joshua, dass sie mehr miteinander beschäftigt sind als mit dem Spiel. Sie haben ihre Arme umeinander gelegt und der eine streichelt dem anderen immer wieder über den nackten Rücken. In regelmäßigen Abständen wenden sie sich einander zu und küssen sich. Joshua kann sogar ihre Zungen erkennen, wie sich die eine in den Mund des anderen schiebt, wie sie sich berühren, über Lippen und Zähne streichen. Aber das will er nicht sehen. Er fühlt sich unbehaglich.

Er blickt sich um. Vor dem Haus tummeln sich schätzungsweise dreißig Leute, mehr Männer als Frauen. Er ist der einzige Mann, der noch ein T-Shirt trägt, auch viele von den Frauen liegen halbnackt im Gras. Von Thomas ist weit und breit nichts zu sehen. In der Nähe steht ein großer Schwenkgrill, um den sich zwei junge Männer in Shorts kümmern. Einer bedient einen großen Blasebalg, der andere schürt mit einem

Metallhaken das Feuer. Joshua beobachtet die beiden eine Weile. Er erkennt in dem einen Thomas' Geschäftspartner Frank. Jetzt beginnen sie, den Grill mit Fleischscheiben und Gemüsespießen zu belegen und bald steigt Joshua der Duft von Gegrilltem in die Nase.

»Wo gibt es hier etwas zu trinken?«, fragt Joshua einen Mann, der sich neben ihm niederlässt. Der Mann zeigt auf eine große Metallwanne voller Wasser, die nahe beim Haus im Schatten steht und die mit Flaschen gefüllt ist. Joshua holt sich ein Bier und sucht nach dem Flaschenöffner. Beim Buffet wird er fündig. Er öffnet sein Bier und legt den Kronkorken in eine extra dafür bereitgestellte Büchse. Als er sich umdreht und wieder in die Sonne tritt, fällt ihm fast das Bier aus der Hand. Für einen Moment glaubt er zu halluzinieren. Er blinzelt, die Sonne blendet ihn. Schnell versteckt er sich im Schatten neben dem Haus. Jetzt kann er wieder besser sehen. Über die Wiese schlendern Hauptkommissarin Monika Haberstroh und seine Nachbarin. Ja, es ist eindeutig die Frau aus dem Dachgeschoss, die ihn gesehen hat, als er bei der Frau geklingelt hat, die wahrscheinlich behaupten wird, er habe sie vergewaltigt. A. Becker, erinnert sich Joshua an den Namen auf dem Klingelschild. Dieselbe Frau, die ihn gestern Morgen bereits verfolgt hat, als er mit Martin joggen war. Sehr wahrscheinlich weiß sie mittlerweile, was passiert ist und hat Hauptkommissarin Haberstroh informiert. Und jetzt wollen sie ihn verhaften. Aber woher wissen die beiden, dass er hier ist? Von Martin? Joshua hat Martin doch nur erzählt, dass er übers Wochenende zu einem Freund aufs Land fährt. Und die große Fete hat er natürlich erwähnt. Aber daraus lässt sich doch nicht viel schließen. Von Thomas weiß Martin nichts. Joshua hat keine Ahnung, wie die Kommisarin mit irgendjemandem in Kontakt gekommen sein könnte, der weiß, dass er jetzt hier ist. Und doch ist sie hier. Beide tragen dicke Jeans und Flanellhemden, die überhaupt nicht zum Wetter passen. Ein Indiz, dass sie nicht zum

Spaß hier sind. Aber sie scheinen Spaß zu haben. Sie lachen, schäkern miteinander, jetzt nimmt die Kommissarin sogar A. Beckers Hand und zieht sie mit, vorbei am Schwenkgrill, der Wanne mit den Getränken, vorbei an ihm, hinein ist Haus.

Joshua überlegt, ob er ihnen folgen soll, aber er traut sich nicht. Vielleicht suchen sie ihn gerade im Haus. Fragen Nele nach ihm. Verhören Thomas. Sprechen mit Brigitte, die ihnen erzählen wird, wie sie Joshua heulend und blutend vor der Haustür aufgelesen hat.

Aber irgendetwas stimmt an dieser Version nicht.

Ein Stück vom Haus entfernt, auf der rechten Seite, erspäht Joshua ein großes Zelt. Es steht offen und Joshua hat den Eindruck, es ist leer, auch wenn er es von seinem Platz aus nicht wirklich erkennen kann. Das ist der ideale Posten, um das Haus im Auge zu behalten.

Das Zelt ist mehr als mannshoch, Joshua kann gut darin stehen. Es ist mit Decken und Kissen ausgelegt, oben sind Schnüre gespannt, von denen Stoffe hängen. Sie dienen als Raumteiler, so entstehen lauter kleine Nischen und Höhlen. Es riecht ein wenig nach Räucherstäbchen, Sandelholz vielleicht, Rose, Patschuli, wahrscheinlich eine Mischung von alledem. Das Zelt scheint leer zu sein. Joshua setzt sich in die Nähe des Eingangs und blickt zum Haus. Der Mann, den er nach den Getränken gefragt hat, kommt auf das Zelt zu. Ein großer schlaksiger Typ mit blondem Haar, von dem ihm eine Strähne in die Stirn hängt. Joshua schätzt ihn auf Mitte dreißig, Thomas' Alter. Er setzt sich neben Joshua.

»Hallo, ich bin der Steffen, und du?«, sagt er und legt seine Hand für einen Moment auf Joshuas Schenkel.

»Joshua.«

»Joshua?«

Joshua nickt.

»Dich habe ich hier auch noch nicht gesehen. Zu wem gehörst denn du?«

Er spricht mit einem süddeutschen Akzent, schwäbisch wahrscheinlich. Joshua ist sich nicht sicher, was er meint. »Ich bin mit meiner Frau hier«, antwortet er.

»Ich gehör zu dem Netzwerk um Frank, Anneliese, Reinhard und so. Des geht von Freiburg über Köln nach Hamburg.«

Joshua hat keine Ahnung, wovon der Mann spricht. »Ich bin ein Freund von Thomas«, sagt er und überlegt, wie er Steffen loswerden kann. Ein Pärchen – Joshua meint damit einen Mann und eine Frau – kommt auf das Zelt zu, geht an Joshua und Steffen vorbei und verschwindet in einer der Nischen. Steffen redet wieder, Joshua weiß immer noch nicht so recht, wovon er eigentlich spricht. Es geht um irgendein Bienentreffen, das mal wieder super war, und das nächste sei im September. Ob Joshua auch teilnehmen wird? Joshua erwidert, dass er nichts mit Bienen zu tun habe und fragt, ob Steffen denn Imker sei. Anscheinend ein Fauxpas, jedenfalls scheint es dem Mann die Sprache verschlagen zu haben. Aber das ist Joshua recht. Er beobachtet, wie seine Nachbarin und die Hauptkommissarin zusammen mit Nele und Brigitte aus dem Haus kommen. Die Polizistin und seine Nachbarin haben sich umgezogen. Hauptkommissarin Haberstroh trägt ein helles Leinenkleid, seine Nachbarin eine dunkle Leinenhose und ein helles Hemd. Die vier schlendern zum Grill. Joshua ist beunruhigt. Er fragt sich, wo Jonas geblieben ist. Die vier Frauen scharen sich um den Grill. Sie stehen mit dem Rücken zum Haus. Aus dem Innern des Zelts dringt leises Stöhnen.

»Ich geh mal nach meinem Sohn sehen«, sagt Joshua und geht.

Im Haus ist es kühl. Jedenfalls im Vergleich zu draußen. Joshua sieht sich um. Die Küche mit dem großen Ohrensessel in der Ecke hat er vorhin schon gesehen. Die Stube ist leer, der Kamin natürlich kalt. Von oben hört er Babygeschrei und eine Frauenstimme, die ein Schlaflied singt. Er geht die Treppe hinauf. In dem Raum, aus dem die Stimmen kommen, steht ein großer Sessel. Ein Buch liegt aufgeschlagen darauf. Auf einem großen Bett liegen drei Babys in ihren Tragetaschen. Vor einer der Taschen kniet eine Frau. Das Baby hat aufgehört zu schreien. Die Frau spricht mit ihm, piekt es in den Bauch, bringt es zum Lachen. In der Tragetasche daneben entdeckt Joshua Jonas. Er hat die Augen offen und gibt die knarzenden Töne von sich, die Joshua so vertraut sind.

Die Frau bemerkt, dass jemand hinter ihr steht.

»Ablöse?«, fragt sie.

Joshua nickt. Die Frau nimmt das Buch vom Sessel und verlässt den Raum.

Das Baby, das vor Kurzem noch geschrien hat, lächelt Joshua an. Er streicht ihm mit dem Finger über die zarte Wange und legt seine Hand auf seinen Bauch. Gleichzeitig streicht er mit der anderen Hand Jonas über den Kopf. Jonas gluckst fröhlich vor sich hin. Das dritte Baby hat die Augen geschlossen, es scheint zu schlafen. Joshua singt den Babys ein Schlaflied, doch er singt leise, damit er das dritte Baby nicht weckt.

Es ist still, die Babys schlafen nun alle drei. Joshua setzt sich in den Sessel. Er lässt seinen Blick über die Tragetaschen schweifen, dann sieht er durch das Fenster nach draußen. Nele, Thomas, die Polizistin und seine Nachbarin sitzen im Halbkreis im Gras. Brigitte sitzt ein Stück weiter weg und unterhält sich angeregt mit einer Frau. Fast alle haben Teller mit Essen in den Händen. Das Bocciaspiel ist beendet. Stattdessen spielen ein Mann und ein Junge Federball. Ein Stück weiter weg haben ein paar Kinder ein Fußballspiel begonnen. Nein, niemand ist hierhergekommen, um ihn zu verhaften. Niemand will etwas von ihm. Warum auch immer Hauptkommissarin Haberstroh hier ist, mit ihm hat es nichts zu tun.

Auf einmal spürt Joshua etwas, was er schon lange nicht mehr gespürt hat. Ein warmes Gefühl in seinem Bauch, das sich allmählich in seinem ganzen Körper ausbreitet. Er schließt die Augen und versucht, es zu genießen.

Toni

Wir haben uns unter einem der großen Marktschirme im Gras niedergelassen, Tommy, Nika und ich. Tommy ist noch immer nicht sehr gesprächig, aber er blickt schon weniger grimmig als vorhin noch. Und er hat sich bei Nika für sein Verhalten entschuldigt.

»Erinnerst du dich noch an die Geschichte mit dem Riesenrad?«, frage ich Tommy.

»Klar erinnere ich mich noch daran«, antwortet der.

Ich wende mich Nika zu.

»Tommy war zehn, wir waren in einem Vergnügungspark und die Kinder und Solveig wollten unbedingt Riesenrad fahren. Ich habe mich dazu breitschlagen lassen mitzufahren. Es waren offene Gondeln, es war ein kalter Tag, ich war nicht warm genug angezogen und das Riesenrad hielt Ewigkeiten, als wir ganz oben waren. So kam es mir jedenfalls vor. Ich hab gefroren und bin fast gestorben vor Angst.«

»Und ich habe dich ausgelacht«, sagt Tommy. Er lächelt.

»Dabei hattest du mindestens so viel Angst wie ich.«

»Stimmt«, antwortet Tommy. »Deswegen habe ich dich ja ausgelacht.«

Wir haben uns im Gras ausgestreckt, die leeren Teller liegen neben uns. Susanne ist vom Baden zurück und mit Nele in die Küche gegangen. Eine Weile liegen wir schweigend da.

»Jemand ein Bier?«, fragt Nika.

»Gerne«, antworte ich.

»Ich auch«, sagt Tommy. Er blickt Nika nach.

»Sie ist nett«, sagt er.

»Ja, das ist sie«, antworte ich und lache. »Und sie ist gut für mich.«

»Wirklich?«, fragt er.

»Was lässt dich daran zweifeln?«, frage ich.

Er scheint darüber nachzudenken. Bevor er antworten kann, ist Nika zurück. Sie reicht uns das Bier und streckt sich neben mir aus. Ich habe Sehnsucht nach ihr. Möchte sie berühren, meinen Kopf auf ihren Bauch legen. So wie es viele andere um uns herum auch tun. Aber ich tue es nicht. Stattdessen sehe ich mich um. Fußball spielende Kinder. Sich unterhaltende und kuschelnde und knutschende Erwachsene. Alles noch ganz harmlos. Ein Mann und eine Frau, die auf das Zelt zugehen. Noch etwas früh dafür. Wenn es dunkel wird und die Kinder schlafen gegangen sind, dann beginnt die Zeltzeit.

»Meinst du, die lassen uns mitspielen?«, fragt Nika.

»Ich will da bestimmt nicht mitspielen«, sage ich.

Nika blickt mich irritiert an. »Und wieso nicht?«, fragt sie.

»Ich habe da noch nie mitgespielt. Nicht hier. Da spiele ich lieber mit den Kindern Fußball. Oder Federball. Das sind die Spiele, auf die ich mich hier beschränke.«

»Aber davon rede ich doch. Was hast du denn gedacht, wovon ich rede?«

Im Hintergrund fängt Tommy an zu lachen. Und auch ich kann ein Kichern nicht unterdrücken.

»Was ist denn jetzt los?«, fragt Nika.

»Toni redet von speziellen Spielen für Erwachsene, die sie missbilligt«, antwortet Tommy, als er sich wieder eingekriegt hat.

»Nur weil ich mich nicht an ihnen beteilige, heißt das nicht, dass ich sie missbillige. Die Freiheit, etwas zu tun, beinhaltet auch die Freiheit, etwas nicht zu tun, lieber Tommy.«

»Sehr wahr, liebe Toni.«

»Kann mich vielleicht mal jemand aufklären?«, fragt Nika.

Tommy, der gerade dabei ist, einen Schluck Bier zu trinken, spuckt es aus und wälzt sich laut prustend und quiekend im Gras. Auch ich habe einen Lachanfall. Das Lachen wirkt auf Nika ansteckend und bald kugelt auch sie sich im Gras.

»O Gott, ich kann nicht mehr«, presse ich zwischen meinen Lachern raus und halte mir den Bauch. »Hör auf, Tommy, ich kann nicht mehr.«

»Meine Güte, was ist denn hier los?«, fragt Nele und setzt sich zusammen mit Susanne neben uns ins Gras.

»Wir benehmen uns wie ein Haufen pubertierender Jugendlicher, weiter nichts«, antworte ich, als ich mich wieder etwas beruhigt habe.

»Komm«, sage ich zu Nika und ziehe sie hoch, »Fußball spielen.«

Joshua

Knarrende Dielen, Schritte, Stimmen. Joshua schreckt hoch. Er muss eingeschlafen sein. Die Sonne steht rot über dem See. Im Raum ist es fast dunkel, die kleinen Fenster lassen kaum Licht herein. Joshua steht auf, geht zur Tür. Zwei Frauen steigen die steile Treppe zum Dachboden hinauf. Monika Haberstroh und A. Becker. Joshua folgt ihnen leise. An der Tür zum Dachboden bleibt er stehen und späht vorsichtig hinein. Ein großer Raum mit kleinen Fenstern in den Dachschrägen, in die ein Schimmer Abendrot dringt. Auf den geölten Holzdielen verteilt liegen Matratzen und Kissen. Die Polizistin und seine Nachbarin sind verschwunden. Doch von irgendwoher hört er Stimmen. Dann ein leises Quietschen, es klingt nach einem Scharnier, das einige Tropfen Öl nötig hätte. Am anderen Ende des großen Raumes entdeckt Joshua eine kleine Abtrennung mit einer Tür, die offen steht. Joshua geht hinüber und blickt hinein, immer noch vorsichtig. Eine kleine Klapptreppe führt hinauf zur Öffnung im Zwischenboden. Joshua sieht gerade noch die Beine von Monika Haberstroh durch die Luke verschwinden.

»Es riecht gut!«, hört Joshua Monika Haberstroh sagen.

»Das ist das geölte Holz.«

»Und das hat Tommy hier alles selbst ausgebaut?«

»Ja, mit Nele natürlich und ein paar Freunden.«

»Sieh dir den Blick an. Wahnsinn.«

»Von der anderen Seite siehst du den Sonnenaufgang.«

»Schön. Und hier habt ihr immer geschlafen?«

»Ja, Tommy hat gesagt, er hat es extra für uns eingerichtet. Damit wir unsere Ruhe haben, wenn wir hier sind. Tommy kennt mich halt gut.«

»Und hier sollen wir heute Nacht schlafen?«

»Ich bin mir nicht sicher, ob es geht.« Schweigen. »Das letzte Mal, dass ich … dass Solveig und ich …« Schweigen.

»Wir können ja draußen schlafen. Wir nehmen unsere Schlafsäcke mit und legen uns an den See. Das ist bestimmt schön.«

»Ja.«

Schweigen.

Joshua wartet noch einen Moment, lauscht. Keine Ahnung, was die beiden Frauen jetzt tun, sie sprechen jedenfalls nicht mehr. Er ist schon kurz davor, wieder nach unten zu schleichen, als er die Stimme seiner Nachbarin wieder hört.

»Da ist irgendwas«, sagt sie.

»Was meinst du?«

»Ich weiß auch nicht.«

Schweigen.

Sie hat recht, da ist irgendwas. Joshua kann es auch spüren. Eine Art – Schwere, Joshua hat keine Ahnung, woher sie kommt. Doch er hat keinen Zweifel, dass sie da ist, sie ist zum Anfassen real. Das konnte er immer schon gut, Stimmungen erspüren. Er wusste immer gleich, wie sein Vater gelaunt war, wenn er abends nach Hause kam. Joshua wusste es, bevor der Vater das erste Wort gesprochen hatte. Und er konnte sich darauf einstellen. Er war ein sensibles Kind und er ist ein sensibler Mann geworden. Einfühlsam, freundlich. Einer, der Situationen intuitiv erfasst. Nicht umsonst ist er Therapeut geworden. Und er war ein guter Therapeut. Das ist er jetzt wahrscheinlich nicht mehr. Zumindest zurzeit. Aber ein Vergewaltiger und ein Schläger, nein, das kann er nicht sein, das ist unmöglich, das passt nicht zu ihm. Irgendetwas stimmt mit dieser Geschichte nicht. Ob er das alles geträumt hat?

Nicht mal im Traum ist er ein Schläger und Vergewaltiger. Jemand hat ihn hypnotisiert und dazu gebracht, das zu tun. Nein, jemand hat ihn hypnotisiert und dazu gebracht zu träumen, dass er es getan hat. In Wirklichkeit ist nichts geschehen.

Von unten hört er ein Baby schreien. Er durchquert den Dachboden und steigt die Treppe zum zweiten Stock hinunter. Licht brennt jetzt im Treppenhaus und im Zimmer mit den Babys.

»Warum sind die Babys alleine?«, hört er eine fremde Frauenstimme fragen.

»Keine Ahnung«, sagt eine andere.

Er hört Schritte hinter sich und versteckt sich im Raum neben dem mit den Babys. Hier brennt kein Licht. Vor der Tür taucht Nele auf. Joshua sieht sie von der Seite. Er hört Schritte auf der Treppe. Nele blickt nach oben.

»Ah, Toni, da seid ihr ja. Lisa und Jakob haben nach dir gefragt. Sie möchten, dass du ihnen eine Gute-Nacht-Geschichte erzählst.«

»O Gott. Ich weiß nicht, ob mir heute etwas einfällt.«

»Irgendetwas Gruseliges wie letztes Jahr.«

Neben Nele erscheint Joshuas Nachbarin.

»Es war doch immer Sol, die Geschichten erzählt hat. Ich kann so was gar nicht«, sagt sie. In ihrem Ton schwingt etwas mit, das Joshua nicht so recht deuten kann.

Nele legt ihr den Arm um die Hüfte und zieht sie zu sich. Wer ist diese Frau? Was hat Nele mit ihr zu tun? Ist sie Neles Geliebte? Nele hat sie Toni genannt. Neles Geliebte heißt anders, da ist er sich sicher. Obwohl – wer sagt, dass sie nur eine hat. Nach allem, was Joshua weiß, könnte sie zwei, drei oder noch mehr haben.

Monika Haberstroh steht neben den beiden. Joshua sieht nur ihren Arm, ihre Hand, die Tonis Hand hält. Warum auch immer Toni hier ist, es scheinen private Gründe zu sein, die sie hierhergeführt haben. Nele kennt sie, die Kinder kennen sie. Sie ist eine, die den Kindern Gute-Nacht-Geschichten erzählt. Und auch ihre Verbindung zu Monika Haberstroh scheint rein privat zu sein.

»Wir können ja mal unten im Bücherschrank nachsehen, ob wir etwas finden«, schlägt Nele vor.

Die drei Frauen steigen die Treppe hinunter. Joshua hört ihre Stimmen sich entfernen. Er wartet, bis er sie nicht mehr hört. Dann geht auch er hinunter und verlässt das Haus.

Die Sonne versinkt hinter dem See. Jemand schaltet eine Kette aus bunten Glühbirnen und Lampions an, die an Pfosten kreuz und quer über die Wiese gespannt ist. In der Nähe des Schwenkgrills versucht eine ältere Frau, die Kinder dazu zu bringen, sich um Kreis aufzustellen und sich an den Händen zu fassen. Sie spricht mit ihnen, Joshua kann nicht verstehen, was sie sagt. Es sind Kinder unterschiedlichen Alters, das kleinste mag wohl zwei Jahre alt sein. Keins scheint viel älter zu sein als zehn.

»Laurentia, liebe Laurentia mein«, fängt sie an zu singen. Sie versucht, den Kreis in Bewegung zu bringen. Doch die Kinder haben nicht so rechte Lust. Der Kreis bricht auf, eins von den größeren Kindern rennt weg, ein kleines geht mit tapsigen Schritten direkt auf den Schwenkgrill zu. Eine Frau fängt es ab, hebt es hoch, dreht sich um die eigene Achse und schwingt es mit sich herum. Dabei wehen ihr weites Kleid und ihr langes Haar um sie herum. Die Szene hat etwas Unwirkliches an sich, die Frau erinnert Joshua ein wenig an eine Fee, an seine Vorstellung von einer Fee, obwohl sie doch eigentlich viel zu alt ist für seine Vorstellung von einer Fee. Es kommt Joshua so vor, als ginge er in seinem eigenen Traum umher. Ein luzider Traum, in dem ihm bewusst ist, dass er träumt, in dem er seine Bewegungen, seine Handlungen steuern kann. Er blickt sich um. Der Schwenkgrill, das Zelt in der Ferne, das Buffet beim Haus. Thomas mit einem Teller neben dem Buffet. Er unterhält sich mit dem stoppelhaarigen Mann vom Bus, der das Schreien von Jonas kommentiert hat. Von Brigitte ist weit und breit nichts zu sehen. Vielleicht ist sie spazieren oder in diesem ominösen Zelt.

Nein, es ist kein Traum. Es ist ein Spiel. Eins von diesen Krimi-Computerspielen, bei dem man mit seiner Figur Orte aufsuchen kann, auf andere Figuren trifft, alles genau untersucht, so lange Fragen stellt, bis man einen Hinweis erhält, der einen weiterbringt. Genau, dieses Haus, diese Wiese, dieser See, dieses Zelt, das ist sein Spielfeld. Nur stimmt etwas mit seiner Rolle nicht in diesem Spiel. Er ist nicht der Detektiv, er ist der Verbrecher, der herausfinden muss, wie viel die Polizistin bereits weiß. Er könnte auf Thomas klicken, ihn freundlich begrüßen, ein paar Worte mit ihm wechseln. »Wer ist Toni?«, könnte er ihn dann fragen. »Und was macht Hauptkommissarin Monika Haberstroh auf deinem Fest?« Er könnte die Fragen auch scherzhaft verpacken. »Wer ist eigentlich diese Frau, die aussieht wie Harry Potter?« und »Wozu brauchst du eigentlich Polizeischutz?«

Oder er könnte ins Haus gehen, unter dem Vorwand, nach seinem Sohn zu sehen. Er könnte wirklich nach seinem Sohn sehen. Er kann sowieso nicht verstehen, wie Brigitte ihn einfach vergessen kann. Sie hat sich doch seit Stunden nicht mehr um ihn gekümmert. Vielleicht wird Nele ihn mit Toni bekannt machen. Das ist Toni Soundso mit ihrer Freundin, Schwester, Geliebten, Frau … Monika. Er könnte zu dem Zelt gehen, nach Steffen suchen, ihn ausquetschen. Vielleicht würde es ihm ja doch noch gelingen, herauszufinden, um was es hier eigentlich geht, wofür dieses Zelt hier steht. Vielleicht findet er Brigitte in diesem Zelt. Vielleicht treibt Brigitte etwas in diesem Zelt, was ihm einen Vorwand geben könnte, sich von ihr zu trennen. Er könnte zum See gehen, sich nackt ausziehen, hineingehen, sich fallen lassen, einfach nichts mehr tun, nur darauf warten, dass er untergeht. Es gibt so viele Möglichkeiten, dieses Spiel weiterzubringen. Oder zu beenden.

Er setzt sich ins Gras, nimmt die Brille ab, steckt sie zusammengeklappt in seine Hemdtasche, faltet die Hände vor der Stirn und seufzt.

Toni

Wir gehen durch den Wald, auf dem Weg zu einem ruhigen Plätzchen am See. Ein Schlafsack klemmt unter meinem Arm. Nika trägt ihren und einen Rucksack mit Bier und ein paar Kleinigkeiten vom Buffet. Es ist dunkel, nur der Halbmond schimmert ab und zu durch die Zweige. Zum ersten Mal seit heute Nachmittag am See sind wir alleine. Abgesehen von dem Moment auf dem Dachboden. Ich möchte mit Nika sprechen, ihr etwas von mir zeigen, etwas von ihr erfahren, ihr nahe kommen. Ich wünsche mir, dass alles in Fluss kommt, doch es fließt nicht, ich renne gegen meine eigenen Mauern, ich bin sprachlos vor Angst, sprachlos vor – wovor eigentlich? Ich wünschte, ich könnte mit ihr von hier verschwinden. Aber wohin? Ich will mit ihr weg von mir, das ist das Problem. Ich bin das Problem, ich bin ein Minenfeld, ich werde sie umbringen. Blödsinn!

Ich will zu dir, aber ich schaffe es nicht, möchte ich zu ihr sagen. Aber ich schaffe es nicht, überhaupt irgendetwas zu sagen. Ich gehe neben ihr her, schweigend. Sie nimmt meine Hand.

»Das hat Spaß gemacht«, sagt sie.

»Was?«, frage ich.

»Alles«, antwortet sie. Das Fußballspielen mit den Kindern, das Zusammensitzen im Gras, die Unterhaltungen. Einen Blick in dieses Zelt zu werfen.«

Wir schweigen.

»Gibt es dieses Zelt jedes Mal?«, fragt sie.

»Ja, schon seit einigen Jahren. Ich glaube, es war Neles Idee. Es gibt so etwas in der Art auch bei diesen ganzen Bisexuellen-Treffen, zu denen sie gehen – sie zelebrieren es richtig.«

»Und du? Glaubst du nicht daran?«

»An das Zelt?«

»An die freie Liebe oder wie auch immer man das nennen will.«

»Doch, sehr. Aber ich glaube auch an Gott und gehöre keiner Kirche an.«

Wir gehen ein paar Schritte. »Und du?«, frage ich.

»Ich glaube gar nichts, ich sehe nur Möglichkeiten.«

»Möglichkeiten?«

»Ja, ich halte vieles für möglich, ob es funktioniert zeigt sich im Einzelfall in der Praxis. Apropos Praxis …« Sie bleibt stehen, senkt nachdenklich ihren Kopf.

»Ja?« Ich schaue sie an.

»Mir ist gerade sehr nach Praxis. Aber wahrscheinlich sollte ich das besser nicht sagen.«

»Du kannst alles sagen.«

»Kann ich das?«

Sie hebt den Kopf. Trotz Mondlicht liegt ihr Gesicht im Schatten. Ich spüre ihr Lächeln mehr, als ich es sehe.

»Sag es!«

»Wenn ich nicht mit dir hier wäre, würde ich heute glatt in dieses Zelt gehen.«

»Ohne mich wärst du gar nicht hier.«

»Stimmt. Ohne dich hätte ich aber wahrscheinlich gar keine Lust, in dieses Zelt zu gehen. Na ja, vielleicht doch. Sicher ist aber, dass ich heute definitiv nicht in dieses Zelt möchte, auch wenn ich es zu anderen Zeiten vielleicht besucht hätte. Rede ich wirres Zeug? Rede ich mich gar um Kopf und Kragen?«

»Weder das eine noch das andere.«

»Du bist so weit weg.«

»Gar nicht.« Ich gehe einen Schritt auf sie zu. Zweige

knacken unter meinen Füßen. Ich höre ihren Atem, er geht schneller, als ich meine Hände auf ihre Hüften lege, sie zu mir heranziehe. Unsere Gesichter berühren sich fast, mein Mund ihre Wange, ihren Mund. Aber nur fast. Ich spüre ihren Atem auf meinen Lippen. Sie streifen ihre Wange, dann ihr Ohr.

»Soll ich zum Haus zurück und sehen, ob ich ein Eis am Stiel finde, oder reicht dir meine Hand?«

Joshua

Joshua spürt eine Hand auf seiner Schulter. Er setzt seine Brille auf und dreht sich um.

»Darf ich mich zu dir setzen?« Es ist die stoppelhaarige Frau in dem geblümten Sommerkleid.

Joshua nickt und die Frau lässt sich neben ihm im Gras nieder. Es ist noch immer warm und stickig.

»Du bist Joshua, nicht?«, fragt die Frau.

»Ja«, antwortet Joshua verwundert.

»Ich bin Susanne. Tom hat mir von dir erzählt.«

Einen Moment ist Joshua versucht zu fragen, was Thomas erzählt hat, doch es kommt ihm auf einmal so mühsam vor, also lässt er es. Die beiden blicken schweigend auf den See.

»Dir geht es nicht gut«, bricht Susanne schließlich das Schweigen. Joshua ist sich nicht sicher, ob es eine Frage ist oder eine Aussage.

»Eheprobleme?«

»Wie kommst du darauf?«

»Na ja, es geht mich nichts an. Du wirkst nur so traurig, du sitzt alleine herum. Und deine Frau ist schon den ganzen Tag mit Eberhard und Edeltraut zugange. Ich weiß ja nicht, wie es dir damit geht, aber mir wäre das zu viel, wenn der Mensch, mit dem ich hierhergekommen bin, mich einfach links liegen lässt.«

Susanne blickt hinüber zum Zelt.

»Und Tom weiß nicht so recht, was er tun soll. Vielleicht ist es heute nicht seine Hauptsorge, heute bekümmert ihn etwas anderes. Aber ich weiß, dass er sich viele Gedanken um dich macht.«

Joshua weiß nicht, was er dazu sagen soll. Er blickt Susanne an. Ihre Augen funkeln im Schein der Lampions. Vielleicht ist es auch der Mondschein, so genau ist das nicht auszumachen. Dann blickt er wieder aufs Wasser. Susanne legt den Arm um seine Schulter.

»Du könntest mit Tom sprechen, er hat vorhin nach dir gefragt. Ich glaube, er würde sich freuen, wenn du ihn wenigstens begrüßen würdest. Und wer weiß, vielleicht freut sich deine Frau auch, wenn du nach ihr schaust.«

Joshua sagt nichts, doch er sieht sie wieder an. Auf einmal wirkt sie verlegen.

»Ich hoffe, ich nerve dich nicht. Es ist natürlich deine Sache, was du machst. Ich hab dich nur hier sitzen sehen und dachte …« Sie legt die Hände an die Wangen. »Ich hoffe, ich klinge nicht wie eine alte Kummerkastentante.

Joshua muss lachen und Susanne stimmt in sein Lachen ein.

»Hattest du Krebs?«, fragt Joshua.

»Krebs, nein, wieso? Ach, so«, sie streicht mit der Hand über ihr Stoppelhaar. »Nein, ich mag es so. Es ist angenehm im Sommer.«

»Darf ich?«, fragt Joshua und hebt seine Hand.

Sie streckt ihm den Kopf hin, lacht, als er ihr darüberstreicht. Dann küsst sie ihn auf die Wange. Joshua blickt auf ihr wehendes Kleid, als sie in Richtung Haus davonschlendert.

Einen Augenblick bleibt er noch am Wasser sitzen. Wind ist aufgekommen und weht einen Hauch von Fäulnis zu ihm herüber. Er rappelt sich auf, seine Muskeln schmerzen und er kann sich nicht erklären, wieso. Dann erinnert er sich wieder an den Lauf von gestern mit Martin. Vielleicht hat er sich ja dabei etwas übernommen. Er lässt seinen Blick über die Wiese schweifen. Die Kinder sind weg, wahrscheinlich schlafen gegangen. Ob Toni ihnen eine Gute-Nacht-Geschichte erzählt hat? Nur hier und da sitzen ein paar Erwachsene zu zweit oder in Gruppen im Gras. Im Schwenkgrill glühen noch ein paar Kohlenreste. Es liegt nichts mehr auf dem Rost. Niemand kümmert sich darum und Joshua macht sich Sorgen, dass der frisch aufgekommene Wind Funken auf das trockene Gras wehen und ein Feuer verursachen könnte. Er muss sich darum kümmern. In der Küche findet er bestimmt einen Eimer. Er kommt am Küchenfenster vorbei und blickt in die hell erleuchtete Küche. Thomas steht am Spülbecken, Joshua sieht ihn nur von hinten. Schräg hinter ihm steht der stoppelhaarige Mann vom Bus. Er hat ein Geschirrtuch in der Hand, redet, lacht, gestikuliert laut. Jetzt greift er Thomas von hinten mit beiden Händen an die Seiten. Thomas dreht sich um und windet sich dabei aus seinem Griff. Er packt die Hände des anderen und hält sie fest. Dabei lacht er. Schaum läuft ihm die Unterarme hinunter bis zu den Ellenbogen. Jetzt greift er mit beiden Händen den Nacken des Mannes, zieht ihn zu sich und küsst ihn. Der Mann nimmt Thomas in die Arme, küsst sich Thomas' Wange hinunter bis zum Hals. Er knöpft Thomas' Hemd auf und küsst seine Nippel. Joshua wendet sich ab, geht am Hauseingang vorbei zum Buffet, steht eine Weile da und blickt auf die Salatschüsseln und Teller mit kaltem Grillfleisch, mit Würstchen, Gemüse und Maiskolben.

Plötzlich steht Steffen neben ihm, er hat ihn nicht kommen sehen.

»Ich brauche Wasser«, sagt Joshua.

Steffen zeigt auf die Wanne mit den Getränken.

»Und da stehen auch noch ein paar offene Flaschen.« Steffen zeigt zum Buffet.

»Zum Feuerlöschen.«

»Ist irgendwo ein Feuer ausgebrochen?«, fragt Steffen.

»Noch nicht. Aber es wird ein Feuer ausbrechen, wenn wir nicht aufpassen.«

Steffen sieht Joshua an, mit offenem Mund. »Ich glaube, im

Flur hängt ein Feuerlöscher. Unter der Treppe.« Steffen zeigt auf den Hauseingang.

Im Hausflur brennt kein Licht, aber ein Lichtviereck fällt aus der Küchentür auf den Boden. Das Zimmer links ist dunkel. Erst glaubt er, das Flüstern, das er hört, komme aus der Küche. Er ignoriert es, blickt sich nach dem Feuerlöscher um, in der Nische hinter der Treppe sieht er etwas Rotes. Auf einem kleinen Absatz unter dem Garderobenspiegel entdeckt er eine kleine Taschenlampe. Er nimmt sie, schaltet sie ein, kommt näher. Jetzt ist auch das Flüstern lauter, ein Stöhnen, ein schweres Atmen, ein Schmatzen, ein Lachen. Es ist Neles Lachen. Und das, was er für den Feuerlöscher gehalten hat, ist Susannes rot geblümtes Sommerkleid. Er schaltet die Taschenlampe aus, legt sie zurück auf die Garderobe und verlässt das Haus.

»Hilf mir!«, sagt er zu Steffen und beginnt, die Flaschen auszuräumen. Gemeinsam tragen sie die Wanne zum Schwenkgrill.

»Und jetzt drüber!«, sagt er und holt aus. Es zischt gewaltig, als die Glut erlischt. Joshua fühlt Nässe an seinen Beinen, an seinem Bauch. Auch Steffen hat einen Schwall Wasser abbekommen. Er spürt Blicke auf sich, aber es ist ihm egal. Ohne ein weiteres Wort lässt er Steffen neben der leeren Getränkewanne stehen. Er nimmt sich ein Bier und macht sich auf den Weg in Richtung Zelt. Aber er geht nicht ins Zelt. Er schwenkt scharf nach rechts, geht am Zelt vorbei in den Wald.

Toni

Ich nehme sie in die Arme und halte sie eine Weile fest. Dann küsse ich sie auf den Mund, erst ganz vorsichtig und zart, dann fordernder. Sie riecht nach Schweiß und ich finde es geil, ich kann sie wirklich verdammt gut riechen.

»Komm!«, sagt sie und zieht mich ein Stück nach hinten, bis sie gegen einen Baum lehnt.

Sie seufzt, als ich ihren Hals küsse. Ich öffne den Reißverschluss ihres Kleides und schiebe die Träger über ihre Schultern. Ich streichle ihre Brüste, spiele mit ihren Nippeln, nehme einen in den Mund, sauge daran, beiße vorsichtig hinein. Ich greife unter ihren Rock, während meine Zunge über ihre Nippel kreist, erst über den einen, dann über den anderen. Ich ziehe ihren Slip über ihren Hintern und knete mit beiden Händen ihre Pobacken. Die Baumrinde kratzt über meinen Handrücken. Mein Mund wandert über ihren Hals zu ihrem Mund und wieder zurück zu den Nippeln. Sie packt meine Hand und schiebt sie sich zwischen die Beine.

»Fick mich«, flüstert sie. Ihr Atem ist heiß.

Ich dringe nur kurz in sie ein, streiche über ihre Perle, halte inne.

»Ich sterbe, wenn du jetzt aufhörst«, sagt sie. »Au, Scheiße, das hätte ich jetzt besser nicht gesagt, was?« Ich fange an zu kichern, es beginnt in meinem Bauch, steigt langsam hinauf und blubbert aus meinem Mund.

»Jetzt kein Lachanfall, bitte.« Aber sie kichert auch.

Sie greift nach meiner Hand zwischen ihren Schenkeln, drückt sie gegen ihre Möse.

Ich ficke sie und sie lacht. Ich küsse ihre Nippel, ihren Hals, ihren Mund. Ich liebe es, wie sie sich windet. Meine Hand schmerzt schon bald, aber es ist mir egal. Ich liebe es, sie zu ficken, es macht mich geil. Ich halte für einen Moment still, versuche, es zu spüren.

»Mach weiter!«, fordert sie und ich mache weiter. Um meine Finger pulsiert es, sie kommt heftig, laut. Ich schaue sie an. Sie lehnt gegen den Baum, die Augen geschlossen. Sie öffnet sie, ich glaube, sie lächelt. Sie legt ihre Hand auf meine zwischen ihren Beinen. Meine Finger sind noch in ihr drin. Sie hält sie fest. Ihr schweißnasses Gesicht leuchtet im Halbmondlicht. Langsam kommen wir wieder zu Atem.

»Ich liebe …«, sagt sie und betont das Wort liebe, »… das

Gefühl von Baumrinde an meinem Hintern.«

»Oh, ich dachte schon, du sagst jetzt ›Ich liebe dich‹.«

»Wenn du so weitermachst, kommt das noch, vielleicht bald.«

Sie lässt meine Hand los und ich ziehe meine Finger vorsichtig aus ihr heraus. Sie küsst mich auf den Mund, schlingt ihre Arme um mich und wir halten einander eine Weile fest.

»Und was möchtest du jetzt?«, fragt sie.

»Mich mit dir an den See legen und sehen, was passiert.«

»Klingt akzeptabel«, sagt sie, richtet ihre Kleidung, hebt ihren Schlafsack vom Boden auf und zieht mich mit.

Joshua

Er begegnet ihnen zufällig auf der Lichtung, fast rennt er in sie hinein. Sie führen einen merkwürdigen Tanz auf. Er spürt ihn mehr, als dass er ihn sehen kann. Die Polizistin mit dem Rücken an einen Baum gelehnt, den Rock hochgeschoben. Die andere klebt fast auf ihr, bewegt sich im Rhythmus ihrer Hüften. Der Mund der einen auf der Brust der anderen, die Hand der einen im Schoß der anderen. Er wundert sich nicht, dass sie ihn nicht hören. Sie sind zu sehr miteinander beschäftigt. Und irgendetwas daran berührt ihn. Er fühlt nicht den Ekel, den er gespürt hat, als er Thomas im Park beim Ficken beobachtet hat. Er fühlt sich nicht verletzt wie beim Anblick von Thomas und diesem Mann durch das Küchenfenster. Er fühlt sich nicht wie der Eindringling, als der er sich empfunden hat, als der Strahl seiner Taschenlampe auf das geblümte Sommerkleid von Susanne fiel. Aber natürlich ist er doch einer. Er ist der größte Eindringling, den man sich vorstellen kann. Er ist ein Vergewaltiger. Ein verdammter Kackscheißvergewaltiger. Es führt kein Weg daran vorbei. Was er getan hat, hat er getan. Er sollte die beiden Frauen nicht beobachten, er sollte weggehen. Er spürt Liebe. Er denkt an Ruth, stellt sich vor, wie es wäre, so etwas mit ihr zu tun, sie gegen einen Baum gepresst mit der Hand zu ficken. Ganz konzentriert, voller Hingabe. Aber er hat es nicht verdient. Martin, der hätte es verdient. Aber der arme Martin hat anscheinend eine Schwäche für Lesben. Da wäre immer noch die Möglichkeit, dass die Kommissarin zweigleisig fährt. Aber er glaubt es nicht. Nicht jetzt. Sie ist verliebt. Ob er es ihm sagen soll?

Er sollte jetzt gehen.

Er bewegt sich weg von ihnen, lässt den Verschluss seines Bieres aufschnappen. Er blickt durch die Zweige auf den mittlerweile diesigen Himmel mit dem verschwommenen Halbmond. Er trinkt das Bier in einem Zug leer. Er ist das Trinken nicht gewöhnt, der Alkohol schießt ihm ins Blut. Einen Moment ist er versucht, die Flasche gegen einen Baum zu werfen. Doch damit würde er sie aufschrecken. Und das will er nicht. Es ist still hier. Nichts als das Knirschen der trockenen Erde unter seinen Füßen, das Knacken von Zweigen, das sanfte Rauschen des leichten Windes, der die Schwüle nur leicht bricht, nichts als der Atem dieser Frauen. Frauen, was hat es auf sich mit Frauen? Er wüsste es gerne. Ihm ist nach noch einem Bier. Er will zurück zum Haus, sich noch eins holen. Oder besser zwei, doch er findet den Weg nicht. Egal. Er geht einfach weiter.

Der arme Martin, flüstert er immer wieder, der arme, arme Martin.

Toni

Wir legen unsere Schlafsäcke auf den Sand und machen es uns darauf bequem. Ein leichtes Lüftchen ist aufgekommen und es ist diesig geworden.

»Das war schneller als sieben Minuten, glaube ich.« Ich streiche ihr eine Strähne aus der Stirn.

»Was meinst du?«, fragt sie.

»Bis du gekommen bist, meine ich.«

»Und wie kommst du darauf?«

»Meine Eltern waren Mitglied in einem Buchclub.« Ich nehme mir ein Bier aus Nikas Rucksack und ploppe es auf. Es ist mein zweites heute Abend. Oder das dritte? Ich weiß es nicht genau.

»Und was hat die Mitgliedschaft deiner Eltern in einem Buchclub mit meinem Orgasmus zu tun?«

»Meine Eltern haben nicht viel gelesen. Hin und wieder haben sie eine Schallplatte bestellt, aber oft haben sie es vergessen und dann kam immer der Hauptvorschlagsband, der dann ungelesen im Wohnzimmerschrank landete. So mit vierzehn habe ich dann angefangen, einige von diesen Büchern zu lesen, unter anderem auch ›Die sieben Minuten‹.«

»Und worum geht es?«

»Es geht um ein Buch mit dem Titel ›Die sieben Minuten‹.«

»In dem Buch geht es um ein Buch?«

»Genau. Und in diesem Buch im Buch wird in sehr deutlichen Worten beschrieben, was einer Frau in den sieben Minuten durch den Kopf geht, in denen sie von einem Mann gefickt wird. Das Buch soll verboten werden und es gibt einen Prozess. Es wird ihm, dem Buch im Buch, unter anderem vorgeworfen, dass es einen jungen Mann dazu gebracht habe, eine Frau zu vergewaltigen.«

»Und? Ist es schuldig, das Buch im Buch?«

»Nein. Am Ende stellt sich heraus, dass es überhaupt keine Vergewaltigung gab.«

»Und wenn eine stattgefunden hätte?«

»Wäre es auch nicht schuldig.«

»Sagt das Buch, in dem es um das Buch geht.«

»Genau. Es ist ein sehr leidenschaftliches Plädoyer gegen die Zensur und für einen weniger puritanischen Umgang mit Sexualität. Ich habe es vor ein paar Jahren noch einmal gelesen, weil ich es einfach nicht vergessen konnte. Ich verstehe auch, warum. Ich habe es in der Zeit gelesen, nachdem ich zum ersten Mal den Gedanken hatte, dass ich lesbisch sein könnte und bevor ich es für mich akzeptieren konnte. Ich glaube, dieses Buch hat mit dazu beigetragen, dass ich es für mich akzeptieren konnte.«

»Kommen Lesben drin vor?«

»Nein, gar nicht, abgesehen von einem kleinen Hinweis auf ›The Well of Loneliness‹. Zum Glück habe ich das erst später gelesen.«

»Nach ›The Well of Loneliness‹ hätte ich mich am liebsten vor einen Zug geworfen.«

»Und was hat dich davon abgehalten?«

»Ich war verliebt, sie zum Glück auch.«

»Dieses Glück durfte ich erst gut zehn Jahre später erfahren.«

»Und was hat dich dann davon abgehalten?«

»Mich vor einen Zug zu werfen? Das frage ich mich auch manchmal. Mein unerschütterlicher Optimismus vielleicht.«

Sie lacht. »So etwas in der Art muss ich auch haben. Sonst hätte ich es nicht so lange mit Volker ausgehalten.«

Ich halte die kühle Bierflasche an meine Stirn, denke nach.

»Solveig hatte auch eine Zeit, wo sie sich nicht sicher war, ob sie wirklich eine Frau sein will. Die meisten Schlipse, die jetzt noch in meinem Schrank hängen, sind ihre.«

»Ein Schlips macht noch keinen Mann.«

»Freut mich, dass du den Unterschied kennst.«

Sie grinst. »Aber ja doch. Dachtest du, ich kenne ihn nicht?«

»Nicht wirklich. Aber es gab eine Zeit, da hat Sol darüber nachgedacht, es nicht bei den Schlipsen zu belassen. Bis sie bei einer Familienaufstellung herausgefunden hat, dass sie versucht, den Platz ihres toten Bruders einzunehmen. Da hat es dann aufgehört.«

»Gibt es so was, ja? Wie hättest du dich entschieden, wenn es nicht aufgehört hätte?«

»Wenn sie tatsächlich ein Mann geworden wäre? Ich weiß es

nicht. Aber ich habe sie schließlich geliebt und Liebe ist doch bedingungslos, oder?«

»Ja«, sagt sie. »Was spielt es da für eine Rolle, ob Schwanz oder Möse, ob ein bisschen mehr Brust oder weniger.« Sie trinkt noch einen Schluck Bier.

»Andererseits bin ich eine Lesbe. Ich habe mich noch nie in einen Mann verliebt.«

»Ich ja auch nicht. Vertrackt. Sehr vertrackt, so etwas.«

»Ja, ziemlich vertrackt. Prost.« Wir schlagen unsere Flaschen aneinander und trinken einen großen Schluck.

»Aber du weißt das Vertrackteste noch gar nicht«, beginnt sie wieder zu reden. »Wenn es nur diese körperliche Verwandlung gewesen wäre, wäre vielleicht ja alles gut geworden. Es war ja schon etwas davon da, als ich mich in sie verliebte. Etwas, das ich mochte. Ich mag diese Grenzgängerinnen. Und sie – er – war ja noch die gleiche Person. Dachte ich. Aber dann entwickelte sie – er – sich von gebrochener Weiblichkeit zu ungebrochener Männlichkeit mit den zugehörigen Vorstellungen darüber, wie eine heterosexuelle Beziehung zu funktionieren hat. So richtig voll das Klischee, du hältst es nicht für möglich. Und das ist nun wirklich zu viel für mich.«

»Aber du bist geblieben.«

»Es passierte ja alles ganz allmählich und ich habe auch nicht wirklich damit gerechnet, es hätte ja auch ganz anders sein können. Aber es war nun mal so und im Grunde war ich schon sehr lange damit unglücklich. Deshalb hätte ich eigentlich viel früher gehen sollen. Aber ich war drin in diesem Trott. Einmal wäre ich fast gegangen. Ich hatte eine Affäre mit einer Frau, in die ich sehr verliebt war. Aber es ist nichts geworden und ich bin geblieben. Sag nichts, ich weiß, dass ich es nicht davon hätte abhängig machen sollen. Ich könnte ein Buch füllen mit den Dingen, die ich hätte tun sollen oder nicht hätte tun sollen. Nun bin ich nicht einmal selbst gegangen, er ist gegangen, auch wenn es letztendlich für mich eine

Erleichterung war. Ich verstehe manchmal selbst nicht, wie das so kommen konnte.«

»Du hast sie – ihn – geliebt.«

»Muss ich wohl. Irgendwann mal zumindest.«

»Du hast sie ihren Weg gehen lassen.«

»Ja, das Problem ist nur, dass ich auch meinen Weg hätte gehen müssen. Ich denke über die letzten zehn Jahre meines Lebens nach und schüttle nur den Kopf. Du bist verrückt, Haberstroh, du bist total verrückt. Und was mach ich? Ich sehe eine Frau mit Schlips und verknalle mich auf Anhieb in sie.«

»Ein Schlips macht noch keinen Mann, das sagst du doch selbst.«

»Zum Glück.«

Wir schweigen.

»Sol – ich habe sie immer Sol genannt, habe ich dir das schon gesagt?«

»Nein.«

»Also – Sol war schwul.«

»Schwul, na, das ist mal eine nette Variante. Eine schwule Lesbe.«

»Sie war gar nicht lesbisch, sie war bisexuell.«

»Eine schwule Bisexuelle, auch nicht schlecht.«

»Aber so hat sie es empfunden. Im Verhältnis zu Männern hat sie sich als schwul empfunden. Manchmal zumindest.«

»So war sie also lesbisch und schwul. Das ist ja auch eine Art Bisexualität, oder? Hat sie sich denn gelegentlich auch als heterosexuell empfunden? Dann war sie womöglich trisexuell.«

»Trisexuell? Eine ganz neue Kategorie. Darüber muss ich erst mal nachdenken.«

»Tja, vor zwanzig Jahren war das alles noch viel einfacher. Da gab es Schwule, Lesben, Heterosexuelle. Bisexuelle schon auch, aber das war bäh. Was unsere Schwestern damals wohl von Trisexualität gehalten hätten?«

»Bedauerst du, dass es jetzt anders ist?«, frage ich.

»Ist es anders?«, fragt sie.

»Mal so, mal so.«

»Also, wenn es anders ist, bedauere ich es überhaupt kein bisschen. Du?«

»Nö, im Gegenteil.« Ich trinke mein Bier aus und stelle die leere Flasche in den Sand. Sol ist da. Sie steht ein paar Meter hinter Nika und sieht mich an. Sie lächelt. Ein Kloß sitzt mir im Hals, ich muss schlucken.

»Aber es gibt etwas, was du bedauerst?«, fragt Nika.

»Ich habe bereits Bücher gefüllt mit den Dingen, die ich bedauere.«

»Die Jahre, die ihr nicht zusammengelebt habt?«

»Weniger.«

»Was sonst?«

Ich antworte nicht.

Nika legt ihre Hand auf meine. Mit der anderen führt sie das Bier zum Mund.

»Oh, leer. Noch'n Bier?«, fragt sie. Ich nicke und sie kramt in ihrem Rucksack und zieht zwei Flaschen heraus. Sie öffnet eine und reicht sie mir. Die andere stellt sie neben sich in den Sand und blickt über den See.

»So geht es ja doch, das Reden«, sage ich nach einer Weile. »Es hat was von Ping-Pong-Spielen. Ich meine nicht als Wettkampf und mit Punkten, sondern einfach nur zum Spaß. Irgendwo an einem Sonntagnachmittag im Garten, wo du dir Mühe gibst, dass die andere deinen Ball auch erreicht. So fühlt es sich für mich an.«

»Hm.« Sie nimmt das Bier in die Hand, lässt den Verschluss aufschnappen und zupft an dem Fetzen Papier am Flaschenhals. »Und manchmal fällt der Ball dann doch herunter«, sagt sie. »Aber das macht nichts. Es ist kein Problem, ihn wieder aufzuheben. Gleich. Oder später.« Sie beugt sich zu mir, streichelt meinen nackten Arm, tastet sich unter den Ärmel bis zur Achsel und lässt ihre Hand einen Moment liegen.

»Vielleicht bin ich ja auch manchmal schwul, wer weiß.«

»Im Verhältnis zu Männern?«, fragt sie.

»Eher im Verhältnis zu Frauen. Was ich dann im Verhältnis zu den Männern bin, die ich anziehend finde, weiß ich nicht so genau.«

»Aha. Kommt das vor?« Sie lacht.

»Selten. Du lachst. Ist dir das fremd?«

»Ich frage mich nur, was bist du dann im Verhältnis zu mir? Jetzt?«

»Jetzt bin ich ziemlich besoffen.«

»Besoffen? Im Verhältnis zu mir.«

»Sag mal, wer ist hier die Autorin? Du oder ich?«

»Auch Kriminalkommissarinnen müssen jedes Wort auf die Goldwaage legen.«

»Sieht fast so aus.« Ich grinse. »Jedenfalls bin ich so besoffen, dass ich Gespenster sehe.«

»Gespenster?«

»Ja, manchmal sehe ich Gespenster.«

»Wer tut das nicht.«

Sie stellt die Bierflasche in den Sand und rückt ganz nah mich heran. Sie streichelt meinen Rücken unter dem Hemd. Sie küsst meinen Hals. Ich zittere.

»Ist dir kalt?«, fragt sie.

»Keine Ahnung.«

»Soll ich dir mal was sagen?«, fragt sie und sie klingt so verwaschen wie ich mit Sicherheit auch.

»Was?«, frage ich.

Sie küsst mein Ohr. »Ich würde jetzt gerne herausfinden, wie lange es bei dir dauert. Sieben Minuten, länger, kürzer?« Sie flüstert, ich spüre ihren Atem an meinem Ohr, auf meiner Wange.

»Ich weiß nicht.« Ich muss schlucken.

»Du bist doch nicht so eine Butch, die gerne fickt, sich selbst aber nicht berühren lässt?«

»Ich bin überhaupt keine Butch.«

»Gut.« Sie schiebt ihre Hand unter mein Hemd und streichelt meine Brust. »Willst du?«, fragt sie

»Jetzt?«

»Wann sonst?«, fragt sie.

Mein Herz klopft schnell, ich schließe die Augen. Sie küsst mich und für eine Weile gibt es nur sie und mich und diesen Ort am See. Irgendwann bin ich nackt. Irgendwann spüre ich sie überall, auch zwischen meinen Beinen. Ich öffne die Augen und sehe Sol am Ufer stehen. Ich sehe Nika, wie sie den Ball quer über die Wiese kickt und dabei lacht wie ein Schulmädchen. Und Sol steht am Spielfeldrand und lächelt. Dann sehe ich Nika auf dem Dachboden, umringt von Kindern. Halb liege ich, halb sitze ich gegen die Wand gelehnt mit Lisa auf dem Schoß und lausche Nikas Worten. Lisa schlingt ihre Arme um mich und presst ihr Gesicht auf meine Schulter. Es gruselt sie. Mich auch, eiskalt läuft es mir den Rücken hinunter, als Nika von dem Gespenst erzählt, das in dem großen Haus herumspukt, ein furchtbar unglückliches Gespenst, wie sich zum Schluss herausstellt, aber kein böses. Ich sehe Sol, wie sie auf der Treppe sitzt und lauscht.

»He, bist du noch da?«

Ich tauche auf, schüttle mich.

»Es tut mir leid«, sage ich.

»Was?«, fragt sie.

»Ich drifte ab. Ich habe es schon befürchtet.«

»Ich spüre die ganze Zeit, dass da etwas ist … «

»Was meinst du?«

»Wenn ich so verliebt bin, wie ich es in dich gerade bin, dann möchte ich gar nicht mehr aufhören zu vögeln. Zumindest, wenn der Punkt erreicht ist, an dem wir uns befinden. Wir haben ihn sehr schnell erreicht. Ich gebe zu, ich bin eine Draufgängerin, aber du hast selbst auch aufs Gas gedrückt. Du drückst aufs Gas und gleichzeitig bremst du. Das ist mein Gefühl.«

»Entschuldige …«

»Ach, nicht dafür … Ich will dich überhaupt nicht unter Druck setzen. Ich will es nur verstehen.«

»Ich weiß manchmal selbst nicht, was los ist. Ich wär so gerne bei dir, ich würde am liebsten auch die ganze Zeit mir dir schlafen, ich sehne mich sehr danach. Aber dann gehe ich wieder weg. Ich hab Angst davor wegzudriften.«

»Lass dich doch einfach driften.«

»Meinst du? Findest du es nicht schlimm?«

»Nein, ich finde es nicht schlimm. Wer weiß, vielleicht driftest du ja irgendwann ganz aus Versehen in einen wunderbaren Orgasmus.«

Sie rollt sich neben mich auf den Rücken. Ich lege mich ganz eng neben sie und nehme ihre Hand. Eine Weile liegen wir schweigend da und blicken in den diesigen Himmel.

»Ich hätte jetzt Lust auf eine kleine Abkühlung«, sagt sie nach einer Weile.

»Im See?«

»Ja.«

»Ich habe Angst.«

»Wovor?«

»Im Dunkeln im See. Die Untiefen und Wirbel, du verstehst.«

»Ach du liebe Güte, an was für eine Frau bin ich denn da geraten. Angst vor Motorrädern, Angst vor Seen in der Dunkelheit. Höhenangst. Auf was muss ich mich denn sonst noch gefasst machen?«

»Angst vor Sex hast du vergessen. Und vor Würmern, Maden und so was. Die sind ganz schlimm.«

»Ach du liebe Zeit! Na ja, vielleicht bist du ja wirklich schwul. Schwule Mädchen sind die allerschlimmsten. Die packt man am besten in Watte und stellt sie ins Regal.«

Ich lasse ihre Hand los, springe auf. Einen Augenblick wird mir schwarz vor Augen.

»Na warte!«, rufe ich, als ich wieder klar sehe und gehe zum Wasser.

»Antonia, das war doch nur Spaß. Du musst da nicht reingehen.«

Aber ich gehe unbeirrt weiter. Vorbei an Sol.

»Antonia. Bitte! Nicht, dass es dir so geht wie heute Nachmittag beim Motorradfahren und ich dich rausfischen muss.«

»Du mich rausfischen, die Heldin spielen? Wovon träumst du nachts?«, rufe ich und stürze mich kopfüber ins Wasser.

Joshua

Erst denkt er, er geht im Kreis, dann sieht er plötzlich einen Zipfel des Zeltes vor sich. Einen Augenblick überlegt er, ob er hineinsehen soll. Doch er entscheidet sich dagegen. Manche Dinge bleiben besser ungesehen. Er torkelt zu der Batterie Bier- und Wasserflaschen neben dem Tisch mit dem Buffet. Eigentlich ist er gar nicht so betrunken, dass er torkeln müsste. Aber es macht Spaß, es hat etwas Beruhigendes. Unterwegs schnappt er einen Duft auf, den er schon lange nicht mehr gerochen hat. Mitten auf der Wiese sitzt eine kleine Gruppe und es sieht so aus, als rauchten sie einen Joint. Er schnappt sich zwei Flaschen Bier, geht zu ihnen. Ein Mann sieht ihn an, als er sich neben ihn setzt. Dunkles Haar, dunkle Augen, feine Linien um Mund und Augen. Ein hübsches Lächeln, denkt Joshua, sehr hübsch. Eine Weile blicken sie einander an. Der Mann streicht Joshua übers Knie. Er lächelt immer noch. Es erinnert Joshua an das debile Lächeln von Verliebten. Der Joint erreicht den Mann, er nimmt einen tiefen Zug und reicht ihn weiter an Joshua. Eine Weile zieht der Joint seine Kreise und Joshua fühlt eine wunderbare Leichtigkeit in seinem Kopf. Der Mann küsst ihn. Er schmeckt nach Dope, Tabak und Bier.

Der Mann schiebt seine Hand unter Joshuas T-Shirt. Jemand aus dem Kreis baut einen zweiten Joint. Joshua sieht es aus dem Augenwinkel. Jetzt kommt es auf ihn zu, das weiße Teil mit der glühenden Spitze. Er nimmt es und saugt gierig daran, während der Mann an Joshuas Hals saugt. Jemand nimmt ihm den Joint aus der Hand. Der Mann legt seine Hand auf die Wölbung zwischen Joshuas Beinen. Joshua stöhnt. Der Mann lässt von ihm ab, zieht ihn mit sich. In Joshuas Kopf dreht sich alles. Er fliegt über die Wiese wie ein Drachen, gezogen von diesem fremden dunklen Mann. Der Mann will ihn in das Zelt ziehen, doch Joshua fliegt einfach darüber hinweg. Durch das Dach sieht er die nackte Brigitte. Sie spielt Sandwich-Belag für Eberhard und Edeltraut. Joshua spuckt auf sie hinunter, fliegt weiter in den Wald und landet auf einer Lichtung.

Der Atem des Mannes ist heiß, Joshua spürt ihn glühend auf seiner Haut. Joshuas Lippen sind geschwollen von den Küssen des Mannes. Er hört es knistern, der Mann wirft etwas weg, wie eine Sternschnuppe fliegt die Kondomfolie über die Lichtung. Der nackte Hintern des Mannes drängt sich ihm entgegen. Warum nicht, flüstert es in seinem Kopf und er stößt einfach zu. Er weiß nicht, wie lange es dauert. Die Zeit dehnt sich wie ein Gummiband und schnappt dann plötzlich zusammen. Er löst sich von dem Mann und fliegt davon. Aber natürlich fliegt er nicht. Er schwebt nur über dem Waldboden. Er blickt in den Himmel und dreht sich im Kreis und für eine Weile vergisst er alles. Es gibt nur noch diese blasse Halbscheibe, die über ihm hängt wie aus einem Traum. Oh, ja, er träumt, er träumt das alles. Auch diesen See gibt es gar nicht, den er jetzt vor sich sieht. Und nicht diese Frauen, die im dunklen Wasser herumtollen wie zwei Schuljungen. Ihr Lachen und Kreischen durchbricht seinen Traum. Es fühlt sich an wie scharfe klare Kristalle in seinem Kopf. Weit entfernt geht eine Gestalt übers Wasser. Jesus? Wer sonst könnte übers Wasser gehen. Er, Joshua? Er könnte es wenigstens versuchen.

Toni

»Lass uns wieder zurückschwimmen, Nika!«, sage ich. »Nika!«

Ich sehe sie nicht. In Panik drehe ich mich um die eigene Achse, verursache einen leichten Strudel.

»O Gott!«

»Was ist los?«

Ich halte inne, das Wasser um mich herum dreht sich noch eine Weile weiter. Nika berührt meine Schulter. Sie ist hinter mir, ich drehe mich zu ihr um.

»Mir ist unheimlich.«

»Aber hier ist doch nichts.«

»Sol ist hier, wahrscheinlich will sie uns warnen.«

»Was?« Nika lacht. Meine Brüste haben Auftrieb, schaukeln zwischen uns im Wasser, leuchten weiß. Nika dreht mich um, umfasst mich von hinten, nimmt sie in die Hände.

»Ich glaube, du hast wirklich zu viel getrunken. Ich hätte dich nicht ins Wasser gehen lassen sollen«, sagt sie und küsst meinen Hals.

»Ob ich ins Wasser gehe oder nicht, entscheide ich immer noch selbst!« Ich mache mich von ihr los. »Wer als Erste wieder an Land ist, hat gewonnen.«

Sie gewinnt, aber es ist mir recht, so habe ich sie wenigstens die ganze Zeit im Blick.

Wir lassen uns lachend auf die Schlafsäcke fallen.

»Wenn wir jetzt Männer wären, könnten wir testen, wer von uns am weitesten pissen kann«, sage ich.

Sie kichert. »Oder wir könnten gemeinsam auf einen Keks wichsen.«

»Wir könnten Armdrücken machen«, schlage ich vor.

»Das können wir auch so.«

»Stimmt.«

Sie seufzt. »Ich bin froh, dass wir keine Männer sind. Die Titten habe ich nämlich vermisst. Denen habe ich ganz schön nachgetrauert. Die waren so schön …« Sie stöhnt. »Dafür war mir dann unten zu viel. Ja, wenn ich es mir genau überlege, habe ich die Möse auch vermisst, diese schöne warme feuchte Höhle, in die ich so schön meine Finger tauchen konnte oder meine Hand oder meine Zunge oder einen Dildo ….«

»… oder eine Gurke oder eine Möhre oder eine Zucchini.«

»Oder eine Kartoffel.«

»Kartoffel?«

»Ja, die gehen auch.«

»Wie bekommst du die wieder raus?«

»Das geht schon.«

»Hm, muss ich mal ausprobieren.«

»Oder einen Flaschenhals.«

»Einen Shampooflaschenhals in der Badewanne, genau.«

»Glasflaschenhälse gehen auch – zur Not.«

»Zur Not gehen auch Kerzen.«

»Kerzen werden immer so weich …«

»Stimmt und Bananen tun weh.«

»Mir nicht.«

»Nicht?«

»Du musst sie nur schälen.«

»Nee, ich glaub, das ist mir eklig.«

»Na gut.« Sie grinst. »Ich muss pinkeln«, sagt sie, steht auf, geht ins Gebüsch. Ich schaue weg, auf Sol, die noch immer über den See wandert, und mich schaudert.

Joshua

Es hat nicht funktioniert. Er ist nass geworden. Er ist gesunken wie ein Stein. Einen Augenblick glaubt er, er würde sinken bis zum Grund. Er sinkt auch bis zum Grund, nur ist es nicht sehr tief. Und wenn es tief wäre, könnte er schwimmen. Die plötzliche Kühle hat ihn zurückgezogen in seinen Körper. Er schwimmt ein paar Züge, es geht schwer in den Kleidern. Er steigt wieder aus dem Wasser. Seine Hose, sein T-Shirt kleben an ihm. Ihm ist kalt. Er steht am Ufer im Wind und beobachtet, wie die Kommissarin und seine Nachbarin zurückschwimmen. Er versteckt sich im Wald. Sie lassen sich am Strand auf ihren Schlafsäcken nieder. Die Gestalt in dem wehenden Kleid blickt zu ihnen hinüber. Er erkennt in ihr die alte Fee, die das Kind vor dem Feuer gerettet hat. Wen sie jetzt wohl retten will? Und vor wem? Er schleicht sich näher an die beiden Frauen heran, so nahe, dass er verstehen kann, was sie sagen. Sie reden über Gemüse. Zuerst jedenfalls. Erst denkt er, sie reden über ein Kochrezept. Doch dann geht es plötzlich um Flaschenhälse und Kerzen und der Sinn des Gespräches erschließt sich Joshua nicht. Er beobachtet, wie die nackte Hauptkommissarin ins Gebüsch pinkelt.

»Weißt du, wen ich heute gesehen habe?«, fragt Toni, als die Hauptkommissarin wieder neben ihr auf dem Schlafsack sitzt.

»Wen?«

»Den verrückten Psychotherapeuten aus dem Erdgeschoss.«

»Joshua Stein?«

»Ich glaube, so heißt er. Der mit dem Steuerberatertick.«

»Der ist hier? Wo hast du ihn denn gesehen?«

»Als wir von der Dachkammer zurückkamen und Nele uns gebeten hat, eine Gute-Nacht-Geschichte zu erzählen.«

»Ja?«

»Da stand er hinter mir.«

»Wie konntest du ihn denn sehen, wenn er hinter dir stand? Und warum haben wir ihn nicht gesehen?«

»Ich habe ihn im Spiegel gesehen. Er war in dem Zimmer, vor dessen Tür wir standen.

»Im Zimmer war es dunkel.«

»Nicht ganz dunkel, ich konnte ihn sehen. Nicht sehr deutlich, aber deutlich genug. Es kam ein bisschen Licht von draußen.«

»Und warum haben wir ihn dann nicht gesehen?«

»Ich weiß es nicht.«

»Bist du sicher, dass er es war und nicht eine Reflexion?«

»Natürlich war es eine Reflexion, ich habe ihn schließlich im Spiegel gesehen.«

»Du weißt doch, was ich meine. Eine Reflexion von irgendetwas anderem.«

»Ich habe ihn später auch noch von Weitem am See sitzen sehen. Und weißt du, wo ich ihn noch gesehen habe? Er hat bei meiner Nachbarin geklingelt. Die, von der ich vermute, dass sie vergewaltigt wurde. Und ich habe das starke Gefühl, dass er etwas mit der Sache zu tun hat.«

»Und warum hast du mir das nicht früher erzählt?«

»Weil es mir erst heute Nachmittag eingefallen ist. Ich habe ihn zuerst für einen Handwerker gehalten. Er trug einen Blaumann. Anscheinend hat er sich verkleidet, damit niemand ihn erkennt. Aber als ich ihn dann heute wieder gesehen habe, ging es mir auf.«

»Glaubst du, dass er sie vergewaltigt hat?«

»Vielleicht.«

»Na ja, vielleicht bringst du sie ja doch noch zum Reden.«

»Dazu muss ich sie erst einmal erwischen.«

»Irgendwann wirst du sie erwischen.«

Die beiden Frauen trinken schweigend ihr Bier.

Der leichte Wind vom See, eigentlich warm, lässt Joshua frösteln. »Jonas«, flüstert er, »Jonas.« Es ist mehr ein Hauchen, seine Kehle ist zugeschnürt, sein Körper hat sich verkrampft, seine Fäuste sind geballt. Er öffnet sie, greift nach einem Stück Holz, nimmt es in beide Hände. Nein, nicht so, nicht damit. Sie sind zu zweit, sie sind kräftig und sie werden sich wehren. Er wird es nur schlimmer machen. Aus ein paar Jahren könnten Jahrzehnte werden, wenn er nicht aufpasst, wenn er sich Impulsen hingibt, wenn er seinen Kopf nicht anstrengt, wenn er es nicht endlich schafft, sich zusammenzureißen.

»Jonas, Jonas, mein Sohn«, flüstert er wieder und diesmal ist es wirklich ein Flüstern.

Toni rammt ihre Bierflasche in den Sand, hält ihre Hand noch einen Moment neben dem Flaschenhals in der Luft, bis sie sicher ist, dass sie nicht umfällt.

»Hast du das gehört?«, fragt sie.

Die wasserwandelnde Fee steht fast am Ufer und blickt ihm direkt ins Gesicht. Joshua kommt es so vor, als bewegten sich ihre Lippen, aber er ist sich nicht sicher.

»Was?« Die Hauptkommissarin blickt sich um.

»Da hat jemand geflüstert.«

»Quatsch.«

»Doch.«

»Na ja, vielleicht wollen ja noch ein paar andere lieber allein sein.«

»Lass uns zurückgehen zum Haus, mir ist unheimlich.«

»Ich dachte, du willst am See schlafen.«

»Ja, aber vielleicht besser näher am Haus.«

Toni ist aufgestanden. Sie zieht sich an. Die Hauptkommissarin steigt in ihr Kleid. Sie rollen ihre Schlafsäcke ein und klemmen sie unter die Arme. Sie packen die leeren Bierflaschen in den Rucksack, die halbvollen nehmen sie in die Hand.

»Wer zuerst wieder am Haus ist, hat gewonnen«, ruft Toni und rennt los.

»Ich hab doch keine vernünftigen Schuhe«, sagt die Hauptkommissarin und stolpert hinterher.

Toni dreht sich um und geht ein paar Schritte rückwärts.

»Egal, sich die richtigen Schuhe auszuwählen, gehört zum Spiel dazu.«

»Du bist gemein.« Bier schwappt aus der Flasche in den Ausschnitt der Hauptkommissarin.

Toni lässt sie ein Stück herankommen, dann dreht sie sich um und rennt ihr davon.

Joshua irrt eine Weile im Wald herum, bevor er das Haus wiederfindet, und das ist schlimm. Üble Gedanken gehen ihm durch den Kopf. Der Schneider ist wieder aufgetaucht. Hast du es endlich begriffen, sagt er, sein Lebensschneider, der ihm ein Leben maßgeschneidert hat, das ihm nicht passt. Das gleichzeitig zu eng ist und zu weit.

»Du weißt, was zu tun ist«, sagt er.

»Diese beiden Frauen töten?«, fragt Joshua. »Sie haben mir nichts getan. Im Gegenteil, sie lassen mich in Ruhe. Es sind die einzigen Frauen im ganzen Universum, die nichts von mir wollen.«

»Glaubst du das wirklich? Sie wollen dich fertigmachen. Sie planen deine Vernichtung. Sie warten nur darauf, dein großes schmutziges Geheimnis in die Welt zu posaunen.«

»Aber sie kennen es doch gar nicht.«

»Sie tun nur so. Hast du es nicht gemerkt? Die eine, die dich angeblich im Spiegel gesehen hat, sie weiß alles. Sie braucht keine Spiegel, sie kann in deinen Kopf sehen, sie weiß alles über dich, jedes einzelne deiner kleinen schmutzigen Geheimnisse und das große erst recht.«

Er sieht sie auf der Wiese vor dem Haus sitzen und genüsslich an einem Joint saugen. Er sieht sie durchs Küchenfenster. Sie sitzen am Küchentisch und machen Armdrücken. Toni verliert. Aber es scheint ihr nichts auszumachen, sie kichert und scheint sich nicht mehr einzukriegen vor Lachen.

Er sieht sie am See, Toni mit einer Gitarre zwischen den Beinen.

»And Jesus was a sailor as he walked upon the river«, hört er sie singen und später: »There's a chance, peace will come.«

Er sieht sie in der Hängematte auf der Terrasse liegen. Die Hauptkommissarin zuunterst, Toni in ihrem Schoß. Die Hauptkommissarin hat eine Hand von oben in Tonis Hemd geschoben und auf ihre Brust gelegt. Er sieht Steffen an ihnen vorbeigehen. Steffen fragt die beiden Frauen, ob sie Gesellschaft wünschen. Er meint damit seine Gesellschaft. Die beiden Frauen schütteln den Kopf. Sie brauchen keine

Gesellschaft, weder die von Steffen noch die von irgendjemand anderem. Sie sind sich treu, das spürt er. Sie gehören nicht zu diesem Haufen Drecksäue, die nicht wissen, was Liebe ist. Wirkliche Liebe. So wie er und Ruth sie gelebt haben. Fünfundzwanzig Jahre lang. Steffen lässt sie nicht in Ruhe. Er setzt sich auf den Schaukelstuhl und blickt zu ihnen hinüber. Sie gehen weg, verziehen sich ins Haus. Als der geknickte Steffen jetzt seine Aufmerksamkeit Joshua zuwendet, folgt er ihnen. Er steigt die Treppe hinauf, vorbei am Zimmer, in dem sein Sohn liegt. Jonas schläft friedlich in seiner Tragetasche zwischen den anderen Babys. Jemand hat sich auf dem Bett ausgestreckt. Er hört leises Schnarchen. Als er sich umdreht, sieht er den Spiegel und ein Stein fällt ihm vom Herzen. Der Schneider hatte unrecht, sie ist keine Hellseherin. Sie hat ihn im Spiegel gesehen, mit den Augen. Mit nichts sonst. So wie er sich jetzt selbst sieht.

»Aber das ändert nichts daran, dass sie dich erwischen werden«, sagt der Schneider. Morgen werden sie zurückfahren. Und irgendwann wird Toni M. Fallot wieder begegnen. Im Hausflur, auf der Treppe, im Keller, im Hinterhof, im Lebensmittelladen an der Ecke. Irgendwo. Und sie wird die Hauptkommissarin anrufen. Und dann werden sie kommen und ihn holen. Er sieht die Hauptkommissarin durch den Spion. Sie tritt die Tür ein, packt seinen Arm, dreht ihn auf den Rücken, drückt Joshua gegen die Wand, schlägt mit der Waffe seine Knie auseinander, so dass er gegen die Wand fällt, drückt ihm die Waffe an die Schläfe. Er hört es klicken und sein Herz bleibt fast stehen. Dann hört er es noch einmal klicken und spürt kaltes Metall an seinem Handgelenk. Sie packt seinen anderen Arm und seine Stirn prallt hart gegen die Wand. Draußen stehen sie Spalier. Martin wendet sich angeekelt von ihm ab, Georg spuckt ihm ins Gesicht, in Frau Schneiders Blick liegt tiefe Verachtung.

»Du wirst ihn nie wiedersehen, nie«, sagt Brigitte, aber

Joshua kann sie nicht sehen, ihre Eltern haben sich vor ihr aufgebaut. Ulrike, Thomas, Nele, Susanne, der Mann mit den feinen Linien im Gesicht sind nicht da. Er wird auch sie nie mehr wiedersehen. So wenig wie Ruth. Ruth an der Reling ihres Schiffes, diesmal mit ihrem Blick auf eine Zeitung. Sie hebt den Blick, im weißen Polarlicht funkeln ein paar Tränen in ihren Augenwinkeln. Sie wischt sie weg. Sie hält die Zeitung über die Reling in den Wind und lässt sie einfach los. Sie zerfällt in ihre einzelnen Bögen, die Blätter flattern im Wind, treiben dem letzten Eisberg entgegen. Ruth sieht es nicht mehr. Sie hat sich schon längst umgedreht. Der große Bauch des Schiffes hat sie für immer verschluckt.

Joshua steigt die Treppe hinunter. Die Küche ist dunkel, die Tür steht offen. Er greift sich ein großes Messer aus einem Messerblock, versteckt es unter seinem T-Shirt und schleicht wieder hinauf. Eine Weile steht er an der Dachbodentür und blickt auf die schlafenden Kinder. Tiefe schwere Atemzüge, Seufzer. Das geht doch nicht, denkt er, da sind Kinder.

»Jonas«, flüstert es in ihm, »Jonas!« Aber gerade wegen Jonas muss er etwas tun. Er steigt über die vielen kleinen, sich im Schlaf drehenden und ächzenden Körper bis zur Abtrennung auf der anderen Seite. Er öffnet die Tür und blickt in die Dunkelheit. Er vermutet einen Lichtschalter, findet ihn. Eine nackte Glühbirne wirft ihr grelles Licht auf die Wände. Er blickt nach oben. Die Luke ist verschlossen, die Treppe eingeklappt. Er sucht nach einer Möglichkeit, die Luke zu öffnen, die Treppe auszufahren und erkennt gleichzeitig, wie aberwitzig sein Vorhaben ist. Selbst wenn er einen Mechanismus zum Öffnen findet, kann sein Plan nicht gelingen. Die beiden Frauen werden aufwachen, die Kinder auch. Und dann sitzt er in der Patsche. Er muss es tun, wenn sie allein sind. Wenn Toni alleine durch den Park joggt zum Beispiel. Aber was, wenn sie auf M. Fallot trifft, bevor sie wieder joggt, bevor er sie erwischt. Und wenn er Toni tötet, was wird dann die Hauptkommissarin tun. Sie wird alles daran setzen, ihren Mörder zu finden, da ist er sich sicher. Außer er tötet sie auch. Aber dann hat er die ganze Polizei am Hals. Sie werden sich bestimmt besonders anstrengen, wenn eine von ihnen das Opfer ist. Sie werden ihn jagen und zur Strecke bringen. Und plötzlich fällt es ihm wie Schuppen von den Augen. Er muss nicht Toni töten und auch nicht die Polizistin, sondern M. Fallot. Er muss nicht Toni erwischen, bevor sie M. Fallot erwischt, sondern M. Fallot, bevor sie Toni in die Arme läuft. Er wird ihre Leiche beseitigen, sichergehen, dass niemand sie findet. Da wird ihm schon etwas einfallen. Eine Weile werden sie sich noch an sie erinnern. Vielleicht meldet sie jemand als vermisst. Aber sie wird schnell vergessen sein. Weder Toni noch die Hauptkommissarin interessieren sich wirklich für sie, das kann er spüren. Sie ist unwichtig, völlig unwichtig. Eine Nebenfigur, ein Platzhalter, weiter nichts. Eine unglaubliche Frau. Unglaublich im wahrsten Sinne des Wortes. Hier geht es um etwas anderes, etwas ganz, ganz anderes, da ist sich Joshua auf einmal sicher.

Er schaltet das Licht aus, schließt die Tür und macht sich wieder auf den Weg nach unten.

Er erinnert sich an die Taschenlampe auf der Garderobe im Hausflur und nimmt sie mit. Das Messer behält er für alle Fälle bei sich, er kann es vielleicht brauchen. Steffen sitzt im Schaukelstuhl. Das Buffet wurde abgeräumt, nur ein paar Pappteller und Brotkrümel liegen auf dem Tisch verstreut. Joshua schleicht sich hinter dem Haus vorbei in Richtung Parkplatz. Bevor er den Parkplatz erreicht, fällt ihm ein, dass ihm noch etwas fehlt, dass ihm auch vorher schon etwas gefehlt hat, Handschuhe. Er geht noch einmal zurück ins Haus. Steffen scheint eingeschlafen zu sein, sein Kopf hängt leicht schrägt, er hat den Mund geöffnet. Er schnarcht.

Unter der Küchenspüle wird Joshua, anders als er gehofft hat, nicht fündig. Als einzige andere Möglichkeit fällt ihm das

Zelt ein. Aber die Vorstellung, in dieses Zelt zu gehen, ist ihm zuwider. Wo könnte er sonst noch Handschuhe finden? Aber ja, im Verbandskasten seines Autos.

Wie dumm von ihm, vorhin ohne Handschuhe hinaufzugehen. Wie gut, dass die Luke geschlossen war. Für seine Fingerabdrücke auf dem Lichtschalter wird sich niemand interessieren. Aber jetzt, jetzt muss er vorsichtig sein. Er nimmt die Handschuhe aus seinem Verbandskasten und streift sie über. Der Parkplatz ist voller Fahrräder, aber die interessieren ihn nicht. Sein erstes Opfer ist der Bus, der neben seinem Wagen geparkt hat. Er ist tatsächlich nicht verschlossen. Joshua steigt auf den Fahrersitz und sucht nach dem Hebel für die Motorhaube, findet ihn, hält inne. Er hat eine bessere Idee. Es muss so aussehen wie purer Vandalismus und von der Art, die keine speziellen Kenntnisse in der Kraftfahrzeugmechanik verlangt. Das Messer, genau, das ist die Lösung. Er hat es auf das Armaturenbrett gelegt. Er steigt wieder aus, versucht, die Tür so leise wie möglich zu schließen, dann sticht er mit dem Messer alle vier Reifen platt. Sein nächstes Opfer ist der rote VW-Golf, der neben dem Bus parkt. Er rammt das Messer in die beiden Vorderreifen. Aber halt, er darf nicht alle Autos fahruntüchtig machen. Wenn er allen Autos außer seinem eigenen die Reifen zersticht, fällt es auf. Er muss eine Auswahl treffen. Auf was so ein Verbrecher alles achten muss. Joshua ist ein Azubi, der sich selbst zum Verbrecher ausbildet. Er lacht trocken.

Okay, den roten Golf hat er jetzt schon erwischt. Ob die Hauptkommissarin und Toni in diesem Auto gekommen sind? Möglich. Der heruntergekommene hellgrüne Passat-Kombi ist es bestimmt nicht. Er lässt ihn stehen. Aber der blaue Ford könnte es sein. Der sieht noch recht neu aus und eine Hauptkommissarin ist bestimmt in einem neueren Auto unterwegs. Er zersticht zwei Reifen des blauen Autos. Dann bleibt er vor dem großen Motorrad stehen. Eine schwarze

Lederjacke liegt daneben im Gras. Er hebt sie auf und legt sie auf das Motorrad. Was, wenn sie überhaupt nicht in einem eigenen Auto gekommen sind, sondern irgendwo mitgefahren sind? Bei Thomas bestimmt nicht. Sein Auto ist voll mit Nele und seinen drei Kindern. Er sieht die beiden Frauen, wie sie vom See zurückkommen. Irgendetwas war da. Aber ja, es ist das Motorrad. Deshalb Jeans, Flanellhemden, feste Schuhe. In der Hitze tut das doch niemand ohne Grund. Ein Grund wäre eine Motorradfahrt. Du wirst immer besser, Joshua, du bist gut! Das Motorrad ist schwer, aber es gelingt ihm trotzdem, es durch das tiefe Gras zu schieben. Sicherheitshalber sticht er in beide Reifen, bevor er es ins Wasser stößt.

Steffen schläft immer noch. Joshua bringt das Messer zurück in die Küche. Bevor er es in den Messerblock steckt, wäscht er es unter fließendem Wasser ab. Licht hat er keines gemacht. Er zieht die Handschube aus und wirft sie in den Müll. Es wird sich hier sicher niemand darüber wundern, Latexhandschuhe im Müll zu finden.

Joshua setzt sich in den Ohrensessel in der Ecke. Von hier aus hat er einen schönen Blick nach draußen, auch auf den Parkplatz. Das wird eine Überraschung morgen früh, denkt er und lächelt. Und für M. Fallot auch, während Toni und Monika Haberstroh noch nach einer Rückfahrmöglichkeit suchen, wird er ihr den Garaus machen. Ja, er wird Brigitte in aller Herrgottsfrühe aus den Armen von Eberhard und Edeltraut zerren. Er wird den eifersüchtigen Ehemann spielen, das ist Grund genug, früh abzureisen. Auch wenn er sich hier damit sicher nicht beliebt machen wird. Auch wenn Thomas anschließend nichts mehr mit ihm zu tun haben will. Er scheißt auf Thomas!

Jetzt muss er noch klären, wie er es macht. Vielleicht wäre Erdrosseln am besten, das ist am saubersten. Kein Blut, kaum Spuren. So denkt es sich zumindest der Verbrecherazubi. Er versucht, sie sich vorzustellen. Er sieht ihren widerlichen grünen Rock, das eklige schweißnasse Dekolleté. Er erinnert sich, wie er sie auf seinem Schreibtisch gefickt hat, im Keller von hinten, im Hof in den Arsch. Und dann an die Vergewaltigung. Wie er sie geschlagen hat, dieses widerliche Stück Scheiße, geschlagen hat er sie und ihr die Seele aus dem Leib gefickt. Sie wollte es so. Genau, das muss er sich immer wieder vergegenwärtigen. Sie wollte es nicht anders. Und jetzt tut sie so, als habe er ihr wer weiß was angetan!

Sein Schwanz hat sich aufgerichtet, ragt wie ein Fremdkörper in die mondscheingetränkte Nacht. Joshua hasst ihn und er hasst den widerlichen Kerl, dem er gehört. Diesen Verbrecher, dieses Schwein, diesen Mörder. Mörder noch nicht. Er muss verhindern, dass er zum Mörder wird, er muss die Welt von sich befreien. Nein, so etwas wie ihn braucht die Welt bestimmt nicht. Er steht auf, greift sich das große Fleischmesser aus dem Messerblock. Auf einmal verkrampft sich alles in ihm. Er lässt sich zurück in den Ohrensessel sinken und weint. Und er hasst sich dafür. Er hat kein Recht dazu. Er ist ein widerliches Stück Scheiße.

Die Tür geht auf. Die wasserwandelnde Fee steht in der Tür. Sie macht kein Licht. Sie nimmt sich ein Glas aus dem Küchenschrank und füllt es mit Wasser. Sie lehnt sich gegen die Spüle und blickt in den Raum. Joshua wischt sich über das nasse Gesicht, doch es ist zu spät, sie hat ihn entdeckt und sie sieht, dass er geweint hat. Sie stellt das Glas ab und kommt zu ihm.

»Josh«, sagt sie sanft und er wundert sich, wie sie dazu kommt, ihn Josh zu nennen, denn so hat ihn doch nur Ruth genannt und sonst niemand. Aber es tut ihm gut, es zu hören.

»Sagt es noch mal!«

»Josh!«, sagt sie.

Sie kniet sich neben ihn und nimmt ihn in die Arme. Sie ist gar keine Fee, denkt er, sie ist ein Engel. Sie hat keine Flügel, Joshua weiß es trotzdem.

»Josh.«

Sie küsst ihn, streift sich das Kleid über den Kopf, öffnet seine Hose, holt ihn heraus, seinen harten Schwanz. Sie setzt sich auf ihn, führt ihn ein. Dabei lächelt sie. Josh, sagt sie immer wieder, während sich ihre Lenden in sanftem Rhythmus bewegen. Joshua wird schwindlig vor Lust und er schließt die Augen. Auf einmal weiß er nicht mehr, ob er in ihr drin ist oder sie in ihm. Er hat das Gefühl, dass sie ihn fickt. Langsam und stetig fickt sie ihn und er vergeht vor Lust, er lässt sich fallen, seine Arme sinken schlaff zur Seite. Sie nimmt sie und legt sie auf ihre Brüste.

Er öffnet die Augen, in dem Moment, in dem es ihm kommt. Er blickt auf ihren mondbeleuchteten Körper. Schweißtropfen glitzern auf ihrer Haut. Ihr Stoppelhaar glänzt vor Nässe. Eine Weile bewegt sie sich noch auf ihm, dann bäumt sie sich auf und ergießt sich in ihn. Sie lässt sich auf seine Brust sinken, kommt zu Atem. Bevor sie von ihm steigt, küsst sie ihn auf die Wange.

»Schlaf gut, Josh«, sagt sie, hebt ihr rotgeblümtes Sommerkleid auf, gießt sich noch ein Glas Wasser ein und schlendert damit aus der Küche.

Toni

Die Luke ist geschlossen, sie lässt sich nur von hier oben öffnen. Ist niemand hier oben, steht sie immer offen, die Treppe aufgeklappt. Tommy hat es extra so eingerichtet. Für mich. Für Sol natürlich auch, aber hauptsächlich für mich. Tommy kennt mich wirklich gut. Ich fühle Erleichterung, als die Luke einrastet. Ich habe mich geirrt, es macht mir nichts aus, hier oben zu schlafen, auch wenn es das letzte Mal Sol war, die neben mir lag. Und Nika scheint es auch nichts auszumachen. Sie schläft sofort ein. Ich spüre ihren tiefen Atem an meinem Hals. Ich spüre sie. Mehr will ich gar nicht, als sicher und geborgen bei ihr zu liegen und langsam wegzudriften in eine andere Welt.

Als ich aufwache, ist es Tag. Die Sonne scheint auf die Wiese vor dem Haus. Sol ist anscheinend schon aufgestanden. Wahrscheinlich kocht sie Kaffee und wird gleich mit zwei Tassen hier erscheinen. Im Alltag koche meistens ich den Kaffee. Ich bin diejenige, die sie weckt. Alleine schafft sie es nur schwer, rechtzeitig aufzustehen. Wahrscheinlich hätte sie so manche Sprechstunde verpasst, wenn ich sie nicht geweckt hätte. Vielleicht bin ich ja auch diejenige, die sie daran hindert, es alleine zu schaffen, denke ich manchmal. Und Sol auch.

Ich drehe mich zur Seite, schließe die Augen, döse vor mich hin und wundere mich nach einer Weile, wo Sol denn bleibt. Ich ziehe mir ein T-Shirt über und gehe die Treppe hinunter. Die Kinder sind schon alle aufgestanden, wahrscheinlich sitzen sie vor dem Haus und frühstücken. Es ist still, ungewöhnlich still. Normalerweise ist das Geschrei der Kinder bis hier oben zu hören, man hört Erwachsene rufen, Musik, Geschirrgeklapper. Von all dem ist nichts zu hören. Irgendetwas stimmt nicht. Oder bin ich mit Sol alleine hierhergefahren? Aber warum erinnere ich mich dann an das Fest gestern Abend? Nein, nein. Ich bin gar nicht mit Sol hierhergefahren. Die Erinnerung trifft mich hart, ich muss mich setzen, ringe nach Luft, fühle mich, als hätte mir jemand mit der Faust in den Magen geschlagen. Ich ziehe mich am Treppengeländer hoch.

»Nika!«, rufe ich auf dem Weg nach unten, »Nika!«

Sie liegt in der Küche vor dem großen Ohrensessel in einer großen Blutlache. Ich presse meine Hände auf die Wangen und schreie, ich falle auf die Knie und schreie, ich werfe mich auf Nikas Körper und schreie immer noch. Und dann liege ich still. Ein Kichern, ich hebe den Kopf. Im Ohrensessel sitzt M. Fallot. Sie hat die Beine hochgenommen. In ihre Armen schaukelt sie einen roten Fleischklumpen. Dabei kichert sie unentwegt und grinst mich an. Nein, sie lacht mich aus. Ich rapple mich auf und greife nach dem größten Messer aus dem

Messerblock. Ich hebe es mit beiden Armen über den Kopf und steche zu. Ich steche einmal und zweimal und noch einmal. Dann halte ich inne. Der rote Fleischklumpen liegt auf dem Fußboden und pocht. Blut klebt an meinen Händen. Blut tropft aus mir heraus. In meiner Brust klafft ein riesiges Loch. Ich weiß auf einmal, warum das, was auf dem Fußboden pocht, mehr wie ein roter Fleischklumpen aussieht als ein Herz. Es ist mein Herz, denke ich, und nicht Nikas, es ist mein mehrfach geflicktes Krüppelherz. Ein blutender Körper rutscht vom Ohrensessel auf den Fußboden. Es ist Nika. Ich habe Nika getötet. Ich höre ein Ächzen und weiß erst nicht, woher es kommt, begreife langsam, dass es aus mir kommt, begreife langsam, was geschehen ist, begreife meinen Irrtum. Ich nehme mein pochendes Herz in die Arme und schaukle es wie ein Baby.

»Antonia!« Jemand rüttelt mich am Arm. »Antonia!«

Ich sitze auf dem Bett und schaukle ein Kopfkissen. Nika kniet neben mir, berührt meine Schulter. Draußen dämmert es.

»Antonia.«

»Nika«, sage ich nur und falle ihr um den Hals. Ich reiße sie um, kralle mich an ihr fest.

»Antonia, was ist denn los?«

»Ich hatte einen bösen Traum«, sage ich und lasse sie nicht los.

»Nicht so fest, Antonia, das tut weh.« Sie streichelt meinen Nacken und die Verkrampfung in meinen Armen, meiner Schulter löst sich etwas.

»So ist es besser«, sagt sie sanft.

»Ich habe nur geträumt.«

»Was hast du geträumt?«

Ich erzähle ihr den Traum.

»Irgendetwas stimmt nicht«, sage ich zum Schluss.

»Was meinst du, Antonia?«

»Ich glaube, wir sind auf dem Holzweg.«

»Wobei, Antonia? Wobei?«

»Ich weiß nicht«, sage ich und seufze tief. »Ich weiß nicht.«

Wir schweigen.

»Gerade frage ich mich, ob dein Tommy nicht recht hat, wenn er daran zweifelt, dass ich dir gut tue. Ich scheine dir ja ganz offensichtlich nicht gut zu tun«, sagt Nika.

»Es hat Gräben aufgerissen, aus denen jetzt irgendeine Scheiße hervorquillt. Wer weiß, womöglich wären sie auch aufgegangen ohne dich. Vielleicht hat es auch einen Sinn.«

»Was meinst du, Antonia?«

»Ich weiß es nicht. O Gott!« Ich spüre noch immer den Alkohol und das Dope. In meinem Kopf dreht sich alles.

»Ich glaube, ich bekomme eine Migräne«, sage ich. Ich hab schon eine, in meiner Stirn pocht es und mir ist schlecht.

»Vielleicht wäre es besser, wenn wir es langsamer angehen, so wie du es eigentlich wolltest.«

»Willst du nicht mehr?«, frage ich.

»Nein, ich dachte nur, dass es vielleicht besser für dich wäre – langsamer zu machen.«

»Was besser für mich ist, entscheide ich selbst«, fahre ich sie an. »Sag du mir, was besser für dich ist, das reicht mir völlig.«

»Entschuldige.«

»Entschuldige du auch.« Ich atme tief durch. »Bitte entschuldige du auch. Ich will mit dir zusammensein, Nika, und sonst nichts. Ich will nichts mit meiner Nachbarin zu tun haben und nichts mit diesem Psychotherapeuten und die Schäfers interessieren mich nicht. Ich will auch keine Geister mehr sehen. Ich will es einfach nur schön haben. Mit dir. Einfach nur schön. Lass uns weggehen! Irgendwohin, wo es nicht so heiß ist.«

»Du bist betrunken.«

»Stimmt. Und bekifft.«

Sie lacht.

»Komm!«, sagt sie, »ich nehme dich einfach noch ein bisschen in den Arm. Das war ja wirklich ein fürchterlicher Traum.«

»Ja«, sage ich und kuschle mich an sie. »Ja, das war ein ziemlich fürchterlicher Traum.«

Joshua

Das Klappern von Geschirr weckt Joshua aus einem tiefen, erholsamen Schlaf. Er dehnt und streckt sich.

»Guten Morgen, Joshua.«

An der Spüle steht Nele und lässt Wasser in eine Glaskanne laufen.

»Gut geschlafen?«, fragt sie.

»Ja«, antwortet er.

Nele gießt das Wasser aus der Kanne in die Kaffeemaschine, stellt die Kanne darunter und schaltet die Maschine ein. Dann beginnt sie, Teller und Tassen auf ein großes Tablett zu stapeln.

»Wir frühstücken gleich.«

»Ich … ich muss nur schnell ins Bad.«

»Das Bad ist besetzt, das ist schwierig heute mit dem einen Bad und den vielen Leuten. Aber draußen ist noch ein Klo, das kleine Häuschen hinter dem Haus. Geheimtipp.« Sie zwinkert ihm zu. »Und einige erfrischen sich gerade im See.«

»Dann …« Joshua steht auf. »Weißt du, wie spät es ist?«

»Als ich vorhin aufgestanden bin, war es kurz nach zehn.«

»Oh, so spät schon! Wir wollten eigentlich früh aufbrechen, ich habe heute noch einiges zu tun. Weißt du, wo Brigitte ist?«

»Ich hab sie vorhin draußen vor dem Zelt sitzen sehen.«

Mit Eberhard und Edeltraut, erwartet Joshua gleich noch zu hören, aber es bleibt aus.

»Komm, ich helfe dir«, sagt Joshua und nimmt Nele das voll beladene Tablett ab. Draußen wurde der Buffettisch zum

Frühstückstisch umgewandelt. An den Seiten stehen lange Bänke, an den Enden jeweils zwei Stühle. Reichlich eng. Joshua stellt das Tablett auf dem Tisch ab und geht um das Haus. Er muss ganz dringend pinkeln, doch das kleine Klohäuschen ist besetzt. Brigitte befindet sich tatsächlich vor dem Zelt. Mit Eberhard und Edeltraut. Sie liegt im Gras, mit ihrem Kopf in Edeltrauts Schoß. Eberhard sitzt daneben und streichelt ihr gebeugtes Knie. Daneben knutscht das Männerpaar, das ihm gestern beim Boccia schon aufgefallen ist. Brigitte winkt ihm, doch Joshua ignoriert sie einfach. Er könnte am Zelt vorbei in den Wald gehen, aber er kommt ihr besser erst einmal nicht zu nahe. Er muss erst pinkeln, bevor er sich mit ihr auseinandersetzt.

Er geht zum See hinunter. Dort tummeln sich ein paar Männer und Frauen nackt im Wasser. Vor dem See biegt er in den Wald ein und pinkelt an einen Baum. Auf dem Rückweg kommt ihm Monika Haberstroh entgegen, mit dem Handy am Ohr. Sie redet aufgebracht, gestikuliert wild.

»Nein, das werde ich ihr nicht zumuten. Nein, wir fahren auch nicht mit dem Zug. Ich will, dass du deinen Arsch hierherbewegst. Meinetwegen auch mit Donata. Okay. Okay, Stefan, ist gut. Bis nachher.« Sie drückt das Gespräch weg.

»Guten Morgen, Herr Stein«, sagt sie freundlich, als sie an Joshua vorbeigeht.

Er blickt ihr nach. Ohne nach links und rechts zu sehen, zieht sie sich nackt aus und geht ins Wasser. Nach ein paar Metern taucht sie kopfüber unter und schwimmt mit kräftigen Kraulzügen bis zur Mitte des Sees.

Joshua geht zum Zelt und baut sich vor Brigitte auf.

»Kann ich dich mal sprechen?«, sagt er.

»Guten Morgen erst mal«, antwortet sie. »Darf ich dir Eberhard und Edeltraut vorstellen?« Die beiden reichen ihm ihre Hände. Er ignoriert sie einfach.

»Ich muss dringend mit dir reden! Alleine!«

Sie rappelt sich auf, seufzt, geht mit ihm ein Stück vom Zelt weg.

»Was ist jetzt schon wieder?«

»Kannst du mir mal sagen, was das soll?«

»Was?«

»Mit den beiden?«

Sie blickt zu Eberhard und Edeltraut, dann wieder zu ihm.

»Ich habe mich mit den beiden angefreundet. Sie sind nett und sie würden dich auch gerne kennenlernen. Es wäre doch schön, wenn wir ein paar gemeinsame Freunde hätten.«

»Angefreundet nennst du das, wenn du die ganze Nacht mit ihnen rumvögelst?«

»Ich hab nicht mit ihnen rumgevögelt.«

»Und wo hast du dich dann rumgetrieben?«

»Ich habe bei Jonas geschlafen. Und du? Wo hast du dich rumgetrieben, wie du es so schön formulierst?«

»Pack die Sachen zusammen, ich hole Jonas. Wir fahren!«

»Ich will noch nicht fahren.«

»Ich habe noch einiges vorzubereiten für morgen.«

»Du arbeitest doch schon seit Wochen nicht mehr. Was hast du da vorzubereiten?«

»Wir fahren jetzt. Komm!« Er packt sie am Arm. Aus dem Augenwinkel sieht er, wie Eberhard aufsteht. Auch die beiden Männer haben ihre Aufmerksamkeit ihm und Brigitte zugewandt.

Brigitte reißt sich los.

»Fahr alleine, wenn du unbedingt fahren musst! Jonas und ich kommen schon hier weg.«

Joshua packt sie am Arm.

»Nicht ohne dich und Jonas.« Sie schubst ihn, doch er hält sie fest. Hinter ihm erscheint Thomas, packt ihn am Arm und zieht ihn von Brigitte weg.

»Jetzt reiß dich mal zusammen!«, zischt er Joshua an.

Joshua versucht, zu Atem zu kommen. Er reibt sich mit der

Hand über den Mund, wischt einen Speichelfaden weg.

»Ich muss dringend nach Berlin zurück.«

»Warum?«, fragt Thomas, »was hast du da so Dringendes zu tun?«

Joshua antwortet nicht. Sei nicht kopflos, flüstert es in seinem Hirn. Wolltest du nicht aufhören mit diesen ganzen Kopflosigkeiten? So eilig hast du es nicht. Glaubst du, die beiden haben heute nichts Besseres zu tun, als nach M. Fallot zu suchen? Du hast doch Zeit.

Joshua geht Brigitte hinterher. Thomas folgt ihm.

»Entschuldige!«, sagt Joshua zu Brigitte.

»Wie oft hast du das in den vergangenen Wochen schon gesagt?«, fragt sie. »Weißt du, was du bist? Du bist ein bigottes Arschloch und ich habe jetzt wirklich die Schnauze voll von dir.«

Sie geht weg.

»Komm, trink erst mal einen Kaffee und beruhige dich«, hört er Thomas sagen.

Als er auf der Bank am langen Holztisch sitzt, fängt es in seiner Stirn an zu pochen. Er trinkt einen Schluck Kaffee und fast spuckt er ihn wieder aus, er kann sich aber gerade noch beherrschen.

»Schmeckt der Kaffee nicht?«, fragt Susanne.

Es ist der schlechteste Kaffee, den Joshua je getrunken hat, er schmeckt fürchterlich bitter. Aber die anderen scheinen es nicht zu bemerken. Sie trinken ihn, ohne mit der Wimper zu zucken.

»Ich habe Kopfschmerzen«, sagt er. »Migräne. Vielleicht war ich deshalb eben so gereizt.«

»Gereizt ist gut«, sagt Thomas.

Joshua versucht, die Bemerkung zu ignorieren. »Ich bin immer leicht reizbar vor einem Migräneanfall. Genau genommen ist die Reizbarkeit schon die Migräne.«

»Aha«, sagt Thomas.

»Toni hat heute auch eine Migräne. Eine richtig schlimme, sie liegt oben«, sagt Nele.

»Soll ich dir eine Tablette holen?«, fragt Susanne.

Joshua nickt. »Ich habe meine Migränetabletten zu Hause vergessen, ich vergesse immer meine Migränetabletten zu Hause.« Joshua versucht zu lächeln, er ist sich nicht sicher, ob es ihm gelingt.

»Wer ist eigentlich Toni?«, fragt er, nachdem Susanne aufgestanden und ins Haus gegangen ist.

»Meine Mutter«, antwortet Thomas.

»Aber …« Joshua ist verwirrt. »Sie ist meine Nachbarin.«

»Ja, das weiß ich«, antwortet Thomas.

»Warum hast du nie erwähnt, dass deine Mutter im selben Haus wohnt, in dem ich meine Praxis habe?«

»Aber das habe ich. Nur deshalb wusste ich doch von den freien Räumen im Erdgeschoss. Du erinnerst dich, ich habe dich darauf hingewiesen. Daraufhin hast du dich mit der Hausverwaltung in Verbindung gesetzt.« Thomas nimmt sich ein Brötchen und legt es sich auf den Teller.

»Ja, schon. Aber hast du mir nicht erzählt, dass deine Mutter gestorben ist? Ich bin davon ausgegangen, dass deine Mutter früher in dem Haus gelebt hat.« Einen Moment vergisst Joshua seine pochende Stirn.

»Das hat sie auch. Und sie ist gestorben. Antonia ist meine Co-Mum.«

»Deine Co-Mum?«

»Ja, blödes Wort, ich weiß. Sie ist – war – die Frau meiner Mutter. Ich kenne sie, seit ich fünf war. Eigentlich schon immer. Ich kann mich jedenfalls nicht an die Zeit ohne sie erinnern.«

»Und was hat sie mit dieser Kommissarin zu tun?«, fragt Joshua. »Wie kommt die hierher?«

»Das frage ich mich auch«, antwortet Thomas und schneidet sein Brötchen auf.

»Sie ist Tonis Freundin. Es ist noch ganz frisch.« Nele verzieht ihr Gesicht, ein missratenes Lächeln, so kommt es Joshua vor.

Übelkeit überschwemmt Joshuas Köper. Es würgt ihn.

»Geht's?« Susanne steht neben ihm und reicht ihm eine Tablette mit einem Glas Wasser.

»Aspirin, ich hoffe, das hilft.«

Er nimmt das Glas und die Tablette. »Besser zwei«, sagt Joshua.

»Okay.« Susanne geht noch einmal weg. Joshua schluckt seine Tablette.

»Ich leg mich hin«, sagt er und steht auf. Erst hat er das Gefühl, er schafft es nicht, so hart pocht es in seinem Kopf, so übel ist ihm. Aber er sehnt sich auf einmal so danach, an diesem See zu liegen. Irgendwie schafft er es dorthin, lässt sich ins Gras fallen, legt seine Stirn auf seinen Arm, schließt die Augen. Er hört die Stimmen der Badenden, von weit weg, dumpf, und das Plätschern von Wasser. Und er sehnt sich nach Ruth. Ruth, die neben ihm liegt, Ruth, die sanft mit ihm spricht, Ruth, die seinen Nacken massiert. Und im Hintergrund das Rauschen des Meeres.

Jemand legt die Hand auf seine Schulter. Er möchte die Augen öffnen, aber es gelingt ihm nicht.

»Hier ist noch eine Tablette«, sagt Ruth und legt sie ihm in die Hand. Er nimmt sie in den Mund. Ruth hält ihm ein Glas Wasser hin, er nimmt es und schluckt die Tablette.

»Ich hab dir noch eine Decke mitgebracht.«

Ruth hilft ihm, sich auf die Decke zu legen. Sie bleibt bei ihm, es ist so beruhigend, ihre Hand auf seiner Schulter zu spüren. Er schläft ein. Immer wieder wacht er auf. Im See ist es leise geworden. Von ferne hört er Kinderstimmen. Dann auf einmal die Stimme von Monika Haberstroh. Er öffnet die Augen und sieht zehn Meter neben sich eine Frau auf einer Decke liegen. Ihr Oberkörper ist nackt, ihre Arme liegen eng am Körper an. Monika Haberstroh kniet neben ihr und massiert ihr den Rücken. Dabei spricht sie mit ihr, schade, dass Joshua nicht verstehen kann, was sie sagt. Aber ihre Stimme ist so beruhigend, dass er wieder einschläft. Als er aufwacht, ist er alleine. Von ferne hört er erneut Stimmen, diesmal nicht die von Kindern oder Badenden. Es klingt nach Erwachsenen. Aufgebrachten Erwachsenen. Er richtet sich auf, das Pochen in seiner Stirn hat aufgehört, die Übelkeit ist verschwunden. Er fühlt sich noch etwas benommen, aber erfrischt. Er steht auf und macht sich auf den Weg zum Haus. Wie spät es wohl ist? Ach, es ist egal. Es wird ihm schon nichts passieren, es kann ihm nichts passieren, das spürt er auf einmal ganz deutlich.

Die aufgebrachten Stimmen kommen vom Parkplatz.

Brigitte sieht ihn und geht ihm entgegen.

»Wir haben ein Problem mit Vandalen.«

»Vandalen?«, fragt Joshua.

»Ja, irgendwelche Idioten haben die Reifen von einigen Autos zerstochen. Und Monikas Motorrad ist weg.«

Sie gehen gemeinsam zum Parkplatz. Thomas taucht zwischen zwei Sträuchern auf. Er schiebt ein nasses Motorrad mit platten Reifen über Gras und Geröll.

»Verdammte Scheiße!« Monika Haberstroh tritt mit voller Wucht gegen einen Stein, er springt zwei Meter weit über den Schotterweg.

»Ich frage mich echt, was für Idioten so etwas machen«, sagt Brigitte.

»Das frage ich mich auch«, sagt Joshua.

»Unser Wagen ist zum Glück nicht betroffen. Aber Eberhards und Edeltrauts. Ich habe ihnen schon angeboten, sie mitzunehmen.«

Ein dunkelblauer Golf kommt den Schotterweg entlanggefahren und zieht die Aufmerksamkeit auf sich. Er hält. Die Türen öffnen sich. Auf der Fahrerseite steigt ein Mann aus. Er trägt eine Sonnenbrille, deshalb erkennt Joshua ihn nicht auf den ersten Blick. Aber beim zweiten Hinsehen ist ihm alles klar. Es ist Stefan Keller. Die junge Frau, die auf der Beifahrerseite aussteigt, hat Joshua noch nicht gesehen. Wahrscheinlich Stefan Kellers Freundin.

Keller lässt seinen Blick schweifen, bis er Monika Haberstroh entdeckt. Er hält den Wagenschlüssel hoch und lässt ihn baumeln. Sie kommt auf ihn zu. Kurz, bevor sie ihn erreicht, lässt er den Schlüssel fallen. Es staubt, als er auf dem Schotterweg auftrifft. Monika Haberstrohs Gesicht hat sich verdüstert. Joshua hat das Gefühl, sie wird ihm gleich eine scheuern. Doch sie sagt nur: »Danke, dass du uns den Wagen gebracht hast. Das ist wirklich sehr nett von dir.« Sie hebt den Schlüssel auf. »Komm, Antonia, wir packen zusammen.«

Sie nimmt Tonis Hand und die beiden gehen Hand in Hand in Richtung Haus.

»Ich weiß wirklich nicht, was die beiden alten Schachteln aneinander finden«, murmelt Stefan Keller, nicht laut, aber laut genug, dass alle es hören können. Thomas lässt das Motorrad fallen und packt ihn am Kragen.

»Tom, nicht!«, fleht Nele ihn an.

Aber Thomas hört nicht auf Nele.

Toni

Stefan Keller und Donata sitzen auf dem Rücksitz. Nika fährt, ich sitze neben ihr, noch immer etwas benommen von meinem Migräneanfall und sehr müde. Keller hat ein Kühlkissen auf sein linkes Auge gelegt und stöhnt in regelmäßigen Abständen.

»Ich zeig den Kerl an«, sagt er nicht zum ersten Mal. Aber es ist das erste Mal, dass Nika antwortet.

»Du hast ihn provoziert.«

»Deswegen schlägt man doch nicht gleich zu.«

»Zuschlagen?«, fragt Nika. »Ich habe niemanden zuschlagen sehen. Hat hier irgendwer jemanden zuschlagen sehen?«

Niemand antwortet.

»Siehst du, niemand hat es gesehen. Aber es gibt eine Handvoll Leute, die gesehen haben, wie du gegen einen Türrahmen gelaufen bist. Stimmt's?«

»Donata!« Keller sieht Donata an. Die schweigt.

Nika setzt die beiden vor Kellers Wohnung ab.

»Trinkst du noch einen Kaffee mit mir?«, fragt sie.

Sie parkt direkt vor einem Café. Wir finden einen schönen Platz im Schatten. Mein Stuhl steht neben einer Hauswand und ich kann meinen Kopf etwas anlehnen. Eine Weile sitzen wir schweigend da, sie mit der Hand auf meinem Arm.

»Stört es dich, wenn ich rauche?«, fragt sie plötzlich.

»Du rauchst?«

»Nein. Ich müsste Zigaretten holen.«

»Mach nur!«

Sie kommt zurück. »Du siehst so nachdenklich aus.«

»Kann ich auch eine haben? Ich rauche nämlich auch nicht.«

Grinsend entfernt sie das Zellophan, öffnet den Klappdeckel, zieht die Folie heraus und streckt mir die Packung hin. Ich nehme mir eine Zigarette. Sie nimmt sich auch eine, reißt ein Streichholz aus dem frischen Streichholzbriefchen von der Theke und gibt erst mir und dann sich selbst Feuer.

»Ich denke gerade über Verliebtheit nach.« Ich blase Rauch in die Luft.

»Und? Was denkst du über Verliebtheit?«

»Vielleicht ist Verliebtheit ja so eine Art Sturm, den zwei Menschen nur heil überstehen, wenn sie Freunde werden.«

Sie streicht mir mit dem Finger über die Wange, lächelt. »Wieder mal ein schöner Satz für das Sprüchebuch.«

»Du hast ein Sprüchebuch?«

»Ja.«

Ich nehme einen tiefen Zug und dann ihre Hand.

»Erzähl mir von deinem Sprüchebuch. Erzähl mir etwas von dir. Ich weiß noch so wenig von dir.«

»Mit achtzehn, so um den Dreh, habe ich es angelegt. Ich habe es noch, aber ich habe bestimmt schon seit dreißig Jahren nichts mehr reingeschrieben. Ab und zu blättere ich darin. Ich kann's dir mal zeigen, wenn du möchtest.«

»Und was für Sprüche stehen drin?«

»Sprüche von Kalenderblättern oder Zitate aus Büchern und Zeitschriften, die mir besonders wichtig waren, alles, was ich so aufgeschnappt habe und mir gefallen hat.«

»Zum Beispiel?«

Sie legt die Stirn in Falten.

»›Man muss Heimat haben, um sie nicht nötig zu haben, so wie man im Denken das Feld formaler Logik besitzen muss, um darüber hinauszuschreiten in fruchtbarere Gebiete des Geistes.‹ Jean Amery. Oder Voltaire: ›Ihre Meinung ist das genaue Gegenteil der meinigen, aber ich werde mein Leben daran setzen, dass Sie sie sagen dürfen.‹ Das habe ich aus einem Heft von Amnesty International. Da war ich mal Mitglied, gar nicht lange, nachdem es gegründet wurde. Oder, das muss ich jetzt noch zitieren: ›Alt sein ist ein herrlich Ding, wenn man nicht verlernt hat, was anfangen heißt.‹ Martin Buber.« Sie zwinkert mir zu. »Das sollten wir uns merken.«

»Ich kann mir gut vorstellen, dass wir Freunde werden, Nika«, sage ich

»Du meinst Freundinnen.«

»Freunde mag ich lieber.«

»Warum?«

»Bei Freundinnen stelle ich mir immer kleine kichernde Mädchen vor.«

»Sind wir das nicht auch manchmal?«

»Ja, manchmal. Bei Freundinnen stelle ich mir auch diese jungen Frauen vor, die Mode- und Schminktipps austauschen.«

»Na gut, ich rechne nicht wirklich damit, von dir irgendwelche Schminktipps zu bekommen.« Sie reicht mir grinsend die Hand. »Lass uns also Freunde werden!«

Ich schlage ein. »Wir sind schon dabei. Wir könnten das heil überstehen.«

»Mein Gott, das klingt ja fast wie ... als stünden wir kurz vor einer geheimen Mission, einer schwierigen, lebensgefährlichen und geheimen Mission.«

»Ist das denn nicht so? Ist Leben nicht eine schwierige, lebensgefährliche und geheime Mission?« Diesmal zwinkere ich. Sie bläst ihre Backen auf und pustet in die Kaffeetasse, die sie vor ihrem Mund hält.

»Schwierig und lebensgefährlich, vielleicht.« Sie zuckt mit den Achseln. »Aber geheim – hm, ich weiß nicht. Sieh mal da! Eine Ameise.«

Sie läuft am Rand des Aschenbechers im Kreis. Nika betrachtet sie fasziniert.

»So fühle ich mich auch manchmal.«

»Wie eine Ameise auf dem Aschenbecherrand?«

»Oder wie ein Hamster im Tretrad.« Sie seufzt.

Schweigend betrachten wir die Ameise. Ich lege meinen Finger auf den Aschenbecherrand, als die Ameise ihn erreicht, bleibt sie einen Moment stehen. »Sie überlegt, ob sie über meinen Finger klettern oder lieber umdrehen soll.«

»Wir sollten sie Ruhe lassen«, schlägt Nika vor.

»Ja, lassen wir sie im Kreis gehen, wenn sie das so möchte.«

Der Kellner kommt, fragt, ob wir noch etwas bestellen wollen. Wir machen ihn lachend auf die Ameise aufmerksam. Er zerquetscht sie mit seinem Finger, fegt sie vom Tisch und geht weg. Auf einmal stehen alle meine Schotten offen, Tränen schießen mir in die Augen und ich lasse sie einfach fließen. Ich heule hemmungslos um eine tote Ameise. Nika versucht, mich zu trösten, aber sie dringt kaum zu mir durch. Ich bekomme nicht so recht mit, wie sie unseren Kaffee bezahlt, aber sie muss ihn bezahlt haben, bevor sie mich in Richtung Auto bugsiert. Im Auto nimmt sie mich in den Arm. Irgendwann lassen die Tränenströme nach, irgendwann wird das Beben und Zittern weniger. Sie reicht mir ein Taschentuch.

»Es tut mir leid«, schaffe ich schließlich zu sagen.

»Kein Problem.«

»Ich mache dir anscheinend nichts als Mühe.«

»Du machst mir Hoffnung.« Sie lächelt.

»Hoffnung?« Meine Stimme ist heiser. Ich huste.

Nika startet den Motor, fährt los. Zwei Minuten später schaltet sie ihn wieder aus.

»Hast du Donnerstag schon etwas vor?«

Ich schüttle den Kopf.

»Magst du zu mir kommen? Zum Essen?«

»Ja, gerne. Sehr gerne.«

»Vielleicht kommen wir bis dahin ja ein bisschen zur Ruhe. Und ich bekomme wenigstens einen meiner Fälle gelöst. Und vielleicht hat deine Seele bis dahin ja ein wenig Zeit nachzukommen.«

Joshua

Ein blaues Auge für Stefan Keller, eine aufgeplatzte Augenbraue für Thomas, aus der Ströme von Blut rinnen. Eine traurige Kriminalhauptkommissarin mit einem fahruntüchtigen Motorrad. Ein Freund weniger, Thomas. Eberhard und Edeltraut im Fond seines Wagens. Jonas zwischen ihnen. Er am Steuer neben einer schlecht gelaunten Brigitte. Das hat er nun von diesem Wochenende an Thomas' See. Monika Haberstroh und Toni sind schon lange auf dem Weg und bestimmt bald in Berlin, während er langsam vom Rasenparkplatz auf den Schotterweg rollt.

Natürlich musste er Eberhard und Edeltraut mitnehmen, so etwas gehört sich einfach, wenn jemandem von irgendwelchen Vandalen in der Nacht die Reifen zerstochen werden. Auch die anderen wurden auf die verbliebenen, nicht beschädigten Autos verteilt. Natürlich wurde überlegt, die Polizei zu rufen.

Eine andere Polizei als die bereits anwesende, die nicht zuständig, nicht im Dienst und außerdem noch heillos zerstritten und handlungsunfähig war. Zu Joshuas Erleichterung wurde darauf verzichtet. Hat sowieso keinen Sinn, war die einhellige Meinung. Joshua bot sich an, morgen früh mit Thomas und Mark noch einmal herzukommen, mit ein paar Reifen zum Wechseln. Lust hat er dazu keine, seine Bereitschaft ist Brigitte und seinem schlechten Gewissen geschuldet. Selber schuld!

Nein, Brigitte ist gar nicht schlecht gelaunt. Sie plaudert munter mit Edeltraut und Eberhard. Eberhard, ein schnauzbärtiger Widerling, der seine Finger nicht von Edeltraut lassen kann und sie die ganze Zeit ausgiebig betatscht. Edeltraut, ein hässliches Entlein mit schiefen Zähnen und einer Knollennase, die ihre Zunge so tief in Eberhards Mund steckt, dass es Joshua alleine von dem Anblick würgt. Das hat Joshua nun von seiner Blödheit. Zum Glück schläft Jonas. Und wahrscheinlich wären Edeltraut und Eberhard ihm ohnehin nicht erspart geblieben. Brigitte hat sie bereits zum Essen eingeladen. Für nächstes Wochenende.

»Wo soll ich euch absetzen?«, fragt Joshua.

»Kommt ihr noch auf einen Kaffee mit zu uns?«, fragt Brigitte.

Joshua hält vor dem Eingang zum Garten Eden.

Ein Doorman, den Joshua bisher noch nicht gesehen hat, öffnet die Schranke. Joshua fährt den Wagen in die Garage und steigt mit den anderen zusammen aus.

»Ich muss noch in die Praxis«, sagt er. Er hat einen Plan. Einen neuen Plan.

Er nimmt das Fahrrad. Eine Weile bleibt er im Hinterhof stehen. Irgendwo entfernt hört er die grelle Stimme von Marina Schäfer, doch sie interessiert ihn nicht. Es riecht nach Grillkohle und verbranntem Fleisch. Nach verdorbenem verbranntem Fleisch. Es ist diesig und schwül, Schweiß steht auf seiner Stirn. Er schließt die Praxis auf. Der Anrufbeantworter blinkt, er ignoriert ihn. Er legt seine Sachen – Notebook, eine Tasche mit Kulturbeutel, Rasierzeug, Unterwäsche – auf dem Schreibtisch ab. Er durchsucht sein Kabuff, wird aber, wie erwartet, nicht fündig. In einer der Schubladen in der kleinen Stehküche findet er eine Rolle Paketschnur. Etwas dünn für seinen neuen Plan, aber sie müsste gehen. Obwohl – wenn er es sich recht überlegt, ist sie doch zu dünn. Ein Seil oder wenigstens ein Stück Wäscheleine wäre besser. Er steckt die Paketschnurrolle trotzdem ein, zusammen mit einer Rolle Paketband, die er zwischen Ulrikes Sachen findet. Er nimmt den Kellerschlüssel vom Haken im Flur.

Er riecht den schrecklichen Gestank der toten Ratten schon auf der Kellertreppe. Er ist noch schlimmer als beim letzten Mal, als er mit Georg Geiger den Tapeziertisch holen war. Vielleicht sollte er morgen wirklich die Hausverwaltung anrufen. Oder Martin bitten, es zu tun, der ist bestimmt besser in so etwas.

Der Keller, der zur Praxis gehört, ist fast leer. Nur ein paar Kartons voll alter Akten stapeln sich im oberen Bereich eines Regals. Es sind alte Klientenakten von Ulrike. Die unteren Bretter sind frei, seit einmal Wasser aus einem defekten Regenrohr den Keller überschwemmt hat. Einige von Ulrikes Akten, die eigentlich noch eine Weile hätten archiviert werden müssen, waren nicht mehr zu retten.

Joshua findet kein Seil. Er wird sich morgen eins kaufen. Falls er es dann noch braucht. Für heute müssen Paketschnur und Paketband genügen. Er steigt bis ganz nach oben. Die Dachluke steht offen, doch es nützt nichts, kein kühles Lüftchen weht durch sie hindurch. Die Luft steht.

Er klingelt bei M. Fallot. Niemand da. Er geht ein paar Stufen nach unten und blickt durch das Hausflurfenster hinauf zu A. Beckers Terrasse. Der Sonnenschirm ist geschlossen.

Ob er Martin nach einem Stück Seil fragen soll? Nein, das ist zu riskant. Wie soll er Martin erklären, warum er an einem

Sonntag ein Stück Seil braucht? Und vor allem, wie soll er später erklären, warum eine tote Frau an einem Stück Seil hängt, das Joshua sich von ihm geliehen hat. Er könnte zu seinem ursprünglichen Plan zurückkehren. Keinen Selbstmord vortäuschen, die Leiche verschwinden lassen. Darüber muss er erst noch nachdenken. Er geht zurück in die Praxis, erst in sein Kabuff, bis ihm auffällt, dass er so überhaupt nicht mitbekommen wird, ob und wann M. Fallot und Toni Becker zurückkommen. Vielleicht verbringt Toni ja die Nacht bei Monika Haberstroh. Ja, das wäre Joshua am liebsten, wenn sie einfach aus dem Weg wäre. Dann könnte er sich in Ruhe um M. Fallot kümmern und Toni verschonen.

»Toni«, sagt er laut. Bestimmt heißt sie Antonia. Antonia Becker. A. Becker. Passt.

Doch er hat Pech. Kaum, dass er sein Kabuff verlassen und den Platz vor dem Fenster seines Therapiezimmers eingenommen hat, kommen sie auch schon angefahren. Monika Haberstroh und Antonia Becker. Monika Haberstroh sitzt wie erwartet am Steuer des blauen Golf. Stefan Keller und seine Freundin scheint sie schon abgesetzt zu haben. Die beiden Frauen bleiben noch einen Augenblick im Wagen sitzen. Er kann es nicht genau erkennen, aber wahrscheinlich küssen sie sich. Ein Kuss, tief und innig, der Joshua berührt. O Gott, was ist das bloß. Verdammt noch mal. Was soll dieses warme Gefühl in seinem Bauch angesichts zweier Frauen, die drauf und dran sind, ihn zu zerstören.

Toni steigt aus. Joshua beobachtet durch den Spion, wie sie an seiner Praxistür vorbei nach oben steigt. M. Fallot ist doch nicht zu Hause. Oder sie hat ihm nicht die Tür geöffnet. An ihrer Stelle würde er das auch nicht tun. Für Antonia Becker wird sie bestimmt öffnen. Er folgt Toni in einigem Abstand. Sie klingelt nicht bei M. Fallot. Sie schließt eine Tür auf, wahrscheinlich die zu ihrer Wohnung. Er hört, wie die Tür ins Schloss fällt.

Eine Weile bleibt er auf dem Treppenabsatz stehen und denkt über sie nach. Sie hat anderes im Kopf als M. Fallot. Sie ist bis über beide Ohren verliebt. Aber nicht nur das. Sie ist verzweifelt, das kann er spüren und weiß doch nicht, wie es zusammenpasst. Unerwidert verliebt ist sie nicht, schließlich ist Monika Haberstroh ganz offensichtlich auch in sie verliebt. Es muss mit Thomas' Mutter zu tun haben. Aber ja, das ist es! Sie ist vor neun Monaten gestorben. Wie lange mögen die beiden zusammengewesen sein? Thomas hat gesagt, er kennt sie, seit er fünf war. Thomas ist Mitte dreißig. Ungefähr dreißig Jahre also. So etwas verarbeitet man nicht so schnell. Sie hat es noch nicht verarbeitet und sich wieder neu verliebt. Wie es da in ihr aussieht, kann er sich gut vorstellen. Ob sie nach dem Tod von Thomas' Mutter wohl Hilfe gesucht hat? Wahrscheinlich nicht. Sie hat Thomas, der scheint wirklich sehr an ihr zu hängen. Ob sie überhaupt weiß, wie sehr? Er wünschte, er könnte ihr helfen, sie begleiten. Er sieht sie schon in seinem Therapiezimmer sitzen, die Box mit den Papiertaschentüchern neben sich.

Er mag diese Frau. Er kann sie nicht haben, wird sie niemals haben können. Allein schon deshalb mag er sie. Er muss verrückt sein. Er riskiert sein Leben, wenn er nicht aufpasst. Jonas ist sein Leben. Das, was von seinem Leben übrig ist. Er will später auch einmal übers Wochenende zu einem Fest fahren, das sein Sohn gibt. Er beneidet sie darum. Er würde alles dafür geben, das einmal erleben zu dürfen. Und er wird sie zerstören, wenn es sein muss. Aber heute Nacht lässt er sie in Frieden.

Toni

Kaum bin ich zu Hause, will ich sie auch schon wieder anrufen. Es sind nur vier Tage, dann werde ich sie wiedersehen. Zu wenig, um meine Seele wirklich ankommen zu lassen. Zu viel, um es auszuhalten, das spüre ich jetzt, wo ich wieder alleine bin. Dabei bin ich eine, die ganz gut alleine sein kann, die es überhaupt nicht aushält, ständig jemanden um sich zu haben. Was ist mit dir los, Toni? Ich würde gerne sagen, so kenne ich dich gar nicht. Aber es stimmt nicht. Ich kenne mich so, ich habe mich oft so erlebt.

So will sie dich bestimmt nicht. Nicht in diesem Zustand. So schwach und bedürftig. So sehnsüchtig. Mach nur so weiter und du verlierst sie. Es ist ihr ja jetzt schon zu viel. Warum sonst will sie diese Pause? Es sind nur vier Tage, Toni, lächerliche vier Tage. Keine Pause. Wenn du dich nicht zusammenreißt, verlierst du sie. Verlierst alles. Verlierst sie. Verlierst alles. Ratter ratter ratter, so geht es in meinem Kopf und es ist nicht zum Aushalten, nicht zum Aushalten. Verdammt!

Ich muss etwas tun, durchsuche mein Flaschenregal. Kein Wein mehr übrig. Aber ein Rest Rum und zwei Fingerbreit Eierlikör. Beide Flaschen sind ruckzuck leer. Bleibt nur noch der teure Grand Manier, den ich zusammen mit Sol vorletztes Weihnachten gekauft habe. Es war das letzte Weihnachten mit Sol. Ich setze die Flasche an den Mund und trinke sie in einem Zug leer. Der Alkohol überschwemmt meinen Körper, mir wird schwindelig. Ich mag nicht mehr auf dem Sofa sitzen, auf dem Sofa sitzen widert mich an. Ich brauche eine neue Perspektive. Ich rutsche auf den Boden. So ist es besser. Aber nicht wirklich. Hier unten habe ich Sol gefunden. Nicht direkt hier. Ganz nah bei der Tür. Ich hasse diese Tür. Ich hasse dieses Zimmer. Ich hasse Sol für das, was sie mir angetan hat. Einfach so zu verschwinden von einem Moment auf den anderen. Ausgerechnet an diesem Tag. Es ist gemein, unfair, zutiefst unfair. Es ist das Schlimmste, was mir jemals jemand angetan hat. Rückblende. Dabei hätte es so ein guter Tag werden können, ein Tag, der mein Leben hätte verändern können. Ein Verlag hat einen Roman von mir angenommen. Ich finde den weißen Umschlag meiner Agentin im Briefkasten, als ich nach Hause komme, reiße ihn noch auf der Treppe auf. Ich schwebe die Treppe hinauf, stelle mir vor, wie ich Sol um den

Hals falle, ihr von meinem Erfolg erzähle. Ich weiß, dass sie zu Hause ist, sie hat heute frei. Ich schließe die Tür auf, ich stürme in die Wohnung.

Ich finde sie im Wohnzimmer. Sie liegt neben dem Sofa auf dem Boden. Schon kalt. Ich weine nicht. Ich sitze nur da mit ihrem Kopf auf meinem Schoß. Ich weiß nicht, wie viele Stunden ich dasitze, ohne mich zu bewegen, fast so erstarrt wie sie.

Manchmal hilft es, wenn ich einfach nur dasitze, die Anspannung in meinen Muskeln fühle, mich voll darauf konzentriere. Und manchmal hilft es, wenn ich mich bewege. Dann liege ich im Bett auf der Seite und strecke ein Bein in die Höhe, immer wieder und wieder, spiele Klappmesser, spiele auf und zu, auf und zu. Oder ich wälze mich auf dem Boden oder ich schaukle hin und her. Manchmal weine ich dabei. Manchmal hilft es auch zu sprechen, ein Wort, einen Satz immer wieder zu sagen. Als mein erster Kater stirbt, lege ich ihn auf meine Brust. Mein Freund, sage ich immer wieder, mein Freund, und ich höre seinen schweren Atem, rieche den Harngestank aus seinem Fell, spüre seine Wärme. Mein Freund, mein Freund. Rotwein im Blut. Nebel im Kopf. Wärme im Herzen. Angst in den Knochen. So wie jetzt. Es war der erste Tod in meinem Leben, der mir wirklich nahe ging. Er ist an Nierenversagen gestorben, auf seinen Tod waren wir vorbereitet. Sols Tod trifft mich wie der Blitz aus heiterem Himmel, streckt mich nieder. Ein Bild, so abgegriffen wie wahr. Der Himmel ist heiter, Sol und ich leben wieder zusammen und es ist schön. Ich fühle mich so gut wie schon lange nicht mehr. Und von einem Moment zum anderen ist es vorbei. Ich könnte genauso gut selbst tot sein. Ich bin tot.

Tommy kümmert sich um die Beerdigung, die Trauerfeier, meine Finanzen, alles. Manchmal steckt er mir Geld zu. Und dann schäme ich mich und bin gleichzeitig froh. Dann kann ich mir wenigstens etwas zum Anziehen kaufen oder ein paar neue Schuhe. Aber das meiste davon hebe ich auf für Notzeiten.

Ich weine auch bei der Trauerfeier nicht. Es braucht Zeit, bis ich es kann. Zeit und eine Flasche Rotwein. Und dann kann ich nicht mehr aufhören. Tommy will, dass ich mir Hilfe suche, eine Trauergruppe, Therapie. Ich will nicht. Ich will alleine damit fertig werden. Ich bin alleine damit fertig geworden, so dachte ich zumindest. Aber eigentlich wollte ich gar nicht damit fertig werden.

Dr. Blalock und Dr. Taussig sind alt, sie werden nicht mehr lange leben. Ihren Tod wollte ich noch abwarten. Es ist bereits alles vorbereitet für meinen dezenten Abgang. Nur beim Ort bin ich mir noch nicht sicher. Ob hier, neben Dr. Blalock oder Dr. Taussig, je nachdem, wer als Letztes geht. Oder irgendwo draußen, im Freien, vielleicht am Wasser. Natürlich nicht an Tommys See. Weit weg davon. Vielleicht an der Ostsee, am Strand. Ja, ich stelle es mir schön vor, am Strand zu sterben. Tommy hat seine eigene Familie, er wird darüber hinwegkommen. Auch wenn es mir leidtut, dass ich ihm wehtun muss.

Es ist zu spät, ich hab Mist gebaut. Ich hätte mich niemals auf Nika einlassen dürfen. Niemals. Es war verantwortungslos von mir. Ich hätte mich ihr nicht zumuten dürfen. Ich hätte mich ihr nicht vertraut machen dürfen. Jetzt muss ich wohl oder übel hierbleiben. Ich durchsuche das Bücherregal. Irgendwo ist es, dieses Buch, in dem steht, dass man ein Leben lang verantwortlich ist für das, was man sich vertraut gemacht hat. Ich finde es nicht.

Es klingelt an der Tür. Ich zucke zusammen. Nein, ich will niemanden sehen. Ich halte meine Ohren zu. Es klingelt noch einmal. Und wenn es Nika ist? Ich schwanke zur Tür. Doch es ist zu spät. Niemand mehr da. Ich hangle mich zum Telefon, wähle Nikas Handynummer. Ihre Mailbox springt an, ich wähle noch einmal. Sie geht ran.

»Hast du eben bei mir geklingelt?«

»Nein.«

»Dann entschuldige. Tschüss.«

»Ist alles in Ordnung bei dir?«

»Ja, alles okay. Hab nur ein bisschen getrunken, sonst ist alles okay. Schlaf gut!«

Ich lege auf.

Das Telefon klingelt.

»Soll ich zu dir kommen?«

»Nein, ist wirklich nicht nötig. Ich habe getrunken und du weißt ja, ich trinke so selten, ich vertrage es nicht. Aber sonst ist alles in Ordnung.«

»Willst du zu mir kommen?«

»Wir sehen uns Donnerstag.«

»Bist du dir sicher?«

»Ich freue mich auf dich.« Ich lege auf.

Ich gehe durch die Wohnung. Sie ist zwanzig Meter lang, da lässt es sich gut gehen. Vom Schlafzimmer über das Wohnzimmer zum Arbeitszimmer und wieder zurück und wieder von vorne. Ein kleiner Ausflug zum Bad oder in die Küche, eine kurze Rast an der Terrassenbrüstung, ein Blick in den diesigen Himmel, dann weiter. Du bist einfach nur bescheuert, bescheuert. Immer wieder sage ich es, dann habe ich genug.

»Ich gehe jetzt«, sage ich laut.

Doch Taussig will mich nicht gehen lassen. Sie rennt neben mir her, miaut, schnappt nach meinen Füßen. Ich muss aufpassen, dass ich nicht auf sie trete. Doch ich lasse mich nicht beirren. Ich ziehe meine Schuhe an, greife im Flur meine Schlüssel.

Dr. Taussig krallt sich an meinem Hosenbein fest. Ich schüttle sie ab, sie schlittert ein Stück über das Parkett.

»O Gott, es tut mir leid«, sage ich, knie mich neben sie, streichle ihr struppiges Fell, küsse ihr haariges Gesicht. Sie leckt mir über die Wange. Einen Moment lege ich mich neben sie. Lausche ihrem beruhigenden Schnurren. »Aber es hilft nichts«, sage ich, »es hilft alles nichts.« Ich küsse sie noch einmal aufs Ohr. Dann stehe ich auf und gehe.

Joshua

Der dunkle, lang gezogene Ton der Türklingel lässt Joshua hochschrecken. Im ersten Moment weiß er nicht, wo er ist. Dann sieht er das Treppengeländer, den roten Teppich. Gott, er muss eingeschlafen sein. Er rappelt sich auf. Anderthalb Treppen über sich hört er es rascheln. Noch einmal die Türglocke. Leise steigt er die Treppe hinauf, linst auf dem letzten Treppenabsatz um die Ecke, zieht schnell seinen Kopf wieder zurück. Zu spät, der junge Mann, der vor Antonias Wohnungstür steht, hat ihn bereits gesehen. Jetzt bleibt Joshua nichts anderes übrig, als ganz nach oben zu steigen. Er geht langsam, tut so, als hätte er sich verletzt, stützt sich auf das Treppengeländer, fasst mit der anderen Hand an seinen Rücken. Der junge Mann seufzt, zuckt mit den Schultern und wendet sich von Antonia Beckers Tür ab. Was Antonia Becker wohl mit ihm zu tun hat? Der junge Mann verschwindet in der Wohnung, die Antonias gegenüber liegt. A. Struck also.

Antonia Beckers Wohnungstür geht auf. Joshua ist noch nicht ganz oben angekommen, schnell drückt er sich gegen die Wand. Er hört, wie die Tür wieder geschlossen wird.

Joshua klingelt bei M. Fallot. Wie erwartet, öffnet niemand. Joshua legt sogar sein Ohr an die Tür, doch er hört nichts. Er klingelt noch einmal. Jetzt scheint A. Struck den Fernseher eingeschaltet zu haben, aus seiner Wohnung dringen leise Stimmen und Musik. Joshua berührt den Türknauf, rüttelt vorsichtig daran. Dann tastet er seine Hosentaschen nach seiner Brieftasche ab, aber er muss sie in der Aktentasche haben. Schade, sonst hätte er ausprobiert, ob sich die Tür mit einer Kreditkarte öffnen lässt. Vielleicht kann er es ja später versuchen. Einen Moment lehnt er sich noch gegen die Tür, legt seine Wange daran, berührt sie mit seinen Handflächen, sie fühlt sich angenehm kühl an. Falls es ihm später gelingen sollte, in diese Wohnung einzudringen, wird er die Tür von seinen Spuren säubern müssen, von seinen Finger- und Handabdrücken, seinem Speichel, seinem Schweiß. Joshua atmet tief durch und schließt die Augen. Fast schläft er wieder ein, doch plötzlich dringen aus Antonia Beckers Wohnung Geräusche. Er rennt die Treppe hinunter, hört auf halbem Weg, wie sich oben eine Tür öffnet und wieder ins Schloss fällt, hört Schlüsselgeklirre und Schritte. Zum Glück findet er schnell seinen Praxisschlüssel. Durch den Türspion beobachtet er das Treppenhaus, sieht Antonia Becker vorbeigehen. Er folgt ihr.

Sie kehrt in einem Imbiss ein. Joshua beobachtet durch das Fenster, wie der Imbissverkäufer ihr eine Flasche Wein über den Tresen reicht. Sie geht zwar zurück zum Haus, dann aber an der Eingangstür vorbei in Richtung Park. Sie schwankt ein wenig. An einer ruhigen Stelle tief im Park lässt sie sich im Gras nieder. Joshua hört von ferne dumpfes Trommeln und das Geschrei von Menschen. Sie öffnet den Schraubverschluss der Weinflasche, trinkt. Sie setzt die Flasche wieder ab und reibt sich mit dem Handrücken über den Mund. Eine Weile sitzt sie da und blickt in den Himmel. Noch einmal setzt sie die Flasche an, lange. Sie stellt sie ab und rollt sich auf die Seite. Joshua kann sie nicht hören, ist sich aber sicher, dass sie weint. Sie wälzt sich im Gras. Einen Moment überlegt er, ob er zu ihr gehen soll, aber er will sie nicht erschrecken. Jetzt richtet sie sich auf, umfasst mit beiden Händen ihre Knie. Sie schaukelt. Vor und zurück. Das Schaukeln scheint sie zu beruhigen. Joshua muss ihr irgendwie helfen. Er könnte Monika Haberstroh anrufen. Leider hat er keine Ahnung, wo er ihre Visitenkarte gelassen hat. Doch er hat Thomas' Nummer in seinem Handy gespeichert. Zum Glück hat sein Akku noch genug Saft, wenigstens für einen Anruf.

Toni

Ein bisschen Rum, Eierlikör und Grand Marnier und eine Flasche Wein sind einfach zu wenig, um mich verschwinden zu lassen. Ich versuche, mich in den Schlaf zu schaukeln, summe leise vor mich hin, blicke in die Sterne, die nicht da sind. Natürlich sind sie da, ich sehe sie nur nicht. Ich will dahin, wo ihr seid, Sterne. Ich will dahin, wo Sol ist. Ich will dahin, wo alles gut ist. Aber ich kann nicht, kann nicht, verdammt noch mal, kann nicht.

»Scheiße!«, zische ich und werfe die Flasche über den Rasen. Ich blicke ihr nach und sehe jemanden auf dem Weg unterhalb der Wiese stehen. Er blickt zu mir hoch. Ich lasse mich rückwärts ins Gras fallen und schließe die Augen. Ein Mörder, denke ich, vielleicht ist es ein Mörder.

»Der Würger vom Friedrichshain«, sage ich laut und fange an zu kichern. Ich stelle mir vor, wie er sich an mich heranschleicht. Er schwingt ein Seil zwischen seinen Händen, spannt es. Jetzt steht er neben mir. Ich öffne die Augen und blicke auf seine Füße. Er trägt weiße Turnschuhe, so wie es sich für einen Mörder gehört. Sein Fußschweiß dringt mir in die Nase und ich muss wieder kichern.

Er geht in die Hocke, beugt sich über mich, legt seine Hand auf meine Schulter, dann die Arme um mich. Er zieht mich zu sich. Mein Kopf liegt an seiner Schulter. Ich spüre seine Locken an meiner Wange, rieche seinen Männergeruch. Er riecht immer ein wenig nach Schweiß und nach Holz und Öl mit einer Spur Zitrone. Der einzige Männergeruch, der mir vertraut ist. Er gehört zum einzigen Mann, den ich liebe, je geliebt habe, vielleicht je lieben werde. Ich schmiege mich an ihn und er hält mich eine Weile fest.

Er zieht mich hoch. Ich bemerke den zweiten Mann, der neben ihm steht. Ich kenne ihn, aber sein Name fällt mir nicht ein. Tommy legt seinen Arm um mich., der zweite Mann hakt meinen Ellbogen unter. Die beiden führen mich den Hügel hinunter. Unten am Weg steht noch ein Mann. Tommy berührt ihn am Arm. »Danke«, sagt er und gibt ihm die Hand.

Ich werde zu Tommys Auto gebracht.

»Fährst du, Mark?«, sagt Tommy.

»Bin ich verhaftet?«, frage ich.

Tommy öffnet eine der hinteren Türen und hilft mir beim Einsteigen. Er hält meine Hand und lässt sie nicht mehr los, bis ich im Gästezimmer stehe. Dort übernimmt Nele. Von irgendwoher aus der Wohnung höre ich das Geschrei der Kinder und kurze Zeit später die ruhige Stimme von Mark.

»Habt ihr was zu trinken?«, frage ich.

Tommy geht aus dem Zimmer. Nele hält noch immer meine Hand, wir stehen da, sagen nichts. Tommy kommt zurück mit einer Flasche Wasser und einem Glas.

»Habt ihr nicht was Richtiges?«, frage ich. Mir wird schwindelig. »Ach Scheiße!« Ich setze mich auf das Bett, schließe die Augen. Mir dreht sich alles. Ich höre die Schranktür. Sie quietscht, sie hat immer schon gequietscht. Manche Dinge ändern sich einfach nie. Leider sind es fast immer die falschen.

»Das ist bitter«, lalle ich, »sehr bitter.«

»Komm«, sagt Nele und macht sich an meinem Hemd zu schaffen. Sie hat ein T-Shirt neben mich aufs Bett gelegt. Das Schlaf-T-Shirt, das ich immer trage, wenn ich unvorhergesehen hier übernachte. Nach Sols Tod habe ich gelegentlich unvorhergesehen hier übernachtet.

Ich stoße Nele weg. »Ich mach das alleine!«

Die beiden stehen vor dem Bett und wissen nicht, wo sie hinsehen sollen.

»Alleine, habe ich gesagt.«

Die beiden zögern, sehen sich an. Dann gehen sie aus dem Zimmer und schließen die Tür. Ich ziehe ich mich aus, lasse alles auf den Boden fallen, schlüpfe in das Schlaf-T-Shirt und dann unter die Bettdecke. Die Unordnung auf dem Boden beunruhigt mich. In meiner Stirn fängt es an zu puckern, wenn ich mir vorstelle, wie meine Sachen da liegen. Aber aufhören, an sie zu denken, kann ich auch nicht. Es macht mich ganz wuschig. Ich stehe noch einmal auf, sammle meine Sachen zusammen und lege sie auf den Stuhl am Schreibtisch. Ich will nicht auf den Rahmen mit den Familienbildern sehen, der neben dem Schreibtisch an der Wand hängt. Ich strenge mich ganz furchtbar an, es nicht zu tun. Mein Kopf ist bestimmt rot vor Anstrengung. Trotzdem schaffe ich es nicht. Ich sehe ihn an. Mit letzter Kraft nehme ich ihn von der Wand und lege ihn in eine der Schreibtischschubladen. Wenn sie einen Schlüssel hätte, würde ich die Schublade abschließen und den Schlüssel aus dem Fenster werfen. Ich habe einen riesigen Kloß im Hals. Er nervt mich, dieser Kloß, er soll verschwinden. Zusammen mit mir. Wenigstens eine Weile, wenigstens bis morgen früh. Wenigstens bis Donnerstag.

Leise öffne ich die Zimmertür und spähe in den Flur. Mark scheint noch immer damit beschäftigt zu sein, die Kinder ins Bett zu bringen. Aus der Küche dringen Geschirrgeklapper und die Stimmen von Nele und Tommy. Sie reden über mich, natürlich, ich versuche, nicht hinzuhören. Ich schleiche ins Wohnzimmer. Das Vertiko mit den Alkoholika ist abgeschlossen. Aber es gibt noch ein zweites, dessen Schlüssel auch in die Tür vom ersten passt. Ich entscheide mich für eine noch fast volle Flasche Rum. Ich habe Angst, dass sie mich im Flur erwischen, also öffne ich den Schraubverschluss gleich und setze die Flasche an den Mund. Ich trinke so lange, bis es mich würgt. Rum läuft mir den Hals hinunter in den Ausschnitt und auf das T-Shirt. Ich setze die Flasche noch einmal an, trinke, spucke einen Teil wieder aus, huste. Aber ich gebe nicht auf, noch einmal kippe ich die widerliche Flüssigkeit in mich hinein. Endlich geben meine Beine nach und ich sinke zu Boden. Neben mir liegt die Flasche, läuft gluckernd aus. Ich versuche, sie wieder aufzustellen, will Nele und Tommy nicht den Teppich verderben. Aber es gelingt mir nicht und jetzt ist sie sowieso fast leer. Ich lese das Etikett, aber es geht nicht, die Schrift flimmert. Gott, ist mir schlecht. Ich bin kurz davor zu kotzen. In dem Karussell um mich herum suche ich nach einem Fixpunkt. Ich finde ihn in einem Stück hellen Holz unter dem Vertiko. Ich halte meine Innereien noch einen Moment in Schach und greife nach dem Stück Holz. In dem Moment, in dem ich erkenne, was es ist, kann ich mich nicht mehr halten. Ich kotze auf den Teppich. Und dann heule ich

Ich heule in Tommys Armen. Jemand hebt die Flasche auf. Und mich.

»Ich will sterben«, sage ich immer wieder, »ich will sterben.«

Ich weiß nicht, wie ich ins Bett komme. Ich liege zwischen Tommy und Nele, Tommy vor mir, Nele hinter mir. Tommy weint. Nele streicht ihm durchs Haar. Mark kuschelt sich an seinen Rücken. Ich sehe Marks Hand auf Tommys Hüfte. Die Kinder stehen an der Tür, ganz verschwommen kann ich sie erkennen. Sie sagen etwas, ich kann nicht verstehen, was. Dann bin ich endlich weg.

Joshua

Joshua erwacht in seinem Therapiesessel. Er hat eine Decke um sich geschlungen, obwohl zurzeit nachts die Temperaturen immer noch sehr hoch sind, war ihm plötzlich kalt. Eigentlich wollte er nur noch einen Moment am Fenster sitzen, das Bier trinken, das er sich vom Imbiss geholt hat, und ein wenig zur Ruhe kommen. Dann muss er wohl eingeschlafen sein.

Jetzt ist ihm warm, er streift die Decke ab, bleibt aber noch sitzen. Seine Sachen fühlen sich klebrig an. Es ist hell, zu hell für seine empfindlichen Augen, obwohl die Sonne um diese Zeit sein Praxisfenster noch nicht erreicht. Er blinzelt und schließt die Augen wieder. Er döst eine Weile vor sich hin, mag gar nicht aufstehen. Er fühlt sich müde, erschöpft. Es ist eine abgrundtiefe Müdigkeit, die ihn erschreckt. Er steckt so tief darin, er kann sich nicht vorstellen, jemals wieder herauszukommen. Aber er muss. Wenn nicht um seinetwillen, dann wegen Jonas. Nur einen Moment noch hier sitzen, ein paar Minuten, eine halbe Stunde. Darauf kommt es doch nicht an, oder? Die Türklingel reißt ihn aus seinen Gedanken. Ob sie ihn wohl jetzt holen? Die Vorstellung beunruhigt ihn nicht einmal, dann wäre es endlich vorbei und er müsste nicht zum Mörder werden. Er quält sich aus dem Sessel. Auf dem Weg durch den Flur klingelt es noch einmal, diesmal ungeduldiger. Vor der Tür steht ein Mann, der Joshua bekannt vorkommt. Ein großer Mann mit kurzem dunklem Haar. Ein Mann mit vielen feinen Linien im Gesicht und dunklen Augen.

»Hallo«, sagt er lächelnd, »deine Frau sagte uns, dass wir dich hier finden.«

Joshua blickt ihn fragend an.

»Reifenwechsel«, erklärt der Mann und als sie zusammen zu Thomas' Lieferwagen gehen, sagt er: »Ich heiße übrigens Christian.« Dabei berührt er wie zufällig Joshuas Hand.

Am Steuer sitzt Mark. Christian schlüpft auf den mittleren Sitz, Joshua quetscht sich daneben. Für drei große langbeinige Männer ist es eigentlich zu eng. Auf der Ladefläche stapeln sich Autoräder, allesamt mit platten Reifen. Nach gut zwanzig Minuten Fahrt biegt Mark in einen großen Gewerbehinterhof. Mark und Christian beraten sich über die Art von Reifen, die sie kaufen wollen. Sie fragen auch Joshua um Rat und die Entscheidung ist schnell getroffen.

»Wo ist eigentlich Thomas?«, fragt Joshua, während die Reifen aufgezogen werden.

»Der bringt Toni zum Arzt«, antwortet Mark.

»Ist sie denn krank?«

»Du hast sie ja gestern gesehen. Es geht ihr nicht besonders.«

Joshua spürt Christians Blick von der Seite und ihm ist unbehaglich. Er ist froh, als die Fahrt endlich weitergeht. Unglücklicherweise landet er jetzt auf dem Mittelsitz. Er spürt Christians Knie an seinem rechten Bein und Marks Hand an seinem linken, wenn der den Schalthebel betätigt. Christian und Mark unterhalten sich über Joshua hinweg über das vergangene Wochenende. Über die zerstochenen Reifen, dass Susanne die neue Frisur gut steht und dass Steffen mal wieder alle belästigt hat. Wenn Joshua nicht da wäre, würden sie sicher auch über ihn reden. Dass Joshua seine Frau wie der letzte Machotyrann behandelt hat. Dass Joshua Christian gefickt hat und hinterher so tut, als wäre nichts gewesen. Meine Güte, es war ein One-Night-Stand, nicht mal das, es hat doch höchstens eine Viertelstunde gedauert, also war es ein One-Quarter-Of-An-Hour-Stand. Kein Grund, irgendetwas davon zu erwarten, kein Grund für vielsagende Blicke, verstohlenes Lächeln, ständige kleine Berührungen, wie aus Versehen.

Sie fahren auf die Autobahn und Mark schaltet das Autoradio ein. Eine Weile schweigen die drei Männer.

»Ich habe gehört, du hast einen Sohn?«, bricht Christian schließlich das Schweigen.

»Ja«, antwortet Mark für ihn, »Ein richtiger kleiner Schreihals.«

»Wie alt ist er denn?«, fragt Christian.

»Ein gutes halbes Jahr.«

»Ich hab auch zwei Söhne«, sagt Christian. »Sie sind aber etwas älter als deiner.«

»Der ist nämlich schon Opa.« Mark zeigt mit dem Finger auf Christian.

»Stimmt.« Christian zieht seine Brieftasche aus der Gesäßtasche und reicht Joshua eine abgegriffene Fotografie. Sie zeigt einen jungen Mann mit einem Säugling auf dem Schoß.

Schweigen.

»Ich glaube, deine Frau wird bald damit zurechtkommen«, sagt Christian nach einer Weile. »Sie hat auf jeden Fall schon angefangen, sich damit auseinanderzusetzen. Gib ihr einfach etwas Zeit.«

»Womit?«, fragt Joshua.

»Mit deiner Bisexualität.«

»Ich bin nicht bisexuell.«

»Nicht?« Christian blickt ihn erstaunt an.

»Nein.«

»Sie scheint es aber zu glauben.«

»Wie kommst du darauf?«

»Sie hat darüber gesprochen.«

»Mit Eberhard und Edeltraut?«

»Ja, auch, sie hat mit vielen gesprochen, auch mit mir. Sie hat mich gefragt, wie es bei mir war.«

»Und wie war es bei dir?«, fragt Joshua und beißt sich fast auf die Zunge.

»Bei mir war es schwieriger, ich bin schwul.«

»Was ist daran schwieriger?«

»Es war schwieriger für die Frau, mit der ich verheiratet war. Ich habe mich von ihr getrennt, als mir klar wurde, dass ich schwul bin. Das war nicht sehr schön für sie. Ich hätte sie gar nicht erst heiraten dürfen. Andererseits hätte ich dann meine Söhne nicht und meine Söhne möchte ich um nichts auf der Welt missen. Meine Frau, meine ehemalige Frau, auch nicht. Mittlerweile ist sie wieder mit jemandem zusammen, nicht verheiratet, aber seit fünfzehn Jahren glücklich. Nachdem die Kämpfe vorbei und die Wunden verheilt waren, sind wir richtig gute Freunde geworden.«

»Ende gut, alles gut also.«

»Sozusagen«, antwortet Christian und ignoriert Joshuas Spott. »So etwas kann's geben, wenn Menschen sich wie Erwachsene verhalten.«

»Und ihr denkt also, dass wir das nicht tun? Oder vielmehr, dass ich es nicht tue?«

»Manchmal dauert es eine Weile, um dahin zu kommen.«

Klugscheißer, würde Joshua am liebsten zischen, aber er lässt es lieber. Ob er seinen Klienten manchmal auch wie ein

Klugscheißer erscheint? Aber er strengt sich doch sehr an, gerade nicht als Klugscheißer rüberzukommen. Er ist überzeugt davon, dass sie irgendwann ganz von selbst darauf kommen, was am besten für sie ist. Er braucht es ihnen nicht zu sagen, braucht sie nicht zu lenken. Alles, was er tun muss, ist, ihnen Raum zu geben, Raum, sie selbst zu sein, und dann wird das Richtige von ganz alleine geschehen. Davon war er immer zutiefst überzeugt. Und jetzt? Woran glaubt er jetzt? Warum versucht er, krampfhaft Dinge in Ordnung zu bringen, die sich nicht mehr in Ordnung bringen lassen? Warum lässt er nicht geschehen, was geschehen muss? Dass M. Fallot zur Polizei geht und ihn verrät oder dass sie es eben nicht tut. Egal, was passiert, er wird mit den Konsequenzen leben müssen und leben können. Er muss nicht zum Mörder werden, er hat die Wahl.

Der Lieferwagen hält, Mark schaltet den Motor aus. Nach einer guten Stunde sind die Reifen montiert und das Motorrad der Hauptkommissarin in den Lieferwagen verfrachtet. »Vielleicht können wir ja mal zusammen einen Kaffee trinken«, schlägt Christian vor und reicht Joshua eine Visitenkarte. »Ruf mich doch einfach an, wenn du magst.«

Die drei Männer verteilen sich auf drei Autos. Mark fährt den Lieferwagen zurück, Christian den Bus und Joshua den roten Golf. Der blaue Ford hatte zwei Ersatzräder dabei und konnte gleich wieder fahrtüchtig gemacht werden. Im Radio werden gerade die Verkehrsmeldungen durchgegeben, als Joshua von Weitem den großen roten Schriftzug einer Baumarktkette sieht.

Toni

Ich habe keinen Filmriss, ich kann mich an jeden einzelnen peinlichen Moment dieses Abends genau erinnern und ich schäme mich. Seitdem ich im Gästezimmer aufgewacht bin, schäme ich mich. Jetzt sitze ich am Frühstückstisch, Tommy gegenüber. Die Kinder sind im Kindergarten, Nele ist bei der Arbeit. Eigentlich hätte ich mordsmäßige Kopfschmerzen verdient, aber ich habe keine. Wenn ich mich nicht so schämen würde, ginge es mir sogar gut. Ich trinke meinen Kaffee, esse ein halbes Brötchen. Fast ein halbes, denn kurz bevor ich es aufessen kann, vergeht mir der Appetit. Tommy sorgt dafür. Er trinkt schweigend seinen Kaffee. Ich kann ihn verstehen, ich wüsste auch nicht, was ich zu mir sagen sollte. Ich entschuldige mich.

»Ist schon gut«, sagt er. Dann schweigt er wieder. Er sieht nicht gut aus, ziemlich mitgenommen, müde. Dazu noch ein Veilchen und eine Narbe über dem linken Auge. Wahrscheinlich sieht er schlechter aus als ich.

»Ich habe einen Termin gemacht, in der Praxis«, sagt er nach einer Weile. Er blickt auf seine Armbanduhr. »In einer halben Stunde müssen wir da sein.«

Ich lege den Rest meiner ersten Brötchenhälfte zurück auf den Teller.

»Aber warum?«, frage ich.

»Weil es schon lange überfällig ist.«

»Und woher willst du das wissen?«

»Ich weiß es.«

»Wenn die da so mit der ärztlichen Schweigepflicht umgehen, dann gehe ich da nicht mehr hin.«

»Komm, nun werd nicht hysterisch.«

»Wenn ich hysterisch bin, dann brauche ich keine Kardiologin, für so was gibt es andere Stellen.«

»Ich mache mir Sorgen um dich, Toni.«

»Mein Herz ist völlig in Ordnung, es geht mir gut.«

»Dann brauchst du doch auch keine Angst zu haben, oder?«

»Hast du eine Ahnung, was du mir damit antust?«

»Und was tust du? Glaubst du, es hat mir Spaß gemacht, dich gestern im Park aufzulesen? Glaubst du, es war schön, dich vom vollgekotzten Wohnzimmerteppich aufzukratzen?«

Mein Magen krampft sich zusammen. Ich schließe die Augen, atme tief durch

»Also gut«, sage ich, »also gut.«

Die Sonne knallt durch die große Scheibe ins Wartezimmer. Ich hasse die Sonne. Ich hasse Wartezimmer. Und ich hasse Ärzte. Abgesehen von Sol. Aber heute hasse ich, dass sie Ärztin war und in dieser Praxis gearbeitet hat. Denn nur diesem Umstand verdanke ich, dass ich so schnell einen Termin bekommen habe. Andere Kassenpatienten müssen darauf monatelang warten, die Glücklichen.

Außer mir und Tommy ist niemand hier und ich frage mich, warum wir trotzdem so verdammt lange warten müssen. Ich wippe mit den Füßen. Ich stehe auf und gehe vom Fenster zur Tür und wieder zurück. Zehnmal, fünfzehnmal, zwanzigmal.

»Mein Gott, kannst du nicht einen Moment stillsitzen!« Tommy reibt sich das Gesicht. Schweiß steht auf seiner Stirn.

»Nein!«

Ich werde aufgerufen. Tommy will mitkommen, ich wehre mich dagegen. Iris, die Sprechstundenhilfe, kommt mir zur Hilfe.

»Soll ich dir einen Kaffee bringen?«, fragt sie Tommy.

Im Sprechzimmer erwartet mich Dr. Krüger. Dr. Krüger ist für Sol in die Praxis eingestiegen. Ich hatte bisher noch nichts mit ihm zu tun.

»Wo ist Beate?«, frage ich. Zu Beate gehe ich, seit Sol tot ist. Stimmt nicht. Zu Beate soll ich gehen, ich habe es bisher nur einmal getan.

»In Urlaub«, sagt Dr. Krüger und blättert in meiner Krankenakte. Er blickt auf. »Wie geht es Ihnen?«, fragt er.

»Gut«, antworte ich. »Sehr gut.«

Er kritzelt etwas in meine Krankenakte.

»Ihr Sohn sagte aber etwas anderes. Trinken Sie häufig?«

»Ich habe kein Alkoholproblem, wenn Sie das meinen.«
»Gut, dann machen Sie mal Ihren Oberkörper frei.«
Ich liege auf der linken Seite, mit dem Rücken zu ihm. Ich spüre seinen Arm auf meinem rechten Oberarm. Ich spüre seine Hand unter meiner linken Brust. Ein Rauschen, ein Pochen, ein Blubbern dringt aus dem Gerät neben der Liege. Er macht ein Echokardiogramm, das sagt er mir nicht. Vielleicht geht er davon aus, dass ich es weiß. Ich weiß es ja auch. Sol würde es mir auch nicht erklären. Trotzdem wünsche ich mir Sol zurück. Natürlich. Die mit mir spricht, mir alles erklärt, weiß, wie es mir geht, die mich beruhigt, meinen Arm berührt. Nicht dass ich wollte, dass Dr. Krüger meinen Arm berührt. Ich wünschte, er würde mich überhaupt nicht anfassen. Aber da es sich nicht vermeiden lässt, versuche ich, mich wegzudenken. Ich bin eine Meisterin im Wegdenken. Ich denke mich ein paar Tage in die Zukunft. Es ist Donnerstag. Ich sitze mit Nika am Tisch. Wir reden, lachen, essen …

Das Blubbern hat aufgehört, Dr. Krüger berührt mich nicht mehr. Vorbei ist es trotzdem noch nicht. Er schickt mich auch noch auf das Ergometer. Dort werde ich nicht lange sitzen, das weiß ich jetzt schon. Karin, die Sprechstundenhilfe, die mir in regelmäßigen Abständen den Blutdruck misst, weiß es auch. Nach fünf Minuten wird das Experiment abgebrochen.

»Treiben Sie Sport?«, fragt er, als ich wieder angezogen an seinem Tisch sitze. »Haben Sie eine Pulsuhr? Achten Sie darauf, dass Sie nicht über hunderteinundvierzig kommen. Wir wollen doch keinen Schlaganfall riskieren …«

Ich stehe am Tresen und warte. Iris druckt ein Rezept für mich aus und gibt es Dr. Krüger zur Unterschrift. Auf dem Tresen steht noch immer Sols Bild mit einem Trauerrand. Ich widerstehe dem Impuls, es umzudrehen. Nach neun Monaten sollte es eigentlich gut sein, würde ich Iris am liebsten sagen, aber ich tue es nicht. Es wäre gemein. Iris mochte Sol besonders gerne. Manchmal haben wir spekuliert, ob sie wohl in Sol verliebt war. Sol mochte sie, mehr aber auch nicht. Außer für Eva und mich hat Sol sich eigentlich nur für Männer interessiert.

Iris reicht mir das Rezept über den Tresen. Ich nehme es, falte es zusammen.

Eigentlich sollte ich jetzt noch einen neuen Termin bei Dr. Krüger machen. Für eine Langzeitblutdruckmessung, vielleicht ein weiteres Belastungs-EKG. Aber ich tue es nicht. Vielleicht werde ich noch einmal zu Beate gehen. Vielleicht. Iris verdrückt eine Träne. Ich gebe ihr zum Abschied die Hand. Auf dem Weg nach unten zerreiße ich das Rezept und werfe es in die Mülltonne am Eingang. Tommy schüttelt nur ungläubig den Kopf.

»Betablocker, wie kann er mir Betablocker verschreiben bei einem Ruhepuls von unter fünfzig und bei einem Hang zu Depressionen? Und ohne vorher eine Langzeitblutdruckmessung zu machen?«, frage ich.

»Hast du mit ihm darüber gesprochen? Über deinen Ruhepuls und deine Depressionen? Hast du eine Langzeitblutdruckmessung gefordert?«

»Ich messe meinen Blutdruck regelmäßig. Unter normalen Umständen ist er in Ordnung.«

»Normale Umstände? Wann hattest du zuletzt normale Umstände?«

Ich will zu Fuß nach Hause gehen, aber Tommy besteht darauf, mich zu fahren. Doch er fährt mich nicht nach Hause, er nimmt mich einfach mit zu sich. Ich soll mit Nele reden, sagt er, vielleicht bringt Nele mich ja zur Vernunft. Aber Nele ist bei der Arbeit und ich habe keine Lust zu warten, bis sie nach Hause kommt. Ich kann genauso gut zu Fuß nach Hause gehen, es sind schließlich nur ein paar Schritte. Doch Tommy lässt mich nicht. Er hält mich am Arm fest und als ich mich losreißen will, dreht er ihn mir auf den Rücken. Er weint. Das macht mich weich. »Tommy, bitte!«

Ich rufe Nele an und nach einer halben Stunde sitzen wir zu dritt am Küchentisch.

»Du kannst sie nicht zwingen, hierzubleiben«, sagt Nele, »Sie ist erwachsen. Sie weiß, was sie tut, da bin ich mir ganz sicher.«

Joshua

Es dauert eine Weile, bis er in der großen Halle die Seile findet, aber er möchte nicht fragen. Es ist besser, wenn sich hinterher niemand daran erinnert, was er in diesem Baumarkt gekauft hat. Er überlegt eine Weile, welches Seil er nehmen soll. Es darf nicht zu dick sein, aber auch nicht zu dünn. Er entscheidet sich für ein Sisalseil in Wäscheleinenstärke und kauft dreißig Meter davon, besser zu viel als zu wenig. Dazu nimmt er noch drei Rollen reißfestes Klebeband und ein Dutzend besonders große und besonders feste Müllsäcke mit. Und für alle Fälle noch eine Abdeckplane, extrastark. Sein Weg zur Kasse führt an den Regalen mit den Sägen vorbei und da kommt ihm eine Idee. Er schaut in seiner Brieftasche nach, ob er genug Geld dabei hat. Zum Glück war er am Samstag vor der Fahrt zu Thomas' Fest noch Geld holen. Am Wochenende haben sie so gut wie nichts davon gebraucht. Er hat also genug dabei, um alles in bar zu bezahlen, sogar die Motorsäge im Angebot, die er in seinen Einkaufswagen lädt.

Joshua stellt den roten Golf am vereinbarten Ort ab und fährt ein paar Stationen mit der Straßenbahn. Die Sachen, die er im Baumarkt erstanden hat, trägt er in einer Plastiktüte.

Nachdem er den Praxisflur betreten hat, zuckt er zusammen. Im Flur stehen Schuhe, eine Handtasche hängt an der Garderobe. Ulrikes Zimmertür ist geschlossen, dabei ist er sich sicher, dass sie offen stand, als er die Praxis verlassen hat. Er stellt die Plastiktüte in sein Kabuff und bedeckt sie mit einem Jackett, das an einem Haken innen an der Tür hängt. Er blickt auf die Uhr. Vierzehn Uhr fünfundvierzig. Noch fünf

Minuten, dann ist Ulrikes Therapiestunde zu Ende. Ulrike beginnt immer zur vollen Stunde und macht exakt die fünfzig Minuten, die sie bezahlt bekommt, länger nicht. Joshua ist da nicht so kleinlich und gibt seinen Klienten eine volle Stunde. Als Puffer plant er immer eine halbe Stunde ein. So viel Zeit braucht er mindestens, um sich Notizen zu machen und sich auf seinen nächsten Klienten einzustellen. Anders als Ulrike verlangt er von seinen Kassenklienten auch keine Zuzahlung. Manchmal hat er das Gefühl, dass Ulrike ihm das übel nimmt. Einmal hat sie ihm vorgeworfen, er würde seine Klienten verwöhnen. Aber Joshua hält Erziehungsmethoden bei Klienten für überflüssig. Er ist davon überzeugt, dass sie zu ihm kommen, weil sie etwas von ihm wollen. Wenn der Leidensdruck sie nicht motiviert, dann werden es die zehn oder zwanzig Euro pro Stunde, die sie selbst bezahlen müssten, auch nicht tun. Wie sollen sie lernen, an sich zu glauben, wenn er, ihr Therapeut, es nicht tut? Wie sollen sie lernen, anderen großzügig und offen zu begegnen, wenn er ihnen misstraut und ihnen kleinlich jede Minute vorrechnet? Vielleicht hätte sich Joshua gar nicht erst mit Ulrike zusammengetan, wenn er von ihrer Kleinlichkeit gewusst hätte. Aber im Grunde hat er es ja gewusst, sie haben oft über ihre Methoden gesprochen. Anfangs tut es ihm gut, eine Partnerin zu haben, mit der er sich austauschen kann. Jahrelang hat er alleine praktiziert. Ulrike kennt er vom Studium, sie haben sich all die Jahre nicht aus den Augen verloren, auch wenn der Kontakt überwiegend lose war. Eine Gemeinschaftspraxis, in der sie arbeitet, ist gerade im Begriff, sich aufzulösen, als er sie wieder einmal auf einer Party trifft. Sie unterhalten sich, die Idee, sich zusammenzutun, beginnt zu reifen. Aber dann kommt Joshuas Trennung von Ruth dazwischen und Jonas' Geburt und die Sache zieht sich hin, bis Thomas schließlich den Tipp mit den freien Räumen im Haus hat.

Joshua hört seinen Anrufbeantworter ab. Er hat sich schon seit einigen Tagen nicht mehr darum gekümmert und traut sich jetzt kaum. Die ärgerliche Stimme der Klientin, die er letzte Woche gleich zweimal versetzt hat. Er wird sie anrufen müssen. Er wird mit ihr den Therapieabbruch klären müssen. Ein Anruf von Brigitte, zum Teil ärgerliche Anrufe von fünf anderen Klienten, die er ebenfalls vor der Tür hat stehen lassen und die neue Termine vereinbaren wollen. Er wird auch diese Therapien abbrechen müssen.

Joshua blickt auf die Uhr. Heute ist Ulrike großzügig. Sie macht bis fünf vor. Er wartet, bis sie ihre Klientin verabschiedet hat, dann tritt er aus seinem Kabuff. Ulrike umarmt ihn.

»Soll ich uns einen Kaffee kochen? Oder hast du gleich die nächste Klientin?«, fragt Joshua.

Ulrike blickt auf die Uhr. »Erst in einer Stunde. Du musst mir erzählen, was hier so alles los war. Ich habe gehört, es ist jemand ermordet worden.«

»Ja, der Sohn von der Schäfer wurde erschossen. An ihrem Schreibtisch.«

»Ach, ich dachte, es sei ihr Schwiegersohn, das hat der Steuerberater jedenfalls heute Morgen erzählt.«

Toni

Ja, genau, Toni weiß, was sie tut. Sie kauft zwei Flaschen Rum, fünf Flaschen Wein, zwei Schachteln Zigaretten und ein Feuerzeug. Sie legt ihr ganzes Wochenbudget in Alkohol und Zigaretten an. Für Essen hat sie jetzt nichts mehr. Aber das spielt keine Rolle. Sie muss jetzt nicht essen.

Vor dem Briefkasten bleibt sie eine Weile stehen. Sie entschließt sich, ihn zu öffnen, und findet den erwarteten weißen Umschlag. DIN lang mit Fenster, adressiert an sie und mit der Absenderangabe ihrer Agentin. Sie öffnet ihn nicht. Sie faltet ihn und steckt ihn in die Hosentasche. Sie steigt die Treppe hinauf. In ihrem Rucksack klirren die Flaschen. Vor der Wohnungstür verschnauft sie einen Moment, dann schließt sie die Tür auf. Dr. Taussig und Dr. Blalock springen ihr entgegen, sie scheucht sie hinein. Sie legt den Rucksack mit den klirrenden Flaschen auf das kleine Tischchen im Flur. Dann geht sie ins Wohnzimmer. Sie ist auf das gefasst, was sie zu sehen bekommt, trotzdem verschlägt es ihr den Atem. Sol liegt auf dem Rücken neben dem Sofa, die Augen geöffnet, starr. Toni sieht weg, auf den Kaminsims, sie behält ihn eine Weile im Blick. Dann geht sie zurück in den Flur, durchsucht den Rucksack nach dem Feuerzeug. Sie holt den weißen DIN-lang-Umschlag aus der Hosentasche, legt ihn in den Kamin und zündet ihn an. Langsam frisst sich die Flamme durch das weiße Papier, aber nicht ganz, nach etwa zwei Dritteln erlischt sie. Sie zündet den Umschlag noch zweimal an, dann zerdrückt sie die Asche zu einem Häufchen und dreht sich um. Sol liegt immer noch da. Toni geht zu ihr, setzt sich auf den Boden, legt Sols Kopf auf ihren Schoß, streichelt ihr Haar, küsst die kalte Stirn.

»Sol, wach auf, bitte, wach jetzt auf, bitte. Ich tu alles, wenn du nur aufwachst. Ich fahre mit Nika stundenlang Motorrad, ich gehe auf das größte Riesenrad der Welt, ich tanze mit dir auf dem Dach, ja, ich schwör's, ich tanze mit dir auf dem Dach.«

Sie schließt die Augen, sie spürt den Schmerz in ihrer Brust, erst ganz zart, spürt, wie er an Kraft zunimmt, an Intensität. Doch bevor er zu mächtig wird, scheucht sie ihn weg. Sie steht auf, holt den Rucksack aus dem Flur, trägt ihn in die Küche, räumt ihn aus. Sie entkorkt eine der Weinflaschen, nimmt ein Glas aus dem Schrank und füllt es bis zum Rand. Rotwein schwappt über ihre Hand, als sie es zum Mund führt und in einem Zug leert. Sie trinkt noch ein zweites und ein drittes. Sie reißt die Folie von einer der Zigarettenschachteln und zündet sich mit zitternden Händen eine Zigarette an, saugt den Rauch tief in ihre Lungen. Sie nimmt Weinflasche, Glas, Zigaretten und Aschenbecher mit ins Wohnzimmer. Eine Weile sitzt sie auf dem Sofa und raucht. Sie drückt die Zigarette aus. Sie packt Sol an den Schultern und zieht sie auf die Terrasse. Ächzend und stöhnend hievt sie den toten Körper auf das Balkongeländer und lässt ihn auf die andere Seite kippen. Er schlägt eine Delle in die Regenrinne und fällt dann in das Gebüsch im Hinterhof. Sie wartet einen Moment.

Nichts ändert sich.

Noch ein Glas Wein, noch eine Zigarette. Die Weinflasche kullert neben Sols toten Körper. Wein läuft aus. Jetzt sieht es so aus, als hätte ihr jemand in die Brust geschossen und als sickerte Blut aus der Wunde in den Teppich.

»Muss das denn sein?«, fragt Toni. »Kannst du mich nicht einfach lassen? Ich will, dass es mir gut geht. Ich will glücklich sein, einfach nur glücklich sein. Mit Nika glücklich sein. Warum lässt du mich nicht?«

Sie lässt den Schmerz kommen, sie weint. Aber auch das hilft nichts. Sie hat schon so oft geweint.

Das ist nicht die Lösung. Was ist die Lösung? Es gibt keine Lösung.

Noch eine Flasche Wein. Schaukeln und dabei stöhnen. Noch einmal weinen. Ein Messer aus dem Küchenschrank holen. Das Blut betrachten, das aus dem Riss in der Haut quillt, die Zigarette auf dem Schenkel ausdrücken, ein Lied singen, beten: »Lieber Gott, hilf mir, hilf mir.« Mit den Fäusten auf den Boden trommeln. Zum Telefon gehen, Nikas Nummer wählen. Rechtzeitig vor dem ersten Klingelton wieder auflegen. Im Telefonbuch die Nummern von Krisenstationen heraussuchen. Nicht anrufen. Im Internet nach Psychotherapeutinnen suchen, die sich auf Traumatherapie spezialisiert haben. Die Suche nicht abspeichern. Noch ein Glas Wein trinken. Auf die Türglocke lauschen. Zur Tür gehen, durch den Spion sehen. Auf das zerschundene Gesicht von M. Fallot blicken. Die Tür nicht öffnen.

Den Fernseher einschalten. Gerichtsshows ansehen. Nicht mehr sehen, nur noch lauschen, auf die Stimmen aus dem

Fernseher. Einschlafen. Aufschrecken, als es an wieder der Tür klingelt. Durch den Spion auf Nika und Stefan Keller blicken. Die Tür öffnen.

Joshua

Joshua sitzt schon eine ganze Weile auf dem großen braunen Ledersessel in Martin Geigers Büro. Er ist nur einmal aufgestanden, um zur Toilette zu gehen. Frau Schneider kommt zweimal, um nach ihm sehen, beim ersten Mal bringt sie ihm eine Flasche Wasser und zwei Aspirin, beim zweiten Mal einen Cappuccino.

»Herr Geiger wird noch eine Weile beschäftigt sein. Wir haben eine Steuerprüfung.«

»Ist Georg auch dabei?«, fragt Joshua, weniger, weil es ihn interessiert, was Georg macht, mehr, weil er sich verpflichtet fühlt, mit Frau Schneider wenigstens ein paar Worte zu wechseln.

Sie setzt sich einen Moment auf die Kante des Sofas und berührt seinen Arm. Die Baumarkttüte steht neben dem Sofa, Joshua hat wieder sein Jackett darüber gelegt.

»Georg hat heute frei, er ist mit seiner Verlobten unterwegs. Sie sind sehr verliebt, die beiden.« Frau Schneider lächelt verträumt in sich hinein.

»Frau Schneider! Frau Schneider! Wo sind Sie denn?« Martin Geigers Stimme hallt durch den Flur.

»Ich muss mal wieder«, sagt Frau Schneider und streicht sich ihren Rock glatt. Dann schlüpft sie in den Flur und schließt die Tür hinter sich.

Joshua reibt sich die Augen. Er ist immer noch erschöpft. Oder wieder, nach dem Besuch im Baumarkt ging es ihm doch ganz gut. Aber der Streit mit Ulrike hat ihn fertiggemacht. Er hätte warten sollen bis morgen, es war ein Fehler, ihr gleich am ersten Tag nach ihrer Rückkehr aus dem Urlaub alles zu erzählen. Das war gemein, wo es ihr so gut ging, wo sie doch so wunderbar erholt aussah, braun gebrannt und entspannt. Wo sie doch voller Begeisterung von den wunderbaren drei Wochen am Strand erzählt hat. So einen langen Urlaub hatte sie seit Ewigkeit nicht mehr. Und sie hat einen Mann kennengelernt, Universitätsprofessor und fünfzehn Jahre älter als sie, aber das macht nichts, sie verstehen sich blendend. Und was das Beste ist, er versteht sich auch gut mit ihrem Sohn. Zum ersten Mal nach langer Zeit hat sie wieder zu einem Mann Vertrauen gefasst. Wo sie doch den Glauben an die Männerwelt schon fast verloren hatte. Schon am Abend nach ihrer Rückkehr hat er sie angerufen und sie treffen sich am Freitag, er hat sie ins Theater eingeladen. Er scheint es also wirklich ernst zu meinen.

Sie ist so begeistert, so fröhlich. Sie blickt auf die Uhr, gleich kommt ihre nächste Klientin.

»Ich muss dir etwas sagen«, sagt Joshua. »Ich werde mich für eine Weile aus der Praxis zurückziehen, vielleicht sogar ganz aussteigen.«

»Wie? Aussteigen?«

Er kann sehen, wie ihr das strahlende Lächeln aus dem Gesicht fällt, wie es auf dem Boden zerschellt. Ihre Augen verlieren von einem Moment auf den anderen den Glanz, ihr Teint ist um einige Nuancen heller geworden. Für einen Augenblick hat er das Gefühl, sie ist gestorben. Doch er weiß, dass es nicht so ist, sie lebt, sonst könnte sie nicht sprechen und er schüttelt das Gefühl ab.

»Was meinst du damit?«, fragt sie.

Er versucht, es ihr zu erklären. Aber sie scheint es nicht zu verstehen.

»Was meinst du mit Krise? Wir haben die Praxis gerade mal sechs Monate zusammen, dann kommst du in eine kleine Krise und schmeißt so mir nichts dir nichts alles hin?«

»Es ist keine kleine Krise«, erwidert er, »es ist mehr.« Weiß Gott, warum er ihr jetzt auch noch von seinen Problemen mit

Brigitte und seiner Affäre mit M. Fallot erzählt, der Teufel muss ihn geritten haben.

»Es bedeutet nichts, ich weiß noch nicht einmal ihren Namen. Aber ich dachte, ich erzähle es dir besser, bevor du es von anderen erfährst. Und falls dir die Nachbarn von einer Frau erzählen, die aus meinem Bürofenster gestiegen ist: Sie war es. Ich habe sie aus Versehen hier eingeschlossen, nachdem wir … nachdem …« Wie soll er es nennen? »Nachdem sie bei mir war.«

Die Haut auf Joshuas Wange brennt noch immer, sie spannt und in seinem Ohr hallt noch der Knall von Ulrikes Ohrfeige.

Eine Weile steht sie da, hält die Hand vor den Mund, die Augen weit aufgerissen.

»Oh, das tut mir leid«, sagt sie schließlich, »das hätte mir nicht passieren dürfen. Oh, das tut mir leid!«

Sie rennt aus seinem Therapiezimmer. Die Badezimmertür knallt. Er geht in den Flur, hört ihr Schluchzen. Er hebt die Hand, ballt sie zur Faust, ist kurz davor, an die Tür zu klopfen, dann lässt er sie doch wieder sinken.

Er packt seine Sachen zusammen und geht. Einen Augenblick später steht er im Hinterhof neben seinem Fahrrad. Er durchsucht die Taschen nach dem Fahrradschlüssel und findet ihn nicht. Er sieht in der Baumarkttüte nach, bevor ihm einfällt, dass er den Fahrradschlüssel am Bund mit den Praxisschlüsseln hat. Und den hat er in der Praxis gelassen.

Er schließt die Augen, eigentlich will er nachdenken, darüber, wie er den Fahrradschlüssel zurückbekommen kann. Aber er denkt an etwas anderes. Er sehnt sich nach Frische, doch die Luft ist noch immer stickig, also denkt er sie sich frisch. Aus dem Fenster der Heilpraktikerin perlt Meditationsmusik in sein Ohr. Wie konnte er sich nur jemals über diese schöne Musik aufregen? Das Leben kann einfach sein, einfach und schön, man muss es sich nur einfach und schön denken. Er hebt den Kopf, blickt in den diesigen Himmel, der genauso gut klar sein könnte, und dann tiefer durch die Fenster von Martin Geigers Steuerbüro. Frau Schneider winkt ihm zu, lächelt und er lächelt zurück.

Toni

Kriminalhauptkommissarin Monika Haberstroh sitzt neben Kriminaloberkommissar Stefan Keller auf Tonis Sofa. Sie sieht schlecht aus, die Wangen eingefallen, dunkle Ringe unter den Augen, das Haar strähnig. Sie trägt ein Leinenjackett über dem Arm, das sie jetzt neben sich ablegt. Unter ihren Achseln sind große Schweißflecken zu sehen.

Auch Stefan Keller sieht schlecht aus. Seine Lippe ist geschwollen und er trägt eine Sonnenbrille, um das Veilchen zu verbergen, das Tommy ihm geschlagen hat.

»Wann sagten Sie haben Sie Ihre Nachbarin zuletzt gesehen?«, fragt Kommissar Keller. Mit hochgezogenen Brauen blickt er Toni durchdringend an, seine Beine sind weit gespreizt, sein rechtes Knie berührt das von Monika Haberstroh.

»Heute«, antwortet Toni.

»Du hast heute mit ihr gesprochen?« Die Hauptkommissarin saugt an der Zigarette, die Toni ihr gegeben hat. Sie hustet.

»Nur gesehen, durch den Spion.«

»Du hast sie nicht reingelassen?«

Toni schüttelt den Kopf. Monika Haberstroh drückt die Zigarette aus und steht auf. Sie betrachtet das Häufchen Asche im Kamin.

»Aber warum nicht?«, fragt sie.

Toni antwortet nicht. Sie blickt auf Stefan Kellers linke Schuhspitze, die Sols linkes Ohr berührt.

»Ist es diese Frau?«, fragt Kommissar Keller und streckt Toni ein Foto hin.

»Ja, das ist sie.«

»Diese Frau ist seit zwei Wochen verschwunden.«

»Aber sie wohnt doch nebenan, ich habe sie gesehen.«

»Genau das ist merkwürdig«, sagt Stefan Keller.

»Dass ich sie gesehen habe?«

»Sie wurde vor zwei Wochen als vermisst gemeldet. Niemand hat sie seither mehr gesehen.«

»Mir wär's auch lieber, ich hätte sie nicht gesehen, aber leider hab ich.« Toni seufzt.

Monika Haberstroh stützt sich mit der Hand auf dem Kaminsims ab. Mit der anderen fasst sie an die Stirn. Sie schließt die Augen. Toni holt ihr zwei Aspirin. Sie spült die Tabletten mit einem Glas eiskalter Cola hinunter und fragt nicht, ob sie Tonis Toilette benutzen kann. Sie geht einfach ins Bad.

Kommissar Keller will keine Cola. Er sitzt noch immer breitbeinig auf dem Sofa und starrt auf den großen Rotweinfleck auf dem Teppich. Er schweigt. Dr. Blalock hat sich auf der Sofalehne niedergelassen. Der Kommissar wendet sich ihm zu, krault seinen Nacken. Das nimmt Dr. Blalock zum Anlass, auf den Rücken zu rollen und die Beine von sich zu strecken. Wenigstens hält Dr. Taussig Abstand. Toni entdeckt sie auf Sols Brust. Sie sitzt da wie eine Sphinx und lässt ihren Blick zwischen Toni und Stefan Keller schweifen.

Monika Haberstroh steht in der Zimmertür.

»Erzähle uns von deinen Begegnungen mit dieser Frau«, sagt sie sanft.

Toni erzählt ohne Umschweife von ihrer letzten Begegnung mit M. Fallot, als sie nach der Vergewaltigung – der angeblichen Vergewaltigung, sagt Stefan Keller – bei Toni Hilfe sucht.

»Und davor?«, fragt Monika Haberstroh.

Toni zögert. Aber warum eigentlich? Sie erzählt es einfach. Wie sich M. Fallot zu einem Porno von Andrew Blake auf Tonis Sofa selbst befriedigt, von Tonis Migräne-Aura, ihrem Blackout.

»Sie besitzen Porno-Filme?«, fragt Stefan Keller.

Toni zuckt mit den Schultern. »Ja.«

»Und als du wieder aufgewacht bist, war sie verschwunden?«, fragt Monika Haberstroh.

»Ja.«

Sie blickt Stefan Keller an. In ihrem Blick liegen Zweifel.

»Ruf mich an, wenn dir noch etwas einfällt!«

Stefan Keller steht auf. Toni nickt und will die beiden zur Tür begleiten.

»Ich möchte einen Moment allein mit Antonia sprechen. Warte unten auf mich«, sagt die Kommissarin.

Er zögert. »Ja, gut.« Er findet den Weg zur Tür alleine, Toni hört, wie sie ins Schloss fällt.

Die Hauptkommissarin kommt auf Toni zu, nimmt ihre Hand, will sie zu sich ziehen. Toni weicht einen Schritt zurück.

»Du glaubst mir nicht?«, fragt Toni.

»Was glaube ich dir nicht?« fragt die Kommissarin. Sie nimmt die Schachtel Zigaretten vom Wohnzimmertisch, zieht eine heraus, steckt sie wieder zurück. »Was ist mit dir los, Antonia? Warum trinkst du? Warum rufst du mich nicht an, wenn es dir schlecht geht? Warum redest du nicht mit mir?«

»Du kannst mir nicht helfen.«

»Das ist hart ...« Die Kommissarin schweigt. »Sag mir bitte, was los ist!«

»Wir sehen uns Donnerstag.«

»Versprochen?«

»Versprochen!« Toni beißt sich auf die Zunge, doch es ist zu spät.

Sie führt Monika Haberstroh zur Tür. Zum Abschied berührt die Hauptkommissarin Tonis Arm und es schmerzt dort, wo ihre Hand gelegen hat, es brennt. Toni schließt die Tür, lehnt sich mit dem Rücken dagegen und gleitet langsam zu Boden.

Joshua

Martin sitzt im Ledersessel gegenüber mit einem Cognacschwenker in der Hand. In der anderen hält er eine überdimensionale Zigarre und pustet genüsslich Rauch in die Luft.

»Möchten Sie auch?«

Er füllt einen zweiten Cognacschwenker mit zwei Fingerbreit brauner Flüssigkeit, stellt ihn auf das Tischchen neben dem Sofa und bietet Joshua eine Zigarre an. Joshua möchte erst ablehnen, doch dann nimmt er doch eine der dicken Zigarren aus der Kiste.

»Kennen Sie sich damit aus?«, fragt Martin. Joshua schüttelt den Kopf und Martin zeigt ihm, wie man mit einem kleinen silbernen Gerät die Zigarre an einem Ende abschneidet und am anderen einen kleinen Keil hineinschneidet. Dann zündet er das abgeflachte Ende an, während Joshua kräftig an dem Ende mit dem Keil zieht. Scharfer Rauch steigt ihm in die Nase, er muss husten.

»Langsam, mein Lieber, langsam.«

Martin schwenkt seinen Weinbrand, riecht daran, trinkt einen Schluck. Joshua tut es ihm nach. Er mochte Weinbrand noch nie besonders, doch jetzt brennt die herbe braune Flüssigkeit angenehm in seiner Kehle. Der Alkohol geht sofort ins Blut und ein wohliges Gefühl steigt in ihm auf. Er betrachtet fasziniert, wie sich Martins Gesicht in ein lebendes kubistisches Gemälde verwandelt. Viele kleine Vierecke, die sich gegeneinander verschieben. Mal hängt ein Auge am Kinn, mal die rechte Seite der Unterlippe über der Augenbraue. Joshua versucht, die Bewegung der Vierecke zu beeinflussen, und es funktioniert tatsächlich. Aber es gelingt ihm nicht, die Einzelteile von Martin Geigers Gesicht wieder an ihren richtigen Platz zu schieben, jedenfalls nicht alle, irgendein Teil bleibt immer am falschen Ort. Er hatte auch früher schon Probleme mit diesen Schiebespielen.

Martin hat etwas gesagt.

»Entschuldigen Sie bitte, was haben Sie gesagt?«

»Ich sagte, Sie sehen sehr müde aus.«

»Meine Kollegin ist gestern aus dem Urlaub zurückgekommen und heute Morgen war Hauptkommissarin Haberstroh bei mir.«

»Und das macht Sie so müde?«

»Frauen können schon sehr ermüdend sein.«

Martin lacht. »Wem sagen Sie das.«

»Sie scheinen auch nicht mehr so gut beisammen zu sein. Welche Frau hat Ihnen denn zugesetzt?«

»Es waren gleich zwei Frauen, nein eigentlich drei. Ach, wenn man's genau nimmt, sind es vier.«

»Gleich vier und das, wo Sie doch solo sind.«

»Ja, so kann's gehen. Die schlimmste war diese Steuerprüferin. Ich sag Ihnen, die war pingelig bis zum Gehtnichtmehr. Und dann Frau Schneider, so was von unkonzentriert. Sag ich ihr, bringen Sie mir den Ordner mit den Eingangsbelegen, bringt sie mir den mit den Ausgangsrechnungen. Sag ich ihr, bringen Sie der Frau Steuerprüferin doch mal einen Espresso, schwarz, ungesüßt, bringt sie einen Latte Macchiato und stellt noch die Dose mit dem Süßstoff daneben. Ich glaub ja, sie hat sich verliebt und verliebte Frauen sind unausstehlich, ist Ihnen das auch schon aufgefallen?«

Joshua zuckt mit den Schultern. »Sind verliebte Männer denn so viel besser?«

»Na, wenn ich da an meinen Sohn denke, nein. Der macht mir auch Sorgen.«

»Aber der ist doch definitiv keine Frau.«

»Aber er ist in eine verliebt und will sie sogar heiraten.«

«Und das gefällt Ihnen nicht?«

»Ganz unter uns: Ich kann sie nicht ausstehen, diese Jeannette oder heißt sie Jacqueline? Ich kann diese neumodischen Namen nicht auseinanderhalten. Sie passt überhaupt nicht zu Georg, die ist so dermaßen aufgebrezelt, das können Sie sich nicht vorstellen.«

»Ich glaube, ich habe ihn neulich mit ihr gesehen.«

»Dann wissen Sie ja, was ich meine.«

Die beiden Männer schaukeln einen Moment schweigend ihre Cognacschwenker und saugen an ihren Zigarren.

»Und die vierte?«, fragt Joshua.

»Die vierte?«

»Die vierte Frau, die Ihnen zugesetzt hat.«

»Ach ja, die vierte. Da haben wir glatt eine Gemeinsamkeit. Die Hauptkommissarin war hier.«

»Meine Kollegin hat mir erzählt, dass nicht der Sohn von Marina Schäfer, sondern ihr Schwiegersohn ermordet wurde, sie habe es von Ihnen.«

»Ja, das stimmt. Die Hauptkommissarin hat es beiläufig erwähnt.«

»Wie kann der Sohn von Marina Schäfer mit ihrem Schwiegersohn verwechselt werden?«

»Ich weiß es auch nicht. Ich habe den Eindruck, die tappen ziemlich im Dunkeln. Die Kommissarin macht auch einen zerstreuten Eindruck, ich habe das Gefühl, sie ist nicht ganz bei der Sache. Ich habe sie übrigens gefragt.«

»Was haben Sie gefragt?«

»Ob sie mit mir einen Kaffee trinken geht. Sie hat abgelehnt. Wahrscheinlich darf sie mit Zeugen keinen privaten Kontakt haben. Na ja, vielleicht frage ich sie später noch einmal, wenn der Fall abgeschlossen ist.«

»Machen Sie sich nicht allzu große Hoffnungen.«

»Warum?«

»Ich habe sie zusammen mit einer Frau gesehen, sie machten beide einen sehr verliebten Eindruck.«

Martin stöhnt. »So ein Pech aber auch.«

»Tut mir leid, Martin, tut mir wirklich leid.«

Martin stellt den Cognacschwenker auf den Schreibtisch. Seine Hand bewegt sich in Richtung Kopf und es sieht so aus, als versinke sie in dem Gewusel aus kleinen flimmernden Vierecken.

»Ist irgendetwas mit meinem Gesicht?«, fragt Martin und zieht seine Hand aus dem Kopfgewusel heraus.

Joshua versucht, ihm zu beschreiben, was er sieht.

»Haben Sie das öfter?«

»Auf diese Art zum ersten Mal.«

»Aber Sie sind sicher, dass es Ihre Migräne ist, und nicht doch etwas anderes?«

»Was soll es denn sonst sein?«, fragt Joshua.

»Keine Ahnung, ich bin kein Arzt. Aber Sie sehen wirklich nicht gut aus.«

»Ich hatte auch wirklich einen harten Tag.«

»Gehen Sie nach Hause, schlafen Sie sich aus.«

»Ich habe kein Zuhause mehr, das ist ja gerade das Problem«, sagt Joshua.

»Hat Ihre Frau Sie vor die Tür gesetzt?«

»Ich habe alles verspielt. Mein Zuhause, meine Frau, meine Arbeit, meinen Sohn, womöglich sogar meine Freiheit.«

»Verspielt? Sind Sie ein Spieler?«

»Ja, so kommt es mir gerade vor. So als wäre ich ein Spieler, der gerade dabei ist, sein Leben zu verspielen.«

»Und um was spielen Sie? Wofür setzen Sie so hoch?«, fragt Martin.

Joshua denkt nach. Ja, um was spielt er eigentlich? Und wäre es nicht besser, endlich einfach die Wahrheit zu sagen? Und die Konsequenzen, wie auch immer sie sein mögen, zu tragen?

»Was geht Ihnen durch den Kopf, Joshua? Was betrübt Sie so? Ich habe das Gefühl, da ist noch mehr. Inwiefern spielen Sie um Ihre Freiheit, Ihr Leben?«

Das Telefon klingelt.

»Bitte entschuldigen Sie mich einen Moment.«

Toni

Sie trinkt und redet sich in den Schlaf und als sie aufwacht, liegt sie in ihrem Bett und der Mond scheint ihr ins Gesicht. Ihre Blase drückt, sie steht auf. Noch bevor sie die Schlafzimmertür öffnet, hört sie die Musik. Ein unerträglich langsamer, leiernder Chorgesang. Er kommt aus dem Wohnzimmer. Die Wohnzimmertür ist geschlossen. Durch den Spalt unter der Tür fällt Licht. Ihr Herz pocht schnell, als sie die Tür öffnet. Ihr Vater und ihre Mutter sitzen am Wohnzimmertisch. Kerzen brennen. Neben der Hand ihres Vaters liegt ein Röhrchen Tabletten. Mutter redet auf ihn ein. Auf dem Wohnzimmerschrank im Hintergrund steht Antonias alter Kassettenrecorder. Sie hat ihn sich von ihrem Erstkommunionsgeld gekauft. Kein Wunder, dass er leiert, sie hätte nicht gedacht, dass das Ding überhaupt noch funktioniert.

Toni zieht sich ins Bad zurück. Das ist der Ort, an den sie sich immer zurückzieht, wenn sie es nicht mehr aushält, wenn sie alleine sein will. Nur im Bad kann sie in Ruhe weinen. Sonst kommen sie angerannt, fragen, was los ist. Nicht liebevoll, nicht mit der Absicht zu trösten. Nein, sie fühlen sich in ihrer Ruhe gestört. »In ihrer Totenruhe«, sagt Antonia laut. Ihr Blick fällt auf die Badewanne, dann gibt ihre Blase nach. Der Urin brennt an den Innenseiten der Schenkel. Aus dem Wohnzimmer hört sie die Melodie vom Aktuellen Sportstudio.

Antonias Eltern sitzen auf dem Sofa, der Fernseher läuft. »Wer ist das tote Kind?«, fragt Antonia.

»Welches tote Kind?«, fragt die Mutter.

»Das tote Kind im Bad.«

»Du solltest nicht diese Gruselromane lesen, Toni, das bekommt dir nicht«, sagt die Mutter.

»Ich lebe in einem Gruselroman, kapiert ihr das nicht? Ihr lebt in einem Gruselroman. Wir leben in einem Gruselroman.«

»Was ist los?«, fragt der Vater. »Spinnt sie wieder?«

»Ich bin es, nicht wahr?«

Vater kaut an einem Stück Hefezopf. Es gibt immer Kaffee und Kuchen zum Aktuellen Sportstudio. Jeden Samstag. Mutter stellt die Kaffeetasse ab und weint. Aber das ist Toni egal. Ab jetzt lässt Toni sich nicht mehr verarschen. Sie wird es sich genau ansehen.

»Wo geht sie hin?«, hört sie ihren Vater fragen.

Die blauen Lippen, der starre Blick, die gefalteten Hände, die Naht auf der Brust, noch frisch. Schwarze Fäden. Kleine weiße Maden überall auf der bläulich-fahlen Haut. Sie kann es vor sich sehen. Doch ansehen kann sie es nicht. Die Badezimmertür ist verschlossen. Aus dem Bad dringen Geräusche, Stöhnen und Wimmern. Toni klopft gegen die Tür. »Das ist mein Ort!«

»Sag, dass das nicht wahr ist.«

»Was?«, fragt Antonia.

»Sag, dass du es nur sagst, um mich zu quälen. Sag, dass es nicht wahr ist, nicht auch das noch.«

Antonia stöhnt. Ja, nicht auch das noch, denkt sie. Sie geht in die Küche, öffnet die nächste Rotweinflasche, trinkt. Sie durchsucht den Werkzeugkasten unter der Spüle nach dem kleinen Beil, das Sol vor Jahrzehnten gekauft hat, damals, als sie noch in Wohnungen mit Ofenheizung lebten und Sol immer so gerne Obstkisten und Holzreste zerlegt hat. Es ist tatsächlich noch da.

Die Badezimmertür steht offen, im Bad ist niemand mehr, nicht einmal in der Badewanne. Aber aus dem Wohnzimmer dringt wieder Musik, andere diesmal. Sie hat sie schon gehört, doch sie kommt nicht gleich darauf, was es ist.

Im Fernseher flimmert der Porno von Andrew Blake. Auf dem Sofa sitzt M. Fallot. Mit Veilchenaugen und Blutkrustenlippen. Sie hat ihr Rotweinglas abgesetzt, ihr zerfetzter Rock hängt ihr um die Hüften. Antonia beobachtet, wie sie ihre Hand in ihr Höschen schiebt, wie sie sich die Lippen leckt, wie sie mit debilem Blick auf den Bildschirm starrt. Ihre Augen sind nach oben gedreht, nur noch das Weiße ist zu erkennen, die Pupillen nicht. Ihr Mund ist verzogen, Speichel läuft an den Winkeln das Kinn hinunter. Antonia muss wegsehen, sonst wird ihr noch schlecht. Aber ihr ist ja schon schlecht.

»Weißt du überhaupt, was zwei Frauen miteinander machen, Toni?«, beginnt M. Fallot zu sprechen. »Na, sieh es dir an. Sieh es dir genau an. Es ist widerlich. So kannst du gar nicht sein.«

Antonia antwortet nicht. Sie hat die halbvolle Rotweinflasche entdeckt, die auf dem Tisch steht, trinkt und wischt sich den Mund an ihrem T-Shirt sauber.

»Weißt du eigentlich, dass du fast gestorben wärst damals, dass es ein Wunder ist, dass du überlebt hast? Hast du eine Ahnung, was du uns angetan hast? Ist das nicht genug? Kannst du uns nicht einfach den Gefallen tun und ein ganz normales Mädchen sein? Ein ganz normales fröhliches Mädchen, das einen Freund hat, heiratet und Kinder bekommt. Kannst du das nicht?«

Antonia blickt in das verheulte Gesicht ihrer Mutter. »Nein«, antwortet sie und wundert sich, wie ruhig sie auf einmal ist, »das kann ich nicht.« Ein merkwürdiger Ton kommt aus dem Mund ihrer Mutter, halb Schrei, halb Stöhnen.

»Bitte, tu's für mich.« Sie fällt vor Antonia auf die Knie, fleht, weint. »Sonst will ich nicht mehr leben, ich will sterben, ich will sterben.«

»Bitteschön!«

Antonia hebt das Beil, hält es einen Moment über den Kopf, dann lässt sie es sinken.

»Ach, lasst mich doch alle in Ruhe! Ich geh jetzt schlafen.«

Joshua

Joshua erwacht nach einem tiefen traumlosen Schlaf. Wo er erwacht, wird ihm erst allmählich bewusst. Erst fühlt er sich wie von einer Zeitmaschine um Jahre zurückversetzt in das Sterbezimmer seines Großvaters. Nur, dass nun er in dem wuchtigen Bett aus dunkelbraun gebeiztem Massivholz liegt und nicht sein Großvater.

Joshua hätte den Raum nie so eingerichtet. Er mag keine massiven, dunkel gebeizten Schlafzimmermöbel. Er mag keine Bordüren, keine schweren Vorhänge, keine geknüpften Teppiche. Er liebt es hell und luftig. Trotzdem ist er glücklich, in diesem Zimmer aufzuwachen. Es ist ein heilsames Zimmer, dass er in ihm schlafen durfte, das Geschenk eines Freundes.

Sein Schlaf kann nicht traumlos gewesen sein, das weiß er, aber was auch immer er geträumt haben mag, er kann sich nicht daran erinnern. Es kann nichts Schlimmes gewesen sein, dafür fühlt er sich zu gut erholt.

Er schlägt die Decke zurück und schwingt die Beine aus dem Bett. Er blickt an sich herunter auf den gestreiften Pyjama, der auch nicht ihm gehört. Er geht zum Fenster, noch ein wenig wackelig auf den Beinen, und öffnet die Vorhänge. Die fensterlose Hauswand gegenüber reflektiert die Sonne. Über der Wand ist ein Rand blauen Himmels zu sehen.

Im Bad hängt bereits ein Handtuch für ihn, Martin hat es ihm gestern schon gegeben, eigentlich heute früh, als er ihn spontan und ohne zu zögern in seine Wohnung mitgenommen, ihm sein Gästezimmer angeboten hat.

»Bleiben Sie ruhig eine Weile, bis Sie wieder zu Kräften gekommen sind. Es ist unser Gästezimmer, wir brauchen es selten, es steht sowieso die meiste Zeit leer.« Martin steht an der Tür, seine Augen sind glasig. Sein weißes Hemd bauscht sich zwischen Weste und Hosenbund. »Es ist quasi ein einsames Zimmer«, fügt er hinzu und stützt sich mit der Hand am Türrahmen ab, »es wird sich über Ihre Gesellschaft freuen.«

Im Bad liegt ein Einwegrasierer für ihn bereit, auf dem eine kleine gelbe Haftnotiz klebt. »Bedienen Sie sich einfach!« Joshua rasiert sich, steigt unter die Dusche, zieht sich an. Der Frühstückstisch ist für ihn gedeckt. Wieder eine Haftnotiz, diesmal auf der Butterdose. »Dito!«

Joshua kocht sich einen Kaffee, schmiert sich ein Brot und schlägt die Zeitung auf, die neben seinem Teller liegt. Wie lange hat er das schon nicht mehr gemacht, in aller Ruhe gefrühstückt und Zeitung gelesen? Ewig!

Es ist bereits früher Nachmittag, als er zum ersten Mal auf die Idee kommt, auf die Uhr zu blicken. Er trinkt noch den letzten Rest Kaffee, beendet seine Zeitungslektüre, stellt sein Geschirr in die Spülmaschine und wischt den Tisch ab. Dann macht er sich auf zu einem kleinen Spaziergang. Er fühlt sich wie ein Rekonvaleszent. Einerseits noch etwas schwach auf den Beinen, andererseits frisch und ausgeruht, fast wie neugeboren. Bald merkt er, dass es zu heiß ist für einen Spaziergang. Obwohl er im Schatten geht, trieft er vor Schweiß. Er entschließt sich, ein paar Sachen aus seinem Haus zu holen. Er wird dort noch einmal duschen, sich umziehen und dann auf Brigitte warten. Er will ihr sagen, dass er bei einem Freund untergekommen ist und dort eine Weile bleiben wird. So lange, bis er sich wieder gefangen hat und Brigitte und er alle Angelegenheiten geregelt haben.

»Nicht, was du denkst, es ist kein schwuler Freund. Es ist der Steuerberater, bei dem ich schon neulich war. Er hat einen Sohn und ist stockhetero. Ein bisschen schrullig, aber sonst ganz normal. Ein ganz Lieber. Seine schrullige Normalität tut mir gut, verstehst du, sie hat etwas Beruhigendes, Heilsames.«

Als er neben seinem Fahrrad steht, fällt ihm ein, dass er keinen Fahrradschlüssel mehr hat. Aber er kann auch zu Fuß nach Hause gehen. Er könnte sich aber auch den Praxisschlüssel wieder zurückholen. Er braucht ihn noch, schließlich laufen einige seiner Therapien noch für ein paar Wochen. Und bei der Gelegenheit kann er sich bei Ulrike entschuldigen und sie um ein Gespräch bitten. Es ist gleich zehn vor drei. Wenn er Glück hat, erwischt er sie zwischen zwei Therapien. Und vielleicht wird dann ja doch noch alles gut.

Toni

Toni erwacht mit einem Pochen in ihrer Stirn. Das Rollo ihres Dachfensters ist geschlossen, trotzdem ist es viel zu hell. Und heiß, ihr T-Shirt ist schweißgetränkt. Und die Laken. Oder ist es noch etwas anderes als Schweiß? Die Innenseiten ihrer Schenkel brennen. Sie wird das Bett frisch beziehen, die Matratze säubern müssen. Allein schon der Gedanke daran erschöpft sie. Sie fühlt sich innerlich wund, ausgebrannt. Sie hat geträumt, sehr schlecht geträumt. Waren es Träume? Am besten, sie denkt nicht mehr daran. Sie dreht sich zur Seite, entdeckt Nikas Leinenjackett. Sie kann sich erinnern, wie sie es mit ins Bett genommen hat. In ihrem Traum. Sie nimmt es in die Arme, riecht daran. Für einen Moment wird sie ruhiger. Doch dann denkt sie an den langen Tag, der vor ihr liegt.

Dienstag müsste es sein. Noch zwei volle Tage und zwei Nächte bis Donnerstag. Der Donnerstag selbst wird nicht mehr schlimm sein. Aber die Vorstellung, auch nur noch einen einzigen Tag wie gestern durchstehen zu müssen, verursacht ihr ein Gefühl von Verzweiflung. Sie könnte arbeiten, ja, eigentlich muss sie sogar arbeiten. Der Abgabetermin für einen Text rückt näher. Und sie muss sich um ihr Büchergeschäft kümmern, nachsehen, ob jemand Bücher gekauft hat und zu blöd ist, die Seite mit ihren Kontodaten abzurufen. Prüfen, ob Geld eingegangen ist und gegebenenfalls Bücher verschicken. Als sie aufsteht, beginnt es in ihrer Stirn heftiger zu pochen. Sie schleppt sich trotzdem ins Bad. Sie dreh das Wasser auf, dann wird ihr speiübel. Sie schafft es gerade noch, aus der Wanne zu steigen, und übergibt sich in die Toilette. Danach geht es ihr etwas besser, der Schmerz in der

Stirn hat nachgelassen, die Übelkeit ist weg. Sie duscht sich notdürftig ab. Sie will sich einen Kaffee kochen, aber allein bei der Vorstellung, von dieser dunklen bitteren Brühe zu trinken, würgt es sie wieder. Sie kocht sich stattdessen einen Kräutertee.

»Liebe den Geist. Nur von ihm erfährst du deine Seelenwünsche« steht auf dem Papierfetzen am Teebeutel.

Sie gießt sich eine Tasse Tee ein und geht damit in Sols Zimmer, das jetzt Gästezimmer heißt, obwohl noch nie Gäste dort übernachtet haben. Antonia betritt es selten, auch wenn sie es in den letzten zwei, drei Monaten nicht mehr völlig gemieden hat. Antonia trinkt einen Schluck Tee und stellt die Tasse auf den Schreibtisch. Sol liegt auf dem Bett und Toni schlüpft neben ihr unter die Decke. Aber sie berührt sie nicht.

»Ich will, dass das jetzt aufhört!«, sagt sie. »Ich meine, es ist ja nett, wenn du ab und zu vorbeikommst, aber … aber irgendwie ist es auch nicht normal. Okay, du könntest jetzt einwenden, dass mich früher nie interessiert hat, ob etwas normal ist oder nicht. Aber das hier ist etwas anderes. Ich vermisse dich wirklich sehr, aber dass ich dich jetzt dauernd sehe, das will ich nicht. Es wäre schön, wenn du noch am Leben wärst, aber du bist nun mal tot und da wär's mir lieber, du würdest … wegbleiben. Und ich möchte auch M. Fallot nicht mehr sehen und keine Kinderleichen, nein, überhaupt keine Leichen in der Badewanne haben, egal, ob es meine eigene ist oder nicht. Und auch sonst nirgends. Ich möchte auch meine Mutter nicht mit einem Beil bedrohen, schon gar nicht umbringen, das wollte ich nie, weder in meiner Vorstellung noch in Wirklichkeit, früher nicht und heute erst recht nicht. Nicht einmal, wenn sie wie M. Fallot aussieht. Ich will überhaupt niemanden umbringen. Weder Marina Schäfer noch pfeifende Männer an Straßenkreuzungen. Ich will auch keine Aktuelles-Sportstudio-Flashbacks und dergleichen mehr haben. Gar keine Flashbacks will ich mehr, überhaupt keine.« Toni hebt den

Kopf und blicke Sol in die Augen. »Ich weiß nicht, an welche Stelle ich mich wenden muss, um das zu erreichen. Aber vielleicht weißt du es ja und kannst ein gutes Wort für mich einlegen. Ich werd mich dafür jetzt zusammenreißen und endlich wieder auf die Beine kommen! Ist das ein Deal?«

Sol antwortet nicht.

»Sag nichts, ich weiß, was du denkst. Du denkst, die Stelle ist nicht da oben …«, Toni zeigt mit dem Finger zur Decke, »sondern hier drin.« Sie tippt sich gegen die Stirn. »Aber ein bisschen Hilfe könnte ich schon gebrauchen. Ein bisschen Unterstützung wäre schon nicht schlecht.«

Sol steht schweigend auf und holt Toni die Laufschuhe aus dem Flur.

»Glaubst du wirklich, ich sollte jetzt laufen?«

Sol antwortet nicht. Aber sie reicht Toni die einzelnen Kleidungsstücke an und zupft ihr die Träger zurecht, so wie sie es früher oft getan hat.

In kurzen Lauftights, einem ärmellosen Shirt, Laufsocken und Laufschuhen steht Toni in der Küche und kippt drei Gläser Wasser in sich hinein. Jetzt braucht sie nur noch den Wohnungsschlüssel. Sie könnte den Ring mit den Ersatzschlüsseln nehmen, doch an dem fehlt der Briefkastenschlüssel. Ihr Schlüsselbund ist wahrscheinlich noch in der Hose von gestern, sie liegt neben dem Bett und stinkt nach Urin, Toni bringt sie gleich ins Bad. In der Hosentasche findet sie nicht nur ihr Schlüsselbund, einen Einkaufseuro und ein gebrauchtes Papiertaschentuch, sondern auch den kleinen Holzengel, den sie unter dem Vertiko in Tommys Wohnzimmer gefunden hat. Der Engel der Hoffnung, den Sol ihr geschenkt hat, nachdem sie ihr gesagt hat, dass sie ausziehen will. Nicht am selben Tag, sondern zwei, drei Tage danach, als sie merkt, dass ihr Entschluss Toni den Boden unter den Füßen wegzieht. Sie reden viel in der Zeit, weinen auch viel. Sie schlafen fast jede Nacht zusammen in Tonis Bett, sie sind einander nah. Diese Tage gehören mit zu den intensivsten ihrer Beziehung.

»Ich will dich nicht verlieren«, sagt Sol, als sie Toni den Engel schenkt, »und ich wünsche mir, dass unsere Liebe diese Veränderung übersteht, ich hoffe es.«

Sols Hoffnung erfüllt sich.

Toni hat Herzklopfen. Doch ihr Herz klopft nicht in ihrer Brust, sondern in ihrer Stirn. Und es tut weh, es schmerzt ganz furchtbar. Toni legt den Engel auf das kleine Tischchen im Flur. Aber das ist gefährlich, Blalock und Taussig könnten ihn verschleppen. Also steckt sie ihn in die Brusttasche ihrer Lieblingsjacke, die an der Garderobe im Flur hängt. Dann wird ihr schwarz vor Augen, sie tastet nach Sols Hand, findet stattdessen den Rahmen der Badezimmertür, stützt sich dort ab. Diesmal schafft sie es nicht zur Toilette, sie kotzt auf die silberfarbene Metallleiste an der Badezimmertür, doch es kommt nicht mehr viel. Nur Wasser mit ein wenig weißlichem Schaum. Sie spült sich den Mund aus und wäscht sich das Gesicht. Sie kämpft sich ins Arbeitszimmer, lässt sich auf den Schreibtischstuhl fallen. Sie öffnet ihren Terminkalender und schreibt unter das Datum von heute: Migräne, kann nicht arbeiten. Sie nimmt zwei Aspirin, schält sich aus ihren Laufsachen, legt sich ins Gästezimmerbett und schläft ein.

Joshua

Die roten Leuchtziffern des DVB-T-Receivers auf dem Fernseher zeigen neunzehn Uhr. Eigentlich müssten Brigitte und Jonas längst zurück sein. Brigitte macht so gut wie nie Überstunden. Sie kommt heute nicht mehr, da ist er auf einmal sicher. Das heißt, er wird auch seinen Sohn heute nicht sehen. Joshua wird morgen bei Brigitte im Büro anrufen und sich mit ihr verabreden. Und dann sucht er sich eine eigene Wohnung. Das bedeutet ja nicht, dass er sich gleich von Brigitte trennen muss. Aber sie brauchen einfach Abstand, vielleicht klärt sich dann ja nach einer gewissen Zeit, was zwischen ihnen noch möglich ist und was nicht. Ob er ihr anbieten soll, zu einer Paarberatung zu gehen? Vielleicht wäre es das Beste, und sie hat es ja auch vorgeschlagen. Aber er ist sich nicht sicher, ob er das wirklich möchte. Er wird sich darüber noch einmal Gedanken machen.

Wenn er nicht so müde wäre, würde er jetzt noch im Internet nach Wohnungen recherchieren. Stattdessen schaltet er den Fernseher ein und zappt eine Weile durch die Programme, ohne wirklich darauf zu achten, was er sieht. Er denkt an Jonas, dann wieder an Brigitte, schließlich an Ulrike. Er hat sie vorhin erwischt, sich mit ihr verabredet. Sie werden zusammen essen gehen. Jetzt muss Joshua nur noch überlegen, was er ihr sagt.

Kindergeschrei reißt ihn aus seinen Gedanken. Er blickt aus dem Fenster und beobachtet, wie auf dem Gehweg gegenüber eine Mutter versucht, ihren Sohn dazu zu bringen, weiterzugehen. Der hat aber keine Lust und wehrt sich. Je mehr sie auf ihn einredet und an ihm zerrt, umso bockiger wird er. Er ist vielleicht drei, dreieinhalb Jahre alt. Ein paar Meter weiter weg beobachtet seine kleine Schwester ganz fasziniert die Szene zwischen Mutter und Sohn. Sie sitzt auf einem kleinen Holzfahrrad, den Daumen im Mund, und rollt immer wieder vor und zurück. Jetzt stampft der Junge mit den Füßen und brüllt, was das Zeug hält. Die Mutter, selbst den Tränen nah, brüllt zurück. Er hat nie verstanden, warum Eltern glauben, sie könnten ihre Kinder beruhigen, indem sie sie anschreien. Er ist sich nicht sicher, wie er reagieren wird, wenn Jonas einmal in dem Alter des Jungen auf der Straße ist. Ob es ihm gelingen wird, immer die Nerven zu behalten? Er hofft es, zumindest hofft er, dass es ihm gut genug und oft genug gelingen wird.

Er schaltet den Fernseher aus und stemmt sich aus dem Sessel. Eine Weile geht er durch den Raum, unschlüssig, was er tun soll. Er öffnet den Barschrank und gießt sich einen Schluck Whiskey ein, obwohl er bei seinem Kopf eigentlich nicht trinken sollte. Soll es ihn doch wieder umhauen, das ist jetzt auch egal. Die scharfe braune Flüssigkeit wärmt, steigt ihm zu Kopf, er fühlt einen leichten Schwindel.

Die Mutter hat ihren brüllenden Sprössling mittlerweile davongetragen. Joshua tritt mit seinem Glas ans Fenster und sieht ihnen nach. Die Frau tut ihm leid. Sie wirkt überfordert mit den Einkäufen in einer Hand, dem Blag unter dem anderen Arm und dem verzweifelten Bemühen, das Mädchen mit dem Holzfahrrad nicht aus dem Auge zu verlieren. Ob er ihr helfen soll? Er könnte ihr anbieten, die Einkäufe zu tragen. Aber Joshua ist sich nicht sicher, ob ihr das wirklich helfen wird. Morgen wird sie das gleiche Problem wieder haben und übermorgen und in drei Tagen. Und dann wird Joshua nicht da sein. Könnte aber auch sein, dass es ihr nur gelegentlich so geht, einmal die Woche, vielleicht nur einmal im Monat. Sind wir nicht alle hin und wieder überfordert, brechen wir nicht alle dann und wann unter der Last zusammen und sind dann froh, wenn uns jemand etwas abnimmt, wenigstens einmal? Und das nächste Mal sind wir wieder stark genug, alles alleine zu tragen. Aber warum eigentlich? Warum sind wir alle so versessen darauf, unsere Last alleine zu tragen? Sind wir das? Er ist es ganz offensichtlich immer noch. Es gab eine Zeit, da musste er es. Aber eigentlich dachte er, er sei darüber hinweg. Bloß wem kann, wem soll er sich anvertrauen? Und vor allem, was soll er anvertrauen und mit welchem Ziel? Dass er eine Frau vergewaltigt hat? Damit sie ihn wegsperren, mit Fingern auf ihn zeigen. Bisher war er sein Leben lang damit beschäftigt gewesen, sich aus seiner Opferrolle zu befreien, ohne zum Täter zu werden. Lange Zeit hat er geglaubt, es wäre ihm gelungen. Warum nur hat er von einem Moment zum anderen alles verspielt?

Es ist zu spät, die Frau und die Kinder sind um die nächste

Ecke verschwunden. Joshua hört wieder das leise Plätschern des Springbrunnens. So beruhigend, so einschläfernd, so einlullend. Wie dieser Whiskey. Joshua trinkt noch einen Schluck. Joshua liebt das Plätschern von Wasser und er hasst Alkohol. Er sollte nicht trinken.

Er leert das Glas in einem Zug und stellt es zur Seite. Er betrachtet die Familienbilder auf dem Kaminsims. Jonas kurz nach der Geburt, alleine, auf seinem Arm, auf Brigittes Bauch. Jonas in der Badewanne. Jonas neben Brigitte im Bett. Er nimmt eines der Bilder und küsst Jonas auf den Mund. Er stellt das Foto zurück auf den Kaminsims. Ein paar Minuten ruht er sich im Sessel aus. Dann geht er zum Sideboard an der gegenüberliegenden Wand, öffnet die linke Tür und holt einen Stapel Fotoalben heraus. Er legt sie auf den Couchtisch und greift sich als Erstes das mit den Fotos von Jonas, blättert es langsam durch und legt es zurück auf den Tisch. Das mit den Fotos von Brigitte und ihm legt er zur Seite. Einen Moment zögert er, dann greift er nach einem dicken Album mit einem Ledereinband. Gleich auf der ersten Seite blicken ihm ein lächelnder Joshua und eine lächelnde Ruth entgegen. Joshua im dunklen Anzug, Ruth im weißen Kleid. Ihr Hochzeitsbild. Dann die Zeit nach der Hochzeit. Ruth und Joshua auf Spaziergängen, lachend, Händchen haltend, Ruth und Joshua am Strand, Ruth und Joshua beim Essen mit Freunden. Als er noch einmal umblättert, rutscht ein Foto auf seinen Schoß. Er nimmt es in die Hand, betrachtet den ernsten Jungen, der ihm von dem vergilbten Schwarzweißfoto entgegenblickt.

»Martin, mein Freund«, sagt er und es schwingt in ihm, es vibriert, es pulsiert. Es fühlt sich gut an, also sagt er es noch einmal. »Martin, mein Freund.«

Toni

Als Toni aufwacht, pocht es immer noch in ihrem Kopf, aber nicht mehr so schlimm wie vorhin. Sie hat keine Ahnung, wie lange sie geschlafen hat. Die Luft ist stickig, es ist unglaublich schwül. Sie hat Halsschmerzen. Sie kämpft sich aus dem Bett, geht in die Küche und trinkt zwei Gläser Wasser. Sie macht sich auf den Weg ins Bad, will sich ein wenig erfrischen. Vor der Wohnungstür liegt ein großer weißer Umschlag. In dem Moment, in dem sie ihn aufhebt, klingelt es an der Tür.

Joshua

Monika Haberstroh steht auf der Veranda vor dem großen Wohnzimmerfenster. Sie klopft gegen die Scheibe. Joshua braucht eine Weile, bis er sich orientiert hat. Es ist noch hell draußen, das Display des DVB-T-Receivers zeigt zwanzig Uhr drei. Joshua öffnet das Wohnzimmerfenster.

»Ja?«

»Können wir reinkommen?«

Er führt die beiden ins Wohnzimmer. Auf dem Couchtisch steht die halbvolle Whiskeyflasche. Egal, sollen sie ruhig sehen, was los ist.

»Eheprobleme«, sagt er und füllt sein Glas fast bis zum Rand.

Monika Haberstroh hält ihm ein Foto hin und fragt:

»Kennen Sie diese Frau?«

Toni

Toni hat nicht die Kraft, sie abzuwimmeln, sie lässt sie herein. Sie stinkt fürchterlich. Kein Wunder, denn sie hat sich seit dem Tag, an dem sie vergewaltigt wurde, nicht umgezogen. Sie setzt sich auf das Sofa, Toni bleibt an der Tür stehen.

»Möchtest du was trinken?«

Toni geht in die Küche, öffnet eine Flasche Wein, stellt sie und ein Glas auf den Tisch. Dann stellt sie sich neben den Kamin. Hier ist der Geruch am schwächsten. Sie kippt den Inhalt ihres eigenen Glases auf einmal in sich hinein. Sie verzieht ihr Gesicht, ihr Magen rebelliert, aber sie schafft es, sich nicht zu übergeben, obwohl es sie schon wieder würgt. Ihr ist schwindelig, sie hält sich mit einer Hand am Kaminsims fest. Dann hangelt sie sich zum Sessel, lässt sich hineinfallen, versucht, den Gestank zu vergessen. Und den ganzen Rest.

»Wie heißt du eigentlich?«

»Max, das ist kurz für Maximiliane.«

»Das habe ich mir schon gedacht.«

»Ich könnte auch Maxime heißen.«

»Stimmt. Wie wärs mit einer Dusche?«, fragt Toni. »Und dann gehst du zur Polizei und zeigst ihn an. Na ja, wahrscheinlich ist es besser, wenn du nicht erst duschst und dich umziehst. Wegen der Spuren. Aber wenn es dir hilft ...«

»Kommst du mit?«

Toni seufzt: »Ich bin krank.«

»Du musst mir helfen.«

»Ich schaffe es nicht. Nicht jetzt. Aber ich könnte Monika Haberstroh rufen, die Hauptkommissarin, die ...«

Max unterbricht: »Du musst herausfinden, was mit mir geschehen ist.«

»Was mit dir geschehen ist, weiß doch niemand besser als du selbst?«

Max sagt nichts mehr, sie starrt Toni an. Ihre Lippen sind noch immer blutverkrustet, um ihre Augen blühen die Veilchen, noch ganz frisch, wie kürzlich erst geschlagen. Hätte sich nicht jede andere Frau sofort nach der Vergewaltigung unter die Dusche gestellt? Keine Frau würde doch eine Woche lang in denselben Sachen herumlaufen, in denen sie vergewaltigt wurde. Was hatte sie gestern an? Toni versucht, sich daran zu erinnern, aber sie weiß es nicht mehr, sie hat nicht darauf geachtet. Toni möchte nicht anzweifeln, wenn ihr eine Frau erzählt, sie sei vergewaltigt worden, aber – halt, sie hat es ihr ja gar nicht erzählt. Sie hat erzählt, sie sei die Treppe hinuntergefallen. Vielleicht wird sie einfach nur verprügelt. Einfach nur? Schlimm genug.

»Hat er es noch einmal getan?«, fragt Toni.

»Was?«

»Was auch immer er getan hat.«

»Aber er kann ja gar nichts mehr tun.«

»Warum kann er nichts mehr tun?«, fragt Toni.

»Weil er tot ist.« Max schlägt die Hände vors Gesicht, weint.

»Erzähl mir doch einfach, was passiert ist. Wie soll ich dir helfen, wenn du mir nichts erzählst?«

»Ich habe Sehnsucht«, sagt sie.

»Sehnsucht? Nach ihm?«

»Nach dir. Kannst du mir nicht noch einmal verzeihen?«

Toni stöhnt. »Mir geht es heute nicht besonders gut, ich bin wirklich krank und ich habe keine Lust auf diese Spielchen. Sag mir einfach, was los ist und wie ich dir helfen kann.«

»Indem du mir verzeihst und mich weiter liebst. Bitte.«

»Hat er dich verprügelt? Vergewaltigt? Hast du dich gewehrt und er ist dabei umgekommen?«

Max antwortet nicht. Sie hält schon wieder den Kopf schief und blickt Toni mit ihrem Dackelblick an. Toni wird wütend. Die Wut fühlt sich gut an, wie eine große warme Welle, die ihren Kopf überflutet, den Schmerz in der Stirn, die Übelkeit wegspült. Und sie berauscht, stärker, als jeder Wein es könnte. Sie geht zu Max, packt sie am Arm, zerrt sie hoch. »Nun erzähl mir endlich, was er getan hat, dieses Schwein, los, mach den Mund auf. Hat er dich gefickt?«

»Bitte nicht«, winselt Max, »bitte nicht.«

»Bitte nicht was?«, fragt Toni, »nun mach verdammt noch mal den Mund auf!«

Joshua

»Herr Stein?«

Joshuas reibt sich die Stirn.

»Was ist mit Ihnen los?« Es ist Stefan Keller, der fragt.

»Ich glaube, ich bekomme wieder eine Migräne.«

»Dann würde ich das hier besser lassen.« Er zeigt auf das Whiskeyglas in Joshuas Hand, Joshua stellt es weg.

»Kennen Sie diese Frau?« Keller deutet auf das Foto, das die Hauptkommissarin Joshua hinstreckt.

»Darf ich mal sehen?« Er nimmt ihr das Foto aus der Hand.

»Ja, sie ist meine Nachbarin. Sie war schon bei mir in der Praxis, weil sie sich ausgesperrt hat. Sie wollte telefonieren. Warum? Was ist mit ihr?«

»Sie wird vermisst.«

»Vermisst? Na so was.«

»Na so was? Warum ›Na so was‹?«, fragt Keller.

»Es wundert mich, dass sie vermisst wird, und es wundert mich, dass Sie sich damit beschäftigen. Sind nicht Morde Ihr Spezialgebiet?«

Keller will etwas sagen, Joshua kann ihm ansehen, dass es nichts Freundliches ist, doch die Kommissarin berührt seinen Arm.

»Wann haben Sie die Frau zuletzt gesehen?«, fragt sie.

»Lassen Sie mich nachdenken. Das war … irgendwann letzte Woche, ich weiß nicht mehr genau, an welchem Tag. Da hat sie bei mir in der Praxis geklingelt. Es war, glaube ich, nach zehn Uhr. Abends, meine ich.«

»Was war diesmal der Grund ihres Besuchs? Hatte sie sich wieder ausgesperrt?«

»Na ja, sie wirkte sehr durcheinander und sie sah aus, als wäre sie verprügelt worden. Ich habe noch versucht, sie zu überreden, die Polizei zu rufen oder wenigstens einen Arzt, doch sie wollte nicht.«

»Was wollte sie dann?«

»Sie wollte mit mir einen Termin machen. Sie hat gefragt, ob ich einen Platz frei habe. Ich habe nein gesagt, weil ich eine Weile pausieren möchte. Wissen Sie, mein Leben läuft gerade nicht so, wie ich es gerne hätte. Ich fühle mich völlig ausgebrannt. Ich habe sie abgewiesen und da ist sie durchgedreht, hat auf mich eingeschlagen. Ich habe noch versucht, sie zu beruhigen, aber es ist mir nicht gelungen. Dann ist sie weggerannt.«

»Und Sie haben nicht die Polizei gerufen?«

»Nein, sie wollte ja nicht. Ich wollte ihr noch folgen, aber ich habe selbst geblutet und musste mich erst mal um mich selbst kümmern. Ich war ziemlich geschockt. Ich bin körperliche Gewalt nicht mehr gewöhnt. Außerdem dachte ich, dass ich ihr bestimmt noch einmal begegnen würde.«

»Und? Sind Sie ihr noch einmal begegnet?«, fragt Monika Haberstroh. Sie bückt sich, hebt ein Foto vom Boden auf, betrachtet es.

»Nein, ich habe sie seither nicht mehr gesehen.«

»Sind Sie das?«

Joshua nimmt der Kommissarin das Foto aus der Hand. Er geht zum Fenster, sieht sich selbst darin gespiegelt, wischt sich zwei Tränen aus den Augenwinkeln und dreht sich zur Kommissarin um.

»Das geht Sie nichts an.«

Toni

Toni kann es nicht ertragen, dieses Gewinsel, es macht sie wütend, verdammt wütend. Sie kann nicht anders, sie muss zuschlagen. Ihr bleibt überhaupt keine Wahl, diese Frau zwingt Toni dazu. Toni schlägt ihr mit dem Handrücken ins Gesicht. Ihr Kopf schleudert zur Seite, aus ihrer Nase spritzt Blut.

»Bitte nicht, ich liebe dich doch.«

»Ach, fick dich doch selber!« Toni schlägt ihr noch einmal ins Gesicht, rechts, links, dann rechts, dann wieder links. Und es tut ihr so gut, es fühlt sich einfach geil an. Es macht sie sogar geil.

»Bitte nicht!«, schluchzt Max, »bitte nicht!«

Wie Toni es hasst, dieses Opfergetue. Sie soll endlich aufstehen und sich wehren statt zu heulen! Toni packt sie und schleudert sie gegen die Wand. Dann nimmt sie ihr Kinn in die Hand und spreizt mit der anderen Hand die Beine der Frau. Sie wehrt sich nicht, als Toni in sie eindringt. Ihr Körper erschlafft, nur Tonis fester Griff an ihrem Kinn verhindert, dass sie auf den Boden rutscht. Toni lässt sie los, sie gleitet nach unten, hinterlässt eine Blutspur an der Wand. Sie liegt da, die Beine gespreizt, weint, aber nur ganz leise. Sie hat es nicht anders verdient, das weiß sie selbst, deshalb lässt sie es geschehen. Sie tut nur so, als würde es ihr keinen Spaß machen, in Wirklichkeit ist sie geil, das kann Toni fühlen, sie ist feucht und geil. So feucht und geil wie Toni selbst. Toni fickt sie, hart und so lange, bis sie aufhört zu weinen, bis sie nur noch still daliegt. Blut tropft auf den Boden, als Toni die Finger aus ihr herauszieht. Toni wischt sich an einem ihrer Rockfetzen die Hand ab.

»Genug?«, fragt Toni. Die Frau antwortet nicht. Aber sie hat wieder zu weinen begonnen.

Toni zieht Hose und Slip aus und steigt rittlings auf ihren Bauch. Sie nimmt die Hand der Frau und schiebt sie zwischen die Beine. Die Frau stöhnt, also gefällt es ihr doch. Toni nimmt die Brustwarzen der Frau zwischen Daumen und Zeigefinger, dreht sie. Die Frau schreit auf.

»Halt's Maul.« Toni drückt ihre freie Hand auf den Mund der Frau. Dann umfasst sie mit beiden Händen ihren Hals. »Halts Maul oder ich drücke zu.«

Tonis Hüften kreisen, immer schneller, während sie zudrückt. Ihr Orgasmus ist so heftig, dass ihr schwarz vor Augen wird. Rollt sich zur Seite, kauert sich zusammen, denkt nichts.

Doch langsam steigt etwas in ihr hoch. Ein Gefühl, ein sehr trauriges Gefühl. Sie weint. Eine ganze Weile weint sie. Bis sich etwas in ihr löst. Ein Teil von ihr steht vom Boden auf und verlässt den Raum. Der Rest bleibt liegen, noch immer gekrümmt wie ein Embryo. Ist wieder ganz still. Hört im Bad das Wasser rauschen. Und denkt immer noch nichts.

Joshua

Joshua kauert in der Nische neben der Treppe, die Hände hält er sich schützend über den Kopf. »Komm heraus, du kleiner Dreckskerl.« Immer wieder trifft die Schnalle des schwarzen Ledergürtels seine Hände, seine Unterarme, seinen Rücken. Wenn sie die Knöchel seiner Hände trifft, tut es besonders weh. Joshua zählt von hundert rückwärts bis null, dann denkt er sich das Alphabet rückwärts. Ein Buchstabe nach dem anderen zieht an seinem inneren Auge vorbei. Ganz langsam, so langsam wie möglich. Er ist gerade bei M, als das Schlagen aufhört. Sein Vater packt ihn am Arm und zerrt ihn aus der Nische. Joshua versucht, nicht in das wutverzerrte Gesicht seines Vaters zu blicken, doch er hat es schon zu oft gesehen, es hilft nicht, es nicht anzusehen. Er hat das Bild in sich drin, er versucht es zu verscheuchen. Er verhakt seinen Blick mit einem der Füße des kleinen Tischchens, auf dem das Telefon steht. Dann mit der roten Blume im Muster des Teppichs, mit dem gelben Fleck auf der Tapete, mit der Türklinke der Kellertür. Sogar mit dem Dunkel, in das er gestoßen wird. Er versucht, sich auf den Beinen zu halten, doch er stolpert, fällt die Treppe hinunter. Er tut sich weh, aber nicht zu sehr. Mittlerweile hat er Übung im Fallen. Wenn er erst mal einundzwanzig ist, wird er es perfekt beherrschen. Dann wird er Stuntman werden, so hat das Ganze wenigstens einen Sinn. Einundzwanzig. Er sieht die Zahl vor sich, groß und leuchtend. Einundzwanzig und er und Martin beim Film. Martin als Schauspieler und Joshua, der ihn in den gefährlichen Szenen doubelt.

Jetzt sitzt er auf dem kühlen Kellerboden. Seine Hand schmerzt, er hat sie sich etwas verdreht, als er damit den Sturz abgefangen hat. Aber es ist bestimmt gleich wieder gut. Jedenfalls ist nichts gebrochen. Bisher hat er sich erst zweimal etwas gebrochen, einmal den Knöchel, ein andermal das Schlüsselbein. Aber es ist alles gut zusammengewachsen, er ist ein zäher Kerl. Leider war er zu schnell wieder gesund, denn in der Zeit, in der es heilte, hat sein Vater ihn verschont. Vielleicht sollte er sich doch öfter etwas brechen. Aber dann kann er womöglich nicht mehr Stuntman werden, wahrscheinlich nicht einmal Schauspieler, weil dann vielleicht etwas zurückbleibt.

Es riecht nach Kartoffeln und Kohlen. Er hört das Radio aus der Küche. Berta, die Köchin, bereitet Abendbrot zu und sie hört immer Radio dabei. Wenn Vater mal wieder auf Joshua wütend ist, dreht sie es besonders laut. Wo Mutter ist, weiß er nicht. Eine Spinnwebe kitzelt ihn an der Nase und er wischt sie weg. So langsam gewöhnen sich seine Augen an die Dunkelheit. Durch die Ritze unter der Kellertür fällt ein wenig Licht herein. Auch vom Fenster schimmert es hell, aber nur ein wenig, es dämmert schon. Das Fenster führt in einen kleinen Schacht, der mit einem Metallgitter abgedeckt ist. Es lässt sich leicht abnehmen. Und das Fenster lässt sich öffnen, jedenfalls der Teil aus Rahmen und Glas. Dahinter befindet sich ein Drahtgitter, das festsitzt.

»Joshi.«

Er geht zum Fenster.

»Martin.«

Joshua legt seine Hand auf das Drahtgitter, Martin legt seine von der anderen Seite darauf.

»Alles in Ordnung mit dir?«, fragt Martin.

»Ja, nichts gebrochen«, antwortet Joshua.

»Ich hab was für dich. Damit wirst du ihn los.« Martin hält etwas ans Fenster, Joshua erkennt schemenhaft eine kleine Puppe. »Was ist das?«, fragt er.

»Voodoo«, antwortet Martin.

Die Haustür steht offen, Stefan Keller hat sie bereits durchschritten und auch Monika Haberstroh sah Joshua vor seinem geistigen Auge schon in die Dämmerung verschwinden. Doch sie steht noch da, die Klinke in der Hand, die andere Hand an der Stirn.

»Mir ist gerade noch etwas eingefallen«, sagt sie.

»Ja?«, fragt Joshua.

Es dauert eine Weile, bis sie wieder spricht.

»Wissen Sie eigentlich, wo Ihre Nachbarin wohnt?«

»Wo sie wohnt? Was meinen Sie?«

»In welcher Wohnung? Im Hinterhaus, im Seitenflügel, im Erdgeschoss, im zweiten Stock?«

»Sie wohnt im Vorderhaus, Dachgeschoss, die mittlere Wohnung.«

»Und woher wissen Sie das?«, fragt die Kommissarin.

»Wahrscheinlich, weil sie es mir gesagt hat.«

»Sie hat Ihnen also gesagt: Hallo, ich bin Ihre Nachbarin, ich wohne im Vorderhaus, Dachgeschoss, mittlere Wohnung?«

»Nein, nein, sie hat gesagt, sie wohnt im Vorderhaus. Und sie hat auch erwähnt, dass sie eine Terrasse hat. Und dass es die mittlere Wohnung ist, weiß ich, weil ich sie darin habe verschwinden sehen.«

»Und wie das?«

»Ich bin ihr gefolgt. Ich bin ihr gefolgt, weil ich mir Sorgen gemacht habe.«

»Warum haben Sie sich Sorgen gemacht?«

»Nun ja, sie sah schlimm aus. Grün und blau geschlagen, aufgeplatzte Lippe. Ich saß in meinem Büro und da habe ich sie durchs Fenster gesehen. Sie hat Müll weggebracht. Und ich wollte mit ihr sprechen, sie fragen, ob ich ihr irgendwie helfen kann, verstehen Sie. Man kann doch nicht einfach wegschauen, wenn in der Nachbarschaft eine Frau misshandelt wird, oder?«

»Und dann sind Sie ihr gefolgt bis hinauf zum Dach?«

»Ja.«

»Und was haben Sie dann gemacht?«

»Ich habe noch gerufen, aber sie hat nicht reagiert, sie hat einfach ihre Wohnung aufgeschlossen und ist verschwunden. Ich habe geklingelt, aber sie hat nicht geöffnet. Die Frau, die nebenan wohnt, Ihre Freundin, Frau Becker …«

»Ja?«

»Sie hat mich gesehen. Ich habe an dem Tag ein paar Renovierungsarbeiten gemacht. Ich glaube, sie hat mich für einen Handwerker gehalten. Es machte mir den Eindruck, als wollte sie auch gerade bei Frau Fallot klingeln.«

»Frau Fallot? Ich dachte, Sie kennen ihren Namen nicht?«

»Doch, er stand ja an der Tür, ich hatte ihn nur vergessen, aber jetzt erinnere ich mich wieder daran. Ihre Freundin, Frau Becker, kann meine Geschichte bestimmt bestätigen.«

Toni

»Es ist nicht wirklich passiert. Du hast nur geträumt, nur geträumt, nur geträumt …«, sage ich zu der Frau im Spiegel und versuche zu lächeln. Doch sie blickt ernster denn je.

»Was macht das für einen Unterschied?«, fragt sie.

»Es macht einen gewaltigen Unterschied.«

»Ich habe es schon einmal getan. Damals auf dieser Mauer vor einer Kirche. Ich habe eine Frau bedrängt, habe sie geküsst, obwohl sie es nicht wollte.«

»Das ist lange her. Ich war Anfang zwanzig, bis über beide Ohren verliebt und hatte gerade einen Korb bekommen.«

»Ich habe ihr Gewalt angetan.«

»Sie hat es doch gar nicht so empfunden und das habe ich gemerkt. Sie hätte weggehen können, aber sie ist geblieben. Sie hat mich sogar noch nach Hause begleitet. Wir waren danach noch viele Jahre befreundet, erinnerst du dich nicht mehr?«

»Und das kleine Mädchen, das ich verprügelt habe. Immer wieder, ganz ohne Grund, einfach nur, weil sie meinen Weg gekreuzt hat? Willst du das auch einfach so abtun?«

»Ich war ein Kind.«

»Das ist keine Entschuldigung.«

»Ja, es war schlimm. Es tut mir jetzt noch leid, wenn ich daran denke. Es gibt vieles, was mir leidtut. Aber es ist mehr als vierzig Jahre her, seit ich zuletzt jemanden geschlagen habe.«

Doch die Frau im Spiegel ist nicht überzeugt. Sie wirft sich auf die Knie, legt die Hände über den Kopf. »Und was tue ich mir selbst?«, fragt sie, »was tue ich mir selbst?«

Soll sie sich quälen, wenn sie unbedingt will. Ich knipse das Licht über dem Spiegel aus und lasse sie allein.

Joshua

Endlich sind sie weg. Er schließt die Tür und lehnt sich dagegen.

Du Hornochse! Wie konntest du nur zugeben, dass du weißt, wo sie wohnt! Aber nein, kein Hornochse. Er hat alles richtig gemacht. Es wäre ein Fehler gewesen zu behaupten, er wisse nicht, wo M. Fallot wohnt, Antonia Becker hat ihn doch vor der Wohnungstür gesehen. Er hat also intuitiv alles richtig gemacht. Meine Güte, er kann überhaupt nicht mehr klar denken, er hat Glück gehabt, weit mehr Glück als Verstand. Glück oder einen Schutzengel. Hauptkommissarin Haberstroh hat ihm jedenfalls geglaubt, das spürt er. Es ist also alles in Ordnung.

Aber nur, solange M. Fallot ihren Mund hält. Sein Schicksal hängt also an einem seidenen Faden, M. Fallots Schweigen. Und der ist zu dünn, als dass Joshua wirklich alleine darauf vertrauen kann. Zu groß ist das Risiko, dass sie Antonia Becker doch noch in die Arme läuft. Antonia Becker wird alles tun, um ihn zu kappen, seinen seidenen Faden.

Joshua geht ins Wohnzimmer. Er sammelt Alben und Fotos ein und legt sie auf den Tisch. Martins Bild hält er einen Augenblick in der Hand, betrachtet es sehnsüchtig. Er fühlt Wut in sich hochsteigen, Wut und Verzweiflung. Er hat sich geschworen, nie so ein Arschloch zu werden wie sein Vater, er wollte es mit aller Macht verhindern. Und jetzt? Was ist jetzt?

Sollten am Ende doch die recht behalten, die sagen, dass es keinen Ausweg gibt, dass es ein Teufelskreis ist, dem niemand entkommen kann? Fällt der Apfel also wirklich nicht weit vom Stamm? Niemals? Kann er also gar nichts dagegen tun? Und wenn er nichts dagegen tun kann, kann er dann auch nichts dafür? Ganz egal, was er tut, ganz egal, was geschieht?

Toni

Keine Leiche, kein Blut, keine Kampfspuren. Nichts deutet darauf hin, dass hier eine Frau vergewaltigt wurde. Nur den weißen großen Umschlag gibt es wirklich, den ich im Flur hinter der Wohnungstür gefunden habe, kurz vor Max Fallots Besuch. Gab es den, Max Fallots Besuch?

Aus dem Umschlag fallen zwei Zettel, aus einer Kladde herausgerissen. Matt rosa liniertes Papier, die Ränder mit Vögeln und Blättern verziert. Auf eins der Blätter sind vorne und hinten Karten geklebt. Ich betrachte eine der Karten. Eine Person, ob Mann oder Frau, ist nicht zu erkennen, sitzt auf dem Boden. Die eine Hand stützt den Kopf in Höhe der Schläfe, die andere liegt auf dem Schienbein. Die Person sieht nachdenklich aus, traurig. Im Hintergrund ist ein Ort zu sehen, eine Kirche, Häuser. Über die Karte hat jemand in Druckbuchstaben geschrieben: »Oskar Kokoschka: Heimsuchung 1911«. Die Karte auf der Rückseite zeigt ein gemaltes Gitterfenster auf weißem Untergrund. Hinter dem Gitter sind Blumen zu sehen. Über dem Fenster steht in Kleinbuchstaben »amnesty international« gedruckt. Der zweite Zettel ist vorne und hinten beschrieben.

Ich ging ab jenem Abend vor dem wichtigsten Tage meines Lebens in Würzburg spazieren. Als die Sonne herabsank, war es mir, als ob mein Glück unterginge. Mich schauerte, wenn ich dachte, dass ich vielleicht von allem scheiden müsste, von allem, was mir teuer ist. Da ging ich, in mich gekehrt, durch das gewölbte Tor, sinnend zurück in die Stadt. Warum, dachte ich, sinkt wohl das Gewölbe nicht ein, da es doch keine Stütze hat? Es steht, antwortete ich, weil alle Steine auf einmal einstürzen wollen – und ich zog aus diesem Gedanken einen unbeschreiblich erquickenden Trost, der mir bis zum entscheidenden Augenblicke immer mit der Hoffnung zur Seite stand, dass auch ich mich halten würde, wenn alles mich sinken lässt. Heinrich v. Kleist, 16. (u. 18.) Nov. 1800.

Ich lege die Blätter auf den Tisch und untersuche den Umschlag. Er ist nicht beschriftet. Aber ich finde ein weiteres Blatt, klein und gefaltet. »Liebste Antonia, das Kleist-Zitat ist aus meinem Sprüchebuch. Ich fand es immer sehr tröstlich in Zeiten, in denen es mir nicht gut ging. Vielleicht tröstet es dich auch ein wenig. Bring es mir Donnerstag zurück, dann klebe ich es wieder ein. Ich drücke dich ganz fest, Deine Nika.«

Ich will ihr antworten, wenigstens kurz, suche nach meinem Handy, renne durch die Wohnung und finde es nicht, rufe es schließlich an mit dem Festnetztelefon, entdecke es in einer der Ritzen des Sofas. Ich habe eine SMS bekommen, vor Stunden. »Bin gerade in der Nähe, soll ich vorbeikommen? Nika.«

Meine Hände zittern, ich habe Mühe, die Tasten zu treffen. Noch bevor ich fertig bin, klingelt das Festnetztelefon. »Nika?«

Joshua

Der Nachbar zur Linken scheint nicht da zu sein. Joshua hat vorsichtig an seiner Tür gelauscht und nichts gehört. Im Wohnungsflur ist es dunkel, das kann Joshua erkennen, wenn das Hausflurlicht ausgeht. Unter Antonia Beckers Tür ist ein schwacher Lichtschein zu sehen. Er hört ein Telefon klingeln, es könnte ihres sein. Das wäre gut. Joshua hofft, dass sie in ihrer Wohnung bleibt. Sollte sie ihn erwischen, wird er nicht zögern, das Seil zu benutzen. Es liegt auf der Baumarkttüte bereit. Auch die Motorsäge und das Packband hat er für alle Fälle dabei.

Er versucht, M. Fallots Wohnungstür mit einer seiner vielen Kundenkarten zu öffnen. In Filmen ist das immer so einfach, aber er hat Schwierigkeiten, die Karte zwischen Türrahmen und Tür zu schieben. Wahrscheinlich ist es sowieso sinnlos. Wahrscheinlich ist M. Fallot nicht zu Hause. Wahrscheinlich hat sie die Tür nicht nur zugezogen, sondern abgeschlossen. Und gibt es dann überhaupt eine Chance, sie auf diese Weise zu öffnen? Er weiß es nicht. Was soll er machen, wenn es ihm nicht gelingt? Ihr auflauern, warten, bis sie nach Hause kommt? Er kann doch nicht ewig im Hausflur herumlungern, irgendwann fällt das doch auf. Noch ein letzter Versuch mit der Karte, er lehnt sich dabei gegen die Tür. Plötzlich schnappt sie auf und er fällt in den dunklen Wohnungsflur.

Toni

»Wer ist Nika?«

»Wer ist da?«

»Kennst du jetzt nicht einmal mehr die Stimme deiner Mutter?«

»Hallo.«

»Ich habe ja gehofft, dass du endlich mal anrufst, aber nein, was schert es dich, wie es deiner Mutter geht.«

»Wie geht es dir?«

»Was glaubst du denn, wie es mir geht nach unserem letzten Telefonat? Du hättest dich wenigstens entschuldigen können, ich habe lange genug gewartet.«

»Haben wir letzte Woche telefoniert?«

»Nein, letzte Woche haben wir nicht telefoniert. Das solltest du eigentlich wissen.«

»Tut mir leid, ich bin im Moment nicht so ganz … orientiert.«

»Wie klingst du überhaupt, du lallst ja. Hast du getrunken?«

»Ja.«

»Hast du Besuch?«

Ich blicke mich um. Die Frau aus dem Spiegel steht in der Wohnzimmertür.

»Ja, ich habe Besuch.«

»Von deiner Freundin?«

»Ich habe in letzter Zeit dauernd Besuch.«

»Tommy hat mir erzählt, dass du eine neue Freundin hast. Ich hätte ja nicht gedacht, dass du so schnell drüber wegkommst.. Ja, ja, ich weiß, es geht mich nichts an. Das hast du mir ja letztes Mal ganz deutlich gesagt. Und das hat mich ziemlich getroffen.«

»Ging es um Monika?«

»Ist das deine neue Freundin?«

»Ja, wahrscheinlich.«

»Was heißt wahrscheinlich? Ist sie's oder ist sie's nicht?«

»Ich kann mich nicht erinnern.«

»Du kannst dich nicht erinnern, ob sie deine Freundin ist?«

»Ich kann mich nicht erinnern, worüber wir bei unserem letzten Telefonat gesprochen haben. Haben wir über Monika gesprochen?«

Die Frau aus dem Spiegel steht jetzt hinter mir, berührt meine Schultern. Sie will in mich hineinschlüpfen, das spüre ich. Ich schüttle sie ab und fliehe in die Küche.

»Toni?«

»Was?«

»Hörst du mir überhaupt zu?«

»Mein Besuch hat mich einen Moment abgelenkt. Was hast du gesagt?«

»Was hast du denn für Besuch, wenn es nicht deine Freundin ist?«

»Oh, es ist so ein diffuses Schuldgefühl.«

»Was?«

»Ein diffuses Schuldgefühl.«

»Geht es dir nicht gut?«

»Was war denn jetzt?«, frage ich.

»Also wenn du das nicht mehr weißt.«

»Nein, ich weiß es nicht mehr. Verdammt.«

»Was fluchst du jetzt?«

»Ich habe Kopfschmerzen.«

»Was sagt denn der Arzt? Tommy hat gesagt, dass du diese Woche beim Arzt warst.«

»Es ist alles in Ordnung.«

»Und die Kopfschmerzen? Sagt er, woher diese dauernden Kopfschmerzen kommen?«

»Ich war beim Kardiologen.«

»Aber diese Kopfschmerzen solltest du auch endlich mal abklären lassen.«

»Ich habe Migräne.«

»Migräne, was heißt das schon. Migräne kann doch alles Mögliche sein.«

»Stimmt. Ich bin müde.«

»Auch das ist nicht normal, dass du dauernd müde bist.«

»Ich bin nicht normal, das weißt du doch.«

»Was hast du denn jetzt schon wieder?«

»Ich habe Besuch, Kopfschmerzen und ich bin müde. Ich möchte jetzt nicht mehr mit dir telefonieren.«

»Bist du jetzt eingeschnappt?«

»Ich möchte jetzt nicht mehr mit dir telefonieren. Viele Grüße an Papa.«

Ich lege das Telefon in die Spüle, stecke den Stopfen in den Abfluss und drehe den Wasserhahn auf. Ich blicke aus dem Fenster und denke an das Zitat, das Nika mir geschickt hat.

»Es muss etwas geschehen, irgendetwas, jetzt«, sage ich zu mir selbst. Aber keine Überschwemmung. Ich drehe den Wasserhahn wieder zu. Dann öffne ich die Rumflasche und halte sie an meine Lippen.

Joshua

Langsam gewöhnen sich Joshuas Augen an die Dunkelheit. Diese Wohnung hat keinen Flur, die Wohnungstür führt direkt in einen großen Raum mit einer offenen Küche. Rechts neben der Küche gibt es eine Terrasse, tief in den Raum hineingeschnitten. So dunkel ist es gar nicht, wie es Joshua im ersten Moment vorkam. Der Himmel ist hell, ein Mehr-als-Halbmond scheint durch zwei große Terrassentüren auf einen Parkettboden. Abgesehen von der Einbauküche ist der Raum unmöbliert. Und es riecht nach frischer Farbe.

Kein Wunder, dass Joshua M. Fallot nicht erwischt. Sie ist noch nicht eingezogen, war nur zum Renovieren hier. Deshalb hat sie sich auch so oft im Keller herumgetrieben und Müll weggebracht. Aber nun scheinen die Renovierungsarbeiten abgeschlossen zu sein. Vielleicht steht der Umzug kurz bevor. Vielleicht zieht sie ja morgen ein oder am Wochenende. Oder sie hat es sich anders überlegt nach allem, was geschehen ist. Vielleicht hat sie die Wohnung ja wieder gekündigt, sich entschlossen, in ihrer alten zu bleiben oder sich eine neue gesucht, ganz weit weg, in einem anderen Bezirk, einer anderen Stadt. Das wäre natürlich am einfachsten, dann würde sich Joshuas Problem von selbst lösen. Aber er kann nicht darauf vertrauen, darf nicht darauf vertrauen.

Irgendetwas ist auf einmal anders. Er hört Geräusche, schleicht zur Tür, wagt kaum zu atmen, blickt durch den Spion in den hell erleuchteten Hausflur und auf Antonia Becker.

Toni

Ich trinke den Rest aus der ersten Rumflasche, öffne die zweite und leere sie zu einem Drittel. Ein Teil des Rums läuft mir die Wangen hinunter und über den Hals in den Kragen. Ich nehme die Flasche mit in den Flur und stelle sie auf das Tischchen neben der Garderobe. Ich ziehe meine Socken aus, stecke den Schlüssel in meine Hosentasche, nehme die Flasche und öffne meine Wohnungstür. Ich trete in den Hausflur und hebe den Kopf zur großen Dachluke in der Mitte über dem Treppenabsatz. Der Schalter für die Luke befindet sich in einem kleinen roten Kasten neben meiner Wohnungstür. Die Glasscheibe hat bereits jemand zerbrochen. Ich drücke den Knopf und die Dachluke fährt auf. Die beiden Metallbefestigungen an der Wand gegenüber sollten eigentlich eine Leiter halten, doch die ist schon seit Langem verschwunden. Also nehme ich die, die hinter meiner Wohnungstür im Flur steht. Eine große Leiter, eigentlich zu groß für meine Dachgeschosswohnung mit den niedrigen Decken. Sol und ich haben sie uns gekauft, als wir noch in einer Altbauwohnung mit sehr hohen Decken wohnten. Das ist schon mehr als zwanzig Jahre her. Auf der Leiter kleben die Farbreste von mindestens einem halben Dutzend Renovierungen. Ich rangiere die Leiter in den Hausflur und steige hinauf. Ich muss bis zur vorletzten Stufe steigen, ehe ich die Rumflasche auf dem Dach abstellen kann. Aber ich muss bis ganz nach oben, bis dahin, wo ich bisher noch nie stand. Besser, ich denke nicht darüber nach. Die Leiter wackelt, als ich mich abstoße und nach oben ziehe.

Joshua

Joshua überlegt, ob er die Tür zu M. Fallots Wohnung offen stehen lassen kann. Er will sie nicht einfach schließen, wer weiß, ob es ihm nicht doch noch nützlich sein wird, Zugang zu dieser Wohnung zu haben. Der Nachbar nebenan scheint noch nicht da zu sein, aber er kann natürlich jeden Augenblick kommen, er wird sich wundern, wenn die Tür offen steht. Außerdem könnte sie zufallen. Vielleicht findet er ja etwas, womit er sie sichern kann, auch wenn er jetzt noch keine rechte Vorstellung hat, was das sein könnte. Etwas, das sie geschlossen erscheinen lässt, obwohl sie eigentlich noch offen ist. Er drückt auf den Lichtschalter innen neben der Wohnungstür, aber nichts passiert. Er findet einen weiteren neben der Küchennische und hat Glück. Eine Lampe, die aussieht wie ein an die Decke geklatschtes Ufo, taucht den Raum in ein weißlich gelbes Licht. Joshua sieht sich um und hat wieder mehr Glück als Verstand, denn er wird fündig. Auf einer schwarzgrau gesprenkelten Arbeitsplatte neben dem Herd liegt ein Schlüsselring mit zwei Schlüsseln und er ist sich sicher, dass einer der Schlüssel in die Tür von M. Fallots Wohnung passt.

Toni

Ich bleibe eine Weile auf der warmen Dachpappe liegen, bis sich mein Puls etwas beruhigt hat. Dann setze ich mich vorsichtig hin. Mein Blick schweift über die Dächer. So sieht es also hier oben aus. Schornsteine, Leitern, Antennenmasten, Mäuerchen … Sol war ein paar Mal hier oben, ich nie. Ich trinke einen Schluck Rum, atme noch einmal tief durch, fasse mir ein Herz und rapple mich auf. Warmer Wind bläst mir um die Ohren. Ich schwanke und mir ist schwindelig, trotzdem schaffe ich es, ein paar Schritte zu gehen. Dann geben meine Beine nach und ich muss mich wieder setzen. Noch ein Schluck. Meine Angst ist noch da, doch ich spüre sie kaum noch. Ein Schleier hat sich auf sie gelegt. »Gut festhalten«, sage ich zu mir selbst. Ich stehe auf, nehme die Flasche vom Teer und gehe noch ein paar Schritte. Torkle trifft es wohl eher. Zaghaft, langsam taste ich mich mit meinen nackten Füßen auf der schwarzen klebrigen Dachpappe entlang. Es geht immer besser. Ich hebe den Blick, schaue in die Sterne.

»Wow.« Habe ich das gerufen? Ich glaube, ja. Noch einmal: »Wow.« Und dann »Juhu.« Es hallt so wunderbar. Ich singe. Irgendeine Melodie, irgendein Text, nein, kein Text, Wörter, die es gar nicht gibt. Es macht mir riesigen Spaß zu singen, ich gluckse vor Freude. Ich hebe die Rumflasche und proste den Sternen zu. Sie lächeln mich an. Ich weiß, es ist albern, aber es kommt mir tatsächlich so vor, als lächelten die Sterne. Plötzlich lächeln sie nicht mehr. Irgendetwas hat sie erschreckt. Irgendetwas ist anders. Und das ist nicht nur so ein Gefühl. Es ist wahr. Ich verschlucke mich fast an meiner eigenen Spucke, als ich den Mann sehe, der nur ein paar Meter von mir entfernt neben der Dachluke steht. In seiner linken Hand baumelt ein Seil.

Joshua

Joshua hat Schwierigkeiten, die lange Leiter durch die Wohnungstür in Antonia Beckers Flur zu rangieren. Dauernd stößt sie irgendwo an. Er hofft nur, dass niemand die Treppe hochkommt, solange er beschäftigt ist. Er ärgert sich, dass er es versäumt hat, Einmalhandschuhe zu kaufen, denn jetzt muss er seine Fingerabdrücke von der Leiter abwischen und das wird nicht einfach sein, denn die Leiter ist mit Farbklecksen übersät, daher unregelmäßig und rau. Und er kann sich nicht wirklich daran erinnern, wo genau er sie angefasst hat. Überall muss er seine Fingerabdrücke entfernen, auch in M. Fallots Wohnung. Wie konnte er nur die Handschuhe vergessen, er ist ja wirklich ein blutiger Anfänger!

Er überlegt einen Moment, wo er die Leiter hinstellen soll. Hinter der Wohnungstür, vor dem Kasten mit den Sicherungen, scheint ihm der richtige Platz zu sein. Dort liegen Farbkrümel auf dem Boden. Er schließt die Tür und macht sich auf den Weg in die Küche. An einem Haken neben der Spüle findet er ein Geschirrtuch. Er nimmt sich zunächst die Türklinken vor, dann die Leiter. Haften auf so rauen Oberflächen überhaupt Fingerabdrücke? Wahrscheinlich nicht, aber er muss sichergehen. Farbkrümel fallen zu Boden. Er kehrt sie auf. Jetzt muss er den Besen abwischen.

Wieder ärgert er sich, dass er nicht an Handschuhe gedacht hat. Vielleicht findet er ja Putzhandschuhe in der Küche. Aber es gibt keine.

Auf der Spüle stehen mehrere leere Weinflaschen, eine leere Rumflasche und eine Kaffeetasse. In einem Coffeesetter befindet sich ein Rest Kaffee und Kaffeesatz. Ansonsten ist die Küche ordentlich, wenn auch nicht sehr sauber. Im

Spülbecken steht klares Wasser und im Wasser liegt ein schnurloses Telefon. Antonia Becker scheint ja wirklich etwas abgedreht zu sein, es wird sich also niemand über ihren Tod wundern. Eigentlich passt alles zusammen. Das Chaos im Arbeitszimmer, die Stapel von Papieren auf dem Schreibtisch, die Kisten mit Büchern und Videos. Hoffentlich schreibt sie nicht Tagebuch. Besser, er sieht sich noch einmal um.

Die Wohnung ist groß für eine Person, aber Joshua weiß ja, dass sie nicht für eine Person gedacht war. Vier Zimmer, zwei und eine Terrasse nach vorne, das Arbeitszimmer und ein Schlafzimmer, ein weiteres Schlafzimmer und das große Wohnzimmer mit einem Kamin und einer weiteren Terrasse nach hinten. Im Schlafzimmer nach vorne ist nur das Bett zerwühlt, ansonsten sieht es unbenutzt aus, auf den Flächen liegt dick Staub, so wie in allen anderen Räumen auch, aber das geht schnell in dieser Gegend mit den vielen Baustellen, vor allem im Sommer. Im Wohnzimmer riecht es nach Alkohol, kein Wunder, überall sind rote Flecken, wahrscheinlich vom Rotwein. Auf dem Tisch steht ein Aschenbecher, der von Asche und Kippen nur so überquillt. Im hinteren Schlafzimmer stinkt es nach Urin. Joshua weicht unwillkürlich zurück. Doch zufällig fällt sein Blick auf eine Schachtel Latexhandschuhe auf dem Regal über dem Bett. Das konnte er schon immer gut, mit einem Blick aus einer Vielzahl von Gegenständen dasjenige herausfiltern, das er sucht oder braucht.

Er muss auf das stinkende Bett steigen, um die Handschuhe zu erreichen. Die oberen sind schon gelbstichig und machen einen spröden Eindruck. Weiter unten sind sie etwas frischer. Er zieht ein paar heraus. Die Gelbstichigen stopft er zurück, nimmt sich nur zwei von den Frischeren.

Jetzt kann er einen Blick in die Papiere auf Antonia Beckers Schreibtisch werfen. Das meiste sind Rechnungen für Bücher, ausgestellt von Antonia Becker. Er findet auch einen Steuerbescheid vom letzten Jahr und wundert sich, wie sie diese Wohnung halten kann. Wenn er diesen ganzen Papierkram durchsehen will, wird er bis morgen beschäftigt sein. Er gibt auf. Ein Tagebuch hätte er bestimmt gefunden. Wahrscheinlich schreibt sie keins. Als er gerade die Wohnungstür wieder zuziehen möchte, entdeckt er auf einem kleinen Tischchen im Flur ein Schlüsselbund. Er steckt es ein.

Schnell schlüpft er in die Wohnung nebenan, lässt sich auf den Boden sinken, legt seine Brille auf das Parkett und atmet durch. Ihm ist nach frischer Luft und seine Hände in den Latexhandschuhen schwitzen, aber er traut sich weder, auf die Terrasse hinauszugehen noch, die Handschuhe auszuziehen. Aber vielleicht kann er wenigstens die Terrassentür öffnen. Einen Moment bleibt er an der Tür stehen und zieht die Nachtluft tief in seine Lungen. Es ist etwas kühler geworden, nicht mehr ganz so stickig. Wind ist aufgekommen.

Er streckt sich vor der Terrassentür auf dem Boden aus. Langsam fällt die Last ein wenig von ihm ab. Ein Problem hat er nun weniger, ohne dass er selbst groß aktiv werden musste. Des zweiten wird er sich morgen annehmen oder übermorgen. Irgendwann muss M. Fallot ja wieder auftauchen. Er dreht sich zur Seite, schiebt seine Hand unter seinen Kopf, betrachtet das vom Mondschein beschienene Parkett, konzentriert sich auf die Maserung des Holzes, überlegt, um welche Holzart es sich wohl handeln könnte. Einen knappen Meter vor ihm kommt ein Heizungsrohr aus dem Fußboden und verschwindet in einem großen Heizkörper. Unter der Heizung liegt etwas. Joshua tastet danach, betrachtet es im Mondlicht. Es ist ein Kondom, offensichtlich benutzt. Angewidert wirft er es weg. Dieses durchtriebene Luder hat anscheinend nichts ausgelassen, denkt er wütend. Er sieht sie vor sich in ihrem grünen Rock, dem ärmellosen Top, dem Ausschnitt mit dem Schweißrinnsal, dem debilen geilen Blick. Ja, er wird ihr den Garaus machen, sie hat es nicht anders verdient. Sein Schwanz steht, er dreht sich auf den Rücken und verschafft sich Erleichterung. Danach fühlt er sich leer. Aber er will nicht darüber nachdenken. Wenn alles vorbei ist, wird er sich gründlich Gedanken machen. Nicht jetzt. Er ist müde. Am besten, er macht für einen Moment die Augen zu, holt sich eine Mütze Schlaf.

Als er aufwacht, ist es hell und er ist nackt. Er blinzelt, die Sonne blendet ihn. Plötzlich schiebt sich etwas zwischen ihn und die Sonne. M. Fallot reicht ihm eine Tasse Kaffee. Er trinkt einen Schluck. Der Kaffee ist heiß und stark, tut ihm wohl. Sie streckt sich neben ihm auf dem Boden aus und kuschelt sich an ihn.

»Max«, sagt er und streicht ihr das Haar aus dem Gesicht, »meine Max.« Er spürt ein warmes Gefühl in seinem Bauch. Sie küsst ihn, seinen Mund, seinen Hals, seine Brustwarzen. Dann rutscht sie noch tiefer, nimmt seinen Schwanz in ihren Mund.

»Ich liebe dich«, ruft er, »ich liebe dich.«

Sie lässt von ihm ab, blickt ihn an, grinst schelmisch. Er dreht sie zur Seite und spreizt ihre Beine. Sie schreit, als er in sie eindringt.

Er wacht auf, keuchend, schwitzend. Es ist immer noch dunkel. Bis auf den Mond. Seine Hose ist offen. Mit einem Ruck richtet er sich auf. Spuren, überall hinterlässt er Spuren. Spuren und Hinweise. Antonia Becker ist doch von ganz alleine stockbesoffen aufs Dach gestiegen. Sie wäre niemals heil wieder heruntergekommen, auch wenn er die Luke offen gelassen hätte. Dass er die Leiter weggeräumt und die Luke geschlossen hat, bringt doch die Polizei erst auf die Idee, dass noch jemand anders die Finger im Spiel hat. Das erkennt doch jeder Dummkopf. Nur er nicht.

Vielleicht hätte er vorher einen Kurs besuchen sollen: Morden, aber richtig. Morden, ohne sich erwischen zu lassen. In zehn Schritten zum perfekten Mord. Er lacht. Vielleicht kann er ja Kurse geben. Falls er all dies heil übersteht. Jetzt muss er versuchen zu retten, was noch zu retten ist. Gott sei Dank hat er Antonias Schlüssel. Erst überlegt er, ob er die Leiter hinlegen soll. Aber so geschickt, wie er sich anstellt, wird er sie so drapieren, wie sie niemals gefallen sein kann. Besser, er stellt sie einfach wieder so hin, wie sie war. Er öffnet die Dachluke. Soll er nach oben steigen und noch einmal nachsehen, ob Antonia Becker noch da ist? Lieber nicht. Wenn sie nicht gefallen ist, ist sie an einer Alkoholvergiftung gestorben. Wahrscheinlich war sie schon tot, anders lässt sich nicht erklären, was er da oben gesehen hat. Ihn schaudert, wenn er daran denkt. Beinahe hätte er sich in die Hosen gemacht. Alles, was ihr passiert ist, hat sie sich selbst getan, er hat damit nichts zu tun. Und falls sie wider Erwarten noch leben sollte, wird sie sich mit Sicherheit nicht an ihn erinnern. Und wenn doch, wird sie es nicht erzählen. Und wenn sie es erzählt, wer wird ihr glauben? Womöglich landet sie erst einmal in der Psychiatrie. Eine Frau, die sich besinnungslos betrinkt, ihr Telefon im Spülbecken ertränkt und dann aufs Dach steigt, ist eine Gefahr für sich und die Allgemeinheit, so viel steht fest. Er will gerade die Tür zuziehen, als ihm einfällt, dass er noch ihre Schlüssel hat. Er legt sie zurück auf das kleine Tischchen in Antonia Beckers Flur.

Toni

Ich kenne diesen Mann. Es ist der Vergewaltiger von Max Fallot. Vielmehr der mutmaßliche Vergewaltiger. Aber zu dieser feinen Unterscheidung bin ich im Moment nicht in der Lage. Mein Herz rast. Ich gehe rückwärts, falle, lande auf dem Hosenboden, rapple mich auf. Drehe mich um, gehe so schnell ich kann, schwankend, mir dreht sich alles, sogar mein Magen scheint sich zu drehen. Schon wieder gibt meine Blase nach, heißer Urin läuft mir die Innenseiten der Schenkel hinunter. Mein Puls steigt ins Unermessliche, ich atme nicht mehr, ich keuche. Nein, ich will nicht sterben, nicht jetzt, nicht heute. Freitag vielleicht wieder oder Samstag. Aber nicht jetzt, nicht heute, nicht zwei Tage vor Donnerstag. Und vor allem soll es nicht so aussehen, als hätte ich es selbst getan. Aber wenn ich fliehe, werde ich fallen, jedenfalls, wenn ich versuche, in einer Geschwindigkeit zu fliehen, in der ich überhaupt eine Chance habe zu entkommen. Mich erfolgreich gegen ihn wehren könnte ich vielleicht, wenn ich nüchtern wäre. Jetzt gebe ich nicht viel darauf. Er wird das Seil nicht einmal benutzen müssen. Ein Schubs und ich bin weg und alle werden denken, es wäre ein Unfall gewesen. Oder gar, dass ich es mit Absicht getan habe, dass ich gesprungen bin. Das weiß er alles und er weiß, dass ich es weiß. Er hat keine Eile.

Okay, denke ich, okay. Ich sehe ihn an. Er hat sich in Bewegung gesetzt, er kommt auf mich zu. Und endlich, nach fünfzig Jahren Flucht, sehe ich dem Tod ins Auge. Da steht er nun also und sieht so harmlos aus. Ein unglücklicher Mann mit einem Seil in der Hand. Ich lache und das Lachen kitzelt mich in der Kehle und ich muss noch einmal lachen. Und dann bin ich auf einmal ganz ruhig, ganz still. Und ich stehe nur da und schaue ihn an. Er streckt die Hand nach mir aus, sagt etwas, das ich nicht verstehe.

Hunden soll man direkt in die Augen sehen, gerade, wenn man Angst vor ihnen hat. Auf keinen Fall darf man wegrennen, das ist gefährlich. Wenn man sie ansieht, dann bekommen sie Angst. Das habe ich von meinem Vater gelernt.

Der Mann ist kein Hund, doch er kann meinem Blick trotzdem nicht standhalten. Dabei habe ich große Mühe, meinen Kopf oben zu halten. Ich ächze und stöhne vor Anstrengung. Mein Blick verschwimmt, ich kann kaum mehr stehen, schwanke, falle bestimmt gleich um. Doch der Mann weicht zurück. Ich setze einen Fuß nach vorne. »Bu!«, rufe ich. Der Mann zuckt zusammen, eilig klettert er durch die Dachluke. So einfach ist es also, den Tod zu besiegen? Nein, so einfach kann es nicht sein. Irgendetwas stimmt nicht. Aber ich mag jetzt nicht darüber nachdenken, ich bin müde, schrecklich müde.

Ich lasse den Kopf sinken, er sinkt auf meine Brust, dann bricht er ab und fällt. Einen Augenblick habe ich das Gefühl, er fällt ins Bodenlose. Doch er fällt mir nur vor die Füße und bleibt auf meiner rechten Wange liegen. Das ganze Dach ist übersät mit kleinen weißen Maden, die sich langsam auf mich zubewegen, kleine weiße Maden kriechen auf meine Füße und über die Knöchel. Ich bin ganz erstaunt, dass es mir nichts ausmacht. Im Gegenteil, ich beobachte die Maden fasziniert, möchte mehr sehen. Ob ich wohl meinen Kopf bewegen kann? Ich versuche es und es gelingt mir tatsächlich, jetzt kann ich an mir hochblicken. Die Maden haben bereits mein Knie erreicht und sie kriechen weiter, bis ganz nach oben. Sie fressen sich in meinen Körper, ich höre sie schmatzen, sie fressen mir das Fleisch von den Knochen. Wind ist aufgekommen, kalter Wind, und ich habe das Gefühl, er weht durch mich hindurch. Es ist tatsächlich so. Er bläst durch meine Rippen, zwischen meinen Beckenknochen hindurch. Mich fröstelt, aber das stört mich nicht. Die Kühle ist mir angenehm. Ich bin froh, dass es nicht mehr so heiß ist. Ich fühle mich auf einmal so leicht. Leicht und frei. Ich fühle mich nicht nur so, ich bin es. Ich bin so leicht, dass der Wind mich packt und übers Dach weht. Ich sehe mein eigenes Skelett über die Schornsteine und Antennenmasten wehen wie ein Stück Zeitung. Dann erfasst eine Böe meinen Kopf und schickt ihn hinterher. Und für ein paar Sekunden flattert er über die Dächer. Dann packt ihn die Schwerkraft wieder, zieht ihn nach unten in einen tiefen dunklen Schlot und er dreht sich dabei um die eigene Achse. Dann Dunkelheit, Stille. Nichts.

Joshua

Er sucht nach ihr im Hinterhof, doch dort liegt sie nicht. Eine Weile geht er ziellos durch die Straßen. Es weht ein warmer

Wind, trotzdem fröstelt ihn ein wenig. Aus einer dunklen Eckkneipe, nur ein paar Häuser entfernt, fällt einladendes Licht. Er trinkt zwei Gläser Bier und flirtet ein wenig mit der Kellnerin. Es dämmert, als er die Kneipe verlässt.

Martin Geigers Wohnung liegt ruhig und dunkel. Nur unter der Badezimmertür ist ein schmaler Lichtstreifen zu sehen. Joshua zögert einen Moment. Aber wahrscheinlich hat nur jemand das Licht angelassen. Er drückt die Klinke, zuckt zusammen. Vor der Toilettenschüssel steht eine Frau, sie hat den Rock nach oben geschoben und hält einen Schwanz in der Hand. Als sie Joshua sieht, stößt sie einen Schrei aus.

»Verzeihung.« Joshua schließt die Tür.

Joshua kann nicht schlafen. Seine Blase drückt. Wenn er die Augen schließt, dreht sich alles. Bilder tauchen auf. Antonia Becker auf dem Dach. Georg Geigers Verlobte im Badezimmer, die nackte M. Fallot, so unerträglich nah. Erst wehrt er sich dagegen. Er stellt sich vor, er liegt auf dem Rücken in einem Ruderboot. Das Boot treibt auf dem Meer. Er versucht, an nichts zu denken, jedenfalls nicht an M. Fallot und Antonia Becker. Was natürlich nicht funktioniert. Also lässt er sie kommen, die Gedanken, die Bilder, wartet, bis sie nah genug sind, dann wirft er ein großes Fischernetz über sie. Sie wehren sich, zappeln, versuchen, sich zu befreien, doch er hält sie fest. Dann wirft er sie einfach über Bord.

Er liegt still, lauscht seinem Atem. Draußen pfeift der Wind, er spürt ihn auf seiner Stirn. Regeln prasselt gegen die Scheibe, er fühlt ein paar Tropfen auf seinem Gesicht. Langsam driftet er in den Schlaf. Ganz entfernt hört er Donnergrollen. Zu spät bemerkt er, dass er einen Fehler gemacht hat, dass es Thomas' See ist, auf dem sein Boot treibt, nicht das Meer. Joshua sitzt in der Falle. Monika Haberstroh steht neben dem Boot. Sie ist mindestens fünf Meter groß, das Wasser reicht ihr nur bis zu den Schenkeln. Sie ist wütend. Sie wirft mit Blitzen nach ihm, beschimpft ihn. Es war kein Donnergrollen, was er vorhin gehört hat, es war Monika Haberstrohs Stimme. Sie schaukelt Joshuas Boot, hebt es hoch. Joshua hält sich an den Bootsrändern fest, fürchtet schon, sie wird das Boot durch die Luft werfen, doch sie stellt es am Ufer ab. Jemand packt ihn, dreht ihm die Arme auf den Rücken, zerrt ihn aus dem Boot. Er spürt Metall an seinen Handgelenken, hört das Klicken von Handschellen. Jemand schubst ihn und er fällt zu Boden. Er wird wieder hochgezogen, über die Wiese geschleift, weil er es nicht rechtzeitig schafft, seine Beine zu bewegen. Vor Thomas' Haus haben sie eine Guillotine aufgebaut. Thomas, Nele, Steffen, Brigitte, alle, die auf der Fete waren, stehen um die Guillotine herum. Also gut, er gibt auf. Er wird sich seinem Schicksal fügen, seine Strafe annehmen. Demütig schließt er die Augen, senkt seinen Kopf. Jemand fasst in sein Haar, zieht seinen Kopf nach oben. Er öffnet die Augen, hört gleichzeitig ein Kind schreien. Jonas liegt in seinem Kinderwagen. Joshua stößt einen Schrei aus, als Thomas ihn herausnimmt. Er trägt ihn zum Schafott, legt seinen Kopf in die Aussparung zwischen den zwei Brettern.

»Nein«, hört Joshua sich selbst immer wieder schreien, »nein! Nein! Nicht Jonas, nicht mein Sohn.«

Toni

Ich liege auf dem Rücken und werde durch Gänge geschoben, blicke auf Krankenhausflurdecken und Neonröhren und Köpfe. Jemand packt mich an den Füßen und Schultern, legt mich auf ein anderes Bett. Als ich die Augen öffne, sehe ich, dass es kein Bett ist. Ich sehe große grelle Lampen und Augen über grün vermummten Mündern. Mir wird etwas auf das Gesicht gelegt. Vor mir dreht sich ein wilder Strudel, zieht mich in sich hinein. Als er mich wieder ausspuckt, liege ich in einem dunklen Raum, irgendwo am anderen Ende stöhnt ein Mann und ich fürchte mich.

»Alles wird gut«, sagt jemand zu dem Mann. Ich fürchte mich trotzdem.

»Antonia!«, werde ich gerufen. »Antonia.« Sol hat mich gerettet, jetzt ist wirklich alles gut. Ich sitze auf einer Wiese im Kreis mit zwei anderen Mädchen. Wir tragen weiße Leinenkleider. Das Mädchen rechts von mir hat ein Messer in der Hand. Sie schneidet sich in den Handballen. Blut tropft auf ihr Kleid. Sie reicht dem Mädchen links von mir das Messer.

»Jetzt du, Monika«, sagt sie. Monika zögert. Doch dann fasst sie sich ein Herz und zieht mit einer schnellen Bewegung das Messer über ihren Handballen. Auch auf ihr Kleid tropft Blut.

Nun bin ich an der Reihe.

»Wozu tun wir das?«, frage ich.

»Damit wir für immer verbunden sind. Blutsschwestern. Niemand und nichts kann uns trennen. Und niemand und nichts kann uns etwas tun. Wenn eine von uns in Gefahr ist, werden die anderen ihr beistehen.«

Ich tue es. Unsere blutigen Handballen berühren sich in der Mitte des Kreises.

»Nun schwört«, sagt Sol, »schwört, dass wir einander nie im Stich lassen. Niemals.«

Wir drehen uns im Kreis und schwören Niemals werden wir einander im Stich lassen, schwören wir, niemals. Wir drehen uns immer schneller und schneller, dann fliegen wir davon

Joshua

»Alles in Ordnung, Joshua?« Georg Geiger berührt ihn am Arm. »Haben Sie schlecht geträumt?«

Joshua nickt.

»Kann ich Ihnen etwas bringen? Einen Kaffee vielleicht?«

Der Kaffee ist heiß und tut gut.

»Danke!«

Georg legt eine Hand auf Joshuas immer noch zitternden Arm. Er ist hübsch, denkt Joshua. Jonas wird bestimmt auch einmal ein hübscher Mann.

»Sie haben in den Kleidern geschlafen?«, fragt Georg.

»Ja, ich … ich war sehr erschöpft letzte Nacht.«

»Ich wollte Sie bitten, nichts zu verraten.«

»Was meinen Sie?«

»Ach, Sie wissen schon, meine Verlobte, Sie haben sie heute Morgen im Bad überrascht.«

»Dass sie eigentlich ein Mann ist, meinen Sie?«

»Aber sie ist gar kein Mann. Das täuscht nur.«

»Das täuscht?«

»Es sind Äußerlichkeiten, weiter nichts. Ich bin nicht schwul, wenn Sie das meinen.«

»Wäre das so schlimm?«, fragt Joshua.

»Ich bin's nicht. Aber sagen Sie meinem Vater trotzdem nichts.«

»Nein, ich sage ihm nichts.«

»Versprechen Sie es mir?«

»Ja, ich verspreche es.«

»Gut.«

»Aber glauben Sie nicht, dass Sie es ihm doch irgendwann sagen müssen?«

»Es gibt nichts zu sagen, es ist alles so, wie es sein soll.«

Darauf weiß Joshua nichts zu antworten.

»Sie sehen wirklich nicht gut aus. Und Sie zittern wie Espenlaub. Möchten Sie ein Glas Wasser?«

Joshua nickt.

Georg Geiger stellt ihm eine Flasche Wasser und ein Glas auf den Nachttisch. Er drückt zwei Tabletten aus einem Blisterstreifen und legt sie daneben.

»Die nimmt mein Vater immer, wenn es ganz schlimm ist. Schlafen Sie noch eine Weile.«

An der Tür dreht er sich noch einmal um.

»Und kommen Sie zu uns in die Kanzlei, wenn Sie ausgeschlafen haben. Vielleicht können wir ja eine kleine Kaffeepause einlegen.«

Joshua nimmt die Tabletten, trinkt seinen Kaffee aus und schläft noch einmal ein. Es ist später Nachmittag, als er wieder aufwacht. Ihm ist nach Duschen und frischen Sachen, doch er hat gestern seinen Koffer zu Hause gelassen. Er wird ihn holen müssen. Wenigstens hat er an den Ersatzschlüssel für das Fahrrad gedacht. Während er sein Fahrrad aufschließt, sieht er Monika Haberstroh und Stefan Keller aus der Praxis von Marina Schäfer kommen und durch die Haustür verschwinden. Als Joshua auf die Straße tritt, stehen sie auf dem Gehweg und streiten miteinander. Monika Haberstroh hat ihn bemerkt und Joshuas Herz klopft schneller. Doch sie nickt ihm nur kurz zu. Ihr düsterer Blick passt zu dem dunklen T-Shirt, das sie heute trägt. Über dem Arm trägt sie ein schwarzes Jackett. Der Himmel ist bedeckt, warm ist es trotzdem und unerträglich schwül. Nach wenigen Metern ist Joshua schweißgetränkt.

Er bleibt nicht lange in seinem Haus, holt nur seinen Koffer und prüft den Anrufbeantworter. Nichts, keine Nachricht von Brigitte. Er wird nachher versuchen, sie anzurufen. Oder gleich morgen früh.

Joshua bringt seinen Koffer in die Wohnung der Geigers. Er duscht und zieht frische Sachen an. Dann zieht er noch einmal los. Er will Kuchen kaufen. Im Vorderhausflur begegnet er Marina Schäfer. Sie trägt noch immer schwarz. Ohne ihn überhaupt eines Blickes zu würdigen, verschwindet sie durch die Haustür auf die Straße. Joshua bleibt neben der Treppe stehen und beobachtet, wie die Haustür langsam zugeht.

Joshua steht lange am Tresen der Bäckerei und blickt hilflos auf die Auslage. Er weiß nicht, wie viel Stücke Kuchen er kaufen soll. Mindestens fünf, für den Fall, dass die Steuerprüferin noch da ist. Aber womöglich ist die Verlobte von Georg Geiger – wie heißt sie noch mal? Jacqueline, Jennifer? – auch da. Also sechs. Und wenn jemand zwei möchte? Georg Geiger kann locker zwei verdrücken, wenn nicht gar drei.

»Nehmen Sie doch eine ganze Torte, da machen Sie nichts falsch«, schlägt die Verkäuferin vor, nachdem er ihr sein Problem dargelegt hat. Er entscheidet sich für eine Himbeertorte.

Als er an einem indischen Restaurant vorbeigeht, strömt ihm Curryduft entgegen und er hat auf einmal riesigen Appetit auf etwas Indisches. Ob er sich ein paar Samosas gönnen soll oder eine Suppe? Er bleibt stehen, blickt durch die Scheibe und ihm stockt der Atem. Am Tresen steht Antonia Becker und unterhält sich angeregt mit dem Inhaber des Restaurants.

Toni

Ich liege auf dem Bauch, mein Kopf auf meinem Arm. Ich kann hier nicht bleiben. Die Sonne steht noch nicht hoch und hat doch schon enorm viel Kraft. Fast verbrenne ich mir die Hand an der heißen Dachpappe, als ich versuche, mich aufzurichten, ächzend, stöhnend. Meine Glieder sind steif und schwer, jede Bewegung tut weh. Es würgt mich und eine bittere Flüssigkeit wird in meinen Mund gespült. Ich spucke sie aus.

»Großer Gott!«

Ich plumpse zurück auf den Bauch. Neben mir fällt das mit roten Dachziegeln belegte Schrägdach steil nach unten. Ich blicke auf einen aufgespannten Sonnenschirm. Ich kämpfe mich auf alle viere und krabble in die Mitte des flachen Bereiches. Dabei stoße ich meine Rumflasche um, sie rollt davon und ich bete, dass sie niemandem auf den Kopf fällt. Ich drehe mich auf den Rücken, stütze mich auf die Unterarme, sehe mich um. Irgendwo muss die Dachluke sein, durch die ich auf das Dach gekommen bin. Jemand könnte sie geschlossen haben. Er könnte sie geschlossen haben, der Psychotherapeut, Joshua Stein. Oder sollte ich besser Psychopath sagen? Doch sie ist noch offen, hinter mir, nur ein paar Meter von mir entfernt. Jedenfalls könnte sie das sein. Ich drehe mich vorsichtig, rolle zurück auf den Bauch und robbe darauf zu. Es ist meine Dachluke, sogar die Leiter steht noch da.

Ich drehe mich vorsichtig um, bis meine Beine in Richtung Dachluke zeigen. Dann robbe ich vorsichtig rückwärts. Ich winkle mein rechtes Bein etwas an und taste mit dem linken nach der Öffnung. Panik durchfährt meinen Körper, als es ins Nichts stößt.

»Gott!«, keuche ich und spucke wieder ein wenig bittere Flüssigkeit auf das Dach. In meinem Kopf pulsiert der Schmerz im Rhythmus meines Herzens. Mein Herz hämmert.

»Andreas«, rufe ich ins Treppenhaus, »Andreas!« Und dann »Hilfe! Hilfe!«

Nichts! Niemand! Aber ich muss hier weg. Wenn ich hier liegen bleibe, bringt mich die Sonne um, mein Hirn ist jetzt schon reichlich weich gekocht. Ich weiß nicht einmal, ob es mir so schlecht geht, weil ich zu viel gesoffen habe oder weil ich zu lange in der prallen Sonne lag.

»Toni, bist du das?«

»Andreas?«

Er stellt meine Füße zurück auf die Leiter, erst den linken, dann den rechten.

»Keine Angst, ich halte dich.«

Meine Hände krallen sich noch am Rand der Dachluke fest, ich kann gar nichts dagegen tun. Er löst erst die eine, dann die andere und legt sie auf die Leiter. Stufe um Stufe führt er mich die Leiter hinunter und ich spüre seinen warmen Körper an meinem Rücken. Er lässt mich auch nicht los, als ich endlich unten stehe.

»Gibt es da oben Kloaken oder Jauchegruben oder so etwas?«, fragt er und: »Was hast du da oben gemacht?«

»Ich war spazieren. Ich erklär es dir später.«

»Komm doch zum Frühstück ins Café!«, schlägt er vor.

Das Wort Frühstück verursacht mir einen Brechreiz.

»Dann komm später, wenn es dir wieder besser geht.«

Ich schlafe in der Badewanne ein. Als ich aufwache, tut mir der Nacken weh. Sonst geht es mir gut. Ich habe Hunger. Doch als Erstes rufe ich meine Mutter an und entschuldige mich, dann Tommy. Der ist nicht da.

»Alles okay, es geht mir wieder gut«, sage ich zu Nele.

Ich will Katharina und Elfi fragen, ob ich bei ihnen übernachten kann, doch ich erreiche sie nicht.

Ich sitze zwei Stunden in Andreas' Café, lese Zeitung und unterhalte mich zwischendurch mit ihm. Er serviert mir einen geeisten Latte Macchiato nach dem anderen. Elfi und Katharina sind noch immer nicht zu erreichen.

Ich gehe spazieren. Der Wirt des indisch-pakistanischen Restaurants, in dem Sol und ich häufig waren, serviert gerade draußen Essen, als ich vorbeikomme. Er gibt mir die Hand, fragt mich, wie es mir geht. Er weiß von Sol.

»Es geht so.«

»Wollen Sie einen Mango-Likör trinken?«, fragt er.

Ich werde nie wieder in meinem Leben Alkohol trinken. Aber das sage ich ihm nicht. Nur dass es noch zu früh ist für Alkohol.

»Ein Mango-Lassi vielleicht?«

Ich sitze am Tresen und trinke ein Lassi, salzig.

Elfi und Katharina haben sich noch nicht gemeldet.

Es ist kurz nach sieben und noch hell, aber etwas kühler geworden. Ich schlendere durch den Park. Auf einer der Bänke am See sitzt eine junge Frau. Sie hält ein Buch in der Hand, Pädiatrische Kardiologie steht auf dem Umschlag. Das Buch steht auf dem Kopf. Die Frau beugt sich nach vorne und eine Strähne ihres langen dunkelblonden Haars fällt auf das Buch. Sie schiebt sie zurück, klemmt sie hinter ihrem Ohr fest. Ich gehe eine Runde um den See, dann komme ich wieder an ihr vorbei.

Joshua

Joshua trifft sich mit Ulrike in dem indischen Restaurant, in dem er gestern Antonia Becker gesehen hat. Die beiden sitzen vor großen weißen Tellern, leer bis auf eine kleine Salatgarnitur. In der Mitte des Tisches steht eine Schale mit Reis. Der Kellner stellt ein brutzelndes Pfännchen neben Ulrikes Teller, Chicken Tikka, mariniertes und in der Pfanne gegrilltes Huhn mit Gemüse. Joshua bekommt ein Schälchen mit Mutton Saag, Lammfleisch mit Spinat, eines seiner Lieblingsgerichte. Der Duft steigt ihm in die Nase und verursacht ein wohliges Gefühl in seinem Bauch. Wie lange war er schon nicht mehr indisch essen? Ewigkeiten. Ruth mag es genauso gern wie er. Brigitte ist es immer zu scharf. Anfangs kann Joshua es kaum glauben, bemüht sich, ihr milde Gerichte zu empfehlen, für seine Geschmacksnerven überhaupt ohne jede Schärfe. Aber sie findet sie immer noch zu scharf, verzieht bei jedem Bissen das Gesicht und legt schließlich nach drei Happen die Gabel ab. Danach ist der Abend meistens gelaufen, Brigittes Laune ist hinüber und Joshuas auch und die beiden reden kaum noch miteinander.

Ulrike erzählt von ihrem neuen Liebhaber, hält nur kurz inne, um sich beim Kellner zu bedanken. Dann spricht sie weiter, während sie sich Reis auftut. Joshua hört ihr nur mit halbem Ohr zu. Seine Hand liegt auf dem Schlüsselbund, das Ulrike ihm hingelegt hat.

»Behalt es erst noch einmal. Vielleicht überlegst du dir es noch anders. Und wenn nicht, dauert es ja noch eine Weile, bis ich jemand Neuen habe. Vielleicht brauchst du die Räume ja noch. Brigitte hat mir erzählt, dass du ausgezogen bist. Nicht wegen der Geschichte mit dieser Frau, sondern weil auch sonst einiges nicht stimmt.«

»Stimmt«, sagt Joshua nur.

»Und stimmt es auch, dass du jetzt bei diesem Steuerberater wohnst, diesem Geiger?«

»Stimmt auch, ja. Vorübergehend.«

Ulrike legt ihre Hand auf seine auf dem Schlüsselbund.

»Magst du mir nicht erzählen, was genau los ist?«, fragt sie.

»Später vielleicht.«

»Du brauchst Abstand?«

»Ja, ich brauche Abstand.« Er versucht zu lächeln. »Erzähl du mir doch von deinem Staatsanwalt. Oder ist es ein Richter?«

»Ein Universitätsprofessor.«

Joshua versucht, sich auf Ulrikes Erzählung zu konzentrieren. Doch es fällt ihm schwer. Das Lokal ist an diesem Abend gut besucht. Der Geräuschpegel hoch. Joshua ist unruhig, es gelingt ihm nicht, die Geräusche im Hintergrund zu ignorieren. Sie drängen sich zwischen ihn und Ulrike. Er legt die Gabel auf den Teller und fasst sich an die Stirn.

»Ist alles okay?«, fragt Ulrike.

»Ich glaube, es ist mal wieder eine Migräne im Anmarsch.«

»Dann solltest du besser keinen Alkohol trinken.«

»Das weiß ich selbst«, ist er versucht zu zischen. Doch er kann sich beherrschen. Eine der Stimmen sticht aus dem Geräuschpegel heraus. Sie kommt ihm bekannt vor. Es gelingt ihm, die Quelle zu orten. Auf einmal stockt ihm der Atem. Am Tisch hinter Ulrikes Rücken entdeckt er Marina Schäfer. Sie wirkt erregt, gestikuliert wild, typisch für sie. Doch es ist nicht Marina Schäfer, die Joshua den Atem stocken lässt. Sie redet auf eine Frau ein, die ihr gegenüber am Tisch sitzt, mit dem Rücken zu Joshua. Die Frau wirkt sauber, gepflegt, so hat er sie noch nie gesehen. Falls es wirklich die ist, für die er sie hält. Sicher ist er sich noch nicht.

Er löffelt Mutton Saag auf seinen Teller, isst ein paar Bissen, kann sie aber nicht genießen. Er kann den Blick nicht von der Frau lassen.

»Ist da irgendwas?« Ulrike dreht sich um.

»Nur Marina Schäfer, unsere Nachbarin.«

»Wo?«

»Hinter dir.«

»Ich kann sie nicht sehen.«

Ulrike wendet sich wieder ihm zu.

»Direkt hinter dir.«

»Ich drehe mich nicht noch einmal um, sonst fällt es auf.«

»Ist ja auch nicht so wichtig, die Nervensäge«, sagt Joshua halb zu sich selbst.

»Na, so schlimm ist sie auch wieder nicht.«

Ulrike beginnt, über den Mordfall Julian Schäfer zu reden. Von Hauptkommissarin Haberstroh, die sie gestern vernommen hat. »Eine merkwürdige Frau, ziemlich schrullig. Erinnert mich ein bisschen an Columbo. Genauso zerknautscht und zerstreut, aber wahrscheinlich nur halb so clever. Schon erstaunlich, was für komische Kauze es bei der Polizei zu was bringen.« Sie schüttelt den Kopf.

»Sie hat Sorgen, das ist doch offensichtlich.«

»Bist du neuerdings Spezialist in Sachen Kommissarinnen?«

»Ich hab Augen im Kopf, das reicht manchmal schon«, zischt er.

Jetzt ist sie eingeschnappt. Schweigend stochert sie in ihrem Chicken Tikka. Doch Joshua ist es egal.

Die beiden Frauen scheinen zu streiten, Marina Schäfer wird immer lauter. Die andere Frau sagt kaum etwas. Wenn sie etwas sagt, dann so leise, dass Joshua es nicht hören kann. Joshua wusste gar nicht, dass die beiden etwas miteinander zu tun haben. Wenn es überhaupt die ist, für die er sie hält. Aber er ist sich fast sicher, er kann es spüren. Und der Streit hat mit ihm zu tun. Marina Schäfer versucht, sie zu überreden, zur Polizei zu gehen, Joshua anzuzeigen. Aber die Frau weigert sich und deshalb ist Marina Schäfer so wütend.

Jetzt schiebt die Frau den Stuhl zurück, er fällt um. Doch sie hebt ihn nicht auf. Sie geht einfach weg in Richtung Toilette. Es ist Marina Schäfer, die den Stuhl aufhebt und an seinen Platz zurückstellt.

»Entschuldige bitte«, sagt Joshua.

Vor der Damentoilette zögert er einen Moment. Dann öffnet er die Tür. Sie steht vor dem Spiegel. Tränen laufen ihr über die Wangen.

»Ich wollte mich bei Ihnen entschuldigen«, sagt er. »Ich weiß nicht, warum ich Ihnen das angetan habe. Es kommt mir so vor, als wäre ein böser Dämon in mich gefahren. Aber ich will nicht nach Entschuldigungen suchen. Gehen Sie zur Polizei, zeigen Sie mich an, ich werde alles zugeben. Und ich werde jede Strafe auf mich nehmen. Jede. Glauben Sie mir.«

Sie beugt sich über das Waschbecken, fängt an zu zittern, schluchzt. Er möchte ihr ein Taschentuch geben, findet keines, reißt ein Stück Papierhandtuch ab und reicht es ihr.

»Sie müssen sich Hilfe suchen«, sagt er sanft. »Suchen Sie sich eine gute Therapeutin, die Sie begleitet. Fragen Sie meine Kollegin, sie ist auch hier. Fragen Sie sie nach Adressen. Es gibt Beratungsstellen, sie wird Ihnen helfen.«

Sie nimmt das Papierhandtuch, das er ihr reicht, und putzt sich die Nase. Dann dreht sie sich zu ihm um, nimmt ihr Halstuch ab.

»Schau her, was sie mit mir gemacht hat.«

»Sie hat Sie gewürgt?«

Sie lächelt, berührt Joshuas Wange, streicht mit dem Daumen über seine Lippen. Ihn schaudert.

»Du bist ein netter Mann«, sagt sie, »so lieb zu mir.«

Er spürt Wärme, Zärtlichkeit. Am liebsten würde er sie in den Arm nehmen.

»Ich heiße Max«, sagt sie, »das ist kurz für Maximiliane. Und du? Wie heißt du?«

Toni

Kopfkino, den ganzen Tag. Noch schlimmer als vor unserer ersten Verabredung. Tausendmal stehe ich vor ihrer Tür, drücke den Klingelknopf. Sie öffnet, wir schauen uns lange an, dann zieht sie mich in ihre Arme und wir halten uns Ewigkeiten einfach nur fest. Dann wieder bin ich stürmisch, falle ihr um den Hals, wir stürzen in den Flur, ich trete mit dem Fuß die Wohnungstür zu und wir vögeln, noch bevor sie eine Chance hat, mich zu fragen, wie es mir geht. Dann wieder sitzen wir am Esstisch und reden, vergessen die Zeit. Die Worte sprudeln nur so aus mir heraus. Und aus ihr. Wir lachen. Wir spielen Ping-Pong. Ein Wort ergibt das nächste, ein Gedanke führt zum anderen. Gelegentlich geht der Faden verloren, fällt der Ball zu Boden, doch flugs ist ein neuer im Spiel, ein weiterer Faden gesponnen.

Aber so ist es nicht.

Sie ist gestresst, ich sehe es gleich, als sie die Tür öffnet. Schweiß steht auf ihrer Oberlippe. Sie mustert mich skeptisch, einen Augenblick, nur den Bruchteil einer Sekunde. Dann zieht ein Lächeln über ihr Gesicht.

»Schön, dass du da bist.« Sie küsst mich auf den Mund und zieht mich in den Flur. Sie umarmt mich, aber nicht lange. Sie muss schnell in die Küche, sonst brennt die Soße an. Sie schickt mich ins Wohnzimmer, die rote Vase holen. Ich brauche eine Weile, bis ich sie finde.

»Es gibt Spaghetti mit Sardellen und Tomatensoße, ich hoffe, du magst das. Es sind auch noch schwarze Oliven drin.«

»Klingt sehr gut.«

Sie rührt in einem Topf, fischt eine Nudel aus einem anderen.

»Wir essen draußen. Zündest du schon mal die Kerzen an?« Sie drückt mir eine Schüssel in die Hand.

Die Sonnenblume, die ich ihr mitgebracht habe, wirkt fehl am Platz. Sie steht in der roten Vase auf dem kleinen Tisch auf dem Balkon. Zwischen viereckigen weißen Tellern und Glasschälchen auf roten Platzdeckchen. Auf den Tellern liegen gefaltete Stoffservietten, so rot wie die auf dem Tisch verteilten Windlichter. Ich stelle die rote Salatschüssel dazu.

»Hast du irgendwo Streichhölzer?«

»Im Schlafzimmer müssten welche liegen.«

Warmes Rot, nicht zu grell, das Bild an der Wand, das Bett, diesmal mit einem roten Überwurf. Nicht mehr ganz unbekannt und trotzdem noch fremd. Ich finde keine Streichhölzer und gehe eine Tür weiter. Im Arbeitszimmer scheint es auch keine zu geben. Ich setze mich auf den Schreibtischstuhl, berühre für einen Moment den Deckel ihres Notebooks. Ein Abreißkalender an der Wand gegenüber steht noch auf dem achten August, Montag. Heute ist der Elfte, Donnerstag. Mein Blick schweift über das Bücherregal neben dem Schreibtisch. Ein Buch am anderen, die ganze Wand voll. Genau so, wie ich es mag. Ich lese ein paar Titel, an einem bleibe ich hängen. Ich ziehe das Buch heraus. Ulrike Marie Meinhof, »Die Würde des Menschen ist antastbar«. Ein rotes Taschenbuch, schon etwas abgegriffen. Ich blättere ein wenig darin.

»Ach, da bist du.« Nika steht an der Tür, lächelt.

»Ich suche die Streichhölzer.«

Sie lacht. »Das ist eine interessante Art zu suchen. Im Schlafzimmer sind welche.«

Sie liegen auf der Kommode neben einem dreiarmigen Kerzenständer, in dem drei rote Kerzen stecken. Ich nehme sie, will an ihr vorbei, doch sie hält mich fest, haucht mir einen Kuss auf die Wange. Ich zünde die Windlichter an und sie stellt zwei tiefe runde Teller auf die viereckigen.

»Oh, ich habe den Wein vergessen.«

»Das passt ja«, sage ich, als sie mit dem Wein zurückkommt, und zeige auf die Tomatensoße. »Ich meine, farblich zum Tisch.«

Ich trinke nur Wasser, sie Wasser und Wein, mit einem

deutlichen Schwerpunkt auf Wein. Trotzdem bin ich diejenige, die sich wie ein Trottel benimmt.

»Auf einen schönen Abend«, sagt sie und wir stoßen an.

»Ja«, sage ich nur.

»Deine Suchtechnik musst du mir übrigens noch näher erläutern.«

Ich sehe sie fragend an.

»Ich meine deine Streichholzsuchtechnik.«

Ich lache. »Ich weiß nicht, ob sich das lohnt. Sie war ja nicht sehr erfolgreich.«

»Stimmt auch wieder.«

Ich nehme mein Glas, bin auf einmal unsicher, frage: »Das ist doch mein Glas?«

Kurze Zeit später noch einmal: »Ist das mein Glas?«

»Ist doch egal.«

Wir essen schweigend unsere Spaghetti.

»Ich hoffe, es ist nicht schon kalt«, sagt sie nach einer Weile.

»Ich hab riesigen Hunger.«

»Da schmecken dann auch kalte Spaghetti, meinst du?«

»So habe ich es nicht gemeint.«

»Ich weiß.« Sie trinkt einen Schluck, grinst vor sich hin.

»Geht es dir wieder besser?«

»Ja, seit gestern«, antworte ich. »Ich habe sogar eine Frau kennengelernt. Gestern Abend im Park.«

Ich beiße mir auf die Zunge, doch es ist zu spät.

»Eine Frau?«

»Ja, eine Medizinstudentin. Sie saß auf einer Bank und hat in einem Buch gelesen. Pädiatrische Kardiologie.«

»Das interessiert dich natürlich.«

»Sie hat das Buch verkehrt herum gehalten und da habe ich sie einfach angesprochen.«

»Weil sie ein Buch verkehrt herum gehalten hat?«

»Wir haben uns unterhalten, dann sind wir zu ihr gegangen, sie hat für mich gekocht. Wir haben bis tief in die Nacht geredet.«

»Du hast bei ihr übernachtet?«

»Aber ich hab nicht mit ihr geschlafen, nur bei ihr. Auf dem Sofa. Ich wollte eigentlich bei Elfi und Katharina übernachten, aber die konnte ich nicht erreichen. Alles okay?«

»Alles okay.«

Aber ich merke, dass es nicht okay ist. Sie leert ihr Rotweinglas, gießt nach. Schweigen.

»Kommt ihr voran mit dem Fall?«, frage ich.

»Hm. Nicht wirklich.«

Ich rolle eine Gabel Spaghetti auf und schiebe sie mir in den Mund.

»Du hast da was«, sagt sie.

»Wo?« Ich taste nach meinem Kinn.

Sie berührt mit ihrer Serviette meine Wange, lässt ihren Arm wieder sinken, blickt mich an, hält Kontakt.

»Jetzt ist es weg.«

Wieder Schweigen.

Ihr Rotweinglas ist schon wieder leer, sie füllt es erneut. Mach langsam!, würde ich am liebsten sagen, aber ich traue mich nicht. Ist auch besser so. Sie legt Löffel und Gabel zur Seite, obwohl ihr Teller noch halb voll ist.

»Ich freue mich, dass es dir wieder besser geht.« Sie blickt über die Balkonbrüstung auf das Haus gegenüber. In einem Fenster flimmert der Fernseher. Von der Kneipe an der Ecke sind Stimmen zu hören. Es dämmert.

»Was …« Sie zögert. »Was war los, Antonia?«

»Es ging mir nicht gut.«

»Ach, tatsächlich!« Ein trockener Lacher.

»Es tut mir leid.«

»Das muss es nicht. Aber ich würde es gerne verstehen. Kannst du nicht wenigstens jetzt mit mir darüber reden? Jetzt, wo es vorbei ist. Es ist doch vorbei, oder?«

»Ich hatte Albträume … Ich hatte viel zu viel getrunken.«

Schweigen.

»Ein bisschen genauer hätte ich es schon gerne.«

Ich werfe ihr Brocken hin. Mein Anfall bei Tommy, der Kardiologe, meine Flashbacks. Ich erwähne Sol, den Anruf meiner Mutter, sogar meinen Dachspaziergang, stelle ihn aber weniger dramatisch dar, als er war.

»Ich habe die letzten drei Tage in einer Geisterbahn verbracht. Im ersten Moment erschreckst du dich fürchterlich, doch wenn du genauer darüber nachdenkst, ist es gar nicht so schlimm. Alles Pappmaschee, verstehst du? Es ist besser, diese Dinge nicht zu ernst zu nehmen. Sie registrieren, ja, sich mit ihnen befassen, auch, sich eine Weile auf sie einlassen. Aber sich nicht zu sehr vor ihnen fürchten. Sie sind nicht wirklich. Die Gefahr ist nicht real, sie ist nicht jetzt, war vielleicht einmal. Aber eigentlich ist sie vorbei.«

Sie runzelt die Stirn. »Deine Krankheit, Sols Tod, alles Pappmaschee?«

»Natürlich nicht«, sage ich leise.

»Und warst du wirklich auf dem Dach oder hast du es nur geträumt?«

»Ich war auf dem Dach.«

»Betrunken?«

Ich nicke. »Stockbesoffen.«

»Das hätte schiefgehen können, du hast Glück gehabt, dass dir nichts passiert ist. Oder wolltest du, dass dir etwas passiert?«

»Ich werde das nicht noch einmal tun.«

»Sicher?«

»Diese Schlacht ist erst einmal vorbei.«

»Aber noch nicht der Krieg?«

»Der ist vorbei, wenn ich tot bin.«

»Ach, Antonia.«

»Es geht mir wirklich wieder gut. Seit ich von diesem Dach

herunter bin, geht es mir richtig gut.«

Sie blickt skeptisch.

»Da oben auf dem Dach ist der Knoten geplatzt. Ich habe gemerkt, dass ich leben will, unbedingt. Ich habe mich schon lange nicht mehr so gut gefühlt wie seither. Ich war auf einmal wieder offen für andere. Ich hatte richtig Lust rauszugehen. Ich will mich nicht mehr verkriechen.«

Sie blickt auf ihre Hände, dann sieht sie mich wieder an.

»Erzähl mir von Sol.«

»Was möchtest du denn wissen?«

»Du hast geträumt, dass sie im Wohnzimmer liegt, sagtest du vorhin.«

»Ja, sie lag im Wohnzimmer.«

»An dem Tag, als sie gestorben ist?«

Ich nicke.

»Erzähl mir davon!«

»Ich dachte, wir wollten einen schönen Abend miteinander verbringen.«

»Wir können keinen schönen Abend miteinander verbringen, solange das noch zwischen uns steht. Merkst du das nicht, Antonia?«

»Solange was zwischen uns steht?«

»Das wüsste ich eben auch gerne.«

»Sol steht nicht zwischen uns.«

»Was ist es dann?« Sie greift über den Tisch nach meiner Hand. »Erzähl mir von ihr, Antonia. Erzähl mir, was passiert ist.«

»Also gut.«

»Das ist wirklich eine Katastrophe«, sagt sie. Tränen stehen ihr in den Augen.

»Ja, aber es passiert«, antworte ich ruhig, »immer wieder, jeden Tag, jede Minute, jede Sekunde. Es passiert uns allen irgendwann einmal. Jedenfalls vielen von uns.«

»Aber nicht so.«

»So oder so ähnlich.«

Sie weint. Ich gehe zu ihr, knie mich vor sie, nehme sie in den Arm, bis sie sich beruhigt hat. »Jetzt tun mir die Knie weh.«

»Dann setz dich wieder hin.« Es klingt barsch. Sie reibt sich die Augen trocken und putzt sich die Nase, seufzt. »Ich finde diesen Abend schwierig, ich habe ihn mir leichter vorgestellt. Nicht so verkrampft.«

»Es tut mir leid, dass ich so verkrampft bin.«

»Ich habe nicht gesagt, dass du verkrampft bist. Wir sind es miteinander. Vielleicht sollte ich nicht fragen. Vielleicht kannst du es im Moment wirklich nur auf diese schauerliche Weise erzählen.«

»Schauerlich?« Ich muss schlucken.

»Ja, schauerlich«, sagt sie scharf und sieht mir in die Augen.

Ich halte ihrem Blick nicht stand, muss aufstehen, ins Zimmer gehen, bleibe stehen, starre die Wand an. Ein Kloß sitzt mir im Hals, riesengroß und fest. Plötzlich spüre ich ihre Hände auf meinen Schultern. Sie massiert sie sanft.

»Ich will nicht schauerlich sein«, sage ich.

»Ich habe nicht gesagt, dass du schauerlich bist, Antonia. Das würde ich niemals sagen. Und auch nicht meinen.«

Sie umarmt mich von hinten, legt ihre Wange an meine.

»Ich will nicht, dass es schon vorbei ist.«

Ihre Lippen berühren mein Ohr.

»Es fängt doch erst an.« Sie küsst meinen Hals und mich schaudert.

»Ich hab von dir geträumt«, flüstere ich. Und ich erzähle ihr den Traum, den ich auf dem Dach hatte. Von drei Mädchen mit drei blutigen Handballen, die einander ewige Treue schwören.

»Du kannst dich wirklich auf mich verlassen.« Ich halte ihr meine Hand hin. »Hol ein Messer und ich beweise es dir.«

»Ach Antonia.« Sie streicht mit dem Daumennagel über

meinen Handballen, so als wollte sie ihn einritzen, aber vorsichtig, so dass sie ihn nicht wirklich verletzt.

»Aber ich kann auch nicht sagen, dass mir das nichts bedeutet hat. Es hat mir etwas bedeutet. Ich … ich würde mich nur sehr unwohl fühlen, wenn ich mein Herz verschließen müsste, um dich nicht zu verletzen.«

Sie lässt mich los, sieht mich fragend an.

»Es hat dich verletzt, das habe ich gespürt«, sage ich.

»Was hat mich verletzt? Dass du mich weggeschickt hast, als es dir schlecht ging, meinst du das?«

»Dass ich letzte Nacht bei dieser Frau war. Ich hab das vorhin gespürt.«

Sie geht zum Sessel, setzt sich. Ich setze mich ihr gegenüber auf das Sofa.

»Ja, es hat mich verletzt.«

»Möchtest du nicht, dass ich so etwas tue?«

»Wenn ich es nicht möchte, was ist dann? Gehst du dann?«

»Ich will weder mein Herz verschließen noch dich verletzen.«

»Aber sowohl das eine wie auch das andere wird gelegentlich geschehen. Uns beiden. Und du musst dein Herz nicht verschließen, Antonia, im Gegenteil, ich wünsche dir und mir, dass du es weit öffnen kannst. Im Grunde ist es mir völlig egal, ob du mit ihr geschlafen hast oder nicht.«

»Es ist dir egal?«

»Na ja, vielleicht nicht völlig.« Sie lacht. »Aber was mich verletzt hat, war eher, dass du in deiner Not zu ihr geflüchtet bist, während du mich abgewiesen hast.«

»Aber das stimmt doch gar nicht. Ich bin ihr zufällig begegnet, als es mir wieder besser ging. Und ich hab ihr nichts von all dem erzählt, was ich dir eben erzählt habe. Ich bin ja auch nicht zu Tommy gegangen, ich wurde zu ihm gebracht. Tommy kenne ich schon seit dreißig Jahren, dich erst seit knapp zwei Wochen. Aber wenn Tommy mich vor die Wahl stellen würde, du oder er, dann würde ich dich wählen. Zum

Glück wird er das nicht tun, auch wenn er im Moment etwas herumzickt. Ich will nicht, dass mich irgendjemand vor die Wahl stellt, das mag ich überhaupt nicht.«

»Wer mag das schon. Also, ich stelle dich ganz bestimmt nicht vor die Wahl.«

»Nein, das will ich damit auch überhaupt nicht sagen. Ich will dir sagen, wie wichtig du mir bist. Wenn du mir weniger wichtig wärst, wäre ich vielleicht zu dir gekommen. Aber wahrscheinlich nicht einmal dann.«

»Wie meinst du das?«

»So wie ich es sage. Ich bin nicht zu dir gekommen, gerade weil du mir so wichtig bist. Nicht in dem Zustand, in dem ich war. Es wäre wie eine Dampfwalze gewesen, die über ein kleines zarte Pflänzchen rollt.«

Sie lacht, kurz und trocken. »Liebe Antonia, es war eine Dampfwalze und sie ist über ein zartes Pflänzchen gerollt.«

»Das tut mir leid.«

»Zarte Pflänzchen sind mitunter sehr robust.«

»Hoffentlich.«

Sie setzt sich neben mich auf das Sofa, nimmt meine Hand. Eine Weile sitzen wir da, sehen nach draußen. Es hat zu regnen begonnen. Dicke weiche Tropfen. Ich stelle sie mir jedenfalls weich vor.

»Wir müssen die Sachen reinholen«, sage ich.

»Ich hätte jetzt Lust, mit dir zu spielen«, sagt sie.

»Ich kann jetzt nicht sofort, ich brauche noch einen Moment.«

»Was kannst du nicht sofort?« Sie grinst schelmisch.

»Ich kann nicht so schnell umschalten. Gib mir etwas Zeit!«

»Aber das will ich doch gerade.«

Ich bin verwirrt. »Was willst du mit mir spielen?«, frage ich.

»Ein Spiel«, antwortet sie grinsend. »Einfach nur ein Spiel.«

Wir spielen Quartett, Mexiko 68, Olympische Sommerspiele.

Nika beginnt: »Rudern, Jochen Meissner, Silbermedaille, Einer.«

»Leichathletik Frauen, Heide Rosendahl, achter Platz, Weitsprung.«

Nika streckt die Hand aus. »Silber ist besser als achter Platz, her damit!«

»Vier Jahre später in München hat sie Gold im Weitsprung und in der Vier-mal-hundert-Meter-Staffel gewonnen und dazu noch Silber im Fünfkampf.«

»Jetzt ist aber noch Mexiko«, sagt Nika und nimmt grinsend meine Karte. »Weiter.«

Antonia: »Leichtathletik Männer, Claus Schipowski, Silbermedaille, Stabhochsprung.«

Nika: »Richard Fosbury, Goldmedaille, Hochsprung.«

Am Ende hat Nika fast alle Karten. Es ist zehn Minuten nach Mitternacht.

»Jetzt haben wir es verpasst!«

»Was haben wir verpasst?«

»Es gibt etwas zu feiern.«

»Was gibt es denn zu feiern?«, frage ich.

»Mich«, antwortet sie.

Joshua

Sie sieht ihn erwartungsvoll an, wartet auf seine Antwort. Doch für einen Augenblick hat er vergessen, wie er heißt. Irgendetwas mit J. Jan? Josef? Jonas? Julian?

»Joshua«, platzt es schließlich aus ihm heraus. »Ich heiße Joshua.«

»Joshua«, sagt sie leise und berührt seine Lippen. Er traut sich nicht, sich zu rühren, sie zu berühren, er weicht ihrem erwartungsvollen Blick aus. Doch sie packt sein Kinn, dreht seinen Kopf zu sich. Ihre Zunge gleitet in seinen Mund. Sie zieht ihn in eine der Kabinen, schließt die Tür. Sie macht sich an seiner Hose zu schaffen, doch er schiebt ihre Hände weg, tastet sich unter ihren Slip und stößt seine Finger in sie. Es geht erstaunlich schnell. Er spürt ihren Orgasmus mit seiner Hand. Er hält sie eine Weile im Arm, während sie wieder zu Atem kommen.

»Bring mich von hier weg«, flüstert sie. Er schiebt sie hinaus aus der Kabine, zur Tür, doch sie macht sich von ihm los. »Sie bringt mich um, wenn sie mich mit dir sieht.«

Er öffnet das Milchglasfenster und steigt als Erster hinaus. Dann nimmt er ihre Hand und hilft ihr.

Sie vögeln die ganze Nacht auf dem Parkett vor der offenen Terrassentür. Sie vögeln auf eine Weise, wie er noch nie gevögelt hat, wie er überhaupt nicht wusste, dass es möglich ist. Und plötzlich versteht er, was Ruth meinte, als sie ihm sagte, er fühle sich an wie eine »Fickmaschine«. Er versteht es in dem Moment, in dem er keine mehr ist.

»Max«, flüstert er, »Max. Ich liebe dich.«

»Ich liebe dich auch, Julian«, flüstert sie, »ich liebe dich auch.«

Toni

Leichtathletik Männer, Richard Fosbury, Goldmedaille Hochsprung.

Der Sektkorken knallt, Sekt schäumt im Glas, das nicht richtig klingt, perlt bestimmt auf der Zunge. Aber nicht auf meiner, ich bleibe bei Wasser. Aber mit Kohlensäure und das perlt ja auch. Ich singe Happy Birthday.

»Warum hast du es mir nicht gesagt?«, frage ich.

»Ich wollte dich überraschen.«

»Normalerweise werden Geburtstagskinder überrascht.«

»Aber du hast mich doch überrascht. Ich hatte diesen Abend ganz anders geplant. Ich wollte kommen. Punkt Mitternacht.«

»Wohin wolltest du kommen?«, frage ich.

Sie kann nicht antworten, so sehr bringt sie meine Frage

zum Lachen.

Verschiedene Disziplinen, Roland Matthes, Goldmedaille, Rückenschwimmen.

Ich schwimme auf dem Rücken in ihrem roten Bett in ihrem roten Schlafzimmer. Gelegentlich erfasst mich eine Welle und ich tauche unter, schlucke Wasser, ringe nach Luft. Dann tauche ich wieder auf, betrachte verwundert die Decke, auf der das Kerzenlicht flackert.

»Wo bist du, Antonia? Erzähl es mir.«

Turnen, Karin Janz, Silbermedaille, Stufenbarren.

Ihre Hand streichelt meinen Bauch, hinterlässt eine feuchte Spur auf meiner Haut.

»Ich denke an vorhin.« Ich habe noch immer ihren Geschmack auf der Zunge, auf meinen Lippen. Ich kann sie noch riechen, sage es ihr.

»Und ich kann es noch spüren.«

Sie streicht mir eine feuchte Strähne aus der Stirn.

»Es ist schwül«, sage ich.

»Ja, das ist es.«

Verschiedene Disziplinen, Link, Hempel, Henrichs, Kissner, vorerst ohne Medaille trotz Sieg (Disqualifikation) viertausend Meter Mannschaftszeitfahren.

Es ist still. Nur gelegentlich ein leises Knacken der Kerzen und Wind, der durch das Fenster bläst und meinen heißen Körper etwas kühlt. Wir liegen einfach nur still da. Ihre Hand auf meinem Bauch rührt sich kaum.

Leichtathletik Frauen, Manon Bornholdt, fünfter Platz, Fünfkampf.

»Was interessiert mich Vietnam, ich habe Orgasmusschwierigkeiten.«

Sie nimmt die Hand von meinem Bauch. »Wer hat das noch mal gesagt?«, fragt sie.

»Ich habe es vergessen.«

»Und? Hast du Orgasmusschwierigkeiten?«

»Ganz offensichtlich. Ja.«

»Aber du hattest schon einmal einen Orgasmus?«

Ich lache. »Viele. Aber die meisten habe ich mir selbst gemacht. Ich habe vor acht Jahren zuletzt mit einer Frau geschlafen. Vor dir, meine ich. Und daran kann ich mich kaum noch erinnern. Ich glaube, es lohnt sich auch nicht wirklich.«

»Acht Jahre.« Sie pfeift. »Das ist lang. Und was war mit Sol?«

»Es war nicht Sol.«

»Aber was war mit Sol?«

»Was interessiert mich Sex? Ich werde geliebt.«

Leichtathletik Männer, Gerhard Hennige, Silbermedaille, vierhundert Meter Hürden.

»Sex interessiert dich nicht?«

»Das habe ich die letzten neun Monate gedacht. Und davor oft genug gewünscht.«

»Und jetzt?«

»Seit zwei Wochen denke ich kaum mehr an etwas anderes. Jedenfalls, wenn ich gerade keinen Nervenzusammenbruch habe.«

Sie lacht schon wieder. Anscheinend bin ich wirklich ganz amüsant, ich kann es kaum glauben.

»Kennen wir uns schon so lange?«, fragt sie.

Ich nicke. »Eine Ewigkeit, nicht?«

Leichtathletik Männer, Randy Matson, Goldmedaille, Kugelstoßen.

Sie fickt mich.

»Magst du das nicht?«, fragt sie.

»Doch, ich mag es, aber es reicht nicht.«

»Na, wenn das alles ist.«

»Es ist nicht alles. Leider. Da ist immer so ein Rauschen in meinem Kopf.«

»Ein Rauschen?«

»Es ist die Wächterin, die es nie still werden lässt. Sie ist immer auf der Hut, hört alles, sieht alles, spürt den kleinsten Lufthauch. Manchmal sieht, hört, spürt sie so viel, dass ich nichts mehr sehe, höre und spüre. Dauernd arbeitet es in mir.

Alles prasselt auf mich ein. Licht und Geräusche und Gerüche und Gedanken. Und es hört nicht auf. Manchmal möchte ich nichts mehr sehen, nichts mehr hören, nichts mehr riechen, nichts mehr spüren. Aber das stimmt auch nicht. Jetzt gerade würde ich gerne viel mehr spüren. Viel mehr von dir. Aber es hört nicht auf zu rauschen, in meinem Kopf rauschen die Gedankenströme, sie übertönen deine Hände, verstehst du, sie übertönen dich.«

Nikas Stirn kräuselt sich, Kerzenlicht flackert über ihr Gesicht.

»Vielleicht habe ich aber auch einfach nur Angst.«

»Ich tu dir nichts«, sagt sie.

»Das stimmt nicht.«

»Ich tu dir nichts Böses.«

»Daran habe ich keinen Zweifel. Und du verschweigst mir auch nichts, nicht wahr?«

Dressur Mannschaft, Neckermann, Dr. Klimke, Linsenhoff, Goldmedaille Mannschaft. Große Dressurprüfung.

»Versuch es doch mal selbst!«

Sie legt meine Hand zwischen meine Beine und ihre Hand auf meine. Um meinen Rhythmus zu lernen, sagt sie.

Verschiedene Disziplinen, Annemarie Zimmermann, Roswitha Esser, Goldmedaille Zweierkajak.

Sie liegt auf dem Rücken, blickt zur Decke, seufzt.

»Sechzig. Ich kann es noch immer nicht glauben. Das fühlt sich so komisch an, das klingt so … alt. Ich hatte mal eine Oma, die war sechzig.«

»Was für ein Zufall! Meine Oma war auch mal sechzig. Das muss so um 1970 gewesen sein.«

Sie boxt mich auf den Oberarm. »Du bist vielleicht doof!«

»Autsch! Das gibt bestimmt einen blauen Fleck. Bindegewebsschwäche. Das ist in unserem Alter so.«

Sie kichert. »Eigentlich hatte ich heute schon eine Verabredung. Mit einer Frau.«

»Tatsächlich.«

»Aber dann kam mir etwas dazwischen.«

Ich drehe ihr den Rücken zu. Sie kuschelt sich an mich.

»Es ist schön, dass du hier bist. Genau so habe ich es mir vorgestellt.«

»Wirklich?«

Sie küsst mich zwischen den Schulterblättern und eine Weile vergesse ich das Rauschen.

»Ich habe mich so nach dir gesehnt.«

»Warum hast du dann nicht angerufen?«

»Weil dann erst recht alles zusammengebrochen wäre. Ich habe mich wirklich daran festgehalten. Donnerstag war meine Stütze, mein letzter Balken. Und du kannst aus Donnerstag nicht einfach Mittwoch oder Dienstag machen, verstehst du?«

»Nein.«

Verschiedene Disziplinen, Konrad Wirnhier, Bronzemedaille, Wurftauben-Skeet.

»Ich war zu bedürftig.«

»Ja und?«

»Ich war völlig fertig, ich war verdreckt, besoffen, ich hab gestunken, meine Wohnung versank im Chaos. Ich war vollkommen unerotisch.«

»Stimmt. Du warst vollkommen unerotisch.«

Schweigen.

»Erwartest du, dass ich permanent erotisch bin?«, fragt sie.

»Nein, natürlich nicht.«

»Warum denkst du dann, dass ich es tue?«

»Und wenn ich permanent unerotisch bin?«

Sie stöhnt. »Ich schlafe mit dir, schon aufgefallen?«

Leichtathletik, Hans Joachim Walde, Silbermedaille, Zehnkampf.

»Nika?«

»Hm?«

»Es könnte wieder passieren, ich meine, dass ich … dass es mir schlecht geht und ich erst einmal alleine durchmuss.«

»Hm, ich kann es verstehen.«

»Was?«

»Eigentlich kann ich es sogar verstehen.«

Sie beugt sich über mich, streicht mit dem Daumen über meinen Mund, küsst meine Wange. »Schlaf noch mal mit mir!«, flüstert sie. »Ich bin gerade sehr bedürftig.«

Rudern, Jörg Lucke und Heinz J. Bothe, Goldmedaille, Zweier ohne Steuermann.

Es riecht nach abgebrannten Kerzen, ein Geruch, den ich mag.

»Ich fahre morgen weg.«

»Oh!«

»Nur ein paar Tage an die Ostsee. Das habe ich schon seit Langem geplant. Ich hab für Montag Urlaub genommen und ein richtig schönes Ferienhaus gemietet, direkt am Strand. Das ist mein Geburtstagsgeschenk an mich.«

Ich schlucke. »Ein schönes Geburtstagsgeschenk.«

Es hat aufgehört zu regnen. Eigentlich schon vor längerer Zeit. Doch erst jetzt vermisse ich das Prasseln.

»Es ist ein ziemlich großes Ferienhaus, Antonia. Groß genug für zwei.«

Joshua

»Hallo, aufwachen!«

Joshua blinzelt. Jemand berührt seinen Arm. Die Sonne scheint durch die geöffnete Dachluke und blendet ihn, bis der Kopf eines Mannes sie verdeckt.

»Guten Morgen, Herr Nachbar.« Ein junger blonder Mann mit einem Schnurrbart und wasserblauen Augen. Joshua ist ihm schon ein paar Mal im Hausflur begegnet.

»Brauchen Sie Hilfe?« Joshua richtet sich auf. »Nein, ich …« Er fasst sich an den schmerzenden Nacken. »O Gott, wie komme ich denn hierher?«

»Also, wenn Sie das nicht wissen, ich weiß es auch nicht.«

Der Mann lacht. »Einen über den Durst getrunken und verirrt?«, fragt er. »Oder wollten Sie einen von uns besuchen? Meine nette Nachbarin vielleicht?« Er zeigt mit der Hand auf Antonia Beckers Wohnungstür. »Oder etwa mich?« Der Mann tippt auf seine Brust. »Soll ich Sie nach Hause bringen?«

»Danke, geht schon.«

»Waren Sie zu Hause?«, fragt Martin, der in der Küche steht und gerade mit einem Esslöffel zwei Eier in kochendes Wasser legt.

Joshua nickt.

»Möchten Sie auch ein Ei? Ich habe frische Brötchen gekauft.«

»Gerne.«

»Sie sind übrigens ein sehr begehrter Mann«, sagt Martin, während er ein drittes Ei in das Wasser gibt. »Es haben heute schon zwei Frauen für Sie angerufen.«

»Zwei Frauen?«

Martin lächelt. »Ja, Ihre Frau, Brigitte, möchte wissen, ob Sie dieses Wochenende Ihren Sohn haben wollen. Und dann hat noch eine Ulrike angerufen und dringend um Rückruf gebeten.« Joshua kann förmlich spüren, wie seine Mundwinkel nach unten sacken.

Er ruft zuerst Ulrike an, die natürlich sauer ist.

»Ich gebe dir das Geld für das Essen.«

»Als ob es darum ginge.«

»Es war ein Notfall.«

»Ein Notfall?«

»Ja, ich musste eine Frau in Sicherheit bringen. Sie wurde massiv belästigt. Ich kann dir das nicht näher erläutern. Es war eine Klientin von mir. Es ging um Leben und Tod.«

»Was erzählst du mir da für einen Stuss?«, zischt Ulrike.

»Es ist kein Stuss, ich …«

»Ich glaub dir kein Wort.«

»Ich hab mich verliebt.«

»Du hast dich verliebt? Und deswegen lässt du mich einfach so sitzen? Ich glaub das jetzt nicht.«

»Ich musste die Frau wirklich in Sicherheit bringen.«

»Wovor?«

»Ich weiß es nicht.«

»Du weißt es nicht?«

»Nein, ich weiß es nicht.«

»Ich kann nur allen Frauen dringend raten, sich vor dir in Sicherheit zu bringen.«

Aufgelegt.

»Was ist denn mit Ulrike los?«, fragt Brigitte gleich als Erstes. »Sie hat heute hier angerufen, erzählt, du habest sie sitzen gelassen. Im Restaurant.« Brigitte lacht.

»Das ist eine komplizierte Geschichte. Es ging um eine Klientin.«

»Ich dachte, du pausierst.«

»Es ist wirklich eine komplizierte Geschichte.«

»Eine komplizierte Geschichte, so.«

Schweigen.

»Wie geht es dir?«, fragt Joshua schließlich.

»Seit du weg bist, geht es mir zunehmend besser, muss ich sagen. Ich bin wieder zurück im Haus.«

»Wir sollten mal darüber reden, wie es weitergeht«, schlägt Joshua vor.

»Sollten wir. Nächste Woche. Dieses Wochenende habe ich Besuch. Ich wollte dich fragen, ob du Jonas nehmen kannst.«

»Jonas?«

»Ja, das ist dein Sohn, falls du dich erinnerst. Du bist sein Vater. Ich habe übrigens mit diesem Martin gesprochen. Er scheint wirklich ein netter Mann zu sein. Ich hoffe, du wirst glücklich mit ihm. Er hat nichts dagegen, Jonas für eine Nacht aufzunehmen.«

»Aber ich …«

»Morgen um zwei?«

»Was?«

»Kannst du ihn morgen um zwei bei mir abholen?«

Als Joshua in die Küche zurückkommt, sitzt Georg am Küchentisch und löffelt sein Frühstücksei. Joshua setzt sich zu ihm.

»Ist Ihr Vater schon weg?«

»Papa ist schon in die Kanzlei gegangen, er wünscht Ihnen einen schönen Tag.«

»Danke.«

»Nehmen Sie sich doch Kaffee!« Georg reicht Joshua die Thermoskanne.

»Hier kochen wir den Kaffee noch auf die altmodische Art. Aber nicht mehr lange, Papa hat schon eine Maschine bestellt, sie wird in zwei Wochen geliefert.«

Joshua gießt sich Kaffee ein. »Meinen Sie, es gibt etwas für mich zu tun in der Kanzlei?«, fragt er.

»Sie brauchen sich nicht revanchieren, wir haben Sie gerne hier.«

»Nein, mir ist danach, etwas zu tun. Irgendetwas Einfaches, Akten abheften, Loseblattsammlungen, irgendetwas Stumpfsinniges, auf das man sich trotzdem konzentrieren muss. Ich möchte auf andere Gedanken kommen.«

»Fragen Sie doch Frau Schneider. Ich glaube, sie kommt mal wieder bei den Loseblattsammlungen nicht hinterher.«

Joshua verbringt den Tag in Martin Geigers Büro mit dem Einsortieren von Loseblattsammlungen. Umsatzsteuer. Einkommensteuer. Gewerbesteuer. Alles vom letzten halben Jahr. Frau Schneider scheint ja wirklich nicht nachzukommen. Vielleicht hätte er den Großteil geschafft, aber Frau Schneider kommt ständig herein, versorgt ihn mit Cappuccino, Latte Macchiato und Espresso und verwickelt ihn jedes Mal in ein Gespräch. Sie lacht sehr viel. Am Ende des Tages weiß Joshua eine Menge über sie. Unter anderem auch fast alles über ihren neuen Liebhaber.

Nachmittags holt Joshua Kuchen für alle, den sie gemeinsam im Konferenzzimmer essen. Zusammen mit diversen Kaffeespezialitäten aus der Supermaschine natürlich. Martin wirkt geknickt, er ist merkwürdig still, zerfleddert fast stumm sein Eclair. Georg trifft sich nach der Arbeit mit seiner Verlobten.

»Haben Sie heute etwas vor?«, fragt Martin.

»Ich weiß es noch nicht«, antwortet Joshua. »Vielleicht treffe ich mich mit einer Freundin. Aber ich weiß noch nicht, ob sie kann.«

Martin scheint noch mehr in sich zusammenzusacken und Joshua hat ein schlechtes Gewissen, dass er für Martin keine Zeit hat. Aber es geht nicht anders. Er muss unbedingt Max sehen. Doch er trifft sie nicht an. Kein Wunder, sie wohnt ja noch nicht hier. Er hätte sich gestern ihre Telefonnummer geben lassen sollen, wenigstens eine E-Mail-Adresse, irgendetwas. Aber so hat er wenigstens Zeit für Martin. Der ist dabei, das Abendessen zu kochen, als Joshua zurückkommt.

»Wollen Sie mitessen? Ich koche Spaghetti.«

Joshua geht ihm zur Hand, putzt und wäscht den Salat, bereitet die Salatsoße zu.

Beim Abendessen erzählt er von Max Fallot.

»Es ist die Frau, von der ich Ihnen schon erzählt habe. Aber jetzt ist sie keine unbedeutende Affäre mehr. Wir haben uns verliebt.«

»Anscheinend haben Sie mehr Glück als ich. Ich habe heute wieder einen Korb bekommen.«

»Von der Steuerprüferin?«, fragt Joshua.

»Woher wissen Sie das?«

»Ich hatte so ein Gefühl.«

»Sie sagt, sie will Privates und Berufliches streng getrennt halten.« Martin seufzt. »Lust auf eine Partie Scrabble?«

Sie spielen bis kurz nach elf, dann möchte Joshua noch

einmal sehen, ob Max vielleicht doch in ihrer neuen Wohnung ist. Aber sie ist nicht da. Natürlich nicht. Als er zurückkommt, hat Martin sich bereits in sein Zimmer zurückgezogen. Joshua liegt grübelnd im Bett, er denkt über Max nach. Was, wenn er sie nie wiedersieht? Unvorstellbarer Gedanke! Er liebt sie, er liebt sie, wie er noch nie eine Frau geliebt hat. Er muss sie wiedersehen.

Er hört die Türklingel, Schritte, Martins Stimme, eine Frauenstimme. Joshua dreht sich zur Seite, stellt sich vor, dass sie da ist, seine Max, wie er sie im Arm hält, neben ihr einschläft. Aber es hilft nicht.

»Martin«, stöhnt er in sein Kissen, »Martin, hilf mir.«

Er träumt nicht, jedenfalls kann er sich an keinen Traum erinnern. Er schläft einen bleischweren Schlaf, aus dem er nur mühsam erwacht. Er hat schrecklichen Durst, das ist der Grund, weswegen er es schließlich schafft, sich aus dem Bett zu quälen. Das Bad ist besetzt. Er schleppt sich in die Küche.

»Guten Morgen, Joshua.«

Georg sitzt am Frühstückstisch, ihm gegenüber seine Jacqueline oder Jeanette. Joshua sollte endlich herausfinden, wie diese Frau nun eigentlich heißt.

»Guten Morgen, Joshua.«

Joshua gießt sich ein Glas Wasser ein und trinkt es in einem Zug leer. Dann lässt er sich seufzend auf einem Küchenstuhl nieder.

»Guten Morgen, Joshua.«

Joshua räuspert sich. Ja, jetzt geht es, jetzt kann er endlich sprechen.

»Entschuldigung«, sagt er und »Guten Morgen. Gut geschlafen?« Seine Stimme klingt heiser.

»Sehr gut, und Sie? Wieder schlecht geträumt?«, fragt Georg.

Joshua schüttelt den Kopf. »Ich habe geschlafen wie ein Stein.«

Georg lacht. Joshua weiß nicht, warum. Er nimmt sich eine Tasse aus dem Schrank und gießt Kaffee ein. »Ich darf doch.«

»Fühlen Sie sich hier ganz wie zu Hause, Herr Stein«, sagt Georgs Verlobte. Eine Haarsträhne fällt ihr ins Gesicht und sie schiebt sie mit einer eleganten Bewegung hinter ihr Ohr. Sie scheint bereits ausgehfertig zu sein, trägt einen Rock, der ihr nur knapp bis über den Po geht, eine Rüschenbluse und High Heels. Die Art, wie sie sich schminkt, erinnert Joshua an seine langjährige Englischlehrerin. Eine Engländerin, die immer so dick Schminke auftrug, dass von ihrem Gesicht kaum mehr etwas zu sehen war. Eine kluge Frau mit viel Humor und eine gute Lehrerin. Ihr verdankt er, dass sein Englisch heute noch ganz brauchbar ist.

Martin erscheint an der Tür.

»Georg, kommst du mal?«

Jetzt ist Joshua mit ihr allein. »Ich heiße Joshua«, sagt er und gibt ihr die Hand.

»Jennifer.« Sie legt ihre Hand in seine und er umfasst sie ganz vorsichtig, hat Angst, einen ihrer langen Fingernägel abzubrechen. Georg steht an der Tür. Er räuspert sich.

»Wir brauchen Ihre Hilfe, Joshua.«

Im Flur steht Martin neben einer Frau. Sie trägt Bluse und Anzug und ist kaum jünger als Martin. Joshua hält sie im ersten Moment für die Steuerprüferin, die Martin ihm jetzt vorstellen wird. Aber irgendetwas stimmt nicht. Martin wirkt verlegen, druckst herum. Er hat seine Brieftasche in der Hand.

»Können Sie uns etwas Geld leihen?«, fragt Georg.

»Nur für kurze Zeit«, sagt Martin, »ich gehe nachher gleich zum Automaten.«

»Wie viel brauchen Sie?«, fragt Joshua.

»Wie viel haben Sie denn?«

Joshua hat siebzig Euro und ein paar zerquetschte.

»Dann kriegen wir es ja zusammen«, sagt Georg. »Zumindest fast.« Er nimmt Joshuas siebzig Euro und reicht sie zusammen mit weiteren Scheinen aus seiner Hosentasche seinem Vater.

Jennifer grinst, als Georg und Joshua in die Küche zurückkommen.

Nach dem Frühstück geht Joshua mit Martin einkaufen, während Georg sich um den Haushalt kümmert. Ein wenig aufräumen, Spülmaschine ausräumen und Müll entsorgen. Den Rest erledigt die Putzfrau immer mittwochs. Jennifer hat einen Friseurtermin. Joshua backt einen Kuchen. Apfelkuchen. Nach Großmutters Rezept. Es gab ihn jeden Samstag.

Um zehn vor zwei macht er sich auf den Weg, um Jonas abzuholen. Georg fährt ihn. Es sind nur ein paar Schritte, aber er wird ja für Jonas einiges mitnehmen müssen. Der Doorman möchte sie erst nicht hereinlassen, er kennt ihn immer noch nicht. Wo wohl Ralf abgeblieben ist? Joshua hat ihn eine ganze Weile nicht mehr gesehen.

»Ich hole ihn«, sagt Brigitte und verschwindet im Haus.

Brigitte hat Jonas' Sachen bereits in einer Reisetasche verstaut. Auch Jonas ist bereit.

»Wir sind mit dem Auto da«, sagt Joshua. Brigitte blickt auf Georg, der an der Fahrertür lehnt.

»So ein junger Mann also«, sagt sie.

»Das ist Georg, Martins Sohn.«

»So«, sagt Brigitte nur.

»Was so?«

»Einen Sohn hat er also auch.«

»Er ist nur ein Freund, weiter nichts.«

»So wie Thomas?«, fragt Brigitte.

Joshua antwortet nicht. Thomas ist vorbei.

Den Kinderwagen stellen sie im Hausflur ab, neben zwei andere Kinderwagen.

Martin legt seinen Finger in Jonas' Hand, strahlt, als der zugreift und ihn festhält.

»Das ist aber ein Hübscher«, sagt Jennifer, »der wird bestimmt mal so hübsch wie sein Vater.« Joshua spürt, wie er rot wird.

Jennifer ist ein Klischee, denkt Joshua, es gibt sie eigentlich nicht. Georg ist eigentlich schwul, doch er will es nicht wahrhaben, deshalb hat er sich das Klischee einer Frau gesucht. Ob Joshua es ihm sagen soll? Quatsch, wie käme er dazu? Was bildet er sich überhaupt ein! Georg ist, was er ist. Und Jennifer ist, was sie ist. Und Max Fallot ist Max Fallot. Punkt. Und Joshua? Der Sohn von Josef, der Vater von Jonas. Und sonst?

Martin hat bereits Kaffee gekocht und die Kaffeetafel gedeckt. Die vier setzen sich an den großen Esstisch im Wohnzimmer, Joshuas Apfelkuchen steht in der Mitte. Martin reicht Joshua das Messer, er soll den Kuchen anschneiden und auf einmal klopft Joshuas Herz schneller. Er hat schon so lange keinen Kuchen mehr gebacken und hat Angst, dass er nicht schmeckt, jedenfalls nicht so, wie er schmecken soll. So wie er bei seiner Großmutter geschmeckt hat. Am Samstagnachmittag, wenn sein Vater bei der Jagd war und Joshua, seine Mutter und seine Großeltern alleine an der großen Kaffeetafel saßen. Doch der Kuchen ist ihm gelungen und es kommt Joshua so vor, als hätte er seit Jahren keinen so guten Kuchen mehr gegessen. Auch Martin, Jennifer und Georg loben ihn.

Martin schlägt einen Spaziergang vor.

Die Sonne hat sich verzogen, es ist nicht mehr so heiß, dafür umso schwüler. Doch es scheint keinem der vier etwas auszumachen. Sie wechseln sich ab beim Kinderwagenschieben. Martin wischt sich immer wieder mit einem großen weißen Taschentuch den Schweiß von der Stirn. Doch er lächelt. Auch Georg und Jennifer wirken entspannt. Georg hat seinen

Arm um Jennifers Hüfte gelegt. Zufällig begegnen sie Frau Schneider, die Hand in Hand mit einem großen glatzköpfigen Mann durch den Park schlendert. Jonas' Anblick versetzt Frau Schneider in Entzücken.

»Was haben Sie denn für einen reizenden kleinen Sohn!«

Und zum ersten Mal seit Langem fühlt Joshua sich glücklich. Es hätte so ein schöner Tag werden können. Er wollte vorschlagen, für seine drei Freunde zu kochen. Er wollte ihnen beim Abendessen das Du anbieten. Doch kurz, nachdem sie sich von Frau Schneider verabschiedet haben, sieht er Max. Wieder nur von hinten, aber diesmal ist er sich sicher, dass es Max ist. Sie ist nicht alleine, auch sie geht Hand in Hand mit einem Mann.

Ihr Bruder, denkt Joshua, ein Cousin, der zu Besuch ist, ein schwuler Schulfreund.

Er lässt Jonas und seine drei Freunde einfach stehen und rennt Max hinterher. Er fasst Max an der Schulter, dreht sie zu sich herum. Ihr Begleiter ballt die Faust. »Was soll das?«

Ein bärtiger junger Mann, bestimmt zwanzig Jahre jünger als Joshua. Schöne Augen, denkt Joshua, wie schade, dass ich ihn töten muss. Joshua hält sich vor Entsetzen die Hand vor den Mund.

Dann nimmt er ihre Hand. »Max!« Sie entzieht sie ihm, er greift nach ihrem Arm, hält ihn fest.

»Was wollen Sie?«, fragt sie und macht sich los.

»Was ich will? Ich habe dich so vermisst. Du musst mir sagen, wie ich dich erreichen kann. Ich habe schon gedacht, ich habe dich für immer verloren.«

»Lassen Sie mich in Ruhe, ich kenne Sie nicht.«

»Max …« Er packt ihren Arm erneut. Sie schüttelt ihn ab. Der junge Mann kommt ihr zu Hilfe, stößt Joshua weg. »Hauen Sie ab!«

»Aber du kannst doch nicht so tun, als wäre nichts gewesen, Max.«

Der junge Mann nimmt Max' Hand und zieht sie von Joshua fort. Aber sie gehört mir, denkt Joshua. Oder hat er es laut gesagt?

Sie gehen schnell. Er folgt ihnen. Bis zum Haus, hinauf ins Dachgeschoss. Sie müssen seine Schritte auf der Treppe hören. Doch sie ignorieren sie einfach. Sie tun so, als gäbe es ihn gar nicht.

Sie schließen die Tür zur mittleren Wohnung auf und schlüpfen hinein. Denken sie, er merkt es nicht? Er lauscht an der Tür, hört ihre Stimmen. Süßlich säuselnde Stimmen, Liebesgeflüster. Er klopft und sie verstummen. Also gibt es ihn doch. Also nehmen sie ihn doch wahr. Aber sie öffnen ihm nicht. Und der Schlüssel passt nicht. Er trommelt gegen die Tür.

»Max, Max, mach auf, ich bin es doch!« Nichts.

Der verdammte Schlüssel muss doch passen, er hat doch vor ein paar Tagen noch gepasst. Plötzlich dämmert es ihm. Er steckt den Schlüssel in die Tür von Antonia Beckers Wohnung, dreht ihn einmal, zweimal, die Tür geht auf. Er geht in das Zimmer, das neben Max Fallots Wohnung liegt. Er presst sein Ohr gegen die Wand, hört schweres Atmen, Stöhnen, Poltern. Diese Schweine brüllt er, diese Schweine. Sein Schweiß läuft in Strömen, hinterlässt eine feuchte Spur auf der sandfarbenen Wand. Aber es ist ihm egal. Es ist ihm auch egal, ob Antonia Becker jetzt nach Hause kommt. Wenn sie jetzt nach Hause kommt, macht er sie kalt. Dazu braucht er kein Seil, er wird es mit bloßen Händen tun. Aber das muss er nicht. Er geht in die Küche und nimmt ein Fleischmesser aus einem Block. Dann setzt er sich im Flur auf den Boden, blickt zur Wohnungstür, wartet. Soll sie nur kommen! Doch sie kommt nicht. Eine halbe Stunde vergeht, eine Stunde, nichts geschieht. Dann geht draußen im Hausflur eine Tür. Er öffnet Antonia Beckers Wohnungstür und erhascht noch einen Blick auf den Hinterkopf des bärtigen jungen Mannes. Ihn wird Joshua sich später vorknöpfen. Erst holt er sich Max

Fallot. Die steht in der Tür nebenan und blickt sehnsüchtig ihrem Liebhaber hinterher. Sie bemerkt Joshua nicht einmal. Er drängt sie in die leere Wohnung.

»Es tut mir leid«, sagt sie. Sie weint. »Ich wollte dir nicht wehtun.«

Auf einmal fällt alle Wut von ihm ab und ein Schmerz, mindestens doppelt so groß wie er selbst, zerreißt ihn. Er wirft sich vor ihr zu Boden, umklammert ihre Füße.

»Ich bin so allein«, sagt er schluchzend, »immer so allein.«

Sie streichelt seinen Kopf. »Mein armer Junge«, sagt sie, »mein armer, armer Junge.«

»Lass mich nicht allein, lass mich nie wieder allein.«

»Aber ich muss«, sagt sie und löst sich von ihm.

Sie geht weg, ans andere Ende des Raumes. Er sieht sie nur verschwommen durch einen Tränenschleier. Sie legt sich auf den Boden, die Hände hinter dem Kopf, die Füße verschränkt, wirkt so locker, so wahnsinnig entspannt. Erst jetzt fällt ihm auf, dass sie sein Hemd trägt, das Hemd des anderen, sonst nichts. Sein Magen rebelliert, schickt Kuchenbrei die Speiseröhre hinauf. Er schluckt ihn hinunter.

»Was ist hier eigentlich los?«, fragt er leise. »Was passiert hier?«

Sie antwortet nicht. Stattdessen beginnt sie zu singen. Sie singt eine vertraute Melodie und er fragt sich, wie sie es schafft, mehrstimmig zu singen. Und wie ihre Stimme in seine Hosentasche kommt, sie vibriert an seinem Schenkel. Er tastet danach.

Erst hört er nichts, dann eine Stimme, gleichzeitig fremd und doch vertraut. Weit weg und doch nah. Endorphine rauschen durch seinen Körper.

»Wer ist da?« Er weiß, wer es ist. Erst kann er sie kaum verstehen. Ihre Sätze sind abgehackt.

»Wie geht … Joshua.«.

»Ruth?«

Stille.

»All… in Ord…?«

»Nein.«

»Was … los?«

»Es war ein Fehler.«

Von einem Moment auf den anderen ist die Verbindung stabil. Und so klar, als stünden sie nebeneinander an einem windstillen Morgen an einem einsamen See. Sie seufzt.

»Ach, Josh.«

»Ich liebe dich.«

»Ich liebe dich auch.«

»Dann komm zurück.«

»Du bist doch weggegangen, Josh, nicht ich.«

»Aber ich bin doch hier.«

Sie lacht. »Du bist verrückt«, sagt sie, »Aber das warst du immer schon, das mochte ich so an dir.«

»Dann komm zurück!«

»Und dein Sohn?«

»Es könnte auch dein Sohn sein.«

»Aber das ist er nicht.«

»Wenn er bei uns wäre, wäre er es.«

»Und Brigitte?«

»Brigitte ist seine Mutter, weiter nichts.«

»Dann wird es irgendeine andere geben.«

»Ich will keine andere, ich will nie mehr eine andere, nur dich.«

»Aber du brauchst es doch, das weiß ich.«

»Ich brauche es nicht. Ich kann sehr gut ohne auskommen. Ich brauche keinen Sex, wenn ich nur dich habe.«

Schweigen.

»Ruth?«

»Aber ich brauche Sex, Josh. Nur weil es mit uns nie so richtig geklappt hat, heißt das nicht, dass ich keinen möchte.«

»Wir können es doch noch einmal versuchen.«

»Ich habe jemanden gefunden, Josh.«

»Du hast jemanden gefunden?« Ihm stockt der Atem.

»Ja, jemanden, mit dem es klappt. Er schläft. Ich werde ihn gleich wecken.«

»Weck ihn nicht«, sagt Joshua. Er lässt das Telefon sinken, legt es neben sich auf den Boden. »Lass ihn schlafen. Für immer. Weck ihn nie wieder auf.«

Der Wasserhahn in der Küche tropft und es kommt ihm so vor, als tropfte es in seinem Kopf. Er sieht sein Gehirn vor sich, erkennt jede einzelne seiner verdammten Gehirnwindungen. Und jede Stelle, auf die ein Wassertropfen fällt, entzündet sich, wird flammend rot, bis sein blasses Hirn sich in einen roten Feuerball verwandelt hat. Es tut weh, es brennt, er zerrt und rüttelt an ihm. Und sie liegt auf dem Boden und singt, summt eine leise Melodie, die an seinen Schädelwänden abperlt wie ein schwach geschossener Fußball. Aber sie singt ja gar nicht. Die Melodie kriecht durch die Wände, begleitet von dumpfen Bässen. A. Struck ist nach Hause gekommen, hat Musik aufgedreht. Immer mehr davon dringt in Joshuas Schädel. Die Musik wird schneller, härter, lauter, nimmt mit jedem weiteren Abpraller an seinen Schädelwänden immer mehr an Fahrt auf. Er presst sich die Hände gegen die Schläfen und brüllt: »Aufhören, aufhören, lasst mich in Ruhe!« Doch es hilft nichts. Der Schmerz pocht in seinem wunden Hirn und die Bässe hallen und das harte Wasser prasselt auf ihn ein. Er rappelt sich auf, geht zu der Frau, die am Boden liegt, gibt ihr einen Tritt in die Seite, brüllt: »Hör auf damit! Hör sofort auf damit!« Die Frau stöhnt, zieht ihre Knie an, lässt sie auseinanderfallen wie eine welke Blüte. Etwas tropft aus ihr heraus. Tropft auf das Kondom, das zwischen ihren Beinen liegt. Und es macht ihn so wütend, so unglaublich wütend. Er muss jetzt endlich dafür sorgen, dass es aufhört. Es wird nie aufhören, wenn er nicht dafür sorgt. Er kann gar nicht anders, er muss es tun. Er greift nach dem Messer, das neben ihm auf dem Boden liegt. Der schwarze Griff scheint in seiner Hand zu pulsieren. Voodoo, denkt er, es ist nur Voodoo, weiter nichts. Sie ist eine große Puppe. Er stößt ihr das Messer ins Herz, aber das macht nichts. Wer glaubt denn schon an Voodoo, er sicher nicht. Er hat so lange daran gearbeitet, es nicht mehr zu glauben, da wird er doch jetzt nicht wieder damit anfangen. Er zieht das Messer heraus und stößt noch einmal zu, diesmal etwas tiefer, dann ein Stück weiter rechts, dann weiter oben und noch weiter oben. Liebe macht blind, denkt er und sticht ihr die Augen aus, dieser großen blutenden Puppe. Und dann liegt sie da, in einer Lache aus Blut. Aber Puppen bluten doch nicht, denkt er und blickt auf seine roten Hände und dann sagt er es laut. »Aber Puppen bluten doch nicht.«

Teil 3

Arousal

»I'm like a Soldier getting over the war.«
Johnny Cash

Toni

Der Fahrtwind bläst uns um die Ohren. Alleebäume ziehen an uns vorbei, der schnelle Wechsel von Licht und Schatten macht mich ein wenig schwindelig. Das und Nika. Diesmal sind wir nicht mit dem Motorrad unterwegs und auch Stefan Keller muss nicht auf sein Auto verzichten. Sie hat sich einen Wagen geliehen. Ein rotes Cabriolet.

»Ich finde Auto fahrende Frauen erotisch«, sage ich.

»Was sagst du?«

Ich wiederhole es. »Manche zumindest«, füge ich hinzu.

Sie nimmt meine Hand und legt sie auf ihren nackten Schenkel. Wir hören Patti Smith. Ich habe schon eine ganze Weile nicht mehr Patti Smith gehört.

»Eigentlich habe ich lieber die Hosen an, aber in manchen Situationen sind Kleider einfach praktischer«, sagt sie.

Bei der nächsten Gelegenheit biegt sie in einen Waldweg, schiebt sich die Sonnenbrille in die Stirn und grinst. Als wir später in einem Dorfcafé einen Kaffee trinken, liegt ihr Slip im Fußraum des Wagens, nur ein paar Zentimeter vom Gaspedal. Ich weiß nicht, ob sie ihn mit Absicht liegen lässt oder ihn einfach vergisst.

»Mir ist übrigens eingefallen, von wem der Orgasmusspruch stammt, Rainer Langhans«, sage ich, trinke einen Schluck Cappuccino und verziehe das Gesicht.

»Stimmt. Jetzt, wo du's sagst.«

»Hast du jemals in einer Kommune gelebt?«, frage ich

»Ich habe eine Friseurlehre gemacht und in einem möblierten Zimmer gewohnt. Mit einer strengen Vermieterin. Kein Herrenbesuch, du verstehst.«

»Wie tragisch.«

Sie kichert.

Es fängt an zu regnen, schnell rennt sie nach draußen und schließt das Verdeck. Während ich auf sie warte, denke ich an Dr. Taussig.

»Was ist los?«, fragt Nika, als sie zurückkommt.

»Ich mache mir Sorgen um Dr. Taussig. Sie wollte mich nicht gehen lassen. Sie hat sich in meine Reisetasche gelegt. Und als das nichts genützt hat, ist sie neben mir hergerannt und hat nach meinen Füßen geschnappt. Dann hat sie sich vor die Wohnungstür gelegt und ich musste sie wegtragen.«

»Ist das nicht normal, dass Katzen sich in Reisetaschen legen?«

»Sie ist alt. Ich glaube, ich werde Andreas jeden Tag anrufen und fragen, wie es ihr geht. Ich halt das sonst nicht aus bis Montagabend.«

Sie hat den Kopf gesenkt, ihre Augen sind feucht geworden.

Ich streiche über ihre Hand. »Was ist los? Was macht dich traurig?«

»Bin ich traurig?«, fragt sie. Sie runzelt die Stirn. »Vielleicht, weil ich Dienstag wieder arbeiten muss und im Moment habe ich überhaupt keine Lust dazu.«

Schweigen.

»Warum bist du eigentlich Polizistin geworden?«

Ein kurzer trockener Lacher. »Das habe ich mich auch schon gefragt.«

»Ich hab's vergessen«, sagt sie nach einer Weile. »Ich erzähl's dir, wenn es mir wieder einfällt.« Sie gießt sich Kaffee aus dem Kännchen nach, wirft ein Stück Zucker hinein und rührt langsam um.

»Hattest du eigentlich mal ein Haustier?«

Sie lacht. »Irgendwie kommen wir nicht von den schweren Themen weg.«

»Das ist doch eine harmlose Frage, oder?«

»Schätzchen, es gibt keine harmlosen Fragen. Wusstest du das nicht? Als Kind hatte ich mal eine Katze. Sie ist überfahren worden, seither wollte ich nie wieder ein Tier.«

»Deshalb warst du vorhin so traurig?«

Sie denkt nach. »Kann schon sein. Sie hieß Wilma. Wie Wilma Rudolph, die Sprinterin.«

»1960, Rom. Gold über hundert Meter.«

»Du kennst dich ja aus.«

»War deine Wilma auch so schnell?«

»Meine Wilma hatte ein lahmes Bein. Ich dachte, es hilft, wenn ich sie Wilma nenne. Schließlich hatte Wilma Rudolph auch mal Kinderlähmung und ist dann sogar Olympiasiegerin geworden. Wer weiß, vielleicht hätte es ja geholfen, wenn meine Wilma lange genug gelebt hätte. Ach, es wäre mir egal gewesen, Hauptsache, sie wäre alt geworden. Schmeckt dir dein Kaffee nicht?«

»Ich kann gesüßten Kaffee nicht leiden. Außerdem ist er aus der Tüte.«

Ihrer ist gut und sie bestellt mir auch ein Kännchen.

»Wolltest du auch mal Sprinterin werden?«, frage ich, nachdem die Kellnerin den Kaffee serviert hat.

»Ich wollte alles Mögliche werden. Sprinterin, Schwimmerin, Feuerwehrfrau und Tarzan. Aber ich war einfach zu langsam, die Feuerwehr wollte mich nicht aufnehmen und in unserer Umgebung gab es weder Jane noch Lianen. Leider.«

»Also du bist Friseurin geworden.«

»Ja, ich hab sogar ein paar Jahre in dem Beruf gearbeitet. Ich kann dir die Haare schneiden, wenn du willst.« Sie streicht mir eine Strähne aus der Stirn.

Ich zögere lange, bevor ich mir auf der Toilette die Hände wasche. Ich mag ihren Geruch an meinen Fingern. Ich fische ihren Slip aus dem Fußraum und stecke ihn in meinen Rucksack. Ich weiß nicht, ob sie es bemerkt, sie sagt jedenfalls nichts dazu.

Das Ferienhaus hat einen Kamin im Wohnzimmer und eine Terrasse zum Meer. Sie führt mich herum, zeigt es mir stolz. Ich möchte gleich an den Strand, aber sie nicht. Sie schubst mich aufs Bett und macht sich an meinem Hosenknopf zu schaffen. Ich halte ihre Hände fest.

»Du hast gesagt, du hast lieber die Hosen an. Ich aber auch.«

Sie macht sich los, steht vor mir, sieht mich lange an: »Wenn ich eine Frau liebe, dann ziehe ich am liebsten alles aus, mach die Beine breit und lass mich von ihr ficken.«

Während sie spricht, ruckelt sie am Reißverschluss ihres Kleides, aber er scheint zu klemmen. Sie stöhnt. »Scheiße, jetzt ist der ganze Effekt dahin. Kannst du mir mal helfen?«

Später gehen wir doch noch Hand in Hand am Strand spazieren, während die Sonne untergeht. Der rötliche Himmel mit den Wolkenfragmenten über dem ruhigen Wasser ist von atemberaubender Schönheit. Ich halte den Anblick kaum aus, vor allem halte ich es kaum aus, ihn mit ihr zu erleben. Und mir stockt tatsächlich der Atem, ich ringe nach Luft. Sie ist besorgt.

»Dein Herz?«, fragt sie.

»Ja, mein Herz, ich glaube, ich hatte einen Orgasmus im Herzen.«

Sie lacht, zieht mich mit sich. »Hier essen wir.«

Es sieht teuer aus. Sie sucht einen schönen Platz aus, etwas am Rand, hier haben wir alles im Blick, die große Terrasse mit den kleinen gusseisernen Tischen. Die Promenade, das Meer. Sie will das ganze Programm, sagt sie. Und ich soll auch zugreifen. Vorspeise, Hauptgang, Nachtisch. Nika trinkt Wein, ich alkoholfreies Bier und Orangensaft. Dazu gibt es kostenlos Theater. In der stummen Hauptrolle, der Orangensaft, aber nicht meiner. Der wird hier mit einer Orangenschalenspirale mitten im Glas serviert. Sieht hübsch aus und spart sicher Saft. Weitere Rollen: Ein Mann und eine Frau am Nebentisch, ein Kellner, ein Barmann, ein Barchef.

Die Frau hat ein Glas Orangensaft vor sich, gut sichtbar das obere Ende der Orangenschale. Der Mann ruft nach dem Kellner, beschwert sich über die Orangenschale. Seine Frau sei schwanger, habe sich deshalb extra etwas Gesundes bestellt und dann findet sich darin diese Orangenschale. Der Kellner – schwarzes Jackett, weiße Fliege – verspricht, die Beschwerde an den Barmann weiterzuleiten.

»Vielleicht ist sie ja Bio«, flüstert Nika mir zu.

»Die Frau?«, frage ich.

»Quatsch, die Orange, von der die Schale ist.«

Auftritt Barmann. Weißes Jackett, schwarze Fliege. Stellt sich mitten auf die Terrasse, ruft: »Wer hat sich hier über den Orangensaft beschwert.«

Der Mann vom Nebentisch meldet sich, der Barmann tritt an den Tisch. Der Mann beschwert sich zuerst über den unmöglichen Auftritt des Barmanns, dann über die Orangenschale im Glas. Der Barmann ist uneinsichtig. Er ist der Meinung, dass eine Orangenschalenspirale im Orangensaft völlig okay ist. Der Barchef wird gerufen und ebenfalls über die Schwangerschaft informiert. Ihm wird vorgeworfen, dass er sein Personal nicht im Griff hat.

»Ich bin selbst Unternehmer, ich bin Arzt, ich weiß, wie man Personal zu führen hat.«

»Meinst du, die Frau kann sprechen?«, flüstert Nika.

»Vielleicht darf sie nicht.«

»Oder will sie nicht?«

»Der hat auf jeden Fall die Hosen an.«

»Wenn ich jemals so rüberkomme, dann sag mir Bescheid«, sagt sie.

»Da kannst du drauf wetten.« Ich grinse.

»Der Barmann hat sich aber wirklich unmöglich verhalten«, sagt sie.

»Ja, das hat er.«

»Vielleicht komme ich zurzeit für Stefan ja so rüber.«

»Wie der Barmann?«

»Wie der Arzt, der sein Personal im Griff hat.«

»Weil du Stefan im Griff hast?«

»Weil ich ihn nicht im Griff habe.«

»Weil er wie der Barmann ist?«

»Weil ich wie der Barmann bin.«

Ich warte, dass sie es mir erklärt. Aber sie tut es nicht. Sie legt den Finger an das Kinn, blickt nachdenklich. »Ich habe keine Lust auf diesen Fall. So überhaupt keine Lust. Ich habe noch nie auf einen Fall so wenig Lust gehabt wie auf diesen«, sagt sie schließlich.

»Weil du verliebt bist?«

»Vielleicht, weil ich alt bin, vielleicht, weil ich müde bin.«

»Vielleicht, weil du genug hast, weil du es schon zu lange machst?«

»Kannst du dir vorstellen, einmal nicht mehr zu schreiben?«, fragt sie.

»Ich schreibe andauernd nicht.«

»Kannst du dir vorstellen, ganz damit aufzuhören?«

»Ich kann mir so langsam wieder vorstellen, damit weiterzumachen.«

»Du weichst mir aus.«

»Ich weiche dir aus? Quatsch! Ich sage die Wahrheit, nichts als die Wahrheit, wenn auch nicht die ganze.«

»Und was ist die ganze?«

»Keine Ahnung.«

»Aber gut, dass du wieder anfangen willst.«

Sie legt ihre Hand auf meine. Sie streichelt meinen Handrücken, lächelt verträumt.

»Vielleicht war es Columbo«, flüstert sie.

»Was ist mit Columbo?«

»Na, warum ich Polizistin geworden bin. Er hat mich beeindruckt. Zugegeben, seine Fälle haben nichts mit der Realität zu tun. Aber ich mochte die Art, wie er sie gelöst hat, trotzdem. Er braucht keine Waffe außer seinem Verstand, seiner Intuition und er ist nicht korrumpierbar.«

»So wie du.«

»Bin ich das?«

»Bist du es nicht?«, frage ich.

»Ich bin unprofessionell, findet Stefan. Etwas mit einer Zeugin anzufangen, ist unprofessionell. Mit einer Verdächtigen erst recht.«

»Ich bin verdächtig?«

»Für mich nicht.«

»Aber für Stefan?«

Sie antwortet nicht.

»Er denkt doch nicht ernsthaft, dass ich Julian Schäfer umgebracht habe?«

Sie zuckt mit den Schultern.

»Komm, das musst du mir doch sagen!«

»Ich denke es nicht und es gibt keinerlei Anhaltspunkte. Darauf kommt es doch an, oder?«

»Die kann es auch nicht geben.«

»Das sehe ich genauso. Mehr kann ich wirklich nicht dazu sagen.«

Die Vorspeise wird serviert, eine Weile essen wir schweigend.

»Du bist also wegen Columbo Polizistin geworden?«, frage ich.

»Nein, eigentlich nicht.«

»Und warum dann?«

»Gibt es immer nur einen Grund, etwas zu tun? Warum schreibst du?«

»Weil es noch schlimmer ist, nicht zu schreiben.«

»Und das ist der einzige Grund?«

»Weil ich unbedingt etwas loswerden möchte.«

»Und wirst du es los?«

»Nein.«

»Weiter.«

»Weil ich meine Figuren nach meiner Pfeife tanzen lassen kann.«

»Und? Tanzen sie nach deiner Pfeife?«

»Ich tanze nach ihrer.«

Sie lacht. »Es gibt viele Gründe, etwas zu tun. Meistens sind es die falschen. Komischerweise kommt ganz oft trotzdem etwas Gutes dabei heraus.«

»Manchmal gibt es noch mehr gute Gründe, etwas nicht zu tun, weil das, was dabei herauskommt, immer falsch ist.«

»Manchmal gibt es gute Gründe, jemanden zu töten, und es ist trotzdem besser, es nicht zu tun.«

»Sprichst du von etwas Konkretem?«

»Von der Todesstrafe.«

»Ich finde nicht, dass es dafür gute Gründe gibt. Im Gegenteil.«

»Vielleicht bin ich deshalb Polizistin geworden.«

»Weil du für die Todesstrafe bist?«

»Weil ich dagegen bin. Ich habe mich mit meinem Vater darüber gestritten. Es war in der Zeit, in der Jürgen Bartsch sein Unwesen trieb. Ich fand es schrecklich, was er getan hat, aber ich wollte trotzdem nicht, dass ihm dasselbe angetan wird. ›Mord ist die extreme Form der Zensur‹, George Bernard Shaw. Steht in meinem Sprüchebuch. Die Todesstrafe treibt dies auf die Spitze.«

»Und deshalb bist du Polizistin geworden?«

»Deshalb bin ich zu Amnesty gegangen. Weil Amnesty auch gegen die Todesstrafe kämpft. Vielleicht bin ich deshalb auch Polizistin geworden. Ich wollte, dass es aufhört, das Töten, egal, auf welcher Seite. Und wenn du willst, dass etwas aufhört, musst du es verstehen. Ich wollte verstehen, warum Menschen einander töten.«

»Und? Verstehst du es mittlerweile?«

»Nein.«

»Weiter!«

»Ich wollte unvoreingenommen sein, aufmerksam, immer genau hinsehen, nie dem ersten Anschein glauben. Ich wollte immer nur nach der Wahrheit schauen, nach sonst nichts.«

»Und? Ist es dir gelungen?«

»Natürlich nicht, was denkst du denn?«

Ihr Mund wird breit. Sie grinst. »Ich rede dummes Zeug. Ich glaube, ich habe wirklich vergessen, warum ich Polizistin geworden bin.«

»Das glaube ich nicht«, sage ich. »Es steckt bestimmt Wahrheit in dem, was du gesagt hast. Wenn auch vielleicht nicht die ganze Wahrheit.«

Sie lacht laut und der Mann vom Nebentisch blickt missbilligend zu uns herüber.

»Warum lachst du?«, frage ich.

»Ich weiß auch nicht.« Sie sucht nach einem Taschentuch, findet keins und putzt sich mit der Serviette die Nase.

»Ich fühle ich mich bekifft. Und du bist schuld. Verliebtheit spart unheimlich Geld, findest du nicht? Es kostet nichts, ist allgemein akzeptiert – reden wir nicht von Stefan – und es wirkt besser als jeder Joint.«

»Ich habe mal einer Frau einen Billardqueue in den Hals gestoßen.«

»Warst du verliebt oder stoned?«

»Beides. Es war an meinem dreiundzwanzigsten Geburtstag. Wir waren essen, in einem ägyptischen Restaurant mit einem Billardtisch im Hinterzimmer. Nach dem Essen haben wir Pool gespielt. Ich hab die ganze Zeit nur gekichert und das Spiel zog sich, weil wir die Kugeln einfach nicht getroffen haben. Wir sind einfach nicht fertig geworden, dabei haben schon Leute gewartet, die auch spielen wollten. Und ich hab mit dem Queue herumgefuchtelt und dann aus Versehen ihren Hals getroffen. Aber es war ein schöner Abend. Und ihr ist auch nichts passiert. Was lachst du so?«

Sie kichert und gluckst und prustet. Und es ist ansteckend, ich lache mit. Erst als das Essen serviert wird, beruhigen wir uns langsam.

»Mir gefällt das«, sage ich.

»Was?«

»Das hier. Es riecht so gut und es schmeckt gut. Es ist alles so … schön.«

»Ja, das ist es. Ich sollte nicht über die Arbeit reden.« Sie trinkt einen Schluck Wein.

»Du kannst über alles reden«, sage ich.

»Und das sagst gerade du.«

»Du kannst, du musst nicht.«

Sie blickt auf ihren Teller, lächelt. »Nein, ich muss nicht. Vielleicht kann ich auch nicht. Aber ich darf.«

»Ja, jetzt haben wir es. Du darfst.«

Wir essen.

»Jetzt ist er doch zu Boden gefallen, der Ball«, sagt sie nach einer Weile.

»Das stimmt nicht. Er dreht nur gerade eine große Runde übers Wasser und schon ist er zurück. Immer nur über das Netz spielen ist doch langweilig.«

Sie blickt auf die dunkle See.

»Da kommt er zurück. Rudern, Jörg Lucke und Heinz J. Bothe, Goldmedaille, Zweier ohne Steuermann«, sage ich.

Sie sieht mich an, mit großen Augen.

»O Gott, worauf habe ich mich hier eingelassen. Wer bist du?«

»Nur eine Frau, die sich in dich verliebt hat. Und ich weiß auch nicht so genau, was ich hier rede.«

»Wozu braucht man die eigentlich, die Steuermänner?«, fragt sie.

»Keine Ahnung, es geht doch auch so.«

Es ist spät, als wir über den Strand zu unserem Ferienhaus zurückgehen. Der Himmel ist sternenklar, die See liegt still und dunkel neben uns. Auf halbem Weg bleibt sie stehen. »Das ist der schönste Geburtstag, den ich je hatte.«

»Wirklich?«, frage ich.

»Ich kann mich an keinen schöneren erinnern.«

Sie küsst mich. Mehr will sie nicht, nicht am Strand, nicht heute. Erst später wieder, im Bett. Wir vögeln bis spät in die Nacht. Wir vögeln vor dem Frühstück und nach dem Nachmittagskaffee. Wir vögeln vor dem Kamin und im Bett. Und hinter einem Strandkorb, aber nur einmal. Am Strand ist uns eher nach anderen Dingen. Zum Beispiel danach, debil lächelnd den sternenklaren Himmel zu betrachten. Und Sol, die auf der dunklen See spazieren geht.

»Glaubst du an Geister?«, frage ich.

»Nein«, antwortet Nika. »Du?«

»Sol hat einmal einen gesehen. Da war sie Anfang zwanzig. Sie saß mit ihrem Freund auf dem Bett, da erschien am Schreibtisch plötzlich ein blutüberströmter Mann. Nach ein paar Sekunden verschwand er wieder. Sie haben ihn beide gesehen und sie waren wach, haben hinterher darüber gesprochen.«

»Hm, ich weiß nicht«, sagt Nika.

Sie fickt mich heftig von hinten auf dem Esszimmertisch, nennt mich »meine geile Fotze«. Und ich mag es. Ich fahre ziemlich darauf ab. Ich habe in diesen vier Tagen wahrscheinlich mehr Sex als in meinem ganzen bisherigen Leben. Was interessieren mich meine Orgasmusschwierigkeiten, ich habe Sex. Und es geht mir gut. Vielleicht bin ich sogar glücklich. Nachts im Bett höre ich das Meer rauschen. Und ich lausche gebannt. Auch dem Wind, den Möwen, Nikas Atem und je mehr ich lausche, umso ruhiger werde ich, umso stiller wird es in mir. Ich liege neben ihr im Sand, fühle die Sonne auf meiner nackten Haut, lasse den Sand durch meine Finger rieseln, blicke in den blauen Himmel, betrachte die Wolkenfetzen, die über uns hinwegziehen. Ich sitze mit ihr im Café und löffle den Eisbecher, den sie mir schenkt. Sie bezahlt mein Essen, mein Eis. Und es macht mir nichts aus.

»Ich weiß, dass du zu kämpfen hast, also mach bitte kein Drama draus.«

»Ich werde nie wieder in meinem Leben aus irgendetwas ein Drama machen«, antworte ich.

»Na, warten wir erst einmal ab.«

Nika bezahlt auch die Fahrt mit dem Zeestboot auf dem Bodden. Wir sitzen zusammen auf einer schmalen Holzbank und blicken in die großen braunen Segel. Sie hat ihren Arm um mich gelegt. Sie kommt mir groß vor, sie ist gewachsen in den letzten Tagen, dabei erschien sie mir nie klein. Aber jetzt kommt sie mir vor wie eine große graue Zauberin. Sie erinnert mich an Gandalf, den Zauberer aus dem Herr der Ringe. Sie ist genau diejenige, die du bei dir haben willst, wenn es hart auf hart kommt, die den Unterschied macht. Sie bei sich zu haben, macht alles leichter. In ihrer Nähe wachse auch ich, werde von Minute zu Minute größer. Deshalb ist es nicht schlimm, dass sie alles bezahlt. Ich bin mir sicher, sie wird es mir niemals vorhalten, ganz egal, was passiert.

Später bei Kaffee und Apfelkuchen erzähle ich ihr davon.

»Aber ich kann gar nicht zaubern. Und ich bin sterblich, wie alle anderen auch.«

»Verstehst du denn gar nicht, was ich meine?«

Sie hebt die Kaffeetasse, hält sie sich vors Gesicht, trinkt einen Schluck.

»Ich weiß nicht«, sagt sie. »Vielleicht.«

Am Tag unserer Rückfahrt wollen wir noch einen Spaziergang zu einem Leuchtturm machen, aber wir geraten auf der Steilküste in ein Gewitter. Ganze Sturzbäche ergießen sich über uns und innerhalb kurzer Zeit sind wir völlig durchnässt. Blitze zucken, Donner grollt. Aber es hilft nichts, wir müssen weiter. Hier gibt es keine Möglichkeit unterzustehen, keinen Schutz. Sie gerät in Panik und ich nehme ihrer Hand und ziehe sie mit. Meine Sandalen quietschen bei jedem Schritt. Mein Herz klopft hart und ich habe Angst. Angst, dass die Kante bricht, dass wir vom Blitz getroffen werden. Aber wir schaffen es. Als wir den Ort erreichen, hört es auf zu regnen. Die Tür zu unserem Ferienhaus fällt ins Schloss und sie mir um den Hals.

»Sieht so aus, als wärst du die Zauberin«, sagt sie. Sie weint.

Montagnachmittag fahren wir zurück. Wir sprechen wenig. Es regnet leicht und Nika hat das Verdeck zugezogen.

»Wir sehen uns«, sagt ich, als ich aussteige.

»Sicher«, antwortet sie lächelnd und hält noch einen Moment meine Hand.

Ich spüre sofort, dass etwas nicht stimmt, als ich meine Wohnungstür aufschließe.

Ich wähle Nikas Nummer. Sie nimmt sofort ab.

»Was gibt's?«, fragt sie. »Irgendwas im Auto vergessen?«

»Kannst du bitte kommen, jetzt gleich?«

Joshua

Joshua. Auf einem fremden Bett vor einer fremden sandfarbenen Wand. Die Arme um die Beine geschlungen, das blutige Gesicht auf den blutigen Knien. Tränennass. Er weint die ganze Nacht, doch es hilft nichts, es trocknet trotzdem, das Blut an seinen Händen. Ehe die Sonne aufgeht, ist es nur noch eine dicke raue Kruste. Totes Blut. Zu spät, sagt der Schneider. Er sitzt in Joshuas Kopf. Joshua hört seine Stimme klar und deutlich. Und das Rattern seiner Nähmaschine. Der Schneider hat seine Arbeit begonnen, er näht für Joshua ein neues Leben und er fragt Joshua nicht, wie es aussehen soll. Er wird ihn nie wieder fragen. Und irgendwie ist das beruhigend. Er ist die Verantwortung los, endgültig. Was immer der Schneider für ihn vorsieht, er wird es akzeptieren.

Er hört auf zu weinen, blickt zum Fenster. Zum Glück ist es noch dunkel. Vier Uhr zehn zeigt das Display seines Handys. Er benutzt Antonia Beckers Dusche und ihre Nagelbürste, um sich das Blut abzukratzen. Er durchsucht ihren Kleiderschrank, nimmt sich ein verwaschenes Flanellhemd und eine zerschlissene Jeans, beides ein wenig zu weit, aber er wird sie nicht lange tragen. In der Speisekammer entdeckt er eine Flasche Brennspiritus. Er legt seine Kleidung in den Kamin, kippt Brennspiritus darauf und zündet sie an. Er zieht die Bettwäsche ab, auf der er gelegen hat, und packt sie in eine Plastiktüte. Er denkt nicht groß über all diese Schritte nach, ob sie sinnvoll sind oder nicht, ob er einen Fehler macht oder nicht, was für Konsequenzen sie haben könnten. Er tut, was er glaubt, tun zu müssen. Er handelt ruhig und konzentriert. Wenn sein Handeln ihn auf direktem Weg aufs Schafott brächte, es wäre ihm egal. Aber das wird es nicht. Es gibt kein Schafott mehr, nicht in diesem Land. Darüber war er bisher immer froh. Jetzt bedauert er es. Es wäre so viel einfacher, müsste er nicht selbst entscheiden, ob er mit dem, was er getan hat, weiterleben will oder nicht.

In Martins Wohnung zieht er sich noch einmal um, steigt in seine Laufsachen. Er packt Antonias Kleidung in eine zweite Plastiktüte, die er in der Küche seiner Gastgeber unter der Spüle findet. Er sieht nicht nach Jonas, bevor er geht. Vielleicht ist Jonas ja gar nicht mehr hier, vielleicht haben sie ihn zu Brigitte zurückgebracht. Dort ist er auch besser aufgehoben. Wenn er noch hier ist, wird sich bestimmt jemand um ihn kümmern.

Vor der Einfahrt zu Brigittes Garage steht ein roter Golf, wahrscheinlich der, dem er in seinem früheren Leben die Reifen zerstochen hat. Bevor er tatsächlich zum Mörder geworden ist. Joshua gelangt von der Garage in die Waschküche. Er steckt Antonia Beckers Bettwäsche, das Hemd und die Jeans in die Waschmaschine, füllt Waschpulver ein, wählt ein Kurzprogramm und schaltet die Maschine ein. Dann setzt er sich daneben, wartet, bis das Programm durchgelaufen ist. Er nimmt die Wäsche aus der Maschine und steckt sie in den Trockner. Gerade rechtzeitig fällt ihm ein, dass es vielleicht ein Fehler sein könnte, die gewaschenen Sachen in die gleichen Tüten zu packen, in denen er sie hergebracht hat. Er schleicht sich in die Küche. Wie erwartet, ist niemand auf. Er nimmt einen großen blauen Müllsack aus einem Karton unter der Spüle und packt die Sachen ein. Bevor er geht, wirft er einen Blick ins Wohnzimmer. Sofakissen liegen auf dem Teppich, Weingläser und Teller stehen herum, auf der Sofalehne, auf dem Boden, auf dem Glastisch, der voller Glasränder ist. Joshua weiß, was das zu bedeuten hat. Sonst war Brigitte immer erpicht darauf, alles sofort aufzuräumen, nachdem die Gäste das Haus verlassen haben. Aber die Gäste sind ja noch da.

Auf dem Weg zurück wirft Joshua die beiden Plastiktüten aus Antonia Beckers Wohnung in einen Mülleimer. Diesmal zählt er die Stufen ins Dachgeschoss, es sind hundertzehn. Wenn Antonia Becker jetzt zu Hause ist, ist alles vorbei. Entweder für sie oder für ihn. Das wird sich dann entscheiden, wenn es so weit ist. Wenn nicht, kommen sie beide vielleicht davon. Vorerst.

Sie ist nicht zu Hause. Er bezieht das Bett neu. Die Bettwäsche ist nicht ganz sauber geworden, auf dem Laken sind noch ein paar Blutflecken zu sehen, wenn auch wesentlich blasser als vorher. Es muss gehen, wenn er Glück hat, wird sich niemand dafür interessieren. Außer Antonia Becker. Aber vielleicht hält sie die Flecken auch für altes Menstruationsblut. Er räumt Antonia Beckers Kleidung wieder in den Schrank. Die ersten Sonnenstrahlen kitzeln seine Nase. Es wird ein heißer Tag werden, das ist jetzt schon zu merken. Heiß und schwül.

Er joggt durch den Park. Er muss nicht lange laufen, eine kleine Runde reicht. Es ist erst kurz vor sieben, aber es dauert nur ein paar Minuten und sein Schweiß läuft in Strömen.

Martin macht gerade Frühstück, als er die Küche betritt.

»Guten Morgen, Martin.«

»Guten Morgen, Joshua, schon gelaufen?«

Martin wirft nur einen kurzen Blick auf Joshua, dann wendet er sich wieder dem Kaffee zu, füllt Pulver in den Filter. Joshua bleibt in der Tür stehen, Schweiß tropft von seinem Kinn auf seine Brust. Martin dreht sich zu ihm um.

»Ihr Sohn hat bei Jacqueline und Georg im Zimmer geschlafen«, sagt er.

»Jennifer«, sagt Joshua.

»Was?«

»Die Verlobte Ihres Sohnes heißt Jennifer.« Warum ist Joshua auf einmal so gereizt? Martin hat ihm doch nichts Böses getan, im Gegenteil.

»Ach ja, Jennifer«, sagt Martin und fasst sich an die Stirn. »Es geht ihm gut. Sie kümmert sich wirklich reizend um ihn. Jetzt, wo ich die drei so erlebe, freue ich mich fast, dass sie heiraten. Wenn sie so kinderlieb ist, wird sie bestimmt Kinder wollen. Und ich werde Großvater. Sie wird bestimmt einmal eine gute Mutter, was meinen Sie?«

»Ich glaube nicht«, antwortet Joshua.

»Warum nicht?«

»Joshua!« Georg kommt auf ihn zu, umarmt ihn kurz, flüstert ihm ins Ohr: »Nein.« Auf seiner Wange glitzert jetzt Joshuas Schweiß.

»Wir haben uns Sorgen um Sie gemacht. Wo waren Sie, was war los?«

»Ich habe mir keine Sorgen gemacht«, sagt Martin und zwinkert Joshua zu. »Jeder Mann hat doch seine Geheimnisse, nicht wahr?«

»Ich habe meine Geliebte getroffen«, sagt Joshua, »sie ging Hand in Hand mit einem anderen Mann spazieren. Und es war nicht ihr Bruder.«

»Und«, fragt Martin, »haben Sie etwas erreichen können?«

»Nein«, sagt er. »Ich habe die ganze Nacht geweint.«

»Es ist ein Kreuz mit den Frauen.« Martin seufzt.

»Aber wo waren Sie?«, fragt Georg. Und Joshua wundert sich über die Schärfe in seiner Stimme.

»Ich hatte eine fürchterliche Migräne.«

»Aber wo waren Sie?«

»In meiner Garage. Fragen Sie mich nicht, wie ich dahingekommen bin, ich hatte einen richtigen Filmriss. Als ich aufgewacht bin, war es fast Morgen.«

Ist es wirklich er, der das alles sagt? Er als Joshua? Oder ist er ein Schauspieler in einem Kriminalstück, der die Rolle des Mörders spielt? Wenn, dann ist er ein verdammt schlechter, einer, der sich nicht die Bohne mit seiner Rolle identifizieren kann. Das merkt doch jedes Kind, dass er kein Mörder ist, sondern nur so tut, als wäre er einer.

Nach dem Duschen und einem ausgiebigen gemeinsamen Frühstück mit seinen neuen Mitbewohnern und Jennifer fühlt Joshua sich erfrischt und gestärkt. Ein kurzes Gewitter bringt Abkühlung. Joshua sitzt am Fenster und beobachtet, wie Regentropfen an das Fenster prasseln und langsam nach unten rinnen.

»Regentropfen, die an mein Fenster klopfen«, singt er leise.

Jonas sitzt auf dem Fußboden und spielt mit Bauklötzen, Joshua traut sich kaum, ihn anzusehen. Dabei versucht Jonas dauernd, seine Aufmerksamkeit zu erregen. Schließlich setzt Joshua sich neben ihn auf den Boden und berührt vorsichtig seine kleinen Hände. »Meine Name ist Joshua«, flüstert er, »ich bin dein Vater. Ich werde immer für dich da sein, egal, was passiert. Und ich werde alles für dich tun. Ich liebe dich.«

Am Nachmittag essen sie den Rest von Joshuas Apfelkuchen. Georg holt Kaffee aus der Kanzlei. »Der schmeckt einfach besser«, sagt Martin.

Dann gehen sie noch einmal im Park spazieren. Diesmal überlassen sie Joshua den Kinderwagen. Und diesmal rennt er nicht weg. Er geht alleine zu Brigittes Haus und bringt ihr Jonas zurück. Brigitte strahlt, bittet ihn herein auf einen Kaffee. Das Wohnzimmer ist aufgeräumt, der Glastisch glänzt, so als hätte es nie Ränder gegeben. Brigitte will mit ihm darüber reden, wie es weitergeht. Sie hat nicht die geringste Absicht, Joshua von Jonas fern zu halten. Im Gegenteil, sie wünscht sich sehr, dass Joshua sich genauso um Jonas kümmert wie zuvor.

»Lass uns nächste Woche darüber reden, ich habe Kopfschmerzen«, sagt Joshua.

»Du immer mit deiner Migräne.«

»Es ist keine Migräne. Nur ein Kopfschmerz.« Ein dumpfer Schmerz im Zentrum, nicht das Pulsieren über seinem linken Auge wie bei einer Migräne.

»Ist das nicht dasselbe?«, fragt Brigitte.

»Nein, ist es nicht!« Und das solltest du eigentlich wissen, ist er versucht hinzuzufügen. Aber er kann sich beherrschen.

Es ist doch eine Migräne. Als er zu Martin und Georg zurückkommt, hat der Kopfschmerz nachgelassen. In Joshuas Kopf herrscht Leere und es kommt ihm so vor, als schwebte er über dem Boden.

Jennifer ist nach Hause gegangen, sie muss morgen früh aufstehen, sie ist Krankenschwester und hat Frühdienst. Martin kocht das Abendessen. Steak mit Backkartoffeln und Salat. Sie essen gemeinsam bei einer Flasche Rotwein. Dann spielen sie eine Partie Scrabble und sehen sich den Tatort an. Joshua wird müde von dem guten Essen und vor allem vom Wein. Er zieht sich in sein Zimmer zurück und legt sich mit einem Buch ins Bett, doch er schafft nur eine halbe Seite, dann fallen ihm die Augen zu. Er träumt von Ruth. Er sitzt mit ihr in einem kleinen Segelboot. Nicht viel mehr als eine Nussschale mit einem Segel. Sie treiben zwischen Eisblöcken. Ruth hockt zwischen seinen Beinen, er hat die Arme um sie geschlungen. Er küsst ihre Wange und sie lacht. Das Boot schaukelt sanft. Es ist nicht kalt, ein warmer Wind bläst um ihre Köpfe. Und er ist glücklich, so glücklich wie schon lange nicht mehr. Als er aufwacht, zeigt der Wecker zwei Uhr. Joshua ist enttäuscht, dass er nur geträumt hat, doch das warme und leichte Gefühl wirkt noch nach. Das Licht brennt, er schaltet es aus, möchte so schnell wie möglich wieder einschlafen und weiterträumen. Er schließt die Augen, doch statt der Eisberge, statt Ruth, statt des weißen Segels, sieht er Max Fallot, aufgespießt wie Martins Voodoopuppe, und das Entsetzen fällt mitten auf seine Brust. Er stellt gleichzeitig die Beine auf den Boden und tastet nach dem Lichtschalter. Dabei reißt er etwas zu Boden, es landet auf seinem Fuß. Der Schmerz tut ihm gut, lenkt ihn ab. Er springt auf und rennt ins Bad. Das grelle Badlicht brennt in seinen Augen. Er sieht sich im Spiegel. So sieht also ein Mörder aus? Er ist ein Mörder. Wie kann das sein? Wie kann dieser Mann ein Mörder sein? Das kann doch gar nicht sein. Aber es ist so, o Gott, es ist so. »Ich bin der Mörder von Max Fallot«, sagt er. »Ich bin ein Mörder.«

Sie liegt in ihrer neuen Wohnung in ihrem Blut. Die Blutlache wird immer größer, bildet Seitenarme, Blutflüsse. Einer reicht bis zur Wohnungstür, fließt unter ihr hindurch. Joshua sieht das Grauen in A. Strucks wasserblauen Augen, als er das Blut sieht. Sein Schnurrbart bebt, er zittert. Nein, so wird es nicht sein, es wird anders sein. Morgen – eigentlich heute schon – ist Montag. Montags kommen Handwerker, Umzugswagen, Vermieter oder Liebhaber. Irgendjemand kommt bestimmt. Und dann kommt Monika Haberstroh. Joshua sieht, wie sie mit dem bärtigen jungen Mann spricht, der Max Fallots Liebhaber war. Er wird weinen, von Joshua erzählen, Joshua beschreiben und Monika Haberstroh wird ihm glauben. Sie wird sofort spüren, dass der junge Mann es nicht war. Sie wird Joshua suchen und finden. Das wird geschehen. Wenn nicht heute, dann morgen oder übermorgen. Spätestens, wenn ihr Fleisch zu verwesen beginnt, wenn es im ganzen Hausflur so stinkt wie im Keller mit den toten Ratten. Aber es geschieht nur, wenn

Joshua nichts dagegen tut. Wenn er Max wegbringt, sie irgendwo vergräbt, die Wohnung im Dachgeschoss ordentlich säubert, dann wird sie vielleicht nur vermisst. Nicht zum ersten Mal, wie Joshua weiß. Wenn Joshua jetzt das Richtige tut, wird es vielleicht irgendwann so sein, als hätte es sie nie gegeben. Ihre Mutter wird an Krebs sterben, ihr Vater ist schon tot, ihre Geschwister werden bei einem Flugzeugabsturz ums Leben kommen, der junge Mann wird erschossen. Und dann gibt es niemanden mehr, der sich an sie erinnert.

»Du bist verrückt, Joshua Stein«, sagt er zu seinem Spiegelbild. »Aber so verrückt nun auch wieder nicht.«

Antonia Becker ist immer noch nicht zu Hause. Gleichzeitig ihr Glück und ihr Pech. Er bedient sich einfach. Blaue Müllbeutel und Putzmittel unter der Spüle. Eimer, Wischmopps und Lappen in der Speisekammer. Paketband im Arbeitszimmer, Latexhandschuhe über dem Bett, ein Flanellhemd und eine Arbeitshose im Kleiderschrank.

Es dauert zwei Stunden, bis Max Fallot in blaue Müllsäcke verpackt und verschnürt, bis das Parkett sauber ist. Jedenfalls so sauber, dass niemand auf die Idee kommt, hier hätte ein Mord stattgefunden. Außer er hat sowieso schon einen Verdacht und sucht nach Spuren. Und ist von der Polizei und hat die entsprechenden Mittel zur Verfügung. Luminol zum Beispiel, wie er aus den Krimis von Patricia Cornwell gelernt hat. Während er putzt, deponiert er die Leiche in Antonia Beckers Wohnung.

Jetzt muss er sein Paket nur noch wegbringen, das ist das Schwierigste. Wie kann er sie in sein Auto schaffen, ohne dass sofort jeder sieht, dass er eine Leiche trägt? Und wohin soll er sie überhaupt bringen? Für beides hat er ziemlich schnell eine Lösung. Er entscheidet sich für den einzigen Teppich, der groß genug ist. Es wird Antonia sofort auffallen, wenn er fehlt. Aber das ist ihm egal. Er rollt Max Fallot darin ein. So wird es aussehen, als trage er nur einen Teppich zum Auto. Er wird die Leiche zu Thomas' Grundstück am See fahren und dort vergaben. Mit dem Teppich. Falls sie dort jemals gefunden wird – und Joshua bezweifelt das, denn er wird tief graben – wird er bestimmt nicht der Erste sein, der verdächtigt wird. Die Zeiten, in denen er Antonia Becker geschont hat, sind nun vorbei. Endgültig!

Toni

Wir sind unterwegs zum See. Tommy fährt. Ich lehne gegen Nika, die den Arm um mich gelegt hat. Die Sporttasche mit Dr. Taussigs kaltem Körper liegt neben mir auf dem Boden. Die Kinder sitzen uns gegenüber, sind ungewöhnlich leise, flüstern einander etwas ins Ohr. Nika streichelt ab und zu meinen Arm oder küsst meine Schläfe. Sie sagt nicht viel. Vielleicht denkt sie an den Streit mit Stefan, der sauer war, weil sie schon wieder so früh weg musste.

»Danke«, flüstere ich in ihr Ohr.

»Wofür?«, fragt sie.

»Dafür, dass du mitkommst. Und dafür, dass du gestern so schnell gekommen bist.«

»Oh, nicht dafür«, antwortet sie.

Zehn Minuten nach meinem Anruf steht sie vor meiner Tür. Ich nehme sie bei der Hand und führe sie ins Wohnzimmer. Sie setzt sich neben Dr. Taussig auf das Sofa, streichelt über ihr struppiges Fell, weint.

»Sie ist noch ganz warm«, sagt Nika.

»Es ist auch erst ein paar Minuten her. Ich hatte sie auf dem Arm, als sie gestorben ist. Wenn ich nur mehr auf sie geachtet hätte. Ich hab ja nicht mal Andreas angerufen, das wollte ich doch.«

»Du warst da, als sie gestorben ist, das ist das Wichtigste. Sie wird es dir verzeihen.«

»Ich hoffe, das wird sie.«

»Das hat sie bestimmt schon.«

Es schüttelt mich, Nika hält mich fest.

»Was willst du jetzt mit ihr tun?«, fragt Nika und putzt sich die Nase.

»Tommy anrufen. Seit Tommy das Haus am See hat, haben Sol und ich uns vorgestellt, dass wir Dr. Blalock und Dr. Taussig dort begraben.«

Aber erst kümmere ich mich um Taussig. Ihr Kiefer ist leicht geöffnet, trotzdem sieht es von Weitem so aus, als schliefe sie nur. Nika hilft mir, eine Bücherkiste aus dem Arbeitszimmer vor den Kamin zu tragen. Ich drapiere ein Tuch darauf, wickle Dr. Taussig in anderes, lege sie auf die Kiste, stelle Kerzen dazu.

»Soll ich uns einen Tee kochen?«, fragt Nika.

Ich rufe Tommy an, spreche mit Nele. Nele weint.

Nika stellt den Tee mit dem Stövchen auf den Couchtisch.

»Jetzt geht es richtig los«, sagt sie, nachdem ich aufgelegt habe. Und sie hat recht. Draußen tobt ein Gewitter. Blitze zucken, Donner grollt, Regen peitscht gegen die Scheibe.

»Wir fahren morgen Abend zum See«, sage ich. »Kommst du mit?«

»Wenn du es möchtest.«

»Tommy hat uns für danach zum Essen eingeladen.«

»Mir ist das ein bisschen unheimlich.«

»Unheimlich?«

»Da verliebe ich mich in eine Frau und habe gleich Familienanschluss. Dabei brauche ich erst mal Zeit, dich kennenzulernen.«

»Ich hätte dich nicht zum Fest mitnehmen sollen. Ich habe nicht nachgedacht.«

»Ich hab ja auch nicht nachgedacht.« Sie grinst. »Ich glaube, das ist eins der Symptome. Scheiße, der Tee.«

Nika nimmt den Teefilter aus der Kanne und gießt ein.

»Was macht eigentlich dein Telefon im Spülbecken?«

Ich erzähle ihr vom Anruf meiner Mutter.

»Sie traut mir nicht zu, dass ich mit Sols Tod fertigwerde. Sie hat sogar recht. Aber das muss ich ihr ja nicht auf die Nase binden.«

Sol sitzt neben dem Kamin auf dem Boden. Sie hat Dr. Taussig auf dem Arm.

»Du musst nicht alleine damit fertigwerden, weißt du.«

»Letztendlich doch.«

»Du kannst mit jemandem sprechen.«

»Das tue ich ja. Jetzt.« Ich lächle.

»Du könntest auch, statt dich sinnlos zu betrinken und auf Dächern herumzuspazieren, einfach jemanden anrufen. Tommy zum Beispiel. Oder mich.«

»Ja«, sage ich, »manchmal. Manchmal möchte ich mich aber auch einfach nur sinnlos betrinken.«

Sie blickt aus dem Fenster, schweigt. Ihre Stirn liegt in Falten.

»Kann ich verstehen. Und ich weiß, dass solche Ratschläge nicht helfen. Nicht wirklich. Also entschuldige.« Sie nippt an ihrem Tee, blickt zu Taussig und Sol vor dem Kamin. Aber sie sieht nur Taussig im lila Tuch auf der Bücherkiste, das weiß ich. Etwas anderes wird sie niemals sehen können.

»Hast du etwas verbrannt?«, fragt sie.

»Verbrannt?«

»Im Kamin.«

»Einen Brief«, sage ich.

»Hier wurde noch etwas anderes verbrannt.« Sie fischt mit dem Schürhaken etwas Blaues aus der Asche. »Hast du eine Jeans verbrannt?«

»Nein, warum sollte ich?«

»War jemand in deiner Wohnung?«, fragt sie.

»Nur Andreas, er hat sich ja um Taussig und Blalock gekümmert. Aber warum sollte er eine Jeans im Kamin verbrennen?«

»Sieh dich um, ist sonst noch etwas anders?« fragt sie.

Ich gehe mit Nika zusammen durch die Wohnung, sehe mir alles genau an.

Der Teppich im Wohnzimmer liegt etwas anders, so kommt es mir jedenfalls vor, aber ich bin mir nicht sicher. Meine Schachtel mit den Latexhandschuhen steht in der Küche und ist fast leer.

»Vielleicht hat Andreas sie für das Katzenklo gebraucht.«

»Wieso hat er dich eigentlich nicht angerufen? Er muss doch gemerkt haben, dass es Dr. Taussig nicht gut geht?«

»Fragen wir ihn doch.«

Er ist zu Hause und wir fragen ihn. Er ist erschüttert, als er die Nachricht hört. Nein, er hat es nicht bemerkt. »Heute Morgen ging es ihr noch gut, sie hat sogar gefressen.«

Er möchte Dr. Taussig sehen, streichelt ihr Fell. Über all dem vergessen wir, ihn zu fragen, ob er Latexhandschuhe benutzt und eine Jeans im Kamin verbrannt hat. Aber er hat bestimmt keine Jeans im Kamin verbrannt.

»Vielleicht habe ich doch etwas verbrannt und weiß es nur nicht mehr. Vielleicht habe ich doch Dinge getan …« Ich muss schlucken.

»Was?«, fragt Nika.

»Ach, Blödsinn … Wahrscheinlich gibt es dafür eine einfache Erklärung.«

»Hat sonst noch jemand einen Schlüssel?«

»Ja, Katharina und Elfi. Aber die waren es bestimmt nicht. Vielleicht haben die Katzen das Stück Stoff irgendwo gefunden und es ist zufällig im Kamin gelandet.«

»Es ist angekokelt.«

»Das kann ja passiert sein, als ich den Brief verbrannt habe. Warum ist es so wichtig?«

»Es ist doch merkwürdig, findest du nicht?«

Das Gewitter hat aufgehört. Ich öffne die Terrassentür, kühle Luft strömt herein.

Sie schnuppert.

»Hast du eine Leiche auf der Terrasse?«, fragt sie.

»Nein, im Keller.«

»Im Keller?«

»Rattenleichen. Sind aber nicht meine.« Ich grinse.

»Rattenleichen?«

»Andreas hat mir erzählt, die Hausverwaltung habe im Keller Köder gelegt. Und jetzt liegen die toten Ratten im Keller und verwesen. Er hat schon ein paar Mal angerufen, aber sie unternehmen nichts. Vielleicht ist es auch etwas anderes. Letztes Jahr hat jemand ständig Räucherstäbchen abgebrannt, die rochen nach Katzenpisse. Jedenfalls vermute ich, es waren Räucherstäbchen.« Ich lache.

»Merkwürdig.«

»Was ist merkwürdig?«

»Normalerweise werden die toten Ratten eingesammelt.« Sie zuckt mit den Schultern. »Ich werde mich morgen mal erkundigen.«

Wir kommen zur Eiche, bei der ich mich übergeben musste. Tommy biegt ab in den Weg zum See. Der Wagen hält, Tommy schaltet den Motor aus. Ich höre das Knarzen der Handbremse. Der Himmel hat sich zugezogen, ein dicker Regentropfen fällt auf meinen Arm. Wir suchen uns ein schönes Plätzchen in der Nähe eines Baumes. Tommy holt den Spaten aus dem Schuppen und reicht ihn mir. Der erste Spatenstich soll mir gehören.

»Das reicht«, sage ich und stelle den Spaten zur Seite. Das Loch ist nicht sehr groß, vielleicht einen halben Meter mal einen halben Meter und ebenso tief.

»Willst du nicht etwas tiefer graben, damit nicht irgendein Tier sie ausgräbt?«, fragt Tommy. Als ich nicht sofort reagiere, nimmt er den Spaten und hebt noch etwas Erde aus.

Ich wickle sie aus dem Tuch, streichle sie, küsse noch ein letztes Mal ihr Ohr. Die Leichenstarre hat nachgelassen und sie ist so weich, sie fließt fast aus dem Tuch. Ich lege die Rose auf ihren Körper, schütte noch ein Glas mit Rosenblättern darüber aus. Auch die anderen haben Blumen mitgebracht. Ich will noch ein Grablicht anzünden, doch ich schaffe es nicht, der Wind bläst die Feuerzeugflamme immer wieder aus. Nele versucht es und Nika hilft mit ihren Händen, den Wind abzuschirmen. Es klappt, die Kerze brennt. Wir bilden einen Kreis um das Grab herum, stehen Arm in Arm. Nika auf meiner linken Seite, Tommy auf meiner rechten, Nele neben Nika, Jakob neben Tommy, Lisa neben Nele.

Eigentlich wollte ich jetzt singen. »The Rose«. Sie kam immer angerannt, wenn sie mich singen hörte, aber »The Rose« war ihr Lieblingslied. Wenn ich es sang, kroch sie mir immer fast in den Mund. Manchmal versetzte es sie so sehr in Verzückung, dass sie sich nur noch mit einem Tatzenschlag auf meinen Mund von dieser süßen Qual zu befreien wusste. Jetzt hält sie still. Sie schnurrt nicht, sie maunzt nicht, sie reibt nicht ihren Kopf an meinem Gesicht und sie schlägt nicht. Sie liegt nur still da.

Ich kann nicht singen. Ich weine. Und für einen Moment habe ich das Gefühl, ich werde nie wieder damit aufhören können. Aber so ist es nicht. So ist es nie.

Joshua

»Es wird immer schlimmer mit diesen toten Ratten«, sagt Frau Schneider, »jetzt schwirren diese widerlichen dicken Fliegen schon im Hof herum.« Sie schließt das Fenster.

»Wollte Herr Geiger nicht die Hausverwaltung anrufen?«, fragt Joshua.

»Das hat er auch getan, aber sie lassen sich anscheinend Zeit.«

»Vielleicht kann ich es ja auch versuchen«, schlägt Joshua vor.

»Vielleicht hat er es auch vergessen. Seit diese Steuerprüferin hier war, ist er doch nicht mehr so ganz bei der Sache. Und Sie auch nicht. Das ist falsch!« Sie nimmt ihm den Ordner aus der Hand und das Blatt wieder heraus, das Joshua soeben hineingelegt hat. »Das ist Ablage Grün, nicht Ablage Weiß.«

»'tschuldigung.«

»Nein, ich glaube, Georg hat es getan, ich habe ihn gehört«, sagt Frau Schneider nach einer Weile.

»Was?«, fragt Joshua.

»Er hat die Hausverwaltung angerufen, wegen der Ratten. Wieder falsch! Das ist Eingangsrechnungen, nicht Ausgangsrechnungen. Ist Ihnen nicht gut? Sie sind so blass. Schon wieder eine Migräne? Vielleicht sollten Sie sich besser hinlegen, Herr Stein.«

Im Hausflur begegnet er Marina Schäfer. Sie schließt gerade ihre Praxis auf und er erkennt sie fast nicht wieder. Sie trägt schwarz. Schwarzer Rock, schwarze Bluse, schwarze Strickjacke, schwarze Strümpfe. Sie hat sogar ihr Haar schwarz gefärbt, jedenfalls kann Joshua sich nicht erinnern, dass es vorher so dunkel war. Und es ist ungewaschen, hängt ihr in fettigen Strähnen ins Gesicht. Sie hat schwarze Augenringe, sie sehen aus wie aufgemalt. Eine ganze Weile stochert sie im Schlüsselloch herum und Joshua beobachtet sie ganz fasziniert. Sie bemerkt es, dreht sich zu ihm um, funkelt ihn an. Das erwartet er jedenfalls, aber es stimmt nicht.

»Kann ich Ihnen irgendwie helfen?«, fragt sie tonlos.

Sollte nicht er das fragen? Ob er ihr helfen kann, der armen Frau, die ihren Sohn verloren hat. Oder war es ihr Schwiegersohn? Er blickt nicht mehr durch. Er murmelt etwas vor sich hin, weiß selbst nicht genau, was eigentlich, und geht an ihr vorbei die Treppe hinauf.

Er stellt den Wecker auf zwei Uhr nachts und legt sich ins Bett. Doch er kann nicht schlafen. Er nimmt eine von Martins

Tabletten, sie liegen im Schrank über dem Waschbecken im Bad. Ein leichtes Beruhigungsmittel. Er fällt in einen unruhigen Schlaf, aus dem er immer wieder erwacht. Mit Träumen, an die er sich nicht mehr erinnern kann. Er weiß nur noch, dass er ein einziges großes Chaos träumt, in dem wahrscheinlich alle Menschen vorkommen, die er jemals in seinem Leben getroffen hat, neben all den Hunderten, die er noch nie gesehen hat, die reine Ausgeburten seiner Fantasie sind. Oder Teile von ihm selbst. Er zerfällt, denkt er. Er sieht, wie sein Hirn die Schädeldecke durchstößt und auf dem Hinterhofbeton in tausend Stücke zerspringt wie eine Verbundglasscheibe. Er hört Stimmen, jemand klopft an seine Zimmertür. Er tut so, als schliefe er tief und fest. Um Mitternacht hält ihn nichts mehr in seinem Bett. Er steigt in Antonia Beckers Jeans und Flanellhemd und dann die Treppen hinunter bis in den Keller.

Toni

Es ist bereits nach Mitternacht, als wir Tommys Wohnung verlassen.

»Jetzt habe ich wirklich Familienanschluss«, sagt Nika und lacht. Ihr Atem riecht nach Wein, meiner nicht, ich habe weiterhin vom Alkohol die Schnauze voll.

»Schlimm?«, frage ich.

»Es war ein netter Abend. Und es war eine schöne Beerdigung, wenn ich das so sagen darf. Nur diese Rede von Tommy war mir etwas peinlich.«

Ich habe das Bild wieder vor mir, wie wir alle um den Tisch herumsitzen, vor uns dampfende Schüsseln. Mark und Susanne sind auch da. Tommy besteht darauf, dass wir uns bei den Händen halten und uns alle zusammen einen guten Appetit wünschen. Er macht das immer so, ich bin daran gewöhnt und auch Nele hat schon längst damit aufgehört, mir zuzuzwinkern und mit den Augen zu rollen. Doch dann muss Tommy unbedingt auch noch diese Rede halten, sich bei Nika für sein Verhalten auf der Fete entschuldigen und sie offiziell in seine Familie aufnehmen.

»Ich komme mir jetzt so vor, als wäre ich mit dir verlobt.«

»Und mit mir verlobt willst du natürlich nicht sein.«

»Wenn das jetzt ein Antrag sein soll, frag mich später noch mal.«

»Bei dem Tempo, das wir hier vorlegen, wäre das so etwa in zwei Wochen.«

Sie lacht. »War schon lustig, wie er da saß, all seine Lieben um sich geschart. Ein richtiger Patriarch.«

»Das hat er von Sol.«

»Echt? Und welche Rolle hast du dabei gespielt?«

»Ich hatte die Stabsstelle.«

»Die Stabsstelle?«

»Ich habe immer die Stabsstelle, das wird du noch merken.«

»Und was heißt das?«

»Meinetwegen kannst du die Chefin spielen, ich mach sowieso, was ich will.«

»Ach so, ja dann. Gut, dass du's sagst.« Sie zwinkert.

»Gehen wir jetzt eigentlich offiziell miteinander?«, fragt sie nach ein paar Schritten.

»Sieht so aus, oder?« Ich grinse. »Wir gehen zusammen ganz offiziell die Straße lang.«

Sie boxt mich in den Arm.

Vor meiner Haustür bleiben wir stehen.

»Ich mag dieses Teil«, sage ich und richte ihre Kapuze. »Es steht dir.«

Sie legt ihre Hände auf meine Hüften. »Besser als Kleider?«, fragt sie.

»Genauso gut.«

Sie lacht, zieht mich zu sich, küsst mich auf den Mund.

»Pass auf dich auf, ja, schließ oben ab und stecke den Schlüssel ins Schloss, ja?«

»Ja, Mama.«

»Gute Nacht, Arschloch!«

Ich grinse. »Eigentlich will ich noch gar nicht gute Nacht sagen.«

»Guten Morgen ist auch schon möglich, wenn dir das lieber ist.«

»Auch Arschloch!«

Sie kichert.

»Gehst du noch ein wenig mit mir spazieren?«, frage ich.

»Ja, wenn du Streichhölzer mithast.«

»Streichhölzer?«

»Mir fallen die Augen zu. Ach, was soll's, noch ein paar Schritte durch den Friedrichshain tun mir gut. Sobald ich im Bett liege, bin ich sowieso wieder hellwach. Ich schlafe in letzter Zeit so schlecht. Entweder hältst du mich wach oder dieser Fall. Wobei ich dich eindeutig bevorzuge.«

Sie nimmt meinen Finger, hält ihn locker in der Hand. So schlendern wir schweigend durch den nächtlichen Park.

»Was geht dir durch den Kopf?«, fragt sie nach einer Weile.

»Was soll mir durch den Kopf gehen?«

»Irgendwas beschäftigt dich doch.«

»Ich habe dir noch etwas verschwiegen.«

»Was denn?«

»Ich habe Max Fallot vergewaltigt und erwürgt.«

Joshua

Er sitzt mit dem Rücken zur Wand auf dem Fußboden und betrachtet die Stelle, an der sie vor ein paar Tagen noch lag. Erst mit ihm, dann mit dem bärtigen jungen Mann und dann mit der Nadel in ihrem Herzen. Wie damals, denkt er, ganz genau wie damals. Die Dunkelheit, der Geruch nach Kohlen, das Radio aus der Küche, der Schmerz überall. Und Martin vor dem Kellerfenster, der ihm die Puppe zeigt und »Voodoo« sagt.

Ein paar Tage später sitzen sie zusammen im Schuppen, die Puppe liegt zwischen ihnen. Joshua hat ein paar Haare vom Kamm seines Vaters gestohlen und sie ins Strohhaar der Puppe geflochten. Kerzen brennen. Joshua hat eine Gänsehaut, als er die lange Nadel in die Strohpuppe sticht. Es fühlt sich tatsächlich an, als würde sie Fleisch durchdringen, und Joshua ist wie elektrisiert.

»Stirb!«, zischt er und spürt, wie wohlig der Hass ihn durchströmt. Es ist nämlich ein Irrtum, dass Hass kalt ist. Hass ist schlimmstenfalls heiß, doch manchmal ist er so warm wie die Liebe, wenn auch längst nicht so süß wie das, was er spürt, wenn Martin bei ihm ist, und das er überhaupt erst kennt seit dem Tag, als Martin zum ersten Mal in seiner Klasse erschienen ist und den freien Platz in seiner Bank eingenommen hat. Mein Freund Martin, denkt er.

»Stirb!«, zischt Joshua noch einmal und berührt Martins Hand. Er spürt die Kruste, die sich über dem Schnitt gebildet hat, den Martin sich erst vor ein paar Tagen selbst zugefügt hat. Joshua hat auch einen. Ihr Blut hat sich vermischt, jetzt sind sie für immer verbunden.

Sie wissen noch nicht, dass für immer manchmal sehr kurz ist. Manchmal kürzer als eine Woche. Keine gemeinsamen Nachmittage mehr im Stroh, kein Stromern über Wiesen, durch Wälder. Keine heimlichen Begegnungen am Fenster des Kohlenkellers. Keine Nachmittage, Abende, Nächte im Kohlenkeller. Keine Brüche und blauen Flecken, keine Schmerzen mehr. Keine Schläge. Kein Vater und keine Mutter mehr. Nur noch Großmutters Apfelkuchen und Großvaters Hand auf seiner Schulter. Viel und doch zu wenig.

Und das Bild, wie sie in Vaters Auto steigen. Vater hält Mutter wie immer die Tür auf. Auf Mutters Auge blüht ein Veilchen, in Vaters Mundwinkel hat sich eine Kruste gebildet. Es ist okay, wenn Joshuas Vater Joshua schlägt. Aber dass er auch noch seine Frau schlägt, das geht zu weit. Der Großvater wird ihn enterben, wenn er es noch einmal tut. Zur Bekräftigung der Drohung schlägt er ihn nieder. Ein Blutfaden an Vaters Kinn, ein blutiges Taschentuch. Wut in Vaters Gesicht.

Und dann klingelt das Telefon. Großvaters Haar ergraut von einer Sekunde zur anderen, als er die Nachricht entgegennimmt. Aber natürlich stimmt das nicht, das ist nur, was man sich erzählt. Es gibt eine Menge Dinge, die man sich erzählt. Und eine Menge, die man verschweigt.

Also ist es doch ein Fluch, dem niemand entkommen kann? Und die Söhne werden noch schlimmer als die Väter, die prügeln wenigstens nur ihren Söhnen und Töchtern die Seele aus dem Leib. Die Söhne werden zu Vergewaltigern und dann zu Mördern. Jürgen Bartsch. Vier Jungen mussten ihr Leben lassen. Sie hätten ihn rechtzeitig töten sollen, zum Glück ist er dann auf dem OP-Tisch gestorben, bei seiner Kastration, die ihn von seinem Fluch befreien sollte. Vielleicht sollte Joshua das auch tun. Sich kastrieren lassen und dabei sterben.

Er darf Jonas nie wiedersehen, er muss sich von ihm fernhalten. Er muss den Fluch brechen. Er muss sich töten. Aber er darf nicht gestehen. Er muss verhindern, dass auch nur ein Hauch von Schatten auf seinen Sohn fällt. Aber wenn er sich umbringt, dann wird ein Schatten auf Jonas' Leben fallen. Er wird einen Vater haben, der sich getötet hat. Und womöglich finden sie noch heraus, dass er der Mörder von Max Fallot ist. Nein, er muss es ungeschehen machen, das ist er Jonas schuldig. Max Fallot ist verschwunden, war nur kurz Zigaretten holen und hat sich dann entschlossen, nach Australien auszuwandern. Und er muss den bärtigen jungen Mann finden und ihn auch beseitigen. Dann wird er Ruhe haben. Ruhe und Frieden auf ewig.

Aber er schafft es nicht. Der Gestank, der ihm entgegenschlägt, als er die Kellertür öffnet, ist wie eine Wand. Es ist zu spät. Er hätte es Montagmorgen schon tun sollen. Aber der Teppich mit Max Fallots Leiche ist zu schwer für ihn. Er muss umdisponieren, wickelt sie stattdessen in eine große Wolldecke, die er in Antonia Beckers Schrank findet. Aber so sieht die Leiche aus wie das, was sie ist, eine Leiche nämlich. Er riskiert es trotzdem. Erstaunlich, wie viele Menschen am frühen Montagmorgen auf den Beinen sind. Kaum hat er den ersten Absatz erreicht, hört er eine Treppe weiter unten auch schon eine Tür und Schritte. Er wartet, bis es wieder still ist, dann geht er weiter. Max Fallots Beine schlagen auf den Treppenstufen auf. Zwischen dem dritten und dem zweiten Stockwerk rutscht ihm die Leiche aus der Hand. Auf dem letzten Treppenabsatz hört er die Tür zum Hinterhof, Schritte. Zwei Nachbarn unterhalten sich. Er hört ihre Stimmen, sieht sie durch die Glasscheibe draußen in der Morgendämmerung stehen. So wird es nicht gehen, denkt Joshua, er muss sich etwas anderes einfallen lassen.

Er hat sich etwas einfallen lassen, nur war es nicht gut genug. Und nun kann er es nicht mehr ändern, hat keinen Mut mehr, keine Kraft. Allein bei der Vorstellung, es zu versuchen, gefriert ihm das Blut in den Adern. Er schließt die Augen und spürt die Wand in seinem Rücken. Es tut gut, sie zu fühlen, er versucht, sich darauf zu konzentrieren. Es ist die Wand zu Antonia Beckers Wohnung, zu dem Raum, in dem er saß, während Max mit dem bärtigen jungen Mann hier war. Jetzt weiß er, warum er Antonia Becker nie angetroffen hat. Sie war übers Wochenende verreist. Mit Monika Haberstroh. Er hat sie zurückkommen sehen.

Er sieht den Raum vor sich. Er sehnt sich dorthin. Er stellt sich vor, wie er dort mit Antonia Becker sitzt und ihr alles erzählt. Mit jedem Satz, den er spricht, lässt seine Qual nach. Das ist die Lösung. Endlich! Er begibt sich in ihre Hände. Was auch immer sie ihm vorschlägt, er wird es tun. Er klingelt an ihrer Tür, doch sie ist nicht da. Aber das macht nichts, er hat ja noch ihren Schlüssel.

Toni

»Puh, du hast mir vielleicht einen Schrecken eingejagt.« Sie setzt sich auf eine Bank.

»Auch, wenn es nicht wirklich geschehen ist, lässt es mir keine Ruhe. Über unseren kleinen Urlaub und Dr. Taussig habe ich es vergessen. Aber jetzt ist es wieder da.«

»Du hast deine sadistische Ader entdeckt und das beunruhigt dich?«

»Ich habe allenfalls eine devote Ader, aber keine sadistische. Als Kind, da habe ich ein paar grausame Dinge getan. Vögel ertränkt, kleine Mädchen verprügelt. Aber das war alles überhaupt nicht mit sexuellen Gefühlen verbunden.«

»Dass Vergewaltigung etwas mit Sexualität zu tun hat, ist ein weit verbreiteter Irrtum.«

Ich muss schlucken. »Aber ich habe sie nicht vergewaltigt, Nika.«

»Das wollte ich damit auch nicht sagen.«

»Ich habe sie auch nicht umgebracht. Ich glaube auch nicht, dass sie bei mir war, nicht an diesem Abend.«

»Ein Albtraum also, weiter nichts.«

»Ja, aber es ist mir trotzdem unheimlich, es kam mir so wirklich vor, Nika, es ist mir sehr unheimlich.«

»Das verstehe ich«, sagt sie und nickt.

»Ich musste dir das erzählen, ich wollte es eigentlich schon früher, aber ich konnte nicht. Ich wollte nicht, dass du Angst vor mir bekommst.«

»Ich habe keine Angst vor dir. Komm, lass uns zurückgehen, mir ist kalt.« Sie nimmt meine Hand und zieht mich mit sich.

»Ich bring dich noch nach oben«, sagt sie, als wir vor meiner Haustür stehen.

Wir stehen vor meiner Wohnungstür.

»Schaf gut. Und schließ ab und lass den Schlüssel stecken.« Sie lässt von mir ab, hält nur noch meine Hand. »Und über deine devote Ader reden wir später. Okay?« Sie zwinkert.

»Ist es denn ein Problem?«, frage ich.

»Ein Problem? Nein. Ich möchte deine Fotze sein, du meine. Wo ist da das Problem?« Wieder zwinkert sie.

»Ich mag es, wenn du so redest.«

»Ich weiß«, sagt sie sanft.

»Magst du noch mit reinkommen?«

Wir liegen im Flur, halb nackt, ineinander verknotet. Meine Lust hat sich verflüchtigt, so wie es eben manchmal ihre Art ist. Das merkwürdige Gefühl, das an ihre Stelle getreten ist, kann ich nicht so recht deuten. Angst vielleicht?

»Alles okay?«, fragt Nika. Für einen Moment scheint Mondlicht durch das Dachfenster auf ihr Gesicht, bevor sich eine Wolke davorschiebt, und ich spüre ihr Lächeln tief in mir drin.

»Ja, alles okay«, antworte ich. »Und du scheinst ja wirklich keine Angst vor mir zu haben.«

»Nein, warum sollte ich?«

»Hattest du auch keine, als es mir so schlecht ging?«

»Da hatte ich Angst um dich.«

»Ich habe dich gegruselt.«

»Nun hör auf, Antonia! Ich habe keine Angst vor dir. Wo bist du überhaupt?«

»Hier.«

Sie tastet nach meinem Bein.

»Da ist dein Bein, aber wo bist du?«

»Mein Bein ist ein Teil von mir, liebe Nika. Jedenfalls noch.«

Ich würde sie gern umarmen, aber es geht nicht, sie liegt auf meinem T-Shirt, in dem ich noch mit einem Arm stecke.

Sie hilft mir, mich daraus zu befreien. Ich lege meinen Kopf auf ihre Schulter. Sie krault meinen Nacken, streichelt meinen Rücken. Wäre ich eine Katze, würde ich jetzt schnurren. Stattdessen weine ich, aber nur ein wenig, nur ganz leise.

»Dr. Taussig?«, fragt sie.

»Ja, jetzt, wo du es sagst. Aber mach dir keine Sorgen, ich bin nur traurig, nicht unglücklich.«

»Ich bin alt genug, ich habe gelernt, es auseinanderzuhalten.«

»Meine Mutter ist noch älter und kann es immer noch nicht. Und ich bin mir nicht sicher, ob Tommy es weiß.«

»Was ist mit Tommy?«

»Ich habe ihn reden hören, als ich die Gläser in die Küche gebracht habe. ›Bei Sol war sie nur halb so traurig‹ hat er gesagt.«

Sie zieht die Luft durch die Zähne.

»Warum versteht er es nicht?«, fragt sie.

»Verstehst du es denn?«

»Du hast heute nicht nur um Dr. Taussig geweint.«

»Meinst du?«

Sie streichelt meine Wange. »Soll ich doch bei dir bleiben?«

»Nein, ist schon wieder gut. Aber wenn es ganz schlimm wird, rufe ich dich an.«

Ich versuche aufzustehen, aber unsere Hosen haben sich ineinander verschlungen. Es dauert eine Weile, bis wir sie entwirrt haben.

»Ich glaube, wir haben es geschafft«, sagt sie, als wir an der Tür stehen.

»Ja, ich glaube auch. Falls wir doch irgendetwas verwechselt haben sollten, können wir es ja ein andermal umtauschen. Aber meine Hose fühlt sich jedenfalls so an, als sei es meine.«

Sie lacht. »Ich meinte eigentlich, dass wir es geschafft haben, den Sturm zu überstehen und Freunde zu werden.«

»Ach, das. Ja, das auch.«

»Pass auf dich auf und denk dran abzuschließen, ja?«
»Ja, und ich lasse den Schlüssel stecken.«

Joshua

Joshua hält sich die Ohren zu. Vielleicht würde er ja gerne zuhören, bei dem, was die beiden Frauen im Flur miteinander tun. Aber er darf nicht. Er sollte gar nicht hier sein. Er muss komplett verrückt gewesen sein, als er hier hereinkam. Er würde seinen Kopf gegen die Wand schlagen, aber er darf nicht, sie könnten ihn hören. Es wäre nicht einmal so schlimm, würden sie ihn erwischen, irgendwie hat die Vorstellung, sie könnten ihn erwischen, sogar etwas Erleichterndes. Für ihn, aber nicht für sie. Er würde sie stören, sie erschrecken. Ein Vergewaltiger, ein Mörder an einem Ort, den sie für sicher halten, unter einem Dach mit ihnen, mitten in ihrem Zuhause. Jetzt lauscht er doch. Er hört ihre Stimmen, ihr Lachen. Dann hört er nichts mehr. Zeit vergeht, Joshua hat keine Vorstellung, wie viel. Was soll er tun, wenn sie im Flur eingeschlafen sind? Und was erst, wenn sie in das Zimmer kommen, in dem er sich befindet?

Nun hört er sie wieder sprechen. Leise. Er hört die Wohnungstür, dann Schritte. Eine Weile nichts mehr. Das Rauschen der Klospülung, ganz entfernt. Dann wieder Schritte. Ein Lichtviereck fällt neben ihm auf den Boden. Sein Herz rast. Die Schritte entfernen sich. Er hört eine Tür, das Lichtviereck verschwindet, ein Schlüssel dreht sich im Schloss. Dann wieder Schritte, eine Tür und Stille.

Joshua atmet tief durch, langsam beruhigt sich sein Puls. Aber es dauert eine Weile, ehe er sich traut aufzustehen. Er schleicht in den dunklen Flur. Er gerät in Panik, als sich die Wohnungstür nicht öffnen lässt. Sie haben bemerkt, dass er da ist und ihn eingeschlossen. Jetzt sind sie draußen und holen Verstärkung. Es ist vorbei denkt er, Gott sei Dank, endlich ist es vorbei!

Toni

Dr. Blalock liegt in meinem Bett. Er blickt auf, als er mich sieht, aber nur einen Moment, dann senkt er seinen Kopf wieder. Aber er bleibt auch, als ich neben ihm unter die Bettdecke krieche.

»Ach, Alfred«, sage ich und kraule ihm den Kopf. Eine Weile weinen wir gemeinsam um Dr. Taussig, ich mit, Blalock ohne Tränen. Bald werde ich schläfrig und mir fallen die Augen zu. Ich sehe Dr. Taussig, wie sie über eine Wiese hüpft. Als sie mich sieht, wirft sie sich auf den Rücken, wälzt sich im Gras und schnurrt und ich kraule ihren Bauch. Dann träume ich, wie ich einen langen Sandstrand entlanggehe, in der Ferne sehe ich den Leuchtturm, zu dem ich zusammen mit Nika gehen will, an dem Tag, an dem wir in das Gewitter geraten. Ein Stück vor mir schlendern zwei Frauen Hand in Hand, in ein Gespräch vertieft. Sie bleiben stehen, drehen sich zu mir um, sehen mich an. Es kommt mir so vor, als warteten sie auf mich.

»Zeig es ihr«, fordert Sol Max Fallot auf.

»Nein, zeig es mir nicht«, rufe ich, »ich will es nicht sehen.« Aber ich gehe trotzdem weiter.

Ich spüre mein Herz klopfen, es klopft hart und schnell, ich spüre sein Pochen im Kopf, nein, es ist in meinem Kopf. Es klopft immer schneller, verfällt in einen rasenden Rhythmus und dann springt es aus mir heraus. Mein Kopf platzt und sein glibberiger Inhalt ergießt sich in den Sand …

Ich mache Licht, ringe nach Luft, fasse mir an die Brust. Ich kenne das. Es ist Panik, nichts weiter. Aber ich beruhige mich nicht. Es verschlägt mir noch einmal den Atem, als ich sie vor meinem Bett stehen sehe. Nicht Sol – Max Fallot. Aber im Moment wäre mir auch Sol zu viel. Ich werfe mit einem Kissen nach ihr.

»Verschwinde«, zische ich, »verpiss dich. Lass mich in Ruhe. Hau ab!«

Aber sie verpisst sich nicht, sie sieht mich an mit ihrem schrecklichen Dackelblick und Sol steht neben ihr.

»Zeig's ihr«, sagt Sol zu Max Fallot. Sie hält ihre Hand, drückt sie.

»Nein, zeig es mir nicht. Ich will es nicht sehen.«

Ich will jetzt nicht mehr träumen, ich will aufwachen. Ich muss nur mit den Fingern schnippen und schwupps wache ich auf. Aber ich kann nicht mit den Fingern schnippen, ich habe keine Kontrolle mehr über meine Finger. Und ich wache auch nicht auf.

Joshua

Eine ganze Weile steht Joshua vor Martins Schlafzimmertür, überlegt, ob er klopfen oder Martin seinen Schlaf lassen soll. Aber er fürchtet sich, er fürchtet, dass der Wahnsinn ihn vor Tagesanbruch wieder übermannen wird. Übermannen – was für ein Wort! Und doch scheint es ihm genau das richtige. Er fürchtet sich vor dem, was er noch zu tun imstande ist. Er fürchtet sich vor sich selbst, diesem fremden Mann, mit dem er in den letzten Wochen Bekanntschaft machen musste, von dem er nicht wusste, dass er in ihm steckt. Und er wünscht sich nichts sehnlicher als keiner zu sein. Kein Mann. Er wäre jetzt lieber ein Schaf, es würde ihm nichts ausmachen, den Rest seines Lebens auf einer Wiese zu verbringen und nichts weiter zu tun, als Gras zu kauen. Aber das geht verdammt noch mal nicht, geht nicht. Wenigstens ist er diese verfluchten Schlüssel losgeworden, wenigstens das. Er will sie nie wieder benutzen. Weil er sie nicht unterscheiden kann, legt er einfach beide auf das kleine Tischchen in Antonia Beckers Flur. Und jetzt muss er reden, mit Martin, ihm alles erzählen. Jetzt gleich.

Er hebt die Hand, hält inne. Erst jetzt nimmt er bewusst wahr, was er eigentlich schon die ganze Zeit gehört hat. Dieses leise Geräusch hinter Martins Zimmertür.

Er könnte sich entscheiden, an die Tür zu klopfen. Aber wie würde er sich fühlen, wenn er schluchzend in seinem Zimmer auf dem Bett säße und ein fremder Mann käme herein? Ist er ein fremder Mann für Martin Geiger? Ein Freund ist er nicht. Er ist sich nicht einmal sicher, ob er ein Freund werden könnte. Was haben sie schon gemeinsam, der Steuerberater und der Psychotherapeut? Würde er, Joshua, wollen, dass Martin ihn so sieht, dass überhaupt irgendjemand ihn so sieht? Ja, er würde es wollen. Nein, er würde es nicht wollen. Vielleicht würde er es wollen.

Joshua lässt seine Hand sinken. Vielleicht würde sich Martin ja jetzt von ihm trösten lassen. Nur, wie wird er morgen darüber denken, wenn er weiß, dass es ein Mörder war, vor dem er sich derart entblößt hat? Was werden Joshuas Klienten denken, wenn sie es erfahren? Wie werden sie sich fühlen? Was soll er bloß tun?

Toni

Meine Wohnungstür ist nicht mehr abgeschlossen. Also ist sie doch kein Geist, sondern ein Wesen aus Fleisch und Blut? Ich folge ihr die hundertzehn Stufen hinunter ins Erdgeschoss. Ich folge ihr durch den Hinterhof zum Keller. Der Gestank, der mir entgegenschlägt, wirft mich fast um. Ich unterdrücke das Würgen in meinem Hals, drücke auf den Lichtschalter neben der Tür, trete ein. Ich senke meinen Blick, doch es hilft nichts. So sehe ich es erst recht. Und ich erinnere mich an die große Lesben-WG, in der ich im letzten Jahrtausend zwei Jahre lang wohne, direkt über einer Metzgerei. Ich erinnere mich an den Geruch von gekochtem Fleisch, der durch die Dielen in unsere Räume dringt. Und ich sehe die kleinen weißen Maden vor mir, die eines Sommers den Hausflur übersäen, genauso wie früher in meinen Träumen. Genauso wie jetzt. Ob sie morgen auch dieses stinkende grüne Pulver streuen werden, so wie damals die Metzgersleute? Die Maden kommen von den Schlachtabfällen in den Mülltonnen im Hinterhof, die in der Sommerhitze wieder zu leben begonnen haben. Woher die Maden in meinen Kindheitsträumen kommen, weiß ich lange nicht. Jetzt verstehe ich es.

Mir ist so kalt, eine Kälte, die von innen kommt. Meine Hände zittern, meine Knie schlottern. Ich werde krank, denke ich. Wahrscheinlich bin ich es schon. Ich denke an Nika, wie sie an meinem Bett sitzt, mein Fieberthermometer schüttelt, mir Tee reicht.

Aber ich liege nicht im Bett, ich folge der Spur der Maden, ganz alleine. Sie führt in einen dunklen Seitengang. Wenn es wenigstens nur Maden wären, aber es sind nicht nur Maden. Dicke Fliegen summen um meinen Kopf. Gleich werden sie auf mir landen und ihre Eier in mir ablegen, in meinen Nasenlöchern, meinem Mund … Ich will nicht darüber nachdenken. Sieh es dir an, Antonia!, sagt Sol. Sieh es dir an! Halt endlich die Klappe, ich will es nicht sehen! Ich will nichts davon wissen.

Der Seitengang hat eigenes Licht. Ich zwinge meine Hand zum Lichtschalter, zwinge meinen Fuß, sich vom Boden zu heben. Sie ist weg, Max Fallot hat sich schon wieder in Luft aufgelöst. Aber ich weiß genau, dass sie noch da ist. Ich spüre sie. Ich weiß auch, wo sie ist. Ich muss ihr nur weiter folgen, der Spur der Maden. Ich kämpfe mich voran, jeder Schritt eine Qual, so als kämpfte ich mich durch zähen Brei. Es ist der Grießbrei, durch den ich mich fressen muss, um ins Schlaraffenland zu gelangen. Und er schmeckt nach verdorbenem Fleisch, riecht nach Verwesung. Dort in diesem Verschlag unter einem Bretterstapel liegt das, was uns alle früher oder später erwartet. Nein, ich muss es nicht ausgraben, um zu wissen, wie es aussieht. Ich habe es bereits gesehen. Ich darf nicht noch mehr Spuren verwischen. Ich muss Nika anrufen. Jetzt gleich.

Joshua

Der rote Golf von Eberhard und Edeltraut steht vor der Garagenzufahrt. Joshua klingelt an der Tür. »Kann ich Jonas sehen?«

»Jetzt? Du hast dich die ganzen letzten Tage nicht einmal nach ihm erkundigt und jetzt mitten in der Nacht willst du ihn sehen? Was ist bloß mit dir los, Joshua? Sag es mir, bitte sag es mir!«

Hinter ihrem Rücken erscheint Eberhard, er trägt ein Handtuch um die Hüften, sonst nichts.

»Gibt es Probleme?«, fragt er.

Sie schiebt ihn weg. »Schon in Ordnung, ich regle das selbst.«

»Kann ich Jonas jetzt sehen?«, fragt Joshua.

»Er schläft. Komm morgen wieder.«

Er schiebt seinen Fuß in die Tür. Sie stöhnt, tritt zur Seite, lässt ihn herein. »Aber wecke ihn nicht.«

Edeltraut steht vor dem Schlafzimmer. Sie trägt Brigittes Bademantel. Er ignoriert sie, betritt Jonas' Zimmer.

»Lass mich allein!«

»Ich weiß nicht.«

Ach, soll sie bleiben!

Er kniet sich neben das Gitterbett, betrachtet seinen Sohn. Jonas schläft, selbst, wenn er wach wäre, würde er sich später nicht an seinen Vater erinnern. Ächzend steht Joshua auf, beugt sich noch einmal über das Gitterbett und küsst seinen Sohn auf die Stirn. Dann geht er. »Mach's gut«, sagt er zu Brigitte, ohne sich zu ihr umzudrehen. Er hört, wie die Haustür hinter ihm geschlossen wird, Kies knirscht unter seinen Füßen. Dann hallen seine Schritte auf dem Asphalt. Doorman Ralf blickt von seinem Buch auf und sieht ihn kurz an. »Den Wolf auf die Schlachtbank«, liest Joshua auf dem schwarzen Deckel von Ralfs zerfleddertem Taschenbuch. Er bleibt stehen, dreht sich um und geht noch einmal zurück.

Über die Garage gelangt er ins Haus. Eberhards Jacke hängt an der Garderobe. Er fischt Eberhards Autoschlüssel heraus. Ralf winkt ihm zu, öffnet die Barriere und Joshua fährt mit dem roten Golf davon.

Toni

Ich sitze auf der Treppe im vorderen Treppenhausflur. Nika hat mir eine Decke besorgt, bevor sie verschwunden ist. Eine junge Frau, die ich nicht kenne, stellt mir Fragen und ich weiß nicht, was ich antworten soll. Was habe ich mitten in der Nacht im Keller gemacht? Wie bin ich auf die Idee gekommen, dass unter diesem Bretterstapel eine tote Frau liegt? Eine plausible Geschichte fällt mir so schnell nicht ein.

»Ich habe es geträumt.«

»Geträumt?«

»Ja, im Traum hat mich Max Fallot in den Keller geführt und dann habe ich nachgesehen.«

»Wer ist Max Fallot?«, fragt sie.

»Ich glaube, es ist die Tote«, erwidere ich.

Die junge Frau mit dem Notizblock wirkt hilflos, ich wahrscheinlich auch. Sie scheint nicht zu wissen, was sie mit mir machen soll. Ich kann sie verstehen, ich weiß auch nicht, was ich mit mir machen soll. Die Tür zur Straße steht offen, Blaulicht flackert über ihr Gesicht.

»Brauchen Sie einen Arzt?«, fragt sie.

»Nein, ich bin nur müde.«

»Ich frag mal, ob wir Sie gehen lassen können.«

Sie geht weg und kommt so schnell nicht wieder. Ich beobachte die Leute der Spurensicherung, sie sehen aus wie Gespenster in ihren weißen Overalls. Ich lege den Kopf an die Wand und schließe die Augen. Nach einer Weile spüre ich eine Hand auf meiner Schulter und öffne sie wieder. Nika, als Gespenst verkleidet. Sie lässt ein Schlüsselbund vor meinem Gesicht baumeln, so als wollte sie mich hypnotisieren.

»Willst du dich bei mir etwas hinlegen?«, fragt sie.
»Ich möchte nach oben gehen.«
»Sicher?«
»Es ist ja jetzt vorbei«, sage ich.
»Ich komme nach, sobald ich kann.«

Joshua

Es tut Joshua gut, durch die dunkle Stadt zu fahren. Häuser und Bäume fliegen an ihm vorbei, später sind es nur noch Bäume. Bäume und weiß leuchtende Leitplanken und Seitenstreifen. Sie gleiten über seine Gedanken wie der Tonkopf eines Tonbandgerätes. Sie löschen seine Gedanken, zurück bleibt nur ein Rauschen. Doch er irrt sich. Nichts wird gelöscht. Alles ist noch da. So wie eigentlich auch die Dateien noch da sind, die er von der Festplatte seines Notebooks löscht. Das hat ihm Brigitte erklärt. Ein Experte kann sie ohne Weiteres wieder hervorholen. Man muss schon die Festplatte neu formatieren, um sie wirklich zu löschen. Und genau das wird er jetzt tun. Er wird die Hände vom Lenkrad nehmen, die Augen schließen, das Gaspedal kräftig durchdrücken und hoffen, dass es schnell geht. Ein Stich ins Herz. Ein Baum. Zerquetschtes Blech. So wie damals.

Sie nehmen Joshua bei der Hand, Großvater und Großmutter. Er weiß, was sie ihm sagen werden, noch bevor sie es sagen. Joshuas Vater hatte einen Herzanfall, während er am Steuer saß. Er hat die Kontrolle über das Auto verloren. Sie sind von der Straße abgekommen. Beide tot. Ein schwarzer Anzug. Eine Beerdigung. Schuld.

Ein paar Tage später sitzt Martin neben ihm, ein Flehen in seinem Blick. Doch es ist vorbei. Das Feuer in Joshuas Herz erstickt. Keine süße Liebe mehr, nicht einmal ein Funken Hass. Und es dauert nicht mehr lange und der Platz neben Joshua ist wieder leer. Und er bleibt leer, all die Jahre, wenn auch zwei, drei Jungen im Laufe der Jahre versuchen, ihn wieder zu besetzen. Sie geben schnell auf, wechseln in eine andere Bank.

Immer noch rauschen Bäume an ihm vorbei. Diesmal gibt es keine Leitplanken. Dafür haben die Bäume weiße Flecken. Er schließt die Augen, versucht, es sich vorzustellen. Ob es wohl wehtun wird und wenn ja, wie lange? Beiß deine Zähne zusammen und lass es wehtun, Joshua! Irgendwann wird der Schmerz vorbei sein. Kein Schmerz dauert ewig. Wo hat er das noch mal gelesen? So oder so ähnlich. Er weiß es selbst. Wenn er es nicht weiß, wer weiß es dann? War er nicht einmal Weltmeister im Zähnezusammenbeißen und Vorbeigehen-Lassen? Pech nur, dass er seine Zähne nicht mehr auseinanderbekam, als der Schmerz endlich vorbei war. Pech nur, dass er einen Sohn hat, der irgendwann einmal fragen wird, was seinen Vater dazu bewogen hat, sich eines Nachts um einen Alleebaum zu wickeln. Pech nur, dass dann niemand da sein wird, der es ihm erklären kann. Aber wegen so etwas wird doch niemand zum Mörder, oder? An so etwas stirbt man nicht. So etwas überlebt man mit links. Alles Ausreden also. Ihm fehlt der Mut, das ist es.

Der rote Golf rollt auf Thomas' Grundstück am See. Joshua stellt den Motor ab, steigt aus, schlendert zum Wasser. Aber es gefällt ihm nicht hier, es ist zu still. Ihm ist danach, sich zu prügeln. Er könnte sich an eine Bar setzen, ein paar Wodka in sich hineinkippen und dann Streit mit jemandem anfangen. Wenn er Glück hat, schlägt der andere ihm den Schädel ein.

Wie lange hat er sich nicht mehr geprügelt? Er kann sich nicht mehr erinnern. Dabei war er einmal ein richtiger Raufbold.

Er geht so früh wie möglich von der Schule ab. Er sieht noch Großvaters vorwurfsvollen Blick, als Joshua ihm sagt, dass er niemals Abitur machen wird. Nie im Leben. Doch Großvater kann schwer etwas dagegen sagen. Joshua hat in der Schule rapide abgebaut. Er findet eine Lehrstelle. Er hätte auch Bäcker oder Maurer werden können. Aber zufällig sucht die einzige Autowerkstatt in der Umgebung einen Automechanikerlehrling. So wird er eben Automechaniker. Wann immer es der Arbeitsschutz nicht völlig ausschließt, hängt eine Zigarette in seinem Mundwinkel. Er sieht sich gerne im blauen schmierigen Arbeitsoverall, mag den Ölgeruch, der in seinen Haaren hängt, bald in seiner Haut. Er riecht ihn noch lange, nachdem er seine Stelle gekündigt hat. Die Arbeit ist schwer, er legt schnell zu, wird kräftig, er braucht nicht noch extra Sport zu machen. Er ist beliebt, seine Wochenenden verbringt er mit seinen Kumpel, seinen Lehrlingslohn legt er überwiegend in Alkohol an. Eines Abends stellt ihn sein Großvater zur Rede. Als er nicht hören will, ohrfeigt er ihn. Joshua schlägt zurück. Er prügelt sich gerne, provoziert Streit, wann immer sich die Gelegenheit ergibt. Hinterher zeigt er stolz seine Trophäen: Veilchen, geschwollene Lippen und aufgeplatzte Augenbrauen.

»Ihr solltet erst einmal die anderen sehen«, sagt er, wenn ihn jemand darauf anspricht. Wovon er niemandem erzählt, das sind seine Bücher. Morgens stellt er sich extra eine Stunde früher den Wecker, damit er noch etwas lesen kann. Später sind es dann eineinhalb Stunden. Er macht seinen Gesellen, wird einundzwanzig, sucht sich eine Wohnung und liest weiter. Er lässt sich mit Mädchen ein, die ihm nicht viel bedeuten, vögelt sie und liest immer noch. Er verliebt sich, doch sie will nichts von ihm wissen. Er ist wütend, am liebsten würde er sie schlagen. Doch statt sie zu schlagen, bleibt er zu Hause, legt sich in sein Bett und liest. Er liest alles, was ihm in die Finger kommt. Anfangs faszinieren ihn hauptsächlich die Abenteuergeschichten. »Moby Dick«, »Die Abenteuer des David Balfour«, Geschichten über starke Kerle, die schlimme Dinge erleben und überleben, die Mutproben zu bestehen haben. Er liest Simmel und Capote, Kafka und Konsalik. Er liest Bücher über Einstein und beschäftigt sich mit Quantenphysik.

Er liest Freud und Jung und Adler, Pearl und R.D. Laing. Und er liest Carl Rogers. »Entwicklung der Persönlichkeit«. Rogers Lernerfahrungen berühren ihn: *In meinen Beziehungen zu Menschen habe ich herausgefunden, dass es auf lange Sicht nicht hilft, so zu tun, als wäre ich jemand, der ich nicht bin … Mir scheint, ich erreiche mehr, wenn ich mir selbst zustimmend zuhören kann, wenn ich ganz ich selbst sein kann … Ich habe es als äußerst wertvoll empfunden, wenn ich es mir erlauben kann, einen anderen Menschen zu verstehen … Es bereichert, Kanäle zu öffnen, durch die andere ihre Gefühle, ihre privaten Wahrnehmungswelten mir mitteilen können … Ich habe es als höchst lohnend empfunden, einen anderen Menschen akzeptieren zu können … Je mehr ich gegenüber den Realitäten in mir und im anderen offen bin, desto weniger verfalle ich dem Wunsch, herbeizustürmen und »die Dinge in Ordnung zu bringen« … Ich kann meiner Erfahrung trauen … Erfahrung ist für mich die höchste Autorität … Ich genieße es, Ordnung in der Erfahrung zu entdecken … Das Persönlichste ist das Allgemeinste … Es ist meine Erfahrung gewesen, dass Menschen eine im Grunde positive Entwicklungsrichtung haben … Das Leben ist im besten Fall ein fließender, sich wandelnder Prozess, in dem nichts starr ist …*

Und wieder erfährt Joshua, wie kurz »nie im Leben – niemals« manchmal ist. Er besucht die Abendschule, macht Abitur. Und als er es hat, begreift er, dass er es hätte einfacher haben können. Er braucht nicht mehr zu arbeiten. Sein Vater hat ihm eine Menge Geld hinterlassen, das sein Großvater für ihn verwaltet.

Wie Martin wohl über diese Dinge gedacht hätte. Joshua hätte gerne mit ihm darüber gesprochen. Doch er kommt zu spät. Martin wird nicht Schauspieler, sondern das, was Joshua eigentlich werden wollte. Er wird Stuntman und verunglückt bei einem Stunt mit einem brennenden Wagen tödlich. Als Joshua es erfährt, weint er. Zum ersten Mal nach vielen Jahren.

Joshua begibt sich während seines Psychologiestudiums in Therapie und arbeitet die ganze Geschichte auf. Irgendwann hört er auf zu glauben, dass er am Tod seines Vaters schuld ist. Er lernt, dass seine Wut auf ihn berechtigt war, ihn aber nicht töten konnte. Ist alles, woran er bisher geglaubt hat, ein Irrtum? Dass es möglich ist, das alles zu überstehen, nicht heil, aber lebendig. Nicht nur lebend und atmend, sondern auch liebend, aufnehmend, wach, erwachsen. Annähernd heil. Zumindest jeden Tag ein Stückchen heiler. Hundertprozentig heilen wird es doch nie. All die Jahre Arbeit und all das Weinen haben es nicht geschafft, die Verkrampfung völlig zu lösen, eine leichte Kiefersperre bleibt zurück. Und es gibt Zeiten, da bekommt er den Mund überhaupt nicht auf. Wenn das Wetter trüb ist, wenn er nicht aufpasst, wenn er übermütig wird und sich überfordert oder faul und die Trägheit ihn in ihren Fängen hat und er so viel strampeln kann, wie er will und ihr trotzdem nicht entkommt. Wenn die Gedanken in seinem Kopf ihren rasenden Rundgang beginnen und einfach nirgends ankommen. Dann kann er einfach nicht anders, als sich in eine Ecke zu kauern und die Arme über den Kopf zu legen und nichts mehr zu sagen. Oft rettet ihn auch die Migräne, wirft ihn um, zwingt ihn zum Anhalten und Luftholen, kühlt, wenn sein Kopf einmal wieder zu heiß gelaufen ist. Aber er weiß, dass auch das wieder vorbeigeht. Er wusste es einmal. Als Ruth noch da war. Mit Ruth war er sich sicher, dass er kein Mörder ist, dass er niemals, nie im Leben einer werden würde.

Viel wäre ihm erspart geblieben, wenn sie mehr miteinander geredet hätten. Seine Großeltern mit ihm, er mit Martin, später mit Ruth. Auch mit Brigitte hätte er reden müssen. Darüber, wie unglücklich und eingesperrt er sich mit ihr fühlt. Dass er es so nicht will. Rechtzeitig. Und auf einmal ist ihm klar, was er tun muss.

Toni

Ich lasse mich erschöpft auf mein Bett fallen. Nika legt sich neben mich, ich spüre ihre Waffe unter ihrem Jackett, sie trägt sie heute im Schulterhalfter.

»Stefan sagt, Joshua Stein habe ihn angerufen. Er hat gestanden«, sagt sie.

»Dass er sie umgebracht hat?«

»Das sagt er.« Sie verschränkt die Arme hinter dem Kopf und seufzt. »Was hast du mitten in der Nacht im Keller gemacht, Antonia? Wie bist du darauf gekommen, dass sie da unten liegt?«

»Sie hat es mir gezeigt.«

Nika rückt von mir ab, blickt mich entsetzt an. »Antonia, die Frau ist schon eine ganze Weile tot, das weißt du, oder? Sie kann es dir nicht gezeigt haben.«

»Aber sie hat es mir gezeigt.«

»Du hast geträumt.«

»Das kann gut sein. Aber sie hat mich zu ihrer Leiche geführt. Oder hat sie das nicht und ich träume immer noch?«

Sie rutscht an die Bettkante, stellt die Beine auf den Boden. Ich setze mich neben sie.

»Du glaubst mir nicht?«

»Siehst du öfter Tote?«

»Außer Sol und Max hab ich keine gesehen. Und Dr. Taussig.«

»Ach, Antonia.« Nika seufzt.

»Ich hab mir ja selbst nicht geglaubt. Ich dachte doch, sie lebt.«

»Sol?«

»Nicht Sol, Max Fallot. Ich weiß, dass Sol tot ist.«

»Max Fallot, wer soll das überhaupt sein?«

»Was ist das denn für eine Frage? Du weißt doch, wer Max Fallot ist.«

Sie steht auf, geht im Zimmer umher. »Hast du nicht erzählt, dass du dir vorgestellt hast, Marina Schäfer zu erschießen? Und du wurdest gesehen, wie du am Abend des Mordes an Julian Schäfer völlig aufgelöst die Praxis verlassen hast.«

»Glaubst du jetzt, ich habe Max Fallot und Julian Schäfer ermordet oder was soll die Frage? Ich habe mich bei Marina Schäfer über die Musik beschwert, das habe ich doch schon gesagt. Oder hat jemand einen Schuss gehört oder hatte ich vielleicht eine Waffe bei mir?«

»Julian Schäfer ist mit einer kleinen Pistole erschossen worden. Die hätte niemand sehen müssen.«

Ich seufze. »Ich habe noch nie in meinem Leben eine Waffe in der Hand gehabt.«

»Du hast meine berührt. In der Nacht, als ich bei dir auf dem Sofa geschlafen habe. Und am nächsten Morgen auch. Du schienst ganz fasziniert davon.«

»Das stimmt nicht. Ich war fasziniert von dir, nicht von der Waffe.«

Sie bleibt vor mir stehen. »Antonia, du hast doch nichts mit dem Tod dieser Frau zu tun, oder?«

»Glaubst du das denn?«

Sie bleibt stehen, reibt sich die Stirn.

»Nika, du glaubst doch nicht, dass ich eine Mörderin bin?«

»Ich weiß nicht, was ich glauben soll. Ich bin einfach nur entsetzlich müde.«

Ich gehe in die Küche, ganz langsam. Der Boden schwankt, ich versuche, mich auf jeden einzelnen meiner Schritte zu konzentrieren. Ich setzte mich ans Fenster, blicke in den Himmel, versuche, an nichts zu denken, an gar nichts.

Ich höre ihren Handyklingelton, dann ihre Stimme. Ganz weit weg, dumpf, ich kann nicht verstehen, was sie sagt. Dann ist es wieder still. Nach einer Weile spüre ich sie, das Licht hat sich verändert, sie steht in der Küchentür. Mein Herz beginnt, schneller zu klopfen.

»Es tut mir leid«, sagt sie.

»Mir auch.« Ich sehe sie nicht an.

Jetzt steht sie hinter mir, eine Hand auf meiner Schulter. Die Hand fühlt sich warm an, beruhigt.

»Erzähl mir einfach alles, vertrau mir«, sagt sie sanft.

»Ich habe dir alles erzählt. Ich vertraue dir. Zumindest habe ich das bis jetzt.«

»Gibt es noch irgendeine Information, die du zurückhältst?«

»Ich halte keine Information zurück.«

»Ich hab das Gefühl, du erzählst es mir scheibchenweise. Gestern, dass du dir vorgestellt hast, die Frau zu ermorden, und morgen?«

Ich drehe mich zu ihr um, ein Kloß sitzt in meinem Hals, aber ich schaffe es trotzdem zu sprechen.

»Dass ich es wirklich getan habe? Ich hab's nicht getan. Mein Gott, kannst du nicht verstehen, dass es mir schwergefallen ist, dir das zu erzählen? Du kannst doch nicht erwarten, dass ich von einem Moment auf den anderen mein Innerstes nach außen kehre.«

»Natürlich nicht, das weißt du. Das Thema hatten wir ja schon zur Genüge. Aber darum geht es jetzt auch gar nicht.«

»Doch, genau darum geht es.«

»Es geht um Mord.«

»Ich habe nichts damit zu tun.«

»Du hast die Leiche gefunden. Du behauptest, du hast die Frau gesehen, zu einem Zeitpunkt, als sie schon tot war. Kannst du mir das erklären?«

»Vielleicht habe ich einfach Dinge mitbekommen, unbewusst.«

»Was für Dinge?«

»Zum Beispiel den Geruch aus dem Keller und mein Unbewusstes hat zwei und zwei zusammengezählt und …«

Ihr Handy klingelt. Sie holt es aus ihrer Hosentasche und nimmt das Gespräch an.

»Ja«, sagt sie nur und legt auf.

»Ich muss weg.«

»Nika, du musst mir glauben, ich bin keine Mörderin!«

»Soll ich dir etwas zur Beruhigung besorgen? Ich könnte dir eine Ärztin schicken.«

»Halt mich einfach noch einen Moment fest und sag, dass du mir glaubst.«

Sie drückt mich an sich, aber sie sagt nichts. Dann lässt sie von mir ab. »Ich muss jetzt. Leider.«

»Lässt du mir dein Jackett hier?«

»Mein Jackett?«

»Ja, wenn du mir glaubst, dann lass mir dein Jackett hier.«

Sie zögert. Dann zieht sie es aus und legt es auf das Bett.

»Nimm dir eine von meinen Jacken von der Garderobe«, rufe ich ihr nach, »es ist kühl geworden.«

Joshua

»Warum erzählen Sie uns das?«, fragt Stefan Keller.

Joshua blickt ihn an, versteht nicht, warum Stefan Keller ihm diese Frage stellt. Er versucht, es ihm trotzdem zu erklären. Er darf nicht einfach wortlos verschwinden, sagt er. Das wäre die weit größere Bürde für seinen Sohn, noch größer als die, einen Mörder zum Vater zu haben. Er muss seinem Sohn die Chance geben, mit ihm zu sprechen, wenn er alt genug ist, wenn er Fragen stellen will. Er muss sich seinen Fragen, seiner Wut, seinen Vorwürfen stellen. Und er muss ihm erklären, warum es so gekommen ist, auch wenn er es jetzt selbst noch nicht weiß. Vielleicht wird Joshua es in den Jahren im Gefängnis verstehen lernen.

Aber Stefan Keller schüttelt den Kopf und geht weg. Joshua sieht durch die große Glastür, wie er sich mit Monika Haberstroh streitet. Er beobachtet, wie Monika Haberstroh in die Jacke greift und eine Waffe herauszieht. Für einen Moment glaubt er, sie will Stefan Keller mit der Waffe bedrohen, ihn vielleicht sogar erschießen. Doch sie legt die Waffe vor ihm auf den Tisch und stürmt aus dem Zimmer. Stefan Keller lässt sich auf den Schreibtischstuhl fallen und bleibt dort eine Weile sitzen. Er nimmt einen Schluck aus einer Kaffeetasse, behält die Tasse in der Hand und starrt vor sich hin. Dann steht er auf, geht durch die Glastür und setzt sich vor Joshua hin.

»Wie sagten Sie noch mal hieß die Frau, die Sie angeblich ermordet haben?«

»Max Fallot.«

»Und sie hat im Dachgeschoss gewohnt?«

»Sie wollte dort einziehen, glaube ich, aber genau weiß ich es auch nicht.«

»Und Sie haben sie erstochen, sagten Sie?«

»Ja.«

»Wann war das noch mal?«

»In der Nacht von Samstag auf Sonntag.«

»Sie sprechen vom vergangenen Wochenende.«

»Ja.«

Stefan Keller trinkt einen Schluck Kaffe und stellt die Tasse seufzend auf den Tisch.

»Sie können gehen, Herr Stein!«

Toni

Ich schlafe wie ein Stein, als ich aufwache ist es neun Uhr. Die Wetterstation zeigt sechzig Prozent Luftfeuchtigkeit, es ist nicht nur sonnig, sondern auch schwül. Ich spüre eine leichte Übelkeit und wenn ich mich im Bett bewege, pulsiert der Schmerz in meinem linken Stirnlappen. Fast bin ich erleichtert, ihn zu spüren, ist er doch so vertraut, eine normale Reaktion, wenn der Stress vorbei, eine große Anstrengung überwunden ist. Also ist es jetzt wirklich vorbei? Ich löse eine Magnesiumtablette in einem Glas Wasser auf und spüle damit zwei Aspirin hinunter. Ich schließe noch einmal die Augen, döse vor mich hin.

Eine knappe halbe Stunde später klingelt es an meiner Tür. Ich rechne damit, dass es Nika ist, überlege einen Moment, ob ich ihr in Schlaf-T-Shirt und Unterhose öffnen soll, entscheide mich dann aber dagegen und schlüpfe in Hose und Hemd. Es klingelt noch einmal, ungestüm. Jemand klopft gegen die Tür.

»Machen Sie auf, Frau Becker, wir wissen, dass Sie da sind.«

Ich öffne die Tür. Stefan Keller steht davor, breitbeinig, die Waffe im Anschlag. Hinter ihm stehen zwei Beamte in Uniform, ebenfalls mit gezogenen Waffen. Ich weiche zurück. Er folgt mir. »Weiter, weiter. Umdrehen, Hände an die Wand!«

»Was ist denn los«, schaffe ich zu fragen. Meine Stimme zittert.

Stefan Keller dreht mir den Arm auf den Rücken, ein stechender Schmerz schießt durch meine Schulter.

»Aua!«

Stefan Keller drückt den Lauf seiner Waffe gegen meine Schläfe. Mein Herz rast, ich zittere.

»Hände an die Wand!«

Ich gehorche. Jetzt spüre ich die Waffe im Rücken. Stefan Keller durchsucht mich, schnell und mit geübten Griffen, und tastet sich Zentimeter für Zentimeter voran.

»Wo haben Sie sie versteckt oder haben Sie sie weggeworfen?«

»Was?«, frage ich, meine Stimme krächzt, ich muss schlucken.

Der Druck der Waffe an meinem Rücken wird fester.

»Wo haben Sie sie entsorgt?«

Stefan Keller zieht mich von der Wand weg, schubst mich, ich falle zu Boden, er zerrt mich hoch, packt mich am Oberarm. Er presst den Lauf der Pistole in meinen Nacken. In meiner Kehle brennt Magensaft.

»Stefan, es reicht.« Eine Frauenstimme, hinter mir. Einen Moment hoffe ich, dass es Nika ist, doch es ist nicht Nika, es ist die junge Frau, die am frühen Morgen so viel Mühe mit mir hatte. Keuchend schiebt Stefan Keller mich zur Wohnungstür.

»Hände auf den Rücken!«

Besser, ich tue, was er sagt. Das Klicken von Handschellen, kaltes Metall an meinen Handgelenken.

»Ich verstehe nicht«, sage ich leise, bevor sie mich abführen.

Joshua

»Ich verstehe nicht, warum sie mich freigelassen haben. Ich verstehe es nicht.«

Joshua sitzt einmal mehr auf dem Sofa in Martin Geigers Arbeitszimmer. Er nippt an seinem Cognac. Martin Geiger auf dem Chefsessel gegenüber saugt an einer seiner Zigarren. Er wirkt ratlos, runzelt die Stirn.

»Und Sie sind sich sicher, dass das alles wirklich passiert ist?«, fragt er.

Joshua seufzt. »Wenn es nicht wirklich passiert ist, was bedeutet es dann?«

»Wäre es nicht in jedem Fall besser, wenn es nicht passiert wäre, ganz egal, was es bedeutet?«

»Sie meinen, alles ist besser, als ein Mörder zu sein?«

»Ja«, antwortet Martin Geiger, »ist nicht alles besser, als ein Mörder zu sein?«

»Sind wir nicht alle Mörder durch die Art, wie wir leben?«

»Das führt jetzt sehr weit, Joshua.«

»Tut es das?«

Martin zuckt mit den Schultern.

»Es gab Momente, da konnte ich mir Schlimmeres vorstellen, als ein Mörder zu sein. Meinen Sohn zu verlieren, meine ich.«

»Wenn Sie ein Mörder geworden wären, hätten Sie ihn erst recht verloren, egal, ob man Sie erwischt hätte oder nicht. Das müssen Sie doch wissen, Joshua. Gerade Sie müssen das doch wissen.«

»Manchmal bin ich mir nicht sicher, ob es einen Unterschied macht. Ob nicht mit dem Gedanken spielen, jemanden zu töten, dasselbe ist wie jemanden zu töten.«

»Ich sehe da einen großen Unterschied. Es ist der Unterschied zwischen Leben und Tod.«

»Aber die Frau ist doch tot. Sie haben sie unter einem Bretterstapel im Keller gefunden. Das ist doch so, oder?«

»Ja, das ist so.« Martin Geiger bläst Rauch in die Luft. »Eigentlich hätten wir eher darauf kommen sollen, dass es nicht die Ratten sind. Aber wer kommt schon auf die Idee, dass da unten eine Leiche liegt. Ich komme auf so eine Idee nicht.«

»Aber das heißt …«

»… dass sie schon eine ganze Weile da unten gelegen hat.«

»Aber haben Sie sie nicht auch gesehen? Am Samstag im Park?«

»Ich habe nur gesehen, wie Sie weggelaufen sind.«

»Und den bärtigen jungen Mann?«

»Julian Schäfer?«

»Aber der ist doch tot.«

»Wie die junge Dame auch.«

»Sie haben Julian Schäfer gesehen?«

»Ich habe nur gesehen, wie Sie weggelaufen sind, Joshua. Mehr nicht.«

Joshua reibt sich das Gesicht, seufzt.

»Sie haben eine Frau verhaftet, wissen Sie das schon?«, fragt Martin Geiger.

»Eine Frau?«

»Ja, es war wohl eine Eifersuchtsgeschichte. Sie hatte was mit der jungen Frau.«

»Mit Max Fallot?«

»Ich glaube, sie heißt anders. Aber der Name fällt mir jetzt nicht ein. Jedenfalls war sie wohl mit der Frau aus dem Dachgeschoss liiert, hat dann aber etwas mit Julian Schäfer angefangen. Dann ist die Frau aus dem Dachgeschoss durchgedreht, hat erst sie und dann Julian Schäfer umgebracht. Ein klassisches Eifersuchtsdrama.«

»Eine Frau aus dem Hinterhaus oder Seitenflügel?«, fragt Joshua.

»Nein, sie ist aus dem Vorderhaus.«

»Sie sprechen aber nicht von Antonia Becker, oder?«, fragt Joshua.

»Ja, ich glaube, so heißt sie.«

»Und sie soll die beiden ermordet haben?«

»Erschossen. Sie haben die Waffe allerdings noch nicht gefunden, obwohl sie ihre ganze Wohnung auf den Kopf gestellt haben, heute Morgen. Bestimmt ist sie sie losgeworden. Ich meine, wer erschießt schon zwei Menschen und behält dann die Mordwaffe. So blöd ist doch niemand, oder?«

»Woher wissen Sie das alles?«, fragt Joshua.

»Ich halte einfach die Ohren offen, man erzählt sich viel in diesem Haus.« Er zwinkert Joshua zu. »Der Aufstand heute Morgen war aber auch so nicht zu übersehen. In Handschellen haben sie sie abgeführt. Sie trug nicht einmal Schuhe. Man sagt, sie haben zwar die Waffe nicht gefunden, dafür aber die Schlüssel zur Wohnung nebenan. Dort hat sich die junge Frau immer mit ihrem Liebhaber getroffen. Er hat die Wohnung renoviert, sie steht leer und soll neu vermietet werden. Sie haben sie als Liebesnest benutzt. Dort hat Antonia Becker sie erwischt, ist völlig durchgedreht und hat sie erschossen, nicht gleich, erst einige Zeit später. Erst die Frau oben in der Wohnung. Später dann den Mann, unten in der Praxis seiner Schwiegermutter. Das wird wohl nicht mehr als Totschlag durchgehen oder was meinen Sie, Joshua? Was haben Sie, Joshua, ist Ihnen nicht gut?«

Toni

»Das ist doch eine völlig abstruse Geschichte, völlig abstrus.«

Wie oft habe ich das heute schon gesagt? Ich schlage die Hände vors Gesicht, seufze. Doch immer wieder stellen sie mir die gleichen Fragen. Wenn ich nur nicht so verdammt kalte Füße hätte!

»Wo haben Sie die Waffe entsorgt?«, fragt Stefan Keller.

»Ich habe noch nie eine besessen. Ich hatte auch nichts mit Max Fallot.«

»Sie heißt nicht Max Fallot. Sie heißt Maximiliane Krüger und das wissen Sie.«

»Ich weiß es nicht. Ich hatte weder etwas mit Max Fallot noch mit Maximiliane Krüger.«

Stefan Keller schiebt mir ein Foto hin.

»Das ist Max Fallot«, sage ich.

»Das ist Maximiliane Krüger. Sie wollen mir doch nicht ernsthaft erzählen, dass Sie nicht wissen, wie Ihre Geliebte heißt.«

»Sie war nicht meine Geliebte, Herrgott noch mal, wie oft soll ich es Ihnen noch sagen.«

»Und warum hat sie dann auf Ihrem Sofa masturbiert? Zu einem Pornofilm, wie Sie mir erzählt haben.«

»Das frage ich mich auch.«

»Und zu einem Zeitpunkt, als sie schon tot war.«

»Wenn sie da schon tot war, kann sie wohl kaum auf meinem Sofa masturbiert haben.«

»Sie haben es mir erzählt, vergessen Sie das nicht. Passiert es häufig, dass auf Ihrem Sofa fremde tote Frauen masturbieren? War sie da schon tot?«

»Sie kann ja nicht tot gewesen sein, oder?« Ich stütze meinen Kopf auf meine Hand, schüttle den Kopf und seufze nur.

»Also haben Sie sie danach umgebracht? Sie war eine schreckliche Frau, nicht wahr? Erst treibt sie es mit Julian Schäfer in der Wohnung nebenan, dann kommt sie zu Ihnen und treibt es mit sich selbst auf dem Sofa. Das versteht doch jeder, dass Sie da durchdrehen. Sie haben es mir erzählt, Frau Becker. Sie haben es mir erzählt, weil Sie mir einen Hinweis geben wollten. Sie wollten, dass wir Sie kriegen, weil Sie mit den Schuldgefühlen nicht zurechtkamen. Ich habe doch gesehen, in was für einem Zustand Sie waren. Sie haben sich besinnungslos betrunken, Sie haben nicht ausgehalten, was Sie getan haben.«

»Sie sind verrückt!«

»Sie sind verrückt, Frau Becker. Erklären Sie uns doch, was mit Ihnen los war. Warum haben Sie getrunken? Was haben Sie auf dem Dach gemacht? Ja, sehen Sie mich nicht so an. Natürlich haben wir Sie im Auge behalten, was denken Sie denn? Was wollten Sie auf dem Dach? Sich herunterstürzen und das Genick brechen, weil Sie es nicht mehr ausgehalten haben, eine Mörderin zu sein?«

Ich ringe um Worte, aber ich finde keine.

»Jetzt haben Sie die Möglichkeit, Ihr Gewissen zu erleichtern. Sagen Sie uns, wo die Waffe ist! Gestehen Sie!«

»Ich kann nicht gestehen, was ich nicht getan habe. Ich habe keine Waffe, ich habe noch nie eine besessen. Ich habe diese Frau nicht erschossen, sie war nicht meine Geliebte. Ihre ständigen Besuche haben mich genervt, sie war nicht mein Typ, verstehen Sie, sie war überhaupt nicht mein Typ.«

»Was ist dann Ihr Typ? Blonde, sechzigjährige Hauptkommissarinnen.«

»Genau, endlich haben Sie es begriffen. Blonde, sechzigjährige Hauptkommissarinnen sind genau mein Typ.«

Er legt ein weiteres Foto vor mir auf den Tisch. »Und was ist mit dieser Frau?« Das Foto zeigt die junge Medizinstudentin aus dem Park und mich. Wir stehen vor ihrer Haustür. Ich küsse sie zum Abschied auf die Wange.

»Was soll das jetzt?«, frage ich.

»Das frage ich Sie. Weiß Hauptkommissarin Haberstroh, dass Sie bei dieser Frau eine Nacht verbracht haben?«

»Ja«, antworte ich nur.

»Was?«

»Ja, sie weiß es.«

»Und sie findet das in Ordnung?«

Ich blicke auf meine grau gefärbten Fingerkuppen. Wie lange sich diese Druckerschwärze wohl hält? Und ob sie meine Fingerabdrücke wohl speichern werden, auch wenn sich herausstellt, dass ich es nicht war? Und diese scheußlichen Fotos? Ich blicke auf.

»Das geht Sie nichts an!«

Wütend wirft er einen Schlüsselring mit zwei Schlüsseln auf den Tisch.

»Und was ist das?«

»Schlüssel«, antworte ich nur.

»Schlüssel, die wir in Ihrer Wohnung gefunden haben.«

»Dann werden es wohl meine Ersatzschlüssel sein.«

»Es sind die Schlüssel zur Wohnung nebenan. Zur Wohnung, über deren Klingel bereits der Name M. Fallot steht. Das ist ein junger Mann, der weilt derzeit noch in Südafrika. In zwei Wochen wird er nach Berlin kommen und diese Wohnung beziehen. Falls er das noch will, nach all dem, was in dieser Wohnung passiert ist. Man wird es ihm sagen müssen oder was meinen Sie?«

»Ja, man wird es ihm sagen müssen«, antworte ich nur. »Das wäre fair.«

»Wie kommen diese Schlüssel in Ihre Wohnung?«

In meinem Kopf rauscht es.

»Wo ist Monika? Ich möchte mit ihr sprechen.«

»Es wurde ihr nahegelegt, ein paar Tage Urlaub zu nehmen. Mit diesem Fall hat sie jedenfalls nichts mehr zu tun. Sie werden doch sicher verstehen, warum, oder? Also: Wie kommen diese Schlüssel in Ihre Wohnung, Frau Becker?«

Ich versuche, ruhig zu bleiben. »Das wissen Sie wahrscheinlich besser als ich«, antworte ich.

»Was wollen Sie damit sagen?«

»Wenn hier jemand eifersüchtig ist, dann sind Sie das doch.«

Er schnaubt wütend, schiebt den Stuhl zurück, steht auf, dreht sich gegen die Wand, hält seinen Arm fest. Eine ganze Weile steht er da und rührt sich nicht. Ich blicke auf seinen Rücken, die Riemen des Schulterhalfters, die Schweißflecken auf seinem Hemd, die Hand an seinem Ellenbogen, die weißen Fingerknöchel. Dann stürmt er aus dem Raum.

Er kommt zurück in Begleitung der jungen Frau, stellt sich vor die Wand, verschränkt die Arme vor der Brust und sieht mich an. Er sagt nichts. Die Frau setzt sich zu mir an den Tisch, schiebt mir ein Blatt Papier hin.

»Kennen Sie das?«, fragt sie sanft.

Ich betrachte das Blatt. Bleistiftlinien auf kariertem Papier, eine Lageskizze.

»Das könnte von mir sein.«

»Sie geben zu, dass es von Ihnen ist?«, fragt sie.

»Es könnte sein.«

»Frau Krüger hatte es in der Tasche ihrer Strickjacke. Wir haben Ihre Fingerabdrücke darauf gefunden.«

»Ja, sie hat bei mir geklingelt, sie wollte Zucker.«

»Zucker?«

»Ja, sie wollte einen Kuchen backen. Aber ich hatte keinen Zucker. Ich habe ihr aufgezeichnet, wo der nächste Laden ist. Sie war ja neu in der Gegend.«

»Sie war nicht neu in der Gegend.«

»War sie nicht?«

»Sie war Patientin bei Frau Schäfer. Aber das wissen Sie doch, oder?« Sie spricht leise.

»Nein«, sage ich nur. Meine Stimme hat auf einmal keine Kraft mehr. Die junge Polizistin legt ihre Hand auf meinen Arm. »Erzählen Sie mir, wie Sie sie kennengelernt haben.«

Ich reibe mir die Augen, seufze.

»Soll ich Herrn Keller wegschicken? Wollen Sie es mir alleine erzählen?«

Ich antworte nicht.

»Haben Sie Hunger, Frau Becker? Soll ich Ihnen etwas bringen?«

»Ich hätte gerne Zigaretten und ein Glas Wasser. Außerdem hätte ich gerne Socken und Schuhe. Und ich möchte meinen Sohn anrufen.«

Stefan Keller rührt sich. »Sie haben keinen Sohn«, sagt er. »Sie sind ledig, ohne Kinder, Frau Becker, ledig, ohne Kinder. Oder soll ich Sie lieber Herr Becker nennen?«

Joshua

Joshua steht am Fenster von Martins Gästezimmer und blickt in den Hof. Auf einer Bank sitzt Monika Haberstroh, führt ihre Hand zum Mund, Rauch steigt über ihr auf. Joshua setzt sich auf das Bett und zieht seine Schuhe an. Fischgeruch steigt ihm in die Nase, als er die Tür zum Flur öffnet. Er steckt seinen Kopf in die Küche.

»Die Kommissarin sitzt unten im Hof, ich werde mit ihr reden.«

Martin steht am Herd, eine Schürze um die Hüften. Er lächelt.

»Tun Sie das, Joshua, tun Sie das.«

Die Kommissarin blickt auf, als er auf sie zukommt.

»Darf ich?«, fragt er und deutet auf die Bank.

»Bitte.«

Sie wirft den Zigarettenstummel auf den Boden und nimmt sich eine neue Zigarette aus der Packung, die neben ihr auf der Bank liegt. Dann streckt sie Joshua die Schachtel hin.

»Ich rauche nicht«, sagt Joshua.

»Ich auch nicht.« Sie zündet sich die Zigarette an, bläst Rauch in die Luft. »Ich hoffe, es stört Sie nicht.«

Joshua schüttelt den Kopf.

»Zweifeln Sie an Ihrer Freundin?«, fragt er.

Es dauert ein paar Züge, bis sie antwortet. »Eigentlich habe ich gedacht, wir hätten die Lösung, seien ganz nahe dran. Uns hat nur noch diese Frau gefehlt. Und jetzt? Ich verstehe diese Geschichte nicht. Sie ergibt keinen Sinn.«

»Sie ergibt Sinn, wir verstehen ihn nur noch nicht.«

»Haben Sie es getan, Herr Stein? Sie haben doch gestanden.«

»Mittlerweile glaube ich nicht mehr, dass ich es war.«

»Dann war es doch Antonia?«

»Das glauben Sie nicht wirklich, oder? Sie lieben diese Frau.«

»So schnell spreche ich nicht von Liebe.«

»Aber Sie sind auf dem besten Weg dahin, oder?«

Sie seufzt. »Ich habe meine Hand für sie ins Feuer gelegt und jetzt brennt sie lichterloh. Aber glauben Sie mir, ich würde meinen rechten Arm dafür hergeben, sie da rauszuholen, wenn ich nur sicher sein könnte, dass sie es nicht war.«

»Sie war es nicht.«

»Aber wie kommen diese Schlüssel in ihre Wohnung? Erklären Sie mir das mal!«

»Ich habe sie dorthin gelegt.«

»Sie?«

Ihr Telefon klingelt. Für einen Moment wirkt sie desorientiert. Sie tastet in der Jacketttasche nach ihrem Handy, nimmt das Gespräch an. »Volker, endlich.« Sie blickt auf ihre Armbanduhr. »Ja, in zehn Minuten bin ich da.«

Sie drückt das Gespräch weg. Ihre Hände zittern, als sie das Telefonbuch nach einem Eintrag durchsucht.

»Hallo Thomas, Monika hier. Ja, ich habe ihn erreicht. In zehn Minuten in seiner Kanzlei. Du hast die Adresse? Gut.«

Sie verstaut das Handy in der Jackentasche und steht auf.

»Ich erzähle Ihnen die ganze Geschichte. Zumindest meine Version«, sagt Joshua.

»Ich habe jetzt keine Zeit, Herr Stein, ich habe für Antonia einen Anwalt besorgt, ich muss mit ihm sprechen, bevor er zu Antonia fährt. Aber ich schlage vor, Sie kommen mit.«

Toni

Zweieinhalb mal zwei Meter, größer kann er nicht sein, dieser Raum. Und auch das Bett ist ungewohnt schmal, mehr eine Pritsche als ein Bett. Gitter an den Fenstern, durch die ein Rest Tageslicht fällt. Wände in einer undefinierbaren Farbe, beige kommt ihr am nächsten. Flecken überall, einer direkt über dem Bett. Ich mag nicht darüber nachdenken, was es sein könnte. Und auch an die Toilette in der Ecke mag ich nicht denken, ich versuche, den Geruch nach Desinfektionsmittel und Urin zu ignorieren. Ich bin müde, schließe die Augen. Mein Magen knurrt, vielleicht hätte ich das Angebot der jungen Polizistin annehmen sollen. Sie wollte mir ein Sandwich bringen. Aber in dem Moment hatte ich keinen Appetit. In dem Moment wollte ich nur, dass dieser Albtraum aufhört.

Ich warte immer noch darauf. Aber es scheint kein Traum zu sein. Ich werde tatsächlich verdächtigt, zwei Morde begangen zu haben. Und nicht nur das, ich wurde verhaftet. Ich weiß, dass ich es nicht war. Aber wird das eine Rolle spielen? Es gibt Fehlurteile, Justizirrtümer. Ein junger Kommissar, der Beweismittel in meiner Wohnung deponiert, nur, weil er nicht damit zurechtkommt, dass ich die Geliebte seiner Vorgesetzten bin. Absurd! Ich versuche, den Gedanken daran zu verdrängen. Und auch das Gefühl der Beklemmung, das in meinen Gliedern sitzt. Ich schwitze nicht und doch fühle ich mich klamm. Und ich friere, vor allem an den Füßen.

Ich sehne mich nach Nika. Ich hoffe, sie glaubt an mich. Sie muss an mich glauben, sie kann nicht wirklich denken, dass ich es war. Wenn ich nur wüsste, was sie denkt. Wenn nur diese Anwältin endlich kommt, die Tommy für mich anrufen wollte, irgendeine Bekannte von ihm.

Natürlich habe ich einen Sohn. Natürlich ist das alles Blödsinn, diese ganze Geschichte. Aber immer wieder kommt mir dieser Traum in den Sinn, diese Vergewaltigung. Aber sie kann nicht wirklich geschehen sein, zu dem Zeitpunkt war Max doch schon tot, oder? War sie das? Es gab keine Leiche. Jedenfalls lag keine in meinem Wohnzimmer und ich kann mich nicht daran erinnern, sie weggebracht zu haben. Vielleicht bin ich ja multipel, habe eine Mörderin in mir, von der ich nichts weiß. Aber sie wurde ja nicht erwürgt, sie wurde erschossen. Verdammt! Es muss jetzt aufhören! Ich schließe jetzt die Augen und wenn ich sie wieder öffne, liege ich mit Nika am Strand. Und sie tröstet mich, weil ich wieder so schrecklich träume.

Ein Geräusch an der Tür, jemand schließt auf. Eine Justizvollzugsbeamtin, die an mir vorbeisieht. »Kommen Sie mit!« Sie führt mich in einen kahlen Raum, die Wände haben die gleiche Farbe wie in meiner Zelle. In der Mitte ein Tisch, auf jeder Seite ein Stuhl. Ein Mann steht im Zimmer. Sein blondes Haar ist kurz und akkurat geschnitten. Er trägt eine kleine rechteckige randlose Brille, die teuer aussieht. So wie sein Anzug aus einem hellen glänzenden Stoff und seine Seidenkrawatte. Seine edle lederne Aktentasche steht auf dem Tisch. Über dem Arm trägt er ein Jackett, das nicht zu ihm passt. Auf dem Boden entdecke ich ein Paar von meinen Schuhen. Er reicht mir die Hand. Ich nehme sie, blicke in sein hübsches Jungengesicht. Er lächelt. »Volker Haberstroh«, sagt er, »ich bin Ihr Anwalt.«

Joshua

»Und dann haben Sie sie unter diesem Holzstapel im Keller versteckt?«, fragt Monika Haberstroh. »Vielmehr Sie haben sich vorgestellt, es zu tun?«

Joshua nickt. »Ja, so war's.«

Sie sitzen in Martin Geigers Arbeitszimmer. Martin Geiger auf seinem Chefsessel am Schreibtisch, Monika Haberstroh und Joshua auf dem Ledersofa. Die Kommissarin hat ihr Knie auf den Sitz gelegt. Sie hält eine brennende Zigarette in der

Hand, die Aschesäule erreicht fast den Filter. Jeden Moment wird sie herunterfallen. Martin bewegt sich als Erster, stellt sein Cognacglas auf den Schreibtisch und reicht ihr einen Aschenbecher. Doch es ist zu spät, die Aschesäule landet auf ihrem Knie. Sie drückt die Zigarette aus.

Martin räuspert sich. »Was ist das nun eigentlich für eine Frau?«

»Sie heißt Maximiliane Krüger, dreiunddreißig Jahre alt, ledig, bewohnt eine Einzimmerwohnung hier im Viertel. Wurde vor einem halben Jahr aus der Psychiatrie entlassen. Diagnose Borderline. Wurde wohl als Kind missbraucht und hat es nicht verkraftet, die übliche Geschichte. Ihr Therapeut hat sie als vermisst gemeldet, sie kam einfach nicht mehr zur Therapie und war auch telefonisch nicht erreichbar. Er hat befürchtet, dass sie sich umgebracht hat, aber in ihrer Wohnung war sie nicht.«

»Und wie hat sie Julian Schäfer kennengelernt.«

»Sie war Patientin in der Praxis seiner Schwiegermutter.«

»Also ist Julian Schäfer tatsächlich nicht der Sohn, sondern der Schwiegersohn von Marina Schäfer?«

»Ja, wir haben uns noch anscheinend noch immer nicht daran gewöhnt, dass ein Mann den Namen der Frau annimmt.« Sie lacht. »Aber wir haben es natürlich schnell herausgefunden. Wir mussten ja nur seine Frau fragen, Andrea Schäfer. Sie war ein paar Tage verreist, wir wussten es erst nicht, wir hatten erst sie in Verdacht, weil sie verschwunden war.«

»Und Marina Schäfer?«

»Die stand unter Schock. Sie war im Krankenhaus.«

»Und sie wussten beide von Julian Schäfers Verhältnis zu Maximiliane Krüger.«

»Sie sagen, sie haben es nicht gewusst.«

»Woher wissen Sie davon?«

»Ein Nachbar hat sie gesehen. Julian Schäfer hat für die Hausverwaltung gearbeitet, Wohnungen renoviert. Unter anderem auch die im Dachgeschoss neben Antonias. Der Nachbar nebenan hat die beiden auch ein paar Mal aus der Wohnung kommen sehen, das passt also zusammen.«

»Aber das sagt doch noch nicht viel.«

»Er meint, es sei die Art gewesen, wie sie miteinander umgegangen sind, wie sie sich angesehen haben. Er war sich sicher.«

»Vielleicht ist ihre Tochter ja die Mörderin. Vielleicht hat sie es ja doch gewusst. Erst hat sie Maximiliane Krüger erschossen, dann Julian Schäfer. Aus Eifersucht.«

»Daran habe ich auch schon gedacht.«

»Aber?«

»Vielleicht war sie es ja, aber wir kommen nicht an sie ran, sie hatte einen Nervenzusammenbruch, ist in einer Krisenstation. Und irgendwie habe ich das Gefühl, dass sie es nicht war. Aber sie könnte es natürlich gewesen sein.«

»Haben Sie die Wohnung der beiden durchsucht?«

»Ja, aber wir haben nichts gefunden.«

»Sie könnte sie doch auch in der Praxis ihrer Mutter aufbewahren«, sagt Martin Geiger.

»Möglich, aber wir können doch nicht alle Wohnungen durchsuchen. Wahrscheinlich hat sie sie weggeworfen. Und wir müssen doch einen Anhaltspunkt haben. Und erst haben wir ja gedacht, dass Maximiliane Krüger Julian Schäfer erschossen hat.«

»Warum das?«

»Weil er mit ihr Schluss machen wollte zum Beispiel. Und dann war sie ja verschwunden.«

»Wie haben Sie herausgefunden, wer sie ist und dass sie verschwunden ist?«, fragt Martin.

»Wir haben ein Phantombild anfertigen lassen. Von der Frau, die mit Julian Schäfer zusammen gesehen wurde. Marina Schäfer hat sie als ihre Patientin erkannt. Da war sie schon als vermisst gemeldet.«

»Und wie sind Sie darauf gekommen, dass Maximiliane Krüger M. Fallot ist?«

»Ich hatte die Idee, nachdem Antonia mich anrief, weil in ihrem Wohnzimmer eine Nachbarin saß, die vergewaltigt wurde. Sie wollte keine Anzeige erstatten, aber Antonia dachte wohl, ich könne sie überreden. Als ich ankam, war die Frau verschwunden. Zu dem Zeitpunkt muss sie schon tot gewesen sein, aber das wusste ich ja nicht. Irgendwie passte die Beschreibung, das ist verrückt …« Sie stockt. »Antonia hat sie für ihre neue Nachbarin gehalten, die nebenan wohnt. Ich wusste aber, dass die Wohnung nebenan leer steht.«

»Aber das haben Sie Antonia nicht gesagt.«

»Nein, ich habe mit Antonia nicht über den Fall gesprochen. Ich dachte, es ist das Mindeste, was ich tun kann. Wenn ich schon mit einer Zeugin anbandle – für Stefan war sie eine Verdächtige –, dann sollte ich wenigstens nicht mit ihr über den Fall sprechen. Aber vielleicht war das ein Fehler? Ich glaube, ich habe eine Menge Fehler gemacht und eine Menge übersehen.«

Schweigen.

»Und wie sind Sie auf mich gekommen?«, fragt Joshua.

»Antonia hat gesehen, wie Sie nebenan geklingelt haben. Sie hat gedacht, Sie seien der Vergewaltiger von Maximiliane Krüger alias M. Fallot.«

»Das habe ich auch gedacht«, sagt Joshua.

»Ich dachte zu dem Zeitpunkt, Julian Schäfer habe sie vergewaltigt und sie habe ihn daraufhin erschossen«, sagt die Kommissarin.

»Wäre das nicht eine Möglichkeit?«, fragt Martin.

»Nun sieht es aber so aus, als wäre Maximilane Krüger vor Julian Schäfer ermordet worden. So viel habe ich heute früh noch mitbekommen, bevor sie mir den Fall entzogen haben.«

»Und? Wurde sie vergewaltigt?«, fragt Joshua.

»Ich weiß es nicht. Ich weiß noch nicht einmal, ob die gerichtsmedizinische Untersuchung bereits stattgefunden hat.«

Joshua schweigt.

»Was ist mit Marina Schäfer? Warum haben sich die beiden gestritten?«, fragt er schließlich, »warum hatte Maximiliane Angst vor ihr?«

»Das haben Sie geträumt, Herr Stein.«

»Ja, aber warum habe ich es geträumt? Was habe ich überhaupt mit dieser Frau zu tun? Und was hat Antonia mit ihr zu tun? Warum haben wir beide sie gesehen, als sie schon tot war?«

»Sagen Sie es mir, Herr Stein!«

»Haben Sie nicht gesagt, sie sei als Kind missbraucht worden?«

»Ja, und?«

»Überlegen Sie mal, Frau Kommissarin, überlegen Sie mal.«

»Da kann ich noch lange überlegen und finde doch keine Antwort.«

Toni

»Monika hat mich gebeten, Sie zu bitten, mir alles zu erzählen. Wirklich alles. Das hätte ich sowieso getan. Also – erzählen Sie mir alles, was passiert ist, alles, was Sie wissen.«

Ich erzähle ihm meine Version der Geschichte, auch die Vergewaltigung und den Dachspaziergang. Er macht sich Notizen, stellt zwischendurch Fragen, runzelt immer wieder die Stirn. Ich spüre sein Unbehagen, seinen Unglauben. Aber egal, wenn Nika es für das Beste hält, dass ich ihm alles erzähle, dann tue ich es. Zwischendurch blicke ich auf Nikas Jackett, das er über den Tisch gelegt hat, der Beweis dafür, dass wirklich Nika ihn geschickt hat. Es ist das Jackett, das sie heute Morgen bei mir gelassen hat. Sie muss in meiner Wohnung gewesen sein, um es zu holen. Ich weiß nicht, wie sie hineingekommen ist, aber ich bin froh darüber.

»Monika hat mich gebeten, Ihnen das zu geben. Ich habe keine Ahnung, warum, aber ich tue alles, was Monika will, das war schon immer so.« Er zwinkert mir zu.

Ich nehme das Jackett, rieche daran. Der Geruch wirkt wie eine Droge, auf einmal geht es mir besser, ich bin klarer, ruhiger.

»Ich hoffe, es macht Ihnen nichts aus?«, fragt er.

»Was?«

»Na ja, Sie wissen doch, wer ich bin, oder?«

»Ich bin kein sehr eifersüchtiger Mensch, auch wenn manche gerade das Gegenteil behaupten.«

»Das ist auch besser so bei Monika.« Er räuspert sich. »Zurück zur Sache. Sie werden morgen entweder dem Haftrichter vorgeführt oder freigelassen. Letzteres halte ich für durchaus möglich und auch, dass der Haftrichter den Haftbefehl aufhebt. Ich halte die Beweislage nämlich nicht für so zwingend.«

»Aha, gut«, sage ich nur.

»Trotzdem sollten wir uns auf alles vorbereiten. Deshalb noch eine Frage: Haben Sie psychische Probleme? Bitte nehmen Sie mir diese Frage nicht übel, aber ich muss es wissen.«

»Was genau verstehen Sie darunter? Ich bin ab und zu depressiv.«

»Bipolar?«

»Nein, einfach nur leicht depressiv. Seit dem Tod meiner Frau natürlich etwas mehr, aber das ist doch normal …«

»Sind Sie in Behandlung?«

»Nein, nicht mehr.«

»Aber Sie waren?«

Ich seufze. »Ja, aber wozu wollen Sie das wissen?«

»Von wann bis wann?«

»Das kann ich nicht so genau sagen, es gab mehrer Phasen in meinem Leben, in denen ich in Behandlung war.«

»Immer freiwillig?«

»Ja, sicher.«

»Wann zuerst?«

»Mit dreizehn.«

»Wann zuletzt?«

»Vor fünfzehn Jahren.«

»Nehmen Sie Medikamente?«

»Sie meinen Psychopharmaka? Nein.«

»Haben Sie jemals welche genommen?«

»Ja, mit dreizehn ungefähr ein Jahr lang. Ein Antidepressivum. Tofranil.«

»Danach nicht mehr?«

»Nein.«

»Was war der Grund?«

»Ich hatte Angst. Angst vorm Sterben.«

»Und nach einem Jahr hatten Sie keine mehr?«

»Doch, aber ich habe andere Möglichkeiten gefunden, damit umzugehen.«

»Und jetzt haben Sie keine Angst mehr?«

»Haben Sie keine?«

»Nein«, antwortet er.

»Hören Sie trotzdem auf, in mir herumzupulen?«

Er lacht. »Sie haben uns allen eine ziemlich merkwürdige Geschichte erzählt.«

»Da bin ich nicht die Einzige. Aber wenn Sie unbedingt eine Diagnose wollen: Ich habe eine chronische posttraumatische Belastungsstörung.«

»Wer hat das diagnostiziert?«

»Ich habe es diagnostiziert. Es hilft, einen Begriff dafür zu haben. Seither komme ich mir nicht mehr ganz so bescheuert vor. Ich habe mehrere Jahre in einem Zustand diffuser Todesangst verbracht. Nicht als Erwachsene, als Kind, als kleines Kind. Und ich war völlig allein damit. Zeigen Sie mir einen Menschen, der das unbeschadet übersteht.«

Er antwortet nicht, er sieht mich nicht einmal an. Er macht sich Notizen.

»Gut«, sagt er und klappt sein Notizbuch zu. »Noch etwas. Monika fragt, ob sie Ihren Kater zu sich nehmen soll? Ihr Nachbar würde ihr den Schlüssel geben, wenn Sie wollen. Er hat sie heute schon einmal reingelassen, damit sie das Jackett und die Schuhe holen konnte.«

»Ja«, sage ich nur und nicke.

Er steht auf, gibt mir die Hand. Sein Händedruck ist fest und er sieht mich dabei an.

»Schlafen Sie gut, Frau Becker, trotz allem.«

Joshua

»Glauben Sie, dass man jemanden töten kann, indem man einer Puppe eine Nadel in die Brust rammt?«, fragt Joshua.

»Nein«, antwortet die Kommissarin.

»Lange Zeit habe ich das auch gedacht. Dass es nicht möglich ist, meine ich. Das heißt erst habe ich geglaubt, es ist möglich, dann habe ich aufgehört, mir die Schuld am Tod meines Vaters zu geben, jetzt bin ich mir nicht mehr sicher. Ich habe einer Voodoopuppe eine Nadel in die Brust gerammt und prompt hatte er einen Herzinfarkt, als er Auto fuhr. Leider saß meine Mutter neben ihm. Ich habe ihn gehasst. Erst habe ich ihn geliebt, dann habe ich ihn so gehasst, dass ich ihn töten wollte.«

»Sie wollten Ihren Vater töten?«

»Ja, aber nicht, weil ich meine Mutter wollte, mit meiner Mutter hatte das gar nichts zu tun. Nicht mal Ödipus wollte die Stelle seines Vater einnehmen, er hat ja mit aller Macht versucht, es zu verhindern. Es ist ein Mythos, weiter nichts. Und auch ich wollte einfach nur, dass es aufhört.«

»Was sollte aufhören, Herr Stein?«

»Das Schlagen, die Beschimpfungen, die Nächte im Kohlenkeller. Er hat mich aufs Übelste misshandelt. Wahrscheinlich habe ich ihn nicht einmal gehasst. Ich wollte einfach nur, dass es aufhört. Hat Antonia auch so etwas erlebt?«, fragt er, als er sich wieder beruhigt hat.

»Ich weiß nicht, ob sie geschlagen wurde. Sie hat mir nichts davon erzählt, aber ich kenne sie auch noch nicht so lange. Sie war krank. Sie ist mit einem Herzfehler auf die Welt gekommen und wäre fast gestorben. Zumindest haben alle geglaubt, ihr Leben hinge nur an einem seidenen Faden.«

»Erzählen Sie mehr!«

»Mehr weiß ich auch nicht darüber. Außer, dass alle so getan haben, als wäre es nicht so schlimm.«

»Es ist ihr Trauma«, sagt Joshua.

»Haben wir nicht alle unser Trauma?«

Joshua antwortet nicht. Die Hauptkommissarin berührt seinen Arm.

»Bitte entschuldigen Sie, ich möchte Ihre Erfahrung nicht kleinreden. Ich finde diese ganze Geschichte nur so merkwürdig. Ich glaube nicht an so was, wissen Sie. Ich glaube nicht daran, dass man Tote sehen kann. Tote sind tot. Ich glaube nicht an ein Leben nach dem Tod. Ich glaube nicht an Geister. Und nun erzählen Sie mir diese Geschichte und Antonia erzählt mir ihre und ich weiß nicht, was ich davon halten soll.« Sie denkt nach. »Aber wie auch immer, wir müssen Antonia da rausholen. Das ist alles, was im Moment wichtig ist. Ich hoffe, es geht ihr gut, ich hoffe, sie kommt morgen wieder raus. Sie können sie nicht länger festhalten. Ich wünschte, sie wäre hier und wir könnten gemeinsam überlegen. Ich hoffe, Volker konnte sie beruhigen.«

Martin räuspert sich. »So viel Wünschen und Hoffen, wenn das nicht eine verkappte Gläubige ist.« Er grinst. Sie zündet sich eine Zigarette an.

»Möchten Sie nicht doch etwas essen, Frau Hauptkommissarin?«, fragt Martin Geiger. »Es ist noch was da. Oben. Gebratener Steinbeißer mit Korianderkartoffeln.«

»Steinbeißer, aha.« Die Hauptkommissarin hebt ihren Kopf und lächelt ihn an.

»Ja, sehr lecker. Ich kann es Ihnen aufwärmen, Frau Kommissarin.«

»Monika. Nennen Sie mich doch einfach Monika. Ihr Steinbeißer ist bestimm sehr gut, aber ich glaube, ich bekomme im Moment nichts runter. Aber einen Cognac würde ich noch nehmen. Und dann lassen Sie uns noch einmal alles von vorne durchgehen. Vielleicht kommen wir ja noch drauf.«

Toni

Auf dem Herd brodelt ein Topf Suppe. Holz knistert leise im Feuer. Sie sitzen alle am Tisch und löffeln schweigend Suppe, Antonias Großmutter, ihr Großvater, ihr Vater, ihre Mutter, Antonia. Es ist eine rote Suppe, vielleicht aus Roter Beete. Antonia ist hungrig und isst ihren Teller leer. Bis auf die kleine weiße Tablette. Einsam liegt sie mitten in diesem riesigen Teller. Verhaltenes Gelächter, weil Antonia es geschafft hat, die Suppe um die Tablette herum zu essen. Sie haben sie in Antonias Suppe geschmuggelt, weil Antonia noch nicht Tabletten schlucken kann. Antonia ist fünf. Ihre Mutter gibt ihr ein Glas von der süßen Limonade, die sie gerne trinkt. Doch heute schmeckt die Limonade bitter. Sie trinkt einen Schluck, dann stellt sie das Glas wieder hin. Ihr ist auf einmal so schwer, vor allem ihr Herz, es wiegt Zentner. Vielleicht haben sie ihr ja einen Stein in die Brust gelegt, als sie sie aufgeschnitten haben. Auch die Luft ist schwer, sie lässt sich kaum atmen. Und die Wände wachsen in den Himmel und kommen auf Antonia zu und flüstern: »Trink, bitte, bitte, bitte trink …« Als Antonia immer noch nicht trinkt, fangen sie an zu weinen und zu klagen. Sie zerfließen zu dickflüssigem Teer, umfließen Antonia, bis sie gar nicht mehr anders kann, als das Glas zu nehmen und es so schnell wie möglich auszutrinken, damit sie nur aufhören mit ihrem Gejammere und Gefließe, damit sie nur weggehen, sich wieder verfestigen.

Antonia verzieht das Gesicht, so bitter schmeckt die Limonade. Doch die Wände ziehen sich nicht zurück. Sie kleben an Antonia, sie ziehen und zerren an ihr. Es kommt ihr so vor, als wäre kaum mehr Luft da. Sie atmet viel zu schnell, ihr wird schwindlig. Sie kämpft sich durch den Teer bis zur Tür. Dann wird ihr schlecht und sie übergibt sich unter dem Türrahmen.

»Es ist alles gar nicht so schlimm, sagen sie. Es war nur ein kleines Loch in deinem Herzen. Die Ärzte haben es zugenäht. Du musst dich nur ein bisschen schonen, dann ist alles gut.«

Nichts ist gut. Arzt- und Krankenhausbesuche. Röntgen, EKGs, Blutuntersuchungen. An Antonias Seite eine ängstliche Mutter. Angst, dass das geflickte Herz nicht hält, aber das weiß Antonia nicht, sie spürt es nur. Jede kleine Erkältung ist eine Katastrophe. Antonias Träume sind voller Krankheiten. Krebsgeschwüre, Herzinfarkte, Schrumpfnieren. Und Würmer. Zimmerböden, Straßen, ganze Felder übersät mit Würmern. Aber Antonia spricht nicht davon. Sie kommt gar nicht auf die Idee, dass sie es erzählen könnte. Sie möchte auch nicht, dass es jemand merkt. Sie sagen ja jetzt schon dauernd, dass Antonia »komisch« ist, ganz anders als andere Mädchen in ihrem Alter. »Sei doch mal fröhlich!«, sagt Antonias Mutter.

Mit dreizehn kann sie es nicht mehr für sich behalten, obwohl sie es versucht. Es ist zu schwer, es drückt sie in den Boden. Sie kann nicht mehr schlafen.

»Spinnst du heute wieder?«, fragt Antonias Vater.

»Ich habe Angst vorm Sterben«, sagt sie. Eigentlich will sie noch viel mehr sagen. Aber sie bekommt es nicht zu fassen, es ist zu diffus, schwebt vor ihren Augen wie ein Gespenst, ein körperloses und ungreifbares Etwas. Antonias Mutter sitzt am Tisch und ringt die Hände. Antonias Vater sitzt daneben und sagt: »Du bist dreizehn, da denkt man doch nicht an so was. Das ist doch nicht normal.« Antonias Mutter schickt Antonia in die Apotheke, Baldrian kaufen. Sie bekommt Tropfen aus einer braunen Flasche. Jeden Abend kippt sie ein paar in ein Glas Wasser und es bilden sich braune Baldrianwolken, die sich langsam auflösen. Das bräunliche transparente Gesöff schmeckt scheußlich, Antonia hält sich beim Trinken die Nase zu und dann hat es immer noch einen bitteren Nachgeschmack. Aber es beruhigt. Bald reicht es, wenn sie sich die Baldrianwolken und den Baldriangeschmack vorstellt und schon wird sie ruhiger.

Doch die Ruhe hält nicht an. Antonias Mutter geht mit Antonia zu Dr. Müller, ihrem Hausarzt.

Dr. Müller schickt sie zu Dr. Behrends. Dr. Behrends ist eine Nervenärztin. Dr. Behrends sagt nichts, jedenfalls nicht zu Antonia. Sie will mit Antonias Mutter alleine sprechen. Antonia wartet vor der Tür. Später holt die Ärztin Antonia wieder ins Sprechzimmer und gibt ihr einen Termin. Von jetzt an geht Antonia regelmäßig zu ihr. Ohne Mutter. Sie untersucht Antonias Augen, hört ihr Herz ab, schlägt mit einem Hämmerchen auf die Knie, fährt mit einem Rädchen über ihre Fußsohlen. Sie lässt von der Arzthelferin Antonias Haar mit Gel verkleben und ihre Gehirnströme messen. Sie überweist Antonia zur Untersuchung in die Augenklinik und die Nervenklinik. Antonias Oma begleitet sie zu den beiden Terminen in den Kliniken. Dort sitzen sie dann in großen Wartesälen und warten stundenlang. Antonias Augen sind in Ordnung. Auch der Neurologe findet nichts, obwohl auch er mit dem Hämmerchen auf Antonias Knie schlägt und für alle Fälle noch einmal ihre Gehirnströme misst.

Dr. Behrends verschreibt Antonia Tofranil und alle glauben, dass es hilft. Aber es ist etwas anderes, das hilft. Die Wahrheit.

»Unser kleines Wunder«, sagt Dr. Müller, der Hausarzt, zur Sprechstundenhilfe. Erst versteht sie es nicht. Sie schnappt nur ein Wort auf: Fallot-Tetralogie. Sie weiß nicht, was das ist, auch, wenn es ihr so vorkommt, als habe sie das Wort schon einmal gehört. Sie hat nur Halsschmerzen, deswegen ist sie zu

Dr. Müller gekommen. Von sich aus, Mutter hat sie nichts gesagt, Mutter regt sich immer so schnell auf. Sie weiß, wie vorsichtig sie damit sein muss. Es ist ihr in Fleisch und Blut übergegangen. Erst ist Antonia erleichtert. Endlich ergibt das alles Sinn. Sie sucht im Lexikon nach Fallot-Tetralogie, doch sie findet nichts. Auch in der Bibliothek wird sie nicht fündig. Es dauert nicht lange, bis sie sich an ein Buch im Bücherschrank ihrer Eltern erinnert. Ein weiterer Hauptvorschlag des Buchclubs, in dem es um Medizingeschichte geht, um die erste künstliche Niere, die ersten Transplantationen … Das Buch steht neben Irving Wallace' »Die Sieben Minuten«. Es ist von Jürgen Thorwald und heißt »Die Patienten«, aus deren Perspektive die Geschichten erzählt werden. Antonia hat das Buch mit dreizehn zum ersten Mal gelesen und war fasziniert. Jetzt ist sie fünfzehn und sie schlägt es erneut auf. Es ist das erste Kapitel, das sie vor allem interessiert, »Die Reparierten«. Es handelt von Blue Babys und wie eine Helen B. Taussig und ein Alfed Blalock versucht haben, ihnen zu helfen. Antonia fällt es wie Schuppen von den Augen: Das bin ich also, denkt Antonia, ein Blue Baby.

Das war ich, bevor ich repariert wurde. Alle haben damit gerechnet, dass das Kind keine fünf Jahre alt wird, es ist eigentlich ein Wunder, dass es noch lebt. Das Kind hat Angst vorm Sterben, das Kind ist etwas merkwürdig. Oh, was für eine Überraschung!

Ich lehne gegen die Wand mit den undefinierbaren Flecken und bin wütend. Ich sitze in der Todeszelle, habe ich während einer meiner Therapiesitzungen einmal gesagt. Die Therapeutin weiß nichts damit anzufangen. Ich kann es ihr nicht erklären. Aber es entspricht tatsächlich dem Gefühl, das ich lange Zeit hatte. Ist sie das jetzt wirklich? Die Todeszelle? Womit habe ich sie verdient, was habe ich getan? Ich habe nichts getan, womit ich sie verdient hätte, gar nichts.

Ich greife nach Nikas Jackett und drücke es an mich. Ich

glaube jetzt einfach daran, dass alles gut gehen wird. Auch wenn ich weiß, dass es schiefgehen kann. Auch wenn ich weiß, dass es irgendwann zu Ende sein wird, dass Nika sterben wird, dass ich sterben werde und dass kein Weg daran vorbeiführt. Volker hat recht, wenn er nicht daran denkt. Jetzt leben wir. Jetzt sitze ich noch in dieser Zelle, aber morgen kann es schon wieder anders sein. Die Chancen, dass es gut ausgeht, sind groß. Eigentlich ist es bisher doch immer gut ausgegangen. Ich habe überlebt, obwohl alle dachten, ich würde sterben. Und besser, als zu erwarten war. Ich bin Sol begegnet, dreißig Jahre lang war sie an meiner Seite, selbst zu der Zeit, als wir nicht zusammenlebten, war sie ein Teil meines Lebens. Und sie ist immer noch da. Nein, ich meine nicht diesen merkwürdigen Spuk. Sie ist in mir drin, ich kann sie nie mehr verlieren. Sie hat für mich den Unterschied gemacht. Sie und die Kinder. Nun ist sie weg und Sarah ist auch nicht mehr da, aber Tommy gibt es noch. Und den Unterschied, den werde ich auch nicht mehr verlieren. Und jetzt habe ich zu allem Überfluss auch noch Nika kennengelernt. Wie viel Glück braucht ein Mensch noch? Ich springe aus dem Bett und gehe umher. Eine Nacht im Gefängnis, was ist das schon gegen dieses Glück? Ich werde es festhalten, packe mit beiden Hände zu und halte es fest.

Licht fällt durch das kleine Fenster auf den Zellenboden, auf die Wand. Ich mache eine Liste, ich schreibe auf, was ich ab morgen zu tun habe. Es ist so viel liegen geblieben die letzte Zeit. Ich schreibe es auf die Wand. Ich fange in der linken oberen Ecke an und als der erste Sonnenstrahl Gitterstabschatten auf den Boden wirft, bin ich rechts unten angekommen und weiß, was ich zu tun habe. Mein Frühstücksgeschirr steht neben mir, die Kaffeetasse ist leer und er steht vor mir, sein Jungengesicht strahlt.

Joshua

Martin und Joshua schlafen, Joshua auf dem Sofa, Martin in seinem Sessel.

Frau Schneider weckt sie.

»Puh, hier stinkt's nach Kneipe!« Sie stürmt durch den Raum wie eine patente Krankenschwester und öffnet das Fenster.

»Cappuccino, Latte Macchiato?«, fragt sie.

»Einfach nur Kaffee«, antworten Martin und Joshua gleichzeitig.

»Was haben Sie hier eigentlich die ganze Nacht gemacht?«, fragt Frau Schneider.

»Wir haben eine Mörderin gesucht«, sagt Joshua.

»Gesucht und gefunden«, fügt Martin hinzu.

»Hoffentlich«, sagt Joshua.

Toni

»Ich habe gute Nachrichten, Frau Becker. Sie werden freigelassen. Die Beweise gegen Sie reichen nicht aus. Es fanden sich Spermaspuren an der Leiche und man geht davon aus, dass es nicht Ihre sind.«

»Ach, tatsächlich«, sage ich nur.

Er lächelt. »Und was noch schöner ist: Ein gewisser Joshua Stein war heute hier und hat zugegeben, die Schlüssel in Ihrer Wohnung deponiert zu haben. Er behauptet aber, es sei nicht seine Absicht gewesen, Sie in Verdacht zu bringen.«

»Er war in meiner Wohnung?«

»Wollen Sie gegen ihn Anzeige erstatten?«

Ich bin verblüfft. »Warum war er in meiner Wohnung? Warum hat er die Schlüssel dort deponiert?«

»Fragen Sie ihn!«

»Dann darf ich jetzt gehen?«

»Sie wollen noch eine Speichelprobe von Ihnen.«

»Warum? Um sicherzugehen, dass es wirklich nicht mein Sperma ist?«

»Na ja«, sagt er und zwinkert, »heutzutage weiß man ja nie.«

Er legt ein Schlüsselbund vor mir auf den Tisch. »Monika sagt, ich soll Sie zu ihr nach Hause bringen. Dort wartet auch Ihr Arzt.«

»Mein Arzt?«

»Ja, Ihr Kardiologe. Der Sie operiert hat. Ein Dr. Balock oder so ähnlich.«

Joshua

Zwei Stunden behalten sie Joshua da. Immer wieder muss er erklären, wie er an diesen Schlüssel gekommen ist und warum er ihn bei Antonia Becker deponiert hat.

Er erzählt ihnen, was er auch der Hauptkommissarin erzählt hat. Dass er mit Antonia Becker reden wollte, weil er Angst hatte, dass Max Fallot alias Maximiliane Krüger ihr von der Vergewaltigung erzählt hat. Eine Vergewaltigung, die aber nun anscheinend gar nicht wirklich stattgefunden hat. Dass er ihre Tür offen fand und einfach ihren Schlüssel an sich nahm. Und dann muss er sie wohl verwechselt haben mit den Schlüsseln zur Wohnung nebenan. Wie er an die gekommen ist, hat er ja bereits gestern erzählt. Dass er daran gedacht hat, Antonia Becker zu töten, verschweigt er besser. Und dass er ihr auf dem Dach nicht geholfen hat. Er erzählt, wie er die Verwechslung begriff und wie er in Antonia Beckers Wohnung eindrang, weil er ihr diesen Mord beichten wollte, den er aber anscheinend auch nur geträumt hat. Aber dann wollte er sie doch nicht stören und hat einfach beide Schlüssel in ihrer Wohnung gelassen. Das tut ihm jetzt sehr leid, jetzt, wo er weiß, was er damit angerichtet hat. Aber er hat es nicht mit böser Absicht getan.

»Warum wollten Sie ausgerechnet Antonia Becker Ihren Mord beichten?«, fragt Stefan Keller.

»Weil sie mich verstanden hätte.«

»Sie hätte verstanden, warum Sie eine Frau getötet haben?

Warum glauben Sie das, Herr Stein? Weil sie selbst eine Frau getötet hat?«

»Sie hat ja keine Frau getötet.«

»Warum wollten Sie dann ausgerechnet ihr von diesem Mord erzählen?«

»Ich war mit Ihrem Sohn befreundet.«

»Dann hätten Sie doch mit dem reden können.«

»Ich mag sie.«

»Deshalb wollten Sie ihr einen Mord beichten, den Sie nicht begangen haben?«

»Aber das wusste ich ja nicht.«

»Erzählen Sie mir noch einmal genau, wann Sie geträumt haben, Maximiliane Krüger zu vergewaltigen, und wann Sie geträumt haben, sie zu töten.«

Joshua nennt ihm die Daten. Kommissar Keller blickt grimmig an ihm vorbei.

»Was für eine abstruse Geschichte«, sagt Stefan Keller. »Noch abstruser als die von Antonia Becker und auch die war schon reichlich abstrus.«

»Ich habe M. Fallot getötet und vergewaltigt, nicht Maximiliane Krüger.«

Der Kommissar seufzt.

»Sie sind reichlich durchgeknallt, Herr Stein, vielleicht sollte ich Sie hierbehalten. Aber wir sind keine Klapsmühle und da Sie Maximiliane Krüger definitiv nicht letzen Sonntag getötet haben können, weil sie da bereits tot war, wäre es nur Zeitverschwendung, Sie hierzubehalten. Aber halten Sie sich zu unserer Verfügung, Herr Stein.«

Toni

Nika ist nicht da, wahrscheinlich auf Mörderjagd. Und Dr. Blalock hat sich irgendwo verkrochen. Ist es jetzt wirklich vorbei? Ich habe es mir anders vorgestellt. In meiner Vorstellung habe ich Erleichterung gespürt, Freude, Leichtigkeit. Aber so ist es nicht. So ist es nie. Die Alarmbereitschaft hält immer noch eine Weile länger an als die Gefahr. Ich bin immer noch aufgedreht. Gleichzeitig fühle ich mich leer. Ich sehne mich nach Nika. Mir ist nach Heulen, aber ich kann nicht heulen.

Ich durchstöbere Nikas Bücherregale, ziehe gelegentlich ein Buch heraus, kann mich für keins entscheiden. Ich durchstreife die Wohnung, berühre hier und da etwas. Überall Nika. Endlich spüre ich etwas, in meinem Bauch kribbelt es, aber nur leicht. Ich will mehr davon. Ich streiche mit den Händen über die Schränke und Arbeitsflächen in der Küche. Sie sind sauber. Nika scheint eine sehr ordentliche Frau zu sein. Ob sie wohl sehr pingelig ist? Ich kann mir nicht vorstellen, mit ihr über stehen gebliebenes Geschirr zu streiten. Oder über offene Zahnpastatuben. Trotzdem habe ich Angst. Eigentlich kenne ich sie doch noch gar nicht. Vielleicht verlässt sie mich morgen schon wieder und das würde ich nicht aushalten.

Ich könnte ihr etwas kochen. Bestimmt hat sie Hunger, wenn sie heute Abend von ihrer Mörderjagd zurückkommt.

Ich öffne den Kühlschrank, er ist leer. Auch im Gefrierfach liegt nur eine Packung Eis. In der Kammer gibt es Linsen. Linsensuppe wäre eine Möglichkeit. Aber Kartoffeln sind keine da. Ich finde zwei Einkaufseuro in meiner Hosentasche und ziehe los. Ich kaufe Kartoffeln, Möhren und Zwiebeln, alles genau abgewogen und ausgerechnet, damit es hinkommt. Zum Kochen höre ich eine von Nikas CDs. Jethro Tull, Aqualung. In zehn Minuten ist alles vorbereitet und die Linsen köcheln vor sich hin. Nach dem Kochen mache ich einen kleinen Spaziergang im Park. Ich habe Lust auf Kuchen, aber kein Geld mehr. Ich koche mir in Nikas Küche einen Kaffee, finde sogar etwas Kaffeesahne. Der Kaffee macht mich müde. Ich lege mich aufs Sofa und kann immer noch nicht schlafen. Vielleicht sollte ich duschen. Ich nehme stattdessen ein Bad. Ich schlüpfe in Nikas Bademantel, der an der Tür hängt. Ich schalte den Fernseher ein und lege mich auf das Sofa. Eine Weile verfolge ich fasziniert eine Sendung, in der drei junge Leute um einen Ausbildungsplatz in einem Friseursalon kämpfen. Ich durchstöbere die DVD-Sammlung, nehme ein paar Filme heraus und entscheide mich für einen von Wim Wenders, »Mein amerikanischer Freund«. Ich lege die DVD ein, mich aufs Sofa und schlafe ziemlich schnell ein.

Joshua

Es erscheint Joshua nicht fair, dass er einfach so gehen kann. Vielleicht hätte er Stefan Keller doch erzählen sollen, dass er Antonia Becker töten wollte, dass er es fast getan hat, als er sie auf dem Dach einfach sich selbst überließ. Kann er dafür bestraft werden? Auf einmal spürt Joshua den starken Drang, darüber zu reden. Als Erstes fällt ihm Martin ein. Doch Martin hat eine Besprechung nach der anderen. Also erzählt er es Frau Schneider. Die sieht ihn nur an, mit offenem Mund. Sie fragt nicht, ob er Kaffee möchte.

»Entschuldigen Sie bitte, aber ich habe noch zu tun«, sagt sie und wendet sich wieder ihrer Computertastatur zu.

Er geht nach oben in Martins Wohnung. Von dort ruft er Monika Haberstroh auf dem Handy an.

»Joshua, ich bin gerade mitten in einer Vernehmung. Lassen Sie uns ein andermal darüber reden.«

»Ich muss es Antonia erzählen. Können Sie mir sagen, wie ich sie erreiche.«

»Lassen Sie bitte Antonia in Ruhe! Erzählen Sie es niemandem, hören Sie, behalten Sie es in Gottes Namen für sich! Versprechen Sie mir das?«

»Ich habe es bereits Frau Schneider erzählt.«

»Wer ist Frau Schneider?« Die Kommissarin klingt genervt.

»Martins Sekretärin.«

»Wie kommen Sie dazu, so etwas Martins Sekretärin zu

erzählen? Ich verstehe Sie nicht, Joshua.« Sie legt auf.

Joshua ist unruhig, er geht im Zimmer umher. Vom Schrank zum Fenster, vom Fenster zur Tür. Er kann es Ruth erzählen, sie ist weit weg. Es wird teuer, sie anzurufen, doch das ist ihm egal.

Sie nimmt ab. »Josh?«

»Ruth.«

»Josh, wie geht es dir?«

»Gut«, sagt er, »es geht mir gut!«

»Wirklich?«, fragt sie.

Er antwortet nicht.

»Was hältst du davon, für ein, zwei Wochen zu mir zu kommen?«

»Nach Alaska?«

»Es würde dir gut tun. Und ich würde dich auch wirklich gerne sehen, seit unserem letzten Anruf mache ich mir Gedanken um dich.«

»Und dein Liebhaber?«

»Der ist nicht die ganze Zeit hier, er arbeitet. Ich hätte Zeit für dich.«

»Aber manchmal ist er doch da?«

»Erstens habe ich all die Jahre deine Geliebten auch aushalten müssen, zweitens hast du mich verlassen und drittens sind wir doch Freunde, Josh, und wir werden es immer bleiben, ganz egal, was passiert. Hast du das nicht gesagt, bevor du weggegangen bist? Ich finde mittlerweile, dass du recht hast. Und Freunde gönnen einander ihr Glück, ist das nicht so, Josh? Ein Freund sorgt sich, wenn es dem anderen nicht gut geht, aber er freut sich auch mit ihm, wenn er glücklich ist. Und ich bin glücklich, Josh, sehr glücklich. Und ich wünsche mir sehr, dass du es auch bist. Bist du noch da, Josh? Du bist so still, bist du noch da?«

»Ja, ich bin noch da.«

»Weinst du?«

»Nur ein bisschen.«

»Kommst du?«

»Ich muss erst noch hierbleiben, es gibt eine ganze Menge Dinge, die ich noch in Ordnung bringen muss. Falls es mir gelingt, dann komme ich zu dir.«

»Gut, dann ruf mich wieder an, wenn du sie in Ordnung gebracht hast.«

Toni

Wir sitzen auf dem Sofa und löffeln die Linsensuppe, die ich uns gekocht habe. Auf dem Tisch dampft eine Kanne mit heißem Ingwer-Zitrone-Tee.

»Und?«, frage ich.

»Und was?«

»Sag jetzt nicht wieder, du darfst nicht mit mir über den Fall sprechen. Nicht nach allem, was war.«

»Du wirst es nicht glauben, aber ich habe eine Nacht mit Martin Geiger und Joshua Stein verbracht.«

»Du hast was?«

»Wir haben Zigarren geraucht, Cognac getrunken und darüber nachgedacht, wer Julian Schäfer und Maximiliane Krüger getötet haben könnte.«

»Und zu welchem Schluss seid ihr gekommen?«

»Wir glauben, dass es Marina Schäfer war. Sie war die Geliebte von Maximiliane Krüger, die dann etwas mit ihrem Schwiegersohn angefangen hat.«

»Und das wisst ihr?«

»Wir vermuten es. Ersteres habe ich aber erst heute im Laufe des Tages herausgefunden. Wir dachten zunächst, sie habe Julian Schäfer umgebracht, um ihre Tochter zu rächen.«

»Aber deswegen bringt man doch nicht gleich zwei Menschen um!«

»Nenn mir einen vernünftigen Grund, jemanden umzubringen, Diktatoren und dergleichen mal außer Acht gelassen.«

»Du glaubst also, sie hat die beiden aus Eifersucht erschossen?«

»Es könnte sein. Vielleicht werden wir irgendwann mehr wissen, vielleicht auch nicht. Ich habe heute alle möglichen Leute noch einmal befragt und alles deutet darauf hin, dass Marina Schäfer Maximiliane Krüger gut gekannt hat. Ich habe Stefan heute Abend die Ergebnisse präsentiert. Sogar Stefan ist nicht mehr so auf dich fixiert. Und vielleicht erreichen wir morgen ja einen Durchsuchungsbefehl bei Marina Schäfer und dann sehen wir weiter.« Sie stellt das Schälchen zur Seite, sieht mich an, seufzt. »Daran könnte ich mich wieder gewöhnen: Ich komme abends geschafft nach Hause, eine Frau erwartet mich, Essen ist gekocht.« Sie zwinkert. »Das hat total gut getan, ich danke dir. Erzähl mir noch einmal genau, wie das war, als du bei Marina Schäfer in der Praxis warst. Es war immerhin der Mordabend. Versuch, dich an jedes Detail zu erinnern. «

Ich versuche, mich genau daran zu erinnern, schildere ihr alles, was mir einfällt. Aber es bringt uns nicht wirklich weiter.

»Hältst du mich eigentlich für verrückt?«, frage ich schließlich.

»Wenn ich dich für verrückt halten würde, wäre es für mich einfacher.«

»Was wäre daran einfacher?«

»Ich glaube nicht an Geister, aber ich glaube dir, das ist mein Problem. Eins, das ich heute nicht lösen werde, vielleicht nie. Weinst du? Komm, lass es raus, Antonia. Schluck es nicht runter!«

»Ich will mit dir ganz furchtbar alt werden.« Meine Stimme krächzt. »Aber dann werde ich Sol sehr lange nicht mehr sehen. Und Dr. Taussig auch nicht. Und das tut gerade fürchterlich weh, das brennt wie verrückt.«

»Dann lass es brennen, Liebste, lass es raus!«

Und ich lasse es raus.

Ein Windstoß drückt die Balkontür auf. Eine Weile sitzen wir nur da und blicken in den Tumult. Überall rattert und flattert es. Ein Blitz zuckt über den Himmel, Donner grollt und von einem Moment auf den anderen fängt es heftig an zu regnen. Sie zieht mich zu sich, küsst mich.

»O Gott, ich wünschte, es wäre schon morgen Abend und dieser Fall wäre endlich vorbei. Ich wünsche das so sehr.«

Joshua

Joshua begegnet der Hauptkommissarin an der Straßenecke. Sie wirkt sehr nervös, saugt an einer Zigarette. Sie ignoriert ihn, vielleicht sieht sie ihn auch wirklich nicht.

»Warum sind Sie dagegen, dass ich es Antonia erzähle, mich bei ihr entschuldige?«, spricht er sie unvermittelt an.

Sie zuckt zusammen. »Joshua, bitte! Ich habe jetzt wirklich keine Zeit für Sie.«

»Sagen Sie mir, wo ich sie finde, bitte. Ich muss mit ihr sprechen. Meinen Sie nicht, dass es fair wäre, es ihr zu sagen?«

»Fair für wen? Sie sind in ihre Wohnung eingedrungen und sie weiß das. Das sollten sie ihr erklären und sich bei ihr entschuldigen. Später. Den Rest erzählen Sie meinetwegen Ihrer Frau und Ihrem besten Freund, die sollten es vielleicht wissen. Aber belasten Sie Antonia nicht mit etwas, was Sie sich nur vorgestellt haben, aber nie wirklich getan hätten. Sie haben im Grunde nichts mit ihr zu tun. Es ist alleine Ihre Sache und ich wünschte, Sie hätten es mir auch nicht gesagt.«

»Aber sie hat mich doch gesehen auf dem Dach. Und ich hätte ihr helfen müssen. Ich hätte sie nicht einfach sich selbst überlassen dürfen. Das war unterlassene Hilfeleistung. Ich muss dafür bestraft werden.«

»Es war mehr als das, Herr Stein. Vielleicht sind Sie sich dessen nicht bewusst, aber wenn das stimmt, was sie mir erzählt hat, dann war das versuchter Mord durch Unterlassung. Dafür wandern Sie einige Jahre in den Knast. Aber ich bin kein rachsüchtiger Mensch, Antonia lebt, sie ist von sich aus auf das Dach gestiegen und Sie werden so etwas wahrscheinlich nie wieder tun. Aber lassen Sie mich trotzdem damit in Ruhe. Und erzählen Sie es um Gottes willen nicht Stefan Keller.«

In dem Moment, in dem Monika Haberstroh ihn erwähnt, kommt er um die Ecke gebogen. Er wird von einer jungen Frau begleitet, die Joshua schon im Präsidium gesehen hat. Sie hat Stefan Keller bei Joshuas Verhör unterstützt.

»Wieso hat das so lange gedauer?t«, zischt die Hauptkommissarin die beiden an.

»Sorry«, sagt Stefan Keller, »es ist nicht so leicht, hier einen Parkplatz zu finden.«

»Habt ihr ihn?«, fragt die Kommissarin.

Stefan Keller zieht ein Papier aus der Innentasche seiner Cordjacke und wedelt damit vor Monika Haberstrohs Gesicht herum.

»Und wo sind die anderen?«

»Die kommen nach.«

»Die kommen nach? Was heißt das?«

»Dass wir schon einmal vorgehen.« Er geht an Monika Haberstroh vorbei, die junge Polizistin folgt ihm.

»Wir sollten warten, bis Verstärkung da ist«, sagt die Kommissarin.

»Es wird doch nicht so schwierig sein, eine einzelne Frau festzunehmen. Das werden wir drei doch wohl hinkriegen. Falls wir überhaupt etwas bei ihr finden, was ich sehr stark bezweifle«, sagt Stefan Keller und geht weiter. Die Hauptkommissarin zögert einen Moment, dann folgt sie ihm.

Toni

Ich liege in Nikas Bett und versuche zu lesen, aber ich kann mich nicht konzentrieren. Ich bin zu unruhig. Ich werde keine Ruhe haben, solange ich nichts von Nika gehört habe. Aber es wird noch eine Weile dauern, sie ist noch nicht lange weg. Ein langer, langsamer Lauf durch den Park würde mir sicher gut tun. Ich müsste mir nur meine Laufsachen holen, ich brauche sowieso etwas zum Anziehen aus meiner Wohnung.

Ich bin schon aus der Tür und will sie zuziehen, da fällt mir ein, dass ich keine Schlüssel mithabe. Ich gehe noch einmal zurück. Mein Blick fällt durch das Wohnzimmerfenster. Es sieht düster aus draußen, womöglich fängt es bald an zu regnen. Als ich an der Garderobe vorbeikomme, entdecke ich meine helle Jeansjacke. Nika muss sie sich als Ersatz für ihr Jackett mitgenommen habe. Ich streife sie mir beim Hinausgehen über, ziehe die Tür hinter mir zu und hüpfe pfeifend die Treppe hinunter.

Joshua

Joshua folgt den dreien. Auf dem Weg ruft er Martin mit dem Handy an.

»Es geht los«, sagt er nur, »sie holen sich die Schäfer.«

Die Haustür steht offen, ebenso die Tür zu Marina Schäfers Praxis, Meditationsmusik dringt heraus. Unwillkürlich spürt Joshua ein Stechen in seiner Stirn. Bald wird es vorbei sein, denkt er, sehr bald, und er spürt eine tiefe Genugtuung. Er bleibt an der Haustür stehen. Die beiden Polizistinnen und der Polizist stehen etwas von der Praxistür entfernt an der Vorderhaustreppe. Sie haben ihn anscheinend noch nicht bemerkt.

»Wo wollen wir anfangen, in der Wohnung oder in der Praxis?«, fragt Stefan Keller.

»Wenn hier alles offen ist, wird sie wohl in der Praxis sein«, antwortet Monika Haberstroh.

»Dann lass uns reingehen!«

»Lass uns warten, bis die anderen da sind.«

»Und was willst du dann tun?«, fragt Stefan Keller. »Die Praxis stürmen? Womöglich sind Patienten drin, Angestellte, vielleicht gibt sie gleich einen von ihren Kursen.«

»Was schlägst du vor?«, fragt Monika Haberstroh.

»Ich schlage vor, dass wir jetzt reingehen und ganz ruhig mit der Frau reden.«

»Ich bin dagegen«, sagt die Hauptkommissarin.

»Dann warte du hier auf die anderen. Wir fühlen schon einmal vor.«

Stefan Keller und die junge Polizistin betreten die Praxis.

Die Hauptkommissarin tastet nach ihren Zigaretten, zieht eine aus der Packung, zündet sie mit zitternden Fingern an. Dann blickt sie hoch, sieht Joshua.

»Verdammt Joshua, was machen Sie hier«, zischt sie. Dann scheint ihr auf einmal alles aus dem Gesicht zu fallen. Auch ihre Zigarette fällt zu Boden.

»Antonia!«

Neben Joshua ist Antonia Becker aufgetaucht.

»Ich muss mit Ihnen reden, Frau Becker.« Er berührt sie am Ärmel. Doch sie scheint ihn gar nicht zu hören. Sie macht sich von ihm los, rennt auf Monika Haberstroh zu und stößt sie zur Seite.

Toni

Nika an der Treppe, die Praxistür offen, auch die beiden Flügel zum Hinterhof. Ich höre ein Klicken, eigentlich kann ich es nicht hören, aber ich höre es. Im Hinterhof sehe ich den Steuerberater. Nicht weit von ihm entfernt steht Marina Schäfer. Es blitzt silbern in ihrer Hand und auf einmal weiß ich, welches Detail ich Nika nicht erzählt habe, weil ich mich einfach nicht daran erinnert habe. Es passiert alles in einem Moment. Ich erfasse die Situation, ich renne und mache dann doch einen Fehler, der nicht wiedergutzumachen ist.

Der erste Schlag trifft mich mitten ins Herz, der zweite etwas weiter links in die Schulter. Dann liege ich auf dem Boden, mit dem Kopf auf Nikas Schoß. Ihr Schrei hallt noch in mir nach. »Es tut mir leid«, flüstere ich, »es tut mir so leid.« Ich bin mir nicht sicher, ob sie mich hört.

Erst spüre ich keinen Schmerz, nur die warme Flüssigkeit, die sich über meine Brust verteilt, meinen Arm hinunterrinnt. Das ist also der Sinn des Ganzen, denke ich, nur deswegen habe ich so lange überlebt, obwohl ich doch eigentlich hätte sterben sollen. Nur für das hier, nur damit Nika leben kann. Und auf einmal fühle ich mich unheimlich glücklich, ich fühle mich leicht, fast so, als schwebte ich. Aber ich kann nicht einfach davonschweben. Nika beugt sich über mich, ich spüre ihren heißen Atem am Ohr. »Halt durch«, flüstert sie, »um Himmels willen, halt durch!«

Joshua

Sie packen Marina Schäfer, Joshua hört Handschellen klicken.

»Rufen Sie einen Krankenwagen!«, sagt Stefan Keller zu Joshua und Martin.

Martin reagiert nicht, er steht nur da, mit Marina Schäfers Waffe in der Hand und weint. »Mein Gott«, sagt er immer wieder, »mein Gott!«

Es ist Joshua, der nach seinem Handy greift und eine Nummer wählt. Seine Instruktionen sind präzise. Eine verletzte Person, weiblich, Schussverletzung in der Brust. Straße, Hausnummer, Postleitzahl. Dann sieht er hinüber zur weinenden Hauptkommissarin, die sich über Antonia Becker beugt. Sie hat die Augen offen. Joshua hört ihren hechelnden Atem.

»Person ist noch bei Bewusstsein«, sagt Joshua ins Telefon.

Dann geht er zur Hauptkommissarin, legt ihr die Hand auf die Schulter, spricht mit ihr. Aber sie scheint ihn überhaupt nicht zu registrieren. An ihrem Arm sieht Joshua einen dunklen Fleck. Blut, die Kommissarin scheint auch getroffen, aber es ist wohl nicht so schlimm. Vielleicht ist es auch nur Antonia Beckers Blut. Er traut sich kaum hinzusehen. Antonia Beckers helle Jeansjacke ist blutgetränkt. Doch sie ist immer noch bei Bewusstsein. Sie hechelt, anscheinend hat sie große Schmerzen.

Joshuas Herz klopft hart, seine Beine zittern. Er muss sich setzen, schafft es gerade eben zur Treppe, sinkt auf die Treppenstufen. Jetzt sieht er die Hauptkommissarin von hinten. Die blutgetränkte Jacke von Antonia Becker sieht er nicht mehr. Nicht wirklich. Und doch ist sie alles, was er sieht. Blut, das aus Antonia Beckers Brust sickert und sich auf dem Fliesenmosaik des Hausflurs verteilt. Hinter Joshua öffnet sich die Tür, Ulrike kommt aus der Praxis.

»Was ist passiert?«, fragt sie, legt ihm die Hand auf die Schulter, so als wäre er das Opfer. Doch er ist weder Opfer noch Täter.

»Die Schäfer hat Antonia Becker erschossen«, sagt er schließlich.

»Ist sie tot?«, fragt Ulrike.

»Wahrscheinlich bald. Ich kann mir nicht vorstellen, dass sie das überlebt.«

»Und was ist mit Herrn Geiger?«

Martin kauert in der Ecke, die junge Polizistin spricht mit ihm, aber er scheint nicht zu reagieren. Die Polizistin nimmt ihm die kleine silberne Waffe aus der Hand.

Endlich kommt der Krankenwagen und Monika Haberstroh wird zur Seite geschoben. Sie starrt auf die Rettungssanitäter, ihr ganzer Körper zittert. Blut läuft ihr den Arm herunter, rinnt über ihre Hand und tropft zu Boden. Anscheinend ist doch auch sie selbst verletzt.

Antonia Becker wird weggebracht, die Hauptkommissarin möchte mitfahren, doch sie lassen sie nicht. Sie protestiert nicht lange, sie bleibt einfach stehen. Ulrike geht zu ihr, legt ihr eine Hand auf den Rücken.

»Fahren Sie mich ins Krankenhaus«, sagt sie, »bitte fahren Sie mich ins Krankenhaus.«

Toni

Ich liege auf dem Rücken und werde durch Gänge geschoben, blicke auf Krankenhausflurdecken und Neonröhren und Köpfe. In meiner Schulter pulsiert der Schmerz und ich stöhne. Die Krankenschwester zu meinen Füßen interessiert sich nicht dafür. Sie blickt an mir vorbei nach vorne. Eine Doppeltür geht auf. Ich werde gepackt und auf den OP-Tisch gelegt. Ich schreie auf vor Schmerzen, aber niemand interessiert sich dafür. Ich sehe große grelle Lampen und Augen über grün vermummten Mündern. Mir wird etwas auf das Gesicht gelegt. Vor mir dreht sich ein wilder Strudel, zieht mich in sich hinein. Im nächsten Moment liege ich in einem dunklen Raum, irgendwo am anderen Ende stöhnt ein Mann und ich fürchte mich.

»Antonia!«, ruft mich jemand. »Antonia.« Ich schließe die Augen und sehe mich um. Ich sitze auf einer Wiese im Kreis mit zwei anderen Mädchen. Sie tragen weiße Leinenkleider, wie ich auch. Das Mädchen rechts von mir hat ein Messer in der Hand. Es schneidet sich in den Handballen. Blut tropft auf ihr Kleid. Sie reicht dem anderen Mädchen das Messer.

»Jetzt du, Monika«, sagt sie. Monika zögert. Doch dann fasst sie sich ein Herz und zieht mit einer schnellen Bewegung das Messer über ihren Handballen. Auch auf ihr Kleid tropft Blut.

Jetzt bin ich an der Reihe.

»Wozu tun wir das?«, frage ich.

»Damit wir für immer verbunden sind. Blutsschwestern. Niemand und nichts kann uns trennen. Und niemand und nichts kann uns etwas tun. Wenn eine von uns in Gefahr ist, werden die anderen ihr beistehen.«

Blut rinnt aus dem Schnitt in meinem Handballen und tropft auf mein weißes Kleid. Wir stehen auf, unsere blutigen Handballen berühren sich in der Mitte des Kreises.

»Nun schwört«, sagt Solveig, »schwört, dass wir einander nie im Stich lassen. Niemals.«

Wir drehen uns im Kreis und schwören. Niemals, niemals. Wir drehen uns immer schneller und schneller, dann fliegen wir davon.

Joshua

»Station fünfzehn, Unfallchirurgie«, sagt die Frauenstimme im Aufzug. Joshua tritt auf den Krankenhausflur. Er fragt im Schwesternzimmer nach der Zimmernummer.

»Was willst du hier?«, fragt Thomas, als er die Tür öffnet.

Thomas, Nele und die beiden größeren Kinder sind um das Bett in Türnähe versammelt.

»Darf ich mit Ihnen alleine sprechen?«, fragt Joshua.

»Geht ihr bitte einen Moment hinaus?«

»Soll ich eine Vase besorgen?«, fragt Nele, bevor sie hinausgeht.

Joshua reicht Nele die Blumen, dann setzt er sich auf den Stuhl neben dem Bett an der Tür.

»Darf ich?«, fragt er, nachdem er sich bereits gesetzt hat.

Sie nickt.

»Wie geht es Ihnen?«, fragt er und berührt ihren unverletzten Arm.

»Ich werde wohl nie wieder ein Gurkenglas öffnen«, sagt sie. »Ansonsten habe ich wohl unverschämtes Glück gehabt.«

»Zum Glück ist es Ihr linker Arm«, sagt Joshua.

»Ich bin Linkshänderin.«

»Oh, bitte entschuldigen Sie.«

Joshua blickt verlegen zu Boden. Tausendmal ist er dieses Gespräch im Kopf durchgegangen, doch jetzt, wo er hier sitzt, weiß er nicht, wie er anfangen soll.

»Martin wollte das nicht, wissen Sie. Er wollte es verhindern. Es war ein dummes Unglück, dass die Schüsse losgegangen sind. Aber er wird es Ihnen selbst erklären, wenn er aus der Klinik zurück ist.«

Das Bett neben Antonia Beckers ist leer, im dritten am

Fenster liegt eine alte Frau mit dem Rücken zur Tür. Sie scheint zu schlafen. Joshuas Blick fällt wieder auf Antonia.

»Ich wollte Sie töten«, sagt er und beißt sich auf die Lippen. So wollte er eigentlich nicht anfangen.

»Ich weiß«, sagt sie.

»Sie wissen?«

»Ich habe Sie doch gesehen auf dem Dach.«

Er nickt. »Ich hätte Ihnen helfen müssen. Verzeihen Sie mir?«

Sie antwortet nicht, sie sieht zum Fenster, etwas hat sie abgelenkt. Er sieht es auch.

»Wir haben es geschafft, ich weiß nicht, wie und warum, ich suche schon lange die Antwort, aber ich weiß noch immer nicht genau, wie und warum. Wir machen gelegentlich ziemlichen Mist und doch haben wir es geschafft, verstehen Sie, was ich meine?«

»Was meinen Sie?«, fragt sie.

»Ist das die Quote, ein Opfer, eine Täterin, zwei, die zufällig weder das eine noch das andere geworden sind?«, fragt Joshua.

»Ich weiß nicht, was Sie meinen.«

»Sie sehen sie doch auch, oder?«

»Wen?«

»Max Fallot. Sie steht am Fenster.«

»Die will ich nie wieder sehen.«

Die Tür geht auf und die Hauptkommissarin erscheint. Sie funkelt ihn böse an. Er steht auf.

»Und Sie sehen sie wirklich nicht?«, fragt er, bevor er hinausgeht.

»Nein, ich sehe keine Gespenster mehr. Und ich bin sicher, dass die Quote höher ist als fünfzig Prozent. Und dass es kein Zufall ist.«

»Ja«, sagt er, »ja, das hoffe ich auch.«

Toni

»Welche Quote?«, fragt Nika.

»Ach das erklär ich ein andermal.«

Sie setzt sich auf die Bettkante, nimmt meine Hand, schweigt

»Ich weiß gar nicht, was ich sagen soll«, sagt sie nach einer Weile. »Dabei will ich doch so viel sagen.« Sie küsst meine Hand, meinen Arm, beugt sich über mich, küsst meinen Mund. Die alte Frau im Bett am Fenster räuspert sich.

»Es tut mir leid«, sage ich.

»Was? Was tut dir leid?«

»Ich wollte dir das nicht antun, aber in dem Moment habe ich nur an mich gedacht.«

»Was meinst du, Antonia? In welchem Moment hast du nur an dich gedacht?«

»Als ich mich in diese Schüsse geworfen habe. Aber ich hätte es nicht ausgehalten, wenn dir etwas passiert wäre, wenn ich dich auch noch verloren hätte. Ich hätte es einfach nicht ertragen.«

Eine Weile sieht sie mich völlig entgeistert an. »Tja«, sagt sie schließlich trocken, »vielleicht hättest du eine Nacht darüber schlafen sollen.«

»Aber so, wie's ausgegangen ist, war es ja gut. Ich meine, hätte ich es nicht getan, wärst du jetzt womöglich tot. Und so sind wir beide am Leben. Im Endeffekt war es also gut, dass ich es getan habe.«

»Ach Antonia«, sagt sie. Sie seufzt. »Ich verfluche diesen Martin Geiger. Sie hätte bestimmt nicht geschossen, wenn er nicht ihren Arm gepackt hätte.

»Wer weiß …«

»Ich hab jetzt wirklich die Nase voll von den beiden Deppen.«

»Ja, ich auch.«

Sie küsst meine Hand, lässt ihren Mund eine Weile dort

liegen. Dann nimmt sie das Stück zersplittertes Holz, das auf meinem Nachtisch liegt und das einmal ein Engel war, ein Engel, den Sol mir geschenkt hat.

»Ohne das wärst du jetzt vielleicht tot«, sagt sie, »kaum zu glauben.«

Wir blicken zum Fenster, Regen prasselt gegen die Scheibe.

»Es gibt diese Geschichten von Leuten, die über Nacht grau geworden sind«, sagt sie nach einer Weile.

»Weil sie etwas Schreckliches erlebt haben, meinst du …«

»Ja, weil sie etwas Schreckliches erlebt haben, sind sie von einem Moment auf den anderen gealtert.«

»Passiert so etwas wirklich?«, frage ich.

»Ich weiß es nicht«, antwortet sie. »Aber mit meinem Gefühl für dich ist so etwas Ähnliches passiert. Ich … ich bin nicht mehr in dich verliebt.«

Ich schaue sie an, ängstlich, mein Puls hat sich beschleunigt. Ich stoße einen Seufzer aus.

»Nicht, keine Angst«, sagt sie. Sie sieht mir in die Augen, drückt meine Hand. »Liebste, hab keine Angst. Wahrscheinlich werde ich mich immer wieder in dich verlieben. Aber jetzt – jetzt liebe ich dich.«

Epilog

Der Zug rollt in den Bahnhof. Antonia steht in der Schlange im Gang, den Rucksack mit dem blauen Buch auf dem Rücken. Die Tüte mit dem Geschenk für Nika liegt auf dem Trolley. Der Zug hält, jemand öffnet die Tür, Antonia will Trolley und Tüte aufheben, doch die Tüte rutscht ihr aus der Hand. Die Menschen hinter ihr drängeln, sie wird nervös, ihr rutscht die linke Hand aus der Tasche, sie steckt sie zurück.

»Nehmen Sie doch beide Hände«, zischt der Mann hinter ihr. Sie wird wütend, vielleicht hätte sie diesen Scheißarm doch amputieren lassen sollen! Sie atmet einen Moment durch und versucht, sich zu konzentrieren. Es gelingt ihr, die Tüte und den Koffer aufzuheben. Sie tritt auf den Bahnsteig. Ein Arm für zwei Leben, eigentlich ein fairer Handel, denkt sie, und geht auf Nika zu.

Mehr Thriller

im *konkursbuch* Verlag Claudia Gehrke:
Annette Berr,
Die Stille nach dem Mord
448 Seiten, 3. Aufl.
Jana und Frike auf Urlaub in einer einsamen Feriensiedlung in Brandenburg. Jana wird krank, kein Telefon, kein Handyempfang. Frike möchte mitten in der Nacht Hilfe holen. Als Jana aus ihren Fieberträumen erwacht, ist Frike verschwunden. Sie wird schließlich ermordet aufgefunden. *»Grandioser Thriller. Nichts für schwache Nerven!«* (AVIVA) *»Es war Annette Berrs klarer Blick auf die Menschen, ihre Leidenschaften und Obsessionen, ein Blick, der mich tief in den Abgrund der Liebe hat schauen lassen [...] Nur selten schaffte es ein Buch, mich wirklich so in Angst zu versetzen wie ›Die Stille nach dem Mord‹ von Annette Berr.«* (R. Jahn, WDR)

Impressum

PF 1621 D-72006 Tübingen
Telefon: 0049 (0) 7071 66551
Fax: 0049 (0) 7071 63539
E-Mail: office@konkursbuch.com
Internet: www.konkursbuch.com

Lektorat: Regina Nössler
Gestaltung: Verlag & Freundinnen

ISBN: 978-3-88769-731-0